ヴローエンガード島
ドル・アリーバ
アラゲイシア
シュノン
セリンスフォード
カーヴァホール
アノラ川
ナーダ
スパイン山脈
ウトガード山
ヤーズアック
ニノー川
ダレット
イセンスター湖
フラーム湖
マーナ山
ギリエド
ティールム
シャークトゥース島
トーク川
ウォーダーク湖
ブールリッジ
ラムア川
クアスタ
レオナ湖
ドラス=レオナ
ウルベーン
ヘルグラインド
ファーノスト
メリアン
トゥードステン湖
ファインスター
ジエト川
チスリ
ベアランド島
ニエ島
エオーム
ペトロヴヤ
ダウス
サーダ
ライスゴー
アロウ
イリアム島
ウデン島
バーリム島
アベロン
リーヴストーン
C.P.

ドラゴンライダー2

ELDEST: INHERITANCE BOOK Ⅱ

クリストファー・パオリーニ　大嶌双恵＝訳
Christopher Paolini translation by Futae Ohshima

エルデスト

宿命の赤き翼 ✧ 上

ソニー・マガジンズ

ELDEST: Inheritance Book 2

by

Christopher Paolini

編集協力
リテラルリンク

ブックデザイン
鈴木成一デザイン室

いつものように家族と
すばらしい読者にこの本を捧げる。
あなたがこの冒険を可能にしてくれた。
セ・オンラ・セヴァーター・ヴァース
——汝の剣の鋭くあらんことを！

ELDEST：INHERITANCE BOOK Ⅱ

上巻目次

ELDEST：INHERITANCE BOOK II

下巻目次

おもな登場人物

エラゴン――物語の主人公。父を知らず、母セリーナも行方《ゆくえ》知れず。叔父《おじ》ギャロウに育てられ、今は帝国にねらわれる身。青き竜《りゅう》サフィラのライダーで、赤き名剣《めいけん》ザーロックの使い手。〝銀の手《アージェトラム》〟あるいは〝悪魔シェイドをたおした者《シェイドスレイヤー》〟とも呼《よ》ばれる

ローラン――エラゴンの従兄《いとこ》。帝国の刺客《しかく》に父ギャロウを殺された

カトリーナ――肉屋スローンのひとり娘《むすめ》。ローランの恋人

ホースト――鍛冶屋《かじや》。ローランの理解者《りかいしゃ》

ガートルード――村の治療師《ちりょうし》

ブロム――語り部に身をやつしたドラゴンライダー。帝国の追っ手からのがれる旅の途中《とちゅう》、エラゴンにライダーの技《わざ》の初歩を教えたが、殺害された

ガルバトリックス――帝国の支配者《しはいしゃ》。優秀《ゆうしゅう》なライダーだったが、ドラゴンを殺され、代わりをあたえられなかったことで仲間を恨《うら》み、黒竜シュルーカンを盗《ぬす》んだ。ライダーを次々と殺して力をつけ、残されたドラゴンの卵《たまご》をもねらう

モーザン――ライダー族〈十三人の裏切《うらぎ》り者《もの》〉のひとり。マータグの父。名剣ザーロックのもとの持ち主

ラーザック――帝国の手先。黒マントに嘴《くちばし》のある怪物《かいぶつ》。空飛ぶ動物で移動《いどう》

ナスアダ――戦死した名将《めいしょう》アジハドの娘。黒い肌《はだ》に黒髪《くろかみ》にアーモンド型の目

ジョーマンダー――アジハドの右腕《みぎうで》で長老会議のメンバー

カーヴァホール村
スパイン山脈の山間《やまあい》

帝国《ていこく》アラゲイジア
首都ウルベーン

ヴァーデン軍
根拠地《こんきょち》ファーザン・ドゥアー

ドワーフたち
トロンジヒーム～ターナグ

エルフ王国
首都エレズメーラ
（ドゥ・ウェルデンヴァーデンの森）

旅で出会った人々
セリンスフォード～ティールム
～ドラス＝レオナ～ギリエド

長老たち——ウマース（男）、エレッサリ（女）、サーブレー（女）、ファルバート（男）。四人とジョーマンダーが、ヴァーデンの長老会議のメンバー

エルヴァ——赤《あか》ん坊《ぼう》のときエラゴンとサフィラに〝祝福〟を受けた少女

アンジェラ——ティールムの薬草師。魔法《まほう》ネコのソレムバンとともにヴァーデンに合流した

トリアンナ——ヴァーデンに協力する魔術師《まじゅつし》の会ドゥ・ヴラングル・ガータを指揮《しき》

オーリン——南の小国サーダの王。ヴァーデンをひそかに支援《しえん》している

フロスガー——ドワーフのダーグライムスト・インジータム（鍛冶職人《しょくにん》の部族）の長。友情《ゆうじょう》にあつく、戦《いくさ》にもすぐれた指導者《しどうしゃ》

オリク——フロスガーの甥《おい》。陽気で忠義心《ちゅうぎしん》のある男。エラゴンの旅の仲間

ウンディン——ドワーフの町ターナグをおさめるラグニ・ヘフシン族の長

ガネル——ドワーフのクアン族の長

アーリア——ドラゴンの卵を運ぶ密使《みっし》。帝国側に囚《とら》われていたのをエラゴンが救出した。エメラルドの瞳《ひとみ》が美しいエルフ

イズランザディ——エルフの女王。肩《かた》に白いワタリガラスのブラグデンをとまらせている

ルーノン——鍛冶の名工の女エルフ。ザーロックなどの名剣をつくった

〈嘆《なげ》きの賢者《けんじゃ》〉——エルフの国でエラゴンを待つという謎《なぞ》の人物

マータグ——エラゴンとともにヴァーデン本拠地をめざした青年。じつは〈十三人の裏切り者〉のひとり モーザンの息子《むすこ》だった。〝ファーザン・ドゥアーの戦い〟で行方不明

ジョード——港町ティールムの貿易商《ぼうえきしょう》。ヴァーデンの影《かげ》の支援者で、ブロムの旧友《きゅうゆう》

これは、はるか記憶のかなたに遠ざかり、
夢幻の霞におおわれてしまった物語。
諸君の曾祖父が生まれる前、
いや、そのまた父君が生まれるずっと以前、
エルフとドラゴンの壮絶な戦いをおさめるため、
ドラゴンライダー族が結成された。その使命は、
アラゲイジアを平和に保ち、守りをかためること。
ライダー族は数千年ものあいだ栄えた。
彼らは強靱な肉体をもち、癒し手であり、
最強の魔法の使い手でもあった。
剣や毒で命をとられぬかぎり、永遠に死ぬことはない。
ライダー族の保護のもと、高い塔や都市が次々ときずかれ、
平和が守られ、アラゲイジアは栄華をきわめた。
あのころ、エルフ族は人間の味方であり、
ドワーフ族は友人だった。国じゅうに富が流れこみ、
どの部族もゆたかに暮らしていた。
しかしそれは永遠には続かなかった。
ある若きドラゴンライダーが、
自分のドラゴンを殺されたことから、悲劇は始まる。
ドラゴンを失い、狂気の淵に落ちたライダーの名は、
ガルバトリックスといった……。

――語り部ブロムの話より――

これまでのあらすじ

アラゲイジアの北のはずれ、カーヴァホール村。

両親の顔を知らないエラゴンは、伯父《おじ》ギャロウと従兄《いとこ》ローランとともに暮《く》らしていた。人里はなれたスパイン山中で狩《か》りをしているとき、美しい青い石が出現《しゅつげん》した。エラゴンはそれをこっそり家に持ち帰って棚《たな》に置いておいた。ある夜、石が割《わ》れ、青い小さなドラゴンが現《あらわ》れた。

ドラゴンは絶滅《ぜつめつ》したはずなのに……。

邪悪《じゃあく》な帝王《ていおう》ガルバトリックスが、ドラゴンライダー族をドラゴンもろとも皆殺《みなごろ》しにしたと伝えられてひさしい。エラゴンは恐怖《きょうふ》をおぼえながらも、幼竜《ようりゅう》の魅力《みりょく》に逆《さか》らえず、家族にかくれて育てはじめた。このドラゴンはどうやら雌《めす》のようだ。村の語り部ブロムから聞いた話にちなんで、エラゴンは竜をサフィラと名づけた。サフィラとエラゴンは心で会話するようになり、ふたりは分かちがたい絆《きずな》で結ばれた。

日に日に成長するサフィラがエラゴンの背《せ》を追いこすころ、ラーザックと呼《よ》ばれる黒ずくめの怪人《かいじん》

が村に姿《すがた》を見せた。ドラゴンの卵《たまご》をねらう帝国がさしむけた刺客《しかく》だ。家は焼《や》き討《う》ちされ、ギャロウは無惨《むざん》な死をとげる。これ以上、竜をかくして村にとどまれないと判断《はんだん》したエラゴンは、ザーロックという赤い剣《けん》をくれた語り部のブロム、そして青き竜サフィラとともに、復讐《ふくしゅう》と逃亡《とうぼう》の旅に出る。

旅のあいだ、ブロムは剣術《けんじゅつ》から魔法《まほう》のあやつり方までさまざまなことをエラゴンに教えた。じつはブロムは、ガルバトリックスをたおすために結成された反乱軍《はんらんぐん》ヴァーデンに深くかかわり、カーヴァホール村に語り部として身をひそめながら、新たなドラゴンライダーの誕生《たんじょう》を待ち続けていたのだった。

ドラゴンの卵は、選ばれた者のもとでしか孵《かえ》らない。エラゴンはためらいながらも、自分のドラゴンライダーとしての運命を少しずつ受けいれていく。

一行はやがてラーザックの根城《ねじろ》をつきとめ、ドラス＝レオナにむかった。

町のそばで、ラーザックが待ちぶせていた。エラゴンを守ろうとして、ブロムは深手を負う。襲撃《しゅうげき》に居《い》あわせたマータグという若者《わかもの》に助けられ、あやうく難《なん》をのがれたが、看病《かんびょう》の甲斐《かい》なくブロムの命はつきた。いまわのきわ、ブロムは自分もかつてはライダーだったと打ちあける。ガルバトリックスが謀反《むほん》を起こしたとき、サフィラという自分のドラゴンを殺されたのだといって息をひきとった。

導《みち》き手《て》のブロムを失ったエラゴンとサフィラは、自力でヴァーデン軍と合流するしかない。謎《なぞ》めいた若者マータグも旅の連れとなった。

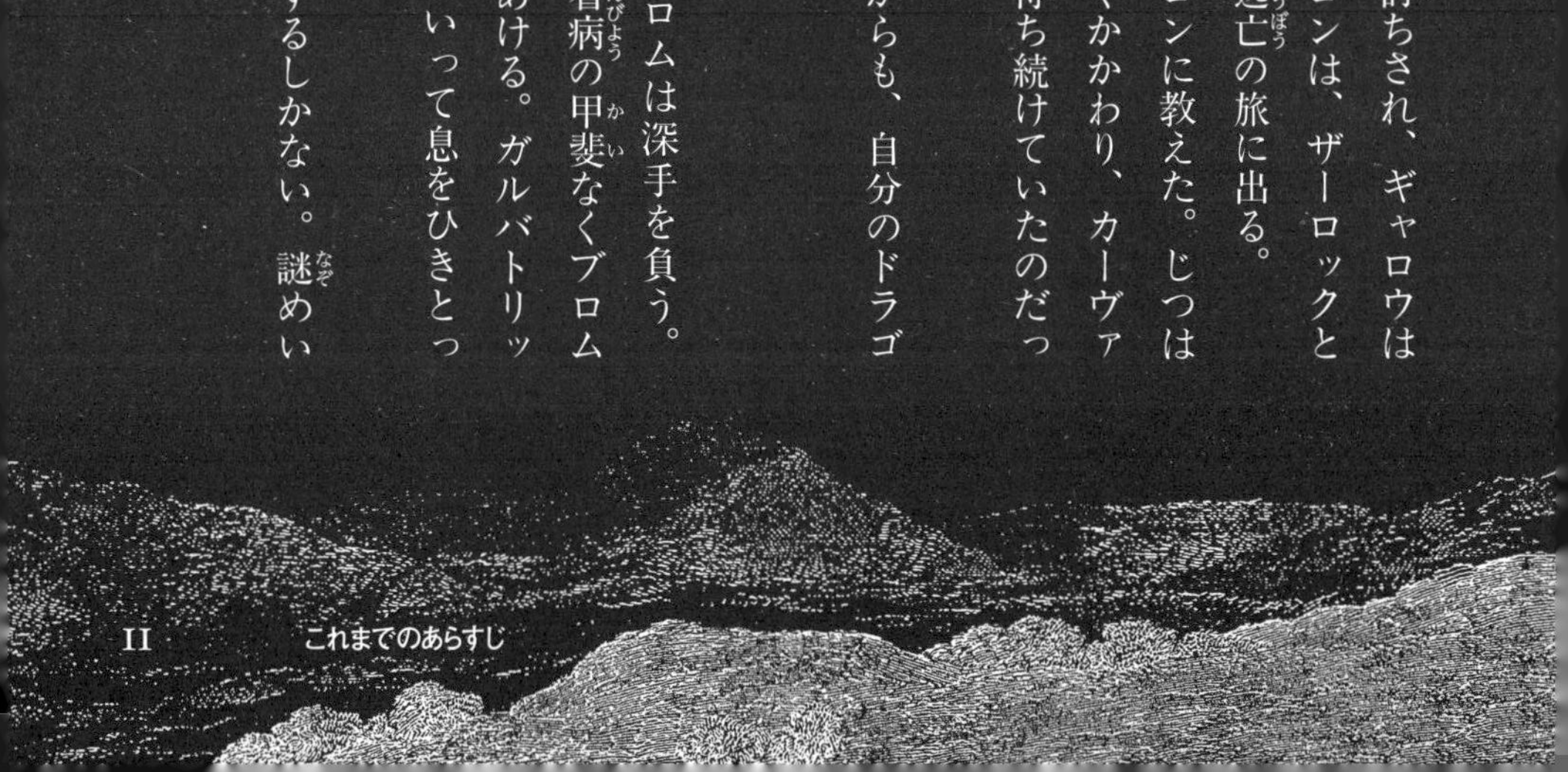

ギリエドの町で、エラゴンは帝国と同盟《どうめい》するアーガル軍にとらえられた。ガルバトリックスの右腕《みぎうで》の悪魔シェイド（名はダーザ）のもとに連行され投獄《とうごく》されるが、マータグの手引きで脱出《だっしゅつ》に成功。そのとき囚《とら》われていた黒髪《くろかみ》のエルフ、アーリアをも救いだした。

何度も命を助けてくれたマータグとエラゴンのあいだには、いつしか友情《ゆうじょう》がめばえていた。

エルフのアーリアは、協約によりエルフ族とヴァーデン軍のあいだを往復《おうふく》しているドラゴンの卵《たまご》を守る密使《みっし》だった。任務《にんむ》の途中《とちゅう》でダーザの襲撃《しゅうげき》を受け、魔法《まほう》で卵を安全なところへ移動《いどう》させるしかなかった。サフィラの卵が山中でエラゴンの前に出現《しゅつげん》したのは、その瞬間《しゅんかん》だったのだ。アーリアは、ヴァーデン軍の薬がなければ助からないほど弱っている。エラゴンたちは、アーガル軍の追跡《ついせき》を必死でかわしながら、ヴァーデンの本拠地《ほんきょち》をめざす。

険《けわ》しい山岳《さんがく》地帯に追いつめられたとき、マータグは、自分はモーザンの息子《むすこ》だと打ちあける。モーザンといえば、ガルバトリックスとともに謀反《むほん》を起こしたライダー族〈十三人の裏切り者《うらぎりもの》〉のひとりだ。すでに戦いで命を落としている父を、マータグはいまだに激《はげ》しく憎《にく》み、ガルバトリックスのもとを飛びだし、ひとり運命を切りひらこうとしているのだった。マータグは背中《せなか》に走るひどい傷痕《きずあと》を見せ、昔、父にザーロックという剣《けん》を投げつけられてできたものだという。語り部ブロムがくれたザーロックは、もとは裏切り者モーザンの剣だったのだ！

迫《せま》りくるアーガル軍の手に落ちる寸前、エラゴンたちは岩のなかからとつじょ現《あらわ》れたヴァーデン軍に救われる。軍は巨大《きょだい》な洞窟《どうくつ》の山ファーザン・ドゥアーを根城《ねじろ》にしていた。そこには、ドワーフの壮《そう》

大《だい》な地下都市トロンジヒームがあった。

エラゴンはヴァーデンの指導者《しどうしゃ》アジハドに会い、ヴァーデン軍、エルフ族、ドワーフ族の取り決めについて聞かされる。「新たなライダーが誕生《たんじょう》したら、まずブロムが指導し、さらにエルフの王国で修行《しゅぎょう》を完成させることになっている。きみはこの取り決めにしたがうか？」

ドラゴンライダーとしての決断《けつだん》の時が来た……。

ファーザン・ドゥアー滞在中《たいざいちゅう》、アーガル軍がドワーフのトンネルを侵攻《しんこう》してきて、激しい戦闘《せんとう》がはじまった。この〝ファーザン・ドゥアーの戦い〟のさなか、エラゴンと悪魔《シェイド》ダーザの一騎《いっき》打《う》ちとなった。暗黒の力をあやつるダーザは、エラゴンを追いつめ、その背中を大きく切りさく。だがそのとき、サフィラとアーリアが舞《ま》いおりてダーザの気をそらし、エラゴンは一瞬のすきをついてダーザの心臓《しんぞう》をさしつらぬいた。ダーザは闇《やみ》に消え、その呪文《じゅもん》から解放《かいほう》されたアーガルたちはトンネル内へ撤《てっ》退《たい》した。

戦いのあと、背中の痛《いた》みから意識《いしき》不明におちいったエラゴン。夢《ゆめ》のなかで〈嘆《なげ》きの賢者《けんじゃ》〉と名乗る人物が語りかけてきた。

――エルフの国に来なさい。おまえを待っている。わたしがすべての答えをもっている。

エルデスト

宿命の赤き翼✧上

01
災厄《さいやく》

死者の歌、それは残された者たちの嘆《なげ》きの歌——。

ねじれて切りさかれたアーガルたちの死骸《しがい》をまたいで歩きながら、エラゴンは思った。ファーザン・ドゥアーには、血と泥《どろ》にまみれた遺体《いたい》の山から、愛する者の亡骸《なきがら》を引きずりだした女たちの絶叫《ぜっきょう》が響《ひび》きわたっている。サフィラが死体の山をよけながら、うしろをゆっくりとついてくる。薄暗《うすぐら》い火山の空洞《くうどう》を満たす唯一《ゆいいつ》の色は、その鱗《うろこ》の青いきらめきだけだ。

ヴァーデンとドワーフ軍が、アーガル軍を撃退《げきたい》してからまる三日。ヴァーデン軍はこの戦いで、ファーザン・ドゥアーの中央にそびえる高さ一・五キロの円錐形《えんすいけい》の〈都市の山〉トロンジヒームを守りとおした。だがそこにはまだ、激《はげ》しい殺戮《さつりく》のあとがまざまざと残っている。遺骸《いがい》のあまりの多さに、埋葬《まいそう》作業は難航《なんこう》している。はるか遠く、ファーザン・ドゥアーの壁《かべ》あたりで陰鬱《いんうつ》に光る巨大《きょだい》な炎《ほのお》は、アーガルたちが燃《も》やされる炎だ。彼らのためには、なんの弔《とむら》いの儀式《ぎしき》もなく、遺体に敬意《けいい》がはらわれることもない。

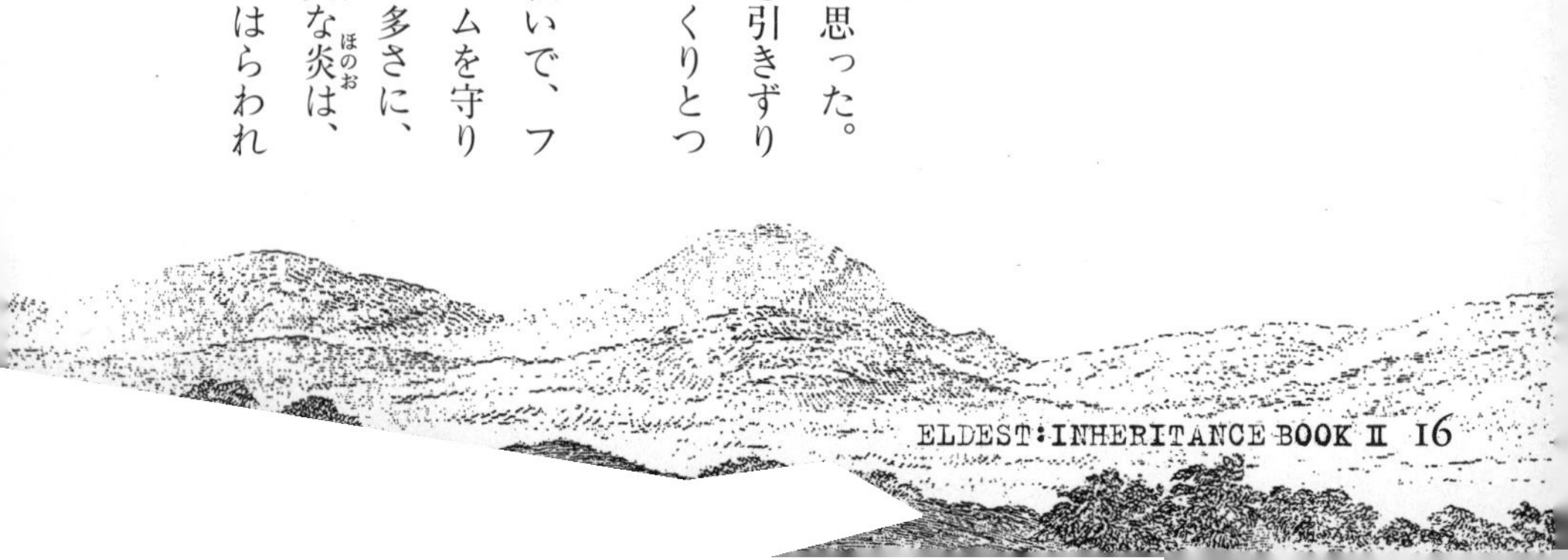

アンジェラの治療《ちりょう》を受け、意識《いしき》が回復《かいふく》して以来、エラゴンは三度ほど、復旧作業《ふっきゅう》を手伝おうとこころみた。そのたび、背中《せなか》をつきぬける激痛《げきつう》に動きをさまたげられた。アンジェラはいろいろな薬を調合して飲ませてくれる。アーリアもアンジェラも、エラゴンの体は完全に回復したと考えている。それでも、傷《きず》の痛《いた》みはなくならない。サフィラでさえ、ただ意識のなかで痛みを分かちあうことしかできない。

エラゴンは目の上に手をかざし、ファーザン・ドゥアーのはるか上の、すすけた火葬の煙《けむり》にかすむ星を見あげた。まる三日。ダーザを討《う》ちとってから三日、人々にシェイドスレイヤーと呼《よ》ばれるようになって三日、ダーザの記憶《きおく》のかけらに意識のなかを荒《あ》らされ、謎《なぞ》のオシャト・チャトウェイ〈嘆きの賢者《けんじゃ》〉に救われてから三日がたつ。彼の幻影《げんえい》のことは、サフィラ以外、だれにも話していない。ダーザと、彼をあやつる邪悪《じゃあく》な霊《れい》と戦ったことで、エラゴンは生まれ変わった。それがいいことなのか悪いことなのか、自分でもまだよくわからない。ただ、その生まれ変わった肉体も意識も、わずかな衝撃《しょうげき》でばらばらにくずれてしまいそうなほど、もろく感じられるのだった。

そして今、戦闘《せんとう》の傷痕《きずあと》を自分の目でたしかめたいというおさえがたい衝動に駆《か》られ、エラゴンはここに来ている。いざ来てみると、そこには死や腐敗臭《ふはいしゅう》の不快《ふかい》な現実《げんじつ》が立ちこめるだけで、英雄《えいゆう》たちの歌にうたわれるような栄光はなにひとつ見あたらない。

数か月前、伯父《おじ》のギャロウがラーザックに惨殺《ざんさつ》される前のエラゴンなら、人間やドワーフ、アーガルたちの残忍《ざんにん》な戦いを目《ま》のあたりにして、発狂《はっきょう》していたかもしれない。しかし今はもう、感覚が麻痺《まひ》

してしまった。こうした苦痛《くつう》のなか理性《りせい》を失わずにいるには、行動するしかない。それはサフィラに教えられ、気づいたことだ。だがそれ以上に、アーガルの巨大《きよだい》種族、カルに引き裂《さ》かれる人間の体や、のたうちまわる人々で埋《う》めつくされた大地、泥《どろ》から靴底《くつぞこ》にしみこんでくる血を見てしまったあとで、エラゴンは、命に意味があることすら信じられなくなっていた。戦いにいくらかの誉《ほま》れがあるとしたら、それは、だれかを守るために戦うことにしかない。

　エラゴンは身をかがめ、泥のなかからだれのものともしれない一本の臼歯《きゆうし》を引きぬいた。歯を掌《てのひら》の上でころがしながら、ずたずたにふみつけられた地をサフィラとともにゆっくりと歩いていく。はしまで来て足をとめたとき、アジハドの腹心《ふくしん》の部下、ジョーマンダーが〈都市の山〉トロンジヒームから走ってくるのが見えた。

　近くまで来ると、ジョーマンダーは頭をさげた。数日前のエラゴンには、けっして見せなかった態《たい》度《ど》だ。「エラゴン、ここにいたのか!」ジョーマンダーは手に羊皮紙の文書をにぎっている。「アジハドさまが帰還《きかん》する。きみの出むかえを期待しているだろう。ほかの者たちはもう、西門で彼の帰りを待っている。急がないとまにあわないぞ」

　エラゴンはうなずいた。サフィラに片手《かたて》をかけ、門へと歩きだした。

　この三日間、アジハドは、戦場から逃《に》げだしたアーガルの残党《ざんとう》を追って、ビオア山脈の下の岩盤《がんばん》をハチの巣状《すじよう》にめぐるドワーフのトンネルを捜索《そうさく》していた。捜索のあいま、エラゴンがたまたま見かけたとき、アジハドは娘《むすめ》のナスアダのことでひどく憤慨《ふんがい》していた。戦闘《せんとう》がはじまる前、ほかの女やこど

もたちといっしょに避難《ひなん》しろと命じたのに、ナスアダがこっそりヴァーデンの弓矢隊にまじって戦っていたと知ったからだ。

マータグと双子《ふたご》もアジハドとともに捜索に出ていた。双子が同行したのは、こうした危険《きけん》な任務《にんむ》において、ヴァーデンの指揮官《しきかん》を魔術《まじゅつ》の力で警護《けいご》するためだ。そしてマータグが任務を買ってでたのは、ヴァーデンになんの敵意《てきい》もないということを、よりはっきりと証明《しょうめい》するためだった。マータグは、ガルバトリックスに寝返《ねがえ》ってライダー族を裏切《うらぎ》ったドラゴンライダー、モーザンの息子《むすこ》だ。だから、彼がいくら自分の父を憎《にく》もうと、エラゴンに忠実《ちゅうじつ》であろうと、ヴァーデンたちは彼を信用しようとしなかった。そのマータグに対する、ヴァーデンたちの態度の変わりようはおどろくべきものだった。膨大《ぼうだい》な仕事が残っている今、だれもつまらない恨《うら》みごとにこだわっていられないのだろう。エラゴンは早くマータグに会いたかった。もどったら、戦闘のことをいろいろと語りあいたかった。

エラゴンとサフィラがトロンジヒームのなかをぐるりと通りぬけ、木造《もくぞう》の西門まで歩いていくと、ランタンの光の下にすでに何人かが集まっていた。オリクとアーリアもいた。ドワーフのオリクは短い足をしきりにふみかえ、じれったそうにしている。アーリアの二の腕《うで》の包帯の白が、暗がりのなか、髪《かみ》の毛先にかすかな光を反射《はんしゃ》させている。このエルフを目にしたとき、いつも感じる不思議な心のざわめきを、エラゴンはまたも感じていた。彼とサフィラの姿《すがた》に気づいたアーリアは、一瞬《いっしゅん》、緑色の光る瞳《ひとみ》を彼らにむけ、すぐにアジハドの出むかえのほうに注意をもどした。

エラゴンがダーザを殺し、戦いに勝利することができたのは、アーリアがイスダル・ミスラム——

バラの形に彫刻《ちょうこく》され、天井《てんじょう》にはめこまれた直径二十メートルものスターサファイア——を破壊《はかい》したおかげだった。しかし、種族のもっとも貴重《きちょう》な財宝《ざいほう》をこわされたことに、ドワーフたちは憤懣《ふんまん》やるかたない。今もトロンジヒームの中央塔《ちゅうおうとう》の床《ゆか》にこんもりとした山となって積まれているスターサファイアの残骸《ざんがい》の処分《しょぶん》をドワーフたちはこばんでいる。エラゴンはその美しさが失われたことにドワーフたちと同じ悲しみを覚えながら、トロンジヒームのなかを歩いてきた。

エラゴンとサフィラはオリクの横に立ち、トロンジヒームからファーザン・ドゥアーのふもとまで、八キロ四方におよぶ廃墟《はいきょ》を見わたした。「アジハドはどこから帰ってくるの？」

オリクは数キロ先の、いくつものランタンでかこまれた大きなトンネルの入り口を指さした。「あそこから出てくるはずだ」

エラゴンはほかの者たちと、じっとそのときを待った。ときおり話しかけてくる声にはこたえるが、あとは心のなかでサフィラと静かに語りあうほうがいい。ファーザン・ドゥアーに満ちる静寂《せいじゃく》が、今のエラゴンにはふさわしかった。

三十分ほどたったころ、はるか遠い地下トンネルの入り口に、人影《ひとかげ》が見えてきた。男たちが十人ほど次々と地上に姿《すがた》を現《あらわ》し、続いて、彼らの手を借りて同じ数だけのドワーフがトンネルからあがってくる。アジハドらしき人影が手をあげ、兵士たちは彼のうしろに二列の編隊《へんたい》を組んだ。号令を合図に、堂々と胸《むね》をはった兵士たちがトロンジヒームへと歩きだした。

五メートルほど進んだとき、兵士たちの背後《はいご》になにかの動きが見えた。もうひとまわり大きな群《む》れ

が、トンネルから飛びだしてきた。だが距離《きょり》が遠すぎてよく見えない。エラゴンは目をこらした。

〔アーガルだ！〕サフィラがさけんだ。その体は弓の弦《つる》のようにぴんとはりつめている。

エラゴンはきき返しもせず「アーガルだ！」と声をあげ、サフィラに飛び乗った。ザーロックを部屋に置いてきたことが悔《く》やまれてならなかった。駆逐《くちく》したはずのアーガル軍がふたたび攻《せ》めてくるなど、だれも予想していなかった。

サフィラが淡青色の翼《つばさ》を大きくはばたかせて飛びあがった。スピードと高度があがると、エラゴンの背中《せなか》の傷《きず》がズキズキとうずいた。眼下《がんか》では、アーリアがサフィラにまけない速さで、トンネルにむかって地上を駆《か》けている。オリクと何人かの男たちがそのあとを追い、ジョーマンダーは兵舎《へいしゃ》に駆けもどっていく。

アーガルたちがアジハドの編隊《へんたい》に後方からおそいかかるのを、エラゴンはなすすべもなく見ているしかなかった。これほどの距離があっては、魔法《まほう》もとどかない。怪物《かいぶつ》たちは兵士たちの不意をつき、あっというまに四人の体を切り裂《さ》いた。人間、ドワーフのべつなく、残る兵士たちが、指揮官《しきかん》を守るべくとっさにアジハドをとりかこむ。ふたつの群れがひとかたまりになり、剣《けん》や斧《おの》のかちあう音が響《ひび》きだした。ふいに、双子《ふたご》のひとりから光が放たれ、アーガルがひとり、切断《せつだん》された腕《うで》をにぎったままたおれた。

一瞬《いっしゅん》、兵士たちはアーガルの急襲《きゅうしゅう》をはねのけたかに見えた。だが次の瞬間、まるで薄《うす》い霧《きり》がそこだけにおりたかのように、衝突《しょうとつ》の場所が土埃《つちぼこり》に包まれて見えなくなった。埃がおさまったとき、そこに

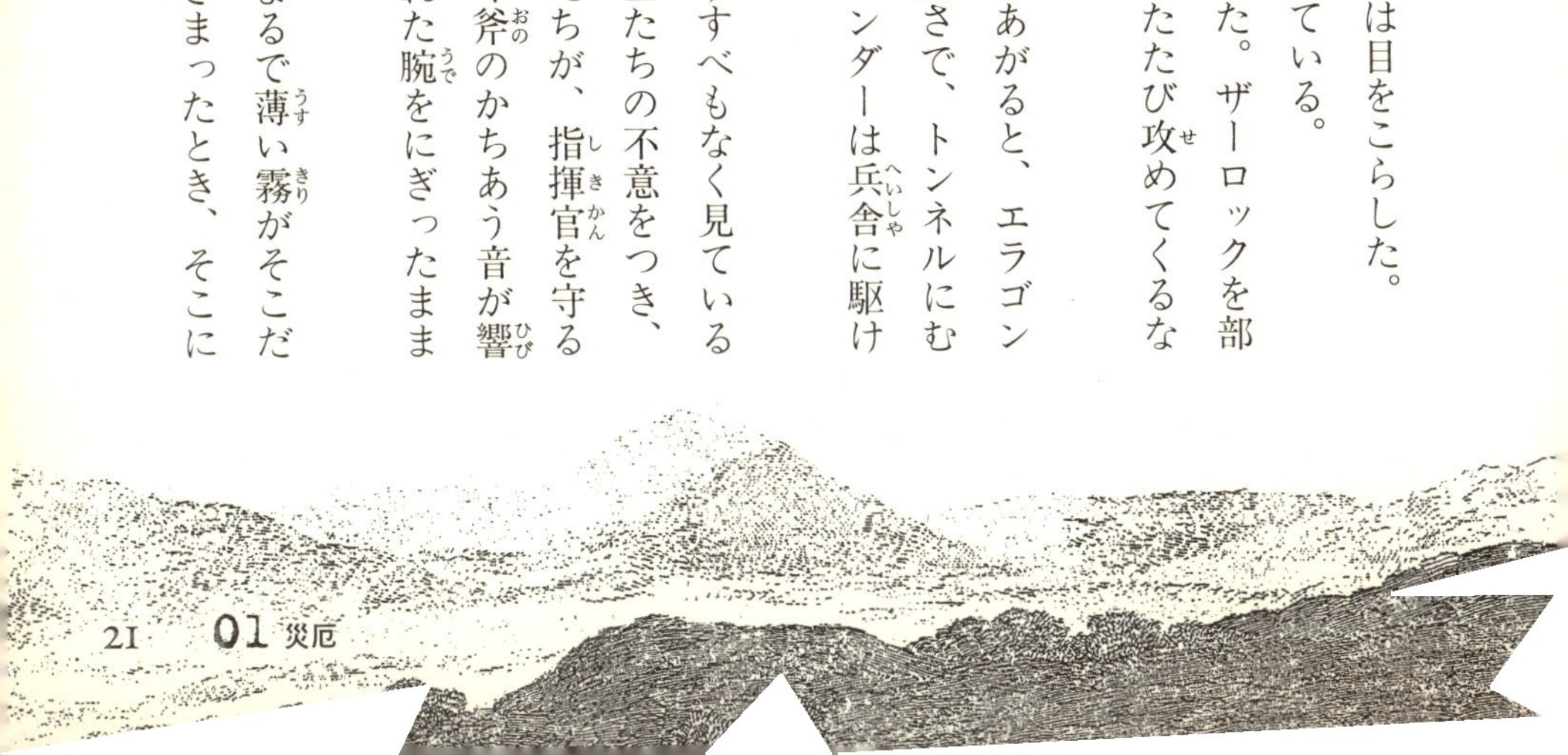

残っていたのは四人だけだ。アジハド、双子、マータグ。アーガルの群《む》れが四人におそいかかり、ふたたび視界《しかい》がさえぎられた。エラゴンはこみあげる恐怖《きょうふ》をおさえ、必死に目をこらした。

やめろ！　やめろ！　やめろ！

サフィラがそこへたどりつく前に、アーガルの一団《いちだん》はいっせいにトンネルへと撤収《てっしゅう》した。あとには、いくつもの体が横たわっている。

サフィラが着地した。

エラゴンはその背《せ》から飛びおりるなり、深い悲しみと憤《いきどお》りに圧倒《あっとう》され、思わずたじろいだ。

ぼくにはできない……。わが家の農場で、瀕死《ひんし》のギャロウを見つけたときの記憶《きおく》がまざまざとよみがえる。エラゴンは恐怖と闘《たたか》いながら、息のある者をさがして、一歩一歩、歩を進めた。

そこは、さっき見ていた戦場と、不気味なほどよく似《に》ていた。ちがうのは、流れでる血がまだ新しいことだけだ。

殺戮《さつりく》の場の中央に、アジハドがたおれていた。鎧《よろい》の胸《むね》あては無残に切りきざまれ、まわりには彼の討《う》ちとったアーガルの死体が五つある。

アジハドはまだ、かすかにあえぐような息をしていた。エラゴンはかたわらにひざまずき、ずたずたになった指揮官《しきかん》の胸を涙《なみだ》で濡《ぬ》らさぬよう、頭を低くした。これほどの傷《きず》は、だれにも治すことができない。

駆《か》けつけたアーリアが、はたと足をとめた。アジハドが助からないと知り、エルフの美しい顔に愁《うれ》

いの色が広がった。

「エラゴン……」アジハドの唇《くちびる》からその名がもれた――ささやくほどの声でしかない。

「はい、ぼくはここにいます」

「聞いてくれ、エラゴン……最後にひとつだけ、きみに命じておきたいことがある」

エラゴンは指揮官の最期《さいご》の言葉を聞きとるため、身をかがめた。

「約束してくれ。ヴァーデンを……混沌《こんとん》のなかにおとしいれぬと。ヴァーデンは帝国《ていこく》に立ちむかえる唯一《ゆいいつ》の希望だ……われらは強くあり続けねばならぬ。どうか、約束してほしい」

「約束します」

「きみの無事を祈《いの》る、エラゴン・シェイドスレイヤー……」最後にそういって、アジハドは目を閉《と》じた。高貴《こうき》な顔におだやかさがもどった。彼は息を引きとったのだ。

エラゴンはこうべをたれた。熱いものがこみあげ、胸がつまった。

アーリアは古代語で哀悼《あいとう》の言葉をささやいてから、歌うような声でいった。「悲しいかな、アジハドの死は多くの不和をもたらしかねません。彼のいうとおり、あなたは全力をつくして、権力争《けんりょくあらそ》いをさけねばなりません」

エラゴンはこたえる気力もないまま、ほかの遺体《いたい》に目をやった。ここ以外の場所にいられるなら、どんなことでもするのにと思った。

そのとき、サフィラがアーガルの死体を鼻先でつついた。〈まさかこんなことが起きるとは。卑劣《ひれつ》

すぎる。勝利をえて、安全であるべきときなのに〕サフィラはまたべつの死体を調べ、ぐるりとふり返った。〔双子《ふたご》とマータグはどこ？　どこにも見あたらない〕

エラゴンはあたりを見まわした。〔本当だ！〕体じゅうに血が駆《か》けめぐるのを感じながら、エラゴンはトンネルの入り口へ走った。

トンネルのなかの傷《いた》んだ大理石の階段《かいだん》は濃《こ》い血だまりでおおわれ、いくつもの黒い鏡のように、まるくてらてらと光っている。血まみれの死体が何体も、引きずられていったかのようだ。

〔アーガルに連れさられたのか！　でも、なぜだ？　やつらが捕虜《ほりょ》や人質《ひとじち》をとるなんてありえないのに〕ふたたび絶望感《ぜつぼうかん》がおそってくる。〔どっちにしろ、援軍《えんぐん》がなけりゃ追うこともできない。おまえの体じゃ、穴《あな》にはとても入れないし〕

〔まだ生きているかもしれないのに、彼らを見すてる気か？〕

〔ぼくにどうしろっていうんだ？　ドワーフのトンネルは延々《えんえん》と続く迷路《めいろ》なんだぞ！　迷子《まいご》になってしまう。それに、ぼくはアーリアみたいに走れない。アーガルには到底《とうてい》追いつけない〕

〔ならば、彼女にたのめばいい〕

〔アーリアに？〕エラゴンはためらった。その方法に飛びつきたいが、アーリアを危険《きけん》にさらすようなことはしたくない……。それでも、ヴァーデンのなかでアーガルに立ちむかえる者がいるとしたら、それは彼女しかいない。エラゴンはうめくような声で、トンネルのなかで見たことをアーリアに説明した。

アーリアはきれいな弧《こ》を描《えが》く眉《まゆ》をひそめた。「どういうことなのか……」

「やつらを追ってくれますか?」

アーリアは沈黙《ちんもく》したまま、エラゴンをじっと見つめた。「ヴィオル・オノ」——あなたのために。アーリアはさっと駆けだすと、手に剣《けん》をひらめかせ、地中へ飛びこんでいった。

心に焼けつくような痛《いた》みを感じたまま、エラゴンはアジハドのそばにあぐらをかいてすわり、その骸《むくろ》に目を落とした。アジハドが死んだことも、マータグが消えたことも、まだしっかりと受けとめることができない。マータグ——ガルバトリックスに手を貸《か》し、ライダー族の体制《たいせい》を破壊《はかい》した、〈十三人の裏切《うらぎ》り者《もの》〉のひとりであるモーザンの息子《むすこ》。そして、エラゴンの大切な友だちでもあった。いなくなればいいと思うこともあった。だが、こうして無理やり引きはなされた今、エラゴンは思いがけないほどの喪失感《そうしつかん》にさいなまれている。身じろぎもせず、そこにすわっていると、オリクとほかの男たちがようやく追いついてきた。

アジハドの姿《すがた》を目にしたオリクは、ドワーフ語で悪態《あくたい》をつきながら足をふみ鳴らし、地面にころがるアーガルの死骸《しがい》に斧《おの》をふりおろした。

男たちはショックのあまり立ちつくしている。

オリクはたこのできた手から泥《どろ》をこすり落とし、苦しげにうめいた。「ああ、これじゃもうスズメバチの巣がこわれたも同じだわ。ヴァーデンは平穏《へいおん》じゃいられん。バーズルン(なんとも不幸な)。めんどうなことになるぞ。エラゴン、臨終《りんじゅう》の言葉は聞けたのか?」

エラゴンはサフィラをちらっと見た。「ああ。でもそれは、まずふさわしい人に伝えてから」

「そりゃあそうだ。で、アーリアは？」

エラゴンはトンネルを指さした。

オリクはまた悪態《あくたい》をつき、かぶりをふりながら地面にひざをついてしまった。

まもなくジョーマンダーが、六人構成《こうせい》の十二部隊を引きつれてやってきた。部下たちに惨状《さんじょう》の外で待つよう指示《しじ》すると、ひとりでアジハドに歩みより、身をかがめ、肩《かた》に手を置いた。「友よ、なぜこんなむごいことに？　ファーザン・ドゥアーがこれほど広くなければ、もっと早く助けに来られたのに……勝利の絶頂《ぜっちょう》のときに、逝《い》ってしまわれるなんて……」

エラゴンは小さな声で、双子《ふたご》とマータグが消えたことと、アーリアのことを伝えた。

「本当なら、彼女を行かせたくはなかったが」ジョーマンダーは立ちあがった。「現時点《げんじてん》で、われわれに打つ手はない。とりあえずここに見張《みは》りを立てておくが、トンネルを先導《せんどう》してくれるドワーフをさがすのに、少なくとも一時間はかかるだろう」

「わしが先導しよう」オリクが申し出た。

ジョーマンダーは遠い目でトロンジヒームをふり返った。「いや。きみはフロスガーのところへ行かなくては。ほかのだれかにたのもう。エラゴン、申しわけないが、きみたち重要な面々には、アジハドの後継者《こうけいしゃ》が決まるまで、ファーザン・ドゥアーにとどまってもらわねばならない。アーリアは自力でなんとかやれるだろう……どのみち、彼女に追いつくことなどできないし」

エラゴンはうなずくしかなかった。

ジョーマンダーはあたりを見まわし、全員に聞こえるよう声をはりあげた。「アジハドさまは勇敢《ゆうかん》な戦士として死をとげられた！　見るがいい、ひとりたおすこともむずかしいアーガルを、五人も討《う》ちとっておられる。彼の栄誉《えいよ》をたたえ、魂《たましい》が神に召《め》されんことを祈《いの》ろうではないか。亡骸《なきがら》を盾《たて》にのせて、トロンジヒームまで運ぶのだ……涙《なみだ》を見せることを恥《は》じることはない。この悲しみの日は、すべての者の記憶《きおく》にとどめねばならない。わが指揮官《しきかん》の命をうばった怪物《かいぶつ》に、この剣《けん》をつきさす日が、一日も早く来ることを！」

兵士たちはいっせいにひざまずき、アジハドに敬意《けいい》を表して兜《かぶと》をぬいだ。やがて立ちあがり、指揮官をうやうやしく盾にのせ、肩にかついだ。ほとんどの兵士たちがすすり泣き、涙であごひげを濡《ぬ》らしている。それでも、指揮官の亡骸を落とすような恥ずべきことはしなかった。兵士たちのおごそかな行進とともに、サフィラとエラゴンもトロンジヒームへもどった。

02

長老会議

エラゴンは起きあがってベッドのはしにころがり、部屋のなかを見まわした。ふたを閉《と》じたランタンの光で、あたりはぼんやりと照らされている。ベッドに腰《こし》かけ、眠《ねむ》っているサフィラに目をやった。鱗《うろこ》におおわれた鼻孔《びこう》から、大きな鼻息とともに肺《はい》の空気が吐《は》きだされ、筋肉質《きんにくしつ》のわき腹《ばら》が上下に波打っている。エラゴンは、その鼻孔からふきだす炎《ほのお》のことを思った。サフィラは今や自分の意志《いし》で、燃《も》えさかる炎を吐き、腹の底から咆哮《ほうこう》をとどろかすことができる。金《きん》属《ぞく》をも溶《と》かす灼熱《しゃくねつ》の炎が、サフィラの舌《した》や象牙色《ぞうげいろ》の牙《きば》のあいだをつきぬけ――それらをなんら傷《いた》めることなく――ふきだしてくるさまは圧巻《あっかん》だ。ダーザとの対決のとき、トロンジヒームの中央塔《ちゅうおうとう》を急降《きゅうこう》下《か》しながら火を吐いて以来、サフィラはそのあらたな能力《のうりょく》を、しゃくにさわるほど自慢《じまん》している。つねに鼻から小さな火をふきだし、すきあらばあたりかまわず燃やしてしまおうとする。

スターサファイア、イスダル・ミスラムがこわれ、その上の〈ドラゴンの間〉が使えなくなったので、ドワーフたちはトロンジヒームの地下の、古い営倉《えいそう》をエラゴンたちに貸《か》してくれた。広さはじゅ

うぶんあるが、天井《てんじょう》が低く、壁《かべ》にかこまれた暗い部屋だ。

エラゴンはきのうのことを思い出し、胸《むね》が苦しくなった。あふれる涙《なみだ》を、手でぬぐった。

アーリアはあれからしばらくして、疲《つか》れた足を引きずって、トンネルからもどってきた。魔術《まじゅつ》を駆《く》使《し》した懸命《けんめい》の追跡《ついせき》にもかかわらず、アーガルに追いつくことができなかったのだ。「これを見つけました」アーリアがそういってさしだしたのは、双子《ふたご》のどちらかの、血に濡《ぬ》れて引き裂《さ》かれた紫色《むらさきいろ》のローブと、マータグの上衣《チュニック》と左右の革《かわ》の手袋《てぶくろ》だった。「どのトンネルも通じていない、暗い岩の裂け目に散らばっていました。アーガルは彼らの武器《ぶき》と鎧《よろい》だけうばって、遺体《いたい》を投げすてたのかもしれません。マータグと双子についても透視《とうし》しましたが、暗い地の底しか見えませんでした」アーリアはエラゴンと目をあわせた。「残念ですが、彼らの命はもうないでしょう」

アーリアとはそれ以来、話していない。

今、エラゴンはひとりマータグの死を悼《いた》んでいた。忌《い》まわしい喪失感《そうしつかん》がじわじわとしのびよってくる。さらに忌まわしいのは、この何か月かで、そうした感情《かんじょう》に慣《な》れてしまったことだ。

エラゴンは手の上で光るドーム状《じょう》の涙の粒《つぶ》を見おろし、自分でもマータグと双子を透視してみようと思った。絶望的《ぜつぼうてき》な努力だと、痛《いた》いほどわかっている。けれど、マータグが逝《い》ったことを、自分に納《なっ》得《とく》させなければならない。とはいえ、アーリアが見えなかったものを本当に見たいのかどうか、ファーザン・ドゥアーの深い谷底に横たわるマータグの傷《いた》んだ体を見れば、気がらくになるのかどうか、自分でもわからない。

エラゴンはつぶやいた。「ドラウマ・コパ」
涙《なみだ》の粒《つぶ》が暗い帳《とばり》でおおわれ、銀色の掌《てのひら》の上に、小さな一点の夜が現《あらわ》れた。そのなかに、なにかの動きが見える。まるで雲にかすむ月の上を、鳥が一羽さっとよぎったかのように……そして、なにも見えなくなった。
水滴《すいてき》にもうひと粒、涙が落ちた。
エラゴンは深呼吸《しんこきゅう》して、のびをし、気持ちが落ちつくのを待った。ダーザに受けた傷《きず》から回復《かいふく》したとき、自分がまったくの運だけでここまで切りぬけてきたのだと気づかされた。今度また、べつのシェイドか、あるいはラーザックやガルバトリックスと対峙《たいじ》することがあれば、もっともっと強くなければ勝つことなどできない。ブロムがいれば、きっといろいろなことを教えてもらえただろう。でも、彼がいない今、自分がむかうべきところはひとつしかない。エルフの国だ。
サフィラの呼吸が速くなった。目をあけ、大きなあくびをする。〔おはよう、小さき友よ。いい朝だ〕
〔いい朝?〕エラゴンはマットレスをおしつぶすようにして、両手をついた。〔いいわけないだろ……マータグにアジハド……トンネルのなかの見張《みは》り兵《へい》は、なんでアーガルのことを知らせてこなかったんだ? 見張りに気づかれず、アジハドたちを尾《つ》けることなんかできなかったはずなのに……アーリアのいうとおりだ。どういうことなのかわけがわからない〕
〔真相は最後までわからないかもしれない〕サフィラはおだやかにいった。立ちあがると、翼《つばさ》が

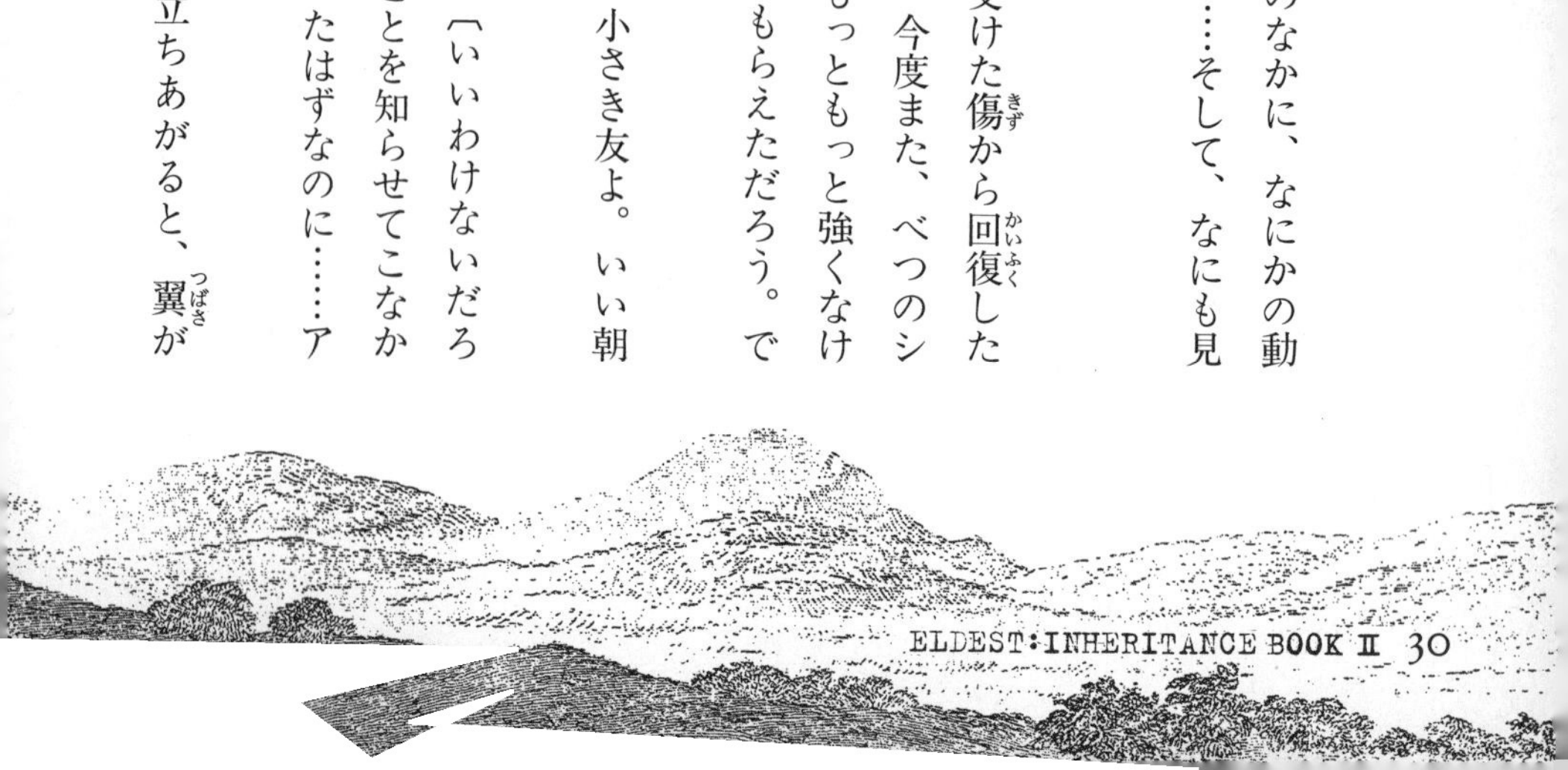

天井《てんじょう》をこすった。〔まずは腹《はら》ごしらえだ。それから、ヴァーデンがこれからどうなるのか、知る必要がある。ぐずぐずしてはいられない。こうしているあいだにも、新しい指導者《しどうしゃ》が決まるかもしれない〕

エラゴンはうなずいて、きのうのみんなとの別れの場面を思い出した。

あのとき、オリクはフロスガー王のもとへ訃報《ふほう》を知らせに走り、ジョーマンダーはアジハドの亡骸《なきがら》を、葬儀《そうぎ》までの仮《かり》の安置所に運んでいった。アーリアはひとり立ちつくし、人々の動きを見つめていた。

エラゴンは立ちあがり、ザーロックと弓を身につけると、スノーファイアの鞍《くら》をつかもうとかがみこんだ。と、上半身に鋭《するど》い痛《いた》みが走り、床にころがった。背中《せなか》をかきむしりながらもだえる。まるで、のこぎりで体をふたつに切りさかれるような痛みだ。

その感覚がさざなみのようにとどくと、サフィラはうなった。意識《いしき》を通してエラゴンの痛みをやわらげようとするが、いっこうに効果《こうか》がない。なにかと戦うかのように、サフィラの尾《お》は本能的《ほんのうてき》にはねあがった。

発作《ほっさ》がおさまるまで数分かかった。痛みが引いても、荒《あら》い息づかいはおさまらない。

エラゴンの顔は汗《あせ》に濡《ぬ》れ、髪《かみ》ははりつき、目はひりひりしている。手を背中にやり、傷のいちばん上におそるおそる指をあててみた。傷は熱をもち、過敏《かびん》になっている。

サフィラが頭をさげ、鼻先で彼の腕《うで》をそっとつつく。〔かわいそうに……〕

〔今のはひどかった〕エラゴンはよろよろと立ちあがった。サフィラの体にもたれ、ぼろきれで汗《あせ》をぬぐうと、慎重《しんちょう》に扉《とびら》のほうへ歩きだした。

〔もうだいじょうぶなのか?〕

〔行くしかないだろう。ドラゴンとライダーとして、ぼくらはヴァーデンの次期指導者《しどうしゃ》が選ばれるのを、見とどけなくちゃならないんだ。もしかしたら選出にかかわるかもしれない。ぼくらは今、それくらい重大な立場にいる。ヴァーデンに対して、大きな権限《けんげん》をもっているんだ。その立場にいるはずの双子《ふたご》はもういない。いいことといえば、それだけだな〕

〔そのようだ。それにしてもダーザめ、あなたにそんな拷問《ごうもん》をあたえるとは、千年の苦しみを受けるべきだ〕

エラゴンはうなった。〔とにかく、ぼくのそばをはなれないで〕

ふたりはいちばん手近な厨房《ちゅうぼう》へむかって、トロンジヒームを歩きだした。どの通路でも廊下《ろうか》でも、すれちがう人々が足をとめ、「アージェトラム」、「シェイドスレイヤー」とつぶやいていく。ドワーフたちも――数は多くないにしろ――それは同じだった。人々の陰鬱《いんうつ》な重苦しい表情《ひょうじょう》や、悲しみを表す暗い色の服装《ふくそう》を見て、エラゴンは胸《むね》がしめつけられた。女性《じょせい》たちはほとんど、真っ黒な衣裳《いしょう》をまとい、顔をベールでおおっている。

厨房に入ると、エラゴンは石の大皿に食べ物をのせて、低いテーブルについた。サフィラは彼がまた発作《ほっさ》を起こしやしないかと、注意深く見守っている。何人かの人間がエラゴン

に近づいてくるが、そのたびにサフィラが口をあけてうなって追いはらう。
　エラゴンはまわりのざわめきなど気づかないふりをして、黙々《もくもく》と食べた。やがて、マータグのことから気持ちをそらすため、エラゴンはたずねた。〔アジハドも双子もいなくなった今、いったいだれがヴァーデンを指揮《しき》するんだろう？〕
　サフィラはためらった。〔あなたかもしれない。アジハドの最期《さいご》の言葉は、指導者としてあなたをみとめる祝福の言葉だったとも解釈《かいしゃく》できる。そうだとしても、反対する者はいないだろう。しかし、それはあなたにとって賢《かしこ》い選択《せんたく》とは思えない。その道には、困難《こんなん》しか待っていないような気がする〕
〔ぼくもそう思う。それにアーリアが賛成《さんせい》しないだろう。そうなったら、彼女はぼくの強敵《きょうてき》にだってなりうる。エルフは古代語で話すときは嘘《うそ》をつかないっていうけど、人間の言葉のときはべつさ――アジハドがそんな臨終《りんじゅう》の言葉はいわなかったっていうかもしれない。それで彼女の目的を果たすことになるならね。とにかく、ぼくはそんな地位にはつきたくない……。ジョーマンダーはどうだろう？〕
〔アジハドは彼のことを自分の右腕《みぎうで》と呼《よ》んでいた。残念ながら、わたしたちはジョーマンダーのこともヴァーデンのほかの幹部《かんぶ》のことも、ほとんど知らない。ここへ来て日が浅い。だからわたしたちは、過去《かこ》のあれこれではなく、感覚と印象《いんしょう》だけで判断《はんだん》をくださなければならない〕
　エラゴンは皿の上の魚を、つぶしたジャガイモによせた。〔フロスガーやドワーフの部族のことも忘《わす》れちゃいけない。今回の件《けん》じゃ、彼らもだまっていないだろう。エルフ族は――アーリアをのぞけ

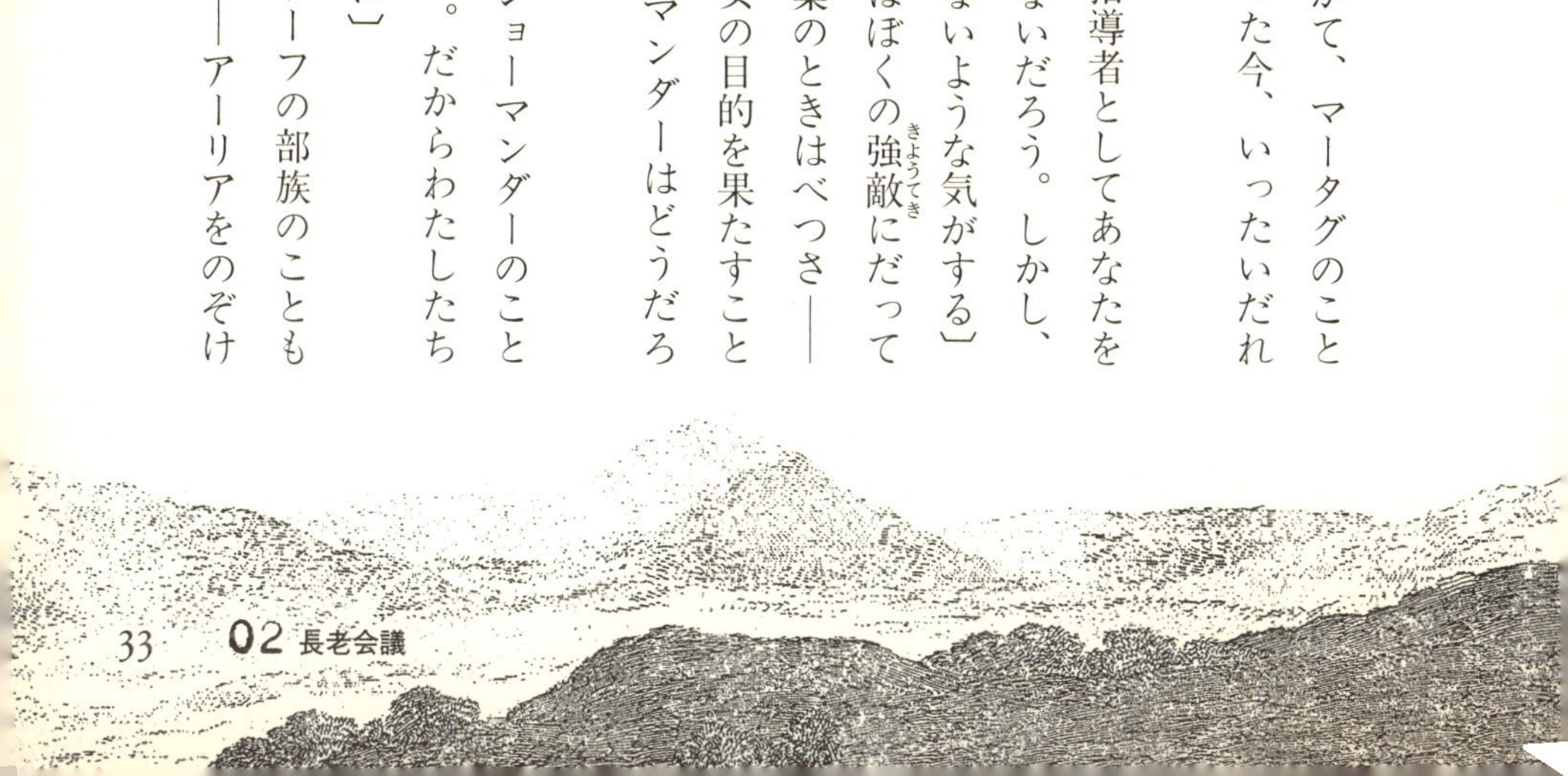

ば――後継者《こうけいしゃ》選びに口は出せないさ。エルフの国に情報《じょうほう》がとどく前に、決まるだろうからね。でもドワーフは無視《むし》できない。無視なんかさせないだろう。フロスガーはヴァーデンに好意的だけど、もしかしたらドワーフのほかの部族の反発にあって、指導者《しどうしゃ》にふさわしくない人をおしつけられるかもしれない〕

〔たとえば?〕

〔かんたんにあやつれる人〕エラゴンは目をつむり、背《せ》をそらした。〔ファーザン・ドゥアーの住人なら、だれでもいい〕

ふたりはこの問題についてしばらく考えてみた。ふいに、サフィラがいった。〔エラゴン、だれかがあなたに会いに来てる。追いはらうことができない〕

え? エラゴンはぱっと目をあけ、光に目が慣《な》れるまでまばたきをした。

テーブルの前に色白の少年が立っていた。食われやしないかと不安顔で、サフィラのほうをうかがっている。

「なにか用かな?」エラゴンはなるべく愛想《あいそ》よくたずねた。

少年は口を開きかけ、はっとしたように頭をさげた。「お呼《よ》びがかかっております、アージェトラム。長老会議で発言なさるようにと」

「長老会議って?」

エラゴンの質問《しつもん》が、さらに少年を動揺《どうよう》させたようだ。「長老会議とは……その……わたしたちの

――ヴァーデンの代表として、アジハドさまと話すために選ばれた方たちの会議です。助言者として彼に信頼《しんらい》されていた方たちです。彼らが、あなたにいらしてほしいといってるんです。大変に名誉《めいよ》なことです！」少年はぱっと笑《え》みを浮《う》かべてしめくくった。

「きみが案内してくれるの？」

「はい、そうです」

サフィラがいぶかしげな顔でエラゴンを見る。

エラゴンは肩《かた》をすくめ、残った食べ物をそのままにして、案内してくれと少年に手をふった。

歩いていく途中《とちゅう》、少年は目を輝《かがや》かせてザーロックを見つめ、それから恥《は》ずかしそうに顔をふせた。

「名前はなんていうの？」

「ジャーシャです」

「いい名前だ。それに、使者の仕事もしっかり果たせた。誇《ほこ》りに思っていいことだよ」

ジャーシャはうれしそうに笑い、軽やかに歩いていく。

中央に出っ張《ぱ》りのある石造《いしづく》りの扉《とびら》に着くと、ジャーシャは扉をおしあけた。部屋は円形で、空色の丸天井《まるてんじょう》に星座《せいざ》の絵が描《えが》かれている。部屋の中央に置かれた大理石の丸テーブルには、ダーグライムスト・インジータム（鍛冶職人《かじしょくにん》の部族）の紋章《もんしょう》である〝十二の星にかこまれた金槌《かなづち》〟がきざまれている。テーブルについているのはジョーマンダーのほかに男がふたり――ひとりは背が高く、ひとりはでっぷりしている。女もふたりいる。ひとりは、きゅっと閉《と》じた唇《くちびる》に、中央によりぎみの目、目と頬《ほお》

には念いりに化粧《けしょう》がほどこされている。もうひとりの女は、ボリュームたっぷりの白髪《はくはつ》に品のある顔。その顔とは不釣合《ふつりあ》いな短剣《たんけん》の柄《つか》が、大きく盛《も》りあがった胴着《ボディス》のはしからのぞいている。

「さがってよいぞ」ジョーマンダーが命じると、ジャーシャはぴょこんとお辞儀《じぎ》をして出ていった。

長老たちの視線《しせん》を感じながら、エラゴンは部屋のなかを見わたし、かたすみにならんだ椅子《いす》の真ん中にすわった。ここならほかの長老たちは、わざわざ椅子をまわさなければエラゴンを見ることができない。サフィラはエラゴンの真うしろにうずくまった。頭の上にサフィラの熱い息を感じる。

ジョーマンダーが半分腰《こし》をあげ、軽く会釈《えしゃく》して着席した。「エラゴン、ご足労いただいて申しわけない。きみ自身、つらいときでもあるのに。こちらはウマース」背《せ》の高い男だ。「そしてファルバード」でっぷり男。「サーブレーとエレッサリ」ふたりの女たちだ。

エラゴンは頭をさげた。「双子《ふたご》たちもここの一員だったんですか？」

濃《こ》い化粧のサーブレーはきっぱりと首をふり、長いつめでテーブルをコツコツたたきながらいった。「彼らはわたしたちとはなんの関係もありません。くだらない連中です。自分たちの利益《りえき》のためにしか動かない、寄生虫《きせいちゅう》のようなやつらでした。ヴァーデンにつくす気持ちはこれっぽっちもなかった。だから、会議に彼らの席などなかったのです」テーブルのむこうからでも、彼女の香水《こうすい》のにおいがわかる。どろっとした油のような、腐《くさ》りかけた花のようなにおいだ。エラゴンはそう思って、笑いをかみころした。

「もういい。双子の話をしにここに来ているわけじゃないだろう」ジョーマンダーがいった。「われ

われは今、迅速《じんそく》かつ効果的《こうかてき》に対処《たいしょ》すべき重大な危機《きき》に直面している。われわれがアジハドの後継者《こうけいしゃ》を決めなければ、ほかのだれかが決めてしまうのだ。フロスガーはすでにドワーフを代表して哀悼《あいとう》の言葉を伝えてきた。いかにも殊勝《しゅしょう》な態度《たいど》だが、今こうしているあいだにも、彼は彼なりの筋書《すじが》きを考えているにちがいない。それに、ドゥ・ヴラングル・ガータ〔魔術師《まじゅつし》の会〕のことも気になる。魔術師たちのおおかたはヴァーデンに忠実《ちゅうじつ》だとはいえ、彼らの行動はふだんから予測《よそく》がつかない。ひょっとしたら、自分たちの利益のために、われわれの権限《けんげん》に楯《たて》つくかもしれない。エラゴン、だからこそきみの力ぞえが必要なんだ。だれが選ばれるにせよ、アジハドの後継者の正当性《せいとうせい》を証明《しょうめい》するために」

　でっぷりしたファルバードが重そうに腰をあげ、肉づきのいい手をテーブルについた。「われわれ五人は、だれを推《お》すかもう決めておる。その人以外に適任者《てきにんしゃ》はいないと信じておる。しかし」彼は太い指をつきだしていった。「その名をあかす前に、きみに宣誓《せんせい》してほしいのじゃ――われわれの意見に賛成《さんせい》であろうとなかろうと、ここでかわされた話は、けっして外へもちださないと」

〔どうして宣誓なんかさせたいんだろう？〕エラゴンはサフィラにいった。

〔わからない〕サフィラが鼻を鳴らす。〔もしかしたら罠《わな》か……受けるかどうかは、賭《か》けになるだろう。だが覚えておいて。彼らはわたしの宣誓は求めていない。必要ならば、彼らの話はいつでもアーリアに伝えられる。愚《おろ》かな連中だ、わたしにも人間と同じだけ知恵《ちえ》があることを忘《わす》れている〕

　エラゴンはサフィラの話に納得《なっとく》して、いった。「わかりました。宣誓しましょう。それで、ヴァーデンの長《ちょう》にだれを推すつもりなんです？」

「ナスアダだ」
エラゴンはおどろいて視線《しせん》を落とし、とっさに頭を回転させた。ナスアダが後継者《こうけいしゃ》になるなど思いもよらなかった。若《わか》すぎる——ぼくよりいくつか年上なだけだ。もちろん、彼女がふさわしくないというわけではない。でも、なぜ長老会議が彼女を指名するのか？　長老たちにどんな利益《りえき》があるのだろう？　エラゴンはブロムの忠告《ちゅうこく》を思い出し、この問題をあらゆる角度から吟味《ぎんみ》し、すみやかに判断《はんだん》しなければと思った。
〔ナスアダには鉄の意志《いし》がある〕サフィラが意見をいった。〔父アジハドのような指導者《しどうしゃ》になるだろう〕
〔それはわかるよ。でも、この人たちが彼女を選んだ理由はそれだけなのかな？〕
エラゴンは時間稼《かせ》ぎにたずねた。「ジョーマンダー、なぜあなたではないんですか？　アジハドはあなたを自分の右腕《みぎうで》といっていた。それは、彼が亡《な》くなった今、あなたがその座《ざ》を継《つ》ぐという意味なんじゃないんですか？」
会議のなかに困惑《こんわく》の空気が流れた。サーブレーは背筋《せすじ》をのばして両手を組みあわせ、ウマースとファルバードはこっそり目くばせをしている。エレッサリだけが、胸《むね》にさした短剣《たんけん》の柄《つか》をこきざみにゆらし、ほほえんでいる。
「それは」ジョーマンダーは注意深く言葉を選びながらいった。「アジハドがいったのは、戦闘《せんとう》の場合の話だ。それだけだ。それに、わたしはこの会の一員にすぎない。わたしの力とは、たがいにささ

えあっての力なんだ。ひとりだけぬきんでようとするのは、バカげてるし、危険《きけん》なことだ」
ジョーマンダーの発言に、長老たちの緊張《きんちょう》がやわらぎ、エレッサリはジョーマンダーの腕をそっとたたいた。
〔ふん！〕サフィラが声をあげる。〔ジョーマンダーはほかの長老たちに協力を強制《きょうせい》できたら、すぐにでも権力《けんりょく》の座につくつもりにちがいない。ほら、みんなの顔を見てごらん。オオカミを見るような目で、彼を見ている〕
〔ジャッカルにかこまれたオオカミみたいなものだな〕
「ナスアダに経験《けいけん》はあるんですか？」エラゴンは問いかけた。
エレッサリはテーブルのふちに身をおしつけるように乗りだした。「アジハドがヴァーデンに加わった七年前から、わたしもここで過《す》ごしてきたの。ナスアダがかわいいお嬢《じょう》ちゃんだったころから、その成長を見てきたのよ。ときどき、ちょっと思慮《しりょ》のない行動もするけど、ヴァーデンをひきいていくには問題ない。人々にも愛されるでしょうし。それに、わたしも」やさしげな顔で胸をぽんとたたく。「このお仲間たちも、彼女がこまったときには助言に駆《か》けつけるわ。ひとり道に迷《まよ》うことなんてないの。彼女が指導者の地位につくうえで、未経験は問題にならないわ」
エラゴンはとたんに合点《がてん》がいった。〔この人たちは、あやつり人形がほしいんだ……〕
「アジハドの葬儀《そうぎ》は二日後にとりおこなわれる」ウマースが口を開いた。「われわれはその直後、ナスアダを新しい指導者に任命《にんめい》するつもりだ。彼女にはまだ伝えていないが、かならずや受けてくれるだろう。任命《にんめい》のときは、きみもその場に立ち会い——だれも、フロスガーとて文句《もんく》はいわんだろう——ヴァーデンへの忠誠《ちゅうせい》を宣誓《せんせい》してほしい。それにより、アジハドの死によって失われた信頼《しんらい》を回復《かいふく》し、組織《そしき》を分裂《ぶんれつ》させようとする族《やから》からヴァーデンを守ることができる」

〔忠誠だって!?〕

サフィラがすばやくエラゴンの意識《いしき》に触《ふ》れてきた。〔気をつけて。彼らはナスアダに誓《ちか》いを立てろといっているのではない。ヴァーデンにだ〕

〔うん。それに彼らは自分たちでナスアダを任命するといっている。つまり、この長老会議はナスアダより強い権限《けんげん》をもちたいってことだ。じゃなかったら、アーリアやぼくに任命させてもいいはずだ。ヴァーデンの人々に、だれが指揮官《しきかん》を任命したかを認知《にんち》させることになる。ようするに会議は、ナスアダの上に立ち、忠誠心を枷《かせ》にぼくらをあやつろうとしてるんだ。おおやけの場で、ライダーにナスアダを承認《しょうにん》させたという事実も、長老たちの得になるしね〕

「もしぼくが」エラゴンは長老たちにたずねた。「この申し出をことわったら、どうなるんですか?」

「申し出?」ファルバードが不思議そうな顔で問い返す。「もちろん、どうにもならんよ。ただ、ナスアダが選ばれるときに同席しないのは、きわめて冷淡《れいたん》なことじゃな。〝ファーザン・ドゥアーの戦い〟の英雄《えいゆう》が、彼女を軽視《けいし》したとなれば、彼女はどう思うじゃろう? 自分はライダーに嫌《きら》われている、ヴァーデンは仕える価値《かち》のないものだと思われている——ちがうかね? そんな侮辱《ぶじょく》に耐《た》えられる者がいるかのう?」

いわんとしていることはよくわかった。エラゴンはテーブルの下で、ザーロックの柄頭《つかがしら》をぎゅっとにぎりしめ、さけびたい衝動《しょうどう》と闘《たたか》った。ヴァーデンに仕えろなんて、ぼくに強要する必要はない！　そんなことされなくても、協力してきたじゃないか！　だがエラゴンは長老たちがかけようとしている足枷から逃《に》げ、反発してやりたい衝動に駆《か》られた。

「ライダーがそれほど高く評価《ひょうか》されてるなら、ぼく自身でヴァーデンをひきいていく決断《けつだん》をしてもいいわけですね？」

　部屋のなかの空気がはりつめた。「それは利口な決断ではありませんね」サーブレーが口を開いた。

　エラゴンはこの状況《じょうきょう》から逃げる方法を懸命《けんめい》に考えた。

〔アジハドのいない今――〕サフィラが意識に触れてくる。〔彼が願っていたように、どの集団《しゅうだん》からも束縛《そくばく》されずにいることはむずかしいのかもしれない。ヴァーデンをおこらせてはいけない。ナスアダが後継《こうけい》の座《ざ》について、会議がヴァーデンを仕切るようになれば、わたしたちはどうしても彼らに譲《じょう》歩《ほ》せざるをえなくなる。覚えておきなさい。彼らもわたしたちと同じ、自己防衛本能《じこぼうえいほんのう》で動いている〕

〔でも、ぼくらを牛耳《ぎゅうじ》ってどうするつもりなんだ？　エルフとの協定を守って、エレズメーラへ修行《しゅぎょう》に行かせてくれるだろうか？　それとも、ほかのことを命じる？　ぼくはジョーマンダーのことをりっぱな人物だと思っている。でも、ほかの長老がどうかは、判断《はんだん》がつかない〕

　サフィラはあごでエラゴンの頭をさっとなでた。〔ナスアダの任命式のこと、承諾《しょうだく》しなさい。とりあえず、そうするしかないと思う。忠誠を誓うことにかんしては、それをさける方法を考えればい

い。そのときまでに、状況《じょうきょう》の変化があるかもしれないし……アーリアが助言してくれるだろう〉

エラゴンはだしぬけにうなずいた。「お望みどおり、ナスアダの任命式《にんめいしき》に出席します」

ジョーマンダーはほっとしたようだ。「よかった。では、あとひとつやっておくことがある。ナスアダの承諾《しょうだく》をとることだ。ここに一堂に会しているのだから、これをのがす手はないな。すぐに彼女のもとへ使者をやろう。それとアーリアにも——おおやけの場で発表する前に、エルフとして彼女の同意ももらいたいのだ。そうむずかしいことではなかろう。アーリアはこの会議とエラゴン、きみの意見にはさからえない。われわれの結論《けつろん》を受けいれてもらうしかないということだ」

「ちょっと待って」エレッサリが口をはさんだ。目がきらりと冷たく光る。「その前に、ライダー、あなたの言葉は？　任命式で忠誠《ちゅうせい》を誓《ちか》ってくださるの？」

「むろん、そうしてもらわねばこまる」ファルバードがこたえる。「全力をあげてきみを守ることができんとなれば、ヴァーデンとして、これほど不名誉《ふめいよ》なことはないからな」

〈ものは言いようだな！〉

〈承諾すべきなのでは？〉サフィラがいった。〈残念ながら、今のところほかに選択肢《せんたくし》はないようだ〉

〈ことわっても、まさかぼくらに危害《きがい》は加えないだろう？〉

〈それはそうだが、そのせいで、泥沼状態《どろぬまじょうたい》になるかもしれない。承諾すべきといったのは、わたしのためではない。あなたのためだ。まわりに危険《きけん》が多すぎて、わたしだけでは守りきれない。エラゴン、ガルバトリックスに対抗《たいこう》するには、味方が必要だ。身近に敵《てき》をつくるべきではない。帝国《ていこく》とヴァ

ーデン、両方を敵にまわすことはできない〕

結局、エラゴンはこたえた。「宣誓《せんせい》します」テーブルのまわりに安堵感《あんどかん》がただようのがわかった。ウマースなど、ほっとため息をもらしている。〔この人たちは、ぼくらを恐《おそ》れてるんだ……〕

〔当然だ！〕サフィラがぴしゃりという。

ジョーマンダーはジャーシャを呼《よ》んで、ナスアダとアーリアを呼びに行かせた。

少年が出ていくと、部屋のなかにぎこちない沈黙《ちんもく》がおりた。エラゴンは長老たちのことは無視《むし》して、この板ばさみ状態からぬけだす方法はないものかと考えてみた。だがなにも頭に浮《う》かばなかった。

やがてまた扉《とびら》があき、長老たちが待ちかねたようにふり返った。

最初に入ってきたのはナスアダだ。あごを高くあげ、視線はまっすぐでゆるがない。刺繍《ししゅう》入りのガウンは彼女の肌《はだ》の色よりさらに黒く、肩口《かたぐち》からわきを通って腰《こし》まで、濃《こ》い紫色《むらさきいろ》の切りかえが入っている。

アーリアがそのうしろから入ってくる。猫《ねこ》のようにしなやかで優雅《ゆうが》なその歩き方に、ジャーシャと名乗ったあの少年はすっかり恐れかしこまっている。

ジャーシャがさがり、ジョーマンダーが椅子《いす》を引いてナスアダをすわらせた。

エラゴンもあわててアーリアに同じことをしたが、彼女はそれにはすわらず、テーブルから距離《きょり》をおいた場所に立った。

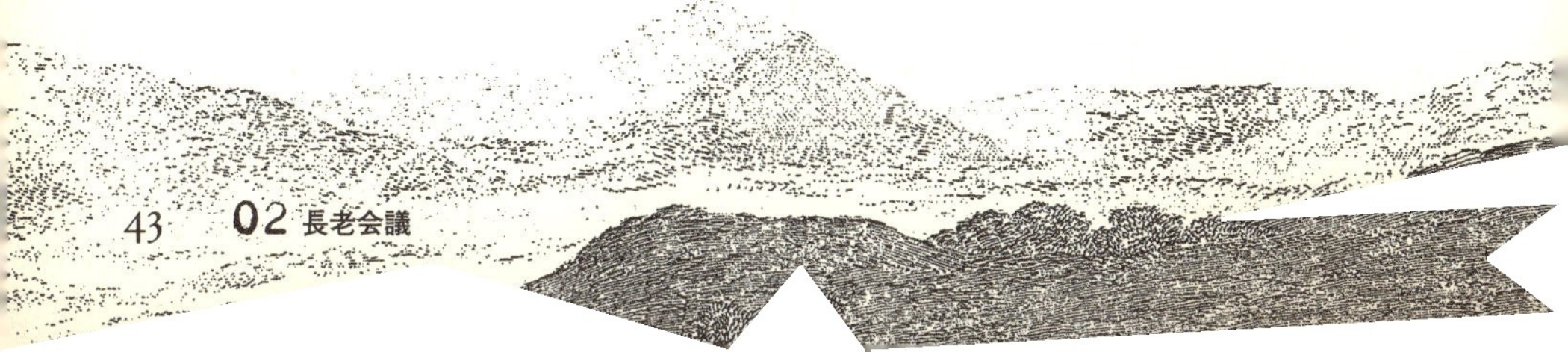

〈サフィラ、アーリアにことのしだいを説明しておいてくれないか。ヴァーデンがぼくに忠誠《ちゅうせい》を誓《ちか》わせようとしてること、会議は彼女に説明しないと思うんだ〉

「アーリア」ジョーマンダーは彼女に軽く礼をすると、ナスアダのほうへむきなおった。「アジハドのご息女ナスアダ、父上のご逝去《せいきょ》にさいし、長老会議一同、心より哀悼《あいとう》の意を表し……」ジョーマンダーは低い声で続けた。「われわれはあなたの受けた深い悲しみに、つつしんでお悔《く》やみ申しあげます。家族が帝国《ていこく》に殺されるのがどういうことか、みんなじゅうぶんすぎるほどわかっています」

「ありがとう……」ナスアダはつぶやくようにこたえると、アーモンド型の目をふせ、おずおずと遠《えん》慮《りょ》がちに腰《こし》かけた。エラゴンは痛々《いたいた》しいその姿《すがた》を見て、なぐさめの言葉をかけたい気持ちになった。ナスアダの様子は、戦いの前、〈ドラゴンの間〉を訪《たず》ねてきたときの活気に満ちた女性《じょせい》のそれとは、あまりにもかけはなれていた。

「まだ喪中《もちゅう》とはいえ、どうしても今、決断《けつだん》してもらわねばならないことがあります。われわれ会議では、ヴァーデンをひきいることができません。したがって、葬儀《そうぎ》のあと、だれかに父上の地位を継《つ》いでもらわねばならない。われわれは、あなたにその任《にん》を受けてほしいと思っています。アジハドの嫡《ちゃく》子《し》として、あなた以外にふさわしい人はいない――ヴァーデンの期待にこたえてほしいのです」

ナスアダは目をうるませ、頭をさげた。悲しみをかくせぬ声で、彼女はいった。「わたしのような若輩《じゃくはい》が、父の後継者《こうけいしゃ》として請《こ》われるなど、思いもよらなかったことです。しかし……それがわたしのつとめだと、みなさんが強く希望されるなら……つつしんでお受けいたします」

03
たがいの真実

ナスアダが望みどおりにこたえたので、長老会議の面々は勝利の笑《え》みを浮《う》かべた。「もちろん、この長老会議はあなたが後継者の座《ざ》につくことを強く希望します」ジョーマンダーがいう。「あなた自身のためにも、ヴァーデンのためにも」ほかの長老たちがいっせいに同意の表情《ひょうじょう》を浮かべると、ナスアダは寂《さび》しげに笑ってうなずいた。部外者然として話に加わらないエラゴンを、化粧《けしょう》の濃《こ》いサーブレーがぎろりとにらんだ。

エラゴンはこの間ずっと、アーリアの反応をうかがっていたのだ。

だが、サフィラからの情報《じょうほう》にも、会議の発表にも、彼女の神秘的《しんぴてき》な表情はちらりともゆれない。

それでも、サフィラはこう伝えてきた。〔アーリアが、あとで話があるといっている〕

エラゴンがこたえるまもなく、太目のファルバードがアーリアにたずねた。「あなた方エルフは、これに同意してくれるかね?」

アーリアの鋭《するど》い視線《しせん》に射《い》すくめられ、ファルバードがそわそわしはじめる。

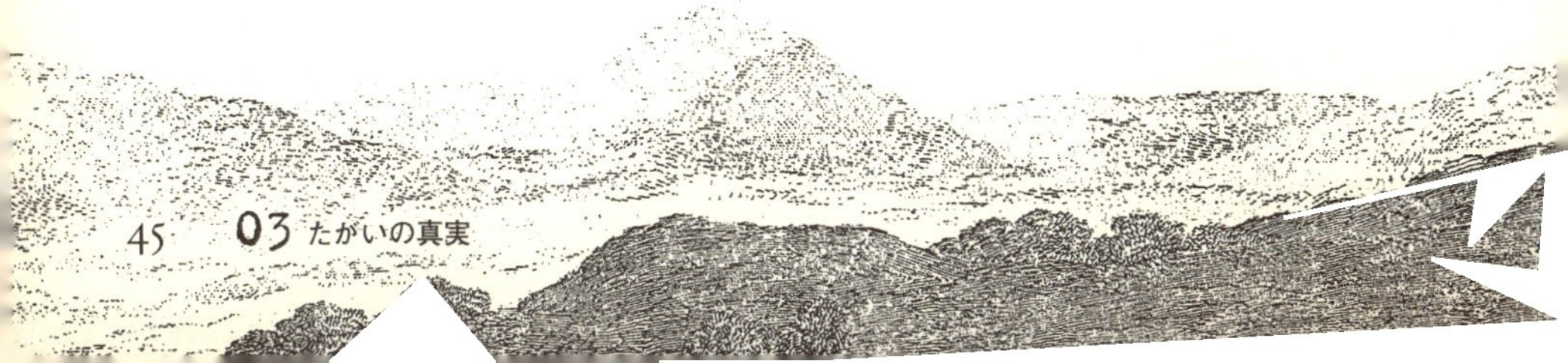

彼女は眉《まゆ》をつりあげてこたえた。「わたくしに女王の代弁《だいべん》をすることはできません。しかしながら、反対の理由はなにも見あたりません。ナスアダを祝福いたします」

ぼくたちの話を聞いたから、ほかにこたえようがないんだ。エラゴンは苦々しく思った。自分たちも彼女も、あがきのとれない状況《じょうきょう》に追いこまれてしまったのだ。

アーリアの返答に、会議の面々はあからさまにうれしそうな顔を見せた。

ナスアダはアーリアに礼をいい、ジョーマンダーにたずねた。「ほかに今話しあうべきことがあるでしょうか？　とても疲《つか》れてしまって……」

ジョーマンダーは首をふった。「あとのことは、すべてわれわれがとりしきります。葬儀《そうぎ》まで、あなたにはなんのめんどうもかけない」

「いろいろとありがとうございます。では、みなさんにはこれで退席《たいせき》していただいてよろしいですか？　どうすれば父の意を尊重《そんちょう》し、ヴァーデンにつくすことができるか、考える時間がほしいのです。考えるべき課題をたくさんいただいたので」ナスアダは黒い衣裳《いしょう》でおおわれたひざの上に、ほっそりした指を広げた。

長身の男ウマースが退出に異《い》をとなえかけたが、ファルバードが手をふって、それを制《せい》した。「もちろんです。それであなたの心が落ちつくのであれば。助けが必要なときは、われわれがいつでもよろこんで助力いたします」ファルバードはほかの長老たちについてくるよう合図し、アーリアの前を通って扉《とびら》へむかった。

「エラゴン、あなたは残ってもらえますか？」

エラゴンはおどろきつつも、長老たちの鋭《するど》い視線《しせん》を無視して、もう一度椅子《いす》に腰《こし》をおろした。

ファルバードはとっさに部屋に残りたそうなそぶりを見せ、戸口のところでためらったが、しぶしぶ出ていった。

アーリアが最後に退出した。扉をしめる寸前《すんぜん》、エルフは危惧《きぐ》の色を浮《う》かべた目でエラゴンを見た。さっきまでは見せなかった表情《ひょうじょう》だ。

ナスアダはエラゴンとサフィラの視線をさけるように、話しはじめた。「ふたたびお会いすることになりましたね、ライダー・エラゴン。まだあいさつをいただいていませんが、わたしのことを、おこっているのですか？」

「いえ、ナスアダ。無作法があってはいけないので、話すのをひかえていたのです。今は、軽率《けいそつ》な発言に対して風当たりが強いようで」長老たちに盗《ぬす》み聞《ぎ》きされているような妄想《もうそう》にとらわれた。エラゴンは心の防壁《ぼうへき》に意識《いしき》の手をのばし、魔法《まほう》の言葉をさぐり出した。「アトラ・ノス・ウェイゼ・ヴァルド・フラ・エルド・ホルニャ（他者の耳からわれわれを守れ）……さあこれで、人間、ドワーフ、エルフ、だれにも盗み聞きされることはない」

ナスアダの物腰《ものごし》がやわらかくなった。「ありがとう、エラゴン。それが、どんなに貴重《きちょう》なことか」さっきよりも声に力があり、自信に満ちている。

エラゴンの椅子のうしろでサフィラが腰をあげた。ドラゴンはゆっくりとテーブルをまわってナス

アダの前に立つと、巨大《きょだい》な頭をぐっとさげ、ナスアダの黒い目にぴたりと視線《しせん》をあわせた。たっぷり一分間ナスアダを見つめたあと、そっと鼻を鳴らし、頭をまっすぐにもどした。〔彼女に伝えてほしい。父上の死に深い悲しみを感じていると。そして、アジハドの任《にん》を継《つ》いだとき、彼女の力がヴァーデンの力とならねばならない、ヴァーデンにはたしかな〝導《みちび》き〟が必要なのだ、と〕

エラゴンはサフィラの言葉をくり返してから、こういった。「父上は偉大《いだい》な方でした――彼の名は人々の記憶《きおく》に永遠《えいえん》に残るでしょう……じつは、あなたに伝えなければならないことがある。息を引きとる前、アジハドはぼくに命じたのです。ヴァーデンを混沌《こんとん》におとしいれるな、と。それが彼の最期《さいご》の言葉でした。アーリアも聞いたはずだ。

なにかの暗示《あんじ》と感じたので、今までだれにもいわずにいました。でも、あなたには知る権利《けんり》がある。アジハドがなにをいいたかったのか、なにを求めていたのか、よくはわかりません。ただ、これだけはわかる。ぼくはこの力で、これからもヴァーデンを守り続けます。あなたにそれだけはわかってほしい。ヴァーデンの指導者《しどうしゃ》の座《ざ》をうばおうなんて、これっぽっちも思っていません」

ナスアダは甲高《かんだか》い声で笑った。「でもその指導者としての力は、わたしにはないというのね？」よそよそしさが消えてなくなり、剛胆《ごうたん》さだけが残った。「なぜあなたが先にここへ呼《よ》ばれたか、会議の長老たちがなにをたくらんでるのか、わたしにはちゃんとわかってるわ。父に仕えてきたこの歳月《さいげつ》、こんな事態《じたい》にそなえて、なにも話しあってこなかったとお思い？　会議がこうするだろうことは、ちゃんと予測《よそく》がついていた。そして今、すべて計画どおり、わたしがヴァーデンをひきいることになっ

た」

「じゃあ、会議の言いなりになるつもりはないと?」エラゴンは感嘆《かんたん》の思いでたずねた。

「そのとおり。アジハドから命じられた言葉はこれからも他言しないで。へたに噂《うわさ》が広まって、彼があなたに後継《こうけい》の座をまかせたようにとられるとよくないわ。わたしの権威《けんい》がなくなり、ヴァーデンに動揺《どうよう》をまねくことになる。アジハドは、ヴァーデンを守るためにいわなければならないことをいったまでよ。同じ状況《じょうきょう》になれば、わたしも同じことをいうわ。父の……」一瞬《いっしゅん》、言葉につまる。「父の努力をムダにするわけにはいかない。たとえわたしの命と引きかえにしても。それが、ライダーとして、あなたに覚えておいてほしいこと。アジハドの計画、戦略《せんりゃく》、そして最終目標は、今日からすべてわたしが引き継ぐわ。気弱になって、父の期待を裏切《うらぎ》ることだけはしたくない。帝国《ていこく》はかならずや滅《ほろ》び、ガルバトリックスは王座をおり、いつかかならず正義《せいぎ》が国をおさめる日が来るのよ」

話しおえるころ、ナスアダの頬《ほお》には涙《なみだ》が伝っていた。

エラゴンはそれを見つめながら、ナスアダの責務《せきむ》の重さをあらためて痛感《つうかん》し、これまで知りえなかった彼女の人格《じんかく》の奥深《おくふか》さに気づかされた。「それでナスアダ、ぼくは? ヴァーデンのために、ぼくはなにをすればいいんだろう?」

ナスアダはまっすぐにエラゴンの目を見つめた。「あなたがすべきと思うことなら、なんでも。あなたをあやつれると思ってるのだとしたら、長老たちはあまりにも愚《おろ》かね。だって、ヴァーデンとドワーフにとってあなたは英雄《えいゆう》だもの。エルフ族だって、ダーザに勝利したことを知れば、熱烈歓迎《ねつれつかんげい》し

てくれるでしょう。あなたがたとえ会議やわたしにさからったとしても、わたしたちは黙認《もくにん》せざるをえないのよ。なぜなら、人々が全身全霊《ぜんれい》をかけてあなたを支持《しじ》するでしょうから。今あなたは、ヴァーデンにおいてもっとも力のある人なの。でも、もしあなたがわたしを指導者《しどうしゃ》として受けいれてくれるなら、これからもわたしは、アジハドの敷《し》いた道を進み続けることができる。あなたはアーリアとともにエルフの国へ行き、むこうで修行《しゅぎょう》を受け、そしてまたヴァーデンにもどってきてくれればいいの」

〔彼女、なぜこんなに腹《はら》を割《わ》って話してくれるんだ?〕エラゴンは不思議だった。〔ナスアダのいうことが本当なら、ぼくらは会議の要求をことわってもいいんだろうか?〕

サフィラは一瞬《いっしゅん》考えてからこたえた。〔いずれにしろ、もう遅《おそ》い。あなたはすでに彼らの要求を受けいれたのだから。ナスアダが腹を割って話してくれるのは、ほかの者に聞かれないようにした、あなたの呪文《じゅもん》のおかげだろう。それとおそらくは、あなたの忠誠心《ちゅうせいしん》を、長老たちではなく自分にむけてほしいと願っているから〕

エラゴンはふと、あることを思いついた。しかしそれを口にする前に、サフィラに相談した。〔彼女の話を本当に信じていいだろうか? これは重要だ〕

〔信じていい〕サフィラが即座《そくざ》にこたえる。〔彼女は正直に話している〕

エラゴンは自分のやろうとしていることをサフィラに打ちあけた。サフィラが同意すると、エラゴンはザーロックをぬき、ナスアダのもとへ近づいていった。ふいに、彼女の顔を恐怖《きょうふ》の色がよぎった

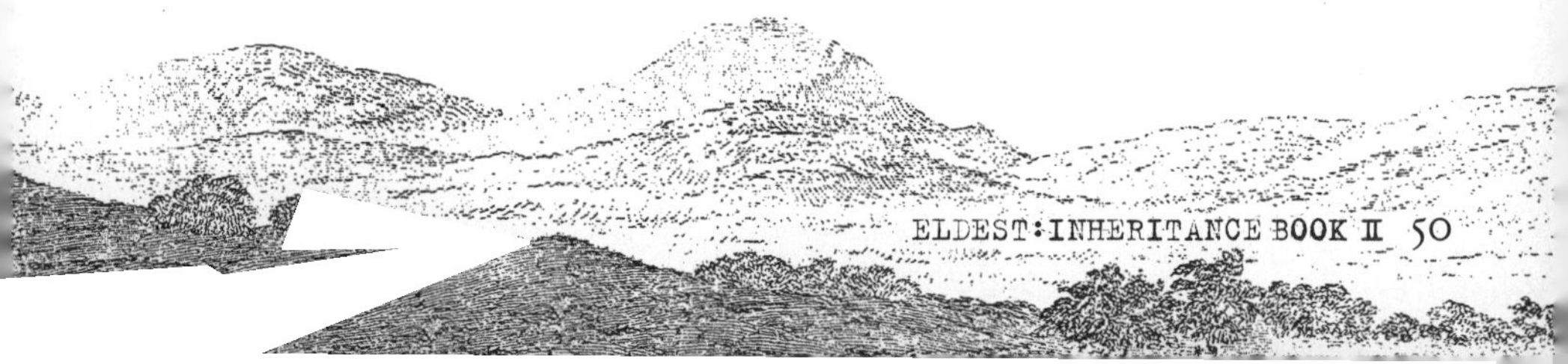

――扉《とびら》に視線《しせん》を走らせ、衣裳《いしょう》の折り目に手を入れてなにかをにぎる。エラゴンは彼女の前で足をとめ、ザーロックを水平にしてひざまずいた。

「ナスアダ、サフィラとぼくはここへ来て、まだわずかな時間しかたっていない。でもその短いあいだにも、アジハドに尊敬《そんけい》の念を抱《いだ》くようになった。今、あなたにも同じ念を抱いている。〝ファーザン・ドゥアーの戦い〟のとき、会議のあのふたりをふくむ多くの女性《じょせい》が避難《ひなん》したなか、あなたはここに残って戦った。そして今、なんのごまかしもなく、心を割ってぼくらに接《せっ》してくれた。ゆえに、ライダーとしてぼくは、この剣《けん》に誓《ちか》って……あなたに忠誠をささげます」

　エラゴンは、ある種の決意をもってこの言葉を発していた。〝ファーザン・ドゥアーの戦い〟の前なら、けっして口にしなかったであろう言葉だ。しかし、戦場でおおぜいがたおれ、死んでいくのを目《ま》のあたりにして、彼の見方は変わった。帝国《ていこく》との戦いは、もはや自分のためではない、ヴァーデンのため、ガルバトリックスの支配《しはい》にしばられているすべての民のためにしていることだ。いかに長くかかろうと、その責務《せきむ》に自分の身をささげるしかない。さしあたって、自分にできる最善《さいぜん》のことは、だれかに仕えることなのだ。

　しかし、ナスアダに誓いを立てることは、エラゴンとサフィラにとって危険《きけん》な賭《か》けではある。長老たちからの反発は出ないだろう。忠誠を誓うと約束はしたが、だれに誓うとは明言していないからだ。だがそれでも、ナスアダがよき指導者になるという保証《ほしょう》は、どこにもない。〈嘘《うそ》つきの学者より、正直な愚者《ぐしゃ》につくほうがいいってことだ〉エラゴンはそう結論《けつろん》づけた。

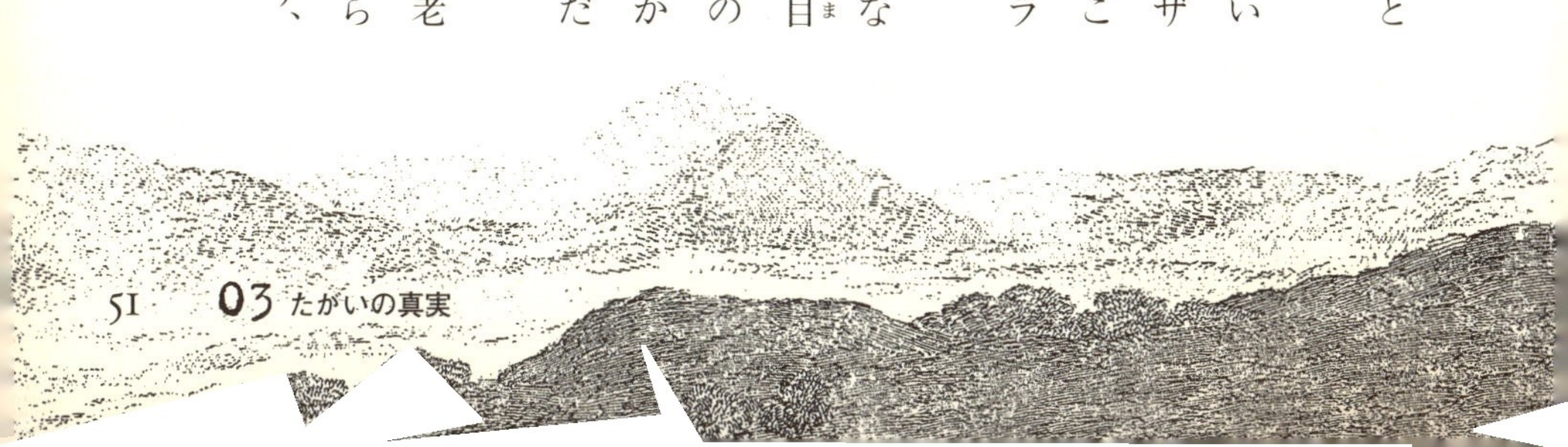

ナスアダの顔にはおどろきの表情《ひょうじょう》が浮《う》かんでいた。ザーロックの柄《つか》をにぎってもちあげ、その深紅《しんく》の刃《やいば》をじっと見つめると、切っ先をエラゴンの頭にのせた。「ライダー、あらゆる責務《せきむ》を引き受け、忠誠《ちゅうせい》を誓《ちか》ってくれたことを名誉《めいよ》に思います。わが従者《じゅうしゃ》として、面《おもて》をあげ、剣《けん》をおさめなさい」

エラゴンは命じられたとおりにした。「では、従者として正直に申しあげます。あなたが後継《こうけい》の座《ざ》についたら、会議の長老たちは、ぼくにヴァーデンへの忠誠を誓わせるつもりだった。それをさけるためには、こうするしかなかったんです」

ナスアダは心底愉快《ゆかい》そうに笑った。「あなたはもう、ここのゲームのやり方をすっかり習得したらしいわね！　いいわ。じゃあ、なりたてほやほやの、たったひとりの従者として、おおやけの場で——会議があなたの誓いを期待している場で——わたしに忠誠を誓ってくださるわね？」

「もちろん」

「ありがとう。それで長老たちも文句《もんく》はいわないでしょう。では今日はこれで、さがっていただけるかしら。やるべきことが山ほどあるの。葬儀《そうぎ》の準備《じゅんび》もしなければならないし……エラゴン、覚えておいて。今かわした誓約《せいやく》は、おたがいを同等の枷《かせ》でしばるものよ。あなたがわたしに仕えているあいだ、わたしにはあなたの行動に対する責任《せきにん》がある。わたしの名誉を汚《けが》すようなことはしないで」

「あなたも」

ナスアダは一瞬《いっしゅん》ためらってから、エラゴンの目を見つめ、静かにこういった。「エラゴン、あなたにお悔《く》やみを申しあげるわ。わたし以外にも、悲しんでいる人がいるのはわかっている。わたしは父

を失ったけれど、あなたはお友だちを失った。わたしもマータグがとても好きだったわ。彼がいなくなったこと、本当につらくて……さあ、行って、エラゴン」
エラゴンは口のなかに苦いものを感じながら、うなずいて、サフィラとともに部屋を出た。外には灰色《はいいろ》のがらんとした廊下《ろうか》がのびていた。
エラゴンは腰《こし》に両手をあて、頭をうしろにそらし、ふうっと息を吐《は》きだした。いろいろな感情に翻《ほん》弄《ろう》されたせいで、まだ一日がはじまったばかりなのに、すっかり疲《つか》れてしまった。
サフィラが彼を鼻でつついていった。〔こっちへ〕なんの説明もなく、サフィラは右手のトンネル通路を進みだした。つややかな鉤爪《かぎづめ》が、かたい床にあたる音が響《ひび》く。
エラゴンは眉《まゆ》をひそめながらも、サフィラについていった。〔どこへ行く気だ？〕こたえない。〔サフィラ、教えてくれよ〕
しかしサフィラは尾《お》をシュッとふるだけだ。
エラゴンはたずねるのをあきらめ、かわりに話しかけた。〔いろんなことが確実《かくじつ》に変わってきてるよ。あしたのことすらまったく見えない――見えるのは悲しみと血の雨だけだ〕
〔そうなにもかもに悲観するものではない〕サフィラはしかった。〔わたしたちは偉大な勝利をおさめた。それは祝うべきこと。嘆《なげ》くことではない〕
〔それにしたって、またこんなバカげたことにつきあわなくちゃならないんだから〕
サフィラがむっとして鼻を鳴らした。と、鼻孔《びこう》から細い炎《ほのお》がひと筋《すじ》ふきだし、エラゴンの肩《かた》を焦《こ》がした。
エラゴンは悲鳴をあげて飛びのき、悪態《あくたい》をつきそうになるのをぐっとこらえた。
〔おっと〕と、サフィラが頭で煙《けむり》をふりはらう。
〔おっとだと！　おまえ、ぼくの腕《うで》をあぶり焼きにするところだったんだぞ！〕
〔わざとやったわけではない。炎《ほのお》が出ることをつい忘《わす》れてしまうのだ。あなただって、その腕をあげるたびに、地面に雷《かみなり》が落ちるとしたらどうする？　不注意な動作で、無意識《むいしき》のうちになにかをこわしてしまうことは、ままあるものだ〕
〔そうだな……どなって悪かったよ〕
サフィラは骨《ほね》ばったまぶたをカチッと閉《と》じ、エラゴンに合図した。〔まあいい。それより、わたしがはっきりさせたいのは、ナスアダにしろ、あなたの行動について強制《きょうせい》はできないということだ〕
〔でも、ライダーの名のもとに誓約《せいやく》しただろ！〕
〔たしかに。だが、あなたを守るため、あるいは正義《せいぎ》を通すため、それをやぶらねばならないとしたら、わたしはすこしもためらわない。いつでもあなたを背負《せお》って飛び立つ覚悟《かくご》だ。わたしがあなたと一心同体で、あなたの誓約を重んじていたとしても、わたし自身はその宣誓《せんせい》にしばられていないからだ。必要とあらば、あなたをさらって逃《に》げる。そうすれば、どんな不服従《ふふくじゅう》も、あなたの落ち度にはならない〕
〔そういうふうには行かないよ。いくら正義のためとはいえ、そんなことをしたら、ナスアダとヴァ

ーデンの名に傷《きず》がついてしまう」

サフィラが足をとめた。ふたりが立っているのは、トロンジヒームの図書館の、彫刻《ちょうこく》がほどこされたアーチの前だった。広く深閑《しんかん》とした館内には、まるで人気《ひとけ》がないようだが、背中あわせにならぶ本《ほん》棚《だな》やそのあいだの列柱のかげになって、見えないだけなのかもしれない。ランタンの淡《あわ》い光が、巻物《まきもの》のぎっしりつまった壁《かべ》ぎわの棚にそそぎ、その下部にならぶ読書用の小部屋《アルコーブ》を照らしている。

サフィラについて棚を縫《ぬ》うように進んでいくと、アルコーブのひとつにアーリアがすわっていた。彼女を見て、エラゴンの足が思わずとまった。今までになくものものしい雰囲気《ふんいき》をただよわせている。といっても、彼女の身構《みがま》えだけだが。さっきとはちがって、優美《ゆうび》な鍔《つば》のついた剣《けん》を帯び、片手《かたて》はその柄《つか》にそえられているのだ。

エラゴンは大理石のテーブルのむかいにすわった。

サフィラは両方ににらみをきかすように、ふたりのあいだに陣《じん》どった。

「どういうつもりなのです?」アーリアがおどろくほど敵意《てきい》ある口調でいった。

「なんのことですか?」

アーリアはあごをつんとあげた。「ヴァーデンになにを約束したのです?「いったいどういうつもりなのです?」」

最後のひとことは、意識を通してエラゴンに伝わってきた。

アーリアは自制心《じせいしん》を失いかけている。

エラゴンは一瞬《いっしゅん》、びくりとした。「やらなければならないことをやっただけです。ぼくはエルフの習慣《しゅうかん》にうとい。だから、ぼくらのやり方があなたを混乱《こんらん》させたのなら、あやまります。でも、おこらせるつもりはなかった」

「愚《おろ》か者《もの》！　あなたはわたくしのことをまるでわかっていません。わたくしは女王の代理として七十年をここで過《す》ごしてきた――そのうちの十五年は、ヴァーデンとエルフのあいだに、サフィラの卵《たまご》を行き来させることで過ごしてきた。そしてそのあいだずっと、ガルバトリックスに対抗《たいこう》でき、エルフの願望を尊重《そんちょう》してくれる、聡明《そうめい》で力ある指導者《しどうしゃ》にヴァーデンをひきいてもらうべく、わたくしは懸命《けんめい》につとめてきました。ブロムの協力も得て、新しいライダー――つまり、あなたにかんする協定もかわしました。アジハドはあなたを束縛《そくばく》せぬよう尽力《じんりょく》してくれた。ライダーが中立の立場にいなければ、わたくしたちの力関係がくずれてしまうからです。なのに今、みずからの意志《いし》にしろそうでないにしろ、あなたは長老会議の側についた。ナスアダをあやつろうとしている長老会議に！　わたくしの生涯《しょうがい》をかけた仕事を、台無しにしてしまったのです！」〔いったいなにを考えているんですか?〕

　エラゴンは意気消沈《しょうちん》し、アーリアにすべてを打ちあけることにした。なぜ会議の要求をのまなければならなかったか、彼とサフィラがどうやってそれらをつきくずそうとしたか、ざっと説明した。

　話しおえると、アーリアがいった。「そういうことでしたか……」

「はい……」七十年。エルフがとてつもなく長命であることは知っていた。だがエラゴンは、アーリアがそれほどの年だとは考えたこともなかった。まだ二十代そこそこの女性《じょせい》に見える。しわひとつない顔に、唯一年齢《ゆいいつねんれい》を感じさせるものは、エメラルド色の瞳《ひとみ》だ――深遠で、なにもかも心得たような瞳。どんなときも厳粛《げんしゅく》な表情《ひょうじょう》をくずさない。

アーリアはうしろにもたれ、エラゴンをじっと見つめた。「あなたの立場はわたくしが望むものではないけれど、思っていたほど悪くはありませんでした。失礼なことをいいました――サフィラと……あなたは、わたくしが思っていた以上に、状況《じょうきょう》をよく理解《りかい》しているようです。あなたの会議への妥協《だきょう》はエルフ族も納得《なっとく》するでしょうが、サフィラについてのわが種族への恩義《おんぎ》は、けっして忘《わす》れぬように。わたくしたちの努力なしに、新しいライダーは生まれなかったのですから」

「その恩義は、ぼくの血とこの掌《てのひら》に焼きつけられています」

その後、沈黙《ちんもく》が続いた。エラゴンはこの会話をもうすこし続けたくて、新しい話題をさがした。アーリアのことをもっと知りたかった。「あなたはそんなに長くここにいるんですね。エレズメーラが恋《こい》しいですか？　それとも、どこかべつの国に住んでたんですか？」

「昔も今も、エレズメーラがわたくしの故郷《こきょう》です」アーリアは遠くを見るような目でいった。「わが家の壁《かべ》や窓《まど》が春一番に咲《さ》いた花でおおわれていたあの日、ヴァーデンへむけて旅立って以来、一度も家で暮《く》らしたことはありません。もどっても、ほんの短い期間滞在《たいざい》するだけ。わたくしたちの物さしでいえば、一瞬で消えてしまうほどの記憶《きおく》でしかありません」

エラゴンはまた、アーリアのすりつぶした松葉のような香《かお》りに気づいた。かすかにぴりっとするその香りに、感覚をとぎすまされ、気分がさわやかになる。「同じ種族のいないところで、ドワーフや

人間にかこまれて暮《く》らすのは、さぞ大変だったでしょう」

アーリアは首をかしげた。「あなたは、自分が人間ではないような言い方をするのですね」

「それは……」エラゴンはためらった。「たぶん、ぼくがなにかちがうものだから——ふたつの種がまじりあっているというか。サフィラがぼくのなかに住み、ぼくが彼女のなかに住んでいる。ぼくらは感情《かんじょう》も感覚も思考も共有しあい、まるで心がひとつしかないかのように感じてるんです」

サフィラがテーブルに鼻をぶつけそうになりながら、頭をふって相槌《あいづち》を打った。

「そうでなくてはならないのです」アーリアはいった。「ふたりを結びつけているのは、あなたの想《そう》像《ぞう》もおよばぬほど、古き時代からの強い力。修行《しゅぎょう》を終えるまで、あなたにはライダーであることの本当の意味はわからないでしょう。しかし、今はアジハドの葬儀《そうぎ》を終えるのが先です。それまで、あなたの上に星の守りがありますよう」

アーリアはそういって、図書館の暗闇《くらやみ》に消えていった。エラゴンは目をぱちくりさせた。〔今日はぼくだけじゃなく、みんな平静でいられないみたいだ。アーリアまで、ちょっと前におこってたかと思うと、次にはぼくのために祈《いの》ってくれた!〕

〔ものごとが正常《せいじょう》にもどるまで、心おだやかでいられる者はだれひとりいない〕

〔完全に正常にもどるまでね〕

04
ローラン

ローランはとぼとぼと丘《おか》をのぼっていた。

足をとめ、ぼさぼさの髪《かみ》のすきまから、太陽を透《す》かし見る。日没《にちぼつ》まで五時間。あまり時間はない。ため息をつき、また、のび放題の草むらにそびえるニレの並木《なみき》にそって歩きだした。

ホーストとカーヴァホールの男たち六人の手を借り、こわされたわが家と焼きはらわれた納屋《なや》から使えそうなものを掘《ほ》りだして以来、ここにもどってくるのは初めてだ。もどる気になるまで、五か月かかった。

丘の上に着くと、ローランは立ちどまり、腕《うで》を組んだ。目の前には、こどものころから暮らしてきたわが家の残骸《ざんがい》が横たわっている。一角だけが——ぼろぼろに焼《や》け焦《こ》げた姿《すがた》で——まだ残っているが、あとは完全につぶれ、雑草《ざつそう》に支配《しはい》されている。納屋はどこにも見あたらない。毎年すこしずつ耕《たがや》してきたわずかばかりの農地は、タンポポや野原ガラシや、あらゆる雑草におおわれている。ところ

どころに、生き残ったビーツやカブが顔を出している。だが、それだけだ。農場のはしには、アノラ川をかくす帯のように雑木林《ぞうきばやし》がのびている。

拳《こぶし》をかため、歯を食いしばって、ローランはこみあげてくる怒《いか》りそして悲しみと闘《たたか》った。何分間もそこに立ちつくし、楽しい思い出がおしよせてくるたびに、わなわなと身をふるわせた。この場所はローランの人生すべて、いや、それ以上のものだった。彼の過去《かこ》……未来がここにはあったのだ。父のギャロウはよくいっていた。「土地というのは特別なんだ。世話をしてやれば、そのぶん返してくれる。そういう仕事は、世の中ざらにあるもんじゃないぞ」ローランは父親の教えのとおりにするつもりだった。ホーストの息子《むすこ》バルドルから静かに伝えられた言葉で、世の中がこわされてしまったあの日までは。

ローランはうめき声をもらし、背《せ》をむけて、もと来た道を歩きだした。あの瞬間《しゅんかん》の衝撃《しょうげき》が、いまだに体のなかで共鳴している。一瞬にして、愛していたものすべてを引きはがされる、それは魂《たましい》まで変えてしまうほどのできごとだった。彼はまだ立ち直っていない。ローランのあらゆる行動や態度《たいど》に、あのできごとが深くしみこんでいる。

ローランは以前より考えこむことが多くなった。それまで思考力をおさえつけていた帯が、とつぜんプツンと切れたかのように、以前には想像《そうぞう》もしなかったようなことを思いめぐらしてしまうのだ。農場を続けられないかもしれないとか、偉大《いだい》な歌や伝説で語りつがれてきた正義《せいぎ》は、現実《げんじつ》にはないとか。ときどき、そうしたあらゆる思考に支配《しはい》され、その重みで朝目ざめても起きあがれないように感

じることもある。

道を折れ、カーヴァホールにむかって、パランカー谷を北へと歩きだした。この数週間、谷には春の新緑が広がってきたが、両側にそびえるギザギザの山はまだ重い雪におおわれている。頭上を見あげると、ひと筋《すじ》の暗い雲が、山頂《さんちょう》のほうへと流されていく。

ローランはあごをなで、のびかけたひげを手に感じながら思った。みんなエラゴンのせいだ――あいつのいまいましい好奇心《こうきしん》のせいだ。あんな石をスパインからもち帰ったからだ。この結論《けつろん》を出すのに、何週間もかかった。それまで、いろいろな人に話を聞いてまわった。村の治療師《ちりょうし》ガートルードに、ブロムの残した置き手紙を何度も読み聞かせてもらった。そして、ほかに説明のしようがないと思った。あの石の正体がなんであれ、あれこそが、謎《なぞ》の黒マントの男たちを引きよせたにちがいない。エラゴンにギャロウの死の責任《せきにん》があるとすれば、そのことだけだ。だが、怒《いか》りはない。エラゴンが悪意からやったことではないと、わかっているからだ。そうではなく、彼の気がおさまらないのは、エラゴンがギャロウの弔《とむら》いもせずに、パランカー谷を出ていってしまったことだ。自分の責任を放棄《ほうき》し、語《かた》り部《べ》の老人と、気まぐれな旅に出かけてしまったことだ。ここに残していく者に、なんの気づかいもできなかったのか？　罪《つみ》の意識《いしき》に駆《か》られるあまり、思わず逃《に》げだしてしまったのか？　それほどこわかったのか？　それとも、ブロムの途方《とほう》もない冒険談《ぼうけんだん》にまどわされたのか？　よりによってなぜ、あのとき語り部の話になど耳を貸《か》してしまったのか……？　おれには、エラゴンの生死さえ、わからない。

ローランは顔をしかめ、頭をすっきりさせようと、肩《かた》をぐるぐるまわした。ブロムの手紙……フン！　あれほど遠まわしで不吉《ふきつ》なほのめかしの文句《もんく》を、今まで聞いたことがない。ただひとつ明確《めいかく》なのは、黒マントの男たちをさけろという指示《しじ》だが、それはいわれなくてもわかっている。あの老人は、頭がおかしいんだ。ローランはそう思った。

なにかの気配を感じ、ローランはふり返った。

見ると、シカが十二頭――袋角《ふくろづの》の生えた若《わか》い牡《お》ジカもいる――ぞろぞろと林のなかへもどっていく。ローランは、あした見つけやすいように、シカたちの位置を確認《かくにん》した。自分の狩《か》りの腕前《うでまえ》が、ホースト家の家計の足しになっていると思うと、彼は誇《ほこ》らしかった。といっても、いまだにエラゴンにはおよばない。

ローランは頭のなかを整理しながら、歩を進めた。

父のギャロウが死んだあと、彼はセリンスフォードのデンプトンの製粉所《せいふんじょ》の仕事をやめ、カーヴァホールにもどってきた。それから数か月、ホーストの家に居候《いそうろう》させてもらいながら、鍛冶屋《かじや》の仕事を手伝っている。悲嘆《ひたん》に暮《く》れるあまり、将来《しょうらい》のことがなかなか決められなかったが、二日前、ようやく行動を起こす気になった。

ローランは肉屋のスローンのひとり娘《むすめ》、カトリーナと結婚《けっこん》したいと思っている。そもそもセリンスフォードに働きに行ったのも、彼女と新生活をはじめる資金《しきん》がほしかったからだ。しかし、農場も家も彼女との生活をささえる手段《しゅだん》もなくなった今、カトリーナに結婚を申しこむことなどできそうにな

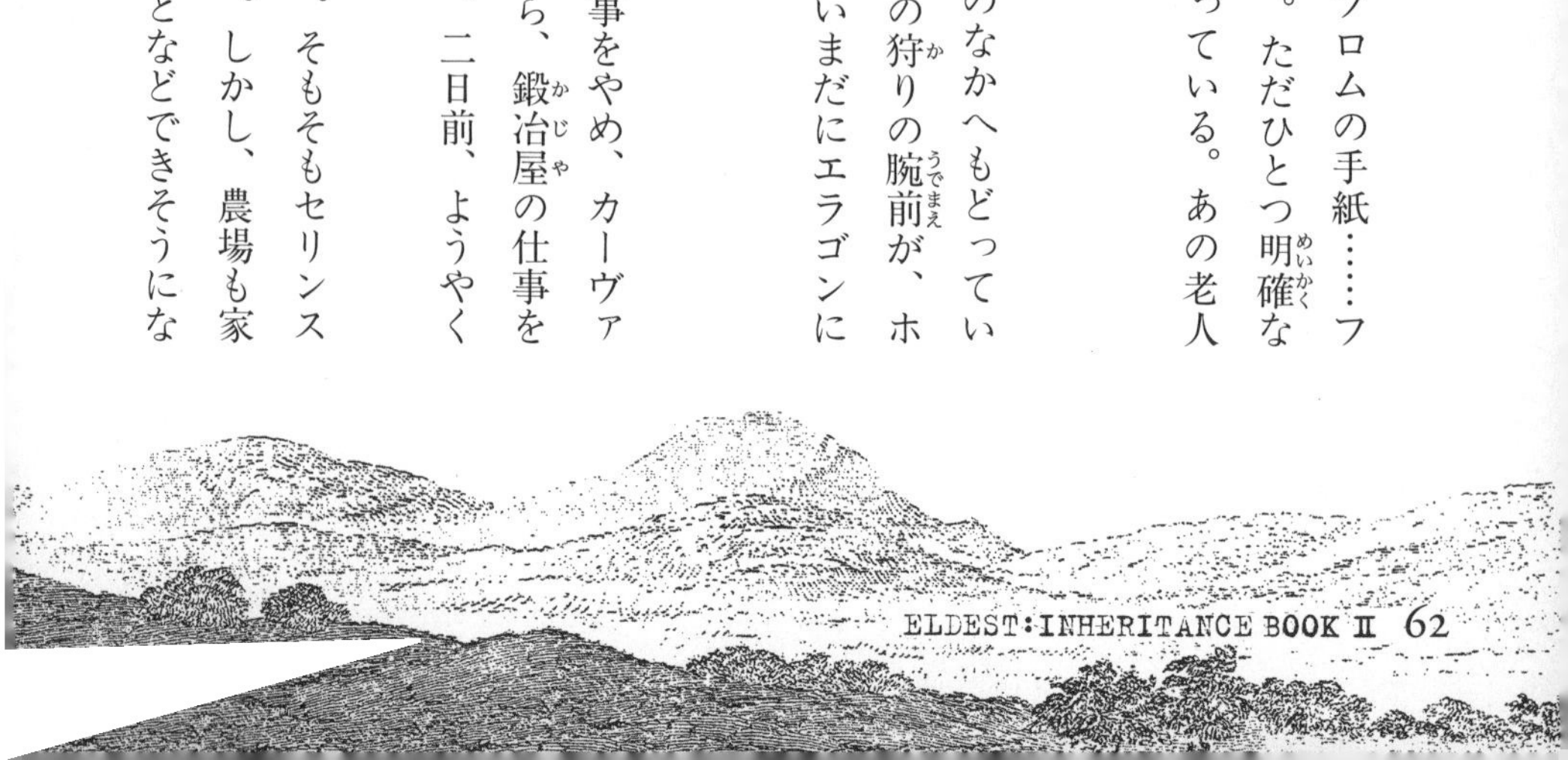

い。おれにも自尊心《じそんしん》がある。それにスローンは、先の見通しのまるでない男を、娘の結婚相手としてゆるしてくれるはずがない。ローランの状況《じょうきょう》が悪くなる前でさえ、スローンを説得するのは骨《ほね》が折れるだろうと覚悟《かくご》していたほどだ——彼とスローンは、以前から仲がよかったとはいえない。とはいっても、父親の承諾《しょうだく》なしにカトリーナと結婚することはできない。そんなことをすれば、彼女の家族には縁《えん》を切られ、村人たちには掟《おきて》やぶりとののしられ、なにより、スローンとの溝《みぞ》が決定的になってしまう。

　いろいろな状況をふまえると、今はまず、自分で家や納屋《なや》を建て直し、農場を再開《さいかい》するしか方法はなさそうだ。ゼロからはじめるのは、なみたいていのことではないだろう。それでも、生活さえ保証《ほしょう》されれば、堂々と胸《むね》をはってスローンに会いに行ける。早くとも来年の春までかかりそうだな、ローランはそう思って苦い顔をした。

　カトリーナが待ってくれることはわかっていた——少なくとも、しばらくのあいだは。

　黙々《もくもく》と歩き続けるうち、日暮れが近づき、カーヴァホールの村が見えてきた。小さな集落のなか、窓《まど》から窓へとはられたひもに洗濯物《せんたくもの》がさがっている。秋まき小麦が一面に実る畑から、男たちがそれぞれの家へもどっていく。村のむこうを見ると、八百メートルの〈イグアルダの滝《たき》〉が、夕陽《ゆうひ》に輝《かがや》きながらスパインの崖《がけ》をアノラ川にむかって流れ落ちている。いつもと変わらぬそれらの景色が、ローランの気持ちをなごませた。なにもかもが平常《へいじょう》どおりであることが、いちばんの安らぎだった。

　ローランは道をはなれ、スパインを望む丘《おか》にあるホーストの家へとのぼっていった。家の扉《とびら》はあい

ていた。ローランはなかに入ると、話し声に誘《さそ》われてキッチンへ歩いていった。

そでをひじまでめくりあげたホーストが、キッチンの一角の木製《もくせい》のテーブルに、身を乗りだしてすわっていた。そのとなりで、妻《つま》のエレインが満ち足りた笑《え》みを浮《う》かべている。彼女のおなかには五か月になる赤ん坊《あかんぼう》がいる。夫婦《ふうふ》のむかいにすわっているのは、息子《むすこ》のアルブレックとバルドルだ。

ローランが入っていったとき、アルブレックがしゃべっていた。「――でも、おれはまだ鍛冶場《かじば》を出てさえいなかったんだぜ！　なのにセインのやつ、おれを見たっていうんだ。そのときおれは、村の反対側にいたのにさ」

「どうしたんだい？」ローランが荷物をおろしながらたずねた。

エレインがホーストと目を見かわした。「なにか食べるものを用意するわね」エレインはパンと冷たいシチューをローランの前に置いた。そして、表情《ひょうじょう》をさぐるように、彼の目をのぞきこんだ。「家のほうはどうだったの？」

ローランは肩《かた》をすくめた。「柱も板も全部焼けたり腐《くさ》ったり――使えそうなものはまるでなかったよ。井戸《いど》は無事だった。朗報《ろうほう》はそれだけかな。種まきの季節までに住む家をこしらえようと思ったら、すぐにでも木の切りだしをはじめなきゃ。それより、教えてくれよ、なにがあったんだい？」

「ハハッ！」ホーストが声をあげる。「大騒動《おおそうどう》がもちあがったのさ。セインの草刈《くさか》り鎌《がま》がなくなって、アルブレックが盗《と》ったと疑《うたが》われている」

「セインのやつ、草むらにでも落としたんだよ」アルブレックが鼻息荒《あら》くいう。

「おそらくな」ホーストが笑顔《えがお》でうなずいた。

ローランはパンをかじりながらいった。「おまえを疑うなんて、お門《かど》ちがいもいいとこだな。草刈り鎌がほしけりゃ、自分で鍛《きた》えればいいんだから」

「そうなんだ」アルブレックは椅子《いす》にドスッと腰《こし》を落とした。「なのにあいつ、さがしてみもしないで、だれかが畑から逃《に》げていくのを見たとか、それがおれに似《に》てたとか、ブツブツいいだして……おれと似たやつなんてほかにいない、だからおれだっていうんだ」

たしかに、彼のような男はほかにいない。アルブレックは、父親の体格《たいかく》のよさと、エレインのあざやかな金髪《きんぱつ》を受け継《つ》いでいる。大半が茶色の髪《かみ》のカーヴァホールでは、それが奇異《きい》に映《うつ》る。いっぽうのバルドルは、体は細いし、髪の色は濃《こ》い。

「そのうちかならず見つかるさ」バルドルが落ちついた声でいう。「だから、あまりかっかしないほうがいい」

「かっかしないでいられるか!」

ローランはパンを食べおえると、シチューをすすりながらホーストにたずねた。「あした、なにか手伝うことがあるかな?」

「いや、とくにない。まだクインビーの馬車の仕事が終わらんのだ。車枠《くるまわく》のすわりが悪くてな」

ローランはうれしそうにうなずいた。「よかった。じゃあ、一日休みをもらって狩《か》りに行ってくるよ。谷の奥《おく》でシカの小さな群《む》れを見かけたんだ。わりと肉づきがよくてね——少なくともあばらは見

えていなかった」

バルドルが急に明るい顔になった。「つきあおうか？」

「ああ。夜明けに出かけよう」

食事が終わると、ローランは顔と手を洗《あら》い、気晴らしに散歩に出かけた。のんびり腕《うで》をのばしたりしながら、村の中心部へ歩いていった。

なかほどまで進むと、〈七つの滑車亭《セヴンシーヴス》〉からにぎやかな声が聞こえてきた。ローランはふり返り、気になって酒場のほうへ行ってみた。すると、見なれぬ光景が目に飛びこんできた。店のポーチには、パッチワークの革《かわ》コートをまとった中年の男がいる。横に置かれた荷物には、罠猟師《わなりょうし》の商売道具であるギザギザの鉄の罠が引っかけられている。男がおおげさな身ぶりをまじえて語る話を、何十人もの村人たちが聞いている。「それでだ、おれがセリンスフォードによったとき、ニールって男に会った。裏表《うらおもて》のない、いい男でな、春から夏にかけて、やつの畑を手伝うことになったんだ」

ローランはうなずいた。罠猟師たちは冬のあいだ、しとめた獲物《えもの》を山のなかにためておき、春になると皮をゲドリックのような皮なめし屋に売りにおりてくる。そして、たいていは農場の手伝いなどの仕事をはじめる。カーヴァホールはスパイン山脈にあって最北の村なので、多くの罠猟師が立ちよっていく。だから小さな村とはいえ、酒場も鍛冶屋《かじや》も皮なめし屋もあるのだ。

「ジョッキ一杯《ぱい》引っかけて、口のすべりをよくしてな――なにしろ半年ものあいだ、ひとこともしゃ

べってなかったからな。しゃべったっていやあ、クマの罠をもってかれたとき、天に悪態《あくたい》をついたぐれえだ──で、ひげにビールの泡《あわ》をつけたまま、そのニールといろんな噂話《うわさばなし》に花を咲《さ》かせたわけだ。商売の話がひと段落《だんらく》したころ、ニールにお愛想《あいそ》であれこれきいてみた。帝国《ていこく》や王のことで──王のやつ、口内炎《こうないえん》と皮膚炎《ひふえん》で腐《くさ》っちまえ──なにか目新しいニュースはないかと。だれかが生まれたとか、死んだとか、消えちまったとか、耳よりな話はないかとね。すると、どうしたと思う？　ニールのやつ、身を乗りだして、くそまじめな声でいうのさ。ドラス＝レオナやらギリエドやら、アラゲイジアじゃ今、あちこちでみょうなことが起きてるらしいってね。まずは、人の住む町や村のまわりから、アーガルがきれいさっぱりいなくなった。厄介《やっかい》ばらいができたってもんだが、なんで消えちまったのか、だれにもわからねえ。それと、強奪《ごうだつ》、略奪行為《りゃくだつこうい》がひんぱんに起きて、帝国の交易《こうえき》の半分が立ちゆかなくなってる。聞くところによると、それもふつうの山賊《さんぞく》のしわざじゃねえらしい。あらゆる場所で起きてて、どれも計画的だ。しかも商品は盗《ぬす》まねえ。火をつけて焼きはらっていくだけって話だ。けどな、話はそれで終わりじゃねえぞ。いやいや、これからが本題だ」

罠猟師は頭をぶるぶるとふり、皮袋《かわぶくろ》のブドウ酒を飲んで続けた。「じつはな、北部でシェイドが出《しゅっ》没《ぼっ》するって噂があるらしい。ギリエド近辺とドゥ・ウェルデンヴァーデンのはずれで、見たって話だ。歯は鋭《するど》くとがって、目はブドウ酒みてえに赤い。髪《かみ》の色は、そいつの飲む血の色と同じ赤だ。さらに厄介なのは、狂気《きょうき》のわが帝王が、なにかにご立腹《りっぷく》だってことだ。そうさ、本当の話だぞ。ニールと話した五日後、同じセリンスフォードで、南からシユノンへむかう途中《とちゅう》だっていう曲芸師《きょくげいし》に会って

な、たまたま話を聞いたんだ。どうやら帝国軍《ていこくぐん》が集結して、活動をはじめたらしい。なんのためかは想像《そうぞう》もつかねえって、そいつはいってたがな」罠猟師《わなりょうし》は肩《かた》をすくめた。「ガキのころ、とうちゃんが教えてくれたもんさ、火のないところに煙《けむり》は立たねえってな。相手はヴァーデンかもしれねえ。連中ははるか昔から、ガルバトリックスの目の上のたんこぶ――鉄のように頑丈《がんじょう》なこぶだからな！　そうじゃなけりゃ、ついにサーダに進軍する気になったか。少なくとも、ヴァーデンとちがって、サーダのある場所はわかってるもんな。ガルバトリックスなら、クマがアリをつぶすみてえに、サーダをつぶしちまうだろうよ」

罠猟師に質問《しつもん》の集中砲火《ほうか》が浴びせられるのを見て、ローランは目をぱちくりさせた。彼自身は、シェイドの噂《うわさ》は信じる気にはなれなかった。おおかた、木こりがほろ酔《よ》いかげんでしゃべった作り話にちがいない。だがそのほかの話は、もし本当だとしたら大変なことだ。サーダ……あまりに遠すぎて、カーヴァホールにその国のことはほとんど伝わってこない。それでも、ローランにもわかっていることはある。サーダと帝国の関係は表向きは平和に見えるが、サーダの人々は、強大な力をもつ北の隣国《りんごく》からの侵略《しんりゃく》の恐怖《きょうふ》に、つねにさらされて暮《く》らしているという。そうした理由により、サーダのオーリン王はヴァーデンを支援《しえん》しているのだ。

罠猟師のいっていたガルバトリックスの話が正しいのだとすれば、近い将来《しょうらい》、忌《い》まわしい戦《いくさ》がはじまってもおかしくはない。そうなれば帝国の民《たみ》は、さらなる増税《ぞうぜい》と徴兵《ちょうへい》で塗炭《とたん》の苦しみにおちいることになる。こんな世ではなく、べつの時代に生まれたかったと、ローランは思った。すでにじゅうぶ

んすぎるほどの苦しみを味わっているのに、これ以上の動乱《どうらん》を生きぬけるはずがない。
「さらにもうひとつ、聞くところによると……」罠猟師はわけ知り顔で言葉を切り、鼻の横を人さし指でトントンつついた。「アラゲイジアに新しいライダーが生まれたって話だ」彼はそういうと、腹《はら》をかかえて笑いだした。体を前後にゆすって、心底おかしそうに笑っている。

ローランも笑った。ライダー誕生《たんじょう》の話は何年かに一度はかならず耳にする。最初の二、三回はローランも興味津々《きょうみしんしん》で聞いたものだが、じきにそんな噂を信じるものではないと気づいた。いつだってなにも現《あらわ》れやしない。そうした噂話は、明るい未来を熱望する人々がつくりだした妄想《もうそう》にすぎないのだ。

ローランは立ち去ろうとして、酒場に立つカトリーナに気づいた。緑色のリボン飾《かざ》りがついた、あずき色の長いワンピース姿《すがた》。彼女も熱い視線《しせん》でローランを見つめ返す。ローランは彼女のもとへ近づき、肩を抱《だ》いていっしょに酒場をはなれた。

ふたりは村はずれまで歩き、そこに立って星をながめた。今宵《こよい》、夜空は明るく、無数の天の炎《ほのお》が神々《こうごう》しいばかりに輝《かがや》いている。そのさらに天上には、北の地平線から南の地平線へ、真珠《しんじゅ》の帯のような星の川が流れている。水さしからダイヤモンドの粉をこぼしたかのようだ。

カトリーナはローランの肩に頭をあずけ、彼の顔を見ずにたずねた。「今日はなにをしていたの?」
「家にもどってみた」カトリーナが肩の上でびくっとするのを感じた。
「どうだった?」

「ひどかったよ」言葉がのどにつまり、ローランはだまったままカトリーナを抱《だ》きしめた。頬《ほお》にかかる彼女の赤褐色《せきかつしょく》の髪《かみ》から、ブドウ酒と香辛料《こうしんりょう》と香水をまぜたような香《かお》りがただよってくる。その香りを深く吸《す》いこむと、ローランの心はいやされ、なぐさめられた。「家も納屋《なや》も畑も、あとかたもなくめちゃめちゃに……場所を知らなければ、そこに家があったことすらわからないぐらいだった」

カトリーナがようやく彼に顔をむけた。その目は星の光で輝《かがや》き、顔は愁《うれ》いに沈《しず》んでいる。「ローラン……」カトリーナの唇《くちびる》が、ほんの一瞬《いっしゅん》、ローランの唇をかすめた。「あれだけのものを失いながら、あなたはそれに耐《た》え、強さをとりもどしてくれたのね。農場にはすぐにもどるの？」

「ああ。おれには畑仕事しかないからな」

「それで、わたしはどうなるの？」

彼はためらった。カトリーナとつきあいはじめた最初の日から、ふたりのあいだには、いつか結婚《けっこん》するのだという暗黙《あんもく》の了解《りょうかい》があった。ローランは自分の意志《いし》を——一日の長さと同じくらい明白な意志を——あえて伝える必要もないまま過ごしてきたのだ。だから、カトリーナの質問《しつもん》に彼は動揺《どうよう》した。まだ生活の立て直しのめどもついていないのに、結婚という微妙《びみょう》な問題をとりあげるのは、早すぎる気がした。それに、申しこみを——まずはスローン、そしてカトリーナに——するのは、ローランの役目であって、彼女の役目ではない。

しかし、カトリーナからその話題が出た以上、その不安にこたえないわけにはいかない。「カトリーナ……前の計画どおりには、お父さんに会いに行けない。このままじゃきっと笑いとばされて終わるだけだ。当然さ。だから、すこし先へのばさないと。住む家ができて、畑の作物が収穫《しゅうかく》できるようになったら、お父さんだって聞く耳をもってくれるさ」

カトリーナがまた空に顔をむけ、ひとことなにかささやいた。その声はあまりに小さすぎて聞きとれなかった。

「なんだって？」

「父がこわいのってきいたのよ」

「そんなことはない！　おれは――」

「じゃあ、あした、父のゆるしをもらいに来て。それで婚約しましょう。父にわかってもらうのよ。あなたには今はなにもないけれど、かならずすばらしい家庭をきずき、父が自慢《じまん》できるような娘婿《むすめむこ》になるって。おたがい同じ気持ちでいるのに、何年もムダにして、はなれて暮《く》らすなんて意味がないわ」

「できないんだ」ローランは彼女にわかってほしくて、必死に説明しようとした。「きみにはなにもしてやれない。おれはまだ――」

「わからないの？」カトリーナは彼から身をはなし、追いつめられた口調でいった。「わたしはあなたを愛してるのよ、ローラン。あなたといっしょにいたいの。だけど、父にはべつの思惑《おもわく》がある。結婚相手として、あなたよりはるかに条件《じょうけん》のいい男の人はいくらでもいるのよ。時間がたてば、父は自分で見つけた相手をわたしにおしつけようとする。わたしが〝行きおくれ〟になることを、恐《おそ》れてる

の。わたしだって恐《おそ》れてるわ。カーヴァホールにいたら、わたしには時間と選択肢《せんたくし》ばかりがたくさん残って……べつの選択肢をとるべきときが来たら、そうすると思う」彼女は目を涙《なみだ》で光らせ、ローランにさぐるような視線《しせん》をむけて、返事を待っていた。やがてスカートをたくしあげ、民家のほうへ走っていった。

ローランはショックで動くこともできず、そこに立ちつくしていた。カトリーナに去られるのは、農場を失ったのと同じくらいつらい――世の中が急に冷たく、よそよそしくなり、体の一部が引き裂《さ》かれるような思いだった。

ホーストの家にもどってベッドに入る気になるまで、何時間もかかった。

05

追い、追われし者

谷をくだるローランの靴《くつ》の下で、土がバリバリ音をたてていた。雲におおわれた早朝の谷は、涼《すず》しく、景色はぼんやりして見える。バルドルがすぐうしろからついてくる。ふたりとも弓をかついで、シカの姿《すがた》を求めて周囲をうかがいながら黙々《もくもく》と歩いていた。

「あそこだ……！」バルドルが低い声でいい、アノラ川ぞいのイバラ道へ続くいくつかの足跡《あしあと》をさした。

ローランはうなずき、足跡に近づいた。足跡は通ってから一日ぐらいたったものだった。ローランは思いきって話を切りだした。「バルドル、相談してもいいかな？　おまえは村の人たちのことを、よくわかってるようだから」

「いいよ。どんな相談だい？」

しばらくのあいだ、ふたりの足音だけが響《ひび》いた。

「スローンはカトリーナを嫁《よめ》に出したいと思ってるんだ。相手はおれじゃない。日がたつごとに、彼

の気に入るべつの男と結婚《けっこん》させる確率《かくりつ》が高くなる」

「カトリーナはなんといってるんだ?」

ローランは肩《かた》をすくめた。「スローンは彼女の父親だ。さからい続けることはできないさ。本当にいっしょになりたい男が、結婚しようといわないんだからな」

「それが、おまえなんだな……」

「ああ」

「だから、けさ、あんなに早く起きたんだな?」図星だった。

じっさい、ローランはゆうべ、不安で一睡《いっすい》もできなかった。ひと晩《ばん》じゅう、カトリーナのことを考え、苦境《くきょう》からぬけだす道はないものかと思い悩《なや》んでいたのだ。

「彼女を失うなんて耐《た》えられない。かといって、スローンがみとめてくれるとも思えない。今のおれの状況《じょうきょう》とか、いろいろ考えると」

「そうだな」バルドルはうなずいた。バルドルは横目でちらっとローランを見た。「それで、おれになにを相談したいんだ?」

ローランは鼻から息を吐《は》きだして笑った。「スローンをどうやれば説得できるか? どうすれば宿《しゅく》怨《えん》の仲にならず、この板ばさみ状態《じょうたい》からぬけだせる?」ローランは頭をかかえた。「おれはどうしたらいい?」

「自分で考えてることはないのか?」

「あるさ。でも、あまり気が進まないんだ。カトリーナとふたりで、婚約したと発表してしまう――本当はまだだけど――あとは成り行きまかせにする。そうすれば、スローンは婚約をみとめざるをえなくなる」

バルドルは眉間《みけん》にしわをよせ、慎重《しんちょう》な口ぶりで話しだした。「かもな。でも、それじゃ、カーヴァホールじゅうの人間がおまえに悪感情《あくかんじょう》をもつようになるぞ。おまえたちのやったことを、だれもこころよく思わないだろう。それに、カトリーナにおまえか父親かどちらかを選ばせるなんて、賢《かしこ》いやり方じゃない。将来《しょうらい》、そのことでおまえを恨《うら》むようになる」

「わかってる。でも、ほかに方法があると思うか?」

「そういう乱暴《らんぼう》な行動に出る前に、スローンを味方にする努力をすることを、すすめるね。おまえと結婚できずにむくれてるカトリーナと結婚する男なんていないってことを、スローンにわからせれば、うまくいくかもしれないぞ。しかも結婚したとしても、おまえがまわりをうろついてるんじゃな」ローランは顔をしかめ、地面をじっと見つめた。バルドルは笑った。「それでだめだったら、自信をもって次の手に進めばいい。やるべきことはすべてやったんだからな。そのときは村人たちだって、伝統《でんとう》をやぶったからと、おまえにつばすることはないだろう。むしろ、石頭のスローンのほうが、自業《じごう》自得だっていわれるだろうよ」

「どっちもらくな道じゃないな」

「それは最初からわかってるだろ」バルドルはまたまじめな顔になった。「スローンに楯《たて》つけば、ひ

どいことをいわれるに決まってる。でも、それも時間がたてばおさまるさ――らくにはならないにしろ、耐《た》えられる状態《じょうたい》にはなる。スローンはべつとして、おまえのことを悪く思うとしたら、堅物《かたぶつ》のクインビーだけだろうな。あんなにうまいビールをつくれるやつが、なんであそこまでかた苦しくてきびしいのか、おれにはわかんないよ」

　ローランも納得《なっとく》してうなずいた。カーヴァホールのような小さな村では、恨《うら》みが何年もくすぶり続けることがある。「話せてよかったよ。このところ……」ローランはいつも包みかくさず、たがいになんでも話しあってきたエラゴンを思い出して口ごもった。エラゴンもいっていたように、ふたりは血のつながりはなくても、兄弟だった。どんなときもどんな場所でも、自分の話を聞いてくれるだれかがいる、そのだれかが、いざとなればどんな代償《だいしょう》をはらってでも自分を助けてくれる――それがわかっているだけで、どれほど心強かったことか。

　そうした絆《きずな》を失い、ローランは心にぽっかりと穴《あな》があいたような気がしていた。

　バルドルはローランに話の続きをせっつくことなく、立ちどまって皮袋《かわぶくろ》の水を飲んでいる。

　ローランは何メートルか歩いたところで、あるにおいに思考を断《た》ち切られ、足をとめた。

　それは、肉を焼いたにおいと、マツの枝《えだ》を燃《も》やしたにおいがまじったような、強烈《きょうれつ》なにおいだった。自分たちのほかに、だれがいるんだろう？　においの源《みなもと》をたしかめようと、ローランは深く息を吸《す》い、回れ右をした。道の下のほうからかすかな風がふき、熱気と煙《けむり》が流れてくる。肉の強い香《かお》りに、口のなかにつばがこみあげてきそうになる。

ローランの手まねきで、バルドルが駆《か》けよってきた。

「においがするだろう？」

バルドルがうなずく。ふたりは道にもどり、においを追って南へ歩きだした。三十メートルほど進むと、道はハコヤナギの林にそって折れ、その先が見えなくなっている。曲がり道にさしかかったところで、谷を包む濃《こ》い朝靄《あさもや》にまぎれて、くぐもった声が切れ切れに聞こえてきた。

ローランは林の手前で足をとめた。もし相手が狩《か》りに来ているのなら、とつぜん現《あらわ》れておどかすのは、愚《おろ》かなことだ。それに、気になることがあった。聞こえてくるのは、おおぜいの人間の声だ。しかも、パランカー谷に住むどの家族より多い人数。ローランは無意識《むいしき》のうちに道をはなれ、林にそって茂《しげ》る潅木《かんぼく》に身をかくした。

「なにやってるんだ？」バルドルが小声でいう。

ローランは指でシーッと合図し、なるべく足音をたてないよう、潅木のなかを道と平行に進んでいった。道を折れたところで、ローランは凍《こお》りついた。

道ぞいの草地に、兵士の集団《しゅうだん》が野営《やえい》している。三十個《こ》あまりの兜《かぶと》が朝の日ざしに光り、兵士たちは数か所の火をかこんで、鶏肉《とりにく》とシチューをむさぼっている。

兵士たちの赤い軍服は長旅でよごれ、泥《どろ》にまみれているが、ガルバトリックスの紋章《もんしょう》だけは見まちがえようがない。金の糸で描《えが》かれた、のたうつ炎《ほのお》。チュニックの下には、鉄板を打ちつけた重い革《かわ》の鎧《よろい》、鎖帷子《くさりかたびら》、羊毛入りの鎧下をつけている。ほとんどの兵士が腰《こし》に刃《は》の広い段平《だんびら》をさし、六人が弓、

残る六人が恐《おそ》ろしげな鉾槍《ほこやり》をもっている。

　兵士たちの中央にいるのは、背中《せなか》を丸めた黒く不気味なふたつの人影《ひとかげ》。その風体《ふうてい》は、セリンスフォードからもどったとき、村人たちの口からたっぷり聞かされていた……。うちの農場を破壊《はかい》した黒マントの男たちだ。ローランは血が凍《こお》るのを感じた。帝国軍《ていこくぐん》だ！　弓に手をかけ、前へ飛びだそうとしたとき、バルドルが彼の胴着《どうぎ》を引っぱって地面にすわらせた。

「だめだ。ふたりとも殺されちまう……」

　ローランはバルドルをにらみつけ、うなるようにいった。「やつらは……やつらは獣《けだもの》だ……」自分の手がふるえているのに気づく。「やつらは、もどってきたんだ！」

「ローラン」バルドルは必死でささやきかけた。「おまえにはなにもできない。見ろ、やつらは王の手先なんだぞ。たとえここを切りぬけられても、おまえは帝国のおたずね者になる。そうなると、カーヴァホールにも災厄《さいやく》をもたらすことになるんだぞ」

「やつらはなにがほしいんだ？　なんの目的でここに来たんだ？」ガルバトリックス王は、なぜ罪《つみ》もない父さんに地獄《じごく》の苦しみをあたえたんだ？

「ギャロウを殺したとき、さがしていたものを手に入れられなかったのだとしたら、エラゴンがブロムと逃《に》げた今、あいつらの目的はおまえしかないな」バルドルは黙《だま》って、ローランがその言葉を受けとめるのを待った。「村に帰って、みんなに危険《きけん》を知らせないと。それから、おまえはどこかにかくれたほうがいい。馬に乗ってるのは、黒マントの男たちだけだ。走れば、やつらより先に村へもどれる」

ローランは藪《やぶ》のむこうにぼんやりと見える兵士たちの姿《すがた》をにらみつけた。心臓《しんぞう》が復讐《ふくしゅう》をもとめて荒《あら》れくるい、彼をけしかけている。攻撃《こうげき》しろ！　戦え！　おまえに不幸をもたらしたあのふたりに矢を射《う》ちこみ、正義《せいぎ》の裁《さば》きを受けさせるんだ。痛《いた》みと悲しみが一瞬《いっしゅん》でも洗《あら》い流せるなら、自分が死のうが生きようがどうでもよかった。今すべきことは、ここから飛びだしていくこと。あとのことは、なんとでもなる。

ただ、一歩ふみだすだけだ！

しかしローランはこみあげる涙《なみだ》をこらえ、拳《こぶし》をにぎりしめ、視線《しせん》を落とした。カトリーナを置いては行けない。彼は身をこわばらせ、目をぎゅっと閉《と》じ、苦痛《くつう》と闘《たたか》いながらのろのろとあとずさった。

「帰ろう」

バルドルの答えを待つことなく、ローランはみずからを急《せ》きたてるように林のなかへすべりこんだ。野営地《やえいち》が見えなくなって林を出ると、いらだちや怒《いか》り、恐怖心《きょうふしん》を吐《は》きだすかのように土埃《つちぼこり》の立つ道を一心に走った。

バルドルもあわててあとを追い、開けた場所に走りでた。

ローランはスピードを落とし、バルドルが追いついてくるのを待っていった。「おまえは村のみんなに知らせてくれ。おれはホーストに話すよ」

バルドルはうなずき、いっしょに先を急いだ。

三キロほど走ったところで、水を飲んで休憩《きゅうけい》した。

呼吸《こきゅう》が落ちつくと、カーヴァホールの手前につらなる低い丘《おか》めざして、ふたたび走りだした。なだらかに起伏《きふく》する道で、走る速さはかなり落ちたが、それでもじきに村が視界《しかい》に入ってきた。

村の中心部へむかうバルドルを置いて、ローランはホーストの鍛冶屋《かじや》をめざし、スピードをあげた。民家の前を駆《か》けぬけながら、彼は途方《とほう》もないことを考えていた。帝国《ていこく》の怒《いか》りをまねくことなく、この状況《じょうきょう》を回避《かいひ》するか、あるいは黒マントを殺す方法はないだろうか？

鍛冶屋に飛びこむと、ホーストがクインビーの馬車の側面に釘《くぎ》を打ちながら、歌をうたっていた。

……ほーら、ほら！
トンテンカン、トンテンカン
鉄のじいさんが音を出す！　ずるがしこい鉄じいさん。
ガンガンゴンゴン打ちつけて、
ずるがしこい鉄じいさんをこらしめるのさ！

ホーストはローランに気づいて、ふりあげた槌《つち》を途中《とちゅう》でとめた。「おう、どうした？　バルドルがケガでもしたか？」

ローランは首をふり、かがみこんで呼吸をととのえた。そして、山のなかで見たものと、それがな

にを意味するかを、ひと息で説明した。もっとも重要なのは、これで黒マントの男たちが帝国の手先であることが、はっきりしたということだ。

　ホーストはあごひげをいじりながらいった。「おまえはカーヴァホールを出るんだ。うちにある食《しょく》糧《りょう》をもっていけ。おれの馬は今、アイヴァーが切《き》り株《かぶ》を掘《ほ》り返すのに使ってるんだが、それに乗って山にかくれるといい。兵士たちのねらいがわかったら、アルブレックかバルドルに伝言をとどけさせる」

「やつらがおれをさがしに来たら、なんていう？」

「狩《か》りに出ていて、いつもどるかわからんというさ。まあ、それは本当のことだ。連中だって山のなかをさがしまわったりはしないさ。すれちがいになったらこまるからな。やつらの目的は、自分だと思うのか？」

　ローランはうなずき、きびすを返してホーストの家へ駆けこんだ。なかに入ると、壁《かべ》から馬具一式と袋《ふくろ》をつかみとり、カブとビーツと干《ほ》し肉《にく》、パン一斤《きん》をすばやく毛布《もうふ》にくるみ、ブリキの鍋《なべ》をかかえ、途中でエレインに事情《じじょう》を話して外へ飛びだした。

　大急ぎで包んだ荷物をわきにかかえ、ローランはカーヴァホールの東にあるアイヴァーの農場へ走った。アイヴァーは母屋《おもや》の裏《うら》にいた。ニレの切り株の無数にのびる根を地面から引きぬこうとふんばる牝馬《ひんば》の横で、アイヴァーはヤナギのムチをふるっている。

「ほら、がんばれ！」アイヴァーが声をはりあげる。「思いきって引くんだ！」

牝馬《ひんば》は泡《あわ》をふき、体がふるえるほど力をこめている。やがて渾身《こんしん》のひと引きで、ついに切り株《きかぶ》が浮《う》きあがり、ねじまがった指のふさのような根が、空にむかってつき立てられた。アイヴァーは手綱《たづな》を引いて作業をとめ、やさしく馬の体をさすった。「よしよし……それでいいんだ」

ローランは遠くから彼に手をふり、近くまで来ると、牝馬をさして「馬を借りたいんだ」といった。ひと通り理由を説明する。

アイヴァーは悪態《あくたい》をつき、ぼやきながら牝馬の馬具をはずしだした。「ちょっと仕事がかたづいたと思ったら、とたんにじゃまが入る。前にはこんなことなかったのに」腕《うで》を組み、ローランがわき目もふらず馬に鞍《くら》をつけるのを、眉《まゆ》をひそめてにらむ。

準備《じゅんび》ができると、ローランは弓をもって馬にまたがった。「じゃましてごめんよ。でも、どうしようもないことなんだ」

「まあ、気にするな。つかまらんよう気をつけるんだぞ」

「ああ、そうするよ」

ローランが馬の腹《はら》をけったとき、アイヴァーの呼《よ》びかけが聞こえてきた。「くれぐれも、おれの小川にだけはかくれるなよ」

ローランは苦笑して、わかったというようにかぶりをふると、馬の首のほうへ身をたおした。スパイン山麓《さんろく》の丘《おか》にはすぐに到達《とうたつ》した。そこから、パランカー谷の北のはずれにつらなる丘陵《きゅうりょう》地帯へとのぼっていく。たどりついたのは、山腹《さんぷく》の、カーヴァホールをひそかに監視《かんし》できる場所だ。ローランは馬をつないで、そこに腰《こし》を落ちつけた。

暗い松林に目をやると、思わず体がふるえた。本当なら、スパインにふみこむのはまっぴらだった。カーヴァホールには、スパインの山中に足をふみいれようとする者などめったにいない。たとえいたとしても、無事にもどってこられた者は多くない。

谷を見おろすと、道を行進する兵士たちの姿《すがた》が見えてきた。ふたつの黒い人影《ひとかげ》を先頭に、二列に隊を組んで歩いている。カーヴァホールのはずれで、隊列は三々五々集まった村人たちに行く手をはばまれた。手につるはしをもっている者もいる。ふたつの集団《しゅうだん》は言葉をかわしたあと、飛びかかる瞬間《しゅんかん》をうかがってうなりあう犬のように、にらみあいをはじめた。しばらくたってから、カーヴァホールの男たちがわきによけ、侵入者《しんにゅうしゃ》たちを通した。

なにが起きるんだ？　ローランはそう思って途方《とほう》に暮《く》れた。


夜までに、兵士たちは村の近くの空き地に野営《やえい》を張《は》った。テント群《ぐん》が低く灰色《はいいろ》にのび、見張りがたいまつを手に巡回《じゅんかい》するたび、不気味な人影が浮かびあがる。テント群の中央では大きな火がたかれ、煙《けむり》が渦《うず》を巻《ま》きながら空に立ちのぼっている。

ローランも自分の野営地をつくり、村を見おろしながら、いろいろなことを考えていた。彼はこれまでずっと、黒マントの男たちは農場を破壊《はかい》して、ほしいもの——つまりエラゴンがスパインで拾った石——を、手に入れたのだと思っていた。でも、じっさいは手に入れられなかったのだろう。ローランは今そう結論《けつろん》づけた。きっとエラゴンは石をもって逃《に》げだしたんだ……あれを守るには、逃げるしかないと思ったのだろう。ローランは眉《まゆ》をひそめた。だからといって、村を捨《す》てる理由になるだろうか？　ローランには突飛《とっぴ》な話としか思えない。

理由がなんであれ、あの石は、王が軍隊を送ってとり返そうとするほど、貴重《きちょう》な宝《たから》なのだ。どうしてそんなに価値《かち》があるのかはわからないが……ひょっとして、魔法《まほう》の石なのか？

ローランは冷たい夜気《やき》のなかで深呼吸《しんこきゅう》して、フクロウの鳴き声に耳をすませた。ふと、なにかの気配に気がついた。山肌《やまはだ》を見おろすと、林のなかを歩いてくる人影《ひとかげ》がある。ローランは巨石《きょせき》のかげに身をかくし、弓をかまえた。人影がアルブレックだと確認《かくにん》できると、小さく口笛をふいた。

アルブレックはまもなく巨石にたどりついた。フーッとうなりながら、いっぱいにつめこまれた背《せ》中《なか》の荷物を地面におろした。「おまえのこと、見つけられないかと思ったよ」

「よく見つけたな」

「夜の森をさまよい歩くのは、いやなもんだな。クマとか、もっといやなものと鉢合《はちあ》わせするかもしれない。スパインは人間の来る場所じゃないな」

ローランはふり返ってカーヴァホールを見おろした。「それで、連中はなんのために村に？」

「おまえを拘束《こうそく》するためだ。おまえが〝狩《か》り〟からもどってくるまで、いつまでも待つつもりらしい」

ローランはドサリとすわりこんだ。背筋《せすじ》も凍《こお》るような想像《そうぞう》で、はらわたがぎゅっとしめつけられる。「理由はいってなかったか？　石のことはなにかいってたか？」

　アルブレックはかぶりをふった。「やつらは王の命令としかいわなかった。一日じゅう、おまえとエラゴンのことをきいてまわってたぞ——連中が興味《きょうみ》あるのは、おまえたちだけなんだ」彼はためらいがちにいった。「ここに残りたいけど、あしたおれが村にいないと、連中に不審《ふしん》に思われるだろう。食糧《しょくりょう》はたっぷりもってきた。毛布《もうふ》もある。それとケガしたときのために、ガートルードの膏薬《こうやく》も。おまえには、ここで元気でいてもらわないとな」

　ローランは気力をふりしぼって笑った。「いろいろとありがとう」

「おやすいご用さ」アルブレックは照れくさそうに肩《かた》をすくめた。立ち去るとき、彼は肩ごしに言葉を残していった。「ところで、あの謎《なぞ》の黒マント……ラーザックっていうらしいぞ」

06 サフィラの約束

長老会議との会合のあと、エラゴンが——熱中しすぎないよう気をつけながら——サフィラの鞍《くら》をきれいにふいて、油をぬっているとき、オリクが訪《たず》ねてきた。ドワーフは、エラゴンがストラップを一本みがきおえたところで声をかけた。「体調はどうかね？」

「すこしはいいよ」

「よろしい。だれにとっても、体力がなによりだからな。今日ここに来たのは、ひとつにはきみの体調をたしかめるためと、もうひとつは、フロスガーの希望を伝えるためなんだ。もし時間をつくれるなら、きみと話をしたいといっている」

エラゴンはドワーフにむかって苦笑した。「ぼくはいつだって時間をつくれる。王だってそれがわかってるはずだよ」

オリクは笑った。「ああ、だけどおうかがいを立てるのが、礼儀《れいぎ》ってもんだ」

エラゴンが鞍を置くと、すみの寝床《ねどこ》で丸まっていたサフィラが起きあがり、オリクに愛想《あいそ》よくうな

ってあいさつした。

「おはよう」オリクは会釈《えしゃく》していった。

オリクは彼らを連れて、トロンジヒームに四本ある主要通路の一本を歩きだした。そこから中央塔《ちゅうおうとう》へ進み、さらにその先の、ゆるやかにまがる鏡張《かがみば》りの階段《かいだん》をふたつおりると、地下のドワーフの〈王の間〉がある。しかし中央塔に着く前に、オリクは通路わきの短い階段をおりていった。

エラゴンは、一瞬《いっしゅん》の間のあと気がついた。オリクはイスダル・ミスラムの残骸《ざんがい》を目にしたくないから、中央塔をさけたのだ。

七つ角の王冠《おうかん》が彫《ほ》られた花崗岩《かこうがん》の扉《とびら》の前で、彼らは足をとめた。扉の両側に立つ武装《ぶそう》した七人のドワーフたちが、いっせいにつるはしの柄《え》で床《ゆか》をたたいた。木材と石のぶつかる重い音が響《ひび》き、二枚《まい》の扉が内側に開いていく。

エラゴンはオリクにうなずいて、サフィラとともに薄暗《うすぐら》い部屋に足をふみいれた。ふたりは歴代ドワーフ王たちのヒアナ（彫像《ちょうぞう》）の前を通り、いちばん奥《おく》にある玉座《ぎょくざ》へと歩いていった。重厚《じゅうこう》な黒い玉座の足もとにたどりつくと、エラゴンはお辞儀《じぎ》をした。

ドワーフの王はそれにこたえ、銀の髪《かみ》を長くのばした頭をさげた。黄金の兜《かぶと》に埋《う》めこまれたルビーが、熱した鉄のように鈍《にぶ》い光を放っている。鎖帷子《くさりかたびら》でおおわれた王の足の上には、ヴォランドという戦闘用《せんとうよう》の金属製《きんぞくせい》の槌《つち》がのせられている。

フロスガーが話しだした。「シェイドスレイヤー、ようこそわが広間へ。先《せん》だっての面会以来、き

みはいろいろなことを成しとげた。それによって、わしのザーロックへの懸念《けねん》がまちがいであったことが証明《しょうめい》された。きみが帯びているかぎり、モーザンの剣《けん》はトロンジヒームでこころよく受けいれられるだろう」

「ありがとうございます」エラゴンは身を起こしていった。

「それと」王が低く響《ひび》く声で続ける。「〝ファーザン・ドゥアーの戦い〟できみが身につけた鎧兜《よろいかぶと》だが、このままきみに使ってほしいと思う。今もなお、ドワーフ一の熟練工《じゅくれんこう》が修繕《しゅうぜん》しておる。ドラゴンの鎧についても同様。もとどおりになったら、サフィラはそれをいつまでも、あるいは体にあわなくなるまで使うといい。感謝《かんしゃ》の気持ちを表すのに、これぐらいのことしかできんのだがね。来《きた》るべきガルバトリックスとの戦いがなければ、きみの名のもとに、盛大《せいだい》な祝宴《しゅくえん》を開けたんだろうが……それは、もっとふさわしいときを、待たねばならんな」

エラゴンは、サフィラと自分の気持ちを口に出していった。「身にあまる寛大《かんだい》なお言葉。貴重《きちょう》な贈《おく》り物《もの》、大切にします」

フロスガーはうれしさをかくすかのように眉《まゆ》をぎゅっとよせ、むずかしい顔をした。「社交辞令はこのへんにしておこう。じつは、アジハドの後継者《こうけいしゃ》のことで、わしの考えを聞かせろと部族の者たちにせっつかれておるのだ。きのう、長老会議がナスアダ支持《しじ》の意向を発表したあと、わしが王になって以来、見たこともないような大騒動《おおそうどう》がもちあがった。部族の長《おさ》たちは、ナスアダを受けいれるか、べつのだれかを推《お》すか、結論《けつろん》を出さねばならん。過半数《かはんすう》がナスアダがヴァーデンをひきいることに賛《さん》

成《せい》のようだが、両者にわしの意見を伝える前に、エラゴン、きみがどういう結論を出したのかを聞かせてほしいのだ。王がぜったいにやってはならないのは、まぬけに見られることだからな」

〈どこまで話せばいいんだろう?〉エラゴンはすばやく考え、サフィラの意見をたずねた。

〈彼はいつもわたしたちを公正にあつかってくれる。けれど、ほかの部族の長たちと、どんな約束をかわしたかはわからない。ナスアダが本当に権力《けんりょく》の座《ざ》につくまでは、慎重《しんちょう》に対処《たいしょ》したほうがいい〉

〈そうだな〉

「サフィラとぼくは、ナスアダへの協力を約束しました。彼女が即位《そくい》することに、異論《いろん》はありません。それに——」エラゴンは、これ以上いうべきかどうか思案した。「あなたもそうしてくださるよう、お願いしたい。ヴァーデンには、内輪もめをする余裕《よゆう》などありません。必要なのは、結束です」

「オエイ（そのとおり）」フロスガーはそういって、うしろによりかかった。「話し方にも威厳《いげん》が出てきたな。きみの提案《ていあん》はよくわかる。だが、ひとつ質問《しつもん》がある。ナスアダは本当に知恵《ちえ》ある指導者《しどうしゃ》になれるのか、それとも、なにかべつの動機があって、彼女を選んだのか?」

〈探《さぐ》りを入れているのだ〉サフィラが警告《けいこく》した。〈彼は、なぜわたしたちがナスアダを支持するのか、理由を知りたがっている〉

エラゴンは唇《くちびる》が引きつるのを感じながら、かろうじて笑った。「ナスアダはあの若《わか》さにもかかわらず、知恵も先見の明もあると思います。ヴァーデンのりっぱな指導者になるでしょう」

「それが、彼女を支持する理由なのかね?」

「はい」

フロスガーは長い真っ白なひげをくいっとしごいて、うなずいた。「それで安心した。このところ、なにが正義《せいぎ》か善《ぜん》かということが、ないがしろにされすぎておるからな。個々が権力《けんりょく》をにぎることばかりに、目をむけておる。そうした愚行《ぐこう》には、憤《いきどお》りを禁《きん》じえないよ」

細長い〈王の間〉に、ぎこちない沈黙《ちんもく》が流れた。それを断《た》ち切るために、エラゴンはいった。「〈ドラゴンの間〉はどうなりますか？　新しい部屋がつくられるのでしょうか？」

このとき初めて、王が悲嘆《ひたん》に暮《く》れた顔になった。目じりには車輪の輪止めのような、深いしわがきざまれている。エラゴンは、これほどに悲しげな表情《ひょうじょう》をするドワーフを見たことがなかった。「それにとりかかる前に、じゅうぶん話しあわねばならん。サフィラとアーリアがやったことは、悲惨《ひさん》なおこないだ。必要だったとはいえ、悲惨なことに変わりない。ああ、イスダル・ミスラムがこわれるくらいなら、アーガルに占領《せんりょう》されたほうがましだったかもしれない。トロンジヒームの心臓《しんぞう》が破壊《はかい》されては、わしらのここがつぶされたも同じなのだ」フロスガーは自分の胸《むね》に拳《こぶし》をのせ、ゆっくりとその手を開いて、革《かわ》を巻《ま》きつけたヴォランドの柄《え》をにぎりしめた。

サフィラがエラゴンの意識《いしき》に触《ふ》れてきた。いくつかの感情が伝わってきたが、なかでもエラゴンをおどろかせたのは、良心の呵責《かしゃく》と罪悪感《ざいあくかん》だった。必要にせまられてのこととはいえ、サフィラはスターサファイアを崩壊《ほうかい》させたことを、心からすまないと思っている。〈小さき友よ、たのみがある。フロスガーと話がしたい。彼にたずねてほしい——宝石《ほうせき》の破片《はへん》からイスダル・ミスラムを復元《ふくげん》する技術《ぎじゅつ》

が、ドワーフにはあるのかと〕
エラゴンがサフィラの言葉を復唱《ふくしょう》すると、フロスガーはドワーフ語でなにやらつぶやき、それからこういった。「技術はあるができあがったものは、かつてのトロンジヒームを輝《かがや》かせた美の〝まがいもの〟でしかないのだよ！　そんな醜悪《しゅうあく》なものは、とてもみとめられん」
サフィラはまばたきもせず、王を見つめている。〔では、こう伝えて――イスダル・ミスラムの破片を、ひとかけらも残さず集めてくれたら、わたしがもとどおりに復元できるだろうと〕
エラゴンはフロスガーがいるのもかまわず、口をあんぐりとあけてサフィラを見た。〔サフィラ！　どれほどのエネルギーが必要なことか！　それにおまえ、魔法《まほう》は思いどおりに使えないって、自分でいってたじゃないか。どうして復元できるなんていえるんだよ？〕
〔そうしたいという思いが強ければ、できること。これはドワーフへの、わたしからの贈《おく》り物《もの》だ。ブロムの墓《はか》にしたことを思い出せば、あなたも疑問《ぎもん》をふりはらえる。それと、その口を閉《と》じなさい――見苦しいし、王が見ている〕
エラゴンがサフィラの申し出を伝えると、あまりのおどろきで、フロスガーは背《せ》をぴんとのばした。「そんなことが可能《かのう》なのかね？　エルフでさえ、そんな芸当をやれるとは思えん」
「サフィラは自信があるといっています」
「そういうことなら、百年かかってでも、イスダル・ミスラムを復元させよう。まずは宝石をはめていた枠《わく》を集め、破片をすべてもとの位置にならべていく。ひとかけらも見のがすことのないように。

割《わ》らねば動かせない大きな破片《はへん》があったとしても、そこはドワーフの技術《ぎじゅつ》で、ひと粒《つぶ》たりともなくさぬよう対処《たいしょ》できる。サフィラには、わしらの作業が終わったところで来てもらうよ。そして、スターサファイアを完全に直してもらう」

「かならず来ます」エラゴンはそういって、頭をさげた。

フロスガーがにっこり笑うと、花崗岩《かこうがん》の壁《かべ》がひび割れたかのように見えた。「サフィラ、こんなにうれしいことはない。これでまた、種族をおさめ、生きていく気力をとりもどせたような気がする。本当に成しとげてくれたなら、すべてのドワーフが、幾代《いくだい》にもわたってきみの名をたたえ続けるだろう。さあ、もうさがってかまわん。わしはこの便りを、部族の者たちに伝えねばならん。きみたちは、ここで結果を待つことはない。異論《いろん》をとなえるドワーフがいるはずもない。すれちがう者たち全員に、この吉報《きっぽう》を伝えてやってくれたまえ。通路という通路に、わが種族の歓声《かんせい》が響《ひび》きわたらんことを!」

エラゴンとサフィラはもう一度頭をさげ、いまだ笑《え》みの消えないドワーフ王を残し、玉座《ぎょくざ》をはなれた。広間を出ると、オリクに一部始終を話して聞かせた。

オリクはとたんにサフィラの前で身をかがめ、床《ゆか》に接吻《せっぷん》をした。にっと笑って顔をあげ、エラゴンの腕《うで》をにぎりしめる。「まったく、これは奇跡《きせき》だよ。きみたちはわが種族に希望をあたえてくれた。このところのできごとから立ち直るには、その希望こそが必要だったんだ。賭《か》けてもいい、今夜は宴《えん》会《かい》だぞ!」

「そして、あしたは葬式《そうしき》だ」

オリクが一瞬《いっしゅん》、真顔にもどった。「そう、あしただ。だがそれまでは、暗い気分でいることはないさ！　さあ、行こう！」

オリクはエラゴンの手をとって、トロンジヒームの廊下《ろうか》を大宴会場へとみちびいていった。

宴会場では、おおぜいのドワーフたちが石のテーブルをかこんですわっている。

オリクはテーブルのひとつに飛び乗り、料理の皿を床にけちらすと、イスダル・ミスラムの吉報を声高《こわだか》に宣言《せんげん》した。

その瞬間、わきおこる歓声《かんせい》や絶叫《ぜっきょう》で、エラゴンはまさに耳がつぶれそうになった。ドワーフたちはこぞってサフィラのもとにやってきて、オリクがしたように床に接吻をしていく。それが終わると、料理そっちのけで、石のジョッキにビールやハチミツ酒がそそがれていった。

エラゴンは自分でもおどろくほど羽目をはずして、どんちゃん騒《さわ》ぎに加わった。騒いでいると、心にたまった憂鬱《ゆううつ》をいくらかでも忘《わす》れることができる。だが、翌日《よくじつ》には大事なつとめがひかえているし、すっきりした頭でのぞみたいので、あまり調子に乗りすぎるわけにもいかなかった。

いっぽうのサフィラは、ハチミツ酒を味わっていた。サフィラがそれを気に入ったと見ると、ドワーフたちは酒樽《さかだる》を彼女の前にころがしてきた。サフィラは巨大《きょだい》なあごを樽のなかにしずしずと入れ、三口ですっかり飲みほすと、頭を天井《てんじょう》にむけて、げっぷのかわりに大きな炎《ほのお》を吐《は》きだした。危険《きけん》がないことをドワーフたちに信じさせるのに、ずいぶんかかったが、いざ納得《なっとく》すると、ドワーフたちはま

た──料理長がとめるのも聞かず──おかわりの樽《たる》をころがしてきた。そして、サフィラが樽をからにするのを、驚嘆《きょうたん》の目でながめていた。

サフィラの酔《よ》いがまわるにつれ、その感情《かんじょう》や思考が、エラゴンのなかにおしよせてくるようになった。エラゴンはしだいに、どれが自分の感覚なのかすらわからなくなってきた。サフィラの頭にあるぼんやりとした映像《えいぞう》が、さまざまに色を変えながら、意識《いしき》の上を通りすぎていく。鼻に感じるにおいまで、どんどんきつくなってくる。

ドワーフたちがいっせいにうたいだした。

サフィラもふらふらと立ちあがり、一節ごとにうなり声の合いの手を入れながら、ハミングをはじめた。

エラゴンもそれに加わろうと口をあけ、ぎょっとした。出てきたのは言葉ではなく、ドラゴンのしゃがれたうなり声だったのだ。思わずぶるっと頭をふる。〔これは……やりすぎだよ……それとも、ぼくが酔っぱらってるのか?〕ドラゴンの声だろうとなんだろうと、今はどうでもいい。エラゴンは声をはりあげてうたいだした。

イスダル・ミスラムの吉報《きっぽう》が広まると、ドワーフたちが続々と宴会場《えんかいじょう》につめかけてきた。テーブルは何百ものドワーフでいっぱいになり、エラゴンとサフィラのまわりには分厚《ぶあつ》い人垣《ひとがき》ができている。

会場の一画では、オリクが呼《よ》んだ楽隊が、楽器から緑色のビロードのカバーをはずし、準備《じゅんび》をはじめた。まもなく群衆《ぐんしゅう》のなかに、ハープやリュート、銀のフルートのきらびやかな音色が流れてきた。

何時間もたって、会場の興奮《こうふん》がおさまってきたころ、オリクがふたたびテーブルにのぼった。足をしっかり広げて立ち、手にはジョッキをもち、鉄張《てつば》りの帽子《ぼうし》をななめにかぶり、大声でさけんだ。

「みんな、聞いてくれ！　ここに、ようやく祝杯《しゅくはい》をあげることができた。アーガルは去り、シェイドは死に、われわれは勝利したのだ！」

ドワーフたちがいっせいにテーブルをたたいて賛同《さんどう》する。短くて要領《ようりょう》をえた、いいスピーチだった。

しかし、オリクはまだテーブルをおりようとしない。「エラゴンとサフィラに！」ジョッキをもちあげ、おたけびをあげる。

これもまた、ドワーフたちにこころよく受けいれられた。

エラゴンが立ちあがってお辞儀《じぎ》をすると、さらに会場がどっとわき返った。

横では、サフィラがエラゴンの仕草をまねようと、前足を胸《むね》にあて、うしろ足で立ちあがった。そのとたん、サフィラの体がふらついた。

危険《きけん》を感じたドワーフたちが、あわててまわりから逃《に》げていく。危機一髪《ききいっぱつ》だった。ビューッという大音声とともに、サフィラはもんどり打って、テーブルの上にひっくり返った。

そのとき、エラゴンの背中《せなか》に激痛《げきつう》が走った。エラゴンは全身の感覚をなくして、サフィラの尾《お》のそばにへなへなとたおれこんだ。

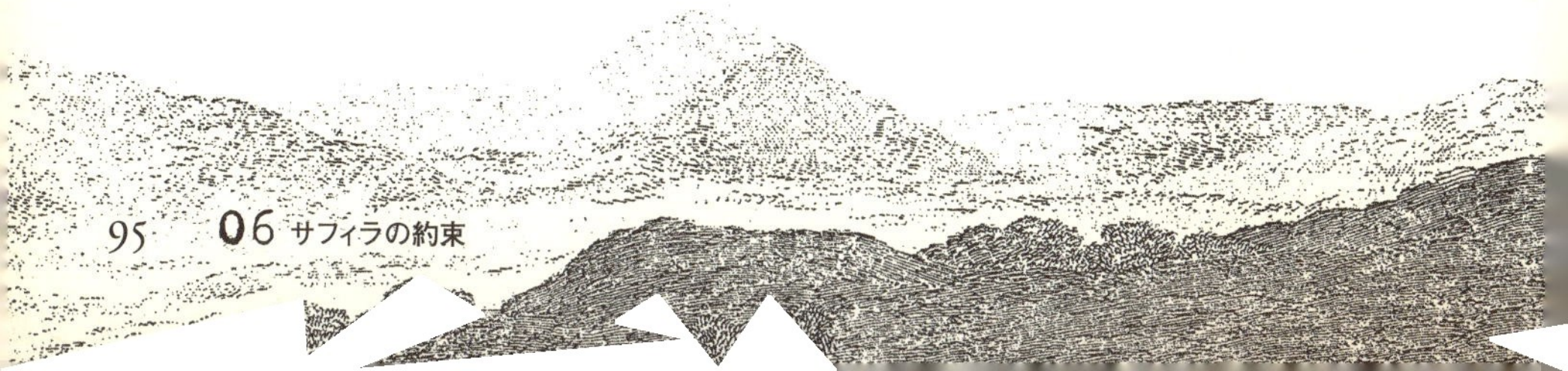

07

鎮魂歌《ちんこんか》

「起きろ、ヌールハイム！ 寝《ね》てる場合じゃないぞ。もうみんな集まってるんだ。わしらがいないとはじまらない」

無理やり目をあけたエラゴンは、頭痛《ずつう》と体じゅうの痛《いた》みに気がついた。見ると、冷たい石のテーブルに横たわっている。「なんのこと？」口のなかの不快《ふかい》な味に、顔をしかめる。

オリクが栗色《くりいろ》のあごひげを、ぐいとしごいていった。「アジハドの葬送《そうそう》行進だよ。わしらも参加しないとならん！」

「そうじゃなくて、今ぼくをなんて呼《よ》んだの？」そこはまだ宴会場《えんかいじょう》だった。だが残っているのは、エラゴンとオリクと、ふたつならべたテーブルのあいだに横向きで眠《ねむ》るサフィラだけだ。サフィラがもぞもぞと動き、頭をもちあげ、とろんとした目であたりを見まわした。

「〝石頭〟って意味だ！ 一時間も呼びかけてるのに、がんとして起きないから、ヌールハイムといったんだ」

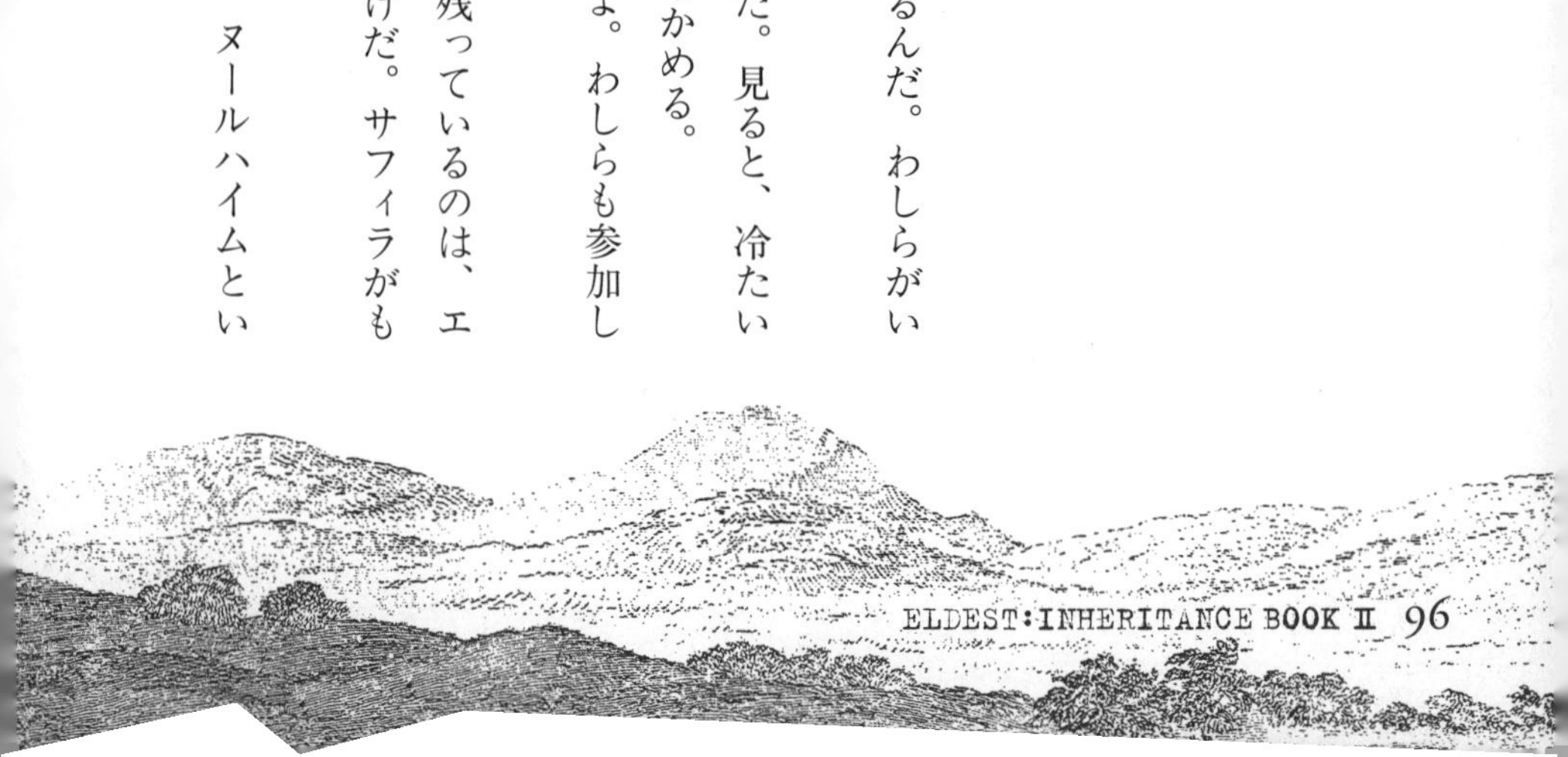

エラゴンは起きあがり、テーブルからすべりおりた。ゆうべの記憶《きおく》が断片的《だんぺんてき》によみがえり、頭のなかを駆《か》けぬけていく。〈サフィラ、具合はどう?〉よろよろとサフィラに歩みよった。

サフィラは首をぐるぐるまわし、まずいものを食べたネコのように、深紅《しんく》の舌《した》を出したり引っこめたりしている。〈悪くない……と思う。左の翼《つばさ》に、やや違和感《いわかん》があるが……おそらく、そこからたおれたのだろう。それと、頭のなかには、千本の熱い矢がささっている〉

「サフィラがたおれたとき、だれかケガしなかった?」エラゴンは心配してきいた。

ドワーフは腹《はら》の底から、いかにもうれしそうな笑い声をもらしている。「そういえば、笑いすぎて椅子《いす》から落っこちたやつがいたな。酔《よ》っぱらいのドラゴンがお辞儀《じぎ》して、しかも! 歌になって何十年もうたいつがれるよ」

サフィラは翼をぎこちなく動かし、つんとして顔をそむけた。

「ここに寝かせておくのがいちばんだと思ったんだ。サフィラ、わしらにはきみを運べんからね。料理長がおろおろしてたぞ。大切な酒樽《さかだる》を、これ以上飲みほされたらどうしようってね。きみは四樽もからにしたんだ」

〈おまえ、前にぼくが酔ったとき、しかっただろう! もしぼくが四樽も飲みほしたら、死んでしまうよ!〉

〈あなたはドラゴンではないということだ〉

オリクがエラゴンの腕《うで》に衣裳《いしょう》の包みをおしつけた。「さあ、これを着て。葬儀にはその服よりこっ

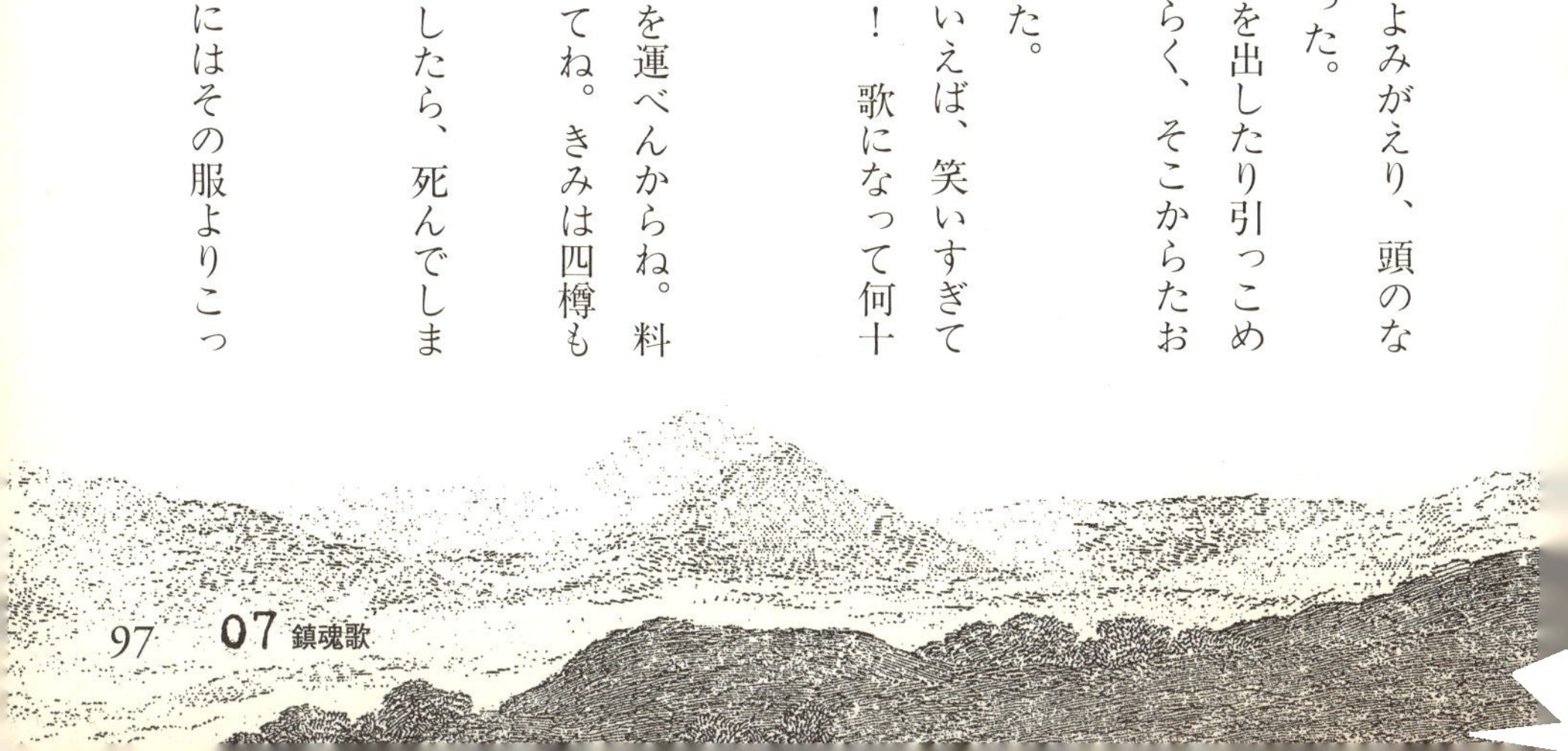

ちのほうがふさわしい。急いでくれよ。もう時間がない」

エラゴンはぎこちなく衣裳《いしょう》を身につけていった――そで口をひもで結んだ白いゆったりしたシャツ、金モールと刺繍《ししゅう》で飾《かざ》られた赤のベスト、濃《こ》い色のズボン。黒いぴかぴかのブーツが、床《ゆか》にカツンと響《ひび》く。大きく広がるケープをはおり、首のところでピンブローチでとめる。ザーロックはいつもの質素《しっそ》な革《かわ》ベルトではなく、こった装飾《そうしょく》のベルトでとめられた。

エラゴンは水でざっと顔を洗《あら》い、髪《かみ》の毛をととのえた。そして、オリクにせきたてられ、サフィラとともにトロンジヒームの南門へむかった。

「葬列《そうれつ》は南門から出発するんだ」ずんぐりした足をおどろくほどの速さで動かしながら、オリクが説明する。「アジハドの遺体《いたい》は、三日前からそこに安置されている。墓《はか》までの葬列は、けっしてみだされてはならないんだ。魂《たましい》が安らかに眠《ねむ》れないからね」

〔みょうなしきたりだ〕サフィラが指摘《してき》する。

エラゴンはサフィラの足どりがおぼつかないのに気づいたが、なにもいわずにただうなずいた。

カーヴァホールでは、亡《な》くなった人はふつう自分たちの農場に、あるいは、村の中心に住む人たちは村の小さな墓地《ぼち》に埋葬《まいそう》される。〝野辺《のべ》の送り〟に続く儀式《ぎしき》といえば、物語詩の一節が暗誦《あんしょう》されるくらいなものだ。その後、親戚《しんせき》や友人たちに料理がふるまわれる。

〔おまえ、葬儀が終わるまで、もちこたえられるのか?〕またもやふらついたサフィラに、エラゴンはたずねた。

サフィラは一瞬《いっしゅん》、顔をしかめた。〔葬儀と、ナスアダの任命式《にんめいしき》が終わるまでだ。だが、そのあとは眠りたい。ハチミツ酒など腐《くさ》ってしまえ！〕

エラゴンはオリクとの会話にもどった。「アジハドはどこに埋葬されるの？」

オリクは歩みをゆるめ、エラゴンを用心深い目で見た。「その問題は種族のなかでずっと議論《ぎろん》されてきたんだ。ドワーフが没《ぼっ》したときは、石のなかなどに封印《ふういん》され、子孫とまじわることは永遠《えいえん》にない。まあ、いろいろと複雑《ふくざつ》で、種族外の者にくわしいことは話せないんだが――この埋葬法について確信をもつには、はてしない歳月《さいげつ》がかかるからな――とにかく、死者を劣《おと》った成分のなかに埋葬すると、家族や部族に不名誉《ふめいよ》がふりかかるといわれてるんだ。

ファーザン・ドゥアーの地下には、ここで亡くなったすべてのヌーラン、つまりドワーフが眠《ねむ》る部屋があって、アジハドもそこに運ばれる。彼は人間だから、ドワーフといっしょには埋葬されないが、彼のために神聖《しんせい》なアルコーブが用意されたんだ。そこなら、わしらの聖なる洞穴《ほらあな》に立ちいることなく、人間たちがアジハドの墓《はか》をおとずれることができるし、アジハドにふさわしい敬意《けいい》がはらわれる」

「きみたちの王は、ヴァーデンのために、いろんなことをしてくれてるんだね」エラゴンが感想をいった。

「なかには、やりすぎだという者もいる」

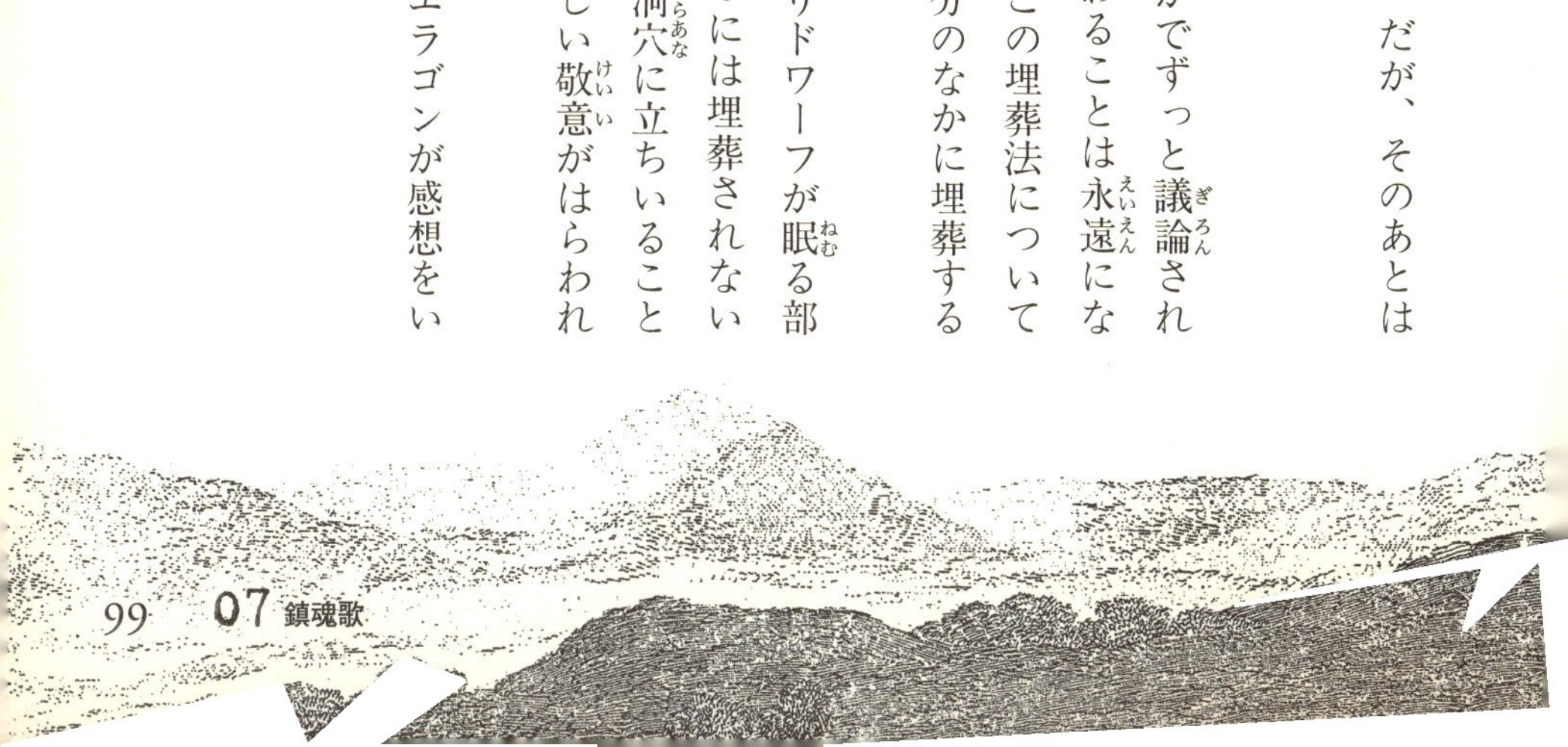

分厚《ぶあつ》い南門は見えない鎖《くさり》で引きあげられ、そこからファーザン・ドゥアーのほのかな光がさしこんでいる。門の前に、なにかが整然と縦《たて》にならんでいるのが見えた。

アジハドの冷たく、青白い遺骸《いがい》はその中央、白い大理石の棺台《かんだい》に寝《ね》かされ、黒い軍服姿《すがた》の六人の男にかつがれている。アジハドの頭には、高価な石をちりばめた兜《かぶと》が置かれている。胸《むね》から足まで盾《たて》でおおわれ、その上にのせられた剣《けん》の象牙《ぞうげ》の柄《つか》をにぎるように、両手は鎖骨《さこつ》の下あたりで組まれている。月光の輪のような銀の鎖帷子《くさりかたびら》が四肢《しし》をおおい、棺台にまでたれさがっている。

棺台のすぐうしろに立っているのは、ナスアダだ――真っ黒なクロテンのコートを身につけ、見た目はしっかりしているが、頬《ほお》は涙《なみだ》で濡《ぬ》れている。

そのとなりには、暗い色のローブを着たフロスガー、アーリア。

長老会議の長老たちは、この場にふさわしい痛恨《つうこん》の面もちで立っている。

そしてそのうしろには、会葬者《かいそうしゃ》の列が一キロ半も続いている。

八百メートル先の、トロンジヒームの中央塔《ちゅうおうとう》にむかう四階建ての通路は、あらゆる扉《とびら》やアーチ道の入り口があけはなたれ、人間やドワーフたちでびっしり埋《う》めつくされている。サフィラとエラゴンが姿を現《あらわ》すと、灰色《はいいろ》の顔の群衆《ぐんしゅう》からいっせいにため息とささやきがもれ、その風圧《ふうあつ》で階と階のあいだの長いタペストリーがゆれるほどだった。

ジョーマンダーが、エラゴンたちを手まねきした。

エラゴンとサフィラが列をみださぬよう、横の空間に余裕《よゆう》をもたせて葬列にならぶと、長老のサーブレーにぎろりとにらまれた。

オリクはフロスガーのうしろに立った。

葬列はエラゴンの知らないなにかをじっと待っているようだった。

ランタンのおおいはどれも半分閉《と》じられ、あたりはたそがれの冷たい光におおわれている。それが、儀式《ぎしき》に霊妙《れいみょう》な雰囲気《ふんいき》をもたらしている。だれも身動きひとつせず、息もしていないかのようだ。

一瞬《いっしゅん》エラゴンには、まわりの人々が永遠《えいえん》に動かない彫像《ちょうぞう》に見えた。棺台から香《こう》の煙《けむり》がひと筋《すじ》ただよい、スギとヒノキの香《かお》りを残して、かすんだ天井《てんじょう》へ立ちのぼっていく。建物内で唯一《ゆいいつ》動いているのは、しなやかにゆれながらのぼるその煙だけだ。

トロンジヒームのどこか深いところで、銅鑼《どら》が鳴らされた。ゴーン。腹《はら》に響《ひび》く低音が、建物の骨格《こっかく》で反響《はんきょう》し、〈都市の山〉を巨大《きょだい》な石のつり鐘《がね》のようにふるわせている。

葬列が足をふみだした。

ゴーン。二度めの音には、さらに低いもうひとつの銅鑼が加わり、通路のすみずみまで響きわたっている。その力強い音にあわせ、隊列はおごそかに歩きだした。銅鑼の音は、人々の哀悼《あいとう》の心と、目的と、この場にふさわしい厳粛《げんしゅく》さを増幅《ぞうふく》するかのようだ。葬列を包みこむふるえるような響きにいっさいの思考は消え、あるのはわきあがる感情《かんじょう》だけだ。銅鑼の音は悲しみとほろ苦い勝利のよろこびを呼《よ》びおこしながら、その感情を巧妙《こうみょう》におさめてくれる。

ゴーン。

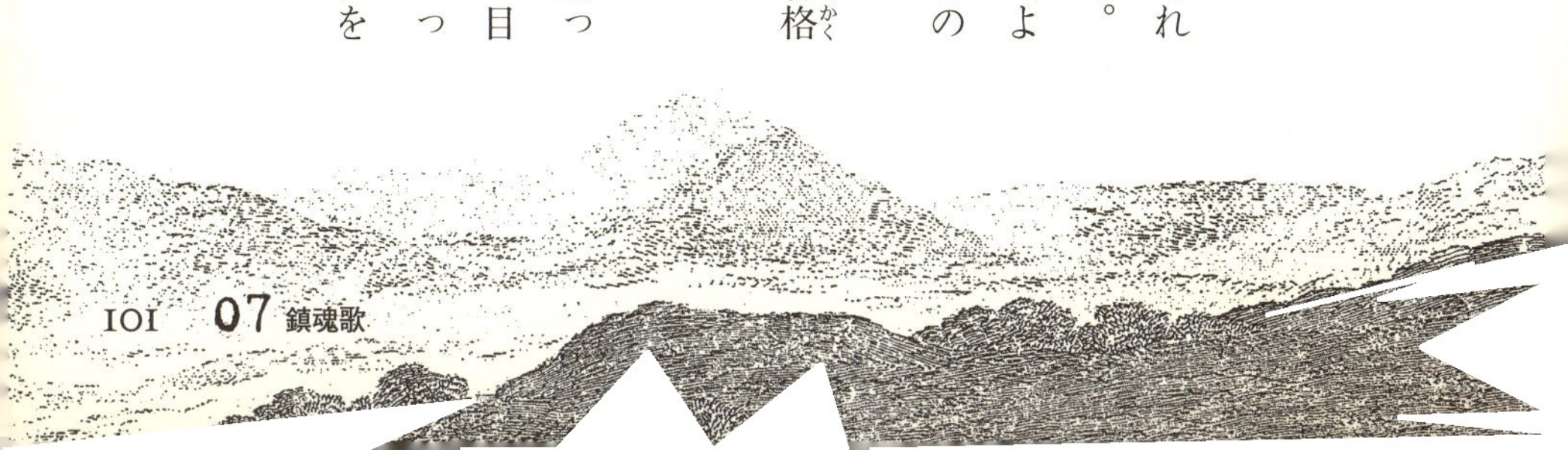

トンネルの通路が終わり、アジハドをかついだ兵士たちは、入り口の黒オニキスの柱のあいだで足をとめた。その入り口のむこうが中央塔《ちゅうおうとう》だ。エラゴンはそこにある粉々のイスダル・ミスラムを見て、ドワーフたちがいっそう沈鬱《ちんうつ》な顔になるのに気づいた。

ゴーン。

葬列《そうれつ》はクリスタルの墓場《はかば》をぬけて進んだ――床《ゆか》に五線星と象眼《ぞうがん》の金槌《かなづち》の絵が彫《ほ》られた巨大《きょだい》な中央塔の真ん中には、スターサファイアの破片《はへん》が山のようにそびえている。ほとんどの破片がサフィラの体より大きい。残骸《ざんがい》はいまだスターサファイアの輝《かがや》きを失わず、バラの花びらの彫刻《ちょうこく》がそのまま残っているのも見える。

ゴーン。

棺《ひつぎ》をかついだ兵士は、無数のとがった破片のあいだを縫《ぬ》って進んだ。中央塔を出ると、幅《はば》の広い階《かい》段《だん》を通って階下の通路へおりていく。階下のトンネル通路には、ドワーフたちの住む石の洞穴《ほらあな》が数多くならんでいる。目をまん丸に見開いて、母親の手をにぎりしめているドワーフのこどもたちの前を、葬列は行進していった。

ゴーン。

ひときわ大きな最後の銅鑼《どら》の音《ね》とともに、葬列はうねうねとのびる鍾乳石《しょうにゅうせき》の下でとまった。鍾乳石が枝《えだ》を広げているのは、アルコーブがずらりとならぶ壮大《そうだい》な地下墓地《ぼち》だった。それぞれのアルコーブには、名前と部族の紋章《もんしょう》が彫られた墓《はか》がおさめられている。何千、いや何十万という数だ。ところどころにさがる赤いランタンの光だけが、暗い地下墓地をぼんやりと照らしている。

まもなく、棺をかつぐ兵士たちは、本館に付設《ふせつ》された小さな部屋へと入っていった。部屋の中央の一段高いところには、大きな納骨用《のうこつよう》のスペースがぽっかりあいている。そこにはルーン文字がきざまれていた。

この者の気高さと、強さと、知恵《ちえ》が
すべてのドワーフ、人間、エルフたちの記憶《きおく》に
永遠《えいえん》にとどまらんことを

グンテラ・アルーナ　神のご加護《かご》を

会葬者たちにかこまれ、アジハドの亡骸《なきがら》は納骨室におさめられた。

棺のそばには、故人《こじん》を友とした者だけが、近づくことをゆるされた。

エラゴンとサフィラの順番は五番め、アーリアの次だ。遺体《いたい》に別れを告げるため大理石の踏み段をのぼったとき、エラゴンは悲しみにおしつぶされそうになった。これはアジハドだけはでなく、マータグとの別れでもあるのだと思うと、苦悩《くのう》がいっそう強くなる。

墓の手前で足をとめ、エラゴンはアジハドを見おろした。生前よりずっとおだやかで、心安らかに

見えた。死がアジハドの偉大《いだい》さに敬意《けいい》を表し、現世《げんせ》での苦労のあとをすっかりとりのぞいてしまったかのようだ。エラゴンとアジハドのつきあいはほんの短いものだった。だが、そのあいだにも、彼はアジハドを人間として、また〝帝国《ていこく》からの解放《かいほう》〟の象徴《しょうちょう》として、尊敬《そんけい》するようになっていたのだ。そしてアジハドは、エラゴンとサフィラがパランカー谷を出て以来初めて、心のよりどころと思える人物だった。

　エラゴンは打ちひしがれた心で、自分にささげられる最大の賛辞《さんじ》を考えた。やがて、のどの奥《おく》からしぼりだすようにささやいた。「アジハド、どうか覚えていてください。ぼくは断言《だんげん》します。ナスアダはあなたのつとめをりっぱに引き継《つ》ぎ、帝国はヴァーデンの活躍《かつやく》によって、かならずや崩壊《ほうかい》するでしょう。どうか、安らかにお眠《ねむ》りください」サフィラに触《ふ》れられ、エラゴンは彼女とともに壇《だん》をおり、うしろにひかえていたジョーマンダーに場所をあけた。

　最後のひとりが亡骸《なきがら》との別れを終えると、ナスアダはアジハドの前でこうべをたれた。父親の手に触れ、やや切迫《せっぱく》した様子でその手をにぎりしめ、苦しげなため息をついたあと、すすり泣きのような不思議な声で、歌をうたいはじめた。洞穴《ほらあな》のなかは、彼女の哀悼《あいとう》の歌声で満たされた。

　続いて十二人のドワーフたちが、アジハドの顔を大理石の板でおおった。そして、アジハドの姿《すがた》は見えなくなった。

08 忠誠《ちゅうせい》

地下の円形劇場《げきじょう》に列をなして入ってくる人々をながめながら、エラゴンはあくびをして口をおさえた。広々とした劇場は、終わったばかりの葬儀《そうぎ》の話でざわついている。

　エラゴンは会場のいちばん下の、演壇《えんだん》と同じ高さの席にすわっている。同じ列には、オリクとアーリア、フロスガー、ナスアダ、長老会議の長老たちがいる。サフィラは座席《ざせき》のあいだにのびる階段《かいだん》に立っている。

　オリクが身を乗りだしてきて、いった。「ドワーフの始祖《しそ》コルガンの時代よりずっと、われわれの王はここで選ばれてきた。ヴァーデンもここを使うのがふさわしいんだ」

　こういう光景は、これから何代も見ることができるはずだ。エラゴンは思った。もちろん、この戴《たい》冠《かん》で、ヴァーデンが安定すればだが。彼は、あらたにこみあげる涙《なみだ》をぬぐった。葬儀の興奮《こうふん》がまだおさまっていないようだ。

　悲しみのなごりも消えないうちに、不安におそわれた。この儀式で自分が果たす役割を思うと、胃

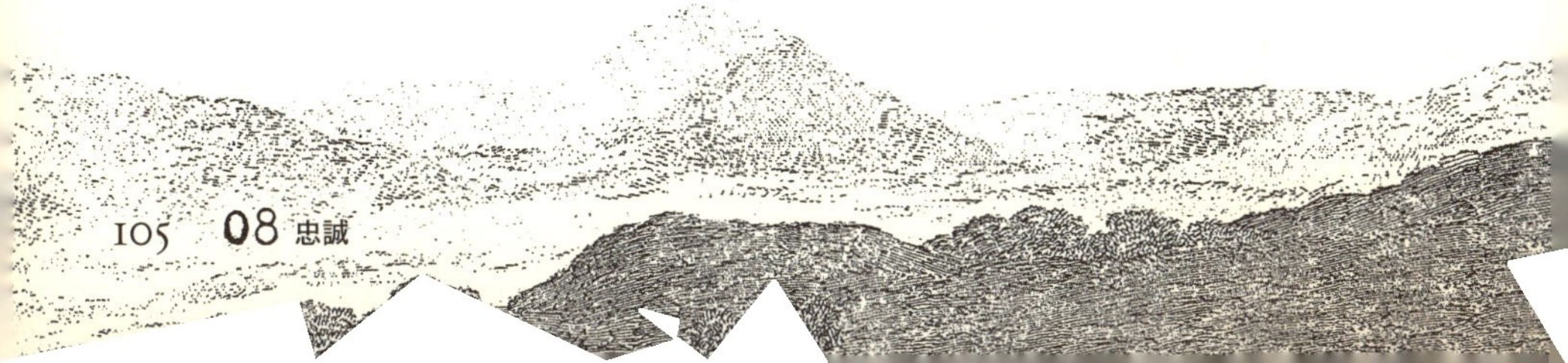

がしめつけられる。すべてが順調に運んだとしても、彼とサフィラはそれにより手強《てごわ》い長老会議を敵《てき》にまわすことになるのだ。エラゴンはザーロックに手をかけ、柄頭《つかがしら》をぎゅっとにぎった。

何分かたって、円形劇場《げきじょう》は人々でいっぱいになった。

ジョーマンダーが演壇《えんだん》にあがる。「ヴァーデンの民《たみ》よ、われわれがここに立つのは、十五年前の、デイノーの死以来のことだ。彼の後継《こうけい》であるアジハドは、帝国《ていこく》とガルバトリックスに対抗《たいこう》して、かつてないほどの功績《こうせき》を残した。強大な武力《ぶりょく》を前にして、いくたの戦闘《せんとう》で勝利をおさめ、ダーザとの戦いのときは、シェイドの剣《けん》にキズをつけ、もうすこしでその命をもうばうところだった。そして最大の功績は、ライダー・エラゴンとサフィラを、このトロンジヒームにむかえいれたことだ。しかし今、われわれは新しい指導者《しどうしゃ》を選ばねばならない。ヴァーデンにさらなる栄光をもたらす指導者を」

どこか高いところで、だれかがさけんだ。「シェイドスレイヤー！」

エラゴンはつとめて素知《そし》らぬ顔をした。

ジョーマンダーはさすがに顔色ひとつ変えていない。「おそらく何年か先には、それもありうるだろう。しかし彼には今、ほかにやらねばならない責務《せきむ》がある。長老会議がじっくりと考えたすえ、出した結論《けつろん》がある――われわれが求める指導者とは、われわれの要求と欲求《よっきゅう》を理解《りかい》し、われわれとともに生き、苦難《くなん》をしのんできた者でなければならない。戦闘がせまったときも、逃《に》げだすことをしなかった者――」

このとき、聴衆《ちょうしゅう》がいっせいにぴんと来たようだった。何千というのどから、その名前がささやかれ

る。

ジョーマンダーの口からもその名が出た。「ナスアダ！」彼は会釈《えしゃく》をして、わきによけた。

次はアーリアの番だった。アーリアは観衆を見わたし、口を開いた。「今宵《こよい》、エルフ族はアジハドに敬意《けいい》をはらい……女王イズランザディの名代《みょうだい》として、わたくしはナスアダの即位《そくい》をみとめ、父君《ちちぎみ》の代と変わらぬ援助《えんじょ》と、変わらぬ友好関係を約束します。彼女に星の守りのあらんことを」

続いてフロスガーが演壇に立ち、ぶっきらぼうな声で宣言《せんげん》した。「わしも部族の者たちも、ナスアダを支持《しじ》する」

エラゴンの番が来た。観衆の前に立つと、会場じゅうの視線《しせん》が、彼とサフィラにそそがれた。「ぼくたちもナスアダを支持します」サフィラが賛同《さんどう》するようにうなった。

演壇の両側に、ジョーマンダーを筆頭に、長老会議のメンバーが整列し、誓約《せいやく》の言葉が告げられた。

ナスアダが堂々と進みでて、濡《ぬ》れ羽色《ばいろ》のスカートを足もとに波のように広げ、ジョーマンダーの前にひざまずいた。

ジョーマンダーは声を高くしていった。「継承権《けいしょうけん》および相続権をもつ者として、われわれはナスアダを選んだ。父君《ふくん》の功績と同胞《どうほう》たちの祝福により、われわれはナスアダを選んだ。さて、みなの者にたずねる。この選択《せんたく》に賛成か反対か？」

われんばかりの歓声《かんせい》がとどろく。「賛成！」

ジョーマンダーはうなずいた。「では、われわれ長老会議の権限《けんげん》により、アジハドと同様の特権と責務《せきむ》を、彼の唯一《ゆいいつ》の子孫、ナスアダにあたえる」ジョーマンダーは銀の飾《かざ》り環《わ》を、ナスアダの額《ひたい》にそっとのせた。それから彼女の手をとって立たせると、観衆《かんしゅう》にむかって宣言した。「新しい指導者《しどうしゃ》の誕《たん》生《じょう》だ！」

その後十分間、ヴァーデンとドワーフたちの賛同《さんどう》の声に場内はわき返った。歓喜《かんき》の声がおさまったころ、長老のひとり、サーブレーがエラゴンに合図をして、小声でいった。「さあ、あなたの約束を果たすときですよ」

会場の喧騒《けんそう》は、エラゴンのためにしずまったかのようだった。

この瞬間《しゅんかん》、時の流れにのみこまれたように、エラゴンの不安も消えていった。ひと呼吸《こきゅう》して覚悟《かくご》を決め、エラゴンとサフィラはジョーマンダーとナスアダのもとへ歩きだした。一歩一歩が永遠《えいえん》に続くように思えた。歩きながら、四人の長老、サーブレー、エレッサリ、ウマース、ファルバードの、薄《うす》笑《わら》いを浮《う》かべたような、とりすました顔を見た。とくにサーブレーは、あきらかに軽蔑《けいべつ》の色を浮かべている。長老たちのうしろには、アーリアが立っていて、応援《おうえん》するようにうなずいた。

〔歴史を変える瞬間だ〕サフィラがいった。

〔ぼくらは崖《がけ》から飛びおりようとしてるんだ。その下の海が、どれだけ深いかも知らずにね〕

〔なるほど。でも、華々《はなばな》しい飛びこみだ！〕

ナスアダのおだやかな顔に一度目をすえ、エラゴンは頭をさげ、そしてひざまずいた。ザーロックを鞘《さや》からぬいて両の掌《てのひら》に水平にのせ、それをジョーマンダーに進呈《しんてい》するかのようにかかげた。次の瞬間、剣《けん》はジョーマンダーとナスアダのあいだでためらい、ふたつの異《こと》なる運命のあいだで迷うかのようにふるえはじめた。エラゴンは息もできなかった――かくも単純《たんじゅん》な選択《せんたく》に、命のゆくえをたくすのだ。いや、命以上のもの――ドラゴンと、王と、帝国《ていこく》のゆくえを！

ふいに、エラゴンの呼吸《こきゅう》がもどり、肺《はい》にまた空気が満ちてきた。彼はさっとナスアダにむき直った。「ナスアダ、あなたが直面する苦難《くなん》にかんがみ……心からの尊敬《そんけい》と感謝《かんしゃ》を表し……わたくし、ヴァーデンの初代ライダー、シェイドスレイヤー、アージェトラム・エラゴンは、ナスアダ、あなたにこの剣と忠誠《ちゅうせい》をささげます」

ヴァーデンもドワーフも呆然《ぼうぜん》とした表情《ひょうじょう》で、彼らを見つめている。その瞬間、長老たちの顔が、勝者の笑《え》みから、怒《いか》りと無力感の表情に変わった。彼らのぎらぎらとした視線《しせん》には、裏切《うらぎ》られた者の悪意のエネルギーがすべてこめられている。温和な物腰《ものごし》のエレッサリでさえ、憤怒《ふんぬ》の情をみなぎらせている。ジョーマンダーだけが――一瞬《いっしゅん》、おどろいた様子を見せたものの――エラゴンの宣誓《せんせい》を、冷静に受けとめているようだ。

ナスアダはほほえんでザーロックを受けとり、切っ先を、きのうふたりだけで宣誓したときと同じようにエラゴンの頭にのせた。「ライダー・エラゴン、わたしに仕えることを選んでくれて、名誉《めいよ》に思います。あらゆる責務を引き受けるというあなたの決意をうれしく思います。わが従者《じゅうしゃ》として面《おもて》をあげ、剣をおさめなさい」

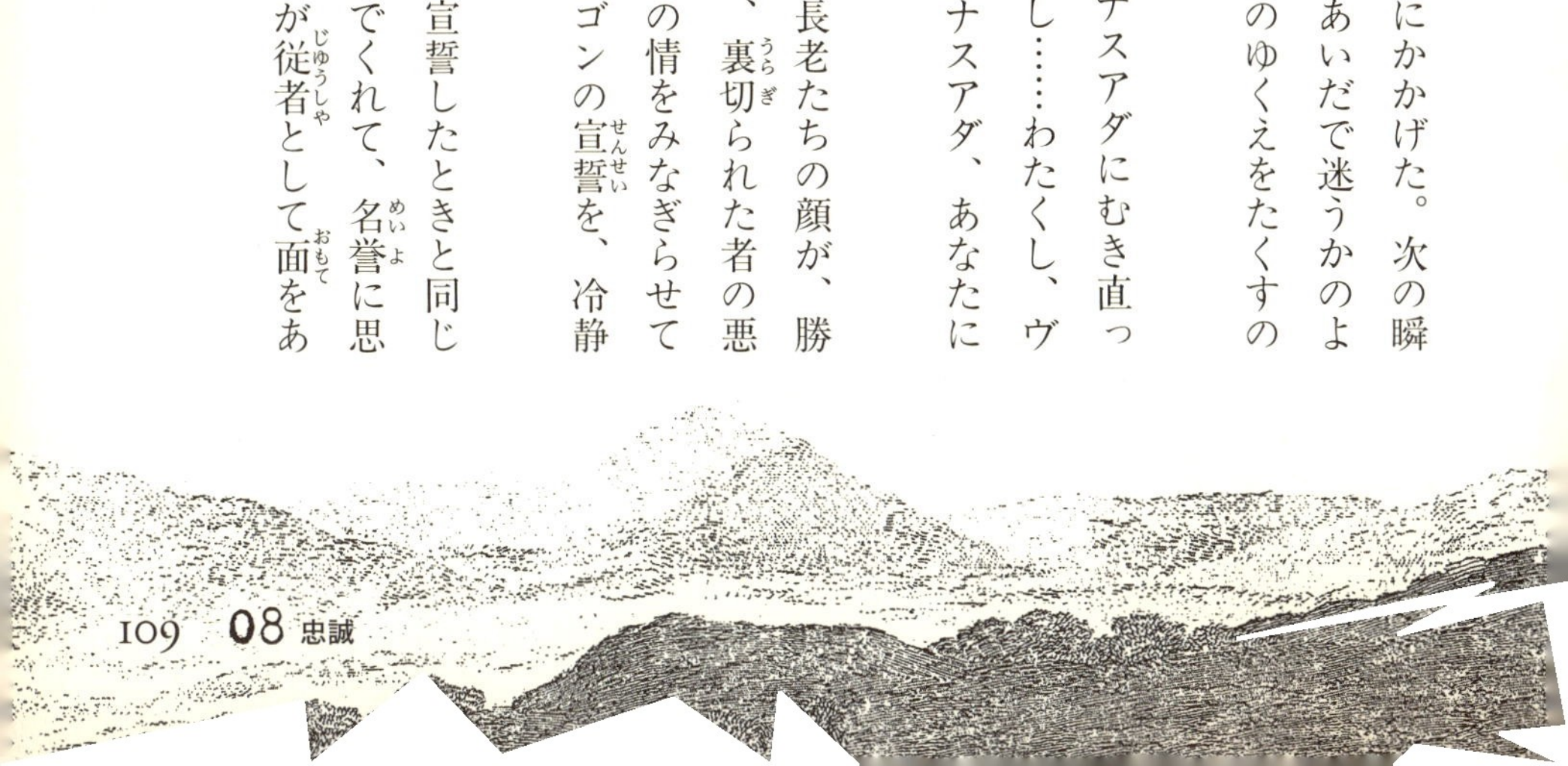

エラゴンはそうして、サフィラとともにうしろへさがった。

観衆《かんしゅう》は賛同《さんどう》の声をあげて立ちあがり、ドワーフたちは半長靴《はんちょうか》の足でいっせいに床《ゆか》をふみ鳴らし、人間の兵士たちは剣《けん》で盾《たて》をたたいてよろこんでいる。

ナスアダは演壇《えんだん》をふり返り、両側にいる長老たちに目をすえたあと、円形劇場《げきじょう》の観衆を見わたした。その笑顔《えがお》は、純粋《じゅんすい》なよろこびに輝《かがや》いていた。「ヴァーデンの民《たみ》よ！」

会場が静まり返る。

「生前の父がそうしたように、わたしはヴァーデンの民と、その大義《たいぎ》に、命をささげます。アーガルを滅《ほろ》ぼし、ガルバトリックスの命をとり、アラゲイジアにふたたび自由をとりもどすまで、わたしはけっして戦いをやめません！」

さらに歓声《かんせい》と賛同《さんどう》の嵐《あらし》が巻《ま》きおこった。

「それゆえ、みなの者に告げる。今こそ、準備《じゅんび》にかかるときであると。数々の衝突《しょうとつ》をくり返したすえ、われわれはここファーザン・ドゥアーの大戦で勝利をおさめました。次はわれわれが攻撃《こうげき》をしかける番です。ガルバトリックスは今、多くの軍勢《ぐんぜい》を失ってもろくなっている。このような機会は二度とめぐってこないでしょう。

今一度いいます。ふたたび大勝利を手にするため、今こそ、準備にとりかかるときです！」

その後――憤懣《ふんまん》やるかたない長老ファルバードをふくむ――何人かの要人のスピーチも終わり、円

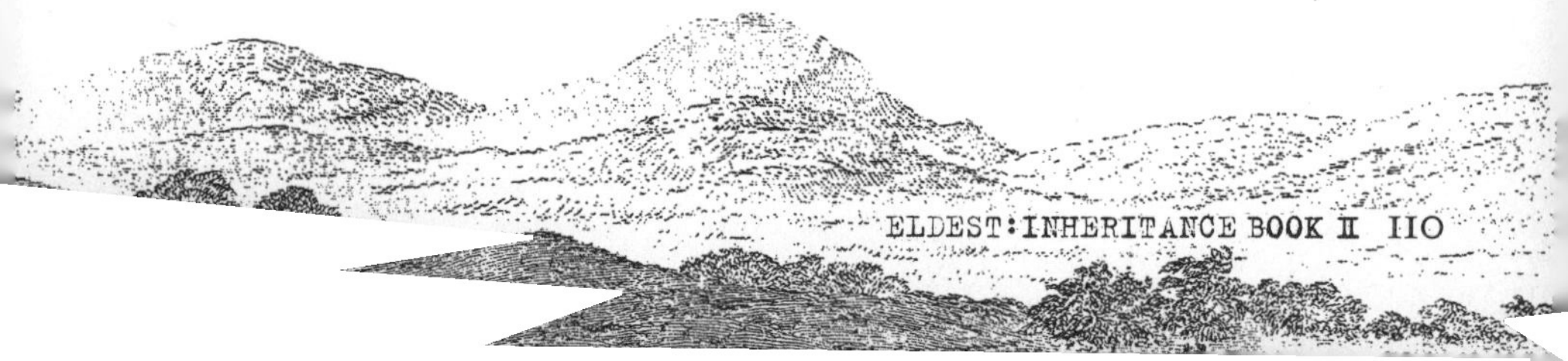

形劇場から人々が引きあげはじめた。

エラゴンも帰ろうと立ちあがりかけたが、オリクに腕《うで》をつかまれ、引きとめられた。「エラゴン、最初から計画してたのか？」

エラゴンは彼に話していいものか考えてから、うなずいた。「うん」

オリクはふうっと息をつき、頭をふった。「大胆《だいたん》なことをやったもんだ。きみはナスアダに、最初から強い権力《けんりょく》をあたえた。だが、長老会議の反応《はんのう》いかんでは、危険《きけん》なことにもなる。アーリアの了承《りょうしょう》は、えていたのかね？」

「アーリアは必要なことだといってくれた」

ドワーフは考えこむような顔でエラゴンを見た。「たしかにそうだがな。エラゴン、きみは力のバランスを変えたんだ。それによって、だれもきみを軽《かろ》んじることはなくなるが……腐《くさ》った石には注意することだ。きみは今日、手強《てごわ》い敵《てき》をつくってしまったんだからな」オリクはエラゴンのわき腹《ばら》をたたき、歩いていった。

オリクのうしろ姿《すがた》を見送ると、サフィラはいった。〔ファーザン・ドゥアーを発《た》つ準備をすべきときだ。長老たちは報復《ほうふく》をしたくてうずうずしている。できるだけ早く、彼らからはなれたほうがいい〕

09

魔《ま》女《じょ》とヘビと巻物《まきもの》

その夜、ひと風呂《ふろ》浴びてもどってきたエラゴンは、部屋の前の廊下《ろうか》で背《せ》の高い女性《じょせい》が待っているのを見ておどろいた。

黒い髪《かみ》、目の覚めるような青い瞳《ひとみ》、苦笑しているような口もと。手首にはヘビの形に似《に》た、黄金のブレスレットをはめている。

彼女もまたほかのヴァーデンたちと同じように、助言を求めてやってきたのか？　エラゴンはそうでないことを祈《いの》った。

「アージェトラム」女性は優雅《ゆうが》にひざをまげてお辞儀《じぎ》をした。

エラゴンはうなずいてこたえた。「ぼくになにか？」

「ええ、ちょっと。わたしはドゥ・ヴラングル・ガータの魔女、トリアンナです」

「魔女？　ほんとに？」エラゴンは興味《きょうみ》をそそられた。

「それと戦闘《せんとう》の魔術師《まじゅつし》、密偵《みってい》、ヴァーデンが必要とすることならなんでも。魔法を使える者が少ない

から、ひとりがいくつもの仕事を兼任《けんにん》してるんです」トリアンナはきれいにならんだ白い歯を見せてほほえんだ。「今日ここに来た理由も、それなのです。あなたをわたしたちの会に、つつしんでおむかえしたくて。双子《ふたご》のあとを引き継《つ》げるのは、あなたをおいてほかにいませんもの」

エラゴンはわれ知らずほほえんでいた。トリアンナがあまり愛想《あいそ》よく魅力的《みりょくてき》なので、ことわりにくい。「悪いけど、それは引き受けられません。サフィラとぼくはもうすぐトロンジヒームを発《た》つんです。それに、そういうことはナスアダの意見を聞いてからじゃないと」それにぼくは、これ以上よけいなことにかかわりたくない……まして、双子のあとを継ぐなんて。

トリアンナは唇《くちびる》を噛《か》んだ。「残念ですわ」と、一歩身を乗りだす。「お発ちになる前に、一度あなたとごいっしょしたいわ。霊《れい》を呼《よ》びだしてあやつるところを、お見せできますのよ……わたしたち、どちらにとってもためになるんじゃないかしら」

エラゴンは頬《ほお》がほてるのを感じた「お誘《さそ》いはありがたいけど、今のところ、本当にそんな時間はないんです」

一瞬《いっしゅん》トリアンナの目に憤慨《ふんがい》の色が浮《う》かんだが、次の瞬間には消え、本当にそれが見えたのかどうかさえわからなくなった。彼女は上品にため息をついた。「わかりました……」

そのひどく力ない言い方と、がっかりした様子に、エラゴンはことわったことをやましく思った。すこしくらい、話し相手になっても害にはならないだろう。彼は自分にそういい聞かせて、こういった。「聞かせてもらえませんか？　あなたはどこで魔法を？」

トリアンナの顔が明るくなった。「母がサーダで治療師《ちりょうし》だったのです。多少の魔力《まりょく》はあったので、昔ながらのやり方で、わたしにそれを教えてくれたんです。もちろん、ライダーの力には遠くおよびません。ドゥ・ヴラングル・ガータのなかに、ひとりでダーザをたおせる者などおりませんもの。あなたはまさに、英雄《えいゆう》です」

エラゴンはとまどって、ブーツの底を床《ゆか》にこすりつけた。「アーリアがいなきゃ、ぼくは生きていなかった」

「アージェトラム、あなたは謙虚《けんきょ》すぎるわ」トリアンナはさとすようにいった。「息の根をとめたのは、あなたです。自分の成しとげたことを誇《ほこ》りに思わなければ。あなたの偉業《いぎょう》は、ヴレイルのそれにも匹敵《ひってき》することなのですよ」トリアンナはいいながら、エラゴンに顔を近づけた。濃《こ》い麝香《じゃこう》の香《かお》りに、異国《いこく》の香辛料《こうしんりょう》がまじったようなにおい——その香水のにおいに、エラゴンは鼓動《こどう》が速まるのを感じた。「あなたのことをうたった歌を、聞いたことあります？　ヴァーデンの人々が、毎夜、火をかこんでうたうんですのよ。あなたがガルバトリックスから王座《おうざ》をとるって歌！」

「ありえない」エラゴンはぴしゃりといった。そういう噂《うわさ》が立っていること自体、がまんがならなかった。「王座をものにするのは、ヴァーデン全体です。ぼくではない。この先どんな運命が待っていようと、ぼくには国を統《す》べるような野望はありません」

「それがあなたの賢明《けんめい》なところです。王といっても、しょせん、責任《せきにん》にしばられるばかりのただの人間。自由なライダーとドラゴンでいることにくらべれば、なにほどのものでもありませんわ。そうで

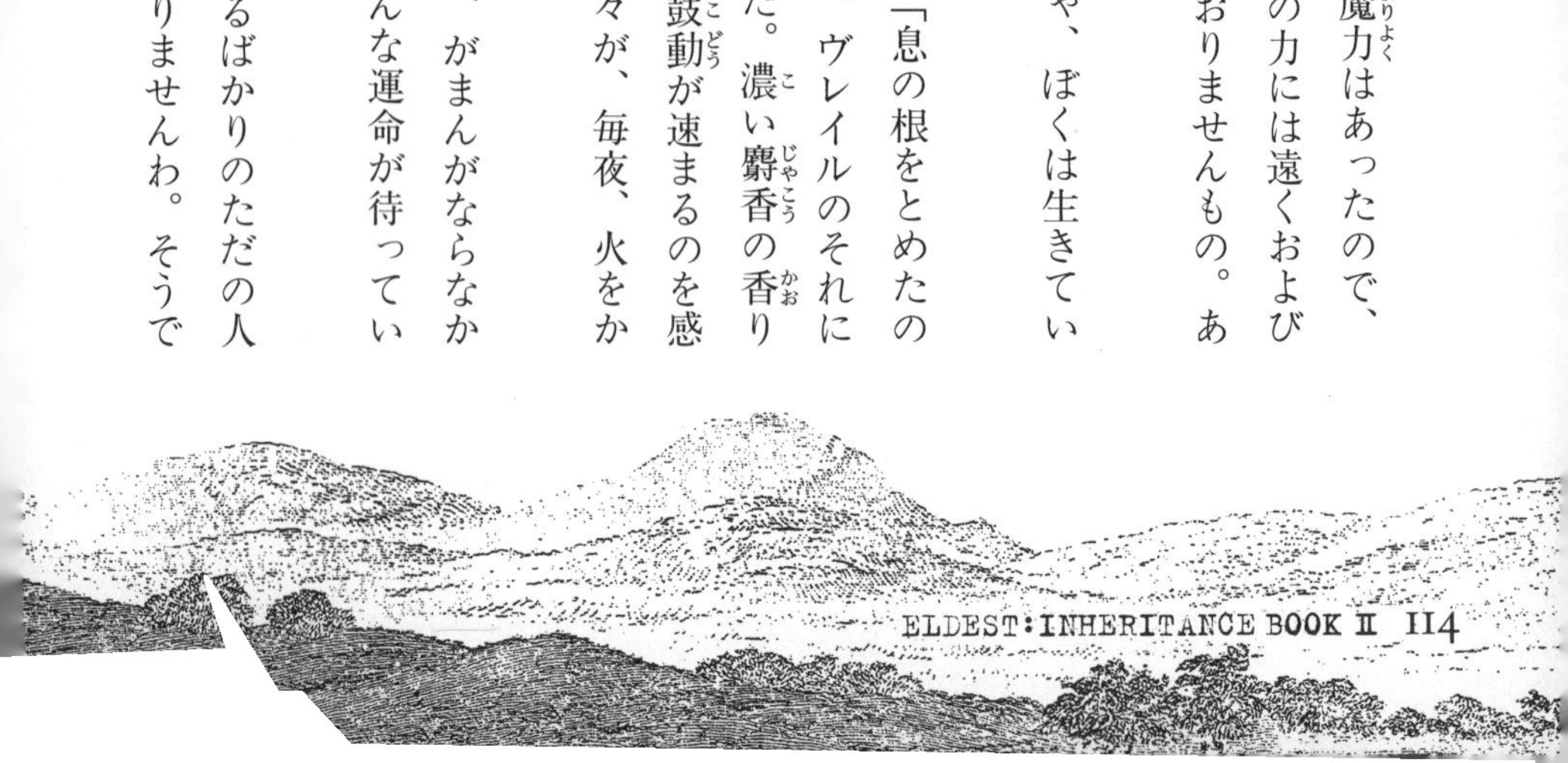

す、あなたはその能力《のうりょく》をもって、成すべきことをすればいい。それが、ひいてはアラゲイジアの未来をつくることになるのですから」トリアンナはすこしためらってからいった。「帝国《ていこく》に、どなたかご家族は？」

なんの話だ？「従兄《いとこ》がひとりだけ」

「では、婚約《こんやく》はしていらっしゃらないの？」

思いもよらない質問《しつもん》だった。そんなことは、今まで一度もきかれたことがない。「いいえ、婚約などしていません」

「好きな方ぐらい、いらっしゃるはずだわ」トリアンナはさらに一歩近づいていった。リボン結びのそでが、エラゴンの腕《うで》をかすめる。

「カーヴァホールにそんな親しい人はいなかったし」エラゴンはたじろいだ。「そのあとはずっと旅をしてたから」

トリアンナは軽く身を引くと、ヘビのブレスレットが目の高さに来るまで、手首をもちあげた。

「これ、すてきでしょう？」トリアンナはたずねた。

エラゴンは目をぱちくりさせ、どぎまぎしながらうなずいた。

「彼、ロルガっていうの。わたしの親友で守り手ですのよ」トリアンナは顔をかがめ、ブレスレットに息をふきかけ、なにかぶつぶつとなえだした。「シ・オラム・ソルネッサ・ハヴラ・シャリヤルヴィ・ライフス（このヘビに命の動きをあたえよ）」

カサッというかわいた音とともに、ヘビに命が宿った。エラゴンが魅《み》せられたように見つめるなか、ヘビはトリアンナの白い腕《うで》にくねくねとまとわりついた。ふいに頭をもたげ、針金《はりがね》のような舌《した》を出し入れしながら、渦《うず》を巻《ま》くルビー色の眼《め》をエラゴンにすえた。眼は彼の拳《こぶし》ほどにも膨張《ぼうちょう》して見えた。エラゴンはその赤々と燃《も》える深みにはまりこんだかのように、どんなにそらそうとしても、目をそらすことができない。

やがて、短い命令の言葉で、ヘビは身をこわばらせ、もとの場所へもどっていった。トリアンナは疲《つか》れたようなため息をもらし、壁《かべ》にもたれた。「魔法《まほう》の使い手がすることを、理解《りかい》してくれる人は多くありません。でも、あなたのような人がほかにもいることを、知っていてほしいのです。そして、助けあえるということも」

衝動的《しょうどうてき》に、エラゴンは彼女の手に自分の手をのせた。女性《じょせい》にこんなことをしたことなど一度もないのに、本能《ほんのう》が彼を動かしている。思いきってやってみろとけしかけている。恐《おそ》ろしくも心浮《う》き立つことだった。「よかったら、いっしょに食事をしませんか？ キッチンはここから遠くないから」

トリアンナはもういっぽうの手を、すっと彼の手にのせた。いつもにぎり慣《な》れたザーロックの柄《つか》とちがって、その指はとてもなめらかで冷たい。「よろこんで。それでは――」トリアンナがふらふらと歩きだしたとき、うしろで扉《とびら》がいきおいよくあいた。ふり返って、サフィラとまっすぐむきあった魔女《まじょ》は、キャッとさけぶことしかできなかった。

サフィラはじっと動かずにいる。ただ、唇《くちびる》の片方《かたほう》だけがゆっくりともちあがり、ぎざぎざの鋭《するど》い歯

がむきだしになった。そして、うなった。軽蔑《けいべつ》と威嚇《いかく》がたっぷりこめられた、鋭いうなり声が、高くなったり低くなったり一分以上も廊下《ろうか》に響《ひび》きわたった。まるで、耳ざわりな説教を長々と聞かされたようなものだった。

エラゴンはそのあいだじゅう、サフィラをにらみつけていた。

うなり声がやむと、トリアンナは両の拳《こぶし》で、スカートをわしづかみにした。おびえきって、顔面蒼《そう》白《はく》になっている。サフィラにさっとお辞儀《じぎ》をすると、ぎくしゃくとした動作で、背《せ》をむけて逃《に》げていった。

サフィラはなにごともなかったかのように、鉤爪《かぎづめ》のある足をあげて、なめている。〈扉をあけるのが大変だった〉フン！　と鼻を鳴らす。

エラゴンはいきり立っていった。〈どうしてあんなことやったんだ？　じゃまする理由なんかないだろう!?〉

〈あなたにはわたしの助けが必要〉サフィラが落ちついた様子でこたえる。

〈助けが必要なときは、こっちから呼《よ》ぶ！〉

〈どなるな！〉サフィラはぴしゃりといって、歯をガチッと噛《か》みあわせた。エラゴンと同じように混《こん》乱《らん》して、感情《かんじょう》が高ぶっているようだ。〈人としてではなく、ライダーであるエラゴンに興味《きょうみ》をもって近づいてくるような、ふしだらな女と遊び歩くのを見すごすわけにはいかない〉

〈彼女はふしだらな女じゃない〉エラゴンは声を荒《あら》げていった。もどかしげに壁をたたく。〈サフィ

ラ、ぼくはもう大人だ。しかも世捨て人じゃない。ライダーだって……女性《じょせい》を無視《むし》することはできないんだ。それに、そういうことを決めるのは、あきらかにおまえじゃない。少なくとも、彼女とおしゃべりぐらいしたっていいはずだ。近ごろの悲惨《ひさん》なできごと以外の話をね。おまえには、ぼくの感情《かんじょう》が伝わってるんだろう? どうして放っておいてくれないんだ? なんの害があるっていうんだ?〕

〔あなたはわかっていない……〕サフィラはエラゴンと目をあわせるのをさけた。

〔わからないよ! おまえは、ぼくが将来結婚《しょうらいけっこん》してこどもをつくることもじゃまするのか? 家族をもつことも?〕

〔エラゴン……〕サフィラは今ようやく、大きな目を片方《かたほう》だけエラゴンにむけた。〔わたしたちは密《みっ》接《せっ》に結びついている〕

〔そんなことわかってる!〕

〔あなたが、わたしの同意のあるなしにかかわらず、だれかと関係をきずくことを求め、だれかと……結合するようなことになれば、わたしの感情も影響《えいきょう》されることになる。それを心得ておいてほしい。そして――一度だけ忠告《ちゅうこく》しておく――相手を選ぶときは、慎重《しんちょう》になること。それは、わたしたちどちらにもかかわることだ〕

エラゴンはしばしサフィラの言葉の意味を考えた。〔ぼくらの結びつきは、両方に影響をあたえる。もしおまえがだれかを憎《にく》めば、ぼくも同じように嫌《きら》いになる……おまえの心配はわかったよ。じゃあ、ただの嫉妬《しっと》じゃなかったんだね?〕

サフィラはまた足をなめた。〔たぶん、多少はそれもある〕

こんどはエラゴンがうなる番だった。サフィラの横をかすめて部屋に入り、ザーロックをつかんで腰《こし》につけると、大股《おおまた》で部屋を出ていった。

エラゴンは知りあいに会わないように、トロンジヒームのなかを何時間もさまよい歩いた。サフィラの言葉は真実であり、否定《ひてい》はできないものの、思い出すだけで困惑《こんわく》してしまう。サフィラとエラゴンが話しあう多くのことがらのなかで、これがもっとも微妙《びみょう》で、もっとも意見の分かれる問題なのだ。この夜、ギリエドでとらえられたとき以来初めて、エラゴンはサフィラとはなれ、ドワーフの兵《へい》舎《しゃ》のひとつで眠《ねむ》った。

朝になって、エラゴンは部屋にもどった。サフィラとは暗黙《あんもく》の了解《りょうかい》で、きのうのことを話題にするのをさけた。どちらもゆずる気がないのだから、これ以上話しあってもしかたがない。それに、本当はふたりとも、たがいの顔を見て心底ほっとしていた。この友情にひびが入るような危険《きけん》をおかしたくはなかった。

昼飯どき——サフィラが血のしたたる肉を引き裂《さ》いたとき——使者の少年ジャーシャが駆《か》けこんできた。前回と同じように、目を大きく見開き、もも肉をむしりとって食べるサフィラの様子を、穴《あな》があくほど見つめている。

「どうしたんだい?」エラゴンが口もとをふきながらたずねた。また会議からの呼《よ》びだしだろうか?葬儀《そうぎ》の日以来、彼らからはなんの音沙汰《おとさた》もなかったのに。

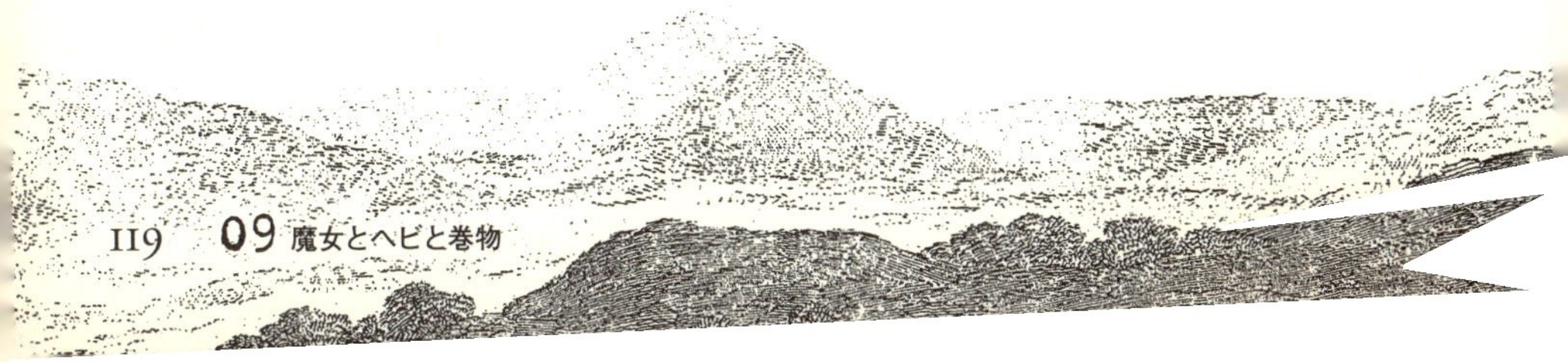

ジャーシャはとりあえずサフィラから目をはなして、いった。「ナスアダさまがあなたさまにお会いしたいそうです。父上の書斎《しょさい》でお待ちでございます」

あなたさま！　エラゴンはふきだしそうになった。ほんのすこし前の自分なら、〝あなたさま〟と呼《よ》ばれるのではなく、呼ぶ立場だったはずなのに。彼はサフィラをちらっと見た。「もう食事は終わり？　それとも、もうすこし食べるかい？」

サフィラはぐるりと目をまわし、残りの肉を口のなかにつめこみ、ペッペッと骨《ほね》を吐《は》きだした。

〔ごちそうさま〕

「よし」エラゴンは立ちあがった。「ジャーシャ、さがっていいよ。ぼくたちだけで行けるから」

エラゴンとサフィラは、巨大《きょだい》な〈都市の山〉をぬけ、三十分近くかかってようやく書斎に着いた。アジハドが主《あるじ》だったころも扉《とびら》にはふたりの警備兵《けいびへい》が立っていたが、今は屈強《くっきょう》な一個《こ》小隊が、かすかな危険《きけん》も見のがすまじと厳重《げんじゅう》に扉を守っている。どんな襲撃《しゅうげき》や不意討《ふいう》ちにも、わが身をていして新しい指導者《しどうしゃ》を守るのだろう。彼らがエラゴンとサフィラを知らないはずはないが、ナスアダの許可《きょか》がないうちは、ぜったいに訪問者《ほうもんしゃ》を通すことはない。許可がおりて初めて、ふたりはなかへ通された。

書斎に入ったとたん、エラゴンはなかの雰囲気《ふんいき》が変わっているのに気づいた。花瓶《かびん》に生けられた花だ。紫《むらさき》の小さな花は、見かけはひかえめだが、室内をおだやかな香《かお》りで満たしている。エラゴンは、夏の摘《つ》みたてのラズベリーと、草を刈《か》ったばかりの日に焼けた畑を思い出した。アジハドの思い出をなにひとつ消すことなく、自分らしさを演出《えんしゅつ》する、そのナスアダの手並《てな》みに感心しつつ、エラゴンは

花の香りを吸《す》いこんだ。

大きな机《つくえ》のむこうに、いまだ黒い喪《も》のコートをはおったナスアダがすわっていた。エラゴンが椅子《いす》にすわり、サフィラがその横につくと、ナスアダはいった。「エラゴン」とくに親しげでも、冷たくもない、ふつうの呼びかけだった。一瞬《いっしゅん》どこかを見て、すぐにエラゴンに視線《しせん》をもどした。決意のこもった、ゆるぎない視線だ。「ここ数日、ヴァーデンの現況《げんきょう》について再検討《さいけんとう》してみました。惨憺《さんたん》たる結果です。多くの債務《さいむ》をかかえ、財政《ざいせい》は逼迫《ひっぱく》し、物資《ぶっし》も不足し、帝国《ていこく》からの新兵もほとんど入ってこない。なにか手を打たねばなりません。

ドワーフの支援《しえん》は、これ以上期待できません。このところの不作で、彼ら自身も痛手《いたで》を受けている。これらのことを考えて、わたしはヴァーデンをサーダにうつすことに決めました。困難《こんなん》なこととはわかっています。でも、われわれが安全でいるには、その方法しかないと思うのです。サーダまで進めば、帝国と直接《ちょくせつ》交戦できます」

サフィラですら、おどろいて身じろぎした。

〔大仕事だ！〕エラゴンはいった。〔人間だけじゃなく、それぞれの荷物もサーダに運ぶんだぞ。何か月かかるかわからない。移動《いどう》の途中《とちゅう》、攻撃《こうげき》されることだってじゅうぶんありうる〕彼は声をあげて反論《はんろん》した。「たしかオーリン王は、あからさまにガルバトリックスに敵対《てきたい》してないんでしたよね」

ナスアダは冷ややかに笑った。「わたしたちがアーガルを撃退《げきたい》してから、彼の態度《たいど》は変わりました。わたしたちをかくまい、食べさせ、ともに戦ってくれるそうです。多くのヴァーデンがすでにサーダ

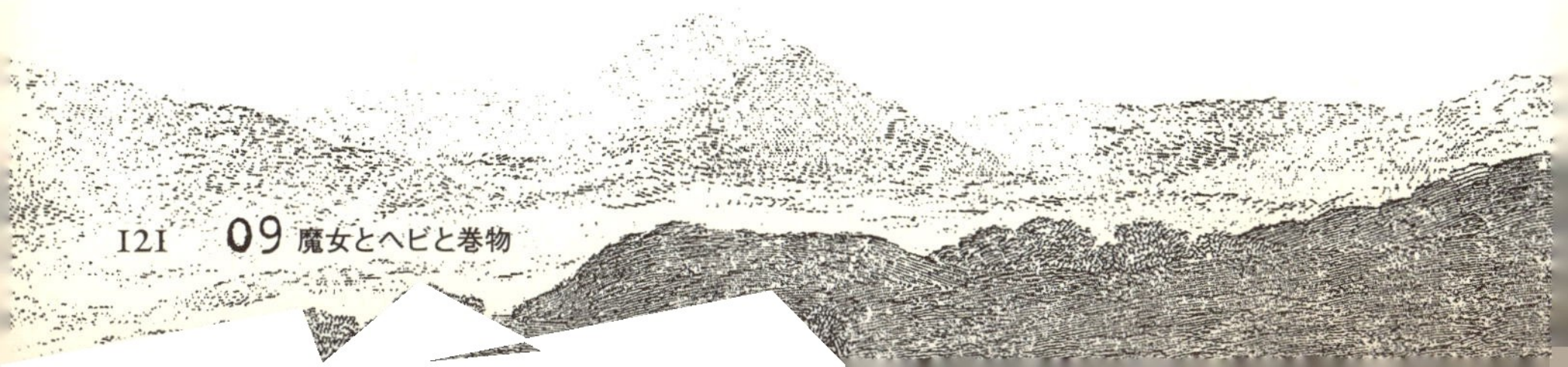

に入っています。おもに、戦いに参加できなかった——しなかった——女性《じょせい》やこどもたちが。彼らもすすんで協力してくれるはず。さもなければ、ヴァーデンの名をはぎとってやります」

「どうしてそんなに早く、オーリン王と連絡《れんらく》をとれたんですか？」エラゴンはたずねた。

「ドワーフは、トンネル内で鏡とランタンを使って、リレーで情報《じょうほう》を伝達できるんです。ここからビオア山脈の西のはしまで、一日かからずにとどきます。そこからは急使が、サーダの首都アベロンに走る。とはいえ、ガルバトリックスがアーガル軍で一日とかからずに急襲《きゅうしゅう》をかけてこられるなら、この方式ではあまりにも遅《おそ》すぎます。ここを発《た》つ前に、ドワーフの魔術師《まじゅつし》たちとドゥ・ヴラングル・ガータのあいだで、もっと迅速《じんそく》な連絡がとれるよう、策《さく》をほどこしていくつもりです」

ナスアダは机《つくえ》の引き出しをあけ、大きな巻物《まきもの》をとりだした。「ヴァーデンはひと月以内にファーザン・ドゥアーをはなれます。フロスガーは安全なトンネル通路の確保《かくほ》を約束してくれました。そのうえ、オシアドに兵を送り、アーガルの最後の残党《ざんとう》を駆逐《くちく》して、トンネルを封《ふう》じ、そのルートから二度と侵入《しんにゅう》できないようにしてくれました。それでも、ぜったいに安全という保証《ほしょう》はない。そこで、あなたにお願いがあるのです」

エラゴンはうなずいた。なんらかの要望や指示《しじ》があるだろうことは、予測《よそく》していた。だからこそ、ふたりはここに呼《よ》ばれたのだ。「ご命令のままに」

「いえ」ナスアダの目が、ちらっとサフィラを見た。「これは命令ではありません。じっくり考えて答えを出してほしいのです。ヴァーデンの安全をさらにたしかなものにするため——新ライダー、エラゴン・シェイドスレイヤーと、そのドラゴン、サフィラが、ヴァーデンの味方についたと、帝国《ていこく》じゅうに広めたいのです。けれど、そうする前に、あなたの許可《きょか》をえなければと思いました」

〔危険《きけん》すぎる〕サフィラが反対の声をあげた。

〔ぼくらの存在については、いずれ帝国の耳にとどくことだ〕エラゴンがいった。〔ヴァーデンは自分たちが勝利したことや、ダーザを殺したことを、自慢《じまん》したいのさ。どうせ、ぼくらが許可しなくても、話は広まるよ。だったら、協力するとこたえたほうがいい〕

サフィラはそっと鼻を鳴らした。〔わたしが心配しているのは、ガルバトリックスのことだ。わたしたちはまだ、どこのだれを支持《しじ》すると、おおやけには宣言《せんげん》していないのだから〕

〔やってることを見れば、それはあきらかだよ〕

〔たしかに。だが、トロンジヒームで対決したときでさえ、ダーザはあなたを殺そうとしなかった。帝国に敵対《てきたい》する立場が、あまりあからさまになると、ガルバトリックスは二度と寛大《かんだい》なことはしなくなる。わたしたちを味方に引きいれようとする計画やそのための部隊がないと、どうして断言《だんげん》できる？　わたしたちの立場はあいまいなほうが、ガルバトリックスは打つ手を決めにくいではないか〕

〔あいまいな時期は終わってるよ〕エラゴンはきっぱりといった。〔ぼくらはアーガルと戦い、ダーザを殺し、ヴァーデンの長《ちょう》に忠誠《ちゅうせい》を誓《ちか》ったんだ。あいまいさなんてもうどこにも存在《そんざい》しない。サフィラ、おまえの許可をえて、ナスアダの申し出を受けたいんだ〕

サフィラはしばらく沈黙《ちんもく》し、やがて頭をひょいとさげた。〔どうぞご勝手に〕

エラゴンはサフィラのわき腹《ばら》をさすってから、ナスアダにむき直った。「あなたのしたいようにしてください。それでヴァーデンを援助《えんじょ》できるなら、そうすべきだ」

「ありがとう。重大な決断《けつだん》であることはじゅうぶんわかっています。さあ、それでは葬儀《そうぎ》の前に話したとおり、あなたたちは修行《しゅぎょう》を終わらせるため、エレズメーラにむかってください」

「アーリアと？」

「もちろん。アーリアが囚《とら》われの身になってから、エルフ族は人間ともドワーフとも連絡《れんらく》を断《た》っています。彼らに隠遁《いんとん》の地から出てきてもらうには、アーリアの説得だけが頼《たよ》りです」

「アーリアは自分が助かったことを、魔法《まほう》でエルフたちに伝えられないんですか？」

「残念ながらできません。アーリアの説明によると、ライダー族が滅《ほろ》んだあと、ドゥ・ウェルデンヴァーデンに引きこもったエルフ族は、森のまわりに監視人《かんしにん》を置き、とても難解《なんかい》な方法を使って、あらゆる思考や物、生き物の侵入《しんにゅう》をふせいでいるそうです。ですから、アーリアがみずからドゥ・ウェルデンヴァーデンにもどるまでは、自分が生きていることも、あなたやサフィラの存在《そんざい》も、この数か月ヴァーデンに起きたことも、イズランザディ女王には伝わらない」ナスアダはエラゴンに封蝋《ふうろう》で閉《と》じられた巻物《まきもの》をわたした。「イズランザディ女王への信書です。ここには、ヴァーデンの現状《げんじょう》と、わたし自身の計画がしたためてある。どうか命をかけて守ってください——あやまって敵《てき》の手にわたると、とてつもない災《わざわ》いをまねくことになります。いろいろなことがあったけれど、わたしの願いは、女王がふたたびヴァーデンとの外交を復活《ふっかつ》させる気持ちになってくれること。彼女の協力のあるなしは、戦いのゆくえを大きく左右します。アーリアもそれを納得《なっとく》し、わたしたちの立場を説明してくれることになっています。けれど、あなたにも、その立場を心得ていてほしい。なにかあったとき、そのほうが有利ですから」

エラゴンは胴着《どうぎ》のなかに巻物をおしこんだ。「ぼくらはいつ発《た》てば？」

「あすの朝……あなたにほかに予定がなければ」

「ありません」

「よろしい」ナスアダは両手を組みあわせた。「もうひとり、あなたたちと旅をともにする者がいます」エラゴンはいぶかしげに彼女を見た。「フロスガー王が、平等を期すためあなたの修行には、ドワーフの代表も立ち会うべきだと主張《しゅちょう》するのです。彼らの種族にも影響《えいきょう》することだからと。そこで、オリクを同行させてほしいそうです」

エラゴンがとっさに感じたのは、いらだちだった。アーリアと自分だけなら、何週間も不必要な日にちを費やすことなく、サフィラに乗って、ドゥ・ウェルデンヴァーデンまでひとっ飛びで行ける。しかし、三人もいては、重すぎてサフィラには乗れない。オリクが加わることによって、地上の旅を余儀《よぎ》なくされるのだ。

だが、さらによく考えたエラゴンは、フロスガーの要求の賢明《けんめい》さに気がついた。ちがう種族間でなにかをするときは、うわべだけでも平等な状態《じょうたい》をたもつことが重要なのだ。エラゴンは笑った。「なるほど。歩みは遅《おそ》くなるけど、フロスガー王の顔を立てたほうがいいでしょう。じつをいうと、オリ

クがいっしょだとうれしいんです。アーリアとふたりだけでアラゲイジアをわたることを思うと、なんとなく気おくれがしちゃって。彼女って……」

　ナスアダも笑った。「変わっているから」

「ええ」エラゴンは真顔にもどった。「あなたは、戴冠式《たいかんしき》で宣言《せんげん》したとおり、本当に帝国《ていこく》を攻撃《こうげき》する気なんですか？　ヴァーデンの現況《げんきょう》は惨憺《さんたん》たるものだって、さっきいったじゃないですか。それならやはり賢《かしこ》い方法とは思えません。できれば待ったほうが――」

「待てば」ナスアダはきびしい声でいい返した。「ガルバトリックスが強くなるだけです。でも、今ならガルバトリックスの不意をつけるかもしれない。モーザンの死以来初めておとずれた、わずかな好機なのです。彼はまさかわたしたちが――もちろん、あなたのおかげで――アーガル軍を討《う》ち負かすとは思っていなかったはず。ましてや、帝国が侵略《しんりゃく》されるなど、想定していないでしょう」

〔侵略！〕サフィラが声をあげた。〔彼女は、ガルバトリックスをしとめるつもりなのか？　ドラゴンの背《せ》に乗って飛んでいって魔法《まほう》で敵《てき》の軍隊ごと消してしまえるような相手を？〕

　エラゴンがサフィラの反論《はんろん》を伝えると、ナスアダは首をふった。「ガルバトリックスは、ヴァーデンが首都ウルベーンをおびやかすまでは、みずから戦場におもむくことはない、わたしはそう見ています。彼は、敵を首都にいる自分のもとへおびきよせることができれば、帝国の半分が破壊《はかい》されようとかまわないのです。だって、わざわざ自分から出ていく必要がありますか？　ヴァーデンがたとえウルベーンまでたどりついたとしても、そのころには軍隊は戦闘《せんとう》で疲《つか》れはて、ぼろぼろになっている。彼にしてみれば、そのほうがやすやすと敵を負かすことができるのです」

「あなたはまだサフィラの質問《しつもん》にこたえていない」エラゴンはうったえた。

「それは、まだこたえられないからです。この作戦は長期戦になるでしょう。作戦の終わりには、あなたがガルバトリックスをたおせるほど強くなっているか、あるいはエルフがわが軍に加わっているか……エルフの魔法の力は、アラゲイジア一といわれてますからね。とにかく、なにがあろうと、遅《おく》れることだけはゆるされないのです。今が、一か八かの勝負をするとき。だれも可能とは思っていないことを、あえてやってみるときなのです。ヴァーデンはあまりにも長く日かげで暮《く》らしてきました——もはやガルバトリックスに挑戦《ちょうせん》するか、降服《こうふく》するか、滅《ほろ》びるかしか、道はないのです」

ナスアダのしめす展望《てんぼう》は、エラゴンを不安にさせた。そこには、予測《よそく》のつかないあらゆる危険《きけん》がひそんでいるはず。こんな無鉄砲《むてっぽう》は、考えるだけバカげているように思える。しかし、決断《けつだん》をくだすのは自分ではない。だからエラゴンはそれを受けいれ、反論もしないことにした。今は、彼女の判断《はんだん》を信じるしかない。

「でもナスアダ、あなたの身は？　ぼくらがいないあいだ、あなたは安全でいられますか？　ぼくはあなたに誓《ちか》いを立てている。あなたの葬式《そうしき》を出すようなことにはならないと断言できますか？　それをはっきりさせるのは、ぼくの責任《せきにん》だ」

ナスアダはあごを引きしめ、扉《とびら》とそのむこうにいる兵士たちを手でしめした。「心配はいりません。わたしはしっかり守られています」彼女は目を落とした。「じつは……サーダにうつるのには、理由

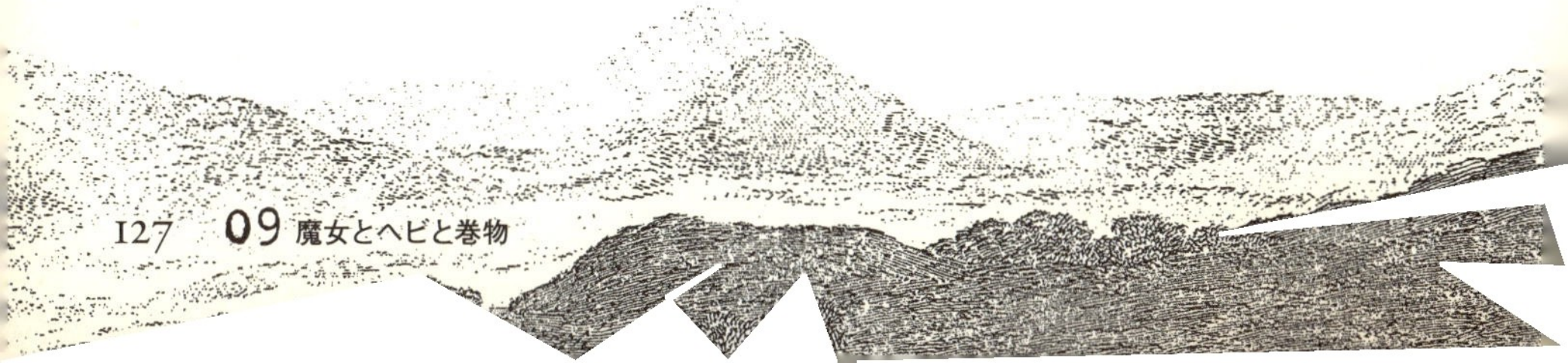

がもうひとつあるんです。オーリンのことは昔からよく知っていて、わたしの保護《ほご》を約束してくれていて……今はまだ長老会議が力をもっている。あなたやアーリアもいないこの場所に、いつまでもぐずぐずしていたくない。長老たちは、ヴァーデンを牛耳《ぎゅうじ》っているのが、彼らではなくわたしだと完全に証明《しょうめい》されるまでは、けっしてわたしを指導者《しどうしゃ》としてみとめないでしょう」

それだけいうと、ナスアダは内側からみちびきだしたような力で、肩《かた》をいからせ、あごをつんとあげ、超然《ちょうぜん》とした、よそよそしい態度《たいど》になった。「もうさがってよい、エラゴン。馬を準備《じゅんび》し、食糧《しょくりょう》を調達し、夜明けに北門から出発なさい」

儀礼的《ぎれいてき》態度にもどったナスアダにあわせ、エラゴンは低く頭をさげて、サフィラとともに部屋を出た。

夕食のあと、エラゴンとサフィラはトロンジヒームのはるか上を飛びまわった。ファーザン・ドゥアーの壁《かべ》には、のこぎり歯状《ばじょう》のつららがさがり、ふたりを特大の白い帯でかこんでいる。夜にはまだ間があるが、火山のなかはすでにほとんど暗くなっている。

エラゴンは頭を思いきりそらせ、顔にあたる風を味わった。彼は風が恋《こい》しかった——草地を駆《か》けぬける風、雲をみだし、ふきとばしてしまう風、雨や嵐《あらし》をもたらし、木々がたわむほど激《はげ》しくふきつける風が恋しかった。〔ついでにいうなら、木も恋しいな〕エラゴンは思った。〔ファーザン・ドゥアーはすばらしいところだけど、アジハドの墓《はか》と同じで、植物や動物の姿《すがた》が見られない〕

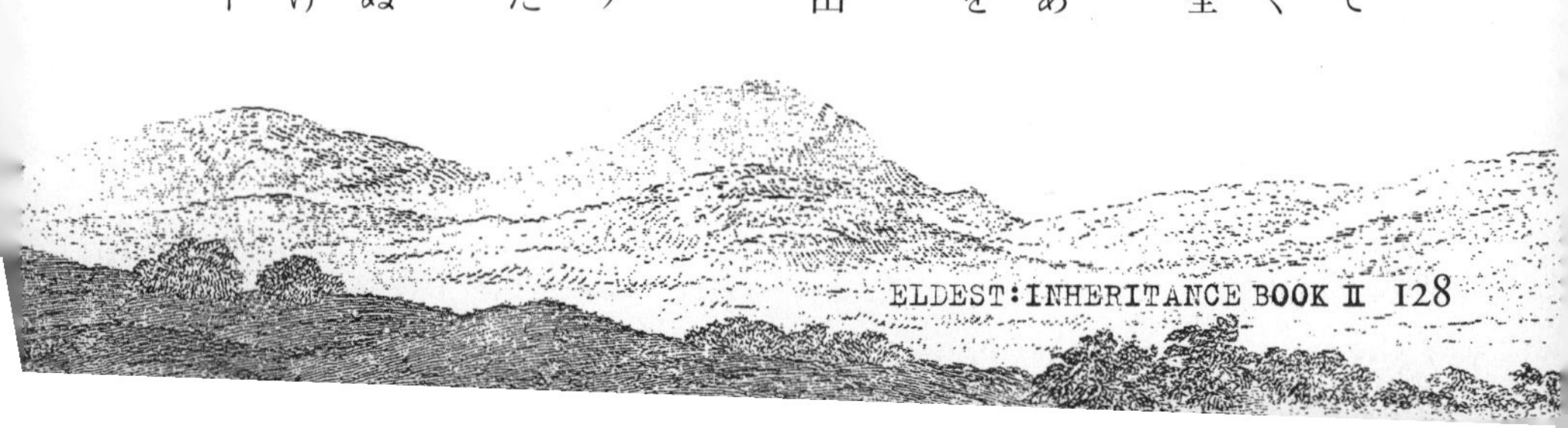

サフィラもうなずいた。〔ドワーフは、宝石《ほうせき》が花のかわりになると思っている〕薄《うす》れゆく光のなか、サフィラは静かに飛び続けた。暗くてエラゴンの視界《しかい》がおぼつかなくなってくると、サフィラはいった。〔もう遅《おそ》い。もどらなければ〕

〔そうだね〕

サフィラは、ファーザン・ドゥアーの中心でのろしのように光るトロンジヒームをめざし、大きく、ゆったりとした螺旋《らせん》を描《えが》きながら下降《かこう》をはじめた。〈都市の山〉がまだはるか下方にあるとき、サフィラは頭をぐるっとまわしていった。〔見て〕

サフィラの視線《しせん》を追っても、エラゴンには形のない灰色《はいいろ》の平地が見えるだけだ。〔なんなの?〕

こたえるかわりに、サフィラは翼《つばさ》をかたむけ、左にむかってすべるようにおりていく。その先にあるのは、トロンジヒームから放射状《ほうしゃじょう》にまっすぐのびる四本の道のうちの一本だ。道におり立つと、近くの小山に白い物体が見えた。物体は薄暮《はくぼ》のなか、ゆらゆらするローソクの火のような奇妙《きみょう》な動きをしている。やがてそれは、白い毛織《けおり》のチュニックを着た、アンジェラの姿《すがた》になった。

魔女《まじょ》は一メートル以上も幅《はば》のある、やなぎ細工のかごをさげ、そこにいろいろな種類の野生のキノコをつめこんでいる。ほとんどがエラゴンの知らないキノコだ。アンジェラが近づいてくると、エラゴンはかごをさしていった。「毒キノコでも集めてるの? ヒキガエルタケとか?」

「ごきげんよう」アンジェラは笑って荷物をおろした。「ちがうちがう。ヒキガエルタケなんて呼《よ》び方、あまりにもあたりまえすぎる。それに、どうせいうなら、ヒキガエルタケじゃなく、カエルタケ

って呼《よ》ぶべきよ」アンジェラはキノコを手の上に広げた。「これはニガクリタケ、こっちはインクノカサタケ、こっちはヘソノカサタケ、それにドワーフノタテタケ、あずき色のかたいスネニクタケ、チノユビワタケ、そしてこれはマダラサギシタケ。おもしろいでしょ！」最後の、ピンク色とラベンダー色と黄色の縞模様《しまもよう》のかさのキノコまで、アンジェラはひとつずつ指さしていった。

「じゃあ、これは？」エラゴンがさしたのは、明るい青の柄《え》と、オレンジ色のひだと、つやつやとした黒の二層《そう》のかさをもつキノコだった。

アンジェラはそのキノコをいとしそうに見た。「エルフはフリケイ・アンドラット（死の友）って呼ぶわね。柄を食べると、一瞬《いっしゅん》で死ぬ。でも、かさはいろいろな毒を消すことができるの。トゥニヴァース・ネクターもここから抽出《ちゅうしゅつ》するのよ。フリケイ・アンドラットが育つのは、エルフが暮《く》らすドゥ・ウェルデンヴァーデンとこのファーザン・ドゥアーの洞穴《ほらあな》のなかだけ。それに、ドワーフがところかまわず肥《こ》やしをまくようになったら、このキノコは死んでしまうのよ」

エラゴンは小山をふり返り、それがまさに肥やしの山なのだと気づいた。

「こんにちは、サフィラ」アンジェラはエラゴンごしに、サフィラの鼻をたたいた。サフィラはうれしそうにまばたきをして、尾《お》をぴくっと動かした。同時に、魔法《まほう》ネコのソレムバンがぶらぶらと目の前に歩いてきた。口にはぐったりしたネズミをくわえている。ひげをぴくりとも動かさず、地面にすわり、三人を完全に無視《むし》して、ネズミをかじりはじめた。

「それで」アンジェラは、大きくふくらんだ巻《ま》き毛《げ》をひと房《ふさ》、うしろにはらった。「エレズメーラへ発《た》つのね」エラゴンはうなずいた。どうして知っているのかとは、たずねなかった。彼女はいつも、どこでなにが起きているか把握《はあく》しているからだ。エラゴンがだまっていると、アンジェラは顔をしかめた。「ちょっと、そんなに辛気《しんき》くさい顔しないで。処刑《しょけい》されるわけでもあるまいし！」

「そうだけど」

「じゃあ、笑いなさい。処刑されるんじゃなかったら、つまり幸せってことでしょ！　あんたったら、ソレムバンのネズミみたいにぐったりしてるわよ。ぐったり。すてきな言葉だと思わない？」

エラゴンは苦笑いし、サフィラは愉快《ゆかい》そうにのどの奥《おく》から笑い声を出した。「すてきかどうかわからないけど。でも、そうだね、いいたいことはわかるよ」

「わかってくれてうれしいわ。理解《りかい》しあうのはいいことよ」アンジェラは眉《まゆ》をアーチ型につりあげ、キノコのかさに爪《つめ》をかけて逆《さか》さまにして、ひだをのぞきこみながらいった。「今夜会えたのは、ほんとに偶然《ぐうぜん》だわ。あんたが旅立ち、あたしが……ヴァーデンについてサーダに行く前に。いったでしょう、あたしは一大事の起きる場所にいたいんだって。あそこがその場所なの」

エラゴンはにっこり笑っていった。「じゃあ、ぼくらの旅は平穏《へいおん》無事ってことだ。あんたがついていかないんだからね」

アンジェラは肩《かた》をすくめてから、まじめな顔でいった。「ドゥ・ウェルデンヴァーデンでは、気をつけて。エルフが感情《かんじょう》を見せないからといって、あたしたち人間みたいに、おこったり熱くなったりしないかというと、そうではないの。彼らが死人みたいに平然としてるのは、感情をかくしてるから

よ。ときには何年も」

「ドゥ・ウェルデンヴァーデンに行ったことがあるの?」

「昔ね」

すこし間をおいてから、エラゴンはたずねた。「あんたはナスアダの計画をどう思う?」

「うーん……大変な運命ね。あんたもよ! みんな大変な運命だわ!」アンジェラは体を折りまげて笑うと、急にしゃんと背中《せなか》をのばした。「気づいた? どんな運命かはいってないでしょ? つまり、なにが起きても、予言はあたったことになる。あたしって、なんて賢《かしこ》いのかしら!」魔女《まじょ》はかごをもって、片方《かたほう》の腰《こし》でそれをささえた。「あんたにはしばらく会えなくなりそうだから、お別れをいうわ。元気でね。焼きキャベツには気をつけて。耳あかは食べないように。前向きに生きることよ!」目をぱちくりさせるエラゴンを残し、アンジェラは明るくウインクをして、大股《おおまた》で去っていった。

ソレムバンもおもむろに立ちあがり、ごちそうをくわえ、いかにももったいぶった様子で歩いていった。

10

フロスガーの贈《おく》り物《もの》

エラゴンとサフィラがトロンジヒームの北門に着いたのは、夜明けまで三十分ほど間があるころだった。サフィラが通れるだけ門があけられると、彼らは急いでそこをくぐり、すこし奥《おく》まった場所で待つことにした。そばには赤い碧玉《へきぎょく》の柱がそびえ立ち、そのあいだに牙《きば》をむいた獣《けもの》の彫刻《ちょうこく》がならんでいる。その先のトロンジヒームのいちばんはしにあたる部分には、九メートルの黄金のグリフィンが二頭、すわっている。〈都市の山〉の門はどれも、これと同じ二頭のグリフィンが守っている。まだほかの人の姿《すがた》は見えなかった。

エラゴンはスノーファイアの手綱《たづな》をつかんだ。牡馬《おすうま》はきれいにブラシをかけられ、新しい蹄鉄《ていてつ》と鞍《くら》をつけ、荷物でふくらんだ鞍袋《くらぶくろ》をさげ、いらだたしげに床《ゆか》を爪《つめ》でかいている。エラゴンは一週間以上、この馬に乗っていない。

まもなく、大きな荷物を背負《せお》い、腕《うで》にもひと包み荷物をかかえたオリクが、ぶらぶらと歩いてきた。「馬は？」エラゴンが、おどろいてたずねた。ドゥ・ウェルデンヴァーデンまで、延々《えんえん》と歩いて

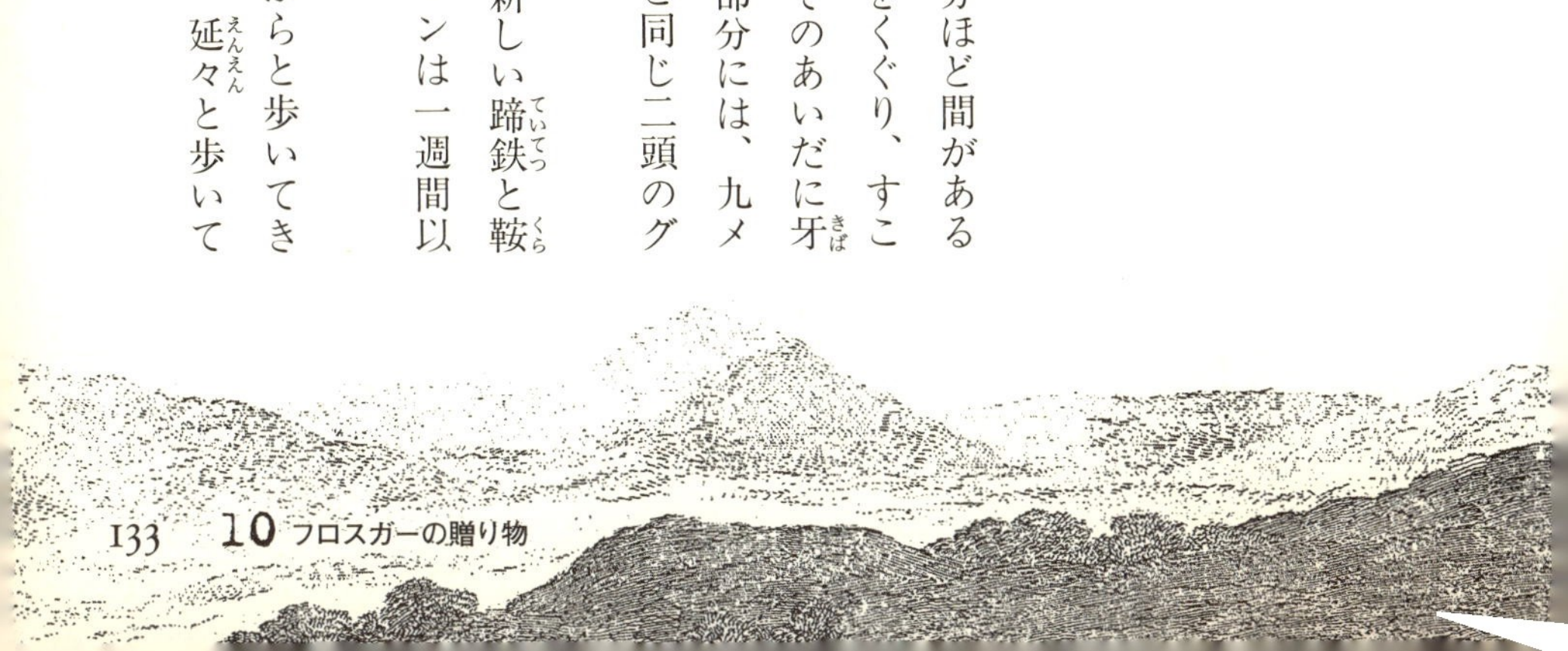

いくつもりなのか？

オリクはうなった。「ここからすこし北へ行くとターナグがある。そこでいかだを調達して、アズ・ラグニ川をヘダースまで進む。エルフとの交渉《こうしょう》場所だ。ヘダースに着くまで馬はいらない。ターナグまでは自分の足で行くよ」

オリクがガランと音をたてて荷物を置き、包みを開くと、なかからエラゴンの鎧《よろい》が出てきた。色が塗《ぬ》りかえられた盾《たて》は、中央のカシの木がきわだって見え、キズやくぼみはすっかりきれいになっている。その下から、鎖帷子《くさりかたびら》の長いシャツも出てきた。油でみがかれて、鉄がつや光りしている。ダーザに切りつけられた背中《せなか》の傷《きず》もきれいになっている。頭巾《ずきん》も手袋《てぶくろ》も腕甲《わんこう》もすね当ても兜《かぶと》も、すべて修繕《しゅうぜん》されている。

「一流の鍛冶職人《かじしょくにん》に修理させたんだ」オリクがいった。「サフィラ、きみの鎧もだよ。ただし、ドラゴンの鎧まではもっていけないから、ヴァーデンにあずけてきた。もどってくるまで、しっかり保管《ほかん》してくれるさ」

〔彼にありがとうと伝えて〕サフィラがいった。

エラゴンはオリクに礼をいうと、すね当てと腕甲だけつけて、あとのものは袋にしまった。最後に兜に手をのばしたが、オリクはそれを放そうとしない。ドワーフは兜を手にはさんで、ぐるりとまわした。「そう急ぎなさんな、エラゴン。これをかぶる前に、選択《せんたく》すべきことがある」

「なんの選択だい？」

オリクが兜をもちあげ、つやつやとしたその頂《いただき》を見せると、前とは図柄《ずがら》がちがっている。鉄にきざまれているのは、フロスガーとオリクの部族インジータムの紋章《もんしょう》、金槌《かなづち》と星の模様《もよう》だ。オリクは、うれしいともこまっているともつかぬ、むずかしい顔をして、かしこまった口調でしゃべりだした。

「わが王フロスガーは、友情《ゆうじょう》の印として、この兜を貴君《きくん》に贈呈《ぞうてい》したいとのぞんでいる。これによりフロスガーは、貴君をダーグライムスト・インジータム（鍛冶職人の部族）、つまりわが部族の一員としてむかえいれたいと申している」

エラゴンはフロスガーの申し出におどろき、兜をじっと見つめた。〈これはつまり、ぼくに彼の従《じゅう》者《しゃ》になれということだろうか……？　この調子であちこちに忠誠《ちゅうせい》を誓《ちか》ってたら、そのうち身動きがとれなくなってしまうよ――ひとつ行動を起こそうとするたびに、なにかの誓いをやぶらなきゃならなくなる！〉

〈では、かぶらなければいい〉サフィラが指摘《してき》した。

〈フロスガーを侮辱《ぶじょく》することになっても？　ぼくら、またはめられたのか？〉

〈いや、ただの贈《おく》り物《もの》なのかもしれない。これもオソ（信頼《しんらい》）のあかし。罠《わな》にはめるつもりではないだろう。フロスガーは、わたしがイスダル・ミスラムを直すと申し出たことに、感謝《かんしゃ》しているのだと思う〉

エラゴンの頭にはついぞ浮《う》かばなかったことだ。ドワーフの王が自分たちをなにに利用しようとしているのか、そんなことばかりに気をまわしていたからだ。〈たしかにそうだ。でも、力の均衡《きんこう》をた

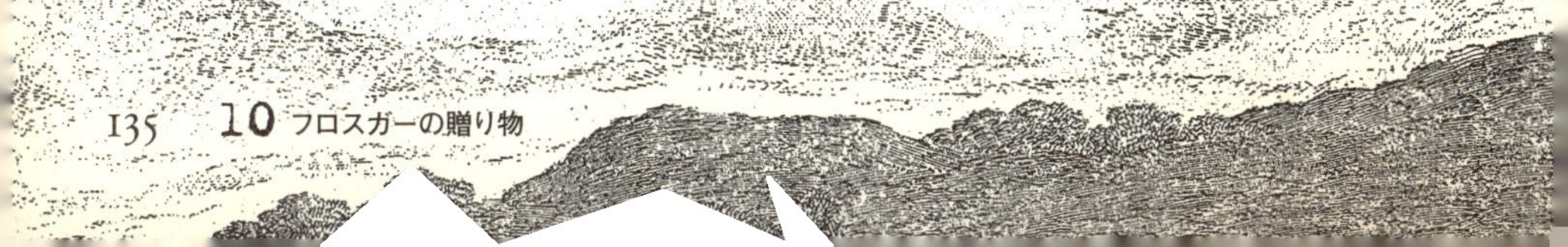

もつためということもすこしはあると思うな。ぼくがナスアダに忠誠《ちゅうせい》を誓《ちか》ったからね。ドワーフ族は、そういう情勢《じょうせい》の変化はよく思っていないはずだ」エラゴンは、心配そうに見守るオリクに目をもどした。「こういうことは、よくあるの?」

「人間に対して? いや、一度もない。フロスガーはインジータムの一族と丸一日議論《ぎろん》して、みんなを納得《なっとく》させたんだ。きみがわしらの兜《かぶと》を受けとってくれるなら、部族の一員としてあらゆる権利《けんり》があたえられる。わしらの会議に出て、どんな議題にも発言することができる。それに――」オリクは暗い口調になって続けた。「きみが望むなら、われわれの墓《はか》に埋葬《まいそう》することもできる」

ここで初めて、エラゴンはフロスガーの並《なみ》はずれた心の広さに気づかされた。これは、ドワーフとして、最大級の敬意《けいい》をこめた申し出なのだ。エラゴンはさっとオリクの兜に手をのばし、自分の頭にかぶった。「ダーグライムスト・インジータムの一員になることを、光栄に思います」

オリクは満足そうにうなずいた。「じゃあ、このヌールナイン、石の心臓《しんぞう》をもって。両手でにぎるんだ、そう、そうやって。そこで覚悟《かくご》を決めて、血管をチクッとさして、石に血をたらす。ほんの数《すう》滴《てき》でいい……終わったら、わしの言葉をくり返して。オス・イル・ドム・カランヌ・カーン・ドゥル・サルゲン、ズィートマン、ウン・グライムスト・ヴォル・フォルムフ・エダリス・ラク・スキルフス。ナルホ・イズ・ベルゴンド……(われわれの肉体と名誉《めいよ》と館《やかた》が、わが血により一体とならんことを。わたしはここに誓う……)」暗誦《あんしょう》は長く続いた。オリクが数小節ごとにとまって訳《やく》すから、よけいに長くかかった。すべて終わると、エラゴンはかんたんな呪文《じゅもん》で、手首の傷《きず》を治した。

「ほかの部族の連中がなんといおうと」オリクが感想をのべる。「きみは誠実《せいじつ》さと敬意をもって、これにのぞんだ。だれもそれは無視《むし》できないさ」オリクはにやっと笑った。「さあ、これでわしらは同じ部族の仲間だな。きみとわしは義兄弟《ぎきょうだい》だ！　こんな状況《じょうきょう》でなかったら、フロスガーがみずから兜を贈呈《ぞうてい》し、きみをダーグライムスト・インジータムにむかえいれる盛大《せいだい》な祝賀儀式《しゅくがぎしき》をおこなうところなんだが、なにしろなにもかも目まぐるしくて、手間をかける時間がなかった。だが、けっしてきみを軽んじたわけじゃないぞ！　きみとサフィラがこんどファーザン・ドゥアーにもどったら、ちゃんとした祝賀行事がおこなわれるさ。きみの地位を正式なものにする書面に山ほど署名《しょめい》して、あとはごちそうを食べて踊《おど》るんだ」

「その日を楽しみにしてるよ」エラゴンはそうこたえながらも、頭のなかではいまだに、ダーグライムスト・インジータムになることによって生じうるあらゆる利益《りえき》と不利益を、ふるいにかけていた。

オリクは背中《せなか》の荷物をおろし、柱にもたれてすわった。なかから斧《おの》を引っぱりだし、両手でにぎってくるくるまわしはじめる。何分かすると、身を乗りだして、トロンジヒームをにらみながらいった。「バーズル・ヌーラー（くそったれ）！　連中はどうなってるんだ？　アーリアは時間どおりに来るといってたのに。フン！　エルフの時間の概念《がいねん》ときたら、遅《おそ》いか、もっと遅いかだ」

「いろいろなエルフとつきあってきたの？」エラゴンがしゃがみこんできいた。サフィラも興味深《きょうみぶか》そうにのぞきこむ。

ドワーフはいきなり笑いだした。「エタ（いいや）。アーリアだけさ。それも、ほんのたまにだが

ね。彼女は旅ばかりしてたからな。七十年間もかかって、わかったことがある。エルフを急《せ》かすのはムリってことだ。まるで爪《つめ》やすりに斧《おの》を打つようなもんだ——折れちまうことはあっても、ぜったいに曲がることはない」

「ドワーフも同じじゃないの?」

「あー、しかし石の形は変わるだろ。時間はかかるがな」オリクはため息をついて、首をふった。「いろんな種族のなかで、いちばん変わりようがないのがエルフだ。エルフの国に行く気がしないのは、そのせいもある」

「でも、イズランザディ女王に会ったりエレズメーラを見たり、楽しみじゃないの? ドワーフが前にドゥ・ウェルデンヴァーデンにまねかれたのは、いつのことなんだい?」

オリクは眉《まゆ》をひそめてみせた。「観光なんぞどうでもいい。トロンジヒームにもほかのドワーフの町にも一刻《いっこく》を争う任務《にんむ》があるんだ。なのにわしは、わざわざ社交辞令をかわすためだけにアラゲイジアをわたり、きみらが修行《しゅぎょう》するあいだ、ただすわってぶくぶく太ってなきゃならん。何年かかるかもわからないんだぞ!」

〔何年も! ……それでも、シェイドとラーザックをたおすのに必要なら、やるしかない〕

サフィラが意識《いしき》に触《ふ》れてきた。〔わたしたちがエレズメーラにいられるのは、せいぜい数か月ではないか。それ以上はナスアダが待てないと思う。彼女の話しぶりだと、かなり早いうちに呼《よ》びもどされることになりそうだった〕

「やっと来た！」オリクが腰《こし》をあげた。

近づいてきたのはナスアダと――ドレスの下で、穴《あな》から出たり入ったりするネズミのように、上ばきがさっさっと見えかくれしている――ジョーマンダー、そしてオリクのように荷物をかかえたアーリア。エラゴンが初めて会った日と同じ、黒い革《かわ》のズボンとシャツを身につけ、剣《けん》をさしている。

そのときふとエラゴンは、アーリアとナスアダは、インジータムの一員になることに賛成《さんせい》しなかったかもしれないと気づいた。ナスアダに最初に相談するのが義務《ぎむ》だったことを思い出し、やましさと不安に駆《か》られた。それにアーリアにもだ！　長老会議と初めて面会したあとの、アーリアの剣幕《けんまく》を思い出し、エラゴンはすくみあがった。

いざナスアダが目の前にやってくると、エラゴンはうしろめたさで目をそらした。しかし、彼女はあっさりといった。「受けたのね」抑制《よくせい》された、おだやかな声だった。

エラゴンは下をむいたまま、うなずいた。

「どうするのか、気になってました。ということは、これで、三つの種族があなたへの支配力《しはいりょく》を手に入れたことになるのね。ドワーフ族はダーグライムスト・インジータムの一員として、あなたに忠誠《ちゅうせい》心《しん》を要求できる。エルフ族は訓練によってあなたをつくりあげる――あなたとサフィラがエルフの魔《ま》法《ほう》でつながってる以上、彼らの影響《えいきょう》はかなり大きなものになる。そしてあなたは、人間であるわたしにも忠誠を誓《ちか》った……たぶん、あなたの忠義は、こうして分けあうのがいちばんなのですね」ナスアダはおどろくエラゴンに不思議な笑《え》みをむけ、彼の手にコイン入りの小さな袋《ふくろ》をおしこんで、うしろ

にさがった。

エラゴンはジョーマンダーがさしだした手をにぎり、ぼうっとしたまま握手《あくしゅ》をかわした。「エラゴン、どうかよい旅を。気をつけて行ってきておくれ」

「さあ」アーリアがみんなの前を通りすぎ、ファーザン・ドゥアーの暗がりへすうっと歩いていく。「もう行かなくては。明けの明星《みようじよう》エイディルは消えました。道のりは長いのです」

「はいはい」オリクはこたえ、荷物のわきから赤いランタンを引っぱりだした。

ナスアダがもう一度みんなを見わたした。「それでは、エラゴン、サフィラ、あなたたちにわたしとヴァーデンからの祝福を。道中の安全を祈《いの》っています。わたしたちの希望と期待を担《にな》っていることを忘《わす》れずに、りっぱに任務《にんむ》を果たしてきてください」

「最善《さいぜん》をつくしてきます」エラゴンは約束した。

エラゴンはスノーファイアの手綱《たづな》をしっかりとにぎり、すでに何メートルか前を行くアーリアを追った。オリクと、サフィラもそのあとに続く。エラゴンがうしろを見ると、サフィラがナスアダの前で立ちどまり、彼女の頬《ほお》を軽くなめていた。そしてすぐに、大股《おおまた》でのっしのっしとエラゴンに追いついてきた。

北へむかって道を進むうち、背後《はいご》の門はどんどん小さくなり、やがて一点の光になった——ナスアダとジョーマンダーのさびしげな影《かげ》だけが、いつまでもそこに残っていた。

ファーザン・ドゥアーのはしに着くと、十メートル近い巨大《きよだい》な二枚扉《にまいとびら》が、口をあけて待っていた。

ドワーフの警備兵《けいびへい》が三人、お辞儀《じぎ》をして道をあけてくれる。扉のむこうには、同じ大きさのトンネルが続き、最初の十五メートルほどは石柱とランタンがならんでいる。その先は、霊廟《れいびょう》のように静かでがらんとした空間があるだけだ。

扉のまわりは、ファーザン・ドゥアーの西側入り口とそっくりに見えるが、エラゴンはこのトンネルがほかとはちがうことを知っていた。一キロ半の厚《あつ》さの地溝《ちこう》をぬけて地上へ出るのではなく、ここから先、山また山へと地下道を進んで、ドワーフの町ターナグまでむかうのだ。

「さ、こっちだ！」オリクがランタンをもちあげていった。

オリクとアーリアは敷居《しきい》をわたったが、エラゴンは急にためらって足をとめた。暗闇《くらやみ》がこわいわけではないが、ターナグまで延々《えんえん》と闇にかこまれて歩くことを思うと、気おくれがする。それに、この不毛のトンネルにいったん足をふみいれたら、彼はやっと慣《な》れてきたヴァーデンでの生活を捨《す》て、ふたしかな運命と引きかえに、ふたたび未知の世界に身を投げだすことになるのだ。

〔どうした？〕サフィラがたずねてきた。

〔べつに……〕エラゴンは息を吸《す》って足を前にふみだし、山の奥深《おくふか》くへのみこまれていった。

11
槌《つち》とやっとこ

ラーザックが村に来て三日がたち、ローランはスパインの野営地《やえいち》のはしを落ちつきなく行ったり来たりしていた。アルブレックが訪《たず》ねてきたあと、だれからも情報《じょうほう》はとどかないし、上からながめているだけでは、村の様子はわからない。ローランは兵士たちの眠《ねむ》る遠くのテントをにらみ、またうろうろと歩きだした。

昼ごろ、あるものでかんたんな食事をした。口を手の甲《こう》でふきながら、ローランは考えた。ラーザックのやつ、いったいいつまで待つ気なんだ？　これがまんくらべなら、ぜったいに勝ってやる。

時間つぶしに、腐《くさ》りかけた木で弓の練習をはじめたが、岩に矢があたってくだけ、続けられなくなった。あとはまた、自分の寝《ね》る場所と巨石《きょせき》のあいだのひらけた道を、行ったり来たりするしかなくなった。

下の林で足音が聞こえたときも、彼はそうやってうろうろと歩いていた。とっさに弓をつかみ、かくれて様子をうかがう。バルドルの顔がひょいと現《あらわ》れたときは、思わず安堵《あんど》のため息をついた。ロー

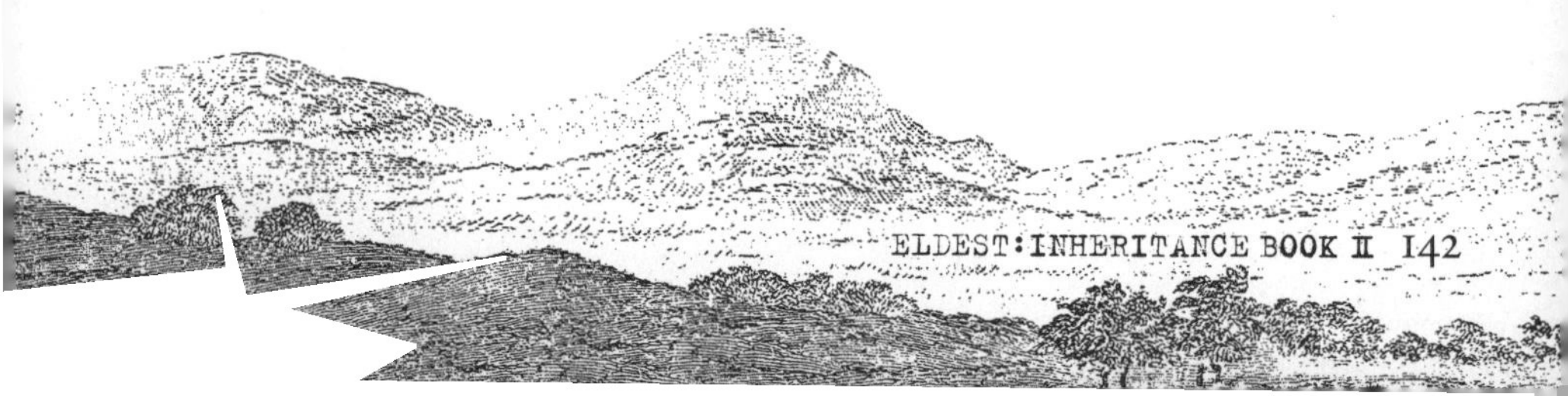

ランは彼に手をふった。

　ふたりでならんですわるなり、ローランはたずねた。「どうしてだれも来なかったんだい？」

「来られなかったのさ」バルドルは額《ひたい》の汗《あせ》をふきながらこたえる。「兵士たちがすぐそばでじっと監《かん》視《し》してるんだ。やっと目を盗《ぬす》んできた。でも、長くはいられないよ」彼はふりむいて山頂《さんちょう》を見あげ、身ぶるいをした。「こんなとこに寝泊《ねと》まりして、おまえはおれよりずっと肝《きも》がすわってるよ。オオカミとかクマとかヤマネコとかに、出くわさなかったか？」

「いや、だいじょうぶさ。兵士たちから、なにか新しいこと聞きだせた？」

「連中のひとりが、モーンの酒場で、自分たちはこの任務《にんむ》のために選ばれたんだって吹聴《ふいちょう》してたらしい」ローランは顔をしかめた。「おとなしいとはいいがたいやつらだ……毎晩《まいばん》、少なくとも二、三人が酔《よ》っぱらって騒《さわ》いでる。最初の日に数人で、モーンの店の壁《かべ》に穴《あな》をあけたんだ」

「弁償《べんしょう》したのかい？」

「するわけないさ」

　ローランは体をずらし、村を見おろした。「なんでこれだけの時間を割《さ》いてまで、おれをつかまえようとするのか、いまだにさっぱりわからないよ。帝国《ていこく》はおれのなにをほしがってるんだ？　おれからなにをとれると思ってるんだ？」

　バルドルはローランの視線《しせん》を追った。「今日、ラーザックがカトリーナに話を聞きに行った。おまえたちふたりが親しい仲だって、だれかがしゃべったらしい。ラーザックは、彼女がおまえの居場所《いばしょ》

を知ってるんじゃないかと思ったんだな」

ローランは、バルドルの正直そうな顔に目をもどした。「カトリーナは、無事なんだろう?」

「あんなやつらに彼女は脅《おど》せないよ」と、バルドルはうけあった。そして、探《さぐ》るように慎重《しんちょう》に、次の言葉を切りだした。「おまえ、自分から出ていったほうがいいかもしれないな」

「そんなことするくらいなら、やつらを道連れに死んだほうがましだ!」ローランはいきなり立ちあがって、いつもの場所を歩きはじめた。いらだたしげに、ももをたたいている。「なんでそんなこというんだよ? おやじがあんな目にあわされたのを、知ってるのに?」

バルドルはローランの腕《うで》をつかんでいった。「おまえがかくれたままで、あいつらがずっと帰らなかったらどうなる? おれたちが嘘《うそ》をついて、おまえを逃《に》がしたと思われるぞ。帝国《ていこく》は反逆者《はんぎゃくしゃ》には容《よう》赦《しゃ》しない」

ローランはバルドルの手をはらいのけた。ももをたたきながら、背《せ》をむけてドスンと腰《こし》をおろす。自分が出ていかなかったら、ラーザックは手近な人間に責任《せきにん》を負わせるだろう。もしあいつらを、村から引きはなすことができたら……しかしローランは、ラーザックと三十人の兵士をかわして逃げまわれるほど、山に慣《な》れているわけではない。エラゴンならできたかもしれないけど、おれには無理だ! でも、状況《じょうきょう》が変わらないなら、そうするしかなくなるな。

ローランはバルドルを見た。「おれのせいで、ほかの人に迷惑《めいわく》はかけたくない。とりあえずはこのまま待って、もしラーザックのがまんが限界に来て、だれかを脅しはじめたら……そのときは、なに

か打つ手を考えるよ」

「いずれにしろ、やっかいなことになったな」バルドルは声をかけた。

「とくに、おれが生きのびる気だからだろ?」

バルドルはそのあとすぐに山をおり、ローランはひとり、終わりのない物思いの道にとり残された。思案の重みで地面に深いわだちを掘《ほ》りながら、延々《えんえん》とその道を歩き続けるのだ。夕方の冷気を感じるころ、はきつぶすのが心配になってブーツをぬぎ、こんどは裸足《はだし》で歩きだした。

上弦《じょうげん》の月が夜の闇《やみ》を冷たい光で包むころ、ローランはカーヴァホールのただならぬ気配に気づいた。暗い村にいくつものランタンがゆれ、民家のかげに見えかくれしながらちらちら光っている。黄色の点は、ホタルの群《む》れのようにカーヴァホールの中心に集まり、ばらばらと村のはずれのほうへ流れていく。やがてそれらは、兵士たちの野営地《やえいち》から出てきたトーチの光の太い線とぶつかった。

ローランは両者の様子をじっと見守っていた——太いトーチの光とむきあって、力ないランタンの光が落ちつきなくゆれている。そのままの状態《じょうたい》で二時間ほどたったころ、ようやく光の集団《しゅうだん》は分散し、テントのなかやそれぞれの家に吸《す》いこまれていった。

その後、なにも変わったことは起きないので、ローランは丸めた寝具《しんぐ》をほどき、毛布《もうふ》の下にもぐりこんだ。

翌日《よくじつ》は、カーヴァホールのなかに一日じゅう異様《いよう》な動きが見られた。民家のあいだを人があわただ

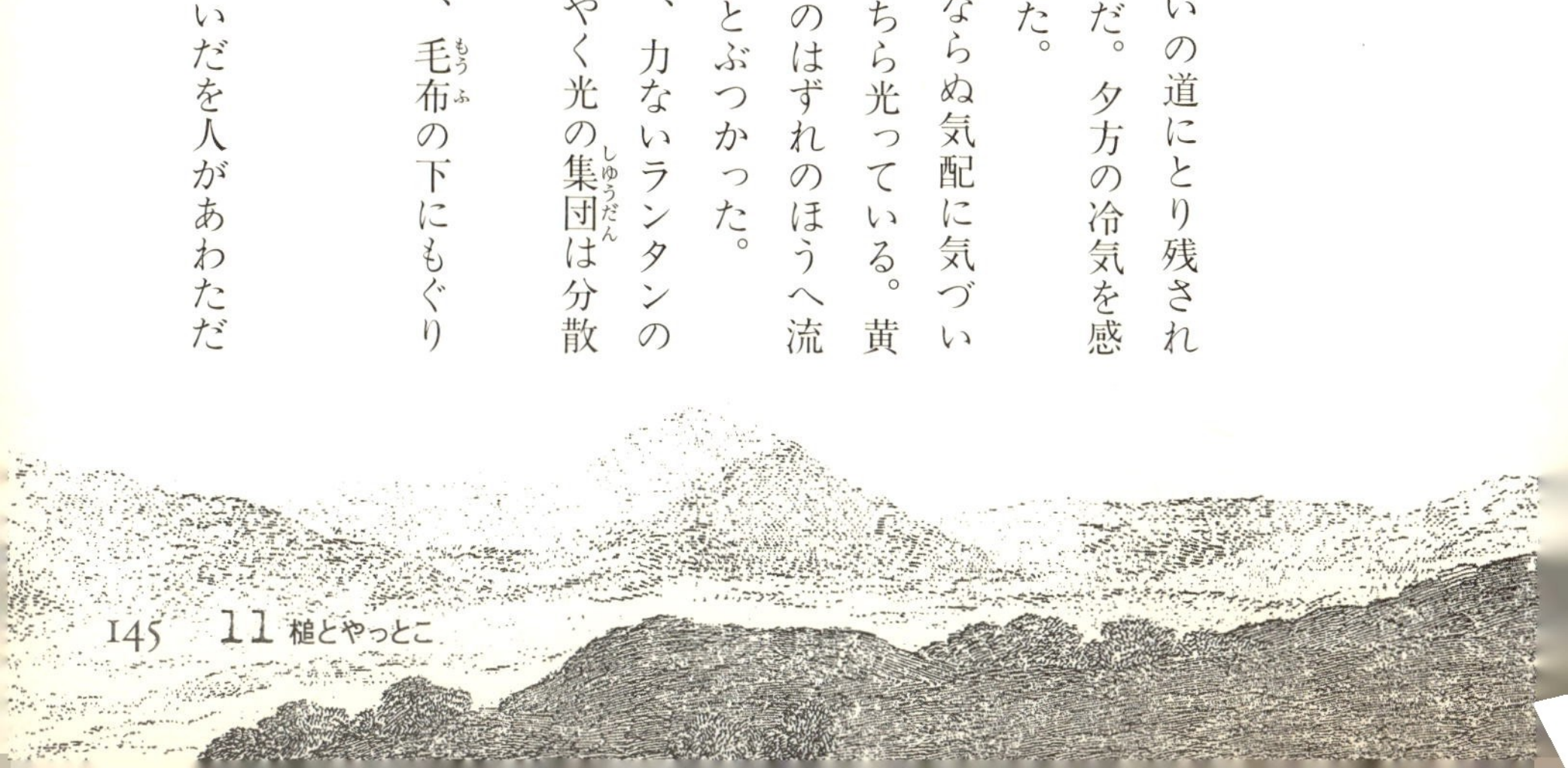

しく行き来し、おどろいたことに、四方の農場にむかってパランカー谷に馬を走らせる姿《すがた》まである。昼ごろ、ふたりの男が兵士の野営地《やえいち》へむかい、ラーザックのテントに消え、一時間ぐらい出てこなかった。

ローランは丸一日ほとんど動くこともできず、そうした不穏《ふおん》な様子に釘《くぎ》づけになっていた。

夕飯の途中《とちゅう》、期待していたとおりバルドルが現《あらわ》れた。

「腹《はら》は減《へ》ってないか?」ローランは食べているものを手でしめしてたずねた。

バルドルは首をふり、疲《つか》れきった様子ですわった。目の下には黒いくまができ、皮膚《ひふ》は青ざめ、あざができているように見える。「クインビーが死んだ」

ローランが手にしていた器《うつわ》が地面に落ち、ガランと音をたてた。彼は毒づいて、足にかかった冷たいシチューをぬぐってから、たずねた。「なんでだ?」

「ゆうべ、兵士がふたりほど、タラともめたんだ」タラはモーンの妻《つま》だ。「彼女自身は気にもしてなかったんだけど、どっちに先に給仕するかで、兵士たちがケンカしてな。そこにクインビーがいた――モーンにいわれて、樽《たる》んなかの発酵《はっこう》具合をたしかめてたんだ――それで、兵士のケンカをとめようとした」ローランはうなずいた。いかにもクインビーらしい。人のふるまいを正そうと、いつだって横から口出ししてくる。「そのとき、兵士のひとりがピッチャーを投げつけ、それがクインビーのこめかみにあたったんだ。即死《そくし》だった」

ローランは地面を見つめ、両手を腰《こし》にあて、自分の耳ざわりな息づかいを聞きながら、気持ちを落

ちつけようとした。まるで、バルドルから先制《せんせい》の一撃《いちげき》をくらった気分だった。そんなの嘘《うそ》だ……クインビーが、死んだ？　農夫であり、モーンの店で醸造《じょうぞう》の手伝いもしているクインビーは、カーヴァホールをめぐる山々と同じぐらい、見慣《みな》れた景色《けしき》のひとつだった。村という織物《おりもの》に織りこまれた、そこにいて当然の存在《そんざい》だった。「やった男は、罰《ばっ》せられるのか？」

バルドルが手をあげる。「クインビーが死んでまもなく、ラーザックが遺体《いたい》を酒場から運びだしていった。自分たちのテントにひきずりこんだんだ。ゆうべ、村のみんなでとり返しに行ったんだけど、やつらはおれたちと話そうとしないんだ」

「見てたよ」

バルドルはうなり、顔をぬぐった。「今日、おやじとロリングがラーザックに、遺体を返せと談判《だんぱん》しに行った。ところが兵士たちは、とりあおうともしないんだ」ためらってから続ける。「おれたちが帰ろうとしたとき、遺体が返された。クインビーの奥《おく》さんは、骨《ほね》を返されたんだよ」

「骨！」

「肉は一片《いっぺん》も残さずきれいに食いつくされている――歯型までついてた――それに、どれもこれも割《わ》られて、骨髄《こつずい》まで吸《す》いつくされてるんだ」

吐《は》き気《け》がこみあげてきた。と同時に、クインビーの運命を思うと戦慄《せんりつ》せずにいられなかった。遺体を正しく葬《ほうむ》らなければ、死者の魂《たましい》が永遠《えいえん》に休まらないということは、だれでも知っている。ローランは死者を冒瀆《ぼうとく》する行為《こうい》に、激《はげ》しい憎悪《ぞうお》を覚えた。「なにが、だれが、彼を食ったんだ？」

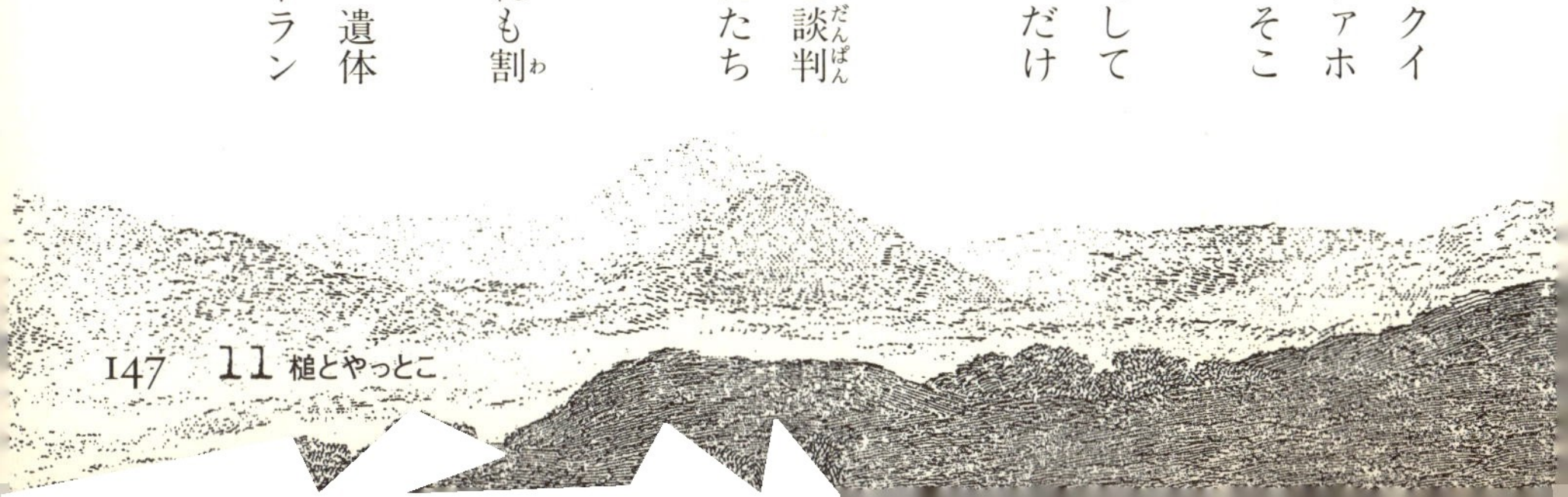

「兵士たちも仰天《ぎょうてん》してた。やったのはラーザックにちがいない」

「なぜ？　なんのために？」

「おれはラーザックが人間じゃないと思ってる。まぢかで見たことはないだろうが、やつらの息はすごく臭《くさ》いんだ。顔はいつも黒い頭巾《ずきん》でおおってる。骨格《こっかく》も人間とちがうし、たがいに話すときはチッチッって音が聞こえる。帝国軍《ていこくぐん》の兵士たちさえ、やつらを恐《おそ》れてるみたいなんだ」

「人間じゃないとしたら、なんの生き物なんだ？」ローランはいった。「アーガルじゃないんだろう？」

「わからないよ」

憎悪《ぞうお》に恐怖《きょうふ》が加わった——超《ちょう》自然的なものへの恐怖。

バルドルの顔にも同じものが浮《う》かんでいた。彼は両手をかたくにぎりしめている。ガルバトリックスの悪行は数多く聞いていても、自分たちのまぢかにラーザックみたいな悪魔《あくま》が寝泊《ねと》まりしているのとでは、恐ろしさの度合いがちがう。

かつては詩や物語でしか触《ふ》れたことのなかった巨大《きょだい》な力に、自分は今、巻《ま》きこまれているのだ。それに気づいたとき、ローランは初めて歴史というものを意識《いしき》した。「なんとかしなきゃ」彼はつぶやいた。

夜もさほど冷えなくなったパランカー谷は、日中には例年にない春の暖気《だんき》で、うだるような暑さと

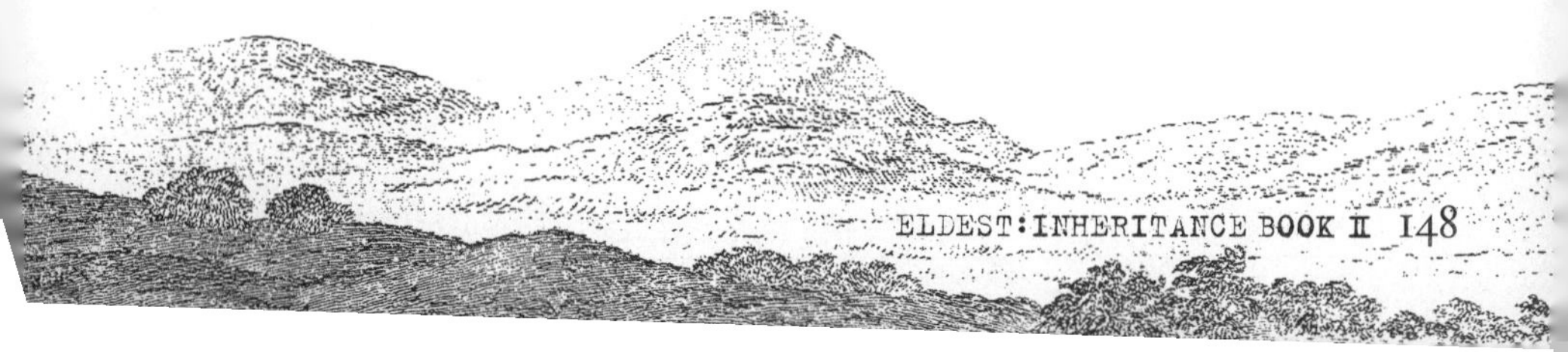

なった。真っ青な空の下、カーヴァホールは一見、平和に見える。しかしローランは、悪意に満ちた強烈《きょうれつ》な怒《いか》りが、村の住民たちをしめつけているのを感じた。今のおだやかさは、強風のなかにぴんと張《は》ったシーツみたいなものなのだ。

なにかが起きそうな張りつめた空気とは裏腹《うらはら》に、その日はすこぶる退屈《たいくつ》な一日だった。ローランは一日じゅうホーストの馬にブラシをかけて過ごした。眠《ねむ》ろうと横になり、そびえ立つマツの木々を見あげると、星がかすみのように夜空を飾《かざ》っていた。それがあまりにも近く見え、身を投げだせば、真っ暗な虚空《こくう》へ落ちていってしまいそうな気がした。

目覚めたとき、空に月が見えた。のどが煙《けむり》でひりひりした。咳《せ》きこんで身を起こし、まばたきをすると、目がしみて涙《なみだ》が出た。不快な煙で呼吸《こきゅう》もままならない。

ローランは毛布《もうふ》と鞍《くら》をつかみ、おびえる馬を駆《か》りたて、きれいな空気を求め山の上をめざして走りだした。が、すぐに、煙も上へのぼっていることに気づき、むきを変え、森を横へ横へと駆けていった。

暗闇《くらやみ》のなか、何分か逃《に》げまどったあと、ようやく煙から解放《かいほう》されたローランは、新鮮《しんせん》な風のふきぬける岩棚《いわだな》に馬を進めた。大きく息を吸《す》って肺《はい》のよごれた空気を一掃《いっそう》すると、火もとをさがして谷をのぞきこんだ。それはすぐに見つかった。

カーヴァホールの干《ほ》し草《くさ》小屋を、白く光る炎《ほのお》の竜巻《たつまき》が包みこみ、なかのものすべてを琥珀《こはく》の灰《はい》に変

えている。村の大切な飼料《しりょう》が炎《ほのお》にのみこまれるのを見ながら、ローランはふるえた。大声でさけび、森をつっ切り、バケツ隊を手伝いに行きたかった。でも、自分の身の安全を放棄《ほうき》することは、どうしてもできない。

やがて、デルヴィンの家に、ギラギラ光る火の粉が飛んだ。数秒のうちに、わらぶき屋根にぱっと炎の波が広がった。

ローランは髪《かみ》の毛をかきむしりながら、ののしりの言葉を吐《は》いた。涙《なみだ》があふれてきた。こういうことになるから、カーヴァホールでは失火の罪《つみ》は縛《しば》り首《くび》なのだ。事故《じこ》なのか？　兵士たちのしわざか？　ラーザックが、おれをかくまった村人たちを罰《ばっ》したのか？……これは、おれの責任《せきにん》でもあるのか？

フィスクの家にも火が燃《も》えうつった。ローランは呆然《ぼうぜん》とし、自分の臆病《おくびょう》さに嫌悪《けんお》を覚えながらも、顔をそむけることしかできなかった。

夜明けまでに火の手はおさまった。風のないおだやかな夜とはいえ、村じゅうが燃えつきずにすんだのは、幸運としかいえなかった。

ローランは村の様子を見とどけると、自分の野営地《やえいち》へもどり、ごろりと横になった。そして朝から夜まで、悪夢《あくむ》というレンズを通してしか見えない、ぼんやりとした世の中をながめていた。

われに返ると、現《あらわ》れるはずの訪問者《ほうもんしゃ》をひたすら待ち続けた。訪《たず》ねてきたのは、アルブレックだった。薄暮《はくぼ》のなか、疲《つか》れきった暗い顔をしている。「いっしょに山をおりてくれ」アルブレックはいっ

た。

ローランは緊張《きんちょう》した。「なぜだ?」おれを引きわたすことに決めたのか? 火事の原因《げんいん》がローランだというなら、村人たちがそうしたくなる気持ちもわかる。自分でも、それが必要かもしれないとさえ思う。自分のために、カーヴァホールの村人たちに犠牲《ぎせい》になれというのは、あまりにも不条理《ふじょうり》な話だ。が、たとえそうであっても、ラーザックに引きわたされることを、おとなしく受けいれるわけにはいかない。あの怪物《かいぶつ》たちがクインビーにしたことを思うと、囚《とら》われの身になるくらいなら、死ぬまで戦ったほうがましだという気になる。

「なぜなら」アルブレックはあごの筋肉《きんにく》をひきしめた。「火をつけたのは兵士だからだ。連中はモーンに〈セブンシーヴス〉の出入りを禁《きん》じられたのに、それでも自分たちのビールで酔《よ》っぱらって……そのうちのひとりが、寝床《ねどこ》にもどる途中《とちゅう》、干《ほ》し草《くさ》小屋にトーチを投げこんだんだ」

「だれかケガは?」

「火傷《やけど》をした者が何人か。ガートルードがちゃんと手当てした。おれたち、ラーザックと交渉しに行ったんだ。帝国《ていこく》に損害賠償《そんがいばいしょう》させろ、きっちり罪をつぐなわせろってね。つばを吐きかけられて終わりさ。火をつけた兵士をテントに監禁《かんきん》することすら、こばまれた」

「それで、おれがもどらなきゃならない理由は?」

アルブレックはうつろな声で笑った。「槌《つち》とやっとこ——つまり、なんでも武器《ぶき》にして戦うんだよ。おまえの助けが必要だ……ラーザックを追いはらうんだ」

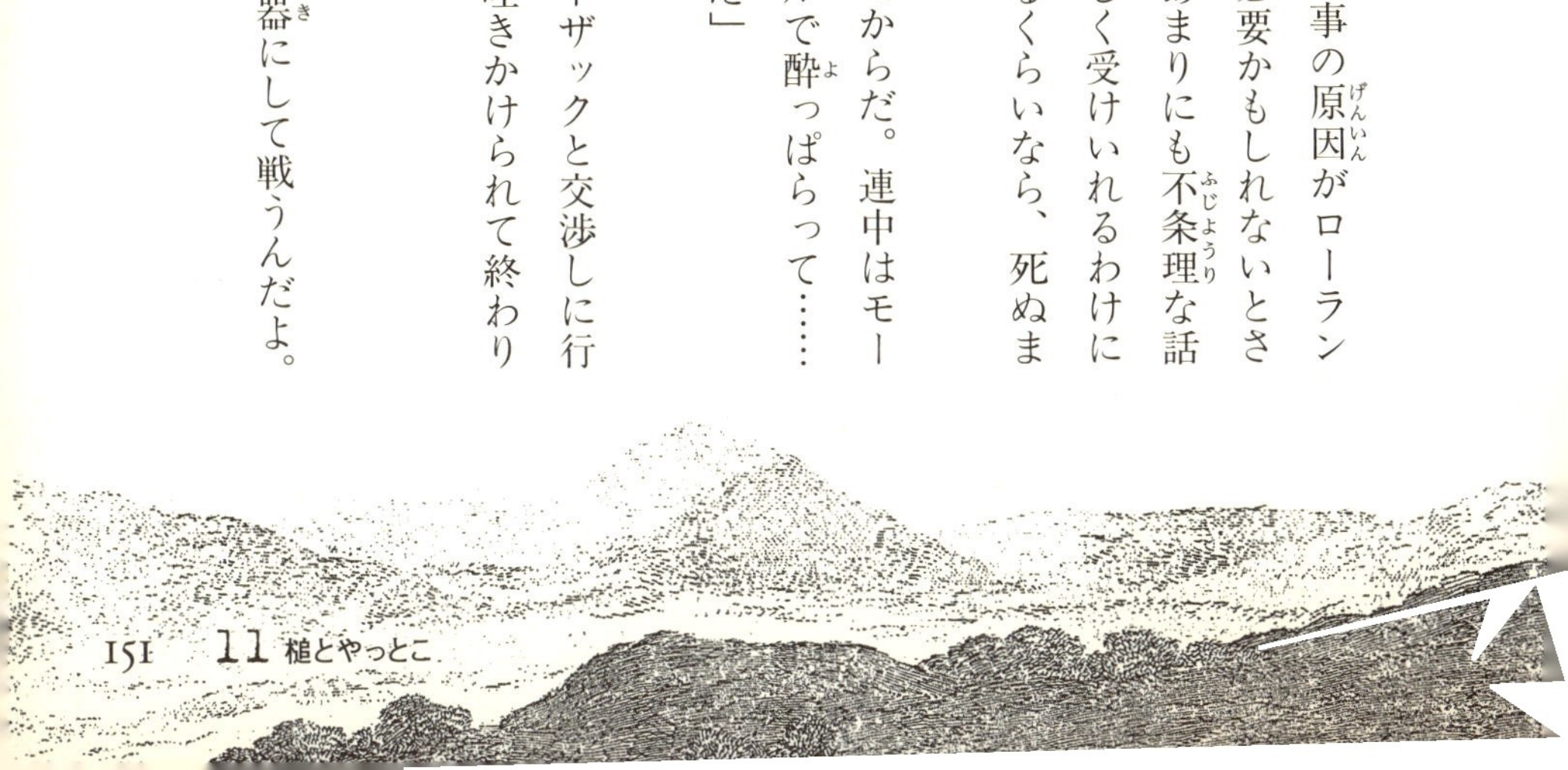

「おれのために？」

「みんなはおまえのためだけに、あぶない橋をわたろうとしてるんじゃない。今やこれは、村全体にかかわる問題だ。せめて父さんやほかの人たちと話をして、みんなの気持ちを聞いてくれ……このいまいましい山をおりられるのは、うれしいことなんじゃないか？」

　ローランはアルブレックの提案《ていあん》をよく考えてから、いっしょに山をおりることに決めた。結局、こうするか、逃《に》げだすかしかないんだ。逃げるなら、いつだってできる。ローランは馬の鞍《くら》に荷物をしばりつけ、アルブレックについて谷あいへおりていった。

　カーヴァホールが近づくと、林や茂《しげ》みにかくれながら進むので、彼らの歩みはのろくなった。アルブレックは天水桶《おけ》のかげにかくれ、道に人影《ひとかげ》がないか確認《かくにん》し、ローランに合図を送った。村に入っても、帝国《ていこく》の兵士たちに見つからないよう、ものかげを選んで這《は》うように進んだ。ホーストの鍛冶屋《かじや》にたどりつくと、アルブレックが二枚扉《にまいとびら》のひとつをわずかにあけ、ローランと馬がそこから静かにすべりこんだ。

　なかの作業場の灯《あか》りは、ローソク一本だけだった。暗がりのなか、輪になってかこむ顔を、ゆらめく炎《ほのお》が照らしている。ホーストと――分厚《ぶあつ》いあごひげが、光のなかに棚《たな》のようにつきだしている――その横に、きびしい顔つきのデルウィン、ゲドリック、ロリング。あとは若《わか》い男たちだ。バルドル、ロリングの三人の息子《むすこ》たち、パー、そしてクインビーの息子のノルファヴレル。まだ十三歳《さい》だ。

　ローランがなかに入っていくと、全員がいっせいにふりむいた。ホーストが声をかける。「ああ、

帰ってきたな。スパインで物騒《ぶっそう》なことはなかったか?」

「うん、さいわい」

「じゃあ、実行だな」

「実行って、なにを?」ローランは馬を鉄床《かなとこ》につなぎながらきいた。

こたえたのはロリングだった。靴屋《くつや》の黄味がかった顔は、一面にとりどりのしわがきざまれている。「おれたちはあのラーザック……侵略者《しんりゃくしゃ》を、説得しようとした」言葉を切ると、胸《むね》の奥《おく》からキーキーという耳ざわりな呼吸音《こきゅうおん》が聞こえてくる。「やつらは、まったく応《おう》じなかった。これっぽっちの良心の呵責《かしゃく》も悔恨《かいこん》も見せず、おれたちを脅《おど》すだけだった」のどもとで音をたて、言葉を選ぶように続ける。「あいつらに……出ていって……もらわんと。あんな生き物は――」

「あいつらは」ローランがいった。「神を冒瀆《ぼうとく》する化け物だ」

一同が顔をしかめ、うなずいた。

デルウィンが話を続けた。「ようするに、みんなの命が危機《きき》にひんしてるってことだ。あの火事がもっと広がってたら、おおぜい死んでただろう。逃《に》げられたとしても、生活のすべてを失ってしまう。結論《けつろん》として、みんなでラーザックを村から追いだすことに決めたんだ。おまえも手伝うだろう?」

ローランは一瞬《いっしゅん》ためらってからいった。「もし、やつらが援軍《えんぐん》を連れてもどってきたら? 帝国軍を丸ごと負かすなんてできないよ」

「できんな」ホーストはいかめしい顔つきでいった。「かといって、あの連中が村人たちを殺し、村の財産《ざいさん》を破壊《はかい》するのを、指をくわえて見ていることもできん。人間、やられっぱなしでいるにも限度《げんど》ってものがある」

ロリングが頭をのけぞらせて笑うと、歯の根が炎《ほのお》で金色に光った。「一に守り」うれしそうにささやく。「二に攻《せ》めだ。連中にゃ、あの腐《くさ》れ目《め》をカーヴァホールにむけたことを、後悔《こうかい》させてやるさ！ハッハッ！」

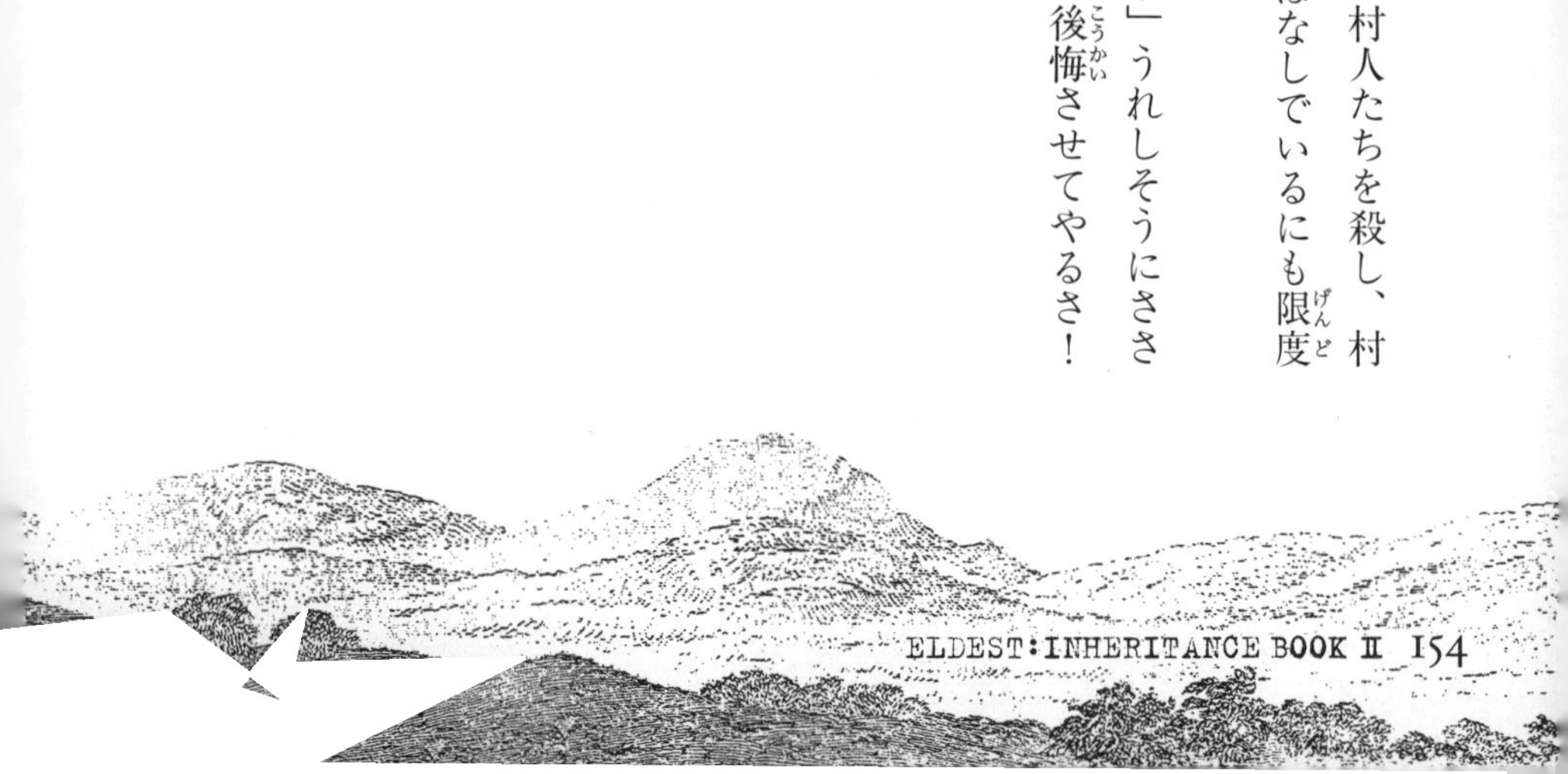

12
報復《ほうふく》

ローランが計画に同意したあと、ホーストはショベルと熊手《くまで》と殻竿《からざお》——兵士たちとラーザックの撃退《げきたい》に使えそうなものならなんでも——を、村人たちに分配した。

　ローランはつるはしをもちあげ、わきに置いた。ふと、語り部ブロムの物語を思い出した。ブロムの話は、あまり真剣《しんけん》に聞いたことはなかったが、『ジェランドーの歌』という物語だけは、聞くたびに共感を覚えていた。妻《つま》と農場のために剣を捨《す》てた、偉大《いだい》な戦士ジェランドーの物語だ。だが結局、嫉妬《しっと》深い領主《りゅうしゅ》のせいで、家族を巻《ま》きこんでの争いがはじまり、ふたたび戦わざるをえなくなった。そのときジェランドーは、剣ではなくただの槌《つち》で戦ったのだ。

　ローランは壁《かべ》に近づいて、中くらいの大きさの槌をとった。柄《え》が長く、頭部の片側《かたがわ》が丸い刃《は》になっている。ぽんぽんと両手でもちかえてみて、ホーストにたずねた。「これ、使っていいかな？」

　ホーストは槌を見ていった。「賢《かしこ》く使えよ」それから、ほかの男たちにむかっていった。「いいか、みんな。脅《おど》すだけだぞ。殺すのに使うんじゃない。やりたかったら、骨《ほね》の一本や二本、折ってやって

もかまわん。だが調子に乗るな。どんなことがあっても、立ちどまって戦うな。いくら自分が勇敢《ゆうかん》で英雄《えいゆう》だと思っても、連中が訓練された兵士だということは忘《わす》れるなよ」

それぞれに道具を手にすると、村人たちは鍛冶屋《かじや》を出て、カーヴァホールの村はずれのラーザックの野営地《やえいち》へむかった。兵士たちはすでに就寝中《しゅうしんちゅう》で、灰色《はいいろ》のテント群《ぐん》のまわりは、四人の見張《みは》り兵《へい》だけが巡回《じゅんかい》している。ラーザックの二頭の馬が、燃《も》え残る焚《た》き火《び》のそばにつながれている。

ホーストが小声で指示《しじ》を出した。見張りのふたりをアルブレックとデルウィンが、残るふたりをパーとローランが待ちぶせしておそう。

ローランは息を殺し、なにも知らない見張りのあとをつけた。エネルギーが四肢《しし》にあふれ、心臓《しんぞう》が武者《むしゃ》ぶるいをはじめている。建物のかげに身をひそめ、ふるえながらホーストの合図を待った。まだだ……。

まだだ……。

おたけびとともに、ホーストがものかげから飛びだし、テントに突撃《とつげき》していった。ローランも飛びだして、見張りの肩《かた》に槌《つち》をふりおろした。グシャッと身の毛もよだつような音が立った。兵士は悲鳴をあげ、もっていた鉾槍《ほこやり》を落とした。ローランにあばらと背中《せなか》を打たれ、よろめいてたおれそうになる。さらに槌をふりあげると、兵士は助けてくれとさけんで逃《に》げだした。

ローランは支離滅裂《しりめつれつ》なことをさけびながら、兵士を追いかけた。テントの布《ぬの》を槌でめちゃくちゃにたたき、足にさわるものを片《かた》っ端《ぱし》からふみつぶし、べつのテントから兜《かぶと》が現《あらわ》れると、こんどはそっち

に槌を打ちつける。鉄の音がガンと響《ひび》いた。踊《おど》るように駆《か》けていくロリングの姿《すがた》が、目の前をよぎる——暗闇《くらやみ》のなか、老人は甲高《かんだか》い声で野次《やじ》りながら、兵士たちを熊手《くまで》でつついている。そこらじゅうで体と体がもつれあい、なにがなんだかわからない状態《じょうたい》だ。

ローランはふりむいて、兵士のひとりが弓を引こうとしているのに気づいた。すぐさまそこへ走り、背後《はいご》から鉄の槌を打ちつけると、木の弓が真っ二つになり、兵士は逃げていった。

ラーザックが不気味な悲鳴をあげながら、よろよろとテントから這《は》いでてきた。剣《けん》を手にしている。その剣をふるう前に、バルドルが馬を解き、黒いかかしのようなふたりのラーザックめがけて走らせた。ラーザックはぱっとはなれ、またくっついたが、士気を失った兵士たちにおし流されるようにして、逃げていった。

騒動《そうどう》は終わった。

静けさのなか、ローランは槌の柄《え》をにぎったまま、ゼーゼーと息をしている。もみくちゃになったテントや毛布《もうふ》をかきわけ、ホーストに歩みよった。ホーストの、ひげにかこまれた口がにっこり笑った。「こんなに大暴《おおあば》れしたのは、何年かぶりだ」

背後《はいご》では、カーヴァホールがにわかに目を覚ましている。村人たちが騒ぎのもとをたしかめようとしているのだ。家々の窓《まど》の鎧戸《よろいど》のむこうに、灯《あか》りがゆらめくのがわかる。ふと、かすかなすすり泣きが聞こえ、ローランはふりむいた。

クインビーの息子《むすこ》、ノルファヴレルが、兵士の遺体《いたい》のそばにひざまずき、その胸《むね》に何度も武器《ぶき》をつ

きさしている。涙《なみだ》があごからポタポタ流れ落ちている。ゲドリックとアルブレックが駆《か》けより、少年を遺体《いたい》から引きはなした。

「あの子は連れてくるべきじゃなかった」ローランがいった。

ホーストが肩《かた》をすくめた。「あいつには来る権利《けんり》がある」

ラーザックの手下をひとり殺したことで、村はますますあの化け物たちからのがれられなくなるだろう。

「連中が待ちぶせできないように、道路や民家のあいだをふさいだほうがいいよ」ローランは男たちのケガの状況《じょうきょう》を見まわした。

農夫のデルウィンが前腕《ぜんわん》に長い切り傷《きず》を受け、ボロボロのシャツを裂《さ》いて包帯がわりに巻《ま》いている。

ホーストが大声でいくつか指示《しじ》を出した。

アルブレックとバルドルは、鍛冶屋《かじや》の作業場からクインビーの馬車を引いてくる。

ロリングの息子とパーは、村じゅうを走りまわり、砦《とりで》がわりに使えそうなものをさがしてくる。

そうしているあいだに、村人たちが空き地に集まってきて、ラーザックの野営地《やえいち》のありさまと兵士の死体を目《ま》のあたりにした。「なにがあったんだ?」大工のフィスクがさけんだ。

ロリングがあわてて前に出て、大工の顔を見た。「なにがあっただと? なにがあったか教えてやろう。あのくそったれ野郎《やろう》どもを追っぱらったのさ……寝《ね》こみをおそって、こてんぱんにたたきのめ

してやった！」

「よくやったよ」クインビーの妻《つま》、バージットの力強い声がした。鳶色《とびいろ》の髪《かみ》の女性《じょせい》は、息子の顔に血が飛びちっているのも気にせず、ノルファヴレルをしっかりと胸《むね》に抱《だ》きしめた。「うちの亭主《ていしゅ》を殺した報《むく》いだ。みじめに死んで当然なんだよ！」

　村人たちは口々にそうだそうだとつぶやいたが、セインだけはちがった。「ホースト、おまえ気はたしかか？　たとえ今追いはらえたとしても、ガルバトリックスはもっと大量の兵士を送りこんでくるぞ。帝国《ていこく》は、ローランを手に入れるまでけっしてあきらめないさ」

「やつを引きわたすしかない」どなったのはスローンだ。

　ホーストが手をあげて制《せい》した。「たしかにな。カーヴァホールを守れるなら、それもやむをえんことだろう。しかし、ローランを引きわたせば、ガルバトリックスはわれわれの敵対行為《てきたいこうい》をゆるしてくれるのか？　やつの目には、おれたちもヴァーデンと変わりなく映《うつ》るんじゃないのか？」

「じゃあ、なんで攻撃《こうげき》した？」セインが嚙《か》みつく。「どんな権限《けんげん》があって、こんなことを勝手に決めたんだ？　おまえは村人みんなを、破滅《はめつ》におとしいれたんだぞ！」

　こんどはバージットがこたえた。「あんた、連中に奥《おく》さんを殺されてもいいの？」彼女は息子《むすこ》の頰《ほお》を手ではさみ、告発でもするかのように、セインに血まみれの掌《てのひら》を見せつけた。「あいつらに焼かれてもいいの？……あんた、それでも男？　土を引っかくしか能《のう》がないの？」

　セインはバージットのあからさまな態度《たいど》にひるみ、目をふせた。

「やつらはうちの農場を焼きはらい」ローランが口を開いた。「クインビーをむさぼり食い、もうすこしでカーヴァホールじゅうを破壊《はかい》するところだった。そんな罪《つみ》がゆるされていいのか？　おれたちはここで、おびえたウサギみたいにちぢこまって、運命を受けいれるべきなのか？　ちがう！　おれたちにだって、自分の身を守る権利《けんり》があるはずだ」アルブレックとバルドルが馬車を引いてもどってきたのを見て、言葉を切った。「続きはあとで話そう。今は準備《じゅんび》が先だ。だれか手伝ってくれる者は？」

　四十人以上が手伝いに加わった。彼らは全員で手分けして、カーヴァホールに砦《とりで》をきずくという骨《ほね》の折れる作業にとりかかった。家と家のあいだに板を打ちつけたり、酒樽《さかだる》に石をつめて即席《そくせき》の壁《かべ》をつくったり、大通りに丸太をわたし、さらに馬車二台を横だおしにして封鎖《ふうさ》したり、ローランは一心不《ふ》乱《らん》に働いた。

　いそがしく駆《か》けまわっているとき、路地でカトリーナに呼《よ》びとめられた。彼女はローランを抱《だ》きしめた。「無事にもどってきてくれて、うれしいわ」

　ローランは軽くキスをしていった。「カトリーナ……この作業が終わったらすぐ、きみと話がしたい」

　カトリーナの笑《え》みは自信なさげだが、かすかな希望も浮《う》かんでいる。

「きみのいうとおりだった。結婚《けっこん》を遅《おく》らせるなんて、おれがバカだったよ。きみといっしょにいる一分一秒が貴重《きちょう》なんだ。運命のきまぐれで、いつ引き裂《さ》かれるかわからないのに、大切な時間をムダになんかできないよ」

ローランが、キゼルトのわらぶき屋根に火がつかないように水をかけているとき、パーのさけび声が聞こえた。「ラーザックだ！」

ローランはバケツを放って駆けだした。槌《つち》をとりに馬車にもどると、道のはるかむこうに、馬に乗ったひとりのラーザックが見えた。矢もとどかないほどの距離だ。左手にもったトーチがその姿《すがた》を照らし、右手は、なにかを投げるかのようにうしろに引いている。

ローランは笑った。「あそこから石でも投げるつもりか？　あんな遠くじゃ――」ラーザックが腕《うで》をふりおろしたとたん、彼は言葉を失った。遠くへだてられた距離を、ガラス瓶《びん》が弧《こ》を描《えが》いて飛んできて、ローランの右手の馬車にあたってくだけた。その瞬間《しゅんかん》、火の玉が馬車を宙《ちゅう》にふきとばし、ローランは熱風で壁にたたきつけられた。

ローランは朦朧《もうろう》としたまま、四つん這《ば》いになって、あえぐように息を吸《す》った。耳鳴りにまじって、馬の蹄《ひづめ》の音が聞こえてくる。体を起こし、音のするほうに顔をむけようとするが、すぐに地面につっぷしてしまう。燃《も》えさかる馬車のすきまから、ふたりのラーザックが村に駆けてくるのが見えた。ラーザックたちは手綱《たづな》をさばきながら、剣《けん》をふりまわし、あたりに散らばる村人たちに切りつけている。

ローランは三人の男が殺されるのを見た。

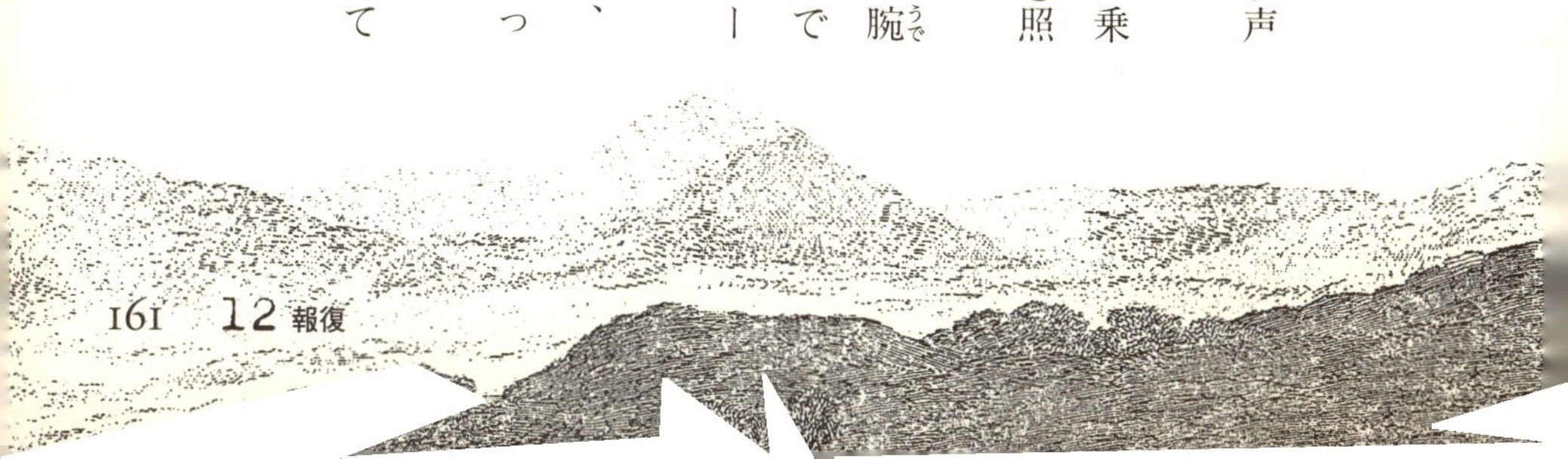

ホーストとロリングがラーザックにせまり、うしろから熊手《くまで》でつきかかっている。村人たちが体勢《たいせい》をととのえる間もなく、砦《とりで》のすきまから兵士たちが乱入《らんにゅう》し、闇《やみ》のなか、だれかれかまわず切りつけている。

ローランはとめなければと思った。このままでは、カーヴァホールが占領《せんりょう》されてしまう。不意をついて、ひとりの兵士に飛びかかり、槌《つち》の刃《は》を顔にたたきつけた。兵士は声もなくくずおれた。仲間の兵士が気づいて突進《とっしん》してくる。ローランは死体の手から盾《たて》をむしりとり、間一髪《かんいっぱつ》で兵士の一撃《いちげき》をかわした。

ローランはラーザックのほうへあとずさりながら、兵士の剣《けん》を受け流し、相手のあごの下に槌をふりあげた。兵士は地面にあおむけに引っくり返った。「みんな、こっちへ！」ローランはさけんだ。「おれたちの家を守るんだ！」五人にとりかこまれそうになり、横に飛んで、剣をかわす。「こっちにかたまれ！」

ローランの声に、バルドルが最初にこたえ、次にアルブレックが呼応《こおう》した。数秒後、ロリングの息《むす》子《こ》や、その他多くの者が加わった。女やこどもたちは、わき道から兵士たちめがけて石を投げている。「みんな、しっかりかたまるんだ」ローランは地面に足をすえた。「援軍《えんぐん》も来てるぞ」

目の前の村人たちの壁《かべ》がどんどん厚《あつ》くなり、兵士たちは立ち往生《おうじょう》している。百人以上の男たちをうしろにしたがえ、ローランはじわじわと前進をはじめた。

「攻撃《こうげき》しろ、バカ者めら」ロリングの熊手をかわしながら、ラーザックが兵士にさけぶ。

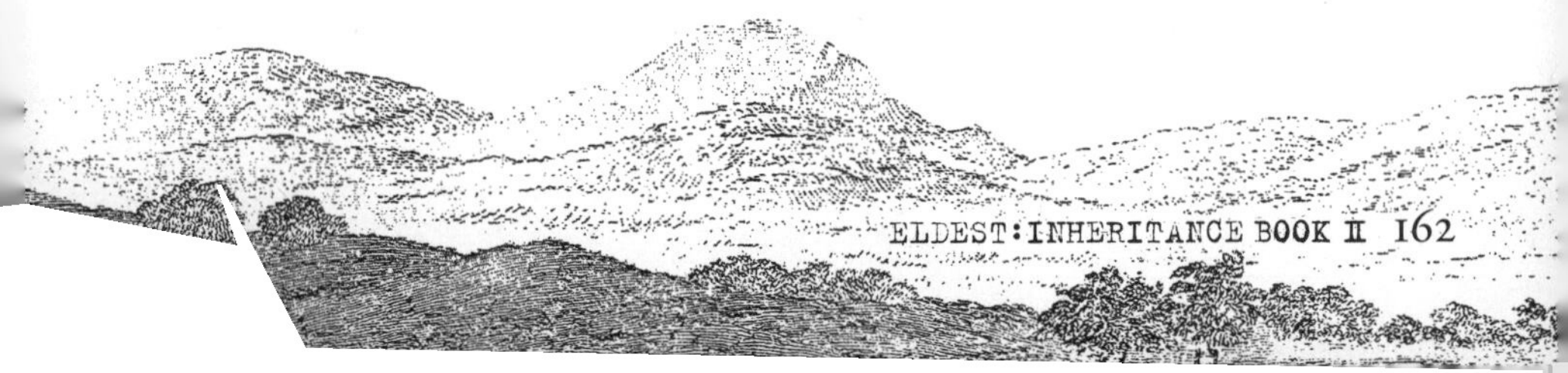

矢が一本、ローランめがけて飛んできた。彼はそれを盾で受けとめ、声をあげて笑った。

ラーザックは今、兵士たちと横ならびになり、いらだたしげにシューッと音を発している。そして、真っ黒なフードの下から、村人たちをぎろりとねめつけた。

ととつぜん、ローランは体から力がぬけ、動けなくなるのを感じた。頭さえうまくはたらかない。腕《うで》や足はけだるくなり、鎖《くさり》をかけられたかのようだ。

そのとき、村のどこか遠くから、バージットの甲高《かんだか》いさけび声が響《ひび》いた。

次の瞬間《しゅんかん》、ローランの頭上でビュッと音がして、先頭に出てきたラーザックめがけて石つぶてが飛んでいった。

ラーザックは身をひねり、神業的《かみわざてき》な速さでそれをよけた。

わずかながらも気がそらされたことで、ローランの頭は催眠状態《さいみんじょうたい》を脱《だっ》した。あれは魔法《まほう》なのか？

ローランは盾をおろし、両手で槌をにぎって——ホーストが鉄をのばすときのように——頭上高くふりかぶった。全身を弓なりにそらし、つま先立ちでかまえ、思いきり腕をふりおろす。

ハアーッ！

槌はくるくると宙《ちゅう》を飛び、ラーザックの盾を直撃してすさまじいへこみをつくった。

ふたつの攻撃で、ラーザックに残っていた謎《なぞ》の力はすっかり混乱《こんらん》をきたした。

村人たちがおたけびをあげながら前進をはじめた。

ふたりのラーザックは、チッチッとすばやく言葉をかわしたと思うと、手綱《たづな》を引いて馬をくるりと

まわした。

「退散《たいさん》だ！」ラーザックはうなり、兵士たちの横を走り去っていく。

深紅《しんく》の鎧《よろい》におおわれた帝国軍《ていこくぐん》の兵士たちは、近よる者を片《かた》っ端《ぱし》から切りつけながら、憮然《ぶぜん》としてあとずさっていく。燃《も》えあがる馬車からじゅうぶんはなれたところで、彼らはようやく背《せ》をむけて退散していった。

ローランはほっと息をついて、槌《つち》を回収《かいしゅう》しに行った。壁《かべ》にたたきつけられた衝撃《しょうげき》で、わき腹《ばら》と背中《せなか》に痛《いた》みを感じる。馬車の爆発《ばくはつ》で、パーが死んだことを知り、彼はうなだれた。

ほかにも九人の村人が命を落としていた。すでに妻《つま》や母親たちの悲痛《ひつう》なさけび声が、夜の村に響《ひび》きわたっている。

どうしてこんなことが、この村に起きるんだ？

「みんな、来てくれ！」バルドルが呼《よ》んでいる。

ローランはバルドルのいる道の真ん中によろよろと出ていき、目をしばたたかせた。ほんの二十メートルほど先でラーザックがひとり、馬の背でカブト虫のように背中を丸めている。化け物はねじ曲がった指でローランをさし、声を発した。「おまえ……おまえ、従弟《いとこ》と同じにおいがする。おれたちは、あのにおいをぜったい忘《わす》れない」

「なにが望みだ！」ローランは声をはりあげた。「ここになにしに来た？」

ラーザックは昆虫《こんちゅう》の発する音のような、不気味な声で笑った。「おれたちがほしいのは……情報《じょうほう》だ」

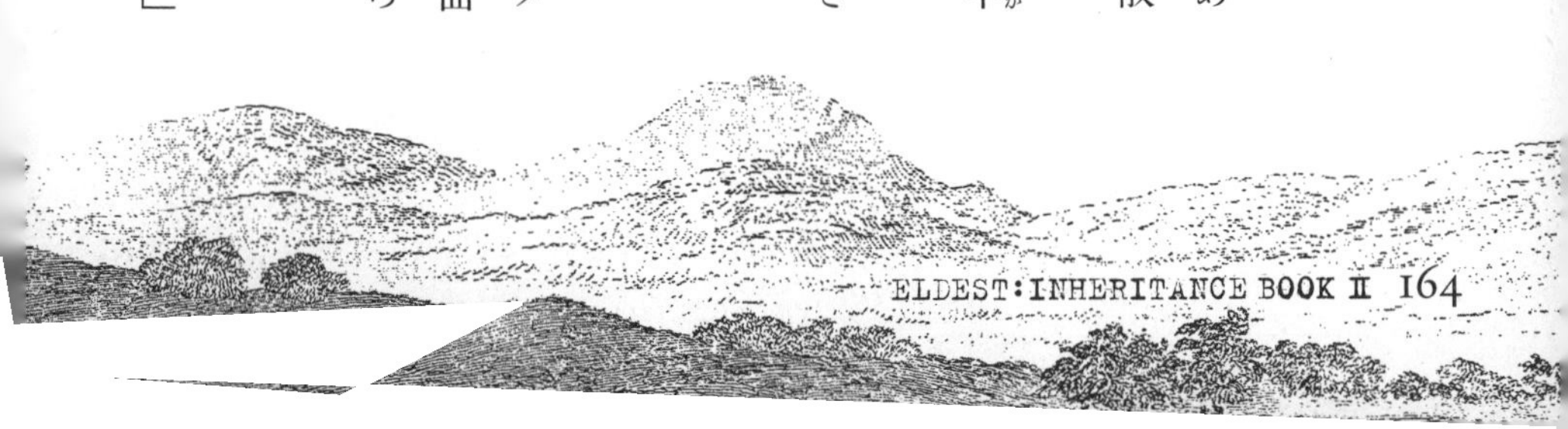

化け物は味方の去っていったほうを肩《かた》ごしに見てから、わめき立てた。「ローランを手放せば、おまえらを売りとばして奴隷《どれい》にする。ローランをかくまえば、おまえら全員、食ってやる。こんど来たときに答えを聞く。正しい答えをな！」

13

アンフーインの涙《なみだ》

扉《とびら》が開き、トンネルに光がさしこんできた。エラゴンはたじろいだ。ずっと地下にもぐっていたので、明るさに順応《じゅんのう》できない。横では、サフィラがシューッと息を吐《は》き、外の景色をよくながめようと首をのばしている。

ファーザン・ドゥアーからの地下通路の旅は、丸二日かかったが、だらだらと続く暗がりと、のしかかるような静けさで、エラゴンにはもっと長い時間に感じられた。道中、旅の仲間のあいだでかわされた言葉は、ほんのひとにぎりしか思い出せない。

エラゴンは、この旅のあいだにアーリアのことをもっと知ることができるのではないかと期待していた。しかし、自分で観察したわずかなこと以外、なんの情報《じょうほう》もえられなかった。初めてアーリアと夕食をともにしたが、おどろいたのは、彼女が自分用の食糧《しょくりょう》を持参していたこと、そして肉はまったく口にしないことだった。なぜなのかたずねると、彼女はこたえた。「あなたも修行《しゅぎょう》を終えるころには、動物の肉を食することなどなくなるでしょう。食べるとしても、その回数はごくかぎられてくる

はず」

「なぜぼくが肉を食べなくなるんです？」エラゴンは鼻で笑うようにいった。

「言葉では説明できません。エレズメーラに着けば、理解《りかい》できるようになります」

今はそんな会話のことも忘《わす》れ、到着地《とうちゃくち》の景色《けしき》をおがみたい一心で、エラゴンはトンネルの出口へ急いだ。トンネルを出ると、そこは露出《ろしゅつ》した花崗岩《かこうがん》の上だった。三十メートルの眼下《がんか》に、紫《むらさき》の色をおびた湖が、東の太陽を浴びてきらきら輝《かがや》いている。湖はコスタ・メルナと同じく山と山のあいだに広がり、谷間を水で満たしている。遠くに見える湖の対岸から流れでているのはアズ・ラグニ川だ。峡谷《きょうこく》をうねうねと北へのび、はるかかなた東の平原へ水を運んでいる。

右手はむきだしの岩山ばかりだが、左手を見ると……そこにドワーフの町ターナグがあった。ドワーフたちは太古の昔から変わらぬ姿《すがた》であったはずのビオア山脈を、段丘式《だんきゅうしき》の町に変えてしまったのだ。いちばん下の段には、おもに田園風景が広がり——黒っぽく曲線状《きょくせんじょう》にのびているのは、種まきの前の土地だろう——、ところどころにずんぐりした形の建物がある。どうやら石でできているらしい。それらの上の段からは、連結した建物が横ならびに何段も層《そう》をなし、やがては最高層の黄金と白の巨大《きょだい》なドームへと続いている。まるで町全体が、そのドームへのぼるための階段のようだ。ドームは、月長石《ムーンストーン》のようにつやつやと光り、頭頂部《とうちょうぶ》には灰色《はいいろ》の石板でできた四角錐《しかくすい》が乗っている。さらに、その上にミルク色のガラス玉が浮《う》かんでいる。

オリクがエラゴンにきかれる前にこたえた。「あれはセルベデイル。ドワーフ王国の偉大《いだい》なる聖堂《せいどう》

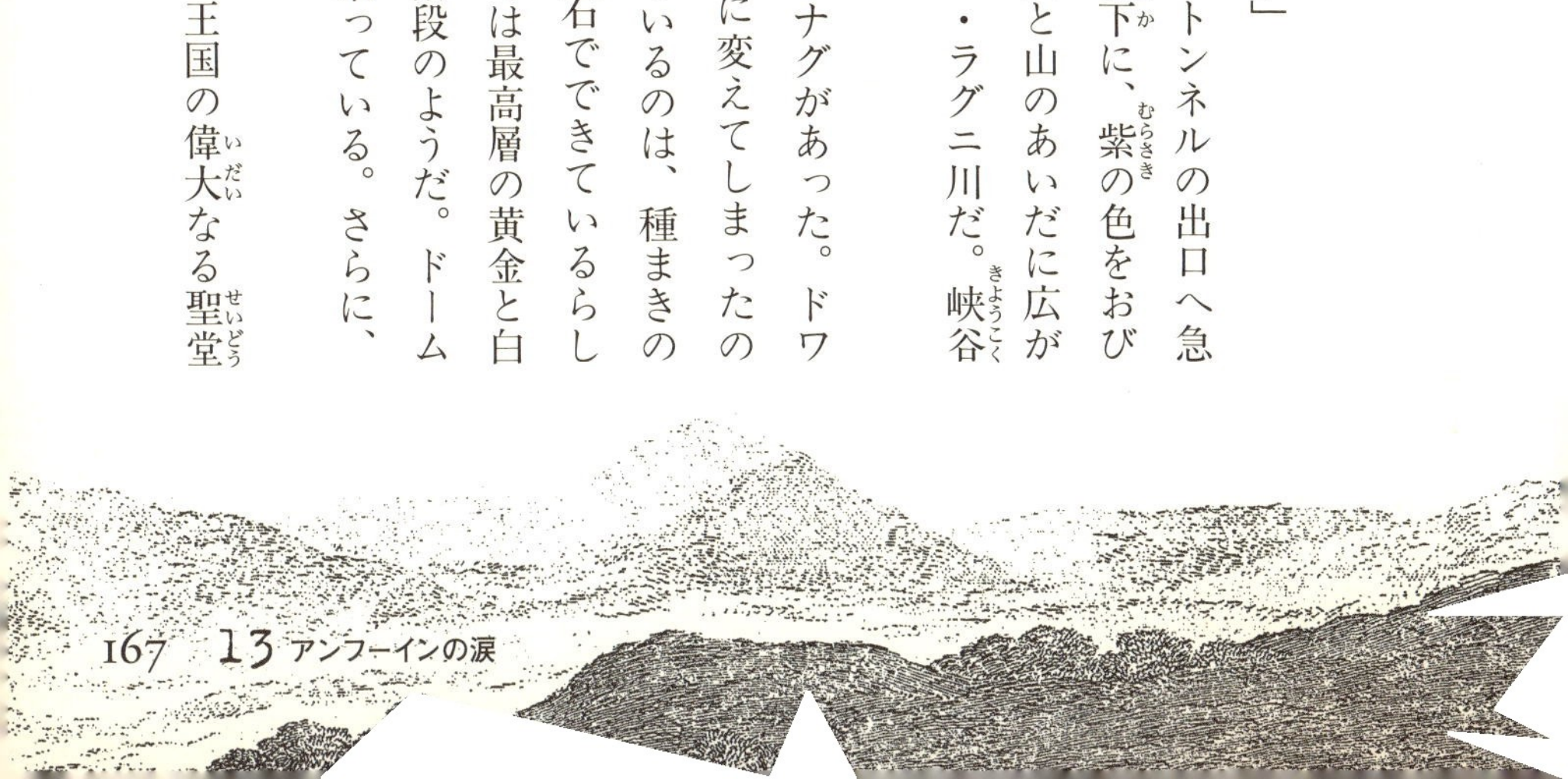

にして、ダーグライムスト・クアン、つまりクアン族の故郷《ふるさと》なんだ。クアン族は、神の僕《しもべ》や使者としてのつとめを果たしているんだよ」

「彼らがターナグをおさめているのか？」サフィラがたずね、エラゴンがそれを言葉にした。

「いいえ」アーリアが前に歩みでてこたえた。「クアン族は強いが数が少ない。彼らにあるのは、来世における力と……黄金です。ターナグをおさめているのは、ラグニ・ヘフシン（川の守り手）。ここに滞在中《たいざいちゅう》、わたくしたちはラグニ・ヘフシンの族長、ウンディンの世話になります」

　彼らはエルフについて岩場をおり、山をおおう、節くれだった木々の森を歩きだした。オリクはエラゴンに耳打ちした。「彼女のことは、気にせんことだ。もう何年もクアン族ともめてるんだ。ターナグに来て、司祭と話すたびに、カルも真っ青の大ゲンカがはじまる」

「アーリアが？」

　オリクがいかめしい顔でうなずいた。「よくは知らんが、彼女はクアン族の習慣《しゅうかん》が気に食わんらしい。空にむかって、助けてくれとブツブツとなえるのは、エルフ族の趣味《しゅみ》にあわんようだな」

　エラゴンは山をくだりながら、アーリアのうしろ姿《すがた》を見つめて考えた。もしオリクのいうことが本当なら、アーリアが信じているものは、なんなのだろう？　それから思いきり息を吸《す》い、そのことは頭からおしやった。広い空の下にもどってこられたのは、それだけですばらしい気分だった。森のなかはコケやシダ、木々の香《かお》りがして、太陽が頬《ほお》に暖《あたた》かく、ミツバチやあらゆる種類の虫たちが、楽しそうに動きまわっている。

山道をおりたところは、湖のほとりだった。そこからまたターナグへとのぼり、開かれた門へむかう。「このターナグが、どうやってガルバトリックスから見つからずにいられるの？」エラゴンはたずねた。「ファーザン・ドゥアーならわかるよ。でも……こんな町、今まで見たことがない」

オリクは静かに笑った。「見つからずに？　そんなの不可能《ふかのう》だよ。ライダー族が滅《ほろ》びたあと、ガルバトリックスと〈裏切《うらぎ》り者《もの》たち〉からのがれるため、わしらは地上の町のいっさいを捨《す》て、地下にもぐらざるをえなくなった。やつらはときに、ビオアの上空を飛びまわり、見つけた者を片っ端《かたぱし》から殺していた」

「ドワーフ族は、昔から地下に住む種族なのかと思ってたよ」

オリクが太い眉《まゆ》をひそめた。「まさか。岩を愛するのはたしかだが、わしらだって、エルフや人間と同じくらい、広い空の下が好きに決まってる。モーザンが死に、十五年ほど前から、ドワーフはようやくターナグやほかの町にもどってこられるようになったんだ。ガルバトリックスにいくら驚異的《きょういてき》な力があるといっても、ひとつの町をたったひとりで破壊《はかい》することはできんからな。もちろん、やつとドラゴンがその気になれば、わしらを窮地《きゅうち》に追いこむのはかんたんだろうが、このごろやつは、めったに首都のウルベーンをはなれないようだ。短い旅にさえも出ないらしい。それに、先にファーザン・ドゥアーかバーラフを滅《ほろ》ぼさないかぎり、帝国軍《ていこくぐん》をここまで送ってよこすことはできないさ」

「やつは、もうすこしでそれをやりとげるところだった」サフィラが批評《ひひょう》した。

小さな丘《おか》をのぼったところで、茂《しげ》みから急に動物が飛びだしてきて、エラゴンはぎょっとした。

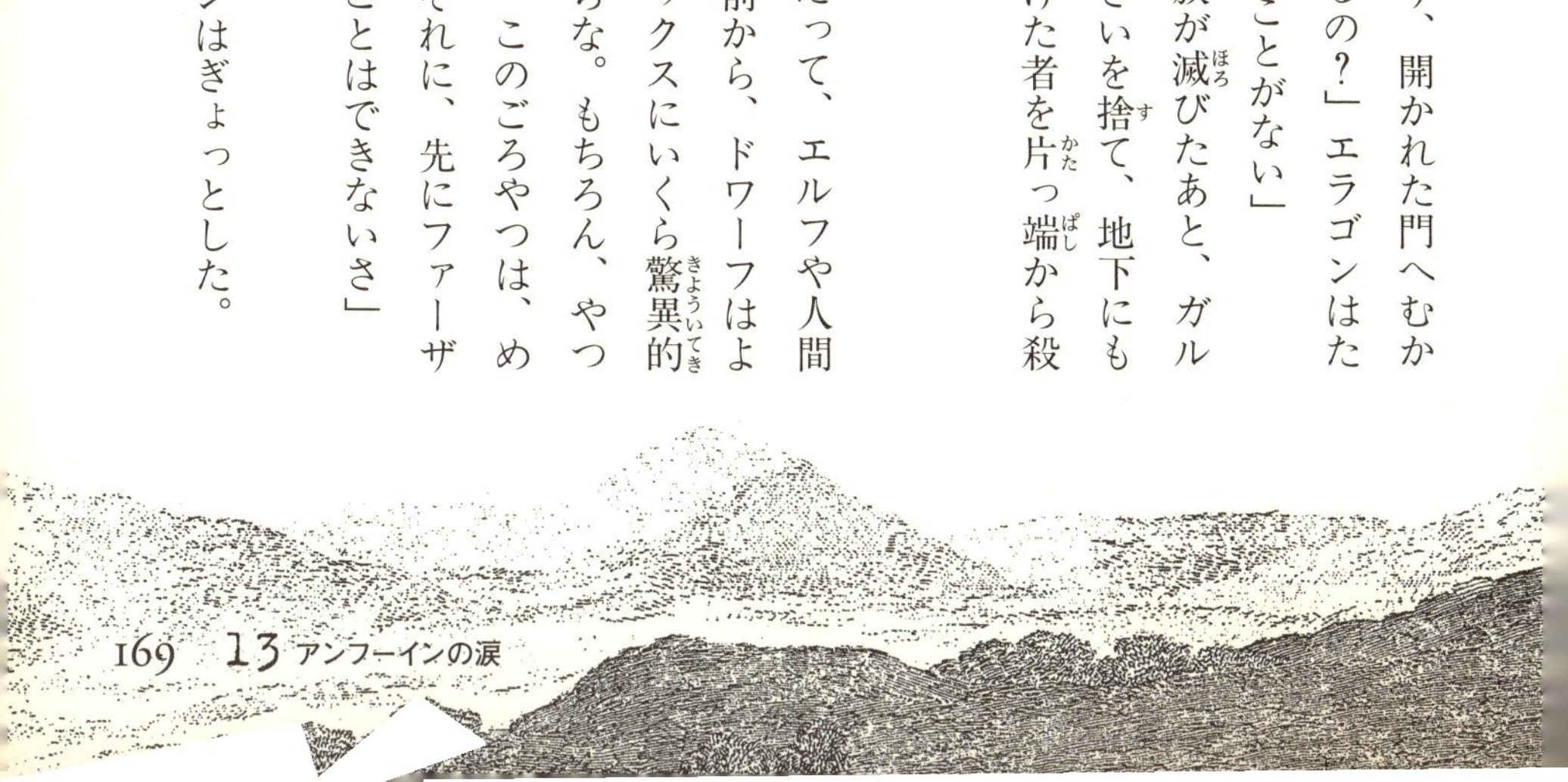

小道に立ちふさがるやせた動物は、スパインの野生のヤギに似《に》ているが、体の大きさはそれの三割《わり》増《ま》しほど。顔の横に巻《ま》いている角も、アーガルの角がツバメの巣にしか見えないほど大きい。さらに奇妙《きみよう》なのは、ヤギの背《せ》にくくりつけられた鞍《くら》と、そこにまたがって弓矢をかまえているドワーフだった。

「ハート・ダーグライムスト？　フィルド・ラストゥン（どこの部族だ？　だれのところへ行く？）」

奇妙なドワーフがさけんだ。

「オリク・スリフクズ・メンシヴ・ウン・フレスカラチ・エラゴン・ラク・ダーグライムスト・インジータム（スリフクの息子《むすこ》オリク、インジータム族のエラゴン・シェイドスレイヤー）」オリクは続けた。「ワーン・アズ・ヴァニアリ・カルハルグ・アーリア。ネ・オク・ウンディンズ・グライムストベルアードゥン（そしてエルフの密使《みっし》、アーリア。われわれはウンディンの館《やかた》の客である）」

ヤギは用心深い目で、サフィラの様子をうかがっている。真っ白なあごひげと、さえない表情《ひょうじょう》で、どこかひょうきんに見えるヤギだが、その目は知性《ちせい》にあふれている。エラゴンはふと、フロスガーを思い出した。すると、ヤギがよけいにドワーフっぽく見えてきて、思わずふきだしそうになった。

「アズト・ジョク・ヨードゥン・ラスト（では、通ってよろしい）」答えが返ってきた。

とくにドワーフからの指示《しじ》もなく、ヤギは一瞬《いっしゅん》で進めるとは思えないほど遠くまで、ぴょんと前へ飛んだ。ヤギとその乗り手は、たちまち林のなかへ消えていった。

「あれはなんだったの？」エラゴンは目を丸くしてきいた。

オリクはまた歩きはじめた。「フェルドノスト。ビオア山脈だけに棲《す》む五種の動物のうちのひとつさ。ドワーフの部族の名は、それぞれの動物に由来してるんだ。でも、フェルドノスト族がいちばん勇敢《ゆうかん》で、崇拝《すうはい》に値《あたい》する部族だろうな」

「どうして？」

「わしらはみんなフェルドノストから、ミルクや羊毛や肉などの恩恵《おんけい》を受けている。彼らがいなければ、ビオア山脈で暮《く》らすことはできないのさ。ガルバトリックスと反逆《はんぎゃく》のライダーどもが攻《せ》めてきたときも――今もそうだが――危険《きけん》をかえりみず、動物や畑を世話したのが、フェルドノスト族だった。だから、わしらは彼らに借りがあるんだよ」

「ドワーフはみんな、その、フェルドノストに乗るの？」エラゴンは使い慣《な》れない名前を、多少つかえながら発音した。

「山中だけでな。フェルドノストは頑丈《がんじょう》で足も丈夫《じょうぶ》だ。けわしい山があってるんだ」

サフィラが鼻でエラゴンをつつき、スノーファイアがおびえてあとずさった。〈わたしにとっては格好《かっこう》の獲物《えもの》。スパインを出て以来、いちばんのごちそうだ！　ターナグでもし時間があれば――〉

〈だめだぞ〉エラゴンはいった。〈ドワーフをおこらせたら大変だ〉

サフィラはいらだたしげに鼻を鳴らした。〈先に許可《きょか》をえるつもりだった〉

鬱蒼《うっそう》とした樹木《じゅもく》におおわれていた道は、ようやくターナグの町をとりかこむ広々とした空間に出た。すでに見物人のかたまりができている。広場に、宝石飾《ほうせきかざ》りの馬具をつけたフェルドノストが七頭、町からおどりでてきた。騎乗《きじょう》するドワーフたちは、小旗のついた槍《やり》をムチのようにふるっている。先頭のドワーフが、手綱《たづな》をぐいっと引いていった。「ターナグは諸君《しょくん》を歓迎《かんげい》する。ウンディンとガネル、そして、このブロックの息子《むすこ》ドーヴのオソ（信頼《しんらい》）により、諸君をわれらが館《やかた》に招待《しょうたい》し、安全な宿を提供《ていきょう》する」ガラガラ声の耳ざわりで不明瞭《ふめいりょう》な発音は、オリクのしゃべり方とはぜんぜんちがっている。

「フロスガーのオソにより、われわれインジータム族は、貴兄《きけい》のもてなしに感謝《かんしゃ》する」オリクはこたえた。

「わたくし、イズランザディ名代も感謝します」

ドーヴが満足そうな顔になり、ほかの者たちに手をふって合図した。仲間の衛兵《えいへい》たちがフェルドノストをあやつり、四人の客のまわりに隊形を組む。衛兵たちは派手《はで》な手綱さばきで進みだし、エラゴン一行をターナグの城門《じょうもん》へみちびいていった。

ターナグの城壁《じょうへき》は厚《あつ》さが十二メートルもあり、それをうがってつくられた暗いトンネルを通って町のいちばん下段《げだん》の田園地帯に出た。帯状《おびじょう》にのびる田園地帯の、それぞれに強固な門で守られた五段の階層《かいそう》をこえると、ようやくめざす町に入る。

堅固《けんご》な城壁にくらべると、ターナグの町の建物は、石造《いしづく》りとはいえ、精巧《せいこう》につくられていて、優雅《ゆうが》で明るい印象を受ける。またほとんどの住居《じゅうきょ》や商店の外に、力強い動物の彫刻《ちょうこく》が飾られている。だがいちばん目を引くのは、石そのものである。明るい緋色《ひいろ》から、淡《あわ》い緑色まで、光沢《こうたく》のあるあざやかな石が、層をなしている。

町のあちこちにぶらさがっているのは、ドワーフ族特有の、炎《ほのお》を使わないランタンだ。色とりどりの光が、ビオア山脈の長い夜のおとずれを告げるようにならんでいる。

トロンジヒームとちがって、ターナグはドワーフ族の体にあわせて建設《けんせつ》され、人間やエルフ、ドラゴンのことなど、まったく考慮《こうりょ》に入れられていない。いちばん大きな戸口でさえ、一・五メートルほど、あとはほとんどが一・三メートルほどの高さである。エラゴンは並《な》みの背丈《せたけ》だが、今は指人形の世界にまよいこんだ巨人《きょじん》の気分だった。

広い通りは、あらゆる部族のドワーフたちで混雑《こんざつ》していた。仕事や用事でいそがしく歩きまわる者や、商店の前で値《ね》切《ぎ》り交渉《こうしょう》をする者。ドワーフたちは、それぞれに特徴《とくちょう》のある風変わりなかっこうをしている。たとえば、気性《きしょう》の荒《あら》そうな黒髪《くろかみ》のドワーフの一団《いちだん》は、オオカミの頭そっくりの銀の兜《かぶと》をかぶっていた。

エラゴンは、トロンジヒームではほとんど目にする機会がなかったドワーフの女たちに興味《きょうみ》を引かれた。ドワーフの女は男より恰幅《かっぷく》がよく、顔もずんぐりとして大きいが、目はいきいきと輝《かがや》き、髪はつやつやとしている。わが子にそえられた手は、とてもやさしそうだ。装飾品《そうしょくひん》といえば、鉄と石で精巧につくられた小さなブローチをつけるぐらいで、派手に着かざっている者はいない。

フェルドノストの鋭《するど》い足音が響《ひび》くと、ドワーフたちは到着《とうちゃく》したての客人たちをふり返った。エラゴンの予想に反し、彼らは歓声《かんせい》をあげたりはしなかった。ただ頭をさげ、「シェイドスレイヤー」とつ

ぶやくだけだ。ところがエラゴンの兜《かぶと》の金槌《かなづち》と星を見ると、彼らの表情《ひょうじょう》はとたんに賞賛《しょうさん》からショックへと変わる。たいていは憤《いきどお》りさえ見せる。腹《はら》を立てたドワーフたちはおおぜいでつめより、フェルドノストのあいだからエラゴンをにらみつけ、呪《のろ》いの言葉を吐《は》いていく。

エラゴンはうなじがチクチクするのを感じた。〔ぼくを家族にするというフロスガーの決断《けつだん》は、あまり受けがよくなかったようだ〕

〔たしかに〕サフィラはうなずいた。〔フロスガーはあなたへの支配力《しはいりょく》をえたかったのだろうが、これではほかのドワーフ族との関係がまずくなる……血を見ないうちに、わたしたちはここを退散《たいさん》したほうがいい〕

ドーヴとほかの衛兵《えいへい》たちは、群衆《ぐんしゅう》などいないかのようにずんずん先へ進んでいく。さらに七段の階層をのぼり、彼らはついに、セルベデイルと門ひとつしかへだてていない場所に着いた。ドーヴはそこで左をむき、山肌《やまはだ》にはりつくように建つ巨大《きょだい》な館《やかた》へむかって歩きだした。館の前面は、二か所の〝石落とし〟用の塔をもつ物見やぐらで守られている。

館に近づいたとき、家々のあいだから、武装《ぶそう》したドワーフの集団《しゅうだん》があふれでてきて、何重にもとりまいた。彼らは、鎖帷子《くさりかたびら》の頭巾《ずきん》のような、肩《かた》までの長さの紫色《むらさきいろ》のベールで顔をおおっている。

衛兵たちはとっさにきびしい顔つきになり、フェルドノストの手綱《たづな》を引いた。

「どうしたんだ?」エラゴンはオリクにたずねた。

だが、オリクはただかぶりをふり、手に斧《おの》をもって、前へ進みでていく。

「エジル・ニスゲッチ！（そこでとまれ）」ベールをかぶったドワーフが、拳《こぶし》をふりあげてさけんだ。

「フォーンヴ・ヘトクラッチ……フォーンヴ・ジャーゲンカルメイダー・ノス・エタ・ゴロス・バースト・ターナグ・ダー・エンセスティ・ラク・キシン！　ジョク・イズ・ヴァレヴ・アズ・バーズレガー・ダー・ダーグライムスト、アズ・スウェルデン・ラク・アンフーイン・モーゴ・ター・ラク・ジョーゲンヴレン？　ネ・ウディン・エタル・オス・ラスト・ヌーラグ。ナーラグ・アナ……（このシェイドスレイヤー……このドラゴンライダーを、聖《せい》なる都市、ターナグに入れることはできない！　おまえはわれわれ種族の災《わざわ》いを、ドラゴンの戦いでもたらされた〈アンフーインの涙《なみだ》〉を忘《わす》れたのか？　この男は通すわけにはいかない。こいつは……）」ドワーフはしだいに語気を荒《あら》げながら、怒《いか》りの言葉を吐き続けた。

「ヴロン！（もういいだろう）」ドーヴがどなってやめさせると、ふたりのドワーフは口論《こうろん》をはじめた。激《はげ》しいやりとりはしているが、エラゴンはドーヴが、相手のドワーフにそれなりの敬意《けいい》をはらっているのを感じた。

エラゴンが――ドーヴのフェルドノストのかげになってよく見えないので――体をずらしたとき、ベールのドワーフがとつぜん、口をつぐみ、血相を変えてエラゴンの兜をつついた。

「ヌーラグ・クアナ・キラヌー・ダーグライムスト・インジータム！　カーズル・アナ・フロスガー・オエン・ヴォルフィルド――（この男はインジータム族の一員ではないか！　フロスガーもその一族も、罰《ばち》あたりなことを――）」

「ジョク・イズ・ダーグライムストブレン？　（あんたは部族戦争をしたいのか？）」オリクが斧《おの》をかまえ、静かに割《わ》って入った。

エラゴンは心配になり、アーリアに目をやった。

だがエルフは、ほかのことには目もくれず、真剣《しんけん》にドワーフの対決を見守っている。

エラゴンはひそかに手をおろし、ザーロックの、鉄線を巻《ま》きつけた柄《つか》をつかんだ。

ベールをかぶったドワーフはオリクをにらみつけると、ポケットから鉄の指輪をとりだした。そして、あごからひげを三本ぬいて指輪に巻きつけ、道に放り投げた。鈍《にぶ》い音をたてて落ちた指輪に、ドワーフはつばを吐《は》きかけた。

紫色《むらさきいろ》のベールのドワーフたちはなにもいわず、それぞれに散っていった。

指輪が花崗岩《かこうがん》を敷《し》きつめた舗道《ほどう》にころがったとき、ドーヴとオリクとほかの衛兵《えいへい》たちは、いっせいにあとずさった。

アーリアさえもひるんだ。

若《わか》いドワーフがふたり、青ざめて剣をつかんだが、ドーヴに「エタ！（やめろ）」といわれて、手をおろした。

彼らのその反応《はんのう》は、さっきの悶着《もんちゃく》より、よほどエラゴンを動揺《どうよう》させた。

オリクはひとり歩みでて、指輪を拾って自分のポーチにしまった。

エラゴンはすぐにたずねた。「それはどういう意味なの？」

「意味は」こたえたのはドーヴだ。「そなたに敵《てき》ができたということだ」

一行はやぐらのなかをぬけ、広い中庭に出た。そこには、ランタンや旗が飾《かざ》られた晩餐《ばんさん》テーブルが三卓《たく》ならんでいた。テーブルの前には、ドワーフの集団《しゅうだん》が立っている。いちばん前にいるのは、オオカミの毛皮を身にまとった、灰色《はいいろ》のあごひげのドワーフだった。彼は両手を広げて、声をあげた。

「ラグニ・ヘフシン族の故郷《ふるさと》、ターナグへようこそ。エラゴン・シェイドスレイヤー、きみをたたえる声はたっぷり聞いておるぞ。わしはラグニ・ヘフシン族長、デルンドの息子《むすこ》ウンディンと申す」

もうひとりのドワーフが前に歩みでた。戦士らしいがっちりした肩《かた》と胸《むね》、頭巾《ずきん》を目深《まぶか》にかぶった黒い目が、エラゴンをひたと見すえている。「わたしはガネル。クアンの族長にして、血の斧オームの息子です」

「おまねきにあずかり、光栄です」エラゴンは頭をさげた。

サフィラが無視《むし》されて、いらだっているのがわかる。

〔がまんだぞ〕彼はつぶやいて、笑顔《えがお》をつくろった。

サフィラが鼻を鳴らす。

部族の長《おさ》たちはアーリアにもあいさつをしたが、オリクの番になって、歓待《かんたい》どころではなくなった。オリクがあいさつのかわりに広げた掌《てのひら》には、鉄の指輪がのせられていた。

ウンディンは目を丸くして、毒ヘビでもつかむかのように、親指と人さし指でおそるおそるつまみあげた。「だれが、これをそちに？」

「それはアズ・スウェルデン・ラク・アンフーイン（アンフーインの涙《なみだ》）。わたしにではなく、エラゴンにわたされたものです」

ドワーフの顔に不安の色が広がり、エラゴンにまたさっきの動揺《どうよう》がもどってきた。ドワーフたちは、カルの大群《たいぐん》に遭遇《そうぐう》して、逃《に》げ場《ば》を失った者のような顔をしている。ドワーフの勇気までもくじいてしまうこの指輪とは、なにかものすごく恐《おそ》ろしいことの象徴《しょうちょう》であるにちがいない。

ウンディンは顔をしかめたまま、仲間たちの助言に耳をかたむけ、やがて口を開いた。「わしらはこの問題について検討《けんとう》せねばならん。シェイドスレイヤー、きみのために宴《うたげ》を用意しておるが、きみさえよければ、まずは部屋に案内させよう。そのあと、ひと休みしたところで、あらためて宴をはじめたいと思うが、よろしいか？」

「もちろん、けっこうです」エラゴンはスノーファイアの手綱《たづな》をドワーフにわたし、案内の者について館《やかた》に入っていった。戸口をぬけるとき、肩《かた》ごしにふり返ると、アーリアとオリクが、族長たちと頭をよせて話しあっているのが見えた。〔すぐに会えるよ〕エラゴンはサフィラに約束した。

ドワーフ仕様の廊下《ろうか》をうずくまって通りぬけたあと、立って歩ける大きさの部屋に案内され、エラゴンはひとまず安心した。

従者《じゅうしゃ》が会釈《えしゃく》していう。「グライムストボリス（族長）・ウンディンの用意ができましたら、またご案内にまいります」

ドワーフがさがると、エラゴンは心地《ここち》よい静けさに、ほっと大きく息をついた。しかし、ベールのドワーフたちのことが頭からはなれず、心からくつろぐことができない。いずれにしろ、ターナグに長くはいられない。連中にじゃまされないうちに、出ていかなくては。

エラゴンは手袋《てぶくろ》をぬいで、低いベッドの横に置かれた大理石のたらいに手を入れた。と、思わずギャッと声をあげ、手を引っこめた。湯は沸騰寸前《ふっとうすんぜん》の熱さだ。これがドワーフの習慣《しゅうかん》なんだろう、とあらためて気づく。すこし待ってから、湯気のたつ湯を肌《はだ》にごしごしこすりつけ、顔と首を洗《あら》った。

気分がすっきりしたところで、ズボンとチュニックをぬぎ、アジハドの葬儀《そうぎ》のときに着た服に着がえた。ザーロックに手をのばしたが、これをつけると、ウンディンの宴の席を侮辱《ぶじょく》することになる。彼は、かわりに狩猟《しゅりょう》ナイフをベルトにさした。

それからエラゴンは、ナスアダからたくされた巻物《まきもの》を荷物からとりだし、手にのせて、どこへかくそうかと考えた。イズランザディ女王への重要な信書を、へたな場所に置いて、読まれたり盗《ぬす》まれたりしては大変だ。適当《てきとう》な場所が見つからないので、エラゴンは巻物をそでのなかにしのばせた。戦いにでも巻きこまれないかぎり、ここなら安全だ。エラゴンは思った。万が一戦うことがあるとしたら、そのときぼくは、もっと大きな問題をかかえているだろう。


やがて従者がエラゴンを呼《よ》びに来た。

まだ昼を一時間ほど過《す》ぎたばかりなのに、太陽はそびえる山のかげに沈《しず》み、ターナグは夕闇《ゆうやみ》に包まれている。館《やかた》を出るとき、エラゴンは変わりゆく町の姿《すがた》に魅了《みりょう》された。早すぎる夜のおとずれに、ド

ワーフのランタンが真価《しんか》を発揮《はっき》し、通りを清くゆるぎない光で満たし、谷全体を輝《かがや》かせている。

ウンディンと何人かのドワーフたちが、すでに中庭に集まっていた。

サフィラがテーブルのいちばん上座《かみざ》に陣《じん》どっているが、どうやらそれについて議論《ぎろん》しようという者はいないようだ。

〔なにかあったの?〕エラゴンはサフィラのもとに急いだ。

〔ウンディンが兵を召集《しょうしゅう》し、門を封鎖《ふうさ》した〕

〔攻撃があるのか?〕

〔少なくとも、彼はその可能性《かのうせい》を心配している〕

「エラゴン、さあここへ」ウンディンが自分の右手の椅子《いす》をさしていった。族長がエラゴンとともに腰《こし》をおろすと、ほかの者たちも急いで席についた。

オリクがすぐとなりに、アーリアが真むかいにすわったので、エラゴンはほっとしたが、ふたりとも表情《ひょうじょう》はかたい。オリクに指輪のことをたずねる前に、ウンディンがテーブルをバンとたたき、声をはりあげた。「イグナ・アズ・ヴォス(料理を運んでこい)!」

肉やパイや果物をたっぷり盛《も》った金箔《きんぱく》の皿を手に、召使《めしつか》いたちが館《やかた》からいっせいにくりだしてきた。三手にわかれた召使いたちは、それぞれのテーブルに麗々《れいれい》しく皿を置いていく。

スープや何種ものイモを煮《に》こんだシチュー、鹿肉《しかにく》のロースト、焼きたての長いパン、ラズベリージャムののったハチミツケーキ。敷《し》きつめた緑の野菜の上には、パセリが飾《かざ》られたマスの切り身。わき

に置かれた酢《す》づけのウナギが、川に帰りたいと祈《いの》っているかのように、むなしい目でチーズのつぼを見つめている。各テーブルに一羽ずつハクチョウがすわり、つめものをしたウズラ、ガチョウ、アヒルの群《む》れがまわりをかこんでいる。

キノコもふんだんに使われている——肉厚《にくあつ》のところを焼いて、鳥の頭に帽子《ぼうし》のようにかぶせてあったり、城《しろ》の形に飾り切りされて、濠《ごう》に見立てたグレービーソースに浮《う》かべてあったり。人の拳《こぶし》ほどもある白い大きなキノコから、節だらけの樹皮《じゅひ》とまちがえそうなもの、二枚《まい》切りにして青い身を見せている高級なものまで、ありとあらゆる種類のキノコが運ばれてきた。

最後に、食卓《しょくたく》の中央を飾るごちそうが現《あらわ》れた。ソースがたっぷりかけられた巨大《きょだい》なイノシシのローストだ。少なくともエラゴンがイノシシだと思ったその肉は、大きさがスノーファイアほどもあり、ドワーフ六人がかりで運ばれてきた。歯はエラゴンの前腕《ぜんわん》より長く、鼻は彼の頭ほどもある。しかもその刺激臭《しげきしゅう》といったら、ほかの料理のにおいを圧倒《あっとう》し、目から涙《なみだ》が出るほどの強烈《きょうれつ》さだ。

「ナグラだ」オリクがつぶやいた。「大イノシシだよ。エラゴン、ウンディンは、きみに心からの敬《けい》意《い》を表してるんだ。よほど勇敢《ゆうかん》なドワーフじゃないと、ナグラを狩《か》りには行けない。そしてこれは、本物の勇者だけにふるまわれるごちそうなんだ。それと、これはきっと、ナグラ族よりきみが上だという、ウンディンの意思表示《ひょうじ》だと思う」

エラゴンはだれにも聞かれないよう、オリクのほうへ身をかがめた。「じゃあ、これもビオア山脈特有の動物？　ほかにはどんなのがいるの？」

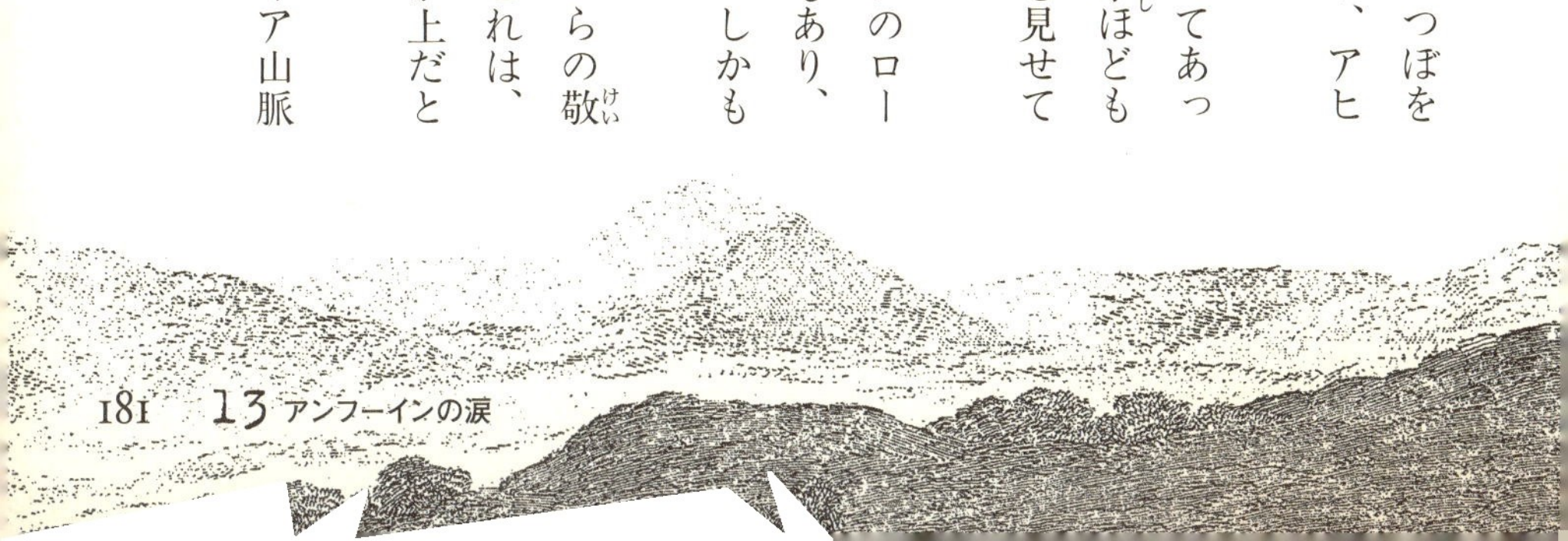

「森オオカミは、ナグラを捕食《ほしょく》するほどデカく、フェルドノストをつかまえるほどすばしこい。ウルジャードゥンという洞穴《ほらあな》グマもいる。エルフは山の名にちなんでビオアンと呼《よ》ぶが、わしらはそんな呼び方はしない。このへんの山々の名はドワーフだけが知っていて、どの種族にもけっして明かさないんだ。それに――」

「スメル・ヴォス（料理をとりわけてさしあげろ）」ウンディンが命じ、客たちにほほえみかけた。

召使《めしつか》いはすみやかにアーチ状《じょう》の小さなナイフを出し、ナグラを切りわけ、それぞれの――アーリア以外の――皿にのせていった。サフィラのは特大級だ。

ウンディンはまたほほえみ、短剣《たんけん》をとって自分の肉を切りはじめた。

エラゴンがナイフをとろうとすると、オリクがその手をとめた。「待つんだ」

ウンディンがゆっくり肉を嚙《か》み、目をぐるりとまわして大げさにうなずき、飲みこんで大声でいった。「イイフ・ガーニス！（安全かつ美味である）」

「では、いただこう」オリクは肉とむきあい、テーブルのまわりがどっとにぎやかになった。

イノシシは、エラゴンが生まれて初めて経験《けいけん》する味だった。肉汁《にくじゅう》たっぷりで、やわらかく、不思議な――ハチミツとリンゴジュースにつけておいたような――香《こう》ばしさがあり、風味づけのハッカがさらにその香《かお》りを高めている。〔あんなに大きな肉を、どうやって料理したんだろう？〕

〔えらく時間がかかっただろう〕サフィラがナグラをかじりながら批評《ひひょう》する。

オリクが食べながら説明をはじめた。「これは、部族間で毒殺が横行してたころからの習慣《しゅうかん》なんだ。

主人がまず料理を毒味して、客に安全を宣言《せんげん》する」

饗宴《きょうえん》のあいだ、エラゴンは盛《も》りだくさんの料理を試食することと、オリクやアーリアや同じテーブルのドワーフたちと会話することのふたつに、大いそがしだった。あまりのごちそうに、時間はあっというまに流れ、最後のコースが運ばれ、最後の料理を口にし、最後のさかずきを飲みほすころには、夜も近づいていた。

召使いがテーブルの皿をさげおえると、ウンディンがエラゴンにいった。「食事は楽しんでもらえたかね?」

「おいしくいただきました」

ウンディンはうなずいた。「それはよかった。ドラゴンもいっしょに食事できるよう、きのうのうちにテーブルを外に運んでおいたのだ」ドワーフの長の目は、エラゴンからそれることがない。

エラゴンは悪寒《おかん》を覚えた。意図的にしろなんにしろ、ウンディンはサフィラを、獣《けもの》としてしか見ていない。ベールのドワーフのことをたずねるつもりだったが、まずはひとこと牽制《けんせい》してやった。「ここにいるサフィラもぼくも感謝《かんしゃ》しています」そして続ける。「おききしたいのですが、なぜ指輪がぼくたちに投げられたのですか?」

苦しいほどの静けさが、中庭を包みこんだ。

横目で見ると、オリクが顔をくもらせている。

が、アーリアは、もっともな質問《しつもん》だというように、笑《え》みを浮《う》かべていた。

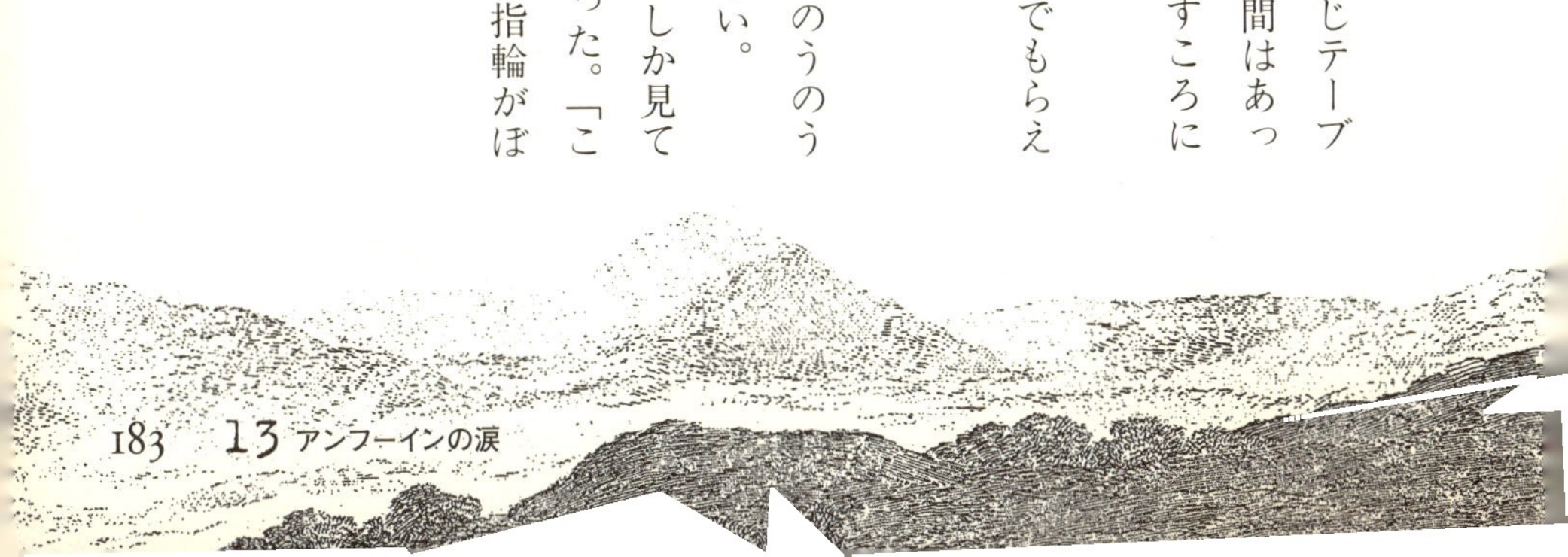

ウンディンは短剣《たんけん》を置き、思いきりしぶい顔をした。「きみが会ったのは、悲劇的《ひげきてき》な部族のヌーラグン（男たち）でな。ライダーが滅《ほろ》びる前、彼らはドワーフ王国のなかでもっとも歴史の古い、裕福《ゆうふく》な部族だった。だが、彼らの悲運は定められていたのだ――ふたつのあやまちによってな。まずはビオア山脈の西端《せいたん》に住んでいたこと。もうひとつは、ヴレイルの軍隊に有能《ゆうのう》な戦士たちを提供《ていきょう》したこと」

こみあげる怒《いか》りでウンディンの声がしゃがれる。「ガルバトリックスと忌《い》まわしい〈裏切り者《うらぎもの》たち〉が、彼らの部族をウルベーンで虐殺《ぎゃくさつ》したのだ。そのあと、悪《あ》しきドラゴンライダー族はわしらの部族のところにも飛んできて、多くの命をうばった。とくに彼らの部族では、グライムストカーヴロース・アンフーインと、彼女の護衛兵《ごえいへい》しか生き残れなかった。その彼女も、まもなく悲嘆《ひたん》に暮《く》れて亡《な》くなった。従者《じゅうしゃ》たちは、部族の名を彼女にちなんでアズ・スウェルデン・ラク・アンフーイン（アンフーインの涙《なみだ》）と変え、自分たちが失ったものと、復讐《ふくしゅう》の念を忘《わす》れんために、顔をベールでおおうようになったのだ」

必死で無表情《むひょうじょう》をよそおうとしたが、エラゴンの頬《ほお》は恥辱《ちじょく》で痛《いた》いほどほてっていた。

「そして」ウンディンは手もとのパイをにらみつけた。「何十年もかけて、彼らは部族を立て直し、報復《ほうふく》の機会をねらっておるのだ。そこへ今、フロスガーの紋章《もんしょう》をつけたドラゴンライダーが現《あらわ》れた。彼らにとっては究極の侮辱《ぶじょく》にあたる――ファーザン・ドゥアーできみがどんな貢献《こうけん》をしたとしても、それは変わらん。したがってあの指輪は、究極の挑戦《ちょうせん》なのだ。アズ・スウェルデン・ラク・アンフーイン族は、ことの大小にかかわらず、あらゆる手をつくし、徹底的《てっていてき》にきみに敵対《てきたい》する。きみが不倶戴《ふぐたい》天《てん》の敵となったことを宣言したのだ」

「ぼくに直接危害《ちょくせつきがい》を加えるということでしょうか?」エラゴンは身をこわばらせた。

ウンディンは一瞬《いっしゅん》、視線《しせん》をさまよわせ、ガネルのほうを見て、それからかぶりをふり、どら声で笑った。この場にふさわしいとはいえないほどの高笑いだ。「まさか、シェイドスレイヤー! 客人を傷《きず》つけるはずがないだろう。そんなことは禁《きん》じられておる。彼らの望みはきみが出ていくこと。それだけだ」

エラゴンはまだ半信半疑《はんしんはんぎ》だった。

するとウンディンがいった。「さあ、不愉快《ふゆかい》な話題はこれくらいにしようじゃないか。ガネルとわしは、友人として、こうして料理とハチミツ酒をふるまった。大事なのは、そっちのほうじゃないのかね?」

ガネルも小声で相槌《あいづち》を打った。

「感謝《かんしゃ》しています」エラゴンはようやく態度《たいど》をやわらげた。

サフィラが厳粛《げんしゅく》な目でエラゴンを見ている。〈エラゴン、彼らは無念に思っている。ライダーに協力することを強《し》いられ、無念さと憤《いきどお》りを感じている〉

〈ああ。彼らは、ぼくらとともに戦うことはあっても、ぼくらのために戦うことはないんだ〉

14
セルベディル

夜明けが遅《おそ》い朝、エラゴンが館《やかた》の大広間に入っていくと、ウンディンがドワーフ語でオリクと話をしていた。ウンディンは気がついて話を中断《ちゅうだん》した。「ああ、シェイドスレイヤー、よく眠《ねむ》れたかね？」

「はい」

「それはよかった」彼はオリクを手でさした。「今、きみたちの出発について話しておったところだ。わしはもっときみといっしょに過《す》ごしたいんだがね、こういう折りだから、あすの朝一番に発《た》つのがいいということになった。早朝なら人通りも少ないし、問題を起こすやつもおらん。必要な食糧《しょくりょう》や乗り物は、今こうしているあいだにも準備《じゅんび》させてある。フロスガーには、セリスまで衛兵《えいへい》を同行させるよう命じられておるのでな、その数は三人から七人にふやそうと思っておる」

「で、それまでは？」

ウンディンは毛皮を巻《ま》いた肩《かた》をすくめた。「きみにターナグのすばらしさを披露《ひろう》するつもりだった

が、今、町のなかをうろうろするのは賢明《けんめい》じゃない。しかしながら、グライムストボリス（族長）のガネルが、セルベデイルに招待《しょうたい》してくれておる。よかったら、お受けなさるといい。彼といっしょなら安全だ」族長は、アズ・スウェルデン・ラク・アンフーイン族が客を傷《きず》つけないと断言《だんげん》したことを、すっかり忘《わす》れているようだ。

「ありがとう。そうさせてもらいます」エラゴンはそこをはなれる前に、オリクをわきに連れていった。「正直な話、その敵意《てきい》ってどれくらい深刻《しんこく》なの？　本当のところを知りたいんだ」

オリクはあきらかに気乗りしない様子でこたえた。「昔は、そうした確執《かくしつ》を何世代も引きずることが、めずらしくなかったのさ。そのことで絶滅《ぜつめつ》した部族もある。だが、そんな昔のやり方に頼《たよ》るとは、アズ・スウェルデン・ラク・アンフーインは分別がない。前の部族戦争が終わってから、こんなことはなかったのに……彼らがあの誓《ちか》いを撤回《てっかい》するまで、きみは連中の罠《わな》にはまらんようじゅうぶん用心しなきゃならん。何年、何世紀たとうとね。フロスガーとの友好関係がこんなことをまねいてしまって、申しわけないと思ってる。でもエラゴン、きみはひとりじゃない。インジータム族はきみの味方だぞ」

外へ出ると、エラゴンはサフィラのもとへ急いだ。サフィラはひと晩《ばん》、中庭で丸くなって過ごしていた。〈セルベデイルに行ってもいいかな？〉

〈必要なら行きなさい。ただし、ザーロックを忘れずに〉エラゴンはサフィラのいうとおり剣《けん》をさ

し、ナスアダの巻物《まきもの》をふところにしまった。

館《やかた》の門に近づいていくと、五人のドワーフがかんぬきの材木をよけ、斧《おの》と剣《けん》を手にエラゴンをとりかこみ、外の様子を確認《かくにん》した。エラゴンはそのまま衛兵《えいへい》たちにつきそわれ、ターナグ最上階の扉《とびら》へと、きのうの道をたどっていった。

エラゴンは身ぶるいした。町なかは、不自然なほどがらんとしている。扉はどこも閉《と》じられ、窓《まど》には鎧戸《よろいど》がおり、わずかに出会う通行人は、あからさまに顔をそらし、彼とすれちがうのをさけてわき道へまがっていく。ぼくのそばにいるところを見られまいとしているんだ。エラゴンは気がついた。ぼくに親切にすれば、アズ・スウェルデン・ラク・アンフーイン族の報復《ほうふく》がある、それがこわいんだ。人目につく場所から早くのがれたくて、エラゴンは扉をノックしようと手をあげたが、たたく前に一枚《まい》がきしりながら外に開いた。なかで黒いローブ姿《すがた》のドワーフが手まねきをしている。剣帯をしめ直し、エラゴンは衛兵をおもてに残し、なかに足をふみいれた。

いちばんに感銘《かんめい》を受けたのは色だった。まるで丸い丘《おか》にマントをかぶせたかのように、輝《かがや》くような緑の芝《しば》が、柱でささえられたセルベデイルのまわりに広がっている。建物の古い壁《かべ》にはツタがからまり、一面に細いつるをのばしている。ツタのとがった葉には、まだ朝露《あさつゆ》が光っている。そして——山々はべつとして——いちばんの高所で曲線を描《えが》いているのが、金のうねが彫《ほ》られた白い丸屋根だ。

次に感動したのは、においだ。花と香《こう》の香《かお》りがまざりあい、この世のものとは思えない芳香《ほうこう》を放っている。エラゴンは、この香りだけで生きていけるとさえ感じた。

最後の感動は音がないことだ。ドワーフの司祭たちが、モザイク模様《もよう》の小道や広々とした地面を歩きまわっているにもかかわらず、エラゴンが聞きわけられる唯一《ゆいいつ》の音は、頭上を飛ぶミヤマガラスの羽ばたきだけだった。

出むかえのドワーフがもう一度手まねきをして、エラゴンをセルベデイルへ続く並木道《なみきみち》へみちびいていった。エラゴンはただ、目の前に広がるゆたかさと熟練《じゅくれん》の技《わざ》に圧倒《あっとう》されながら、セルベデイルのひさしをくぐった。壁にはさまざまな色彩《しきさい》とカットの、まったくキズのない宝石《ほうせき》がちりばめられ、石の天井《てんじょう》、壁、床《ゆか》、すべてに純金《じゅんきん》の線が木目のように埋《う》めこまれている。ところどころに真珠《しんじゅ》と銀がアクセントとしてそえられている。歩いていてたびたび目にするのは、翡翠《ひすい》をけずってつくられたびょうぶだった。

聖堂《せいどう》には、布地《ぬのじ》の装飾《そうしょく》がいっさい使われていなかった。そのかわりに、ドワーフたちはおびただしい数の彫像《ちょうぞう》をつくり、叙事詩《じょじし》のなかの戦《いくさ》のあらゆる怪物《かいぶつ》や神たちを彫《ほ》りこんだのだ。

いくつかの階をのぼると、緑青《ろくしょう》のふいた銅《どう》の扉にたどりついた。入り組んだ結び目模様の浮《う》き彫《ぼ》りがほどこされたその扉をぬけると、板張《いたば》りの床のなにもない部屋が広がっていた。壁には鎧兜《よろいかぶと》がびっしりかけられ、棚《たな》にはアンジェラが〝ファーザン・ドゥアーの戦い〟で使っていたのと同じ、槍型《やりがた》の剣《けん》がかけられている。

ガネルはそこで、三人の若いドワーフと剣をまじえていた。族長は動きやすいようにロープをももまでまくりあげ、すさまじい形相《ぎょうそう》で、両手でにぎった木の槍をくるくるまわしている。両端《りょうはし》の刃《は》が、

おこったスズメバチのようにブンブンと空《くう》を切っている。
若《わか》いドワーフがふたり、ガネルにむかっていくが、木と鉄のぶつかる音が激《はげ》しく響《ひび》くなか、どんどん窮地《きゅうち》に追いこまれていく。ガネルはひらりと体《たい》をかわし、すれちがいざまにひざと頭に剣《けん》を打ちつけて、ふたりを床《ゆか》に沈《しず》めた。ガネルが三人めの敵《てき》を、怒濤《どとう》の攻《せ》めでみごとに打ち負かすのを見て、エラゴンはにっこり笑った。

族長はエラゴンに気づくと、ほかのドワーフたちをさがらせた。

武器《ぶき》を棚《たな》にもどしている彼に、エラゴンは話しかけた。「クアン族はみんな、剣の腕《うで》が立つんですか？　聖職者《せいしょくしゃ》が剣の達人だなんて、不思議な気がします」

司祭であるドワーフは、エラゴンにむき直った。「われわれとて、自分の身は守らねばならない。そうだろう？　この地にも、敵《てき》はいくらでもいる」

エラゴンはうなずいた。「めずらしい剣を使ってますね。それと同じのを、たった一度だけ、〝ファーザン・ドゥアーの戦い〟で、薬草師《やくそうし》が使っているのを見ました」

ガネルは一瞬《いっしゅん》、息をのみ、歯のすきまからシーッと空気を吐《は》きだした。「アンジェラだな」苦々しい顔になる。「なぞなぞ遊びで、うちの司祭から剣をうばいとった。卑怯《ひきょう》な手を使ったのだ。フースヴィル（クアン族が使う二枚刃《にまいば》の槍型剣《やりがたけん》）を使うことをゆるされているのは、われわれの部族だけなのに。彼女とアーリアは……」ガネルは肩《かた》をすくめ、小さなテーブルに歩みより、ふたつのマグにエールをそそいだ。ひとつをエラゴンに手わたすと、いった。「今日きみをここにまねいたのは、フロ

スガーの希望によるものなのだよ。インジータムの一員となったきみに、ドワーフの伝統《でんとう》を教えるようにいわれている」

エラゴンはエールをすすり、だまったままガネルの顔を見つめた。太い眉《まゆ》に光があたり、頬骨《ほおぼね》の下にかげができている。

族長は続けた。「いまだかつてわれわれの秘《ひ》すべき信仰《しんこう》を、外部の者に教えた例はない。人間やエルフに教えることはゆるされていないのだ。しかし、この知識《ちしき》なしに、ヌーラ（ドワーフ）であることの意味を理解《りかい》することはできんのだよ。きみは今インジータムとなった。われわれの血となり、肉となり、名誉《めいよ》となったのだ。わかるかね？」

「わかります」

「来なさい」ガネルはエールを手に道場を出ると、豪奢《ごうしゃ》な回廊《かいろう》を五つぶん通りぬけ、アーチ型の戸口までエラゴンを連れていった。戸口のむこうには、香《こう》の煙《けむり》でかすむ薄暗《うすぐら》い部屋がある。正面に大きく見えるのは、床から天井《てんじょう》までとどくどっしりとした彫像《ちょうぞう》の輪郭《りんかく》だ。思案するドワーフの彫刻《ちょうこく》の顔にかすかな光があたり、その部分だけ茶色の花崗岩《かこうがん》がむきだしになっている。

「あれはだれですか？」エラゴンはおずおずとたずねた。

「グンテラ、神々の王だ。戦士であり学者でもあるが、気まぐれなところもある。だからわれわれは、彼の慈愛《じあい》をたしかなものにするために、春夏秋冬の至《し》と、種まきの前、だれかが死んだとき生まれたとき、奉納物《ほうのうぶつ》を焼いているのだ」ガネルは手を奇妙《きみょう》な形にねじり、彫像に一礼した。「戦《いくさ》の前、

われわれはこのグンテラに祈《いの》る。なぜなら、この地を巨人《きょじん》の骨《ほね》から成型し、世の秩序《ちつじょ》をつくったのは彼だからだ。すべての領土《りょうど》が、グンテラのものなのだよ」

ガネルはこの神に祈るときの作法として、崇拝《すうはい》を表すための手ぶりや言葉をエラゴンに伝授《でんじゅ》し、香《こう》を焚《た》く意味――命と幸福の象徴《しょうちょう》であること――も説明した。そして長い時間をかけて、グンテラにまつわる伝説を語りはじめた。この世に星々が初めて現《あらわ》れたとき、彼がオオカミの形で生まれてきたこと、怪物《かいぶつ》や巨人《きょじん》たちと戦って、アラゲイジアに一族のための住みかを勝ちとったこと、川と海の女神《めがみ》キルフを妻《つま》にしたこと。

エラゴンが次に見せられたのは、淡《あわ》い青の石でおどろくほど精巧《せいこう》につくられたキルフの彫像《ちょうぞう》だった。髪《かみ》は、さざなみのようにうしろへ流れてうなじを伝い、アメジストの目のまわりでは楽しげに踊《おど》っている。両手でスイレンの花と赤い小石のようなものを、包みこむようにしてもっている。小さな孔《あな》のたくさんあるその赤いものは、エラゴンが知らないものだった。

「あれはなんですか？」彼は石を指さした。

「サンゴだよ。ビオア山脈と接《せつ》する海の底にある」

「サンゴ？」

ガネルはエールをひと飲みしてからいった。「潜水夫《せんすいふ》が真珠《しんじゅ》をさがしているときに見つけた。塩水のなかでは、植物のように育つ石があるらしい」

エラゴンはおどろいて目を見開いた。石が生きているなどと思ったこともなかったが、水と塩だけで育つ石があるという証拠《しょうこ》が、今こうして目の前にあるのだ。毎年春、パランカー谷の畑の土をいくらきれいに耕《たがや》しても、すぐにまた石が出てくることが不思議だった。けれど、今やっと説明がついた。石は育っていたんだ！

司祭とエラゴンは次に、空気と空の神ウラルと、その弟、火の神モーゴサルへと進んだ。モーゴサルの紅色《くれないいろ》の彫像の前で、ガネルは説明した。この兄弟はたがいへの愛が強すぎるため、独立《どくりつ》して存在《そんざい》することができない。それゆえモーゴサルは昼間、空の宮殿《きゅうでん》を燃《も》やし続けている。毎夜空に現れるのは、そこから出る火の粉だ。またそれゆえ、ウラルは弟が死なないように、つねに空気をあたえ続けているのだ。

残る神はあと二体だった。シンドリ（大地の母）と、ヘルツヴォグだ。

ヘルツヴォグの彫刻《ちょうこく》だけ、ほかのものとちがっていた。裸《はだか》の神は深く腰《こし》をかがめ、ドワーフぐらいの大きさの灰色《はいいろ》の火打ち石を指先でなでている。背中《せなか》の筋肉《きんにく》が、こぶ状《じょう》に盛《も》りあがり、はりつめている。だがその顔は、生まれたばかりの赤《あか》ん坊《ぼう》を見つめているかのように、やさしい。

ガネルは声を低くし、しゃがれ声でいった。「グンテラは神の王かもしれないが、われわれの心にある神は、ヘルツヴォグなのだ。巨人が征伐《せいばつ》されたあと、この地に民《たみ》を住まわせるべきといったのが、彼だった。ほかの神は反対したが、ヘルツヴォグはみなの声を無視《むし》し、こっそり山の地溝《ちこう》から最初のドワーフをつくった。

その行為《こうい》が発覚すると、ほかの神々はそろって嫉妬《しっと》した。グンテラは、アラゲイジアをみずから支《し》

配《はい》するため、エルフをつくった。シンドリは土から人間をつくり、ウラルとモーゴサルはたがいの知《ち》恵《え》をあわせてドラゴンをつくり、この地に放った。なにもしなかったのはキルフだけだ。種族の最初はこうしてこの世に現《あらわ》れたのだ」

エラゴンはガネルの言葉をのみこみ、その誠意《せいい》は受けとめたものの、そぼくな疑問《ぎもん》がわくのをおさえられなかった。なぜ彼がそんなことを知っているのか？　けれど、そんな質問《しつもん》は場ちがいだという気がして、ただうなずくだけにしておいた。

「これが——」ガネルはエールを飲みほした。「われわれのもっとも重要な慣習《かんしゅう》につながっている。きみはオリクから聞いているそうだが……ドワーフはみな、石のなかに埋《う》められねばならない。さもなくば、魂《たましい》がヘルツヴォグのもとへたどりつけないからだ。われわれは大地でも空気でも火でもない。石から生まれた。きみは、仲間のドワーフが死んだとき、かならずふさわしい埋葬《まいそう》をしてやらねばならない。インジータムとして、それがきみの責任なのだ。負傷《ふしょう》したり、敵《てき》がいたりという理由もなく、それをおこたれば、フロスガーはきみを追放するだろう。そして死ぬまで、きみの存在《そんざい》はドワーフにみとめられなくなる」司祭は肩《かた》をいからせ、エラゴンを鋭い目で見つめた。「きみには学ぶべきことがまだたくさんあるが、今日のおおまかな説明を肝《きも》に銘《めい》じておけば、うまくやっていけるだろう」

「けっして忘《わす》れません」

ガネルは満足げな顔で彫像《ちょうぞう》の部屋をはなれ、螺旋階段《らせんかいだん》をのぼった。のぼりながら、族長はローブに

手を入れ、地味なペンダントをとりだした。小さな銀の金槌《かなづち》の柄《え》に、鎖《くさり》が通してある。彼はそれをエラゴンにわたした。

「これもまた、フロスガーにたのまれたことだ」ガネルはいった。「彼はガルバトリックスのことを案じているんだ。やつが、ダーザやラーザックや帝国《ていこく》じゅうの兵士たちの意識《いしき》から、きみの姿《すがた》をさぐり出したかもしれないと」

「なぜそれを案じるのですか?」

「ガルバトリックスが、きみを透視《とうし》できるからだ。おそらく、すでにやっているだろう」

エラゴンは、冷たいヘビが這《は》いおりるように、わき腹《ばら》に不安が走るのを感じた。それくらい、予測《よそく》できてもよかったのに……!

「このペンダントをかけてさえいれば、だれも、きみやきみのドラゴンを透視することはできない。わたしが自分で呪文《じゅもん》をかけたから、どんなに強い意識が近づいても心配ない。しかし注意しておく。これが効果《こうか》を発揮《はっき》しているあいだは、きみは力を吸《す》いとられている。はずすか、危険《きけん》が去るまでは」

「眠《ねむ》っているときは? ぼくが気づかないうちに、力を全部吸いとられちゃうんですか?」

「いいや。目覚めさせてくれる」

エラゴンはペンダントの金槌を、指のあいだでころがした。他者の魔法《まほう》をふせぐのは、そうかんたんなことではない。相手がガルバトリックスほどの使い手となると、なおさらだ。ガネルにそれほどすぐれた才能《さいのう》があるというなら、ほかにどんな魔力を秘《ひ》めているのだろう? ふと金槌を見ると、柄

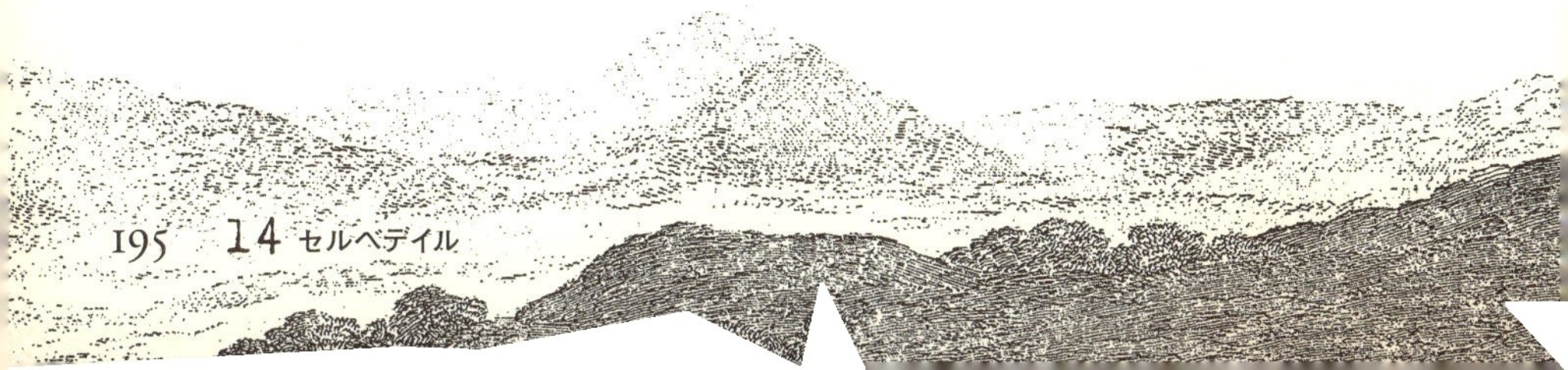

にルーン文字がきざまれている。アスティム・ヘフシンと読める。階段《かいだん》の上までのぼると、エラゴンは問いかけた。「なぜドワーフも、人間と同じルーン文字を?」

会って以来初めて、ガネルが声をあげて笑った。分厚《ぶあつ》い肩《かた》がゆれ、笑い声が聖堂《せいどう》のなかに響《ひび》きわたった。「それはまったく逆《ぎゃく》だ。人間が、ドワーフのルーン文字を使っているのだ。アラゲイジアに現《あらわ》れたころのきみたちの祖先《そせん》は、ウサギ同様に無学だった。しかし、じきにわれわれのアルファベットを採用《さいよう》し、この言語にあてはめた。それらのなかには、ドワーフの言語をもとにしているものもあるのだよ。たとえば父《ファーザー》は、もともとファーザンだった」

「じゃあ、ファーザン・ドゥアーっていうのは……」エラゴンは頭からペンダントをかけ、チュニックの下におしこんだ。

「わが父という意味だ」

扉《とびら》の前で足をとめると、ガネルは丸屋根の真下をぐるりとまわる回廊《かいろう》へ、エラゴンをみちびいていった。回廊はセルベデイルを帯状《おびじょう》にひとまわりし、開いたアーチ窓《まど》からは、ターナグ後方の山々や、眼下《がんか》の階段状の町を見わたせる。

エラゴンはそれらの景色《けしき》をほとんど見なかった。それよりも、通路の内壁《ないへき》をおおう絵に目をうばわれたからだ。その巨大《きょだい》な物語風の絵は、ヘルツヴォグの手によりドワーフが創造《そうぞう》された場面からはじまり、壁《かべ》全体を巻物《まきもの》のように使って描《えが》かれていた。表面に浮き彫り《レリーフ》された人物やものの姿《すがた》、多種多様な色使い、つや、繊細《せんさい》な描写《びょうしゃ》、その全景を見ていると、絵の世界に入りこんでしまったかのような錯《さっ》覚《かく》をおこす。

　エラゴンはうっとりとしてたずねた。「これ、どうやって描《か》いたんですか?」

「それぞれの場面を小さな大理石の板に彫《ほ》り、それにエナメルをかぶせて一枚の絵にしたのだ」

「ふつうの塗料《とりょう》で描いたほうが、かんたんだったのでは?」

「それはそうだが」ガネルはこたえた。「何百年、いや何千年、変わることなく保存《ほぞん》しようとしたら、その方法は使えない。油性《ゆせい》の塗料とちがって、エナメルはその輝《かがや》きが永遠《えいえん》に失《う》せないのだよ。この最初の場面が彫られたのは、ファーザン・ドゥアーを見つけてわずか十年後ぐらいのころだ。エルフがアラゲイジアに現れるはるか前のことだな」

　司祭はエラゴンの腕《うで》をとり、絵にそって歩きだした。一歩進むごとに、歴史のなかの、はかり知れないほど長い歳月《さいげつ》を歩むことになる。

　エラゴンは、ドワーフたちがかつて、はてしなく広がる平原に住む遊牧民であったことを知った。やがて灼熱《しゃくねつ》の暑さによりその地は干《ひ》あがり、ドワーフは南のビオア山脈に移住《いじゅう》せざるをえなくなった。ハダラク砂漠《さばく》はこうしてできたのだと知り、エラゴンは驚嘆《きょうたん》した。

　セルベデイルの裏手《うらて》にむかって壁画を進んでいくと、フェルドノストを飼《か》いならす様子、イスダル・ミスラムを彫る場面、ドワーフとエルフの最初の出会い、代々のドワーフ王の戴冠式《たいかんしき》の様子などを見ることができた。ドラゴンもときどき描かれている。どれも敵《てき》を焼き、虐殺《ぎゃくさつ》している姿だ。エラゴンはそれを見て、こみあげる感情《かんじょう》をおさえるのに苦労した。

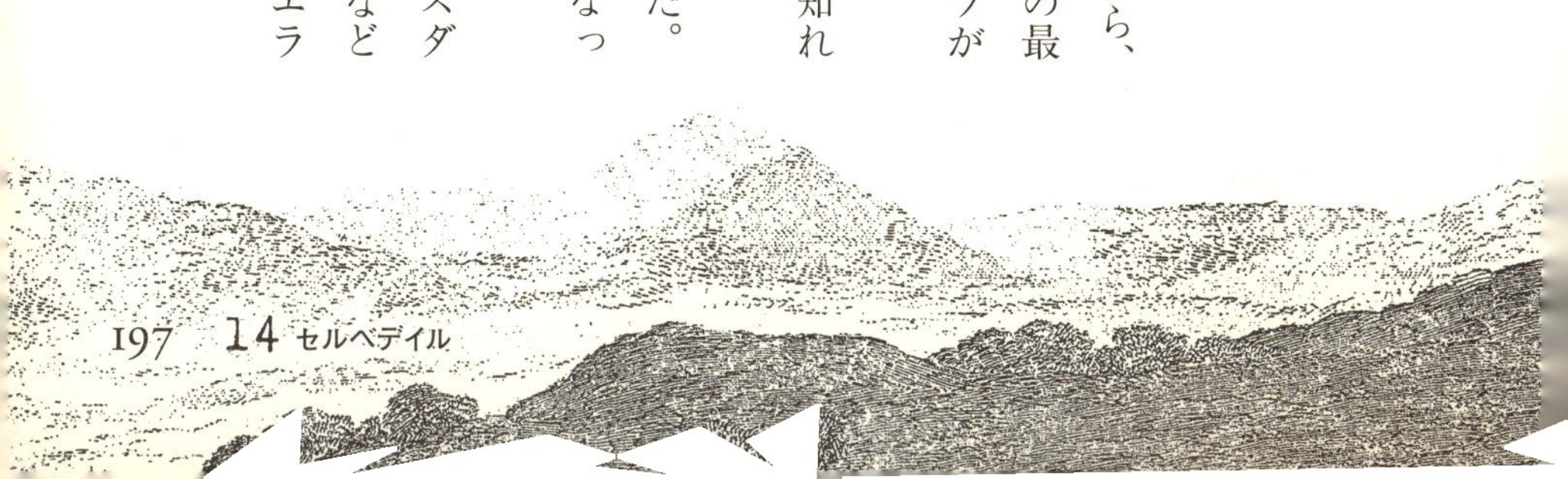

待ちかねていた場面が現《あらわ》れ、エラゴンは歩みをとめた——エルフとドラゴンの戦いだった。ふたつの種族がアラゲイジアに破壊《はかい》をもたらした場面が、大きな壁《かべ》一面に描《えが》かれている。エルフとドラゴンが殺しあう光景を見て、エラゴンはふるえた。戦いは壁面《へきめん》に何メートルも続き、先へ進むにしたがって描写《びょうしゃ》がどんどん残酷《ざんこく》になる。やがて、ようやく闇《やみ》が晴れ、崖《がけ》っぷちにひざまずく若《わか》いエルフの姿《すがた》が現れた。手には白いドラゴンの卵《たまご》をもっている。

「これは……?」エラゴンはつぶやいた。

「そう、初代ライダー、エラゴン。実物そっくりだ。彼は職人《しょくにん》の前にすわって、肖像《しょうぞう》を描かせてくれたからね」

エラゴンは引きよせられるように前へ進み、自分の名の由来となったエルフの顔に見入った。想像《そうぞう》していた顔よりずっと若かった。つりあがった目が、かぎ鼻と細いあごをのぞきこむようについていて、それが気性《きしょう》の激《はげ》しさを感じさせる。異種族《いしゅぞく》の、自分とは似《に》ても似つかない顔……だが、緊張《きんちょう》したようにいからせた肩《かた》を見ると、自分がサフィラの卵を見つけたときの気持ちがよみがえってくる。きみとぼくは、そんなにちがわないのかもしれない、エラゴンは冷たいエナメルをさわりながら、そう思った。もしぼくの耳がきみのと同じようにとがったら、時をこえて、ぼくらは本物の兄弟になる……教えてくれないか、きみはぼくのしていることに賛成《さんせい》できるかい? エラゴンは、このエルフと自分が、少なくともひとつだけ同じ選択《せんたく》をしたことを知っていた——どちらも卵を守ったのだ。

扉《とびら》が開いて閉《と》じる音がして、ふり返ると、回廊《かいろう》の奥《おく》にアーリアの姿が見えた。アーリアは、長老会

議と対峙《たいじ》したときに見せたのと同じ、まったくの無表情《むひょうじょう》で、壁画に目をやりながら近づいてくる。それがどんな特異な感情にしろ、この状況《じょうきょう》をこころよく思っていないのだという気がした。

アーリアは頭を軽くさげた。「グライムストボリス（族長）」

「アーリア」

「エラゴンにあなたの神話をふきこんでいたのですか？」

ガネルは鼻で笑った。「自分の属《ぞく》する社会の教義《きょうぎ》を理解《りかい》するのは、当然のことだ」

「理解するのと信じることは、意味がちがいます」アーリアはアーチ道の柱を指でさわった。「そして、そうした信仰《しんこう》を伝える者がかならずしも、物質的利益《ぶっしつてきりえき》より崇高《すうこう》なものを求めてそうしている……というわけでもない」

「きみは、同胞《どうほう》エラゴンに心のよりどころをあたえようという、わが部族の犠牲的行為《ぎせいてきこうい》を否定《ひてい》するのかね？」

「なにも否定しません。ただ、あなたたちの富《とみ》が、貧《まず》しい者、飢《う》える者、住む家のない者、あるいはヴァーデンへの物資《ぶっし》を買うために使われたなら、どれぐらいの価値《かち》が見いだせたでしょうか、とおたずねしているだけです。そうではなく、あなたは、ご自身の願望の記念碑《きねんひ》をつくるために、それらの富をつぎこまれた」

「だまりなさい！」ドワーフは拳《こぶし》をかためた。頬《ほお》がまだらに赤らんでいる。「わたしたちがいなければ、作物は干《ひ》からびて枯《か》れてしまう。川や湖は氾濫《はんらん》する。部族は一つ目の怪物《かいぶつ》を産むようになる。神

の怒《いか》りで、天空そのものが粉みじんになってしまうだろう！」

アーリアは笑った。

「われわれの祈禱《きとう》と礼拝《れいはい》のみが、それらが起こることをふせいでいるのだ。もしヘルツヴォグがいなければ――」

口論《こうろん》の内容《ないよう》は、じきにエラゴンの耳に入らなくなった。アーリアがクアン族のなにを批判《ひはん》しているのかは、言い方があいまいすぎてよくわからないが、ガネルのいささか的《まと》はずれに思える返答から察すると、アーリアは暗に、ドワーフの神は存在《そんざい》しないと主張《しゅちょう》しているようだ。聖堂《せいどう》に足を運ぶすべてのドワーフの信仰心《しんこうしん》を疑《うたが》い、彼らの伝説の欠陥《けっかん》を指摘《してき》しているのだ――それも、すこぶるにこやかに、ていねいな口調で。

数分ののち、アーリアは手をあげてガネルの言葉をとめた。「グライムストボリス（族長）、そこがわたくしたちのちがいです。あなたは、真実であると信じているものに――真実であるとは証明《しょうめい》できないのに――身をささげていらっしゃる。その部分で、わたくしたちは、同意できないといわざるをえなくなるのです」アーリアはエラゴンにむき直った。「アズ・スウェルデン・ラク・アンフーイン族が、あなたのことで市民を扇動《せんどう》しています。ターナグを出るまで、あなたは館《やかた》から出ないほうがいいとウンディンが。わたくしも同じ意見です」

エラゴンはためらった。本当はもっとセルベデイルのなかを見てみたかったのだ。しかし、不穏《ふおん》な空気があるのだとしたら、自分はサフィラのそばにいたほうがいい。エラゴンはガネルに頭をさげ、わびの言葉を告げた。「きみがあやまることはない、シェイドスレイヤー」族長はそういって、アーリアをにらんだ。「すべきことをするといい。きみにグンテラのご加護《かご》のあらんことを」

エラゴンとアーリアは十数人の兵士たちに守られて聖堂をはなれ、町の通りを歩きだした。歩いていると、下の階層《かいそう》から興奮《こうふん》した群衆《ぐんしゅう》の野次《やじ》が聞こえてきた。近くの屋根をこえて、小石が飛んでくる。なにかが動くのが見え、目をやると、町のはずれに黒い煙《けむり》が立ちのぼっていた。

館に着くと、エラゴンは自分の部屋へ駆《か》けもどり、鎖帷子《くさりかたびら》をつけ、すね当てと腕甲《わんこう》をしめ、革《かわ》の頭《ず》巾《きん》とフード、兜《かぶと》をかぶり、盾《たて》をつかんだ。そして荷物と鞍袋《くらぶくろ》をもって中庭に走り、サフィラの右前足にもたれてすわりこんだ。

〈ターナグは、アリの巣をひっくり返したような騒《さわ》ぎだ〉サフィラがいった。

〈噛《か》まれたくないね〉

アーリアもまもなくエラゴンとサフィラに合流し、完全武装《ぶそう》したドワーフ五十人も、中庭の中央に集まってきた。ドワーフたちは、施錠《せじょう》された門や背後《はいご》の山に目をやったり、低い声で雑談《ざつだん》したりしながら、なにげない顔で配置についている。

「彼らは」アーリアがエラゴンのとなりにすわっていった。「暴徒《ぼうと》たちにじゃまをされて、わたくしたちが舟《ふね》まで着けなくなることを恐《おそ》れているのです」

「そうなったときは、サフィラが空を飛んで運んでくれますよ」

「スノーファイアも？　ウンディンの衛兵《えいへい》も？　それはムリです。もしじゃまされれば、ドワーフた

ちの暴動《ぼうどう》がおさまるまで、わたしたちはここで待たなければならなくなる」アーリアは暮《く》れゆく空を見つめた。「あなたが多くのドワーフをおこらせたのは残念ですが、さけられないことだったのかもしれません。彼らは昔から争いごとを好むのです——ひとつの部族をよろこばせれば、べつの部族の怒《いか》りを買うことになる」

エラゴンは鎖帷子《くさりかたびら》のすそをいじりながらいった。「ぼくがフロスガーの申し出を受けなければよかったんだ」

「ええ、そうです。ナスアダのときも。ただ、あなたは唯一《ゆいいつ》、実行可能《かのう》な選択《せんたく》をしたのだと思います。あなたの落ち度ではありません。落ち度があるとすれば、それはフロスガーにある。そもそも、あなたにあのような申し出をしたのが悪い。それによって生じる波紋《はもん》に、気づくべきだったのです」

何分か沈黙《ちんもく》の時間が流れた。兵士が五、六人、ひざの曲げのばしをしながら中庭を歩きまわっている。エラゴンはたずねた。「ドゥ・ウェルデンヴァーデンに、あなたの家族はいるんですか？」

アーリアがこたえるまでしばらくかかった。「親しくしている者はおりません」

「それは……どうして？」

アーリアはまたためらってからこたえた。「彼らは、わたくしが女王の特命公使になることに反対だったのです。不適当《ふてきとう》なことであると。わたくしは彼らの反対を受けつけず、肩《かた》にはヤーウィ（信頼《しんらい》の証拠《しょうこ》）の刺青《いれずみ》をつけていました。それはつまり、わたくしの忠誠心《ちゅうせいしん》が家族ではなくわが種族のためにこそあるという意味——ブロムから受けとったあなたの指輪と同じです。家族は二度とわたくしと

会うつもりはないのです」

「でも、それは七十年前の話でしょう?」エラゴンは反論《はんろん》した。

アーリアは髪《かみ》のベールで顔をかくし、エラゴンから目をそらした。家族から追放され、まったく異《こと》なる二種族のもとで暮《く》らす——エラゴンは、それが彼女にとってどんなことだったのか想像《そうぞう》し、こんなふうに打ちとけないのも無理はないのだと気づいた。「ドゥ・ウェルデンヴァーデンの外に、あなた以外のエルフはいないんですか?」

アーリアは顔をかくしたままこたえた。「エレズメーラからの使節は、わたくしをふくめて三人でした。いつもフェオリンとグレンウィングといっしょに、サフィラの卵《たまご》をドゥ・ウェルデンヴァーデンとトロンジヒームに運んでいました。でも、ダーザに待ちぶせされたとき、わたくしだけが生き残ったのです」

「彼らはどんな人だったんですか?」

「誇《ほこ》り高き戦士です。グレンウィングは、心で鳥と会話するのが好きでした。森のなかで鳥たちにかこまれ、何時間でも歌声を聞いていました。そのあと、わたくしたちに美しいメロディーをうたって聞かせてくれるのです」

「フェオリンは?」アーリアはその問いにかんしては、弓をきつくにぎりしめただけで、こたえようとしなかった。エラゴンはすかさず、ほかの話題をさがした。「ガネルのことは、なぜあんなに嫌《きら》うんです?」

アーリアが急にむき直り、エラゴンの頬《ほお》をやわらかい指でなでた。

エラゴンはびくっとした。

「それは、べつの機会に話しましょう」彼女はすっくと立ちあがり、中庭の反対側に移動《いどう》していった。

エラゴンは呆然《ぼうぜん》とそのうしろ姿《すがた》を見送った。〈わけがわからないや〉と、サフィラの腹《はら》によりかかる。

サフィラは愉快《ゆかい》そうに鼻を鳴らすと、首と尾《お》でエラゴンを包むように丸くなり、あっというまに眠《ねむ》ってしまった。

谷に闇《やみ》がおりはじめても、エラゴンは必死で眠気をこらえていた。ガネルのペンダントをとりだし、何度か魔法《まほう》で調べてみたが、司祭の防護《ぼうご》の呪文《じゅもん》以外にはなにも見つからない。あきらめて、ペンダントをチュニックの下にもどし、盾《たて》を頭の上に引きよせ、夜が過《す》ぎるのを待つことにした。


空が朝日に色づきはじめたころ——谷間はまだ暗く、昼ごろまで明るくはならないが——エラゴンはサフィラを起こした。ドワーフたちはすでに目を覚まし、あわただしく武器《ぶき》を身につけている。これから、足音をしのばせてターナグの町をおりていくのだ。ウンディンに指摘《してき》され、エラゴンはサフィラの鉤爪《かぎづめ》とスノーファイアの蹄《ひづめ》にも布《ぬの》を巻《ま》きつけた。

準備《じゅんび》がととのうと、エラゴン、サフィラ、アーリアのまわりに、ウンディンと兵士たちが集まっ

た。門が注意深くあけられ——蝶番《ちょうつがい》も音をたてないよう油がさされている——湖にむかって出発した。

ターナグの町にはまったく人気《ひとけ》がない。住民たちは、がらんとした通りにならぶ民家のなかで、なにも知らずぐっすり眠っているようだ。まれに行きあうドワーフたちは、彼らを見て声も出せず目を丸くして、薄明《うすあ》かりにただよう幽霊《ゆうれい》のようにそそくさと逃《に》げていく。

各階層《かくかいそう》の門では、衛兵《えいへい》がものもいわず一行を通してくれた。彼らはあっというまにターナグの段丘《だんきゅう》をおり、ふもとの荒地《あれち》を歩いていた。そこをこえると、灰色《はいいろ》の静かな湖の岸にある石の桟橋《さんばし》に出た。湖岸で彼らを待っていたのは、二艘《そう》の幅《はば》の広いいかだ舟《ぶね》だった。三人のドワーフが一艘めに乗り、四人が二艘めに乗っている。彼らはウンディンの姿が見えると、いかだの上で立ちあがった。

エラゴンはドワーフたちと協力して、スノーファイアに足枷《あしかせ》をかけ、目かくしをした。いやがる馬をなだめて二艘めの舟に乗せると、ひざ立ちにして動けないようにしばりつけた。サフィラは桟橋から湖にすべりおり、湖面から頭だけ出して泳ぎはじめている。

ウンディンがエラゴンの腕《うで》をつかんでいった。「きみとはここでお別れだ。同行するのは、わが部族いちばんの優秀《ゆうしゅう》な兵士たちだぞ。ドゥ・ウェルデンヴァーデンに着くまで、きみをしっかりと守ってくれるはずだ」エラゴンが礼を告げようとすると、ウンディンが首をふった。「いやいや、これは感謝《かんしゃ》されるようなことではない。わしの義務《ぎむ》だ。アズ・スウェルデン・ラク・アンフーイン族の憎《にく》しみのせいで、きみの滞在《たいざい》を興《きょう》ざめにしてしまったことだけが悔《く》やまれてならんよ」

エラゴンは頭をさげ、オリクとアーリアとともに一艘《そう》めの舟《ふね》に乗った。もやい綱《づな》がほどかれ、ドワーフたちが長い棒《ぼう》でいかだ舟を湖におしだした。夜明けが近づくころ、二艘の舟は、あいだに泳ぐサフィラをはさみ、アズ・ラグニ川との合流点へむかって進んだ。

15 夜のダイヤモンド

帝国《ていこく》がおれの故郷《ふるさと》を汚《けが》した。

前夜の決闘《けっとう》で負傷《ふしょう》した男たちの、苦しみもだえる声を聞きながら、ローランは思った。恐怖《きょうふ》と怒《いか》りで身をふるわせているうち、全身に悪寒《おかん》が走った。頬《ほお》だけが熱く、呼吸《こきゅう》が荒《あら》くなってくる。彼は悲しかった……ラーザックの仕打ちで、自分のこども時代の汚れなき城《しろ》がおかされてしまったようで、たまらなく悲しかった。

治療師《ちりょうし》のガートルードに負傷者《ふしょうしゃ》たちの手当てをまかせ、ホーストの家にむかって歩いていると、民家のあいだをふさぐ即席《そくせき》の砦《とりで》が目に入ってきた。板、酒樽《さかだる》、積みあげた石。そしてラーザックの爆破《ばくは》でふきとんだ馬車が二台、ばらばらに散らばっている。なにもかも、あわれなほどもろく見えた。

わずかに通りを行く村人は、ショックと愁《うれ》いと憔悴《しょうすい》で、目がどんよりとしている。ローラン自身も、いまだかつて味わったことがないほど憔悴しきっていた。おとといの夜から眠《ねむ》っていないし、戦いで腕《うで》と背中《せなか》が痛《いた》んでいる。

ホーストの家に入ると、エレインがあけはなった食堂の戸の前に立ち、なかでかわされる激《はげ》しいやりとりに耳をかたむけていた。エレインはローランに手まねきをした。

ラーザックの反撃《はんげき》を食いとめたあと、カーヴァホールのおもな村人たちが部屋にこもって討論《とうろん》している。村はこの先どうすべきか、最初に敵対行為《てきたいこうい》に出たホーストと仲間たちを処罰《しょばつ》すべきか、議論は朝からずっと続いている。

ローランは部屋をのぞいてみた。長いテーブルをかこんで、バージット、ロリング、スローン、ゲドリック、デルウィン、フィスク、モーン、ほかにもたくさんすわっている。テーブルの奥《おく》には、ホーストが議長としてすわっている。

「……だから、あれは無謀《むぼう》で愚《おろ》かな行為だったといってるんだ！」キゼルトが骨《ほね》ばったひじをテーブルにつき、身を乗りだしていう。「わざわざ村を危険《きけん》におとしいれるようなことを——」

モーンが手をふった。「それは何度も話したことだ。なにがあったか、なにをすべきだったかは、問題じゃない。おれだって気持ちは同じさ——クインビーはだれにも増《ま》しておれの友だちだったんだ。それに、あの怪物《かいぶつ》がローランになにをするかと思うと、ふるえが来る。でも……でも、おれが今いちばん知りたいのは、どうすりゃこの窮地《きゅうち》からぬけだせるかってことだ」

「かんたんだ。兵士を殺しゃいい」スローンが吠《ほ》える。

「で、そのあとは？　兵士なんか、いくらでも送られてくる。おれたち全員が、深紅《しんく》の軍服の海で溺《おぼ》れ死《し》ぬまでな。たとえローランを引きわたしても、いいことはなにもないさ。ラーザックがいったこ

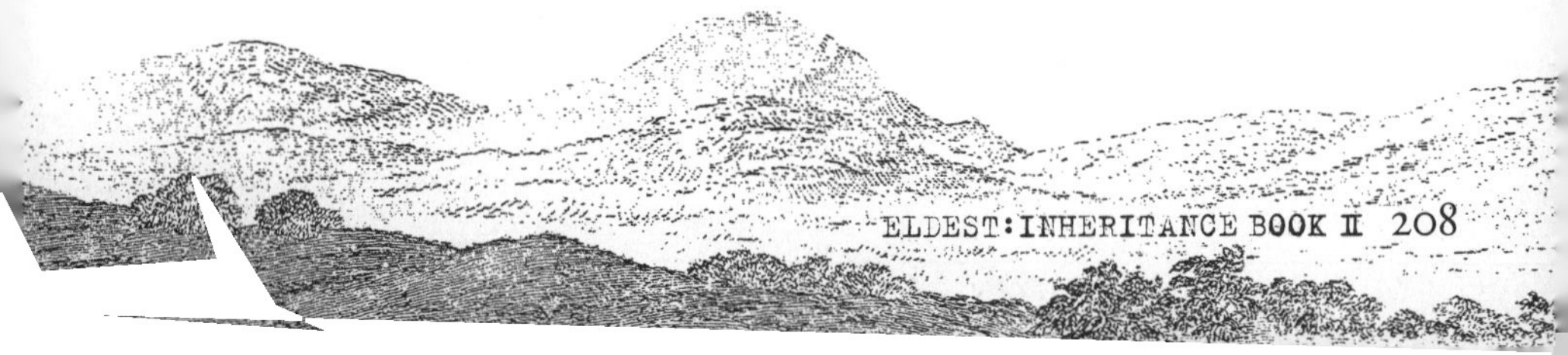

とを聞いたろう？　ローランをかくまえばおれたちは殺され、そうじゃなくても奴隷《どれい》にされる。あんたはどう思うか知らんが、おれは奴隷で一生送るくらいなら、死んだほうがましだ」モーンは口を真一文字に結び、かぶりをふった。「どのみち生きのびる道はないんだ」

　フィスクが身を乗りだした。「逃《に》げるって手がある」

「逃げ道なんてどこにもないだろ！」キゼルトがぴしゃりといい返す。「うしろはスパイン、道は兵士たちにふさがれている。それをこえたって、先は帝国《ていこく》だ」

「全部おまえのせいだ」セインがホーストを指さしてさけんだ。「おまえのせいで、おれたちの家は焼かれ、こどもたちは殺されるんだ。おまえのせいだ！」

　ホーストがいきなり立ちあがり、椅子《いす》がうしろにひっくり返った。「おまえの誇《ほこ》りはどこへ行った？　戦いもせず、だまってやつらに食われるつもりか？」

「ああ、自殺するしかないというならな」セインはテーブルのまわりをにらみつけると、席をけって、ローランの前をすりぬけてでていった。その顔はまじりけのない恐怖心《きょうふしん》でゆがんでいた。

　ゲドリックがローランに気づき、部屋にまねきいれた。「さあ、こっちへ来なさい。みんな、ずっとおまえさんを待ってたんだ」

　ローランはいくつものきつい視線《しせん》にさらされ、両手をにぎりしめた。「おれはどうすれば？」

「たぶん」ゲドリックがいった。「ここのみんなは、おまえさんを帝国に引きわたしても、状況《じょうきょう》は好転しないということで合意してるはずだ。たとえ合意していなくても、もはやそれでどうなるという

話じゃない。今おれたちにできるのは、次の攻撃にそなえることだけだ。ホーストが槍《やり》の穂先《ほさき》や、時間があればほかにも武器《ぶき》をつくってくれる。フィスクは盾《たて》をつくるといってくれた。さいわい、彼の作業場は焼かれずにすんだからな。それと、防御《ぼうぎょ》の作業を監督《かんとく》する人間が必要だ。おれたちは、それをおまえさんにやってもらいたいと思っている。補佐《ほさ》はおおぜいつけるさ」

ローランはうなずいた。「精《せい》いっぱいがんばるよ」

モーンのとなりでタラが、亭主《ていしゅ》を見おろすように立ちあがった。タラは白髪《しらが》まじりの黒髪《くろかみ》の大柄《おおがら》な女だ。たくましい手で、鶏《にわとり》の首をひねるのと同じぐらいかんたんに、もめる男たちを引きはなしてしまう。「ローラン、ほんとにしっかりやっとくれよ。もう葬式《そうしき》はごめんだからね」タラはホーストを見ていった。「いろいろとはじめる前に、亡《な》くなった人たちを埋葬《まいそう》しなきゃ。それに、こどもたちを安全なところに避難《ひなん》させたほうがいい。ノストクリークのコーリーの農場がいいよ。エレイン、あんたも行くんだよ」

「わたしはホーストのそばにいるわ」エレインがおだやかにこたえた。

タラがいらだっていう。「ここには妊娠《にんしん》五か月の女がいる場所なんてないよ！　今みたいに走りまわってたら、おなかの子がだめになっちまう」

「なにがどうなってるかわからず心配してるほうが、ずっと体に悪いわ。だいじょうぶ、わたしは息《むす》子《こ》をふたりも産んでるのよ。あなたやほかの奥《おく》さんたちと同じように、わたしもここに残ります」

ホーストがテーブルをまわってきて、やさしい顔でエレインの手をとった。「おれのそば以外の場所に、おまえを行かせたりしないさ。だが、小さなこどもたちは避難させないとな。コーリーなら、ちゃんとめんどうをみてくれるだろう。農場までの道のりは、危険《きけん》がないようしっかり確認《かくにん》しないとならんな」

「それだけじゃない」ロリングがしわがれ声でいった。「おれたちはだれひとりとして——コーリー以外の——ノストクリークの連中とかかわってはいかんぞ。彼らの助けを期待してはならん。化け物どもが、彼らまでめんどうに巻きこまんように」

全員がロリングの言葉に納得《なっとく》し、話しあいは終わった。参加者はそれぞれに散っていった。しかし、いくらもたたないうちに、彼らや、ほかの多くの村人たちが、ガートルードの家の裏《うら》の、小さな墓地《ぼち》へ集まってきた。墓《はか》の前には、白い包帯でくるまれた骸《むくろ》が十体置かれていた。それぞれの冷たい胸《むね》には、ヘムロックの小枝《こえだ》がのせられ、首には銀の魔《ま》よけの首輪がかけられている。

ガートルードが前に立ち、男たちの名前を読みあげた。「パー、ワイグリフ、ゲッド、バードリック、ファロルド、ヘイル、ガーナー、ケルビー、メルコルフ、アルベン」死者たちの目の上に黒い小石をのせると、ガートルードは両腕《りょううで》を高くあげ、顔を空にむけ、ふるえる声で哀悼《あいとう》の歌をうたいはじめた。閉《と》じた目のふちに涙《なみだ》をにじませ、村人たちの悲しみを嘆《なげ》き、悼《いた》むように、太古からの言葉を高く低く詠《えい》じる。それはこの世と闇《やみ》と、人間が永遠《えいえん》にのがれることのできない惜別《せきべつ》をうたった歌だった。

最後の調べが消えて静寂《せいじゃく》がおとずれると、遺族《いぞく》たちは失った家族の功績《こうせき》をたたえた。

こうして、亡骸《なきがら》は埋葬《まいそう》された。

遺族《いぞく》たちの言葉に耳をかたむけながら、ローランはふと名前のない塚《つか》に目をとめた。三人の兵士が埋《う》められている場所だ。ひとりはノルファヴレルに、ふたりはローランに殺された男たちだ。

ふりおろした槌《つち》の下で、筋肉《きんにく》や骨《ほね》が……くだけ……つぶれるときの、本能的《ほんのうてき》な衝撃《しょうげき》を、彼はいまだに覚えている。ローランは胃の腑《ふ》がこみあげるのを感じ、おおぜいの前で吐《は》かないよう懸命《けんめい》にこらえた。おれが彼らの人生を断《た》ち切ったんだ。人を殺すことになるとも、殺したいとも、夢《ゆめ》にも思ったことがないのに、カーヴァホールのだれよりも多くの人を殺してしまった。ローランは、自分の額《ひたい》に血の刻印《こくいん》がおされているような気がした。

ローランはカトリーナと話すこともせず、足早に墓地《ぼち》を去り、カーヴァホールが一望できる高みまでのぼって、村を守るための最善策《さいぜんさく》を考えた。村に防御線《ぼうぎょせん》をめぐらせたいが、あいにく家々ははなれすぎていて、家のあいだをつないで砦《とりで》のようにすることはできない。兵士たちが民家の塀《へい》をよじのぼって庭に侵入《しんにゅう》してくるのはさけたい。村の西側はアノラ川が守ってくれる。だが、ほかの部分から入ってこられたら、こどもひとり守ることもできない……たった数時間で、どうやって強固な砦をつくることができるだろう?

ローランは村の中心部へ駆《か》けおり、声をはりあげた。「手のあいてる者にたのみたい! 木を切りだすのを手伝ってほしい!」じきに家や通りから、男たちがぽつぽつと現《あらわ》れはじめた。「たのむ! もっと手が必要なんだ!」ローランは男たちの数がふえるのを待った。

ロリングの息子《むすこ》のひとり、ダーメンがローランの横にぴたりと立った。「どんな計画なんだ?」

ローランはみんなに聞こえるよう大声でいった。「カーヴァホールに壁《かべ》をつくりたいんだ。壁は厚《あつ》ければ厚いほどいい。大きな木を横だおしに置いて、枝《えだ》を鋭《するど》くとがらせる。そうすれば、ラーザックも乗りこえるのに時間がかかると思うんだ」

「木はどれくらい必要なんだ?」オーヴァルがたずねた。

ローランは口ごもり、頭のなかで村の円周をはかった。「少なくとも五十本はいる。六十あればなおいい」

男たちは毒づき、文句《もんく》をいいはじめた。

「待ってくれ!」ローランは集まった男たちの数をかぞえてみた。四十八人いる。「みんながそれぞれ一時間で一本の木を切りたおせば、それでだいたい終わる。やれないかな?」

「おまえ、おれたちをなんだと思ってるんだ?」オーヴァルがいい返した。「一時間で一本切ったのは、十のガキのころだぞ!」

ダーメンが提案《ていあん》した。「イバラも使えるんじゃないか? とげのあるツルを木にたらしておくんだ」

ローランは笑った。「いいアイデアだ。それと、切った木を馬に引かせなきゃならないから、息子のいる人は馬具をつけるようにたのんでくれ」

男たちは返事をして、作業に必要な斧《おの》やノコギリをとりにもどっていった。

ローランはダーメンの前で立ちどまっていった。「くれぐれも枝ははらわないようにな。じゃない

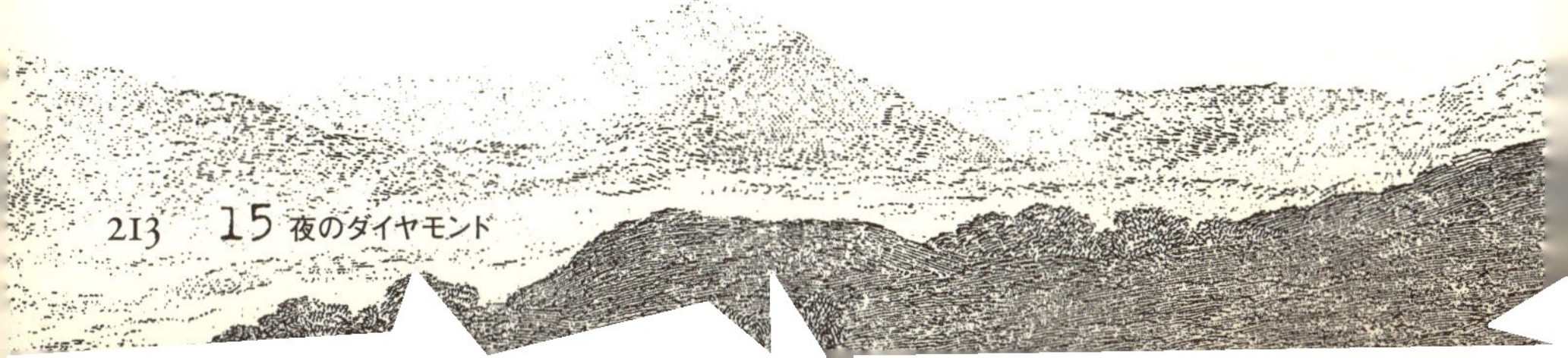

と、防御柵《ぼうぎょさく》にならないから」

「おまえはどこに行く?」ダーメンがたずねた。

「べつの防御線をつくりに」ローランは彼らと別れ、クインビーの家へ走った。

なかでは、未亡人のバージットがいそがしそうに窓《まど》に板を打ちつけていた。「なんだい?」バージットがローランをふり返っていう。

ローランは木の砦《とりで》の計画を手短《てみじか》に説明した。「それで、木の壁《かべ》の内側に壕《ごう》を掘《ほ》りたいんだ。敵《てき》の侵入《しんにゅう》をすこしでも遅《おく》らせるために。その底に、とがった棒《ぼう》をさしておければ、もっといい——」

「なにをいいたいんだい、ローラン?」

「女性《じょせい》やこどもたちや、手のあいてる人みんな集めて、あんたに指揮《しき》してほしいんだ。おれひとりではとても手がまわらないし、時間が……」ローランはバージットの目をまっすぐ見つめた。「お願いだ」

バージットは眉《まゆ》をひそめた。「なんであたしにたのむのさ?」

「それは、あんたもおれと同じくらい、ラーザックを憎《にく》んでるからだ。どんなことをしてでもあいつらをとめたいと思ってる、それがわかるからだ」

「なるほどね」バージットはつぶやいた。そして、パンッと手をたたいていった。「わかった、あんたのいうとおりにするよ。でもね、ギャロウの息子《むすこ》ローラン、あたしはぜったい忘《わす》れないよ、うちの亭主《ていしゅ》に悲劇《ひげき》をもたらしたのは、あんたとあんたの家族だってことをね」バージットはローランがこた

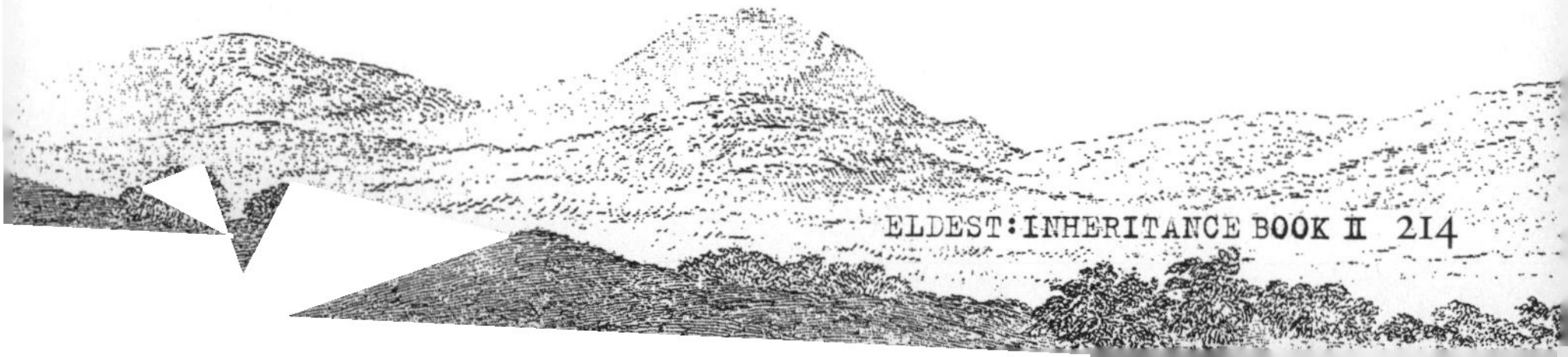

える前に、つかつかと立ち去っていった。

　ローランはバージットの敵意《てきい》を冷静に受けとめた。失ったものの大きさを思えば、当然のことだ。絶交《ぜっこう》を宣言《せんげん》されなかっただけでも、ありがたいと思わなければならない。ローランはかぶりをふり、村の大通りへ走った。

　そこはカーヴァホールに通じる本線であり、いちばん侵入されやすい場所だ。守りはとくに厳重《げんじゅう》にしなければならない。こんどはラーザックに道を爆破《ばくは》させるわけにはいかない。

　ローランはバルドルの手をかりて、道を横切る溝《みぞ》を掘りはじめた。「もうすこししたら行かなきゃならないんだ」バルドルはつるはしをふりおろしながらいった。「おやじに鍛冶場《かじば》を手伝ってくれっていわれてるから」

　ローランは顔をあげず、返事のかわりにうなった。つるはしをふるっていると、頭のなかに、またも兵士たちの記憶《きおく》がよみがえってくる。槌《つち》をふりおろしたときの兵士たちの顔、そして、あの感触《かんしょく》。腐《くさ》った切《き》り株《かぶ》を打ちくだいたかのような、忌《い》まわしい感触《かんしょく》。こみあげる吐《は》き気《け》に手をとめたとき、カーヴァホールじゅうのざわめきを感じた。村人たち全員が、次の襲撃《しゅうげき》にそなえているのだ。

　バルドルがいなくなったあと、ももの深さまでの溝をひとりで掘りおえ、ローランはフィスクの作業場へ走った。大工のフィスクに貯蔵用《ちょぞうよう》の干《ほ》した丸太を五本ゆずってもらい、大通りまで馬に引かせてもどった。そして、道を行きどまりにするため、掘った溝に丸太を立てて埋《う》めこんだ。丸太がしっかり立つようにまわりを土でかためているところへ、ダーメンが走ってきた。

「木を切ってきたぞ。今みんなが壁《かべ》をつくってる」

ダーメンについて村の北側へ行ってみると、十二人の男たちが青々としたマツの木を四本、一列にならべていた。運搬係《うんぱんがかり》の男たちは、若《わか》い少年のムチのもと、馬を引いてふもとまでもどっていく。

「ほとんどの男たちが丸太を運ぶほうにまわってる。助っ人がふえたんだ。おれのいないあいだに、森の木を全部切りたおすことに決めたらしい」

「いいさ、丸太はいくらでも使える」

ダーメンはキゼルトの畑のはしにつまれたイバラの山を指さした。「アノラの川べりでとってきたんだ。好きなように使ってくれ。もっとさがしてくるよ」

ローランは礼がわりにダーメンの腕《うで》をポンとたたき、村の東側へむかった。

そこでは女、こども、男たちが長くうねった列をつくって、壕《ごう》を掘《ほ》っている。バージットが司令官のように指示《しじ》を出したり、みんなに水をくばったりしている。壕は幅《はば》一・五メートル、深さ六十センチほどにまでなっている。

ひと息ついたバージットに、ローランが声をかけた。「こんなにできてるなんて、おどろいたよ」

バージットは彼のほうを見ず、髪《かみ》をうしろにはらっていった。「最初に地面に鋤《すき》を入れたのさ。そのほうがはかどるから」

「おれにもショベルをかしてくれるかい?」ローランはきいた。

バージットは壕のはしに積まれた道具の山をさした。

ローランはそこへ歩きながら、作業する人々の背中《せなか》に目を走らせた。ちょうど真ん中あたりで、カトリーナの赤褐色《せきかっしょく》の髪《かみ》が光っている。そのとなりでスローンが、やわらかい土にがむしゃらにショベルをつきさしている。まるで地面という皮膚《ひふ》を切り裂《さ》いて、その裏《うら》の土を引きはがし、筋肉《きんにく》をもあらわにしようとしているかのようだ。彼の目は血走り、歯はむきだしになり、眉間《みけん》には深いしわがよっている。唇《くちびる》が泥《どろ》でよごれるのもかまわないようだ。

ローランはスローンの形相《ぎょうそう》を見て身ぶるいをし、その狂気《きょうき》じみた目と目をあわさないように顔をそむけた。ショベルをつかみ夢中《むちゅう》で穴《あな》を掘り、肉体を酷使《こくし》することで不安をふりはらおうとした。


食事や中休みもとらず、次々と作業に駆《か》けずりまわるうちに一日が過《す》ぎていった。壕は長く、深くなり、村の三分の二をかこんで、アノラ川の土手に達するまでになった。掘り返した土は壕のふちに積みあげられた。これで、飛びこえることもよじのぼることも、やりにくくなるだろう。

丸太の壁も昼すぎにはできあがった。ローランもかぞえきれないほどの木の枝《えだ》をとがらせる作業を手伝った。何本もの枝をなるべくかさねあわせ、連結させ、最後にイバラの網《あみ》をかぶせる。アイヴァーたち農夫が家畜《かちく》を村に避難《ひなん》させたりするときは、丸太をよけて通してやらなければならなかった。

夜までには、ローランが期待していた以上に、強固で広範囲《こうはんい》にわたる要塞《ようさい》ができあがったが、それでも完成までにはまだ数時間が必要だった。

ローランは地面にすわり、疲《つか》れでかすむ目で空の星を見つめながら、パンをかじっていた。だれかに肩《かた》をたたかれ、ふり返るとアルブレックがいた。

「ほら」アルブレックがさしだしたのは、ノコで切った板を釘《くぎ》でとめただけの荒《あら》けずりの盾《たて》と、百八十センチの長さの槍《やり》だ。ローランはそれをありがたく受けとり、アルブレックはほかの者たちにも槍と盾をくばりに行った。

ローランは重い腰《こし》をあげ、ホーストの家に槌《つち》をとりに行って完全武装《ぶそう》すると、バルドルら三人が監《かん》視《し》を続ける大通りの砦《とりで》へもどった。

「休憩《きゅうけい》をとるときは起こしてくれ」ローランはそういって、近くの家の軒下《のきした》の草の上にころがった。暗がりでも手のとどく場所に武器を置き、胸《むね》さわぎをおさえつつ目を閉《と》じる。

「ローラン！」右の耳にささやきが聞こえた。

「カトリーナ？」なんとか体を起こす。

カトリーナがランタンのフタをあけるとき、ねじが太ももにあたり、ローランは目をぱちくりさせた。

「こんなところで、なにをやってるんだ？」

「あなたに会いたかったの」青白い顔のなか、謎《なぞ》めいた大きな目が、夜の闇《やみ》にかげって見える。カトリーナは彼の腕《うで》をとり、バルドルたちに声が聞こえないよう、家のポーチへとみちびいていった。そして彼の頬《ほお》に両手をそえて、そっとキスをした。

でもローランは疲《つか》れと苦悩《くのう》が大きすぎて、彼女の愛情《あいじょう》にこたえることができない。

カトリーナは身を引いて、彼をじっと見つめた。「ローラン、どこかおかしいの?」

笑いたくないのに笑いがどっとこみあげた。「どこかおかしい? おかしいのは世の中さ。落っこちそうな額《がく》ぶちみたいに、この世の中がかたむいちまったんだよ」ローランはにぎった拳《こぶし》をみぞおちにぎゅっとおしあてた。「それに、おれもおかしい。気をゆるめるとすぐ、槌で殴《なぐ》りつけてやった帝《てい》国兵《こくへい》の顔が目に浮《う》かぶんだ。おれが殺した男たちだよ、カトリーナ。あの目……目を思い出すんだよ! やつらは自分が死ぬことを知っていた。なのに、どうすることもできなかったんだ」ローランは暗闇のなか、ふるえていた。「彼らは知っていた……おれだって……なのに、殺さなきゃならなかった。どうしても——」熱い涙《なみだ》が頬を伝い、言葉が続かなくなる。

ここ何日かのショックに耐《た》えかね、泣きくずれるローランを、カトリーナは頭を抱《だ》いてやさしくゆらした。彼はギャロウとエラゴンのために泣いた。パーとクインビーと、死んだ何人もの男たちのために泣いた。自分のために泣き、カーヴァホールの運命を思って涙した。感情の波が完全に引いて、大麦の殻《から》のようにひからびてからっぽになるまで、彼は泣き続けた。

無理やり深呼吸《しんこきゅう》をして、カトリーナを見ると、その目にも涙があふれていた。ローランは親指で彼女の涙をふいた。夜のダイヤモンドのような涙を。「カトリーナ……いとしい人」彼はもう一度、嚙《か》みしめるようにいった。「いとしい人。きみにあげられるものは、愛しかない。それでも……きかせてくれ。ぼくと結婚《けっこん》してくれないか?」

おぼろげなランタンのあかりのなか、カトリーナの顔に、純粋《じゅんすい》なよろこびとおどろきが駆《か》けぬけた。それから、ためらいと困惑《こんわく》の色が浮《う》かんだ。

スローンのゆるしなしに、彼女に同意を求めるのは、悪いことだとわかっている。けれど、ローランはそんなことはもうどうでもかまわないと思った。カトリーナとふたりで生きてゆけるのか、どうしても今きかなければならなかった。

やがて、彼女は静かにこたえた。「ええ、ローラン、結婚《けっこん》します」

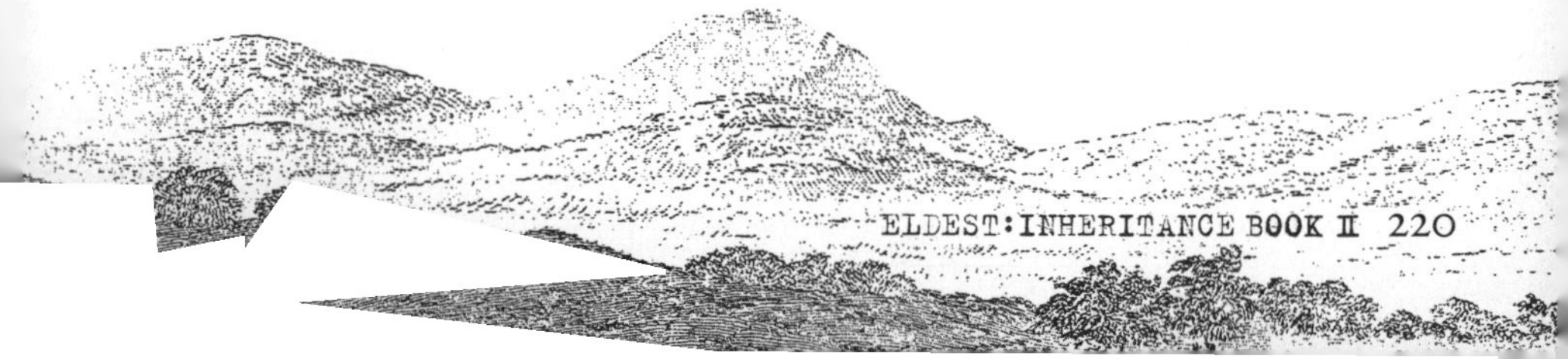

16
暗雲

その夜、雨が降《ふ》りだした。

いくえにもふくらんだ雲がパランカー谷をおおい、山々に腕《うで》を広げてしがみつき、あたりはどんよりとした冷たい靄《もや》に包まれていた。ローランは雲がその中身を吐《は》きだすのを、家のなかから見ていた。木々には灰色《はいいろ》の雨の糸が打ちつけ、葉がしぶきを飛ばし、村の周囲に掘《ほ》った壕《ごう》は泥水《どろみず》があふれ、屋根やひさしを容赦《ようしゃ》なくたたいている。なにもかもが豪雨《ごうう》にかすんでいる。

翌日《よくじつ》の午前中には嵐《あらし》のいきおいはおとろえたが、靄に濾過《ろか》されたような霧雨《きりさめ》がたえまなく降り続いている。雨は、大通りの砦《とりで》の監視《かんし》についたローランの髪《かみ》や服を、たちまちずぶ濡《ぬ》れにした。立てた丸太のかげにしゃがみこみ、ローランはマントの雨をはらい、フードをできるだけ目深にかぶって、寒さを考えまいとした。

天気の悪さとは裏腹《うらはら》に、ローランの心は舞《ま》いあがっていた。カトリーナにいい返事をもらえたからだ。ぼくたちは婚約したんだ！　世の中の欠けていた一片《いっぺん》がしっくりおさまったかのような、あるい

は、自分が不死身の戦士としてみとめられたかのような心持ちだった。ふたりの愛にくらべれば、兵士もラーザックも帝国《ていこく》も、どれほどのものだ？　まだ燃《も》えてもいない、ただの火口《ほくち》にすぎないじゃないか。

だが、幸福感にひたろうとしても、頭を占《し》めるのは、自分のなかでにわかにもっとも深刻《しんこく》な問題となったことだった。ガルバトリックスの怒《いか》りがカトリーナに降《ふ》りかからないと、どうしていえるだろう？　寝《ね》ても覚めてもそのことしか考えられない。いちばん安心なのは、カトリーナをコーリーの農場へ避難《ひなん》させることだ。ローランはかすむ道に目をこらしながら思った。けれど、彼女はぜったいに行きたがらないだろう……スローンがそうしろと命じないかぎり。でも、ひょっとして、スローンを説得することはできるかもしれない。スローンだって、おれと同じぐらい、彼女を危険《きけん》から遠ざけておきたいと思っているはずだ。

スローンに交渉《こうしょう》する手立てを考えているうちに、雲がふたたび厚《あつ》くなり、雨がまた強くなった。水たまりは雨粒《あまつぶ》にピシピシたたかれてたちまち息をふき返し、水しぶきはおどろいたバッタのように水面ではねている。

空腹《くうふく》を感じたローランは、監視《かんし》をロリングの末息子《すえむすこ》ラーンにまかせ、昼食を求めて家々の軒《のき》づたいに駆《か》けていった。角にさしかかったとき、家のポーチにいるアルブレックを見て、はたと足をとめた。何人かの男たちと激《はげ》しく口論《こうろん》をしている。

リドリーがわめいた。「……おまえの目がおかしいんだよ——そのハコヤナギのかげにかくれて行けば、見つかるわけがない！　おまえがアホな道を通ったんだよ」

「じゃあ、自分でまず通ってみろよ」アルブレックがいい返す。

「おう、いいともさ！」

「あとで矢を射《い》かけられた感想を聞かせてもらわないとな」

「おれたちはな」セインがいう。「おまえみたいなのろまじゃねえんだよ」

アルブレックは歯をむきだして食ってかかる。「おまえのいってることは、頭んなかと同じで腐《くさ》ってる。見たこともない草のかげを歩かせるなんて、おれは家族にそんな危険なまねをさせるほどバカじゃない」

セインの目が見開き、顔はまだらに赤黒くなった。

「なんだよ？」アルブレックがあざけるようにいう。「おまえ、いい返せないんだろ？」

セインがウォーッとさけんで、アルブレックの頬《ほお》を拳《こぶし》で殴《なぐ》りつけた。

アルブレックは「おまえの腕力《わんりょく》は女と変わらんな」と笑い、セインの肩《かた》をつかんで、ポーチから地面へ投げ飛ばした。

セインは気絶《きぜつ》して、ぬかるみで横たわった。

ローランは槍《やり》を竿《さお》のようにもって、アルブレックの横に飛びだし、リドリーやほかの男たちがかかってくるのをとめた。「もうやめろ」ローランはどなりつけた。「戦う相手がちがうだろう！　アルブレックとセインとどっちが罰金《ばっきん》をはらうべきかは、集会を開いて、仲裁人《ちゅうさいにん》たちに決めてもらえばい

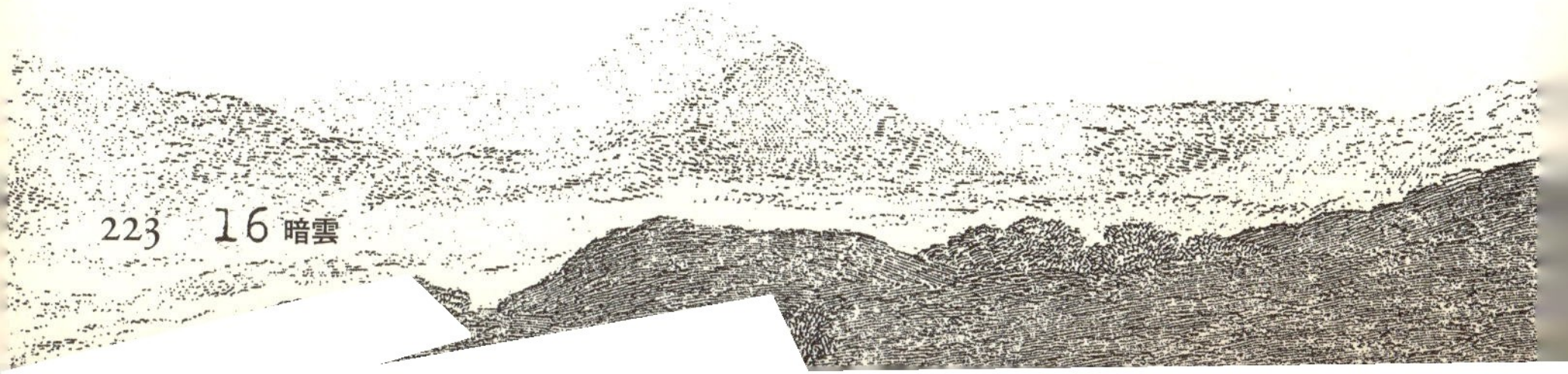

い。でも、それまでは、内輪もめはやめておけ」

「おまえはいいさ」リドリーが吐《は》きすてるようにいった。「女房《にょうぼう》こどもがいないから、そんなことがかんたんにいえる」リドリーはセインを立たせ、ほかの男たちと引きあげていった。

ローランはアルブレックと、右目の下に広がる青あざをじっとにらんだ。「原因《げんいん》はなんだ？」

「じつは――」アルブレックが顔をしかめ、あごを手でこする。「ダーメンといっしょに偵察《ていさつ》に行ったんだ。ラーザックは、まわりの丘《おか》に何人か見張《みは》りを立たせてた。アノラ川と谷一帯を見わたせるところにいるんだ。おれたちひとりやふたりなら、うまくすれば気づかれずにすりぬけられるかもしれない。でも、こどもたちをコーリーの農場まで移動《いどう》させるなんて、とても無理だ。兵士たちを殺さないかぎり。たとえそうしたにしろ、ラーザックに行き先を教えるも同然だ」

ローランは極度の不安が、毒のように全身にまわるのを感じた。どうすればいいんだ？　破滅《はめつ》の予感にむかつきを覚えながら、彼はアルブレックの肩《かた》を抱《だ》いた。「行こう。ガートルードに手当てしてもらわないと」

「いいんだ」アルブレックはローランの手をふりほどいた。「彼女のところには、もっと大変な患者《かんじゃ》がいる」彼は湖に飛びこむかのように思いきり息を吸《す》い、どしゃぶりのなか鍛冶屋《かじや》の作業場へ駆《か》けていった。

ローランは彼のうしろ姿《すがた》を見送り、かぶりをふって、家に入った。

エレインが何人かのこどもたちと床《ゆか》にすわりこみ、大量の槍《やり》の穂先《ほさき》を、やすりや砥石《といし》でといでい

た。

ローランは手をふってエレインをべつの部屋に呼《よ》び、アルブレックのことを話して聞かせた。

エレインは悪態《あくたい》をつき――彼女がそんな言葉を使うのを初めて聞いたので、ローランはおどろいた――彼にたずねた。「それで、セインは絶交《ぜっこう》を宣言《せんげん》してきそうなの?」

「かもしれない」ローランはみとめた。「おたがいにののしりあってたけど、アルブレックの言い方のほうがひどかった……先に手を出したのはセインだけど。でも、こっちから絶交を宣言することだってできるよ」

「バカげてるわ」エレンはきっぱりといって、肩《かた》にショールを巻《ま》きつけた。「そんな口論《こうろん》は、仲裁人《ちゅうさいにん》が解決《かいけつ》してくれる。罰金《ばっきん》を払《はら》えっていうなら、そうするわ。血で血を洗《あら》う争いなんてまっぴらだもの」

エレインはとぎおえた槍の穂先をもって、玄関《げんかん》を出ていった。

ローランは困惑《こんわく》したまま、キッチンでパンと肉を見つけて食べ、こどもたちの〝穂先とぎ〟の手伝いをはじめた。やがて母親のひとり、フェルダが来てくれたので、こどもたちの世話をまかせ、村の大通りへ引き返した。

泥《どろ》のなかにうずくまっていると、雲間からふと一条《いちじょう》の光がさしこんで、降《ふ》りしきる雨を照らしだした。雨のひと粒《つぶ》ひと粒が、水晶《すいしょう》のきらめきのように輝《かがや》いている。ローランは畏敬《いけい》の念に打たれ、顔に雨があたるのもかまわずその光景に見入った。雲の切れ間はしだいに広くなり、やがてパランカー谷の西の空四分の三ほどに巨大《きょだい》な入道雲が浮《う》かび、反対側に真っ青な空が現《あらわ》れた。もくもくとわく雲と

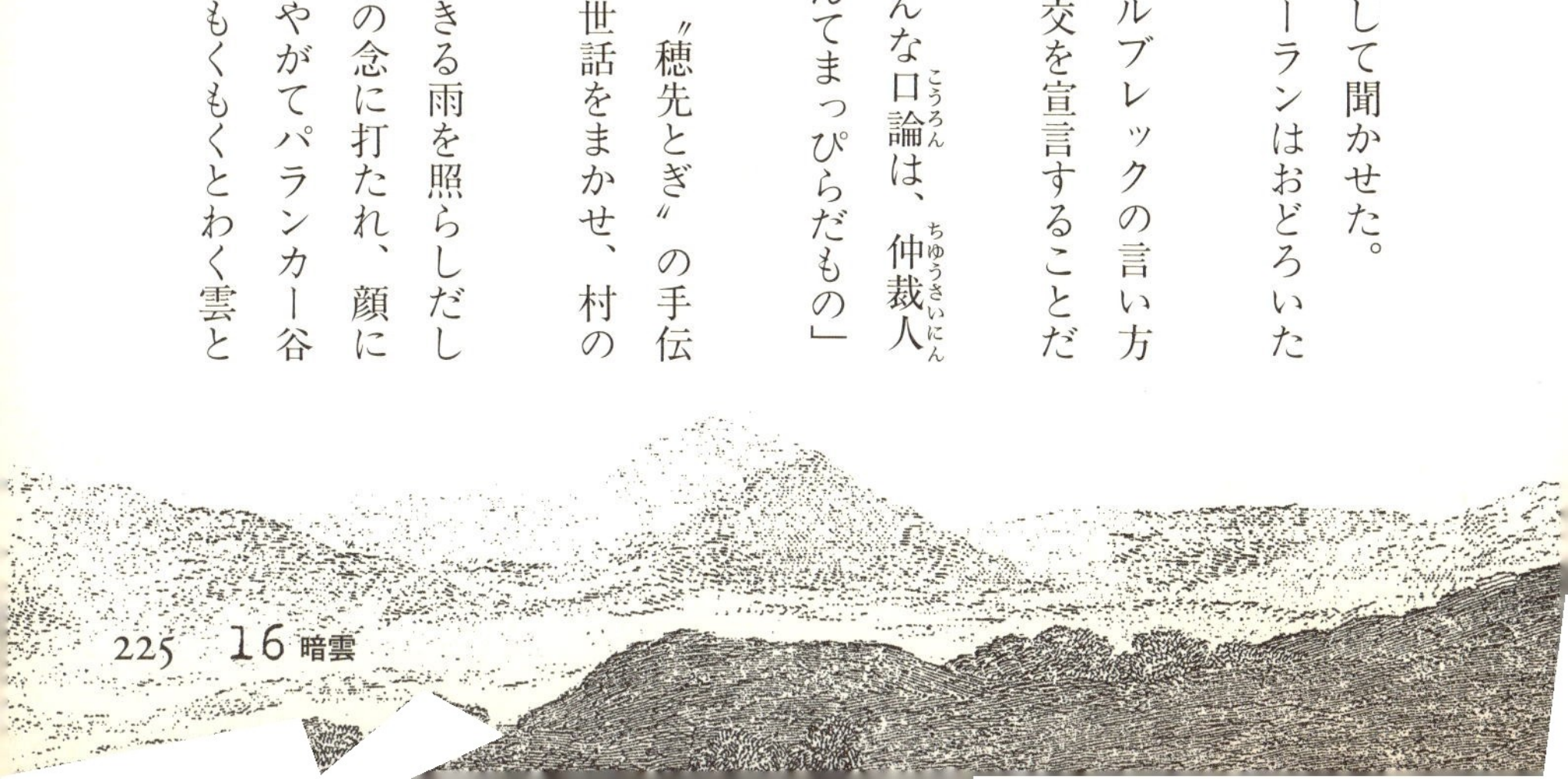

太陽の角度のせいで、雨に濡《ぬ》れる景色《けしき》の片側《かたがわ》だけがきらきら光り、もう片方の景色は濃《こ》い影《かげ》に彩《いろど》られている。畑も茂《しげ》みも木々も川も山々も、異様《いよう》なほどあざやかだった。まるで世の中のものすべてが、つやつやと光る金属《きんぞく》の彫刻《ちょうこく》に変貌《へんぼう》をとげたかのようだ。

そのとき、ローランの目がなにかの動きをとらえた。下を見ると、道ばたに兵士がひとり、鎖帷子《くさりかたびら》を氷のように光らせて立っている。兵士はカーヴァホールをとりまく要塞《ようさい》にしばしあぜんとして、きびすを返し、金色の靄《もや》のなかへ走り去っていった。

「兵士が来たぞ！」ローランはさけぶなり、立ちあがった。弓を引きたかったが、濡《ぬ》れないように家のなかに置いてある。唯一《ゆいいつ》、希望がもてるのは、兵士たちも武器《ぶき》をかわかすのに苦労するだろうということだった。

男も女も家から飛びだし、かさなりあうマツの壁《かべ》からむこうをすかし見ようと、壕《ごう》のふちに集まってきた。長い枝《えだ》は雨のビーズでおおわれ、その透明《とうめい》な水の玉にいくつもの不安げな目が映《うつ》っている。

気がつくと、スローンが横に立っていた。肉屋は左手にフィスクのつくった即席《そくせき》の盾《たて》、右手に半月型に曲がった肉切り包丁をもち、腰《こし》のベルトには一ダースものナイフをぶらさげている。どれも大ぶりで、かみそりのようによくといである。

ローランとスローンは短くうなずきあい、兵士の消えた場所に目をもどした。

一分もたたないうちに、靄のなかから、姿《すがた》なきラーザックの声が、ヘビのように這《は》いでてきた。

「そうやって村を守るわけかあ。おまえらの返事はわかった。運命が決まったということだ。おまえらは死ぬ！」

ロリングがこたえた。「腰《こし》ぬけの、ガニ股《また》の、ヘビの目の悪党《あくとう》め！　できるもんなら、そのウジのわいた顔を見せてみやがれ！　脳天《のうてん》をかち割《わ》って、中身をブタに食わしてやるわい！」

黒い影《かげ》がひとつ宙《ちゅう》を飛び、鈍《にぶ》い音とともに、ゲドリックの左腕《ひだりうで》すれすれの扉《とびら》に槍《やり》がささった。

「盾にかくれろ！」前線の中央でホーストがさけんだ。ローランは盾のうしろにひざをつき、二枚《まい》の板の細いすきまからのぞき見た。間一髪《かんいっぱつ》だった。五、六本の槍が木の壁をつきぬけてきて、うずくまる村人たちのあいだにささった。


靄のどこかから、苦しげな悲鳴が聞こえてきた。

ローランの心臓《しんぞう》がびくっとはね、痛《いた》いほどに打ちはじめた。身じろぎもせず、ゼーゼーと息をする。汗《あせ》で手がひどくぬるぬるしている。

と、村の北のほうから、ガラスの割《わ》れるような音がかすかに聞こえてきて……次の瞬間《しゅんかん》、爆発音《ばくはつおん》がとどろき、丸太の折れるすさまじい音が響《ひび》きわたった。

ローランとスローンはふり返り、音のしたほうへ猛然《もうぜん》と駆《か》けていった。

行ってみると、六人の兵士たちが、折れた木を引きずって道をあけている。そのむこう、光る雨のなかに、黒い馬にまたがるラーザックが白く亡霊《ぼうれい》のように浮《う》かびあがっている。

ローランは足をとめることなく、槍をかまえてひとりめの兵士に飛びかかった。二度の突《つ》きがかわされると、ローランは三度めに兵士の尻《しり》めがけて槍をつき立て、相手がよろけたすきにのどをぶちぬ

いた。

スローンが猛《たけ》りくるう野獣《やじゅう》のように肉切り包丁を投げつけ、兵士の兜《かぶと》が割《わ》れ、脳天《のうてん》を打ちくだいた。

べつの兵士がふたり、剣《けん》をぬいて飛びかかってくる。

スローンは笑い声をあげながら横っ飛びでよけ、盾《たて》で剣を受けた。

ひとりの兵士のいきおいがよすぎて、剣が盾につきささったままぬけなくなった。

スローンは男をぐいと引きよせ、小型ナイフをその目につき立てた。そして、二本めの肉切り包丁をぬき、狂気《きょうき》じみた笑《え》みを浮《う》かべながら次の敵《てき》を追いこんでいく。「はらわたをくりぬいて、歩けなくしてやろうか？」スローンはおぞましいよろこびにひたり、小躍《こおど》りしているかのようだ。

ローランは次のふたりとの打ちあいで槍《やり》を失い、相手の剣に足を切り裂《さ》かれる寸前《すんぜん》、かろうじて槌《つち》を引っぱりだした。

ローランの手から槍をむしりとった兵士は今、その槍をローランの胸《むね》めがけて投げ返そうとしている。

ローランはとっさに槌を投げつけた。空中で槌とぶつかった槍は——仰天するふたりの目の前で——向きを変え、放った張本人《ちょうほんにん》の鎧《よろい》とあばら骨《ぼね》をつきやぶった。手もとに武器《ぶき》のなくなったローランは、残る兵士たちから後退《こうたい》せざるをえなくなった。死体につまずいてころんだすきに、ひとりがふくらはぎを切りつけてくる。ローランは地面をころがりながら両手で剣をにぎる敵をかわし、足首まで

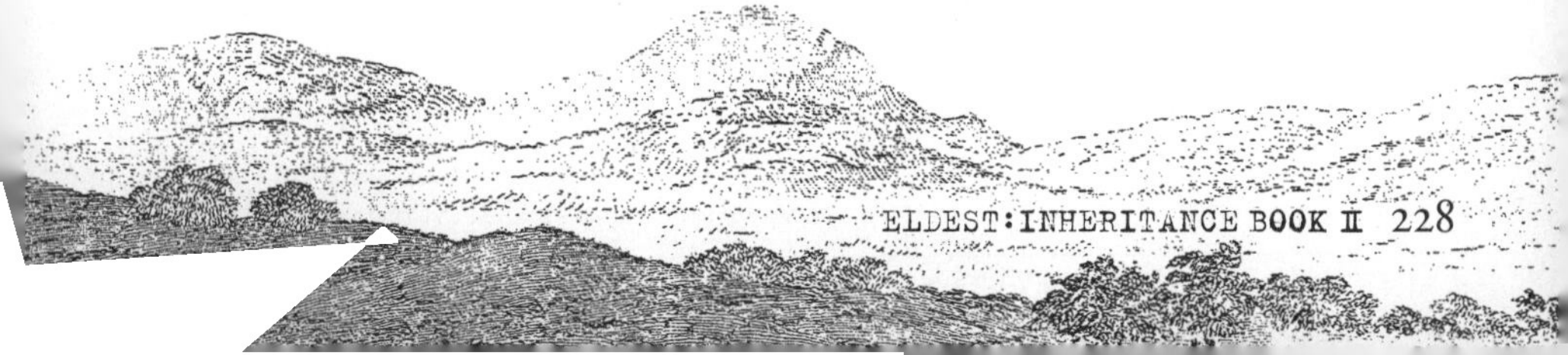

ぬかる泥《どろ》を必死でかきまわした。

なんでもいい、なにか武器になるものはないか？　指になにかの柄《え》があたった。ローランはぬかるみからそれを引きはがし、剣をにぎった兵士の手にたたきつけ、親指を切り落とした。

男はぬめっと光る指の付け根を呆然《ぼうぜん》と見つめ、ひとこともらした。「盾をもたなかった報《むく》いか……」

「そうだ」ローランはこたえ、男の首をはねた。

最後の兵士は恐慌《きょうこう》をきたし、無表情《むひょうじょう》な亡霊《ぼうれい》、ラーザックのほうへ逃《に》げていく。

スローンはそのうしろ姿《すがた》に、口ぎたないののしりの言葉の集中砲火《ほうか》を浴びせている。

兵士が光る雨のカーテンのむこうにたどりついたとき、馬に乗ったふたつの黒い影《かげ》がその両側からかがみこんだ。ぞっとして見つめるローランの目前で、ラーザックのねじれた手が兵士の首筋《くびすじ》にかかる。その指に容赦《ようしゃ》ない力がかかると、兵士はふりしぼるような悲鳴をあげ、痙攣《けいれん》し、ぐったりと動かなくなった。ラーザックはひとりの鞍《くら》のうしろに死体を乗せ、馬をまわし、去っていった。

ローランは身ぶるいをして、包丁をふくスローンを見た。「あんた、強かったな」肉屋のスローンが、これほどの凶暴性《きょうぼうせい》を内に秘《ひ》めているとは思わなかった。

スローンは低い声でこたえた。「カトリーナを失うわけにはいかん。ぜったいにだ。たとえ、あいつら全員の皮をはぐことになっても、千のアーガルと、ついでに王と戦うことになってもだ。あの空を丸ごと引き裂《さ》いて、帝国《ていこく》をてめえの血の海で溺《おぼ》れさせてでも、カトリーナにはすり傷《きず》ひとつ負わせん」肉屋はそれだけいうと、唇《くちびる》をぎゅっと結び、最後の包丁をベルトにおしこみ、折れた三本の木を

つぎはじめた。

ローランはぬかるみのなか、兵士たちの死体を砦《とりで》からはなれたところまでころがしていった。これで五人殺したことになる。作業が完了《かんりょう》して背中《せなか》をのばすと、周囲を見まわし、首をかしげた。村に聞こえるのは雨音だけで、あとはあまりに静かだ。どうしてだれも助けに来なかったんだ？

胸《むな》さわぎを覚えながら、スローンといっしょに最初の攻撃《こうげき》があった場所へもどった。

雨に濡《ぬ》れる木の枝《えだ》に、息のない兵士がふたりぶらさがっている。

しかし、彼の目をとらえたのはそれではなかった。ホーストやほかの村人たちが、小さな遺体《いたい》をとりかこんでいる。ローランは息がつまった。デルウィンの息子《むすこ》、エルムンドだ。十歳《さい》の男の子のわき腹《ばら》を、槍《やり》がつらぬいたのだ。両親はそのかたわら、泥《どろ》のなかにうずくまっている。彼らの顔は石のように無表情《むひょうじょう》だ。

なんとかしなければ。ローランはひざを落とし、槍によりかかって、強くそう思った。五歳や六歳まで生きられずに終わる子は多い。しかし今、十歳になり、あとはもうどんどん背が高くなり、たくましくなり、いつかかならず父親のあとを継《つ》ぐはずだった長男を失った——打ちのめされて当然だ。カトリーナ……そして、こどもたち……彼らをかならず守らなければ。

でも、どこで……？　どこで……？　どこで守ればいい？

17

空飛ぶヘビ

タ―ナグを出て一日め、エラゴンがしなければならないのは、ドワーフの族長ウンディンが護衛《ごえい》につけてくれた衛兵の名前を覚えることだった。アーマ、トリーガ、ヘディン、エクスヴァー、シュルグナイン——オオカミの心臓《しんぞう》という意味らしいが、エラゴンにはとても発音できない——、ドゥースメール、それとドーヴだ。

どちらのいかだ舟《ぶね》も中央に屋根のあるところがあるが、エラゴンは舟のはしにすわり、流れていくビオアの景色《けしき》をながめて過《す》ごすのが好きだった。川面《かわも》にはカワセミやコクマルガラスが飛びかい、ハシバミやブナ、ヤナギの枝葉からもれる光でまだらの絨毯《じゅうたん》がしかれた土手には、アオサギが竹馬に乗ったように立っている。ときおりシダの茂《しげ》みから、ウシガエルの鳴き声が聞こえてくる。

「いい景色だね」エラゴンはとなりに来てすわったオリクにいった。

「まったくだ」ドワーフは静かにパイプに火をつけ、うしろにのけぞって煙《けむり》を吐《は》いた。

船尾《せんび》では、トリーガが長いかいを使って舟をこいでいる。

エラゴンはその木のきしむ音や綱《つな》を引く音に耳をすませながらたずねた。「オリク、ブロムはどうしてヴァーデンに加わったんだろう？　ブロムのことは、ほとんど知らないんだ。ぼくが生まれてからずっと、彼はただの村の語り部でしかなかったから」

「ブロムはヴァーデンに加わってはいないさ。ヴァーデンの結成を手伝っただけだ」オリクは言葉を切り、パイプの灰《はい》をトントンと水に落とした。「ガルバトリックスが王になったあと、ブロムは〈裏《うら》切《ぎ》り者《もの》たち〉をのぞけば、たったひとりのライダーの生き残りだった」

「でも、そのころはもうライダーじゃなかったんでしょ。〝ドル・アリーバの戦い〟で、彼のドラゴンが殺されたから」

「いや、ライダーとして修行《しゅぎょう》を受けた者ということだ。そもそもはブロムが最初に、追放されたライダーの仲間や味方だった者たちを、ひとつにまとめたんだ。ヴァーデンをファーザン・ドゥアーにかくまうようフロスガーを説得したのも、エルフの協力をたのんだのも彼だった」

ふたりはしばらくなにもいわなかった。

「なぜブロムは指導者《しどうしゃ》にならなかったのかな？」エラゴンがたずねる。

オリクは苦笑した。「おそらく、なりたいと思わなかったんだろう。でもそれは、わしがフロスガーの部族に入れてもらう前のことだからな、トロンジヒームでブロムを見かけたことはほとんどないんだ……彼はいつも〈裏切り者たち〉と戦ったり、いろいろな計画にかかわったりで、飛びまわっていた」

「きみのご両親は亡《な》くなったの？」

「ああ。わしがまだ若《わか》いころ、水痘《すいとう》にやられてね。フロスガーは寛容《かんよう》にも、わしを館《やかた》に置いてくれたばかりか、自分にこどもがいないからといって、わしを跡《あと》とりにしてくれた」

エラゴンはインジータムの紋章《もんしょう》のついた、自分の兜《かぶと》のことを思った。フロスガーはぼくにも寛容だった。

たそがれがおとずれると、ドワーフたちは舟《ふね》の四すみに丸いランタンをつるした。ランタンの色が赤いのは、暗視能力《あんしのうりょく》を失わないようにするためだと聞いている。

エラゴンはアーリアのそばに立ち、ランタンの微動《びどう》だにしない、きよらかな光の深みを見つめた。

「これがどうやってつくられるのか、知ってますか？」彼は問いかけた。

「遠い昔、わたくしたちはドワーフに呪文《じゅもん》をさずけました。彼らはそれを使って、みごとな技術《ぎじゅつ》でこれをつくりあげた」

エラゴンがあごと頬《ほお》をなでると、無精《ぶしょう》ひげがのびかけていた。「旅のあいだ、ぼくに魔法《まほう》を教えてくれませんか？」

アーリアは彼に目をむけた。ゆれ動く舟の上で、みごとにバランスをたもっている。「わたくしの立場でそれはできません。教えるべき人があなたを待っています」

「じゃあ、これだけ教えてください」エラゴンはいった。「ぼくの剣《けん》の名前は、どういう意味なんですか？」

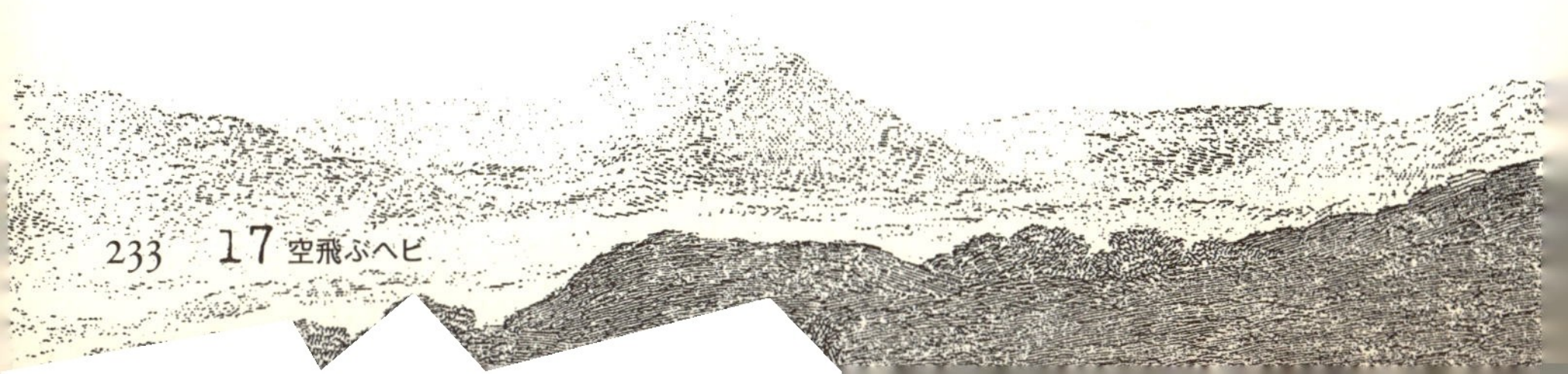

アーリアはとてもおだやかな声でいった。「〝苦痛《くつう》〟です。あなたが使うようになるまでは、たしかにそのとおりでした」

エラゴンは嫌悪《けんお》の目でザーロックを見た。いろいろなことを知れば知るほど、この剣《けん》が悪意に満ちたものに見えてくる。まるで、剣がみずからの意志《いし》で、不幸をまねきよせているかのようだ。モーザンがこの剣でライダーたちを殺したからというだけでない、ザーロックという名前そのものが邪悪《じゃあく》なのだ。自分にこれをくれたのがブロムでなければ、あるいは、刃《は》が欠けたり鈍《にぶ》くなったりしない魔力《まりょく》のある剣でなければ、エラゴンは今すぐにでも川にザーロックを投げすてていただろう。

日が完全に沈《しず》まないうちにと、エラゴンはサフィラのもとへ泳いでいった。トロンジヒームを出て以来初めて、ふたりは空を飛んだ。アズ・ラグニ川の上空高く舞《ま》いあがると、空気が薄《うす》くなり、眼下《がんか》の川が紫《むらさき》の筋《すじ》にしか見えなくなった。

鞍《くら》をつけていないので、かたい鱗《うろこ》が、初めて飛んだときの太ももの傷痕《きずあと》をこするのを感じながら、エラゴンはひざでしっかりサフィラをはさんだ。

サフィラが左へ体をかたむけ、上昇《じょうしょう》気流に乗ったとき、眼下の山肌《やまはだ》から茶色の影《かげ》が三つ飛び立ち、いきおいよく舞《ま》いあがってくるのが見えた。最初はハヤブサかと思ったが、近づいてくるうち、それが細長い尾《お》と革状《かわじょう》の皮膚《ひふ》をもつ、体長六メートルもの生物であることがわかった。ドラゴンにも似《に》ているが、サフィラよりずっと体が小さく、細く、ヘビのような感じだ。鱗には輝《かがや》きがなく、緑と茶のまだら模様《もよう》になっている。

エラゴンは興奮《こうふん》して、サフィラに呼《よ》びかけた。〔あれ、ドラゴンなのかな？〕

〔わからない〕サフィラはその場に浮《う》かんだまま、螺旋状《らせんじょう》にまわりを飛びかう新入りたちを、じっと観察している。生物たちは、サフィラの存在《そんざい》に困惑《こんわく》しているようだ。近くまできて、威嚇《いかく》するような音を発し、頭上をさっとかすめて飛びすさっていく。

エラゴンはにやりと笑って意識《いしき》を集中し、生物たちの思考に触《ふ》れようとした。すると彼らはびくっとして、甲高《かんだか》い悲鳴をあげ、腹《はら》をすかせたヘビのように大きく口をあけた。鋭《するど》い悲鳴は、意識と肉体の両方から発せられている。

悲鳴は、エラゴンのなかを猛烈《もうれつ》ないきおいで駆《か》けぬけ、彼の力をうばいとろうとしていた。サフィラも同じものを感じていた。拷問《ごうもん》のような悲鳴を発しながら、三匹《びき》の生物は鋭い鉤爪《かぎづめ》でおそいかかってくる。

〔しっかりつかまって！〕サフィラはそう警告《けいこく》すると、左の翼《つばさ》をたたみ、半転して二匹をかわし、すばやく羽ばたいて、残る一匹の頭上へ翔《かけ》のぼった。

そのあいだじゅう、エラゴンは懸命《けんめい》に頭のなかに響《ひび》く悲鳴をさえぎろうとしていた。意識が鮮明《せんめい》になるや、彼は魔法《まほう》に手をのばした。

〔彼らを殺さないで〕サフィラがいった。〔わたしには経験《けいけん》が必要だから〕

生物たちはサフィラより俊敏《しゅんびん》だが、サフィラには大きさと力という武器《ぶき》がある。一匹が上から急襲《きゅうしゅう》をかけてきた。サフィラは逆《さか》さまになり、あおむけで降下《こうか》しながら、そいつの胸《むね》をけりつけた。

傷《きず》ついた敵《てき》がしりぞくとともに、悲鳴がすこし弱くなった。

サフィラは翼《つばさ》をバッと広げ、弧《こ》を描《えが》いて右手へ上昇《じょうしょう》し、残る二匹《ひき》とむきあった。サフィラがアーチ型に首をしならせたとき、エラゴンはそのあばらのあいだがゴロゴロととどろくのを聞いた。次の瞬《しゅん》間《かん》、轟音《ごうおん》とともに、サフィラの口が火炎《かえん》を噴射《ふんしゃ》した。見ると、頭の上に青いつやつやした光輪がかかり、全身の鱗《うろこ》を宝石《ほうせき》のようにきらめかせている。まるで内側から光を放っているかのような、荘厳《そうごん》な輝《かがや》きだった。

ドラゴンもどきの二匹の生物は、うろたえたようにガーガーと鳴き、方向転換《てんかん》して逃《に》げていく。彼らが全速力で山腹《さんぷく》へ沈《しず》んでいくと、意識《いしき》の攻撃《こうげき》もおさまった。

〔おまえ、もうすこしでぼくをふり落とすところだったぞ〕サフィラの首に巻《ま》いた腕《うで》をゆるめ、エラゴンはうったえた。

サフィラがすました顔でふり返る。〔もうすこしで。でも、落としたわけではない〕

〔そのとおりだ〕エラゴンは笑いだした。

彼らは勝利に興奮《こうふん》し、意気揚々《いきようよう》と川におりていった。サフィラがふたつの大きな水しぶきをあげて、そのあいだに着水すると、オリクが大声で呼《よ》びかけてきた。「ケガはなかったかね?」

「だいじょうぶ」エラゴンが声を返した。エラゴンの足に冷たい水をはねあげながら、サフィラは舟《ふね》まで泳いでいった。「あれもビオア山脈の生物なの?」

オリクはエラゴンを舟に引きあげた。「わしらはファングハーと呼んでいる。ドラゴンほど賢《かしこ》くな

いし、火も吐《は》かない。だが、あなどりがたい敵《てき》だぞ」

「それは思い知らされたよ」エラゴンはファングハーの攻撃の痛《いた》みをやわらげるため、こめかみをさすった。「サフィラの敵じゃなかったけどね」

〔当然〕サフィラが口をはさむ。

「連中は、ああやって狩《か》りをするんだ」オリクが説明した。「意識《いしき》を通して獲物《えもの》を動けなくして、そのあいだにしとめる」

サフィラは尾《お》をふって、エラゴンにしぶきをかけた。〔いいことを聞いた。こんどの狩りのとき、わたしもためしてみよう〕

エラゴンはうなずいた。〔意識への攻撃か。戦うときにも、役に立ちそうだ〕

アーリアが舟のはしにやってきた。「ファングハーを殺さないでくれてなによりです。希少な生物ですから、三匹も失うと、大きな痛手になるところでした」

「連中は今でもわれら部族の家畜《かちく》の群《む》れを食いに来る」ドーヴがうなるようにいって、船室から出てきた。ドワーフはねじり編《あ》みにしたひげの下で、いらだたしげに歯ぎしりしながらエラゴンに近よってきた。「シェイドスレイヤー、ビオア山脈からぬけるまでは、飛ぶのをひかえていただきたい。空飛ぶ毒ヘビと戦わなかったとしても、そなたとドラゴンの身を守るのはじゅうぶん大変な仕事なんですからな」

「平原に出るまで下にじっとしてます」エラゴンはこたえた。

「そう願いたい」

夜になると、細い支流《しりゅう》の河口《かこう》ぞいで停泊《ていはく》することにし、ドワーフたちは岸のポプラの木に舟《ふね》をつないだ。

アーマが火をおこし、エラゴンはエクスヴァーを手伝ってスノーファイアを岸にあげ、草地までひいていった。

ドーヴは部下たちを指揮《しき》して、六張《は》りの大きなテントの設営《せつえい》にとりかかった。

ヘディンは翌朝《よくちょう》までの薪《まき》を集め、ドゥースメールは二艘《そう》めの舟から荷物をおろし、食事のしたくをはじめた。

アーリアは野営地《やえいち》のはしで見張りに立ち、じきに仕事が終わったエクスヴァー、アーマ、トリーガもそこに加わった。

エラゴンはなにもすることがなくなり、オリクとシュルグナインといっしょに火のそばにすわった。

シュルグナインは手袋《てぶくろ》をぬぎ、傷痕《きずあと》のある手を火にかざしている。

エラゴンはそのドワーフの親指以外の指関節から、五、六ミリほどのつやつやした鉄の鋲《びょう》がつきでているのに気づいた。

「それはなんなの?」

シュルグナインはオリクと顔を見あわせて笑った。「これはおれのアスクドガムリン……〝鉄拳《てっけん》〟

さ」ドワーフがすわったまま、ポプラの幹《みき》に拳《こぶし》を打ちつけてねじると、樹皮《じゅひ》に等間隔《とうかんかく》の四本の穴《あな》があいた。シュルグナインはまた笑った。「殴《なぐ》ったときに、便利だろ？」

エラゴンのなかに、好奇心《こうきしん》とうらやましい気持ちがわいてきた。「それは、どうやってつけるの？　というか、そんな釘《くぎ》をどうやって手に埋《う》めこんだの？」

シュルグナインは口ごもり、正しい言葉をさがそうとしている。「治療師《ちりょうし》がぐっすり眠《ねむ》らせてくれるんだ。痛《いた》みを感じないように。そのあいだに穴をあける――わかるかい？　関節に穴をあけ……」

彼は言葉を切り、オリクにドワーフ語でぺらぺらとしゃべった。

「それぞれの穴に、金属《きんぞく》の受け口が埋《う》めこまれるんだと」オリクが説明した。「正しい位置に埋めこむのに魔法《まほう》を使うんだ。戦士が完全に回復《かいふく》すれば、いろいろな寸法《すんぽう》の釘《くぎ》をとりつけられる」

「そう。見ててみな」シュルグナインはにやりと笑った。左手の人さし指の根もとにささった釘をつかみ、注意深くねじって関節からはずし、エラゴンにさしだした。

エラゴンは笑《え》みを浮《う》かべ、掌《てのひら》の上でとがった釘をころがしてみた。「ぼくも〝鉄拳〟をつけたいな」

「危険《きけん》な手術《しゅじゅつ》だぞ」オリクがいましめる。「ヌーラ（ドワーフ）でも、アスクドガムリンをつけるやつはめったにいない。穴をすこしでも深くあけすぎたら、手の機能を失っちまうからだ」彼は自分の拳をあげ、エラゴンに見せた。「わしらの骨《ほね》は、きみらのよりごついんだ。きっと人間には無理さ」

「覚えとくよ」エラゴンはそうこたえながらも、アスクドガムリンで戦う自分の姿《すがた》を、想像《そうぞう》せずにいられなかった。たとえば武装《ぶそう》したアーガルでも、難《なん》なく殴りたおせてしまうのだろうか？　捨《す》てがた

い考えだと思った。

食事が終わり、エラゴンはテントに入った。焚《た》き火《び》の光で、テントにそって横たわるサフィラの姿《すがた》が影絵《かげえ》になって見える。黒い紙を切りとって、テントのキャンバスにはりつけたかのようだ。

エラゴンは足に毛布《もうふ》をかけ、ひざがしらを見つめてすわった。眠《ねむ》いけれど、まだ横になりたくない。ふと、故郷《ふるさと》に思いをはせた。ローランやホーストや、ほかのカーヴァホールの人たちはどうしているだろう？　パランカー谷は、農夫たちが植えつけをはじめられるくらい、暖《あたた》かくなっただろうか？　急に、なつかしさと寂《さび》しさがこみあげてきた。

エラゴンは荷物から木の器《うつわ》を引っぱりだし、ふちすれすれまで皮袋《かわぶくろ》の水をそそいだ。そして、ローランの姿を頭に思いうかべ、つぶやいた。「ドラウマ・コパ（夢視《むし》）」

いつものように、まず水が暗くなってから、しだいに明るくなり、透視《とうし》したいものが現《あらわ》れた——。ローランがローソクのともる寝室《しんしつ》で、ひとりすわっている。エラゴンにはそれがホーストの家だとわかった。ローランはセリンスフォードの仕事をあきらめたんだ、彼は思った。従兄《いとこ》は身を乗りだし、ひざの上で両手を組み、遠い壁《かべ》を見つめている。その顔に浮《う》かんでいるのは、なにかむずかしい問題にとりくんでいるときの表情《ひょうじょう》だ。多少やつれた顔はしているもののローランは元気だった。エラゴンはそれだけでうれしかった。一分ほどして、魔法《まほう》を解《と》き、水の表面を透明にもどした。

エラゴンは安心して器の水を捨て、横になって毛布をあごまで引きあげた。目を閉《と》じて、覚醒《かくせい》と睡《すい》

眠《みん》のあいだの温かい暗がりに身を沈《しず》めた。そこは、思考という風に流されて、現実《げんじつ》がゆれてたわむ場所。創造《そうぞう》の産物が自由に解き放たれ、あらゆることが可能《かのう》になる場所だ。

エラゴンはまもなく眠りに落ちた。ほとんどが平穏《へいおん》無事な眠りだったが、目が覚める直前、いつもの夢《ゆめ》の幻影《げんえい》が消え、目覚めているときと同じくらい鮮明《せんめい》で強烈《きょうれつ》な映像《えいぞう》が現れた。

彼が見ていたのは、黒と深紅《しんく》の煙《けむり》で染《そ》まるゆがんだ空だった。カラスやワシが旋回《せんかい》するその下には、弓矢が激《はげ》しく飛びかう戦場がある。男がひとり、かたい土の上にあおむけにたおれている。兜《かぶと》はへこみ、鎖帷子《くさりかたびら》は血にまみれている——腕《うで》のかげになって、その顔は見えない。

武装した腕が視界に入ってくる。腕甲《わんこう》がまぢかにせまり、そのつやつやとした鉄が、映像の半分をおおいかくす。その腕の先の四本の指が、感情のない機械のようにしっかりと丸められ、運命そのものの権威《けんい》をふるうように、人さし指がたおれた男をさす。

テントから這《は》いでたあとも、エラゴンの意識《いしき》からその映像が消えなかった。野営地《やえいち》からすこしはなれたところで、毛のついた肉のかたまりをかじるサフィラの姿を見つけた。夢で見たことを話すと、サフィラはかぶりついたまま動きをとめ、ぐいと首をのばして肉を飲みこんだ。

〔前にそれを見たときは〕サフィラはいった。〔どこかで起きていることを本当にいいあてていた。アラゲイジアのどこかで今、戦争が起きていると思うか?〕

エラゴンは地面の小枝《こえだ》をけった。〔わからない……ブロムがいうには、透視できるのは、自分が前に見た人や場所やものだけだってことだけど。あそこは見たこともない場所だった。それにティールムでアーリアを見たときも、彼女には会ったこともなかった〕

〔おそらくオシャト・チャトウェイ（嘆《なげ》きの賢者《けんじゃ》）が、その理由を教えてくれるだろう〕

ターナグから距離《きょり》がはなれたせいか、ドワーフたちはずいぶんくつろいだ様子で、ふたたび発《た》つ準《じゅん》備《び》をはじめた。アズ・ラグニ川にこぎだすと、スノーファイアを舟《ふね》に乗せてくれたエクスヴァーが、低音のガラガラ声で歌をうたいだした。

ほとばしるキルフの血
流れ落ちる湖で
われらはうねる舟に乗る
家族のため、部族のため、栄誉《えいよ》のために
大桶《おおおけ》のごとく翼《つばさ》広げるワシのもと
氷オオカミの棲《す》む深い森をぬけ
われらは流血の舟に乗る
鉄のため、黄金のため、ダイヤのために

鐘《かね》鳴らしの男、あくびするひげ面男にわが地をまかせ
戦闘《せんとう》の葉に、わが石を守らせ
われらは父の館《やかた》を去り
はるか遠き荒野《こうや》をめざす

ほかのドワーフたちもエクスヴァーに加わり、いつのまにか歌はドワーフ語にかわっていた。彼らの低く脈打つような歌声を聞きながら、エラゴンはそろそろと船首へ歩いていった。そこにはアーリアがあぐらをかいてすわっていた。

「眠《ねむ》ってるとき……また映像《えいぞう》を見たんです」エラゴンはいった。アーリアが興味《きょうみ》をもったので、彼は夢《ゆめ》で見た光景をくわしく説明した。「あれがもし透視《とうし》なら――」

「透視ではありません」アーリアがいう。どんな誤解《ごかい》もあってはならないというように、エルフはゆっくりと言葉を選んで話しだした。「ギリエドの牢獄《ろうごく》にいるわたくしを見たというあなたの話を、ずっと考えてきました。それで確信《かくしん》しました。意識《いしき》を失ってたおれているあいだ、わたくしの魂《たましい》は、助けを求めてどこかへさまよいでていたのだと」

「でも、どうしてぼくのところへ？」

アーリアは、波打つように泳ぐサフィラに目をやり、うなずいた。「卵《たまご》を守っていた十五年の歳月《さいげつ》

で、わたくしはサフィラの存在《そんざい》に慣《な》れてしまっていたのです。慣れ親しんだなにかに接触《せっしょく》しようとこころみて、あなたの夢《ゆめ》に触《ふ》れたのでしょう」

「ギリエドからティールムにいる人間に接触するなんて、あなたの力はそんなに強いんですか？　しかも薬を飲まされていたのに」

アーリアの唇《くちびる》にかすかな微笑《びしょう》が浮《う》かぶ。「ヴローエンガードの果てからでも、今と同じように、ここにいるあなたとはっきり話すことができます」間を置いて続ける。「あなたがティールムでしたことが透視《とうし》でなければ、その新しい夢も透視ではないでしょう。予知かもしれない。予知は、知覚のある種族すべてに可能《かのう》といわれています。でも、とくに魔法《まほう》を使う者にその可能性《かのうせい》が高い」

舟《ふね》がかたむき、エラゴンは荷物にかぶせた網《あみ》につかまった。「ぼくが見たものが本当に起こるんだとしたら、それを変えることはできないんですか？　自分の選択《せんたく》が未来を左右したりしないのかな？　たとえば、今ぼくが、ここから飛びおりて溺《おぼ》れ死《し》んだとしたら？」

「でも、あなたは飛びこみはしません」アーリアは人さし指を川につけ、指先にのった、ゆれる水晶《すいしょう》のような水滴《すいてき》を見つめた。「その昔、エルフのメルザーディは、戦《いくさ》のさなかに、わが息子《むすこ》をはからずも殺してしまうという予知をしました。生きてそれを見るくらいならと、彼はみずからの命を絶《た》った。息子を救うため、そして、未来は定められていないと証明《しょうめい》するために。しかし、みずから死ぬことをのぞけば、運命に手を加えることなどできないのです。どの選択をすれば、自分の予知した未来を左右するのか、わかっていないのですから」アーリアが手をふると、水滴がふたりのあいだでつぶ

れた。「わかっているのは、未来から情報《じょうほう》を得てくることが可能だということ——予言者はしばしば、人の未来がどのような道をたどるか、感知することができる。けれどそれも、予知したいものや、場所、時間を選べるというところまでには、達していない」

エラゴンは、情報が時間という漏斗《ろうと》を通るという概念《がいねん》そのものに、ひどく当惑《とうわく》させられた。では、現実《げんじつ》とはいったいなんなのか、あまりにも多くの疑問《ぎもん》が生じてくる。運命や宿命が本当に存在するのかどうか知らないけど、ぼくができるのは、現在を有意義《ゆうい ぎ》にまっとうに生きることだけなのか？

エラゴンはきかずにいられなかった。「じゃあ、自分の記憶《きおく》を透視することはできないんでしょうか？　そのときはなにもかも見ていたはずだから……魔法でその映像《えいぞう》を見ることができるはずだ」

アーリアの視線がエラゴンにつきささった。「自分の命が大切なら、そのようなこころみはしないことです。何年も前、わが種族の呪文《じゅもん》使いの者たちが、時間の謎《なぞ》を解《と》き明かすことに心血をそそぎました。それで、過去《かこ》を呼《よ》びだそうとした結果、鏡にぼんやりとした情景《じょうけい》が映《うつ》しだされただけ。彼らは呪文にすべての力をうばわれ、死んでしまったのです。それ以降《いこう》、エルフは二度とこのこころみをしていません。それなりの魔法使いが加われば、成功するのではないかという意見はあります。けれど、あえて危険《きけん》をおかそうとする者はいない。この論理《ろんり》はいまだ証明されないままなのです。それに、たとえ過去を透視できたとしても、ごくかぎられたものしか見えないでしょうしね。未来の透視にかんしては、いつどこでなにが起こるのかを、正確《せいかく》に知っていなければならないから、結局、目的

は果たせないのです。

それと、エルフの偉大《いだい》な賢人《けんじん》たちもいまだ解《と》けない謎《なぞ》は、睡眠中《すいみんちゅう》の予知です。どうして無意識下《むいしきか》でそのようなことができるのか。予知能力《のうりょく》は、魔法《まほう》本来の姿《すがた》や構造そのものと結びついているのかもしれないし……あるいは、ドラゴンの古代の記憶《きおく》と同じように、機能《きのう》するのかもしれない。わたくしたちにはわかりません。魔法には、まだ探険《たんけん》されていない道が多く残っているのです」アーリアは流れるような動作ですっと立ちあがった。「それらの道で迷《まよ》うことのないよう、どうか気をつけて」

18

川の流れに乗って

午前中のうちに川幅《かわはば》はしだいに広くなり、いかだ舟《ぶね》の前方に、二連の山脈にはさまれた明るい裂《さ》け目《め》のようなものが見えてきた。昼ごろ、視界《しかい》が開けてくると、山かげから自分たちが見ているものは、北のはるかかなたへのびる、まぶしい大草原であることに気づいた。

さらに霜《しも》のはりつく岩だらけの流域《りゅういき》をこえるころ、いつのまにか壁《かべ》におおわれた世界は終わり、広大な空とまっ平らな地平線が現《あらわ》れた。空気はどんどん暖《あたた》かくなってきた。片側《かたがわ》に山すそ、片側に平原をのぞみながら、アズ・ラグニ川は徐々《じょじょ》に東へ向きを変えた。

あたりが開けてきたせいか、ドワーフたちは心なしか不安そうだった。仲間どうしでつぶやきあったり、洞穴《ほらあな》のような峡谷《きょうこく》をなつかしげにふり返ったりしている。

エラゴンは太陽の光を浴びて、活気づいている自分に気づいた。一日の四分の三が夕暮《ゆうぐ》れという世界で、目ざめていても、それが実感できなくなっていたのだ。舟のうしろでは、サフィラが水から飛びだし、大草原の上空へ翔《かけ》あがっていく。その姿はどんどん小さくなり、青い丸天井《まるてんじょう》のかなたでしみ

ほどの点になった。
〔なにが見える?〕エラゴンは問いかけた。
〔北と東にはガゼルの大群《たいぐん》が見える。西はハダラク砂漠《さばく》。それだけだ〕
〔人はいない? アーガルとか奴隷《どれい》商人とか遊牧民とか?〕
〔いるのは、わたしたちだけ〕

その夜、ドーヴは小さな洞穴《ほらあな》を野営《やえい》の場所に選んだ。

ドゥースメールが夕食をこしらえているあいだ、エラゴンはテントわきの地面をきれいにあけ、ザーロックをとりだすと、最初の稽古《けいこ》でブロムが教えてくれたとおり、剣《けん》をかまえて立った。エルフ族にくらべて人間の身体能力は大きく劣っている。だからこそエレズメーラに着く前にすこしは稽古しておきたかった。

エラゴンは慎重《しんちょう》にザーロックをふりかぶり、敵《てき》の兜《かぶと》をたたき割《わ》るつもりで両手をふりおろした。ちょっとの間、そのままの姿勢《しせい》をたもつ。動きをしっかりと制御《せいぎょ》しつつ、想像《そうぞう》の敵をかわすように、ザーロックの切っ先をひねりながら、右へ旋回《せんかい》。そして腕《うで》を固定し、ぴたりととまる。

オリクとアリーアとドーヴが見ていることに、目のはしで気づいた。彼らのことは気にせず、手のなかのルビー色の刃《やいば》だけに集中した。その剣が今くねくねと動きだし、自分の腕にかみつこうとするヘビであるという気持ちでかまえた。

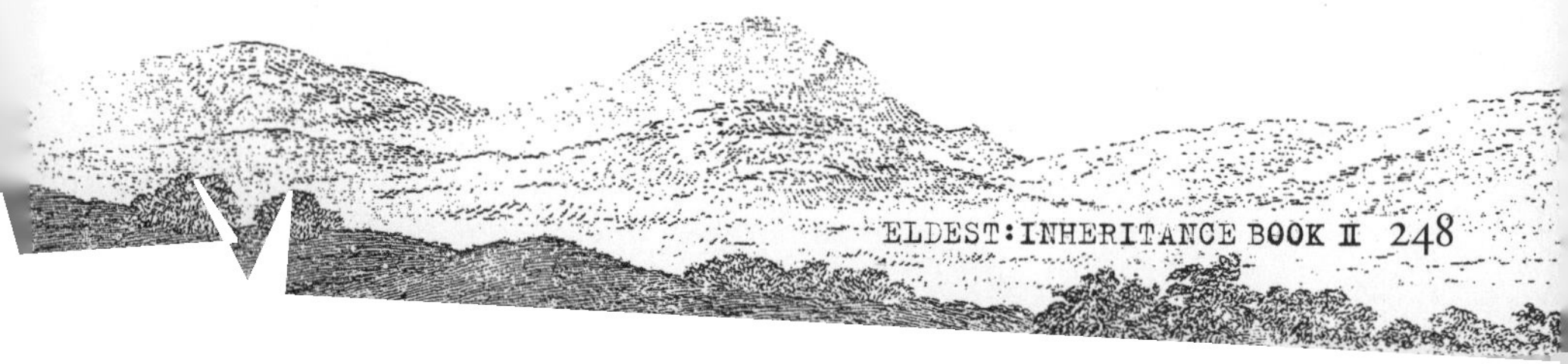

もう一度体をまわし、きたえられた軽《かろ》やかさで、いくつかの動きを連続させていく。徐々《じょじょ》に速さを増《ま》しながら、エラゴンは次々と型を決めていった。頭のなかで、彼は凶暴《きょうぼう》なアーガルとカルの一団《いちだん》にかこまれている。頭をひょいとさげ、剣をふり、相手をかわして、つき返し、横へ飛びすさって、ぐるぐるまわりながら、グサリとさす。エラゴンは今、〝ファーザン・ドゥアーの戦い〟のときと同じように、自分におそいかかる危険《きけん》などかえりみず、想像の敵に突進《とっしん》し、たたき切り、みなぎる力のままに戦っていた。

ザーロックを一回転させようと――片方《かたほう》の掌《てのひら》からもう片方へ、柄《つか》を投げわたそうと――したとき、背中《せなか》を二分するような激痛《げきつう》が走り、剣をとり落とした。エラゴンはよろめき、たおれた。頭上で、アーリアやドワーフたちがしゃべっているのが聞こえるが、見えるのは赤く光る星座《せいざ》だけ。まるで、世界が血のベールにおおわれてしまったようだ。痛《いた》み以外なんの感覚もない。思考も理性《りせい》もすべて塗《ぬ》りつぶされ、残されたのは、「放せ！」と鳴きさけぶ野生の獣《けもの》だけだった。

意識《いしき》がもどると、エラゴンは自分がテントのなかで毛布《もうふ》にくるまっていることに気づいた。アーリアがそばにすわり、サフィラが入り口から頭をつっこんでいる。

〔どれくらい気絶《きぜつ》してた？〕エラゴンはきいた。

〔ずいぶん長く。最後にはすこし眠《ねむ》れたようだ。痛みを遮断《しゃだん》するために、あなたをその体からわたしのなかに引きずってこようとしたが、気絶していたのであまりうまく行かなかった〕

エラゴンはうなずいて目を閉《と》じた。全身がドクドク脈を打っている。深く息を吸《す》い、アーリアに目をやった。「こんな状態《じょうたい》で修行《しゅぎょう》ができますか……？　戦ったり、魔法《まほう》を使ったりできますか……？　ぼくはこわれた船も同じです」いうそばから、自分の顔が年老いてたるんでいるように思えてくる。

　アーリアはただおだやかにこたえた。「じっとすわって見ることはできます。話を聞くことも読むことも、学ぶこともできます」しかしその声には、ためらいと恐《おそ》れが感じられた。

　エラゴンはアーリアと目をあわせないように、横むきにころがった。彼女の前で、こんなにも無力な姿《すがた》でいる自分が恥《は》ずかしい。「シェイドのやつ、ぼくにいったいなにをしたんでしょう？」

「それはこたえられません、エラゴン。わたくしはエルフでも、それほど賢《かしこ》くも、強くもありませんから。われわれはみな最善《さいぜん》をつくしている。人は最善をつくしていることで、責められたりはしません。傷《きず》は時間が癒《いや》してくれるでしょう」アーリアは彼の額《ひたい》に指をおしあて、言葉をつぶやいた。

「セ・モラノール・オノ・フィナ（安らぎがおとずれんことを）」そして、テントを出ていった。

　エラゴンは身を起こし、顔をしかめて、こわばった背中《せなか》の筋肉《きんにく》をのばした。なにを見るでもなく、ぼんやりと両手に目を落とす。〔マータグの傷も、こんな痛《いた》み方《かた》をしたんだろうか〕

〔わからない〕サフィラがこたえる。

　完全な沈黙《ちんもく》が続く。やがて――〔こわいんだ〕

〔なぜ？〕

〔なぜって……〕彼はためらった。〔こんど痛みがおそってきたとき、ぼくにはそれをさける方法が

ないから。いつ、どこで起こるかわからないけど、かならずおそってくるのはわかってる。だから、いつも予期している。なにか重いものをもちあげるとき、変なかっこうでのびをしてしまったとき、痛みがもどってくるんじゃないかって、いつも恐れてる。ぼく自身の体が、敵になってしまったんだ〉

サフィラののどの奥《おく》でブーンと低い音が響《ひび》く。〈わたしにも答えが出せない。ただ、人生には痛みと楽しみの両方がある。もしこれが、あなたが楽しんだぶんだけはらうべき代償《だいしょう》だとしたら、大きすぎるか？〉

〈大きすぎるよ〉エラゴンはぴしゃりというと、毛布《もうふ》をはがしてサフィラのむこうにおしやり、ふらふらとテントを出た。

野営地《やえいち》の中央では、アーリアやドワーフたちが火をかこんでいる。

「食べ物は残ってるかな？」エラゴンはたずねた。

ドゥースメールは無言で器《うつわ》に料理を盛り、エラゴンに手わたした。

ドーヴがうやうやしい態度《たいど》でたずねた。「具合はよくなられたかな、シェイドスレイヤー？」彼もほかのドワーフたちも、さっき目にした光景に畏怖《いふ》を感じているようだ。

「よくなりました」

「そなたは重い荷を背負っておるようだ、シェイドスレイヤー」

エラゴンは顔をしかめ、なにもこたえず野営地のはしにうつって、ひとり暗がりのなかに腰《こし》をおろ

した。近くにサフィラの存在《そんざい》を感じたが、じゃまをしてはこない。エラゴンは口のなかで悪態《あくたい》をつき、もやもやした怒《いか》りを感じたまま、ドゥースメールのシチューをつついた。

ひと口飲みこんだとき、オリクが横から声をかけてきた。「彼らにあんな態度をとるべきじゃない」

エラゴンはオリクの暗くかげる顔をにらみつけた。「なんだよ」

「ドーヴたちは、きみとサフィラを守るためについてきた。必要なら、きみのために命をも賭《か》けるだろうし、それが神聖《しんせい》なる死だと信じている。それを忘《わす》れないことだ」

エラゴンは反論《はんろん》の言葉をぐっとのみこみ、心を落ちつけるために暗い川面《かわも》に目をこらした——川面はつねにゆれ、けっしてじっとしていることがない。「きみのいうとおりだ。癇癪《かんしゃく》を起こさないようにしないとね」

暗がりのなか、オリクは歯を光らせて笑った。「上に立つものなら、だれでも覚えておかなきゃならないことなんだ。わしは兵士に長靴《ちょうか》を投げつけたとき、フロスガーにさんざんそれをたたきこまれた。そいつは、鉾槍《ほこやり》をそのへんに放り投げておいたんだ。だれかがふみつけてしまいそうな場所にね」

「その彼を殴《なぐ》ったの?」

「鼻を折ってしまった」オリクは愉快《ゆかい》そうに笑った。

エラゴンも思わず笑ってしまった。「そんなことしないように気をつけるよ」シチューの器《うつわ》をすくうようにもって手を温める。

オリクがポーチからなにか、カチャカチャ音のするものをとりだした。「ほら」ドワーフはそういって、からみあう金色のかたまりをエラゴンの掌《てのひら》にのせた。「〝知恵《ちえ》の輪〟だ。知恵と手先の器用さをためすものさ。八個《こ》の輪がからみあってるけど、うまくやれば一個の指輪になる。自分がなにか問題をかかえたとき、これで気をまぎらわせばいいと気づいたんだ」

「ありがとう」エラゴンはもごもごとつぶやいた。金の輪の複雑《ふくざつ》さにもう魅《み》せられている。

「やりたかったら、もってていいよ」

テントにもどると、エラゴンは腹《はら》ばいになり、入り口からさしこむ焚《た》き火《び》のほのかな灯《あか》りのもと、〝知恵の輪〟に目をこらした。四個の輪が重なって、べつの四個の輪のなかに通っている。それぞれの輪の下半分はなめらかで、上部はがたがたにねじれ、ほかの輪とからみあっている。

ためしはじめてすぐ、エラゴンは挫折《ざせつ》しそうになった。八個の輪を全部平らに重ねることなどとても不可能《ふかのう》に思える。夢中《むちゅう》になっているうちに、さっきまで耐《た》えていた苦悩《くのう》が頭から消えていった。


翌朝《よくあさ》、エラゴンは夜明け前に目が覚めた。寝《ね》ぼけまなこをこすりながらテントを出て、のびをした。ぴりっとした朝の空気のなか、吐《は》く息が白く見える。火のそばで見張《みは》りをしていたシュルグナインに軽くうなずき、川っぷちに行って顔を洗《あら》い、水の冷たさにおどろいて、目をぱちくりさせた。意識《いしき》をさっと送ってサフィラの位置をつきとめると、ザーロックを腰《こし》につけ、アズ・ラグニ川ぞいのブナ林を、サフィラのいる方向をめざした。歩きだしたとたん、からみあうチョークチェリーの朝《あさ》

露《つゆ》で、手や顔がぬるぬるになった。網《あみ》の目のような枝葉《えだは》をどうにかかきわけ、静かな平原に出た。目の前にこんもりと丸い丘《おか》が現《あらわ》れた。その頂《いただき》に、二体の古代の彫像《ちょうぞう》のように、サフィラとアーリアが立っている。彼らが見ている東の空には、燃《も》えたつような光がじわじわと現れ、草原を琥珀色《こはくいろ》に輝《かがや》かせはじめている。

真っ赤な光がふたりの姿《すがた》を照らしつけたとき、エラゴンは、卵《たまご》から孵《かえ》ってまだ数時間のころのサフィラが、ベッドの支柱《しちゅう》の上で日の出を見ていたときのことを思い出した。骨ばった鼻梁《びりょう》と鋭《するど》く光る目、獰猛《どうもう》そうにつきだすアーチ型の首、全身にきざまれた細い筋肉《きんにく》の線、その姿はタカかハヤブサのように見えた。サフィラは野性《やせい》の美しさをさずけられた狩《か》りの女神《めがみ》なのだ。アーリアの鋭角的《えいかくてき》な顔だちと、ヒョウのような優美《ゆうび》さが、となりのドラゴンにこれ以上ないほどぴったり調和している。曙光《しょこう》を浴びて立つふたりの姿に、不一致《ふいっち》なものはひとつもない。

エラゴンは畏怖《いふ》と大きなよろこびで、背中《せなか》がぴりぴりするのを感じた。ぼくはここに属《ぞく》しているんだ――ライダーとして。アラゲイジアじゅうのだれでもない、自分がここにいられるのは、なんと幸運なことだろう。感嘆《かんたん》の思いがこみあげ、エラゴンの目に涙《なみだ》があふれ、晴れやかな笑《え》みが浮《う》かんだ。不安も疑問《ぎもん》も、その純粋《じゅんすい》な感情《かんじょう》にすべておし流されてしまった。

エラゴンは笑顔で丘にのぼり、サフィラの横に立って、ともに新しい一日のおとずれをながめた。

アーリアが彼を見た。彼女と目があったとき、エラゴンのなかで、とつぜん、なにかがぐらりとゆれた。わけもわからず頬《ほお》が赤くなる。今ふいにアーリアとの結びつきを強く意識《いしき》した。サフィラ以外

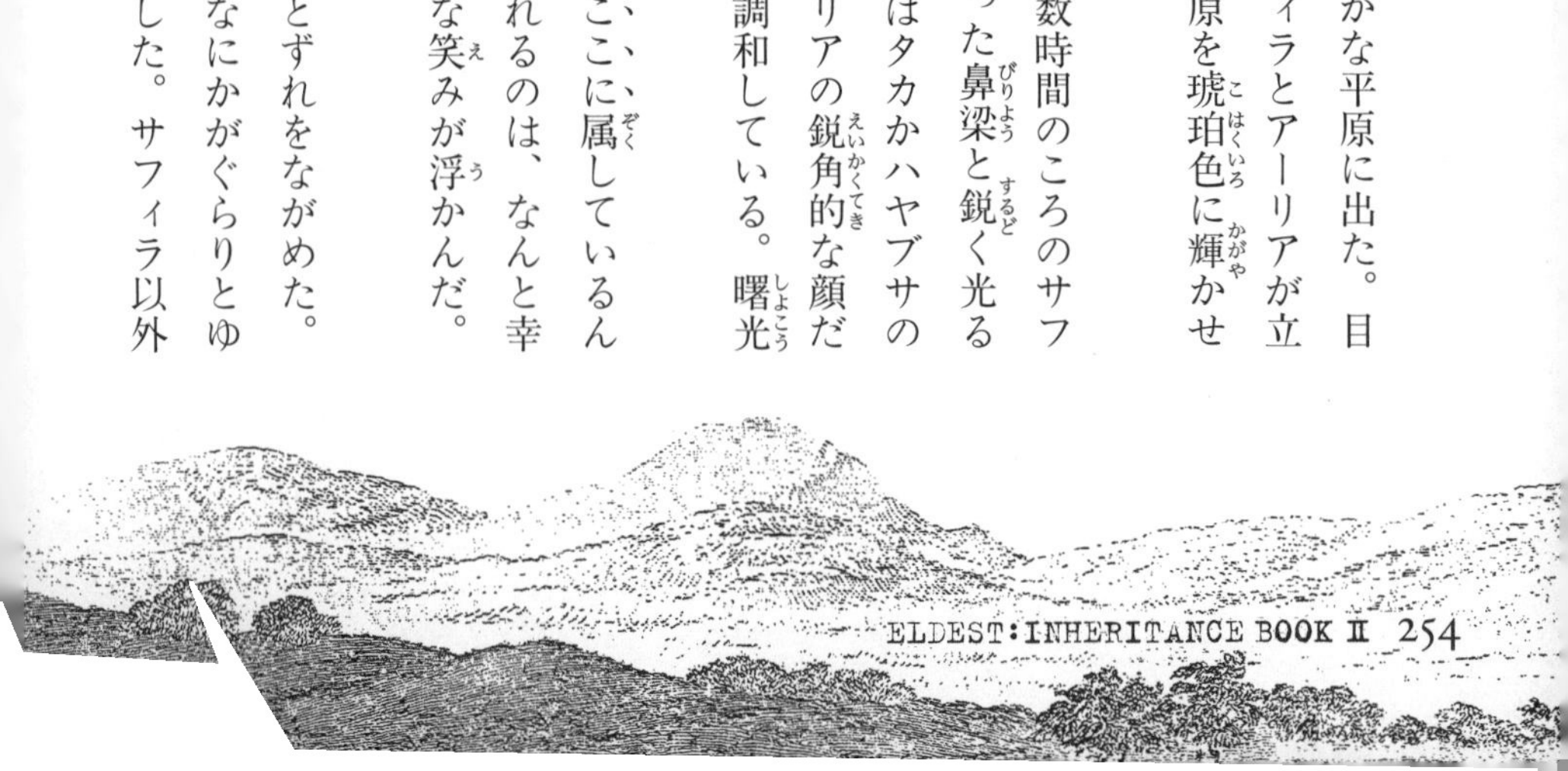

で、自分をいちばん理解《りかい》しているのはアーリアなのだ。エラゴンは自分の反応《はんのう》に当惑《とうわく》した。これまで、だれにもこんな感覚をもったことがなかった。

その日一日、エラゴンはこの一瞬《いっしゅん》を思い返しては笑みを浮かべ、そのたびに、体のなかで正体のわからない奇妙な感覚《かんかく》が渦《うず》まき、激《はげ》しくゆれ動くのを感じた。エラゴンはほとんどの時間、船室にもたれてすわり、オリクの〝知恵《ちえ》の輪〟をしながら流れゆく景色をながめていた。

昼ごろ、舟《ふね》が峡谷《きょうこく》の出口にさしかかると、アズ・ラグニ川にもう一本の川が合流し、その大きさといきおいを増《ま》した。川幅《かわはば》は一キロ半もありそうだ。ドワーフたちは、舟が激流《げきりゅう》にのまれないようにするのが精いっぱいだった。今にもがらくたのように投げだされ、たまに流れていく丸太と同じにばらばらになってしまいそうだ。

アズ・ラグニ川は合流して一キロ半ほどで北へ折れ、頂に雲のかかる高い山を巻くようにのびている。ビオア山脈からひとつへだててそびえるその山は、寝《ね》ずの番《ばん》で平原を見守る巨大《きょだい》な望楼《ぼうろう》のようだ。

ドワーフたちはそこを通るとき、山頂《さんちょう》にむかい、兜《かぶと》をとって頭をさげた。オリクがエラゴンに説明する。「あれは〝誇《ほこ》り高きモルドゥン〟。この旅で出会う本物の山は、これで最後だ」

夜、いかだ舟がつながれたあと、オリクがなにやら包みをあけ、黒く細長い箱をとりだした。真珠《しんじゅ》やルビーがちりばめられ、銀線がきざまれた箱の留《と》め金《がね》をはずし、フタをあけると、赤いビロードが

現《あらわ》れ、なかに弦《つる》をはずした弓がおさまっていた。弓本体の色は漆黒《しっこく》で、そこにブドウの蔓《つる》や花、動物、ルーン文字などが金色で精巧《せいこう》に描《えが》かれている。あまりの豪華《ごうか》さに、エラゴンは、そんな贅沢《ぜいたく》な弓をよく使えるものだと思った。

オリクはその弓——長さはオリクの背丈《せたけ》ほどあるが、エラゴンを基準《きじゅん》にすればこども用の弓にしか見えない——に弦を張《は》り、箱をしまった。「新鮮《しんせん》な肉をとりに行ってくるよ。一時間ほどでもどる」彼はそういって、茂《しげ》みのなかに消えていった。

ドーヴは反対なのか、不満そうにうなったが、とめはしなかった。

オリクは言葉どおり、首の長いつがいのガンをとってもどってきた。「群《む》れがとまってる木を見つけたんだ」ドゥースメールに鳥を投げるようにわたしていう。

オリクはまた宝石《ほうせき》の散りばめられた弓の箱をとりだした。

エラゴンがそれを見てたずねた。「それはなんの木でできてるの？」

「木？」オリクは頭をゆらしながら笑った。「こんなに短い弓を木でつくったんじゃ、二十メートルも飛ばせんよ。折れちまうか、何本か射《い》ただけでたわんでしまう。ちがう、これはアーガルの角《つの》でできてるのさ！」

エラゴンは、からかわれているのだと思い、疑いの目でオリクを見た。「角みたいに弾力性《だんりょくせい》のないものじゃ、弓はつくれないよ」

「ほう」オリクが得意げな顔をする。「そりゃあ、正しいあつかい方を知らんからだな。ドワーフは

最初、フェルドノストの角でつくり方を学ぶんだ。だがアーガルの角でも同じさ。まず角を縦《たて》半分に切って、外側の巻《ま》いた部分は、ちょうどいい厚《あつ》さにととのえておく。それを煮沸《しゃふつ》して平らにのばして、いい形になるまでやすりをかけるんだ。そして、魚の鱗《うろこ》とマスの上あごの粘膜《ねんまく》でつくったにかわをぴったりはりつける。弓の裏《うら》は腱《けん》を何層《なんそう》もかさねて補強《ほきょう》する――これで弾力《だんりょく》が出るわけだ。最後は装飾《そうしょく》だ。全部しあがるのに十年近くかかるな」

「そんなに手間をかけてつくる弓があるなんて、知らなかったよ」エラゴンはいった。自分の弓など、そのへんの枝《えだ》を適当《てきとう》に折ってつくっただけのもののように思えてくる。「どれくらい飛ぶの？」

「自分でたしかめてみな」オリクはエラゴンに弓をさしだした。

彼は塗料《とりょう》をこすらないように、それを慎重《しんちょう》に手にもった。

オリクは矢筒《やづつ》から矢を出して、エラゴンにわたした。「でも、矢はわしの貸《か》しだぞ」

エラゴンは弦に矢をつがえ、アズ・ラグニ川にむかってかまえた。おどろいたのは、弦の長さは六十センチなのに、自分の弓よりはるかに引きが強いことだった。エラゴンの力で、ようやく引きしぼれるぐらいだ。放った矢は、ビュンと音をたてて消え、遠い川の上に姿《すがた》を現した。エラゴンは、アズ・ラグニ川の中央に水しぶきをあげて矢が落ちるのを、目を丸くして見ていた。

彼はすぐに魔法《まほう》の力を体に満たし、こうとなえた。「ガス・セム・オロ・ウン・ラム・イエト（矢をわが手に合体させよ）」数秒ののち、矢は宙《ちゅう》を飛んでもどってきて、エラゴンの掌《てのひら》におさまった。「どうぞ。借りた矢を返すよ」

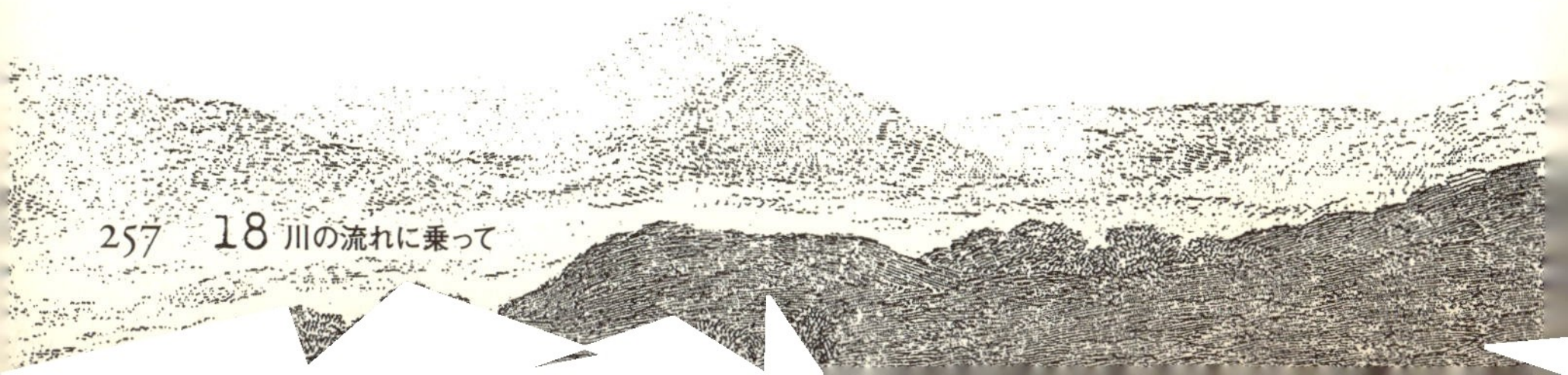

オリクは感動したように拳《こぶし》で自分の胸《むね》をたたくと、本当にうれしそうに弓と矢を抱《だ》きしめた。「よかった！　これでまた二ダースにもどった。ヘダースで補充《ほじゅう》するまで、もたないかと思ってたんだ」

彼は手ぎわよく弦《つる》をはずし、弓を箱にしまって、大事そうにやわらかい布《ぬの》で包んだ。

エラゴンはアーリアが見ているのに気づいた。「エルフも角の弓を使うんですか？　あなたたちは力が強いから、よほど丈夫《じょうぶ》な木でつくらないと、折れてしまうでしょう」

「エルフは成長しない木にうたって弓をつくります」彼女はそれだけいって、歩みさっていった。


それから何日か、いかだ舟《ぶね》は春の草原のなかをただよっていった。背後《はいご》のビオア山脈はいつのまにか、ただのぼんやりとした白い壁《かべ》になっている。川岸にはたびたびガゼルや小さなアカジカの大群《たいぐん》が現《あらわ》れ、舟の上の彼らを澄《す》んだ目で見つめた。

もうファングハーが現れる心配はないので、エラゴンは好きなだけサフィラと空を飛べるようになった。ギリエド以来、こんなに長い時間を空で過《す》ごすのは初めてだ。ふたりとも空を飛びまわる自由を思うぞんぶん利用した。それにもうひとつ、エラゴンは舟の甲板《かんぱん》から逃《に》げられることにほっとしていた――アーリアが近くにいると、どこかぎくしゃくして、落ちつかない気持ちになるからだった。

19 尊《とうと》き言葉

エラゴンとその一行のいかだ舟は、エッダ川との合流地点まで進んだ。アズ・ラグニ川はそこから東方の未知の世界へただよっていく。合流する川にはさまれて、ドワーフの交易《こうえき》地《ち》、ヘダースがある。彼らはその町で舟をロバに交換《こうかん》した。ドワーフは体が小さいので、馬は利用しないのだ。

アーリアはロバに乗ることをことわった。「祖先《そせん》の住む国に、ロバの背《せ》に乗ってもどるわけにはまいりません」

ドーヴは顔をしかめた。「われわれのペースにどうやってあわせるんです?」

「走ります」じっさい、アーリアはスノーファイアよりもロバよりも速く走った。次の丘《おか》や林まで先に行って、そこですわって待っているのだ。だがそれだけの体力を使っても、夜、野営《やえい》のときに疲《つか》れた様子はみじんも見せない。また、朝食と夕食のあいだに、せいぜいふたことみことしか言葉を発しなくなった。アーリアはエルフの国に一歩近づくごとに、緊張《きんちょう》していくように見えた。

一行はヘダースから北へむかって進んだ。その先には、エッダ川の源泉《げんせん》、エルダー湖がある。

三日後にドゥ・ウェルデンヴァーデンが見えてきた。最初は地平線のかなたにかすむ靄《もや》でしかなかったが、それがみるみる広がって――オーク、ポプラ、カエデの木におおわれた太古の森の――エメラルド色の海となった。サフィラの背《せ》からながめると、森は北から西まで地平線上にとぎれなくのびている。エラゴンはそれが、さらに遠く、アラゲイジア全域《ぜんいき》に続いていることを知っていた。

眼下《がんか》で弓なりに枝《えだ》をのばす木々の影《かげ》が、エラゴンには危険《きけん》であると同時に、神秘的《しんぴてき》かつ魅力的《みりょくてき》なものに感じられた。そこにはエルフが住んでいる。ドゥ・ウェルデンヴァーデンの濃淡《のうたん》ある緑の奥《おく》のどこかに、彼が修行《しゅぎょう》をするエレズメーラがあり、オサイロンがあり、ほかにもエルフの町がある。どれも、ライダー族が滅《ほろ》びて以来、外部の者がほとんど立ちいることのなかった町だ。エラゴンは、森は人間にとって危険な場所だと直感した。あきらかに、不可解《ふかかい》な魔法《まほう》や生き物で満ちている。

〔まるで別世界だ〕エラゴンはいった。二匹《ひき》のチョウが暗い森の内側から舞《ま》いあがり、くるくる飛びまわっている。

〔エルフがどんな道を使うのか知らないが、あの木々のすきまに、わたしがおりられるだけの空間があってほしい。ずっと飛んでいるわけにはいかない〕サフィラがいった。

〔ライダーがいた時代から、ドラゴンのための道があるはずだよ〕

〔うーむ〕

その夜、エラゴンが毛布《もうふ》を出そうとしたとき、空気中に浮《う》かびあがる亡霊《ぼうれい》のように、アーリアが背《はい》後《ご》に現《あらわ》れた。エラゴンはぎょっとして飛びあがった。どうしたらそこまでしのびやかに動けるのだろう。なんの用かとたずねるより早く、彼女が意識《いしき》に触《ふ》れてきた。〔できるだけ静かに、わたくしについてきて〕

その要求もさることながら、意識の接触《せっしょく》におどろかされた。ファーザン・ドゥアーに逃《に》げていくとき、彼女とは心のなかで会話をした。自己誘導《じこゆうどう》の昏睡《こんすい》におちいっていた彼女とは、そうするしか会話の方法がなかったからだ。しかし、アーリアが回復《かいふく》してからは、意識の接触をこころみたことがない。それはきわめて私的《してき》な行為《こうい》だ。

エラゴンはいつも他人の意識に近づくとき、むきだしにした魂《たましい》の表面で、相手のそれをこするような感覚にとらわれる。誘《さそ》われることもなく、そうした私的接近をこころみるのは、ひどく無粋《ぶすい》で失礼な気がするのだ。アーリアの――わずかばかりの――信頼《しんらい》を裏切《うらぎ》ることになるかもしれない。それにエラゴンは、接触することによって、あらたにめばえた自分の複雑《ふくざつ》な感情《かんじょう》を、アーリアに知られることを恐《おそ》れていた。ぜったいにあざ笑われたりしたくない。

エラゴンはアーリアについてテントの輪をぬけ、最初の見張《みは》り番《ばん》のトリーガの目を慎重《しんちょう》にかわし、ドワーフたちに声が聞こえないところまで歩いていった。意識のなかで、サフィラがエラゴンにぴったりついてくる。必要なら、すぐに飛んでこられるように。

アーリアはエラゴンのほうを見ずに、コケの生えた丸太にすわり、両腕《りょううで》でひざを抱《だ》きよせた。「セ

リスやエレズメーラに着く前に、あなたは覚えておくべきことがあります。あなたの無知によって、ご自身とわたくしが恥《はじ》をかかぬように」

「たとえば?」エラゴンは興味《きょうみ》を引かれ、彼女の前にしゃがみこんだ。

アーリアはためらうように口を開いた。「イズランザディの使者をつとめているあいだ、わたくしは、人間とドワーフがきわめて似《に》た種族であることに気づきました。あなたたちは、多くのことで共通の信念や感情《かんじょう》をもっている。おたがいの文化を理解《りかい》しあえるから、人間たちはドワーフのなかで居《い》心地《ごこち》よく過《す》ごせるのです。人間もドワーフも同じように愛や欲望《よくぼう》をもち、憎《にく》しみ、争い、創造《そうぞう》するでしょう。あなたのオリクとの友情や、ダーグライムスト・インジータムの申し出を受けたことが、それらのよい例です」

両者がそれほど似ているとは思えなかったが、エラゴンはうなずいた。

「しかし、エルフはあなたたちの種族とはちがいます」

「自分がエルフじゃないような言い方をするんですね」エラゴンは、ファーザン・ドゥアーでのアーリアの言葉をまねていった。

「ヴァーデンのなかで長く暮《く》らすうちに、彼らの流儀《りゅうぎ》に慣《な》れたのです」アーリアは冷たい口調でいった。

「じゃ……つまりあなたは、エルフにはドワーフや人間みたいな感情がないといいたいんですか?それはちょっと信じられないな。どんな生物にだって、基本的《きほんてき》に同じ欲求《よっきゅう》や欲望があるはずだ」

「わたくしがいいたいのは、そのようなことではありません！」

エラゴンは一瞬《いっしゅん》たじろぎ、それから眉《まゆ》をひそめてアーリアを見つめた。ここまでぞんざいな態度《たいど》をとるのは、彼女らしくない。

アーリアは目を閉《と》じ、こめかみに指をあて、ゆっくり息を吸《す》いこんだ。「長い歳月《さいげつ》を生き続けるエルフ族は、礼儀《れいぎ》こそ社交における最高の美徳《びとく》と考えています。何十年、何百年と恨《うら》まれる可能性《かのうせい》があるのだとしたら、相手をおこらせるわけにいかない。そうした悪意の蓄積《ちくせき》をさけるには、礼儀が唯一《ゆいいつ》の手段《しゅだん》なのです。ですからわたくしたちはしきたりを厳格《げんかく》に守る。かならずしも好結果になるとはかぎりませんが、極端《きょくたん》な結果をまねかずにすみます。それに、エルフは多産ではないので、内輪での争いは致命的《ちめいてき》になる。人間やドワーフと同じ割合でもめごとを起こしはじめたら、エルフはすぐに絶滅《ぜつめつ》してしまいます。

セリスに着いたとき、衛兵《えいへい》に正しい方法であいさつしなくてはなりません。イズランザディ女王に謁見《えっけん》するさいも、守らねばならない特別な手順や形式があります。また、あらゆるエルフとかかわるたびに、百ものちがった作法がある。ただ無言でいるだけでは、すまされない場合もありますから」

「そういう習慣《しゅうかん》こそ」エラゴンはあえていった。「相手の気分を害するためにつくられたようにしか思えませんが」

アーリアの唇《くちびる》を笑《え》みがよぎった。「そうかもしれません。あなたはご自分がきびしい目で評価《ひょうか》されるだろうことはよく承知《しょうち》しているはずです。もしまちがったことをすれば、エルフたちはあなたがそ

れを故意《こい》にしたととるでしょう。しかし、無知から生じたものだとわかれば、今度はあなたの体面を汚《けが》すことになってしまいます。〝無礼で無能《むのう》〟ととられるより、〝無礼で有能〟と思われたほうがいいに決まっています。無能と思われれば、ヘビのように呪文《じゅもん》であやつられることになりかねません。

エルフの勢力争《あらそ》いは、とても長い周期で、わずかな人々のあいだで循環《じゅんかん》しているだけなのです。ある日、あるエルフがなにかしたとしても、千年にわたる長期的な方策《ほうさく》のなかでは、ほんのかすかな動きにしか見えない。そのエルフが明日どんな行動をしようと、なにも影響《えいきょう》がないかもしれない。それは、エルフがおこなっている、ほとんどルールのないゲームのようなものなのです。そして、あなたもそのゲームに参加しようとしている。

なぜエルフがほかの種族とちがうのか、あなたももうお気づきでしょう。ドワーフも長命ですが、彼らはずっと多産ですし、エルフのような抑制《よくせい》もなければ、策略《さくりゃく》好きでもない。そして人間は……」

アーリアは声を落とし、如才《じょさい》なく口を休めた。

「人間は」エラゴンが引きとっていう。「あたえられた能力《のうりょく》で、できるかぎりの努力をする」

「たとえそうでも――」

「どうしてオリクにも話さないんですか？　彼だってぼくと同じように、エレズメーラに滞在《たいざい》するのに」

アーリアの声に鋭《するど》さがしのびこむ。「彼はすでに、ある程度《ていど》わたくしたちの作法に通じています。しかし、あなたはライダーとして、彼以上に教養ある者に見えなくてはならない」

エラゴンは彼女の叱責《しっせき》に反論《はんろん》しなかった。「なにを覚えなきゃならないんですか？」

アーリアはエラゴンと、彼を通してサフィラに、エルフ族の社交上の微妙《びみょう》な手順をくわしく説明した。まず、一対一で出会ったときは、たがいに立ちどまり、親指と人さし指を自分の唇《くちびる》にあてること。これは、「会話中、真実をゆがめることはない」ことをしめすためだという。続いて「アトラ・エステルニ・オノ・セルドゥイン（御身《おんみ》に幸運のあらんことを）」といい、それに対して相手が「アトラ・ドゥ・エヴァリンニャ・オノ・ヴァルダ（御身に星の守りのあらんことを）」という。

「そして」アーリアは続けた。「とくに正式な場面では、もうひとつのあいさつを用います。『ウン・アトラ・モラノル・リーファ・ウニン・ヒャールタ・オーノル』。意味は『そして御身の心の安らかならんことを』。これらの言葉は、エルフとドラゴンの協定が結ばれたとき、ドラゴンが表した祝福の言葉から引用されているのです。


アトラ・エステルニ・オノ・セルドゥイン。

モラノル・リーファ・ウニン・ヒャールタ・オーノル。

ウン・ドゥ・エヴァリンニャ・オノ・ヴァルダ。


「御身に幸運のあらんことを、御身の心の安らかならんことを、そして御身に星の守りのあらんことを、という意味です」

「どっちが先に言葉を発するかは、どうやってわかるんです？」

「自分より身分の高い者と会ったとき、あるいは相手に敬意《けいい》を表したい場合は、先に言葉をかける。自分より身分の低い者と会うときは、あとに言葉を発する。身分がさだかでない場合は、相手に口を切る機会をあたえ、それでも無言のままなら、自分から先にあいさつする。これが決まりです」

「それは、わたしにもあてはまるのか？」サフィラがたずねた。

アーリアは地面からかわいた葉を引きぬき、指のあいだでつぶした。彼女のうしろで、野営地《やえいち》の焚《た》き火《び》が消え、暗くなった。

ドワーフたちは、木炭やおきをあしたの朝までもたせるよう、土をかけている。

「わたくしたちの文化では、ドラゴンより高貴《こうき》な者はありません。女王の権威《けんい》でさえ、あなたにはおよばない。あなたは自分の思うとおりにふるまっていいのです。わたくしたちの法でドラゴンをしばることはありません」

次にアーリアがエラゴンに教えたのは、右手をねじって胸《むね》の上にのせる風変わりな仕草だった。

「これは、イズランザディと謁見《えっけん》するときに使ってください。忠誠《ちゅうせい》と服従《ふくじゅう》をしめす動作です」

「これにも拘束力《こうそくりょく》があるんですか？　ナスアダへの忠誠の誓《ちか》いみたいに？」

「いいえ、ただの社交辞令です。深い意味はありません」

エラゴンはアーリアが教えてくれる多種多様のあいさつを、必死で頭にたたきこんだ。あいさつのしかたは身分や地位によってだけでなく、男から女へ、大人からこどもへ、男の子から女の子へ、と

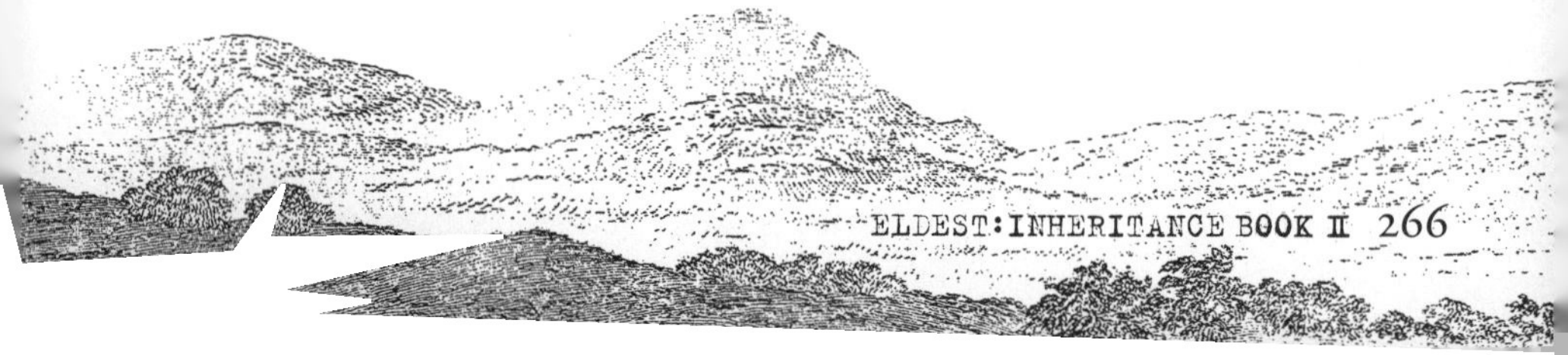

各場面でさまざまに異《こと》なっている。気が遠くなるような数だが、完璧《かんぺき》に記憶《きおく》しなければならないのだ。

エラゴンがひと通り暗記したところで、アーリアは立ちあがり、手の土をはらった。「これを忘《わす》れないかぎり、うまくやっていけるでしょう」彼女は背《せ》をむけて去ろうとした。

「待って」エラゴンは手をのばしてアーリアをとめ、そのあつかましさに気づかれないうちに、あわてて手を引っこめた。

彼女は黒い瞳《ひとみ》に不審《ふしん》の色を浮《う》かべ、肩《かた》ごしにふり返った。

胃がしめつけられるのを感じながら、エラゴンは自分の思いを告げるすべをさがした。さんざん考えたにもかかわらず、口にできたのはこうだった。「アーリア、だいじょうぶ……？　ヘダースを出てから、なんだかぼんやりとして、元気がないように見えるけど」

アーリアの顔が無表情《むひょうじょう》な仮面《かめん》のようにかたまるのを見て、エラゴンはひそかに眉《まゆ》をひそめた。接《せっ》し方の選択《せんたく》をあやまったのがわかったからだ。しかし、自分の質問《しつもん》のなにが彼女をおこらせたのかは、はかり知ることができない。

「ドゥ・ウェルデンヴァーデンのなかでは」アーリアは彼に告げた。「わたくしにそのように親しげな口のきき方をしないでいただきたい。侮辱《ぶじょく》するおつもりでなければ」彼女は大股《おおまた》で歩みさっていく。

〔彼女を追いなさい！〕サフィラがさけんだ。

〔なんだって？〕

〔彼女をおこらせたままではいけない。あやまりに行きなさい〕
エラゴンにも自尊心《じそんしん》というものがある。〔いやだ！　悪いのはぼくじゃない、アーリアだ〕
〔行ってあやまりなさい、エラゴン。さもないと、あなたのテントを腐肉《ふにく》でいっぱいにしてやる〕たんなる脅《おど》しではないようだ。
〔どうやって？〕
サフィラは一瞬《いっしゅん》考えてから、どうするかを伝えた。
エラゴンは口答えをやめ、飛びあがって走りだし、アーリアの目の前に立ちふさがった。
アーリアは高慢《こうまん》な顔つきでエラゴンを見つめ返した。
エラゴンは唇《くちびる》に指をあてていった。「アーリア・スヴィト・コナ」たった今習ったばかりの、エルフの女性《じょせい》を最高の賢者《けんじゃ》としてうやまうときの尊称《そんしょう》だ。「口のきき方をまちがえました。心から謝罪《しゃざい》いたします。サフィラとぼくは、あなたの幸福のことを考えていたんです。あなたはぼくらにいろいろなことをしてくれました。その恩返《おんがえ》しとして、せめてなにかの力になれないかなと思って。あなたが必要とすれば、だけど」
アーリアはようやく表情《ひょうじょう》をやわらげた。「お気づかいに感謝《かんしゃ》します。それに、わたくしも口のききき方をまちがえました」彼女は目を落とした。暗がりのなか、手足も胴体《どうたい》も、体の輪郭《りんかく》が痛々《いたいた》しいほどかたまって見える。「あなたはわたくしに、なにかこまっているのかときいているのですね、エラゴン？　本当に知りたいのなら、話します」アーリアの声は風にただようアザミの綿毛《わたげ》のようにやわら

かい。「わたくしはこわいのです」

闇《やみ》のなか、あぜんとしてこたえられずにいるエラゴンをぽつんと残し、アーリアは立ち去っていった。

20
セリス

四日めの朝、馬に乗っていると、横を行くシュルグナインがエラゴンに声をかけてきた。

「ききたいことがあるんだが、人間って本当に足の指が十本なのかい？　じつをいって、今までドワーフの国から出たことがないもんでね」

「もちろん！　人間の足の指は十本さ」エラゴンはおどろいていった。スノーファイアの鞍《くら》の上に右足をもちあげ、長靴《ちょうか》と靴下をぬぐと、シュルグナインの大きく見開いた目の前で、ぶらぶらとふってみせた。「きみたちはちがうの？」

シュルグナインが首をふる。「ちがう。片足《かたあし》に七本ずつ。ヘルツヴォグがそうお創《つく》りになったんだ。五本じゃ少なすぎるし、六本じゃ数字がよくない。でも七本だと……七本がちょうどいいんだよ」ドワーフはもう一度エラゴンの足をちらっと見てから、ロバを駆《か》りたててアーマとヘディンのところへ走っていった。なにやらうれしげに話したあと、アーマとヘディンが彼に銀のコインを数個《すうこ》わたしていた。

〔どうやらぼくは賭《か》けの対象にされただけみたいだ〕エラゴンは長靴をはきながらいった。なぜかサフィラはそれをやたらとおもしろがった。

夕暮《ゆうぐ》れになって満月が見えはじめたころ、エッダ川がドゥ・ウェルデンヴァーデンにぐっと近づいた。一行は木々の生いしげる細い道を進んでいた。満開のハナミズキやバラが、夕方の空気にあまい香《かお》りをただよわせている。

エラゴンは暗い森に目をこらした。すでにエルフの領地《りょうち》に入り、セリスに近づいているのだと思うと、期待で胸《むね》がいっぱいになる。手綱《たづな》を両手でしっかりと引き、スノーファイアの上で身を乗りだした。

サフィラも自分と同じくらい興奮《こうふん》している。はやる気持ちをおさえきれず、頭上で尾《お》をふり動かしている。

〔現実《げんじつ》じゃないみたいだ〕エラゴンは夢《ゆめ》のなかにまよいこんだような気持ちだった。

〔まったく。古き時代の伝説が、いまだ地上に広がっている〕

一行は、川と森にはさまれた、せまい草地にたどりついた。

「ここでお待ちください」アーリアが低い声でいい、ひとり青々とした草地の真ん中に進みでて、古代語で呼《よ》ばわった。「同胞《どうほう》よ、どうか外へ！　恐《おそ》れることはありません。わたくしはエレズメーラのアーリア。連れの者たちは友人、同志《どうし》です。なんの害もありません」エラゴンの知らない言葉がいく

つか続く。

背後《はいご》の川音だけが響《ひび》く数分がすぎ、足もとの動かない草の下から、エルフ語が響いてきた。だがあまりに早口で、エラゴンには聞きとれなかった。

アーリアが返事をする。「わかりました」

カサカサという音とともに森からふたりのエルフが現《あらわ》れ、さらにふたりが走りだしてきて、節《ふし》くれだったオークの枝《えだ》に軽《かろ》やかに飛び乗った。地上のふたりは白刃《しらは》の長槍《ながやり》、ほかのふたりは弓をもっている。全員がコケと樹皮《じゅひ》の色のチュニックをまとい、肩《かた》のところを象牙《ぞうげ》のブローチでとめた、長いマントをはおっている。ひとりはアーリアと同じ漆黒《しっこく》の長い髪《かみ》、あとの三人は星のように輝《かがや》く髪をしている。

ふたりが木からおりると、エルフたちは澄《す》んだ明るい笑い声を響かせ、アーリアに抱《だ》きついた。こどものように輪になって手をつなぎ、うれしそうに歌いながら草の上でくるくる踊《おど》っている。

エラゴンはあっけにとられてその様子を見守った。エルフが声をあげて笑うなど――いや、笑えるなど、アーリアからは想像《そうぞう》できなかった。それはまるでフルートとハープがよろこびの歌を奏《かな》でているような、すばらしい笑い声だった。エラゴンは永遠《えいえん》に聞いていたいとさえ思った。

そのとき、サフィラが川の上へおりてきて、エラゴンの横に着地した。

エルフたちはおどろいて声をあげ、武器《ぶき》をサフィラにむけた。

アーリアがすぐさまなだめるようになにかいい、まずサフィラ、次にエラゴンを手でしめした。

エラゴンは右の手袋《てぶくろ》をぬぎ、ゲドウェイ・イグナジア（光る掌《てのひら》）が月明かりにあたるよう手をかたむけ、以前アーリアにいったのと同じ言葉を口にした。「エカ・フリケイ・アン・ジャートゥガル（わたしはライダーで、きみの仲間である）」そして、きのうの練習を思い出し、唇《くちびる》をさわっていった。

「アトラ・エステルニ・オノ・セルドゥイン」

エルフたちは鋭角的《えいかくてき》な顔をうれしそうに輝かせ、武器をおろした。そしてそれぞれ唇に人さし指をあて、サフィラとエラゴンに頭をさげ、古代語で返礼のあいさつをとなえた。

顔をあげると、エルフたちはドワーフたちを指さして、内緒《ないしょ》の冗談《じょうだん》でもいうように笑いあった。それから、「いらっしゃい！　いらっしゃい！」と手をふりながら、軽やかに森のほうへ歩きだした。

エラゴンはサフィラとともにアーリアのあとを追った。

ドワーフたちはたがいにブツブツいいあいながらついてくる。

木々のなかに入ったとたん、頭上の天蓋《てんがい》がビロードの闇《やみ》に変わった。木の葉の覆《おお》いのすきまから、月明かりが切れ切れにそそいでいる。エルフたちの姿《すがた》は見えないが、エラゴンの耳には、彼らのささやき声や笑い声がずっと響いていた。エラゴンやドワーフたちがまよいそうになると、方向を教える声が響いてくる。前方の木々のすきまで炎《ほのお》が光り、妖精《ようせい》たちがかけっこをしているような影《かげ》が、緑の地面に踊っていた。

光の半径に入ると、巨大《きょだい》なオークの根もとに、小さな丸太小屋が三つ、身をよせあうように建っているのが見えた。高いこずえには、川と森を監視《かんし》するための屋根つきの見《み》張《は》り台《だい》がある。ふたつの小

屋のあいだに竿《さお》がわたされ、そこに植物が干《ほ》してある。

四人のエルフは小屋のなかに消え、果物や野菜を——肉はない——両手いっぱいにかかえて出てくると、客たちの食事の用意をはじめた。彼らは働きながら、気のむくままに、いろいろな旋律《せんりつ》でハミングを奏《かな》でている。

オリクが名前をたずねると、黒髪《くろかみ》のエルフがこたえた。「わたしはリルヴェナーの館《やかた》のリフェイン。そして仲間たちは、エデューナ、セルディン、ナーリ」

エラゴンはサフィラのそばにすわり、エルフたちをながめた。エルフは四人とも男だが、薄《うす》い唇《くちびる》、細い鼻梁《びりょう》、眉《まゆ》の下で輝《かがや》く、つりあがった大きな目など、みな顔はアーリアに似《に》ている。肩《かた》はほっそりとして、手足は細長く、体型は均整《きんせい》がとれている。四人とも物腰《ものごし》がどこか異国的《いこくてき》で、エラゴンの知っているどんな人間より美しく高貴《こうき》に見える。

「ぼくがエルフの国に来るなんて、だれが予想できただろう？」エラゴンはひとりつぶやいた。丸太小屋の角によりかかると、ふと心がなごみ、炎《ほのお》の暖《あたた》かさに眠気《ねむけ》を誘《さそ》われる。

頭上では、サフィラがくるくる踊《おど》る青い目で、エルフたちの姿《すがた》をぴたりと追っている。

〔この種族には大きな魔力《まりょく》がある〕サフィラはやがて感想をいった。〔人間やドワーフには望みえないほどの魔力が。大地や石から生まれたのではなく、まったくべつの世界からやってきたかのようだ。半分は陰《いん》、半分は陽《よう》。水面に反射《はんしゃ》する光のように〕

〔本当に優雅《ゆうが》だよなあ〕エラゴンはいった。

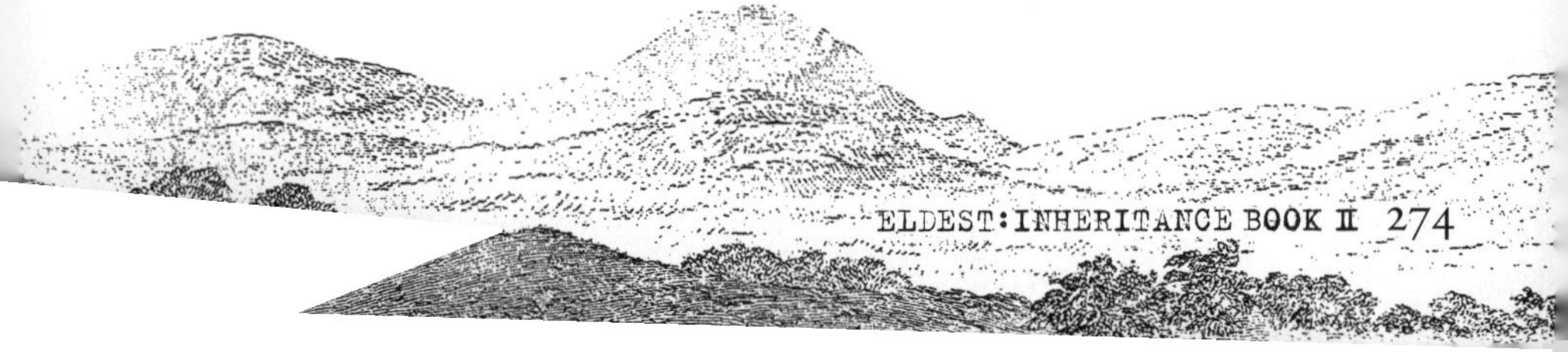

エルフたちの動きはなめらかでしなやかで、なにをするのも踊っているかのようだ。

ブロムの教えによると、ライダーのドラゴンに、許可《きょか》なく意識《いしき》で話しかけるのは無礼なこととされている。エルフたちはこのしきたりを守り、サフィラに声で話しかけている。

サフィラはそれに対し直接《ちょくせつ》意識でこたえている——ふだんは人間やドワーフの意識にじかに接触《せっしょく》することをひかえ、エラゴンに代弁《だいべん》させている。それは、人間やドワーフのほとんどが、自分の意識を遮断《しゃだん》し、心の秘密《ひみつ》を守る訓練を受けていないからだ。それに、ちょっとしたやりとりに、そこまで親密な接触をこころみるのは、おしつけがましいような気がする——しかしエルフには、そうした抑制《よくせい》がいらない。彼らはサフィラの意識を歓迎《かんげい》し、彼女の存在《そんざい》を大いによろこんでいる。

食事のしたくができ、彫《ほ》り物《もの》をほどこした皿に料理が盛《も》られた。皿はかたい骨《ほね》のような手ざわりだが、花や蔓《つる》の模様《もよう》のあいだには木目が走っている。エラゴンにはグズベリー酒がふるまわれた。ゴブレットも変わった材質《ざいしつ》でつくられ、グラスの脚《あし》には、巻《ま》きつくドラゴンが彫刻《ちょうこく》されている。

会食中、リフェインがアシ笛をもち出し、指をいくつもの穴《あな》にすべらせながら、流れるようなメロディをふきはじめた。ほどなく、いちばん背《せ》の高い銀色の髪のエルフ、ナーリがうたいだした。


おお！

日の終わりに星は輝き

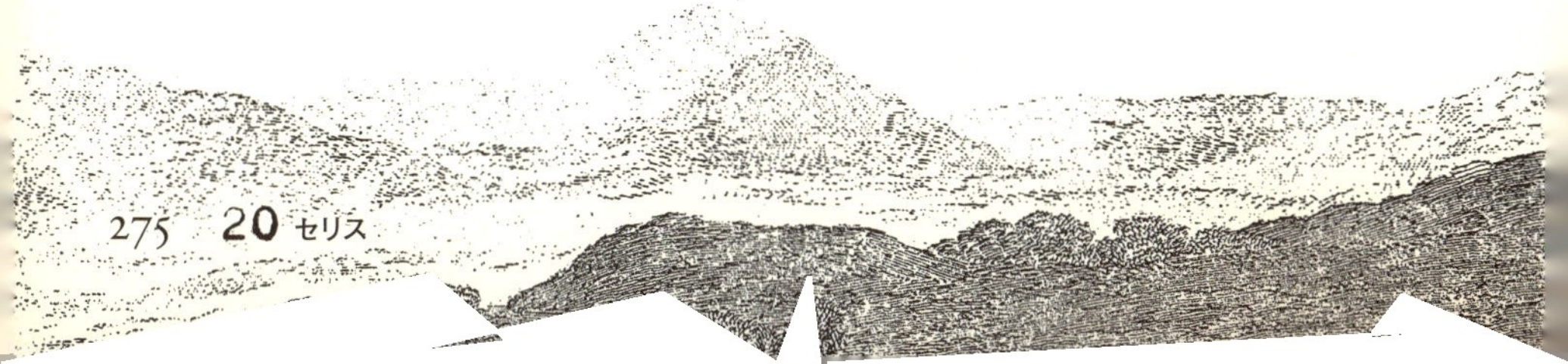

木々の葉はひそやかに、月は真白に光る！
悲しみも仇《あだ》も笑い飛ばせ
今宵《こよい》、メノアの若子《わかご》はすこやかなり！

われらが失いし森の子よ
生を受けし森の娘《むすめ》よ！
恐《おそ》れをのがれ　炎《ほのお》をのがれ
かの女《め》、ライダーを暗き影《かげ》より引きはがしけり！

竜《りゅう》、今ふたたび翼《つばさ》を広げ
われら受難《じゅなん》の恨《うら》み晴らすとき！
強き剣《けん》と強き腕《うで》
今、とき満ちて、われら王を殺《あや》めん！

おお！

風やわらかく、川深く
木々は高く、鳥たちは眠《ねむ》る！
悲しみも仇も笑い飛ばせよ
歓喜《かんき》にあずかるとき来《きた》り！

ナーリの歌が終わると、エラゴンはとめていた息を吐《は》いた。それは、いまだかつて耳にしたことのない歌声だった。まるでエルフが自分の本質《ほんしつ》を、魂《たましい》そのものを、さらけだしているかのような声だ。

「美しい歌でした、ナーリ・ヴォーダー（ナーリどの）」

「荒《あら》けずりな歌だよ、アージェトラム」ナーリは謙遜《けんそん》した。「けれど、ほめていただいてありがとう」

ドーヴが太い声でいった。「じつにおじょうずだった、マスター・エルフ。しかしながら、われわれには、詩を吟《ぎん》じるより重大な問題がある。われわれはこの先まだ、エラゴンに同行することになるんだろうか？」

「いいえ」アーリアが即座《そくざ》にこたえ、ほかのエルフたちの視線《しせん》を集めた。「あしたの朝には故郷《こきょう》へおもどりになってけっこうです。エラゴンはわたくしたちが、まちがいなくエレズメーラに送りとどけます」

ドーヴが軽く頭をさげた。「では、われわれの任務《にんむ》はこれで完了《かんりょう》だ」

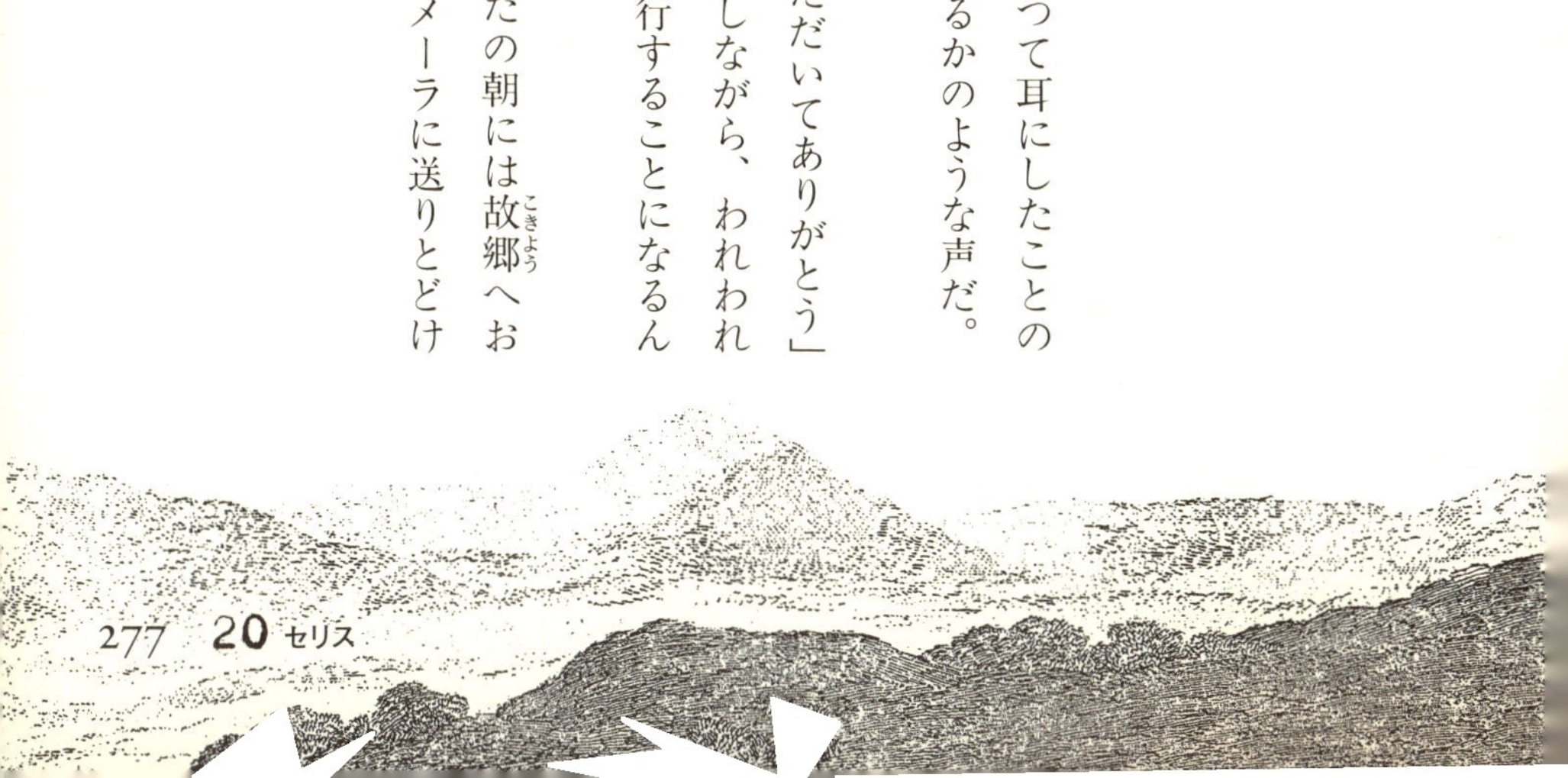

エルフたちが用意してくれた寝床《ねどこ》に横になり、エラゴンは丸太小屋のどこかから響《ひび》いてくるアーリアの声に耳をそばだてていた。なじみのない古代語も使われているが、ほかのエルフたちに、サフィラの卵《たまご》を失ってからのできごとを説明しているのだと察しがつく。

アーリアが口を閉《と》じ、しばしの静寂《せいじゃく》が流れてから、べつのエルフがいった。「あなたがもどってきてくれてよかった、アーリア・ドロットニング。あなたがとらえられ、卵が盗《ぬす》まれた――しかもアーガルから！――と知り、イズランザディ女王は悲しみに打ちひしがれておられた。今まだ、ひどく傷《しょう》心《しん》でいらっしゃる」

「シーッ、エデューナ……シーッ」べつの声がたしなめる。「ヴェルガー（ドワーフ）は小さいが、鋭《するど》い耳をもっている。今の話はフロスガーに報告《ほうこく》されるにちがいない」

彼らはそれから声を落とし、エラゴンにはただのつぶやきにしか聞こえなくなった。やがてそれも木の葉のさざめきのなかに溶《と》けてゆき、エラゴンは眠《ねむ》りに落ちていった。夢《ゆめ》のなかで、エルフの歌がたえまなくくり返されていた。

朝日の満ちるドゥ・ウェルデンヴァーデンで目覚めたとき、あたりには濃厚《のうこう》な花の香《かお》りが立ちこめていた。頭上には枝葉《えだは》がレース状《じょう》のアーチのようにかぶさり、太い幹《みき》が乾《かわ》いた地面にしっかり身をうずめ、枝葉のアーチをささえている。一面に広がる緑の木かげには、コケや丈《たけ》の低い草がかすかに生えているだけだ。下生えが少ないおかげで、節くれだった木々のあいだを、ずいぶん遠くまで見通す

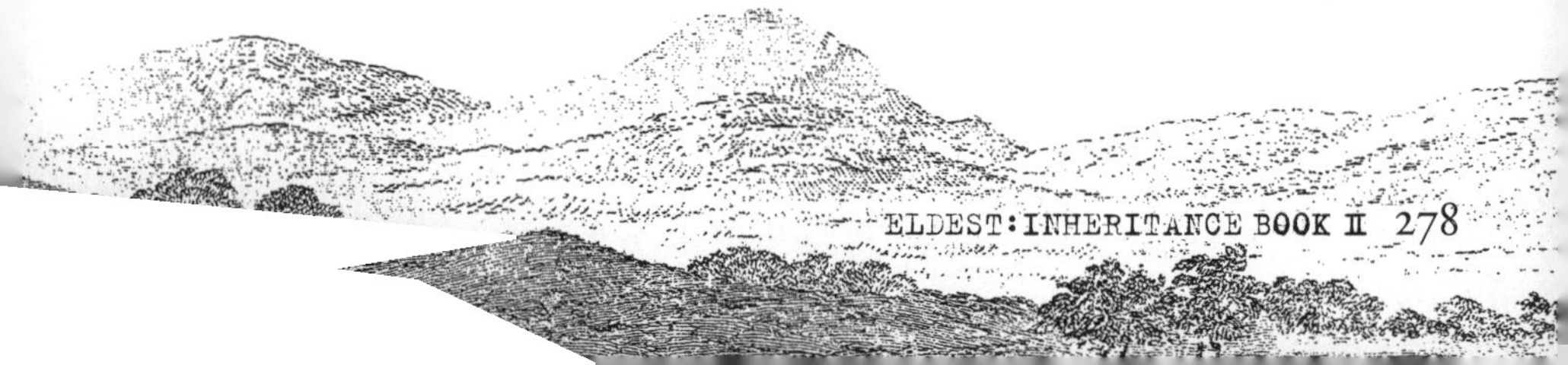

ことができる。レースの天井《てんじょう》の下を自由に歩きまわることもできる。

エラゴンがぶらぶら歩いていくと、ドーヴやほかの衛兵《えいへい》たちが荷物をまとめ、出発の準備《じゅんび》をしていた。オリクのロバはエクスヴァーのロバのうしろにつながれている。エラゴンはドーヴに近づいて声をかけた。「みんな、本当にどうもありがとう。ぼくとサフィラを警護《けいご》してくれて。ウンディンにも感謝《かんしゃ》の気持ちを伝えてください」

ドーヴは胸《むね》に拳《こぶし》をおしあてた。「かならず伝えよう」彼はすこしためらってから、丸太小屋をふり返っていった。「エルフは変わった種族だ。明と暗に包まれておる。朝にはいっしょに酒《さか》もりをしても、夜にはその相手をさし殺すこともある。背中はつねに壁《かべ》にむけておられよ、シェイドスレイヤー。彼らは、気まぐれだからな」

「覚えておきます」

「うむ」ドーヴは川を指さした。「エルフたちは、エルダー湖を舟《ふね》で進むつもりらしい。そなたの馬はどうされるかな？　われわれがターナグに連れ帰り、その後トロンジヒームに送っていくこともできるが」

「舟！」エラゴンはうろたえてさけんだ。スノーファイアは当然、エレズメーラまで連れていくつもりだった。サフィラが遠くにいるとき、サフィラの体にはせますぎる道を行くとき、馬がいたほうが都合がいいと思っていたのだ。エラゴンは無精《ぶしょう》ひげの生えたあごをこすった。「そうしてもらえるとありがたいです。でも、スノーファイアのこと、ちゃんとめんどうみてもらえますか？　あいつにも

しものことがあったら、ぼくは耐《た》えられない」

「それがしの名誉《めいよ》にかけて」ドーヴは誓《ちか》った。「そなたが帰ってくるころには、よく肥《こ》えてつやつやとした馬になっておるよ」

エラゴンはスノーファイアをひいてきて、馬と鞍《くら》と手入れの道具をドーヴにたくした。そしてそれぞれの衛兵《えいへい》に別れを告げて、サフィラとオリクとともに、ドワーフたちを見送った。

小屋にもどると、エラゴンと残る一行は、エルフたちについてエッダ川のふちの低木林へ入っていった。川岸の丸石のあいだに係留《けいりゅう》されていたのは、両側に植物文様の彫刻《ちょうこく》がほどこされた、二艘《そう》の白いカヌーだった。

エラゴンは手前の舟《ふね》に乗り、荷物を足の下におしこんだ。彼は舟の軽さにおどろいた。片手でもちあげられるくらい軽そうだ。さらにおどろいたのは、シラカンバの樹皮《じゅひ》を使ったらしき船体の、どこにも継《つ》ぎ目《め》が見られないことだった。エラゴンは気になって側面をさわってみた。樹皮はかたく、のばした羊皮紙のようにピンとはっており、水につかってひんやりしている。彼は拳《こぶし》でコツコツたたいてみた。繊維質《せんいしつ》の船体が、音のないドラムのように反響《はんきょう》する。

「エルフの舟は、みんなこうやってつくるんですか？」エラゴンはたずねた。

「とくに大きい舟以外は」ナーリはこたえ、エラゴンの舟のへさきにすわった。「大きい舟をつくるときは、上質のシーダーとオークの木に詠唱《えいしょう》するんだ」

エラゴンがくわしくたずねようとしたとき、オリクが同じカヌーに乗ってきた。

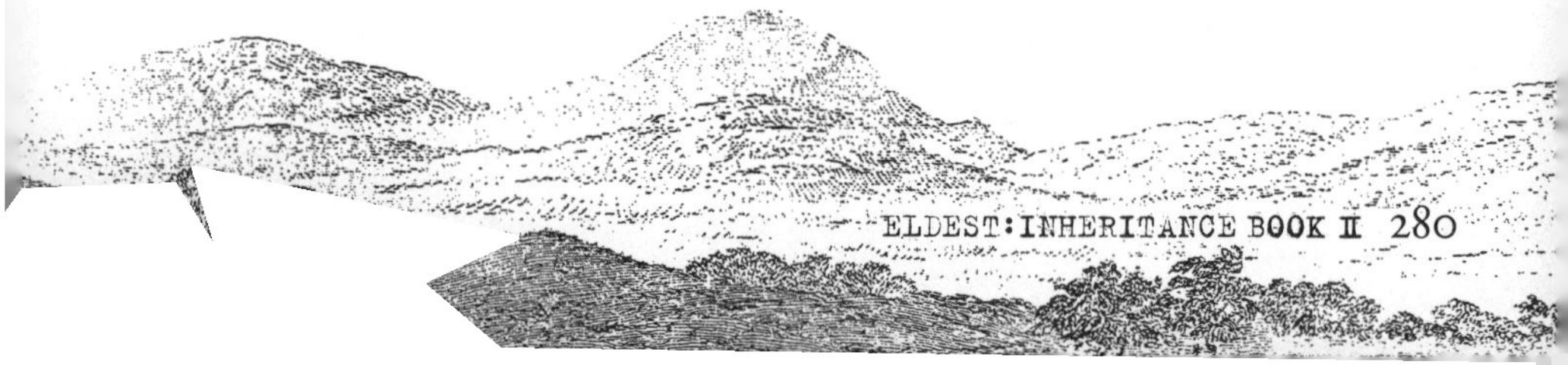

アーリアとリフェインは二艘めに乗っている。

アーリアは岸に立つエデューナとセルディンをふり返っていった。「だれも追ってくる者がないよう、見張《みは》りを続けてください。わたくしたちが来たことは、だれにも話さないで。いちばん先に知るのは、女王でなければなりません。シルスリムに着きしだい、ここにはかわりの衛兵を送ります」

「承知《しょうち》しました、アーリア・ドロットニング」

「あなたに星の守りのあらんことを！」アーリアはこたえた。

ナーリとリフェインが身を乗りだして、舟のなかから長さ三メートルの竿《さお》をとり、上流へむかって舟をこぎだした。

サフィラがそのうしろで水にすべりこみ、舟の横まで河床《かしょう》を歩いてくる。エラゴンが目をやると、サフィラはものうげにウインクして、いきなり水にもぐり、ぎざぎざの背中《せなか》だけを川面《かわも》から出した。エルフたちはそれを見て笑い、サフィラの体の大きさや力強さのことを、さかんにほめたてた。

一時間後、舟はさざ波立つエルダー湖に着いた。湖の西岸は林におおわれ、鳥や虫が群《む》れている。東岸は、なだらかなのぼり坂が平原へと続き、何百ものシカがそぞろ歩いている。

舟《ふね》が川への流れから完全にぬけると、ナーリとリフェインは竿をかたづけ、葉状《ようじょう》の水かきのついたかいをとりだした。オリクとアーリアは舵《かじ》のとり方を知っているが、エラゴンにはナーリが説明しなければならなかった。「舟はかいを入れたほうにまがるんです。たとえばぼくが右舷《うげん》でこぎ、オリクが左舷でこぐとしたら、先に片側《かたがわ》、次にもう片側と、交互《こうご》にかいを入れる。さもないと、舟は進路を

それてしまいますからね」陽光を浴びて、ナーリの髪《かみ》が繊細《せんさい》な針金《はりがね》のようにきらめいている。髪の一本一本が、燃《も》えているかのようだ。

エラゴンはすぐにこぎ方を覚えた。なれてくると、心は自由な空想へただよっていく。冷たい湖上を進みながら、彼はまぶたに浮《う》かぶ幻想《げんそう》の世界に思いをはせた。休憩中《きゅうけいちゅう》は、ベルトからオリクの〝知《ち》恵《え》の輪〟をとりだし、その攻略《こうりゃく》に没頭《ぼっとう》した。

ナーリが気づいて声をかけてきた。「その輪、見せてもらえるかい?」

エラゴンが金の輪をわたすと、ナーリは受けとって背《せ》をむけた。ナーリがからみあう輪にとりくむあいだ、オリクとエラゴンがふたりで舵《かじ》をとることにした。が、いくらもたたないうちに、ナーリは歓声《かんせい》とともに手をつきあげた。中指には、完成した一個《こ》の輪が光っている。「おもしろいパズルだった」ナーリは指から輪をはずし、ふってもとの形にもどしてからエラゴンに返した。

「どうやってやったの?」エラゴンはせがむようにたずねた。ナーリがこれほどかんたんに〝知恵の輪〟を解《と》いたことに肝《きも》をつぶし、嫉妬《しっと》も感じた。「待って……いわないで。やっぱり自分で解きたいから」

「そのほうがいい」ナーリは笑顔《えがお》でいった。

21 過《か》去《こ》の傷《きず》

カーヴァホールの村人たちは、前回の襲撃《しゅうげき》と幼《おさな》いエルムンドの死、そして、この忌《い》まわしい状況《じょうきょう》をどうやって切りぬけるかについて、三日と半日、延々《えんえん》と議論《ぎろん》している。各家の各部屋で、議論は激《はげ》しさをきわめていた。友が友に、夫が妻《つま》に、こどもが親に、怒《いか》りにまかせて言葉の猛攻撃《もうこうげき》を加える。それがおさまっても、生きのびる道を模索《もさく》するという必死のこころみは終わることがない。

ある者は、カーヴァホールの悲運が定められているなら、いっそ、攻《せ》めてくるラーザックと兵士を皆殺《みなごろ》しにして、せめて復讐《ふくしゅう》を果たそうではないかという。またある者は、カーヴァホールの運命が本当に決まっているなら、降服《こうふく》して王の慈悲《じひ》にすがるのが、唯一《ゆいいつ》、とるべき道だという。たとえそれが、ローランの拷問《ごうもん》と死、さらに村人全員が奴隷《どれい》になることを意味するのだとしても。また、どちらの意見にもつかず、この災厄《さいやく》をもたらした者たちに、ひたすら陰鬱《いんうつ》な怒りをたぎらせる者もいる。そして多くの者たちが、恐怖《きょうふ》と混乱《こんらん》を酒の力で包みかくしていた。

どうやらラーザックは、十一人も兵士を失っては、カーヴァホールを攻略《こうりゃく》できないと判断《はんだん》したらしく、今は村から遠く兵士を後退《こうたい》させ、パランカー谷の各所に歩哨《ほしょう》を置いている。「シユノンやギリエドから、ノミのたかった軍隊が来るのを待ってんだよ」ロリングが討論《とうろん》の場でいった。

ローランはまわりの意見にじっと耳をかたむけ、それぞれの案を心のなかで静かに検討《けんとう》していた。どれもこれも話にならないほど危険《きけん》なことに思える。

ローランはまだ、カトリーナと結婚《けっこん》の約束をしたことを、スローンに打ち明けていない。引きのばすのは愚《おろ》かなこととわかっているが、スローンの反応《はんのう》を思うとどうしても腰《こし》が引けた。ふたりは村のしきたりを愚弄《ぐろう》し、それによってスローンの威信《いしん》まで傷《きず》つけてしまうのだ。加えて、ローランには今、そうしたことから気持ちをそらす仕事がいくらでもある。カーヴァホールの守りを強化することが、現時点《げんじてん》のもっとも重要な任務《にんむ》だと、彼は自分にいい聞かせていた。

村人たちの協力を得ることは、予想ほどむずかしくなかった。最後の襲撃《しゅうげき》のあと、村人たちはローランの意見に耳を貸《か》し、したがうようになった——といっても、この苦境《くきょう》の原因《げんいん》がローランにあると思っている者たちはべつだが。急に村人が自分のいうとおりに動くようになったのでローランはとまどったが、じきにそれが、自分が兵士たちを殺したことへの畏怖《いふ》、尊敬《そんけい》、あるいはおびえであることに気づいた。村人たちはローランを〝槌《つち》の猛者《もさ》〟という意味をこめてストロングハンマーと呼《よ》ぶようになった。ローラン・ストロングハンマーだ。

ローランはこの呼び名がうれしかった。

谷が夜の闇《やみ》に包まれるころ、ローランは目を閉《と》じて、ホーストの家の食堂のすみによりかかっていた。

ローソクのともるテーブルから、男たちや女たちの会話がよどみなく流れてくる。今はキゼルトがカーヴァホールの食糧事情《しょくりょうじじょう》のことを、説明している。「まだ飢《う》え死《じ》にはしないさ」彼は結論《けつろん》をいった。「だがな、早々に畑や家畜《かちく》の世話をしないと、こんどの冬までに、のどをかき切らなきゃならなくなるぞ。そのほうがらくな死に方ってもんだ」

ホーストがけわしい顔になる。「くだらんことを！」

「くだらんことだといってもね」ガートルードがいった。「あたしたちに望みがあるとは思えないんだよ。兵士たちがおそってきたとき、こっちは連中の十倍も数でまさっていたんだ。なのに、むこうは十一人、こっちは十二人失った。しかもあたしは、まだ九人の手当てをしてる。あいつらがこっちの十倍の兵を連れてきたら、ホースト、どうするつもりだい？」

「吟遊《ぎんゆう》詩人たちの歌に、おれたちの名が残るようなことをするのさ」鍛冶屋《かじや》のホーストはいい返した。

ガートルードが悲しげにかぶりをふる。

ロリングがテーブルに拳《こぶし》をたたきつけた。「だから、こんどはこっちから攻撃《こうげき》してやるんだ。むこうに数で負ける前にな。必要なのは、何人かの男と盾《たて》と槍《やり》。それで寄生虫《きせいちゅう》どもを駆除《くじょ》してやる。今夜にでもな！」

ローランは落ちつきなく体をもぞもぞさせた。この発言は前にも聞いたことがある。そして前と同じように、ロリングが放った言葉は無意味な議論《ぎろん》に火をつけ、一時間意見を闘《たたか》わせても、解決《かいけつ》のきざしは見えず、新しい提案《ていあん》がなされるわけでもない。ただ、セインが皮なめし屋のゲドリックに、自分の皮でもなめしてきたらどうだと提案したせいで、殴《なぐ》りあいのケンカになるところだった。

やがて意見も出つくしたころ、ローランはふくらはぎの痛《いた》みをおして、よろよろとテーブルに歩いていった。「ちょっと考えがあるんだ」彼にとってこれは、足にささった長いとげをぬきとるようなものだった。どうしてもしなければならない。しかも、いっきにやったほうがいい。

全員の目――けわしい目、おだやかな目、おこっている目、思いやりある目、無関心な目、好奇《こうき》の目――が、ローランにむけられた。

ローランはひとつ深く息を吸《す》った。「優柔不断《ゆうじゅうふだん》なのは、剣《けん》や弓矢と同じくらい命とりになる」

オーヴァルがぐるりと目をまわしただけで、ほかのみんなはだまったままだ。「攻撃《こうげき》すべきか逃《に》げるべきかは、わからないとしても――」

「逃げるってどこへ？」キゼルトが鼻を鳴らす。

「――わかってることがひとつだけある。おれたちは、こどもや母親、それに弱者たちを、危険《きけん》から守らなきゃならない。谷はずれのコーリーの家やほかの農場に避難《ひなん》する道は、ラーザックに封《ふう》じられた。じゃあ、どうするか？　おれたちはアラゲイジアのどこよりも、この土地のことをよく知ってるはずだ。ここには、大切な家族を守ってやれる場所が……場所があるだろう？　スパインだよ」

抗議《こうぎ》の集中砲火《ほうか》がいっきにおそいかかり、ローランはひるんだ。

スローンがだれよりも大声でがなり立てた。「あんな忌《い》まわしい山に入るくらいなら、首をつったほうがましだ！」

「ローラン」ホーストが騒《さわ》ぎをおさえる。「スパインがどんなに危険《きけん》な場所か、おまえがだれよりもよく知ってるだろう――あそこでエラゴンは石を拾い、ラーザックを呼《よ》びよせることになったんだ！　山中は冷えこむし、オオカミやクマや、わけのわからん獣《けもの》がうようよしてる。なんでまた、そんなことをいいだすんだ？」

カトリーナを守るためだ！　ローランはさけびたい気持ちをおさえた。「ラーザックがどんなに多くの兵を呼んでも、やつらはぜったいスパインには足をふみいれない。ガルバトリックスはあそこで軍隊の半分を失ったんだから」

「それは大昔の話だ」モーンが疑わしげな口調でいった。

ローランはその意見に飛びついた。「だからこそ、どんどん尾《お》ひれがついて、よけいに恐《おそ》ろしげな話になっていて、好都合じゃないか！　〈イグアルダの滝《たき》〉の上まで行く道は、ちゃんとついてるんだ。おれたちは、女性《じょせい》やこどもたちを、そこへ連れていけばいいだけなんだ。あそこは山脈のはずれだけど、安全だ。もしカーヴァホールが占領《せんりょう》されたら、兵が引きあげるまであそこで待てばいい。それから、セリンスフォードに逃げるんだ」

「危険すぎる」スローンがうなる。肉屋は指先が白くなるほど、テーブルのふちをにぎりしめてい

る。「寒さにしろ、獣《けもの》にしろ。正気な人間なら、あんなところに家族を送りこみはしない」

「でも……」スローンの発言に不意をつかれ、ローランは口ごもった。

スローンがどれほどスパインを忌《い》みきらっているかは承知している。彼の妻《つま》は、〈イグアルダの滝《たき》〉の崖《がけ》から落ちて命を落としているのだ。それでもローランは、スローンが娘《むすめ》を守りたい一心で、スパインへの嫌悪《けんお》をかなぐりすてることを期待していた。ほかの村人たちもそうだが、スローンだけはぜったい説きふせねばならない。

ローランはなだめるような口調でいった。「そんなにひどくはないんだよ。山頂《さんちょう》の雪はもうとけてるし、二、三か月前のカーヴァホールより寒くないぐらいだ。それに、オオカミもクマも、こんなに大きな集団《しゅうだん》には近づこうとしないと思う」

スローンは唇《くちびる》をゆがめ、首をふった。「スパインにあるのは死だけだ」

ほかの者たちも同意の色を浮《う》かべた。

ローランはそれでさらに決意を強くした。彼らを説得できないかぎり、カトリーナには死しかない。好意的な表情《ひょうじょう》を求めて、ずらりとならんだ卵形《たまごがた》の顔を見まわしていく。「デルウィン、残酷《ざんこく》な言い方だってわかってるけど、もしエルムンドが、あのときカーヴァホールにいなかったら、今も生きてたと思うんだ。だからきっとあんたは、おれの意見に賛成《さんそう》してくれるはずだ！　それで、今みたいな悲しみを、ほかの親たちに味わわせずにすむんだぞ」

だれもこたえない。

「それにバージット！」ローランはクインビーの未亡人のほうへよろよろと近づいて、たおれないよう椅子《いす》の背《せ》をつかんだ。「あんたは、ノルファヴレルがおやじさんと同じ運命になってもいいのかい？　彼を避難《ひなん》させなきゃだめだ。あの子を守るには、それしかないってわかんないのか……」懸命《けんめい》にこらえても、涙《なみだ》があふれでてくる。「こどもたちのためなんだ！」ローランは怒《いか》りのたけをぶつけた。

部屋はしんと静まり返った。

ローランはにぎった椅子の背を見つめ、自分をおさえようとした。

最初に静寂《せいじゃく》をやぶったのはデルウィンだった。「息子《むすこ》を殺したやつがここに残ってるかぎり、おれはカーヴァホールをはなれない。でも――」彼はためらい、のろのろとした口調で続けた。「おまえのいうことは否定《ひてい》できないよ。こどもたちは守らなきゃならない」

「あたしは最初っからそういってるからね」タラがきっぱりいう。

そしてバルドルがいった。「ローランは正しいよ。恐《おそ》ろしいからって、目をそむけちゃいけないんだ。ここにいる大半が、一度や二度は滝の上にのぼったことがあるだろう？　そんなに危険《きけん》な場所じゃないさ」

「あたしも」バージットがようやく口を開いた。「賛成しなきゃね」

ホーストがうなずいた。「できればおれは賛成したくないが、状況《じょうきょう》を考えると……ほかに選択肢《せんたくし》はなさそうだな」

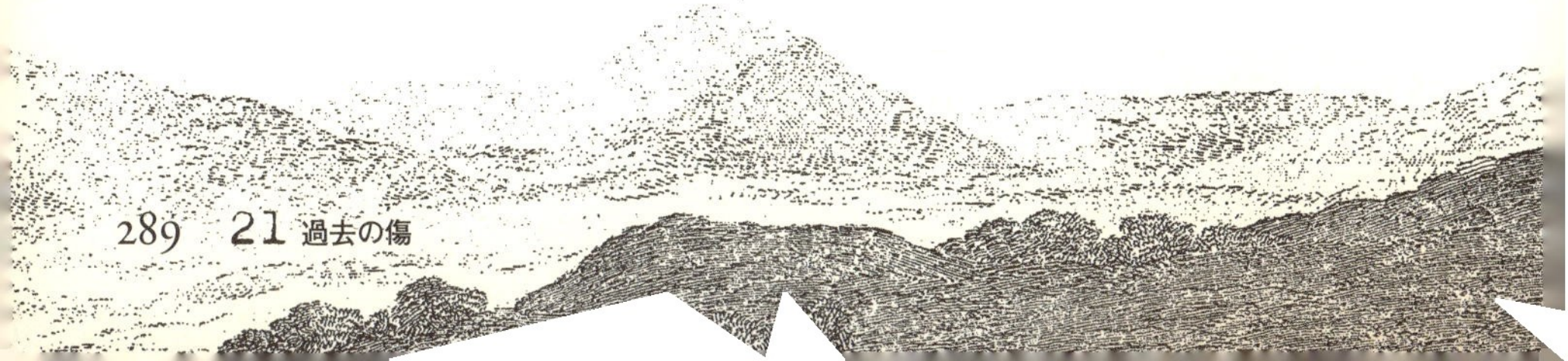

じきに、村人たちが次々と、不本意ながらも賛成《さんせい》の声をあげはじめた。

「話にならん！」スローンが爆発《ばくはつ》した。立ちあがり、ローランに指をつきつける。「何週間ぶんもの食糧《しょくりょう》をどうやって確保《かくほ》する？　そんなにもっては行けんぞ。どうやって暖《だん》をとる？　火をたけば、すぐに見つかるだろうが！　どうやって、どうやって、どうやって？　飢《う》え死《じ》にをまぬがれたって凍《こご》え死《じ》ぬ。凍え死ななくたって獣《けもの》に食われる。獣に食われなくても……なにが起きるかなんて、だれにわかる？　転落死するかもしれんだろう！」

ローランは両手を広げた。「食糧は、おれたちみんなが手伝えば、大量に運びあげられる。火をたくのは、森の奥《おく》に入れば問題ない。どのみち、ある程度《ていど》滝《たき》からはなれないと、野営《やえい》する場所がないんだ」

「いいのがれだ！　そんなにうまくいくわけがない！」

「スローン、あんたはどうしたいんだ？」モーンが好奇《こうき》の目をむけた。

スローンは苦々しげに笑う。「スパインに入る以外のことだ」

「それでどうする？」

「そんなことはどうでもいい。だが、スパインだけはまちがった選択《せんたく》だ」

「あんたは参加しなけりゃいいんだ」ホーストが指摘《してき》した。

「もちろん」スローンはいった。「たのまれたってするものか。この目の黒いうちは、おれも、おれの家族も、スパインには一歩たりとも足をふみいれない」スローンは帽子《ぼうし》をつかみ、敵意《てきい》をこめた目

でローランをにらみつける。

ローランも同じようににらみ返した。

スローンはだまって出ていった。

スローンの異常《いじょう》なまでのがんこさが、カトリーナを危険《きけん》におとしいれようとしている、ローランにはそうとしか思えなかった。スローンがスパインを受けいれないなら、彼こそがおれの敵になる。ローランは思った。この問題はおれが自分で処理《しょり》するしかないんだ。

ホーストがテーブルにひじをつき、太い指を組みあわせた。「それで……ローランの計画で行くとしたら、どんな準備《じゅんび》が必要なんだ？」

各自が用心深げに目を見かわしてから、ぽつぽつと口を開き、相談をはじめた。

ローランは自分の目的が達成されたことを見とどけてから、食堂をすっとぬけだした。夕暮《ゆうぐ》れの村に出ると、木の砦《とりで》の内側をスローンをさがして歩きまわった。やがてトーチの下に彼の姿《すがた》を見つけた。背中《せなか》を丸め、盾《たて》をひざに抱《だ》いてうずくまっている。ローランはさっときびすを返し、スローンの店へ走り、まっすぐ裏《うら》のキッチンに入っていった。

テーブルの準備をしていたカトリーナが、手をとめて、おどろきの目で彼を見た。「ローラン！なぜここに？　お父さんに話してくれたの？」

「いや」ローランは歩みよってカトリーナの腕《うで》をつかみ、その感触《かんしょく》を味わった。彼女と同じ部屋にいるだけで、よろこびで胸《むね》がいっぱいになる。「きみにどうしてもたのみたいことがある。じつは、こ

どもと何人かの大人たちを、スパインの〈イグアルダの滝《たき》〉の上まで避難《ひなん》させることになったんだ」

カトリーナが息をのんだ。「きみもいっしょに行ってほしい」

カトリーナは動揺《どうよう》の色を浮《う》かべ、彼の手をふりほどいて背《せ》をむけた。暖炉《だんろ》の前へ行くと、腕《うで》をからめて自分を抱《だ》きしめるようにしながら、残り火がはぜるのを、じっと見つめている。しばらくして、ようやく口を開いた。「母を失ってから、滝に近づくことは父に禁《きん》じられてるわ。十年以上、スパインの近くといえば、アルベムの農場までしか行ったことがない」彼女は身をふるわせ、とがめるような口調でいった。「わたしに、あなたと父のふたりとも捨《す》てろっていうの？　ここは、あなただけじゃなく、わたしの村でもあるのよ。エレインやタラやバージットが残るのに、どうしてわたしだけ出ていかなくちゃならないの？」

「カトリーナ、お願いだ」ローランは彼女の肩《かた》におずおずと手をのせた。「ラーザックのねらいはおれなんだ。そのせいで、きみを巻《ま》きぞえにするわけにはいかない。きみが危険《きけん》な目にあうと思うと、おれは、やるべきことに——カーヴァホールを守ることに——身を入れられない」

「すごすごと逃《に》げだすような臆病者《おくびょうもの》を、みんながどう思うかしら」カトリーナはくいっとあごをあげた。「村の女の人たちの前で、堂々とあなたの妻《つま》ですなんて、恥《は》ずかしくていえなくなるわ」

「臆病者だって？　臆病者には、スパインでこどもたちの身を守ることなんてできない。それどころか、あの山に入って寝泊《ねと》まりするには、ものすごい勇気が必要だ」

「なにがこわいかわかる？」カトリーナはささやいて、ローランの腕のなかで体をくるりとまわし

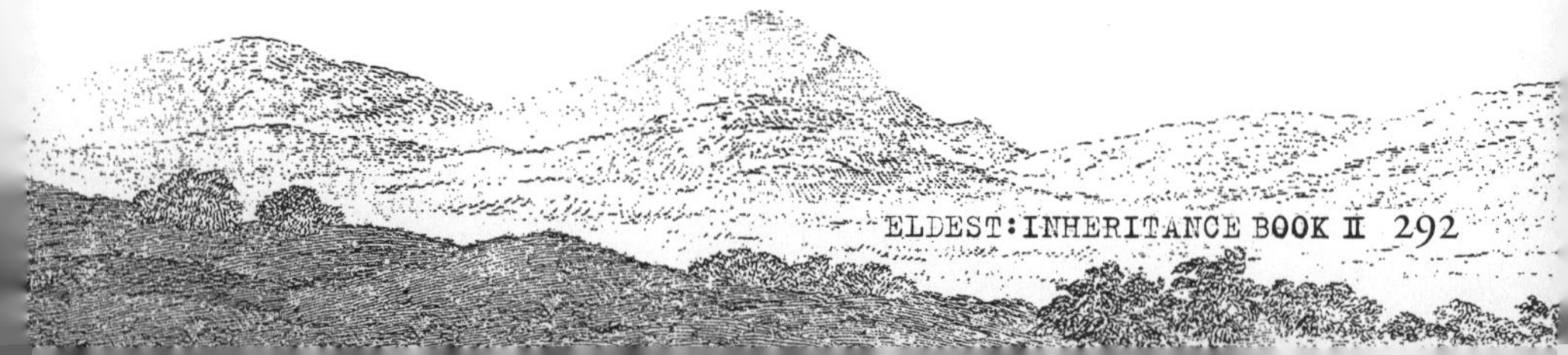

た。目はうるみ、口はしっかりと結んでいる。「わたしの夫になる人が、もうわたしがそばにいなくてもいいと思ってることよ」

ローランは首をふった。「そうじゃない、おれは――」

「いいえ、そうよ！　わたしのいないあいだに、あなたが殺されたらどうするの？」

「そんなこといわないでくれ」

「いやよ！　カーヴァホールが助かる望みはほとんどない。みんなが死ぬんだったら、わたしもここでいっしょに死ぬわ。生活も心も捨てて、スパインでちぢこまってるよりずっとましよ。こどもたちのことは親がちゃんとめんどうをみるわ。わたしだって、自分のめんどうは自分でみる」涙《なみだ》が頬《ほお》にこぼれ落ちる。

カトリーナの愛の激《はげ》しさに打たれ、ローランのなかに感謝《かんしゃ》の念がわいた。ローランは彼女の瞳《ひとみ》の奥《おく》をじっと見つめていった。「きみを逃《に》がしたいのは、ぼくの愛が強いからなんだよ。きみの気持ちはよくわかる。おたがいにとってつらいことだとわかってる。そのうえで、やっぱりそうしてくれといいたい」

カトリーナは身ぶるいして、全身をこわばらせた。白い手が、モスリンのサッシュベルトをぎゅっとにぎりしめている。「わたしにスパインへ行けというなら」彼女はふるえる声でいった。「あなたは今ここで約束して。二度とこんな要求はしないと約束して。もしもふたりでガルバトリックスの前に連れていかれて、どちらかひとりしか助からないとしても、金輪際《こんりんざい》わたしだけ逃げろなんていわない

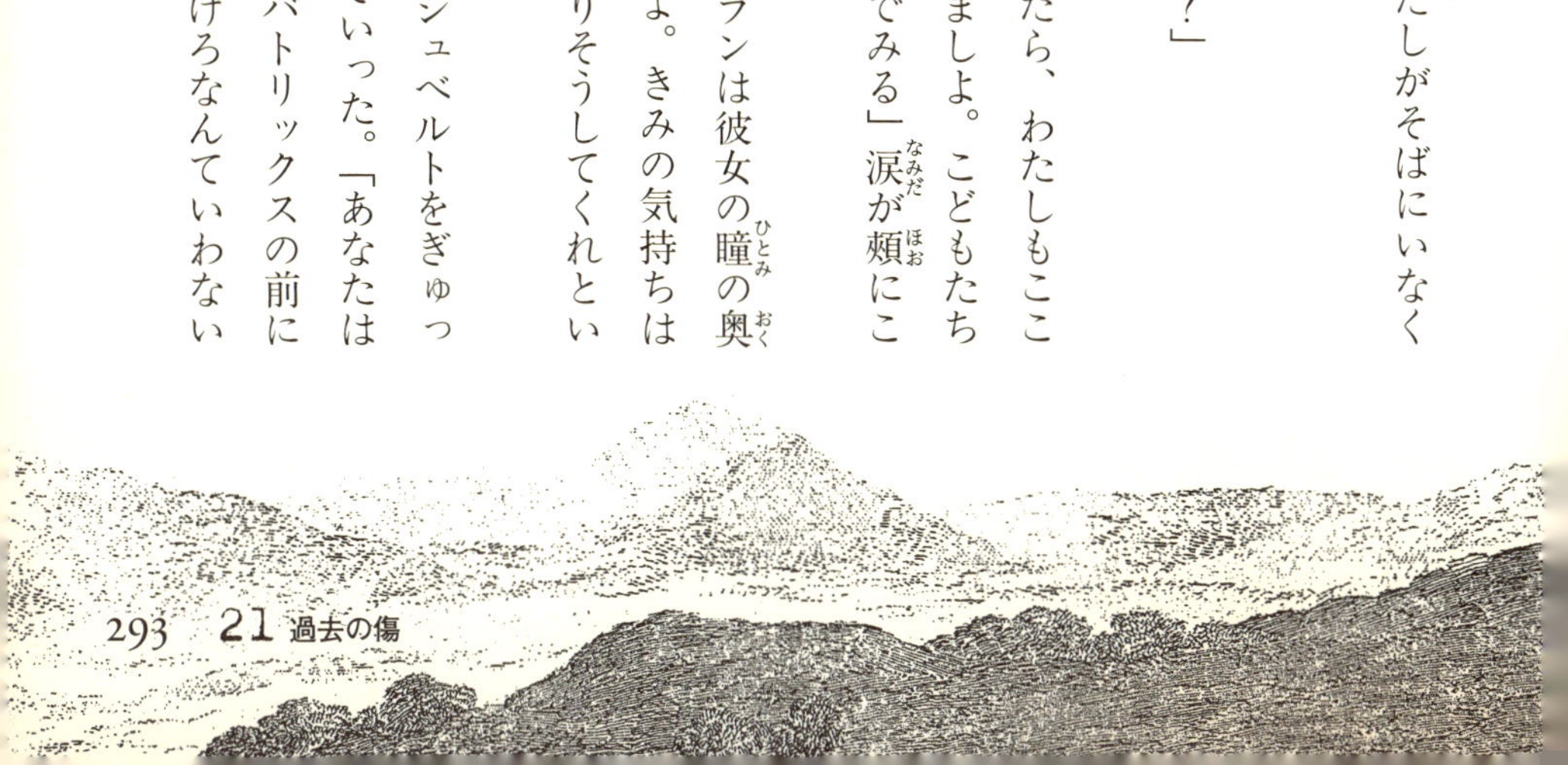

で」

ローランは困惑《こんわく》の目で彼女を見た。「無理だ」

「じゃあ、こんなことをまたさせるというの⁉」カトリーナはさけんだ。「わたしは代償《だいしょう》をはらうのよ。黄金も宝石《ほうせき》も、どんなにすてきな言葉も、あなたの誓《ちか》いのかわりにはならない。誓いを立てるほどにはわたしを愛してないというなら、ローラン・ストロングハンマー、ここから出ていって。あなたの顔なんか、二度と見たくないわ！」

彼女を失うわけにはいかない。つらく、耐《た》えがたいことだったが、ローランはこうべをたれていった。「これ以後は二度と逃《に》げろといわない。約束するよ」

カトリーナはうなずいて、椅子《いす》に身を沈《しず》めた。背中《せなか》をぴんとのばし、そで口で涙《なみだ》をぬぐった。そして静かな声でいった。「父に恨《うら》まれるわね」

「どう話すつもりだい？」

「話さないわ」決然としていう。「スパインに入るなんて、父はぜったいにゆるさないもの。でも、これはわたしの決断《けつだん》だってことを悟《さと》らせなきゃいけない。それにどのみち、山のなかまで追ってきたりはしないわ。父は、死そのものよりも、あの場所を恐《おそ》れているのよ」

「きみを失うことのほうが、もっとこわいかもしれない」

「それは、見ていればわかることよ。でも、もし——いつか——もどってこられるとしたら、そのときまでには、わたしたちの婚約《こんやく》のこと、父に話しておいてほしい。それくらい時間があれば、父も事

実を受けいれる気になるでしょう」

ローランは無意識《むいしき》のうちにうなずいていた。そんなになにもかもうまく運べば、どんなにいいだろうと思いながら。

22
今の傷《きず》

翌朝《よくあさ》、目が覚めたローランは、ゆっくりとした自分の息づかいを聞きながら、水漆喰《みずしっくい》の天井《てんじょう》を見つめていた。やがてベッドから起きだし、身じたくをしてキッチンに入り、パンをつまんでやわらかいチーズを塗《ぬ》った。玄関《げんかん》ポーチに出て、のぼる朝日に目をうばわれつつパンをかじる。

静けさはすぐに断《た》ち切られた。近所の家の庭を、やんちゃなこどもたちが、鬼《おに》ごっこのつもりなのだろう、歓声《かんせい》をあげて駆《か》けぬけていく。大人たちが、こどもをつかまえようと追いかけている。ローランはさわがしい集団《しゅうだん》が通りの角へ消えるのを見送ってから、残りのパンを口に入れ、キッチンにもどった。ホーストの家族はもう顔をそろえていた。

「おはよう、ローラン」エレインが声をかけてきた。窓《まど》の鎧戸《よろいど》をおしあけ、空を見あげる。「また雨が降《ふ》りだしそう」

「降ってくれたほうがいいのさ」ホーストがいった。「そのほうが、おれたちは目立たずにナーンモ

ア山をのぼれる」

「おれたち？」ローランはきき返し、テーブルについた。となりでアルブレックが眠《ねむ》い目をこすっている。

ホーストはうなずいた。「スローンのいったとおり、食糧《しょくりょう》や日用品はたっぷり必要だ。男たちが滝《たき》の上まで運んでやらないと、とてもまにあわない」

「それで、村の守りのほうは手薄《てうす》にならない？」

「だいじょうぶだ。心配するな」


全員の朝食が終わると、ローランはバルドルとアルブレックを手伝って、食糧や毛布《もうふ》、生活必需品などを包み、大きな荷物を三個《こ》つくった。彼らはそれを肩《かた》に背負《せお》い、村の北へ運んでいった。ローランのふくらはぎはまだ痛《いた》むが、耐《た》えられないほどではない。途中《とちゅう》、同じように荷物をもったダーメン、ラーン、ハマンドの三兄弟に行きあった。

村をかこむ壕《ごう》の手前までたどりつくと、そこには、こども、親、祖父母《そふぼ》が集まって、旅の準備《じゅんび》に追いまくられていた。荷物や幼《おさな》い子を運ぶため、数軒《けん》の家からロバが貸《か》しだされている。杭《くい》につながれた、いらだたしげなロバのいななきが、騒《さわ》ぎに拍車《はくしゃ》をかけている。

ローランは荷物を地面に置き、あたりを見まわした。

アイヴァーの伯父《おじ》で、もうじき六十になる村の最高齢者《さいこうれいしゃ》スヴァートが、衣類の包みに腰《こし》をおろし、

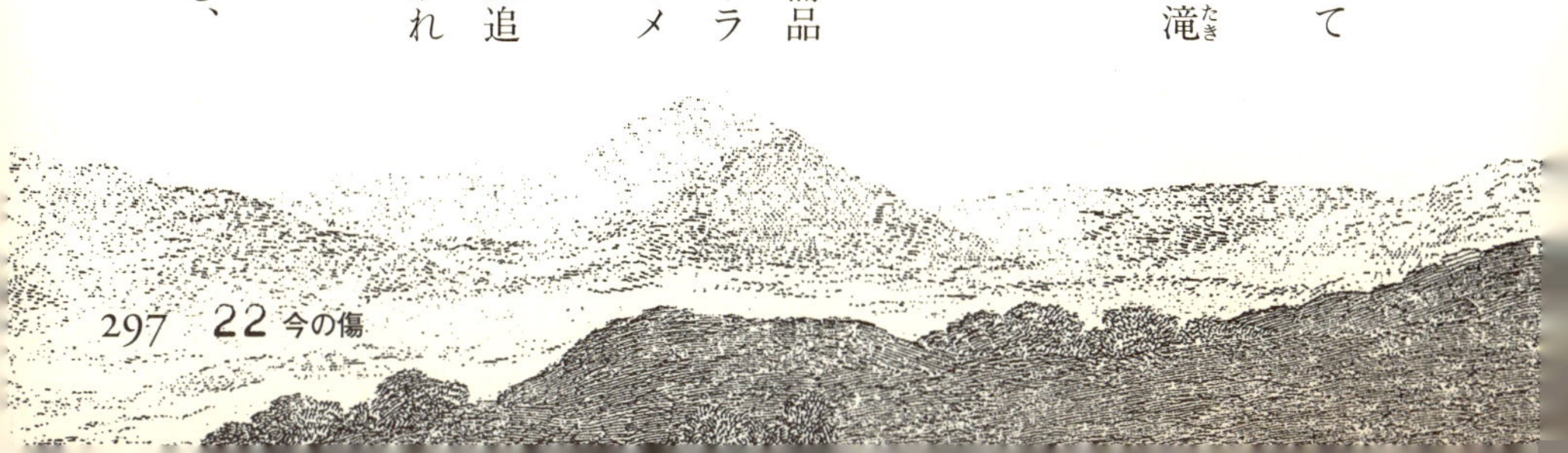

白く長いあごひげで赤《あか》ん坊《ぼう》をくすぐって遊んでいる。

ノルファヴレルのそばには、息子《むすこ》を守るようにバージットがいる。

フェルダ、ノーラ、カリサ、母親たちはみな一様に不安げな顔だ。ほかにも気乗りしない表情《ひょうじょう》の男たち女たちが、おおぜい集まっている。

集団《しゅうだん》のなかには、カトリーナの姿《すがた》もあった。くくった包みから顔をあげ、ローランに笑いかけ、また自分の仕事にもどる。

全体をとりしきる者がいないので、ローランは荷造《にづく》りを監督《かんとく》してまわった。皮袋《かわぶくろ》の不足に気づき、呼《よ》びかけたが、結局は十三個《こ》もあまってしまった。そんなふうに手間どっているうちに、朝の時間はどんどん過《す》ぎていった。

靴《くつ》の補充《ほじゅう》についてロリングと相談しているとき、ローランは急に口をつぐんだ。

路地の入り口に、スローンが立っている。

スローンは集団をじっと見わたしている。への字に曲げた口には、あざけりが浮《う》かんでいる。ふいに顔色が変わり、その冷笑がかたまった。わが目が信じられないという顔だ。カトリーナを見つけたのだ。荷物を背負《せお》う娘《むすめ》の姿を見て、ここへ手伝いに来ているのではないことを察したらしい。額《ひたい》の血管がぴくぴくしている。

ローランはカトリーナのもとへ駆《か》けだした。だが、スローンのほうが速かった。荷物を上からわしづかみにするなり、乱暴《らんぼう》にゆさぶってがなりたてた。「こんなこと、だれがさせた？」

カトリーナはこどもたちのことを言《い》い訳《わけ》にのがれようとした。

スローンはその腕《うで》をつかんでぐいっとねじり、カトリーナの肩《かた》からストラップがずり落ちると、荷物をむしりとって投げすてた。

地面に中身が散乱《さんらん》した。

スローンはさらにわめきたて、娘の腕を引っぱって連れ帰ろうとする。

カトリーナはかかとを地面に食いこませて抵抗《ていこう》している。赤褐色《せきかっしょく》の髪《かみ》が、砂塵《さじん》のように顔におおいかぶさった。

ローランは頭に血がのぼり、スローンに飛びかかってカトリーナから引きはがした。「やめろ！彼女を行かせようとしてるのはおれだ！」

スローンは胸《むね》をつきとばされ、よろよろと数メートルあとずさった。それからローランをにらみつけてうなった。「おまえにはなんの権利《けんり》もない！」

「権利はある」ローランは集まった見物人たちを見まわし、全員にむかって宣言《せんげん》した。「カトリーナとおれは結婚《けっこん》の約束をした。だから、将来《しょうらい》の妻《つま》がこんなあつかいを受けて、だまってるわけにはいかない！」

この日初めて、村人たちが完全に沈黙《ちんもく》した。ロバでさえ口をつぐんでいる。

不意打ちを食らったスローンは、その顔に驚愕《きょうがく》と癒《いや》しがたい痛《いた》みの色を浮かべた。目には涙《なみだ》が光っている。

ローランはそれを見て、彼にあわれみすら覚えた。

だが次の瞬間《しゅんかん》、スローンの顔面はあらゆる形にゆがみ、すさまじい形相《ぎょうそう》に変わっていった。皮膚《ひふ》は真っ赤になっている。彼はののしりの言葉を吐《は》きだした。「この偽善者野郎《ぎぜんしゃやろう》！　おれの目を見て殊勝《しゅしょう》ぶって話してたかと思えば、裏《うら》でこっそり娘《むすめ》を誘惑《ゆうわく》してたとはな。よくもそんなことができたもんだ！　おれはおまえに誠実《せいじつ》に対応《たいおう》してきた。なのにおまえは、その目を盗《ぬす》んで、おれの家のものを略《りゃく》奪《だつ》してたわけだ！」

「たしかに、ちゃんと手順をふんで婚約《こんやく》したいと思ってた」ローランはいった。「でも、事態《じたい》はおれの思わぬほうに、どんどん進んでしまったんだ。あんたを傷《きず》つける気なんて毛頭なかった。これはふたりが望んでた形じゃないけど、それでもおれは、できればあんたに祝福してほしいと思ってる」

「娘をおまえにやるくらいなら、ウジのたかったブタにくれてやったほうがましだ！　おまえには農場もない、家族もない。おまえがうちの娘とかかわることはありえない！」スローンはさらにどなりつけた。「そして、うちの娘がスパインとかかわることもありえない！」

スローンはカトリーナに手をのばしたが、ローランはこわばった表情《ひょうじょう》で、その前に立ちはだかった。ローランとスローンは、顔をくっつけんばかりににらみあっている。ふたりとも、高ぶる感情でわなわなとふるえている。スローンの赤く腫《は》れた目は、狂気《きょうき》じみた光を放っている。

「カトリーナ、来るんだ！」スローンは命じた。

ローランはスローンから身を引き、カトリーナを見た。

三人は今、三角形を描《えが》く位置に立っている。

カトリーナは涙《なみだ》を流しながら、父親とローランのあいだを見つめていた。やがてためらうように前へ歩みでると、長い、悲痛《ひつう》なさけび声をあげた。板ばさみ状態《じょうたい》の苦しさから、くるったように髪《かみ》をかきむしっている。

「カトリーナ！」スローンがおびえた声をあげる。

「カトリーナ」ローランは低くつぶやいた。

ローランの声を聞いたとたん、カトリーナは泣くのをやめ、冷静な表情にもどった。そして、背筋《せすじ》をぴんとのばしていった。「ごめんなさい、お父さん。でもわたし、ローランと結婚することに決めたの」彼女はローランのほうへ歩みよった。

スローンの顔が蒼白《そうはく》になった。強く噛《か》んだ唇《くちびる》に血がにじんでいる。「おれを置いていくことなどゆるさん！　おまえはおれの娘《むすめ》だ！」スローンは両手でカトリーナをつきとばした。

その瞬間、ローランはウォーッとうなり、あらんかぎりの力でスローンを殴《なぐ》りつけた。スローンはおおぜいの村人たちの目前で、大の字になって地面にたおれた。

スローンはのろのろと起きあがった。屈辱《くつじょく》のあまり、顔から首まで赤くなっている。ふたたび娘に目をやったとき、その姿《すがた》は、背丈《せたけ》も体格《たいかく》も小さくしおれて見えた。

ローランは、まるでスローンの亡霊《ぼうれい》を見ているような気がした。

低くささやくような声でスローンはいった。「いつもこうだ。いちばんの身内が、いちばんの痛《いた》み

のもとになる。恩知《おんし》らずめ、おまえに持参金などびた一文やらんぞ。母親の遺産《いさん》だってやるものか」

苦しげなすすり泣きをもらしながら、スローンは背《せ》をむけ、自分の店のほうへ去っていった。

カトリーナはローランにもたれかかり、彼はその肩《かた》を抱《だ》いた。

身をよせあって立ちつくすふたりを、村人たちがとりかこみ、口々になぐさめや忠告《ちゅうこく》、祝福、非難《ひなん》の言葉をかけていく。

まわりの喧騒《けんそう》にもかかわらず、ローランの頭にあるのは、自分が抱きしめ、抱きしめられている女《じょ》性《せい》のことだけだった。

そのとき、エレインが身重《みおも》の体がゆるすかぎりの速さで、つかつかと歩みよってきた。「ああ、カトリーナ！」エレインはさけぶなり、カトリーナをローランの腕《うで》からうばって抱きしめた。「あなたたち、婚約《こんやく》したって本当なの？」

カトリーナは笑顔《えがお》でうなずいたかと思うと、エレインの肩に顔をうずめてわっと泣きくずれた。

「よしよし、よしよし」号泣するカトリーナを、エレインはやさしくあやし、なだめようとする。しかし、効果《こうか》はまるでない――おさまったかと思うたびに、またあらたな嗚咽《おえつ》がこみあげ、激《はげ》しく泣きじゃくる。やがてエレインが、カトリーナのふるえる肩ごしにいった。「彼女をうちに連れて帰るわ」

「おれも行く」

「いいえ、だめよ」エレインがぴしゃりという。「気持ちを落ちつける時間が必要なの。あなたにはやることがある。わたしのいうこと、わかるわね？」

ローランはだまってうなずいた。「夜までそっとしておいて。そのころには、ちゃんとふつうにもどってる。わたしが保証《ほしょう》するわ。あしたには、みんなに合流できるわよ」ローランの返事を待たず、エレインはすすり泣くカトリーナを連れて、木の砦《とりで》からはなれていった。

ローランはめまいとふがいなさにさいなまれ、両手をだらりとたらしたまま、そこに立ちつくした。おれはなんてことをしてしまったんだ？　さまざまな後悔《こうかい》の念がおそってくる。スローンに婚約のことを告げておかなかったこと、スローンとふたりでカトリーナを帝国《ていこく》から守ってやれなくなったこと、そして、カトリーナが自分のために、たったひとりの家族を捨《す》てなければならなくなったこと。

ローランは今、カトリーナの幸福に対し、二重の責任《せきにん》を負うことになった。おれのせいで、こんなにこじらせてしまったんだ。ローランはため息をつき、拳《こぶし》に力を入れて、切れた傷《きず》の痛《いた》みに顔をしかめた。

「どうした？」バルドルがそばに来て、声をかける。

ローランはつくり笑いを浮《う》かべた。「こんなことを望んでたわけじゃないんだけどな。スパインのこととなると、スローンに理屈《りくつ》はまったく通用しない」

「カトリーナのこともだろ」

「そうだ。おれは――」

「まったくバカなことをやったもんだ！」靴屋《くつや》のロリングが割《わ》りこんできて鼻にしわをよせてうなっ

た。それから、あごをぐっとつきだし、歯ぐきをむきだしてにやりと笑う。「だがな、おれはおまえとカトリーナの幸運を祈《いの》ってるぞ」ロリングはかぶりをふった。「おまえさんにはこれからも運が必要だからな、ストロングハンマー！」

「だれだってそれは同じだ！」セインが通りがかりに吐《は》きすてるようにいう。

ロリングはぶらぶらと手をふった。「フン、ひねくれ者めが。いいか、ローラン、おれはカーヴァホールで長いこと暮《く》らしてる。そのおれの経験《けいけん》でいわせてもらえば、こういうことは、今みたいなときに起きたほうがいいんだ」

バルドルはうなずいたが、ローランには意味がわからない。「どうして？」

「だってそうだろ？　ふつうのときなら、おまえとカトリーナのことは、村じゅうで延々《えんえん》九か月もかげ口をたたかれる」ロリングは指を一本、小鼻のわきに立てた。「だがな、今みたいな混乱《こんらん》のさなかなら、こんなこと、みんなすぐに忘《わす》れちまう。おまえさんたちふたりは、かえって平穏《へいおん》に過《す》ごせるってもんだ」

ローランは眉《まゆ》をひそめた。「あの化け物にいすわられるくらいなら、かげ口をたたかれたほうがましだ」

「そりゃ、みんなそう思うさ。それでもな、これはよろこぶべきことだ。今は村の人間みんなが、そういう気持ちに飢《う》えている――まあ、おまえたちが結婚《けっこん》したら、もっとよろこべるんだがな！」

ローランはウーンとうなって、地面に散ったカトリーナの荷物を集めだした。

通りかかる者たちが、いちいち声をかけていくが、どれも彼の神経《しんけい》を逆なでするような言葉ばかりだった。

とくに癇《かん》にさわるひとことのあと、ローランは口のなかでつぶやいた。「くそったれ」

予想外の事件《じけん》が起きたせいで、スパインへの出発はおくれたが、村人とロバの一行は午前中なかばには、ナーンモア山の山腹《さんぷく》にのびる小道をのぼりはじめていた。のぼりきったところが、〈イグアルダの滝《たき》〉の崖《がけ》の頂上《ちょうじょう》にあたる。山道はけわしく、小さなこどもと大きな荷物をかかえた一行は、のろのろとしか進めなかった。

ローランは、セインの妻《つま》のカリサと五人のこどもたちのうしろで足ぶみさせられることが多かった。だがそのおかげで、傷《いた》めたふくらはぎに負担《ふたん》をかけずにすむし、最近のできごとをゆっくり思い返すことができた。スローンとの衝突《しょうとつ》で、彼の心はかきみだされていた。それでも、カトリーナもじきに村を出られるということは、せめてものなぐさめだった。彼は、カーヴァホールはじきに破壊《はかい》されることを、心の奥底《おくそこ》で確信《かくしん》していた。それがさけることのできない現実《げんじつ》だった。

山道を四分の三ほどのぼったところで、ローランは足を休めた。木にもたれ、パランカー谷の高みに広がる景色《けしき》を、ほれぼれとながめる。ラーザックの野営地《やえいち》をさがした——アノラ川の左手、村の道の南にあったはずだ——が、煙《けむり》一本みとめられなかった。

〈イグアルダの滝《たき》〉の姿《すがた》が見えるより先に、その水音が聞こえてきた。滝は純白《じゅんぱく》の巨大《きょだい》なたてがみのように目前に現《あらわ》れ、ナーンモアのごつごつした山頂《さんちょう》から一キロ近く下の谷底へ、しぶきをはねあげながら流れていく。風向きのちがいで、膨大《ぼうだい》な水はいくつかの方向へ分かれて落ちていた。

アノラ川が空中に散りゆく岩棚《いわだな》をこえ、クロミキイチゴの生いしげる峡谷《きょうこく》を進むと、ようやく開けた場所に出た。そこは片側《かたがわ》を巨石に守られた広い空間だ。行列の先頭は、すでに野営《やえい》の準備《じゅんび》にとりかかっているようだ。森のなかに、こどもたちのさけぶ声や泣き声が響《ひび》いている。

ローランは荷物をおろして斧《おの》をはずし、数人の男たちにまじって下生えをはらいはじめた。それが終わると、野営地を守るための木を切りたおす作業にうつった。マツの樹液《じゅえき》の香《かお》りが空気を満たしていった。ローランがきびきびと手を動かすと、斧を打ちつけるリズムにあわせて、木片《もくへん》がぱっと飛びちった。

砦《とりで》が完成するころ、空き地には十七張《は》りの毛織《けおり》のテントが張られ、四か所に調理用の小さな火がたかれていた。人々もロバも一様にむっつりとした顔をしている。村を出て、好きでこんなところに野営する者は、ひとりもいない。

ローランは槍《やり》をにぎった少年や老人たちの姿を見て思った。人生経験《けいけん》のありすぎる人間と、少なすぎる人間の集まりだ。老人たちはクマなどのあつかいに慣《な》れているかもしれないが、孫たちにそんな力はあるだろうか？　そのときローランは、女たちの目の鋭《するど》さに気づいた。赤《あか》ん坊《ぼう》をあやしたり、すり傷《きず》の手当てをしたりしていても、自分たちの盾《たて》や槍は、かならず手のとどくところに置いてある。

ローランはほほえんだ。まだ……希望があるかもしれない。

ノルファヴレルがぽつんと丸太にすわり、パランカー谷のほうをじっと見ていた。ローランがそのそばにすわると、少年は真剣《しんけん》な顔でたずねてきた。「もうすぐもどるんでしょ？」

ローランは、少年の決然とした態度《たいど》に感心してうなずいた。

「ラーザックを殺して、父さんの仇《あだ》を討《う》つため、がんばってくれるんだよね？　ぼくもそうしたかったけど、弟や妹を守るのがぼくの役目だって、母さんがいうんだ」

「やつらをしとめたら、おまえに首をもち帰ってやるよ」ローランは約束した。

少年のあごがふるえた。「そいつはいいや！」

「ノルファヴレル……」ローランは適当《てきとう》な言葉をさがして口ごもった。「おれをのぞけば、ここで人を殺したことがあるのはおまえだけだ。それが、ほかの人よりまさってるとか、劣《おと》ってるという話じゃないぞ。だけど、もしここがおそわれたら、おまえならしっかり戦ってくれると信じてる。あしたカトリーナがここへ来たら、彼女を守ってくれるか？」

ノルファヴレルは誇《ほこ》りに胸《むね》をふくらませた。「どこへ行くときも、彼女を守るよ！」いってから、すこしこまった顔になる。「ということは……もしかしたらぼく――」

ローランはすぐに察した。「もちろん、いちばんに守るのはおまえの家族だ。でも、弟や妹といっしょに、カトリーナをテントに置いてやってくれないか？」

「うん」ノルファヴレルはゆっくりこたえた。「うん、それならだいじょうぶだと思う。ぼくにまか

せといて」

「ありがとう」ローランは少年の肩《かた》をたたいた。もっと経験《けいけん》ゆたかな年長者にたのむこともできるが、大人たちはそれぞれの仕事で手いっぱいで、満足にカトリーナを守れないかもしれない。だがノルファヴレルなら、彼女の身を守るだけの、やる気も条件《じょうけん》もそろっている。きっとおれのかわりになってくれるだろう。ローランはそう思いながら立ちあがった。

バージットが近づいてきた。力ない目でローランを見て、「行こう。時間だよ」といい、息子《むすこ》を抱《だ》きしめた。

ローランはバージットや、村へもどる男たちとともに、滝《たき》にむかって歩きだした。ふり返ると、人々が木にかこまれた小さな野営地《やえいち》にかたまって、木の柵《さく》のすきまから寂《さび》しげにこちらを見つめていた。

23
敵《てき》の姿《すがた》

その日、村へもどって仕事をしながら、ローランはカーヴァホールががらんどうになったことを心の奥底《おくそこ》で感じていた。さながら自分の一部をぬきとられ、スパインに置いてきたかのような気がする。こどもたちの姿《すがた》が消えた今、村は武装《ぶそう》した砦《とりで》そのものだ。この変化が、人々の気持ちをよけいに暗く、重苦しくしているようだった。

やがて、夕日がスパイン山頂《さんちょう》の鋭《するど》い歯にのみこまれるころ、ローランは丘《おか》の上のホーストの家へもどった。玄関扉《げんかんとびら》の前に立ち、取っ手に手をかけたが、そこで入るのをためらった。なぜこんなことが、戦いの前みたいにこわいのか？

結局、表玄関をさけ、わきの入り口からすべりこんだが、キッチンに入ってうろたえた。

エレインがテーブルの片側《かたがわ》で編物《あみもの》をしながら、むかいにすわるカトリーナと話をしている。ふたりともふり返ってローランを見た。

彼はだしぬけにいった。「もう……だいじょうぶ？」

カトリーナは彼のそばに歩みよった。「だいじょうぶよ」そっとほほえむ。「ただ、ひどくショックだったの……だってお父さんが……」彼女は一度うつむいてから続けた。「エレインがすごく親切にしてくれてるの。今夜、バルドルの部屋に泊《と》めてくれるんですって」

「元気になってよかった」ローランは彼女を抱《だ》きしめ、その瞬間《しゅんかん》に、自分の愛と祈《いの》りのすべてを伝えようとした。

エレインが編物《あみもの》をかたづけた。「いらっしゃい。もう日も落ちたことだし、カトリーナ、そろそろ休んだほうがいいわ」

ローランはしかたなくカトリーナを手ばなした。

カトリーナは彼の頰《ほお》にキスをした。「あしたの朝また会いましょう」

ローランは彼女についていこうとして、エレインの鋭《するど》い声にとめられた。「ローラン！」優美《ゆうび》な顔に、かたく、きびしい表情《ひょうじょう》が浮《う》かんでいる。

「なに？」

階段《かいだん》のきしる音がして、カトリーナが声のとどかないところまで行くのを待ってから、エレインはいった。「あなたが彼女に約束したこと、本気でしょうね？　いいかげんな気持ちでいったなら、会合を開いて、一週間のうちにあなたを村から追いだすわよ」

ローランはあぜんとした。「もちろん、本気さ。彼女を愛してる」

「カトリーナは自分のもの、大切なもののすべてを、あなたのために放棄《ほうき》したのよ」エレインはしっ

かりと目をすえてローランを見た。「わたしはね、ニワトリにエサをまくみたいに、若《わか》い娘《むすめ》に愛をばらまく男をさんざん見てきたの。娘たちは自分が特別に思われていると信じて、吐息《といき》をもらし、感涙《かんるい》にむせぶのよ。なのに男にとっては、そんなのはただのお遊びでしかない。ローラン、あなたはいつだってりっぱにふるまってきた。でもね、どんなに分別ある人でも、男の性《さが》で、バカにも狡猾《こうかつ》にもなりうるの。あなたはそうじゃない？　カトリーナに必要なのは、愚《おろ》か者《もの》やペテン師《し》じゃない。愛でさえない。必要なのは、彼女をやしなっていける男よ。あなたに捨《す》てられたら、カトリーナは村じゅうでいちばんみじめな女になる。人の厄介《やっかい》になって生きるしかない、村で最初の、たったひとりの物乞《ものご》いになってしまうのよ。わたしの体に流れる血にかけて、そんなことはぜったいにさせない」

「おれだってさせない」ローランはいいつのった。「おれはそんな冷血漢でも悪党《あくとう》でもない」

エレインはぐっとあごをあげた。「もちろんだわ。でも忘《わす》れないでちょうだい。あなたが結婚《けっこん》しようとしてる女性《じょせい》は、持参金も母親の遺産《いさん》も受けとれないってことを。遺産を失うっていうのが、どういうことかわかる？　銀糸も亜麻布《あまぬの》もレースも、まともな家庭ならあって当然のものを、カトリーナはなにひとつもたされない。そういうものは、アラゲイジアに人間が住みついて以来、母から娘へ代々わたされてきたものなのよ。それは、わたしたちの価値《かち》を決めるものなの。母の遺産を受けとれない女は……たとえていうなら――」

「農場も仕事もない男と同じだ」ローランはいった。

「そうね。遺産をわたさないなんて、スローンはひどいと思うわ。でも、だからといって、今さら文《もん》

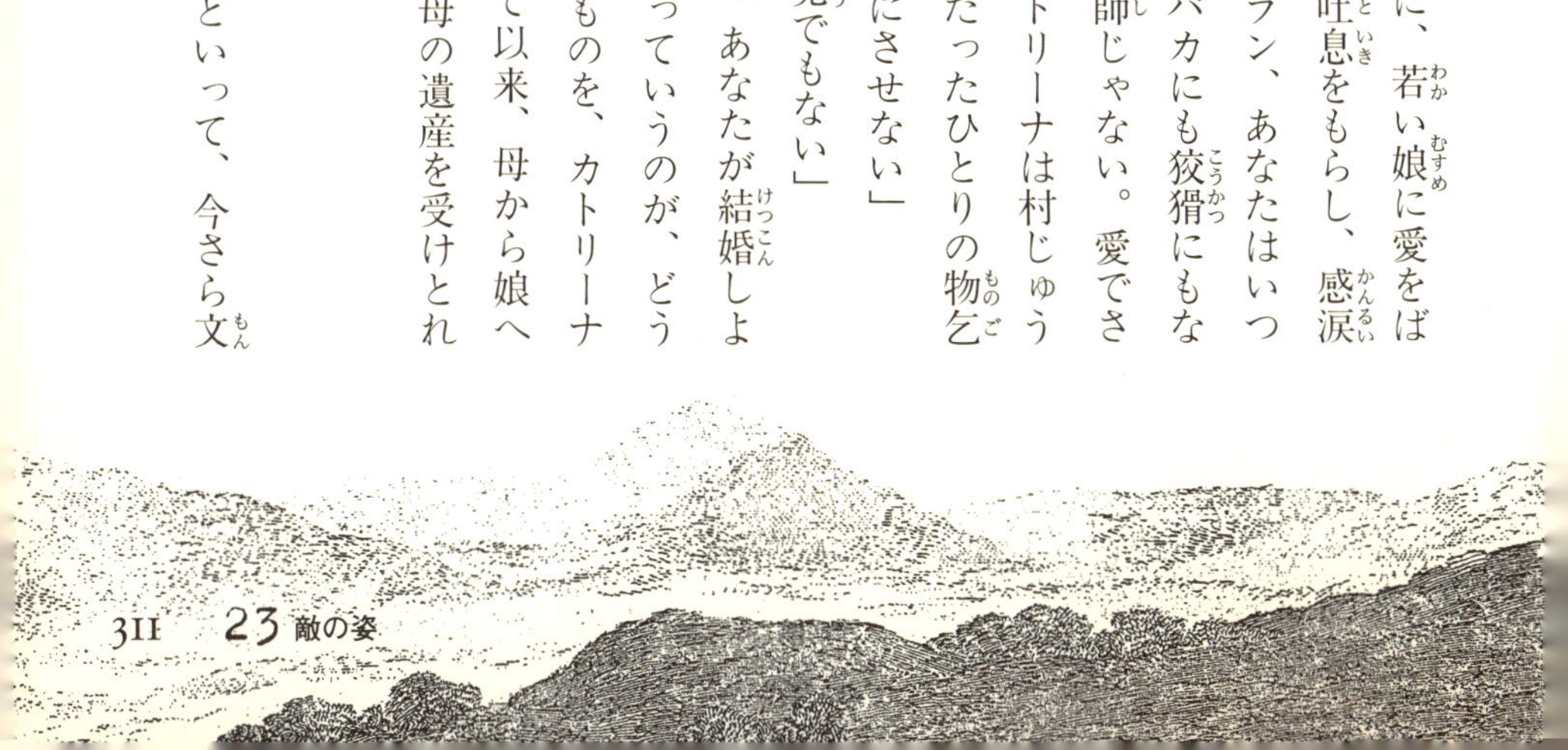

句《く》をいってもしかたがない。あなたと彼女には、なんのお金も、それを得る手段《しゅだん》もないのよ。生きていくことはただでさえ過酷《かこく》なのに、あなたたちは無一文で、ゼロからはじめなければならない。それを考えると、こわくない？　耐《た》えがたい気持ちにならない？　そこで、あなたにもう一度だけきくわ——恨《うら》むことも後悔《こうかい》することもなく、彼女を大切にしてあげられる？」

「ああ」

エレインはほっと息をつき、屋根の垂木《たるき》にさがる水さしをとり、二個の陶製《とうせい》のカップにリンゴ酒をそそいだ。ひとつをローランにわたして、テーブルにもどる。「じゃあ、これからは、カトリーナの家や遺産《いさん》を埋《う》めあわせるために、誠心誠意《せいしんせいい》つくすことよ。彼女やその娘《むすめ》たちが、カーヴァホールの女たちの前で、恥《は》ずかしい思いをしなくてすむように」

ローランは冷たいリンゴ酒を口にふくんだ。「そこまで生きていられたらね」

「ええ」エレインは金髪《きんぱつ》のひと房《ふさ》をうしろにはらい、かぶりをふった。「ローラン、あなた、きびしい道を選んでしまったものね」

「カトリーナをどうしても村から出さなきゃと思ったんだ」

エレインは眉《まゆ》をあげた。「わかってるわ。まあ、それについては、もうあれこれいわないわ。でも、いったいどうしてスローンに婚約《こんやく》のことを話しておかなかったの？　ホーストがわたしの父に会いに来たときは、まだ結婚のゆるしをえられるかどうかもわからないのに、羊十二頭と牝《めす》ブタ一匹《ぴき》と、錬《れん》鉄製《てつせい》のローソク立て八個を持参してきたわよ。ふつうはそういうものよ。あなただって、もっと利口

な作戦を立てられたはずだわ——将来《しょうらい》の義理《ぎり》の父を殴《なぐ》りつけるよりね」

ローランの口から、痛々《いたいた》しげな笑いがもれた。「かもしれない。でも、襲撃《しゅうげき》のことで手いっぱいで、話す時間がなかったんだ」

「ラーザックはもう六日もおそってきていないでしょ」

ローランは顔をしかめた。「そうだけど……それは……もう、わかんないよ！」彼はいらだって、拳《こぶし》をテーブルにたたきつけた。

エレインはカップを置いて、華奢《きゃしゃ》な手でローランの手を包んだ。「恨《うら》みが積もり積もらないうちに、スローンとの溝《みぞ》を埋められたら、あなたとカトリーナの人生はうんとらくになるわ。あしたの朝、彼の家に頭をさげに行きなさい！」

「いやだ！　あいつに頭をさげるなんて」

「ローラン、よく聞きなさい。家族の平安とは、一か月頭をさげ続けてもいいくらい価値《かち》あるものなのよ。わたしの経験《けいけん》でいえば、争いは、自分をみじめにするだけ」

「スローンはスパインを憎《にく》んでる。おれの話になんか聞く耳もたないよ」

「それでも、やってみるの」エレインは真剣《しんけん》にいい聞かせる。「たとえスローンが謝罪《しゃざい》をはねつけたとしても、少なくともあなたは努力をしたことになる。そのことで非難《ひなん》はされないわ。カトリーナを愛しているなら、自尊心《じそんしん》は置いておいて、彼女のためになることをしなさい。あなたのあやまちによって、彼女を苦しめるのはおやめなさい」エレインはリンゴ酒を飲みほし、ブリキのフタでローソク

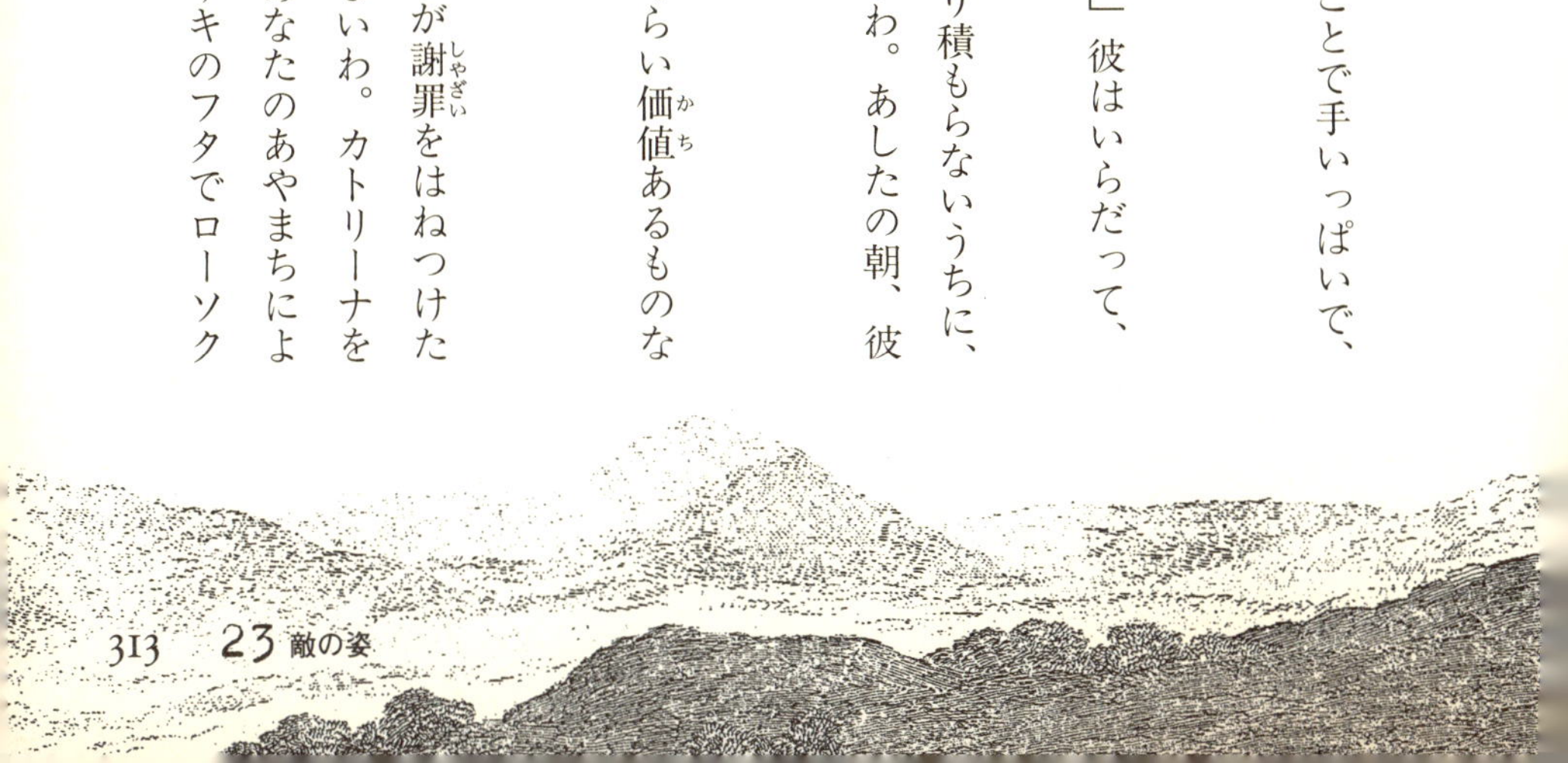

を消した。

ローランは闇《やみ》にひとり残された。

何分かたって、ローランはようやく腰《こし》をあげる気になった。腕《うで》をのばし、カウンターのへりをたどって戸口まで歩き、木彫《きぼ》りの壁《かべ》を手さぐりして、二階へあがった。部屋に入ると、服をぬぎ、ベッドにごろりと横になった。

羊毛の枕《まくら》を両手で抱《だ》きかかえ、夜の家のかすかな音に耳をすませた。ネズミが屋根裏《やねうら》をひっかく音、ときどき聞こえるその鳴き声、冷えてちぢむ梁《はり》のギーッといううめき、窓《まど》の横木にあたる風のやさしいささやき、そして……部屋の外、廊下《ろうか》をこするスリッパの音。

彼は取っ手の上の掛《か》け金《がね》がはずれ、扉《とびら》がきしりながらそっと開くのを見ていた。それはふいにとまった。黒い影《かげ》が部屋にすべりこみ、扉がしまった。髪《かみ》のカーテンとバラの花びらにも似《に》た唇《くちびる》が顔をかすめるのを感じ、ローランは思わずため息をついた。

カトリーナ……。


ローランを眠《ねむ》りから引きはがしたのは雷鳴《らいめい》だった。

水面に顔を出すときのように、覚醒《かくせい》しようともがく彼の顔に、光があたった。目をあけると、扉にぎざぎざの風穴《かざあな》があいている。その大きな割《わ》れ目《め》から、兵士が六人、そしてラーザックがふたりなだれこんできた。ラーザックの不気味な姿《すがた》が、部屋一面をおおいつくすかのように立っている。ローラ

ンの首に剣《けん》がおしつけられた。かたわらで、カトリーナが毛布《もうふ》を体に巻《ま》きつけ悲鳴をあげている。

「立て」ラーザックが命じた。

ローランはおそるおそる立ちあがった。胸《むね》のなかで心臓《しんぞう》が爆発《ばくはつ》しそうになっている。

「手をしばって、連れていけ！」

兵士が縄《なわ》をもって近づいてきたそのとき、カトリーナが悲鳴とともに男たちに飛びかかり、猛烈《もうれつ》ないきおいで噛《か》みつき、引っかいた。

鋭《するど》い爪《つめ》で顔をえぐられた男たちは、目に血が流れこんで悪態《あくたい》をついている。

ローランは片《かた》ひざをついて床《ゆか》の槌《つち》をつかみ、立ちあがって頭上にふりあげ、クマのように咆哮《ほうこう》した。

彼をおさえつけようと、兵士たちが次々と体当たりしてくるが、ものともしない。

カトリーナが危険《きけん》にさらされている今、ローランは無敵《むてき》だった。殴《なぐ》りつけた相手の盾《たて》が割れ、鎖帷子《くさりかたびら》は引《ひ》き裂《さ》かれ、兜《かぶと》はグシャッとへこむ。兵士はふたりが傷《きず》を負い、三人はたおれたまま起きあがらない。

物音に気づいて、家の者たちが起きだしてきた。

ローランの耳に、廊下でさけぶホーストや息子《むすこ》たちの声が聞こえた。

ラーザックはシーッシーッと、言葉をかわしあっている。と、あわてたように前へ出て、超人的《ちょうじんてき》な力でカトリーナをかかえあげ、部屋を飛びだしていく。

「ローラン！」カトリーナがさけんだ。

ローランは全身の力をふるい起こし、残るふたりの兵士をなぎたおし、よろけながら廊下《ろうか》へ飛びだした。

ふたりめのラーザックが窓《まど》をよじのぼって、出ていこうとしている。

ローランは駆《か》けだし、窓枠《まどわく》からおりる寸前《すんぜん》のラーザックに槌《つち》をふりおろした。

ラーザックはぐっと上をむき、ローランの手首を宙《ちゅう》でつかむと、腐《くさ》った息を彼の顔にふきかけ、愉《ゆ》快《かい》そうにさえずった。「そうさあ！　おれたちのほしいのは、おまえだ！」

手をねじってのがれようとしても、ラーザックはびくともしない。あいている手で化け物の頭と肩《かた》を殴りつけるが、それらは鉄のようにかたい。ローランは怒《いか》りと絶望《ぜつぼう》とですてばちになり、ラーザックのフードをつかんでうしろに引きはがし、化け物の顔をあらわにした。

見るもおぞましいゆがんだ顔が、ローランにむかって金切り声を浴びせた。ゴキブリのように黒くてらてらとした皮膚《ひふ》、つるりとした頭、人の拳《こぶし》ほどもある、まぶたのない目は、みがきあげた丸い赤《せき》鉄鉱《てっこう》のように光っている。虹彩《こうさい》も瞳孔《どうこう》もない。鼻と口とあごの場所にあるのは、太いくちばしだ。くちばしの鋭《するど》い先は鉤型《かぎがた》に曲がり、そのあいだからざらざらした紫《むらさき》の舌《した》がのぞいている。

ローランはさけびながら窓枠に足をふんばって怪物《かいぶつ》からのがれようとした。

しかしラーザックは、容赦《ようしゃ》ない力で彼を窓から引きずりおろそうとする。

地面には、悲鳴をあげて抵抗《ていこう》するカトリーナの姿《すがた》が見えた。

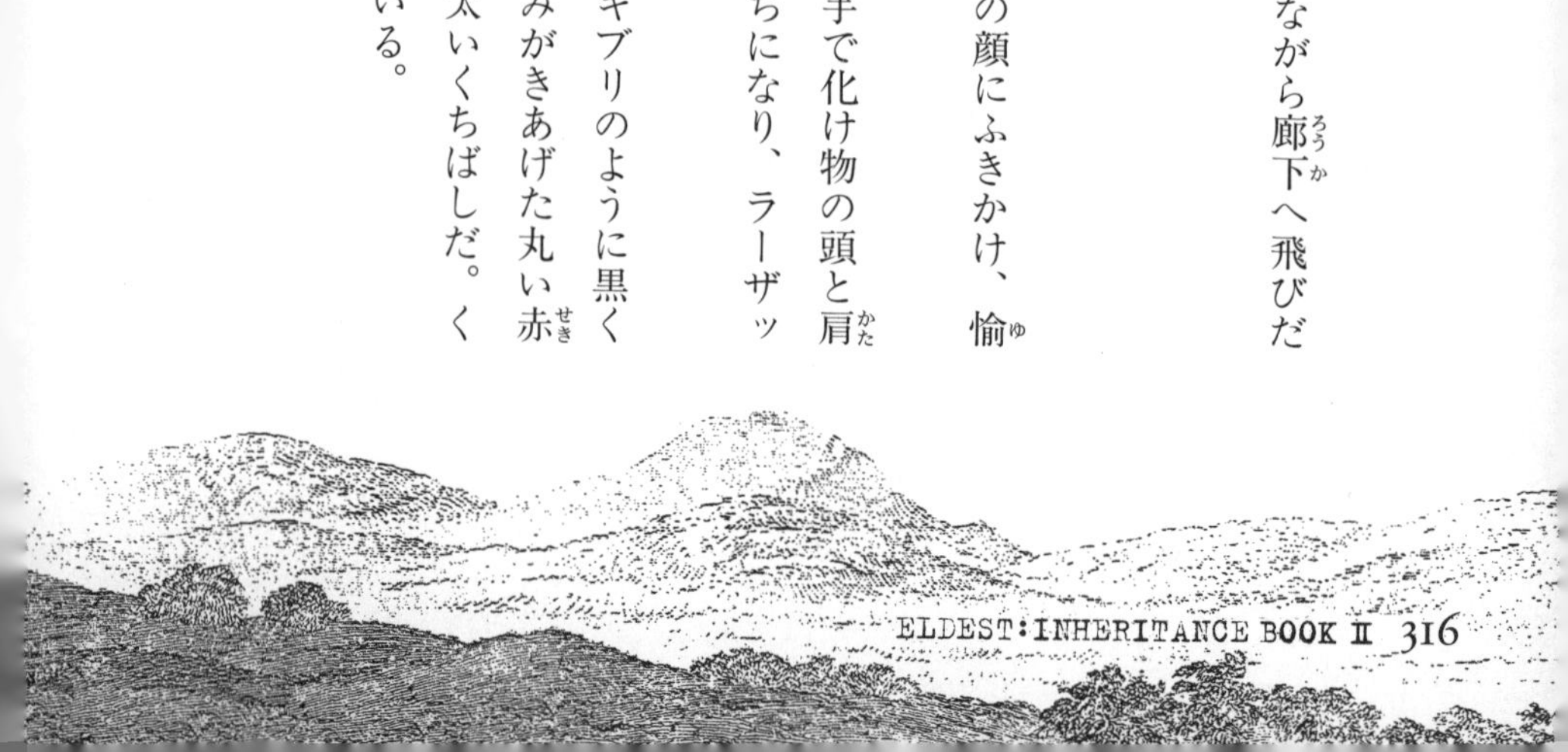

ローランのひざがついにくずれたとき、鍛冶屋《かじや》のホーストが横に現《あらわ》れた。たくましい腕《うで》が胸《むね》に巻《ま》きつき、がっちりと抱《だ》きとめられる。「だれか、槍《やり》をもってこい！」ホーストはさけんだ。首の血管が浮《う》きでるほど渾身《こんしん》の力でローランをおさえながら、彼はうなった。「おまえらみたいな悪魔《あくま》の子に、おれたちを負かすことはできん！」

ラーザックは最後にぐいっと強く引き、それでもローランをうばいとれないと知ると、頭をかたむけた。「おまえはおれたちのものだあっ！」化け物は、目にもとまらぬ速さで頭をつきだした。そのくちばしが右肩《みぎかた》につきささり、筋肉《きんにく》の表面まで噛《か》み切られるのを感じ、ローランはウォーッと悲鳴をあげた。同時に、手首の骨《ほね》が折れるのも感じた。ラーザックは悪意に満ちた鳴き声をあげ、ローランの手を放し、うしろむきのまま闇《やみ》に落ちていった。

ホーストとローランは折りかさなって廊下に投げだされた。

「カトリーナが連れていかれた……」ローランはうめいた。左腕をついて——右腕はだらりとぶらさがって使いものにならない——起きあがろうとしたが、目の前がちらちらして、視界《しかい》のふちが黒ずんでいる。

息子《むすこ》のアルブレックとバルドルが、ローランの血まみれの部屋から出てきた。なかには死体だけが残っている。これでおれは八人殺した。ローランは槌を拾い、ふらふらと廊下を歩きだした。行く手に白い寝巻《ねま》き姿《すがた》のエレインが立っていた。

エレインはローランのありさまを見て仰天《ぎょうてん》し、腕をとって、壁《かべ》ぎわの木製《もくせい》のチェストにすわらせ

た。「ガートルードにみてもらいましょう」

「でも――」

「出血をとめないと、気を失うわ」

ローランは自分の右半身を見た――真っ赤に濡《ぬ》れている。「それよりカトリーナを助けなきゃ」おそいかかる痛《いた》みに歯を食いしばる。「やつらになにかされないうちに」

「そのとおりだ。ぐずぐずしておられん」ホーストが上からのぞきこんだ。「なんとかそこをしばってやってくれ。すぐに行くぞ」

エレインは口をすぼめながらも、戸棚《とだな》に走っていった。はぎれをかかえてもどってくると、ローランの肩《かた》の裂傷《れっしょう》と折れた手首にぎゅっと布《ぬの》を巻《ま》きつけた。

アルブレックとバルドルはそのあいだに、たおれた兵士の鎧《よろい》や剣《けん》をあさってきた。ホーストは槍《やり》だけで武装《ぶそう》している。

エレインはホーストの胸《むね》に手をのせていった。「気をつけて」それから息子《むすこ》たちを見る。「あなたたちも」

「だいじょうぶだよ、母さん」アルブレックはいった。

エレインはなんとか笑《え》みを浮《う》かべ、それぞれの頬《ほお》にキスをした。

彼らは家を出て、カーヴァホールのはずれに走った。丸太の壁《かべ》はこじあけられ、見張《みは》りのバードは殺されていた。

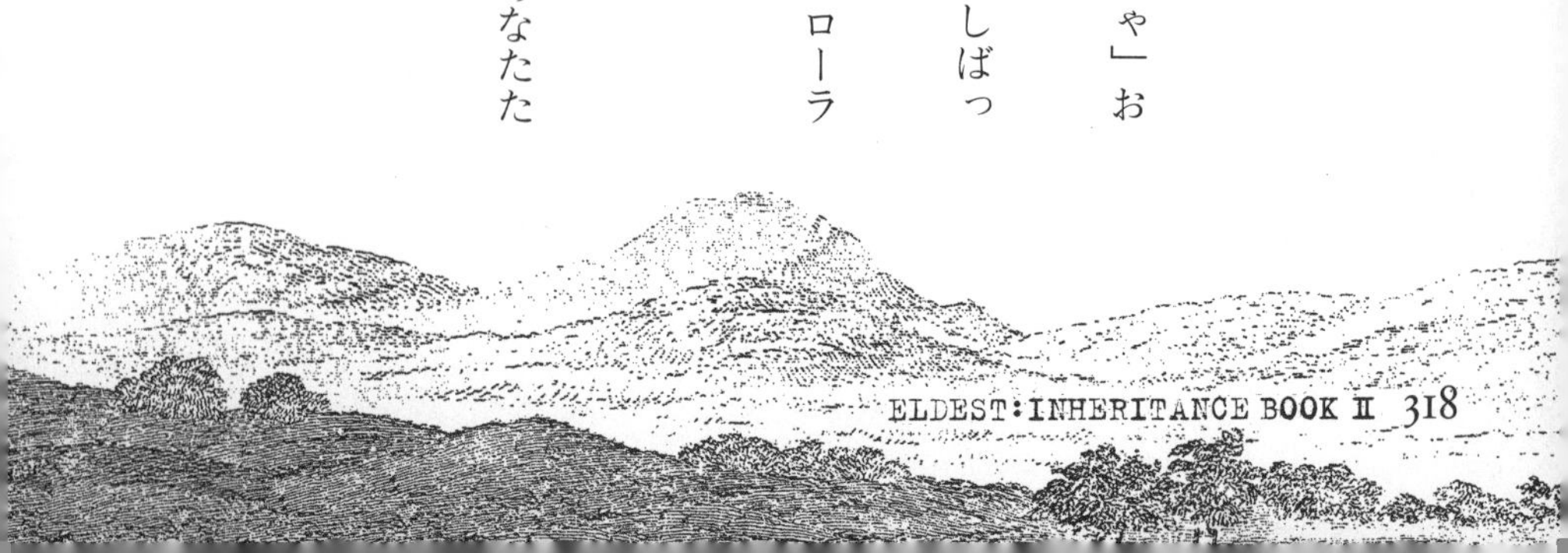

バルドルがひざまずいて遺体《いたい》を調べ、のどをつまらせる。「背後《はいご》からさされたんだ」

ローランは耳の奥《おく》ががんがんして、その声がぼんやりとしか聞こえなかった。めまいを覚え、家の壁によりかかって呼吸《こきゅう》をととのえようとする。

「おーい！　だれだ？」

周囲のあちこちの持ち場から、見張りの男たちが集まってきた。フタをしめたランタンがひとところにかたまり、殺された同胞《どうほう》をとりかこんだ。

ホーストがおさえた声で、カトリーナがさらわれたことを説明した。「いっしょに行ってくれる者は？」

短い話しあいのあと、五人がついていくことになった。残りの者たちは、やぶられた砦《とりで》を見張り、村人たちを起こしてまわる。

ローランは家の壁から体を引きはなし、なんとか集団《しゅうだん》の先頭まで追いついた。

一行は田畑を通りすぎ、ラーザックの野営地《やえいち》をめざして谷をおりていった。

ローランにとっては一歩一歩が拷問《ごうもん》だったが、そんなことはどうでもよかった。カトリーナのこと以外、すべてどうでもよかった。一度よろけてころびそうになり、ホーストにささえられた。

カーヴァホールから八百メートルのあたりで、アイヴァーが小高いところに見張り兵の姿《すがた》を見つけ、一行は迂回《うかい》を強《し》いられた。

やがて数百メートル前方に、トーチの赤い炎《ほのお》が見えてきた。

ローランは無事なほうの腕《うで》をあげて一行の歩みをとめ、もつれあう草をかきわけ、這《は》うようにして進みだした。

おどろいた野ウサギが逃《に》げだしていく。

男たちもローランのあとに続いた。ガマの茂《しげ》みまでたどりつき、長い茎《くき》のカーテンを手で分けると、そのむこうに生き残った十三人の兵士たちが見えた。

彼女はどこだ？

初めて村に現《あらわ》れたときにくらべると、兵士たちはげっそりとして、不機嫌《ふきげん》に見えた。武器《ぶき》はキズだらけで、鎧兜《よろいかぶと》はあちこちへこんでいる。ほぼ全員が包帯を巻《ま》き、乾《かわ》いた血が赤いしみになっている。兵士たちはひとつにかたまり、小さい焚《た》き火《び》をはさんで、ラーザック——ふたりとも今はフードをかぶっている——とむきあっている。

ひとりの兵がさけんでいる。「——もうおれたちの半分以上が殺されてる。しかも相手は、槍《やり》と戦《せん》斧《ぷ》の見分けもつかないような、いや、腹《はら》に剣《けん》がささっても気づかないような、脳《のう》みその足りないモリネズミみたいな連中だ。そんな連中に殺《や》られるのは、あんたらに、旗もちのガキほどの分別もないからだ！　ガルバトリックスがあんたらにどれだけこびてるか知らんが、おれたちは新しい指揮官《しきかん》が来るまで、いっさい動くつもりはない」

ほかの兵士たちはうなずいた。「人間の指揮官が来るまでだ」

「そうなのか？」ラーザックがおだやかにいう。

「そのにおいにしろ、カチカチ、シーシーって音にしろ、おまえらみたいなやつに命令されるなんて、おれたちはもううんざりなんだ！　あんたら、仲間のサードサンになにをしたか知らんが、もしもうひと晩《ばん》でもここにいてみろ、その体にはがねをつきさして、おれたちみたいに血が流れるかどうかたしかめてやる。でも、娘《むすめ》は置いてけよ。彼女は――」

兵士は最後まで言葉を続けられなかった。大きいほうのラーザックが焚き火を飛びこえ、巨大《きょだい》カラスのように彼の肩《かた》にとまったからだ。兵士は重みにつぶされ、悲鳴をあげた。剣をぬこうとするが、ラーザックのかくされたくちばしで首を二回つつかれ、静かになった。

「あんなのと戦うのか……」ローランのうしろでアイヴァーがつぶやいた。

兵士たちが恐怖《きょうふ》で凍《こお》りつくなか、ふたりのラーザックはピチャピチャと音をたてて死体の首を食いはじめた。黒い化け物たちは顔をあげると、節くれだった両手を、手でも洗《あら》うかのようにこすりあわせた。「そうさ。おれたちは出ていく。おまえらは好きにするがいい。援軍《えんぐん》はほんの数日で到着《とうちゃく》する」

ラーザックは顔をのけぞらせ、空にむかって耳をつんざくような金切り声をあげはじめた。声はどんどん鋭《するど》く甲高《かんだか》くなっていく。

ローランも空を見あげた。最初はなにも見えなかった。が、次の瞬間《しゅんかん》、彼は名状《めいじょう》しがたい恐怖にとらわれた。スパインの上空に、とげのあるふたつの影《かげ》が現れ、星の光がかげった。近づくにつれ、ふたつの影はみるみる大きくなり、その不気味な姿《すがた》で空をおおいかくしていく。汚《けが》れた風が地上をふきぬけ、その硫黄《いおう》のような悪臭《あくしゅう》に、ローランはむせた。

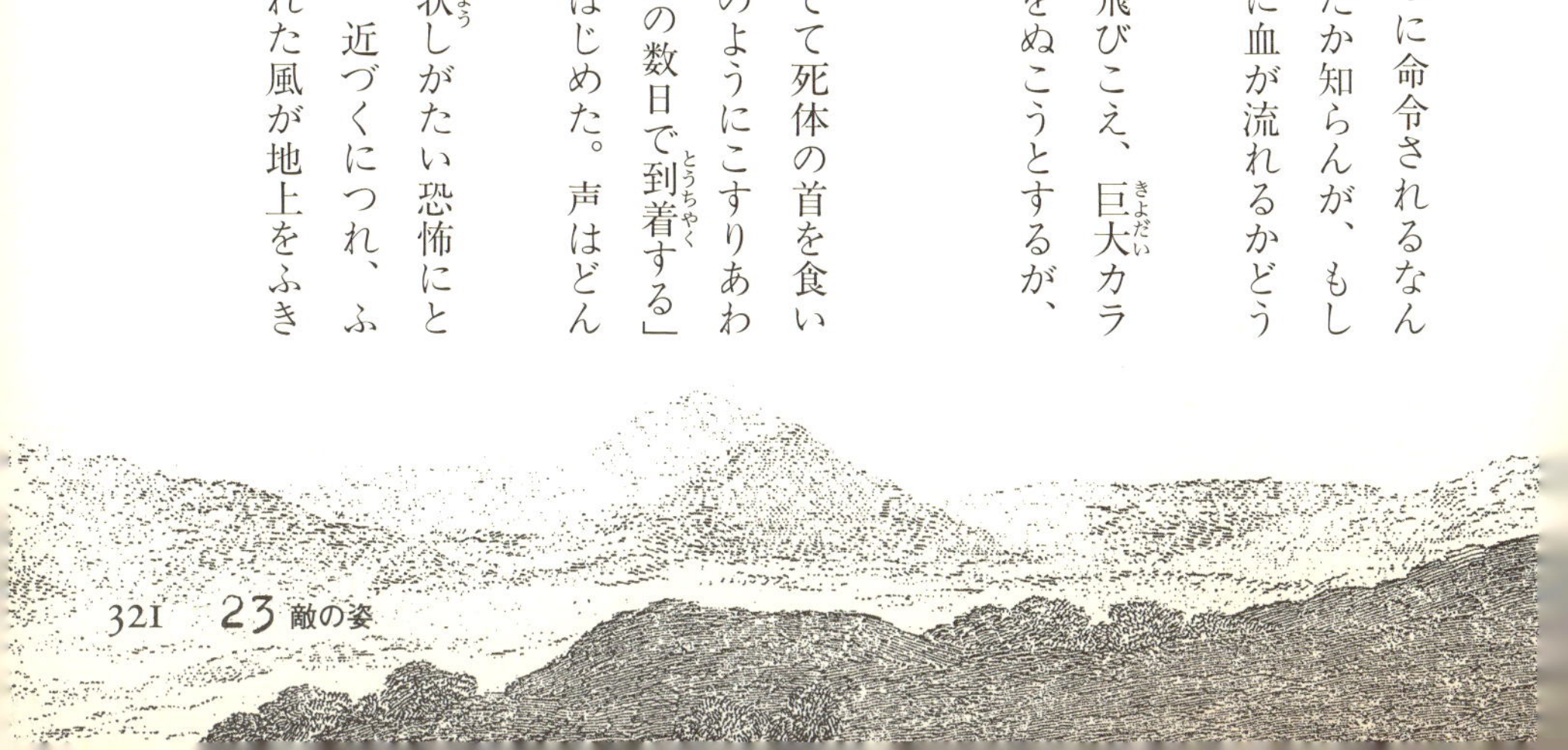

兵士たちも同じだった。それぞれに悪態《あくたい》をつきながら、そでやマフラーで鼻をおさえている。

ふたつの影《かげ》は真上でとまり、野営地《やえいち》を暗黒の影でおおいながら、ゆっくりと降下《こうか》してきた。トーチの炎《ほのお》はちらちらゆれているが、その消えかかった光でも、テントのあいだにおりてきたふたつの姿《すがた》ははっきりと見てとれた。

着地した化け物のむきだしの体は、生まれたてのネズミのように毛がなく、筋肉《きんにく》の浮《う》きでた胸《むね》と腹《はら》に、革《かわ》のような灰色《はいいろ》の皮膚《ひふ》がぴんと張《は》っている。形は飢《う》えた犬にも似《に》ているが、うしろ足の筋肉は、巨石《きょせき》もくだきそうなほどふくらんでいる。小さい頭のうしろから細いとさかがつきだし、それとは対照的に、太い真っ黒なくちばしが、獲物《えもの》をつきささんばかりにまっすぐのびている。冷たい球状《きゅうじょう》の目玉は、ラーザックの目とそっくりだ。肩《かた》から背中《せなか》にかけて広がる巨大な翼《つばさ》が音をたてて空《くう》を切っている。

それを目にした兵士たちはちぢこまり、顔をかくした。二匹《ひき》の怪物《かいぶつ》は、人間にはまったくなじみのない、恐《おそ》るべき知性《ちせい》をたたえている。それは、人間よりはるかに古く、はるかに強い種族であることを表している。

ローランはふと、自分の任務《にんむ》は失敗に終わるかもしれないと思った。

うしろでホーストが仲間たちに小声で指示《しじ》している。地面にふせて身をかくしていろ、見つかったら殺されると。

ラーザックは化け物に会釈《えしゃく》して、テントのなかから縄《なわ》でしばられたカトリーナをかかえてきた。う

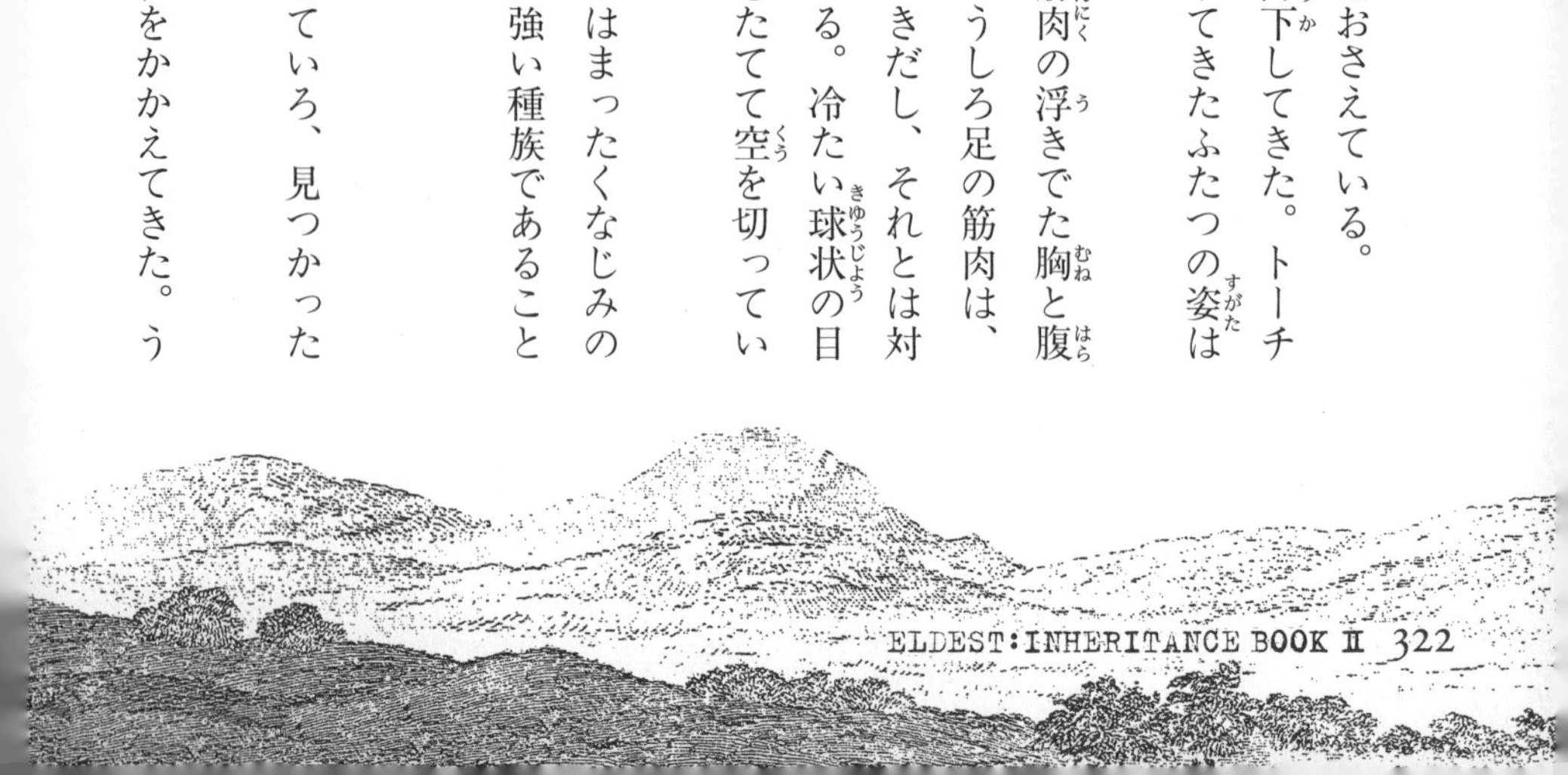

しろから、なぜかスローンがついてきた。どこもしばられている様子はない。

スローンはいつのまにとらえられたんだろう？　ローランはわけがわからず目をこらした。スローンの店はホーストの家とはまるでちがう場所にある。ふと、思いいたった。「あいつ、裏切《うらぎ》ったんだ！」ローランは驚愕《きょうがく》した。この状況《じょうきょう》への真の嫌悪感《けんおかん》がむらむらとわきあがり、彼は手にした槌《つち》をゆっくりにぎりしめた。「あいつがバードを殺し、おれたちを裏切ったんだ！」悲憤《ひふん》の涙《なみだ》が頬《ほお》を流れていく。

「ローラン」ホーストがわきに来て、しのび声でいった。「今は無理だ。みんな殺《や》られてしまう。ローラン……聞こえてるか？」

ホーストの声を遠いささやきのように聞きながら、ローランは、小さいほうのラーザックが化け物の肩に飛びのるのを見ていた。

大きいほうがカトリーナを放りあげ、小さいほうが上で受けとった。

スローンはそれを見ておどろき、恐慌《きょうこう》におちいったようだ。頭をふり地面をさししめし、ラーザックに抗議《こうぎ》している。

だが、ラーザックはスローンの口を殴《なぐ》ってかんたんに失神させた。大きいほうのラーザックは肉屋を肩にひっかけ、二匹めの化け物にまたがると、兵士たちに告げた。「状況を見てまたもどってくる。小僧《こぞう》を殺せ。さもないとおまえらの命はない」二匹の化け物はものの太い筋肉を収縮《しゅうしゅく》させ、地面をけって飛びたち、その影でふたたび星空をおおいかくした。

ローランにはなんの言葉も感情《かんじょう》も残っていなかった。ただ、完全に打ちのめされていた。できるの

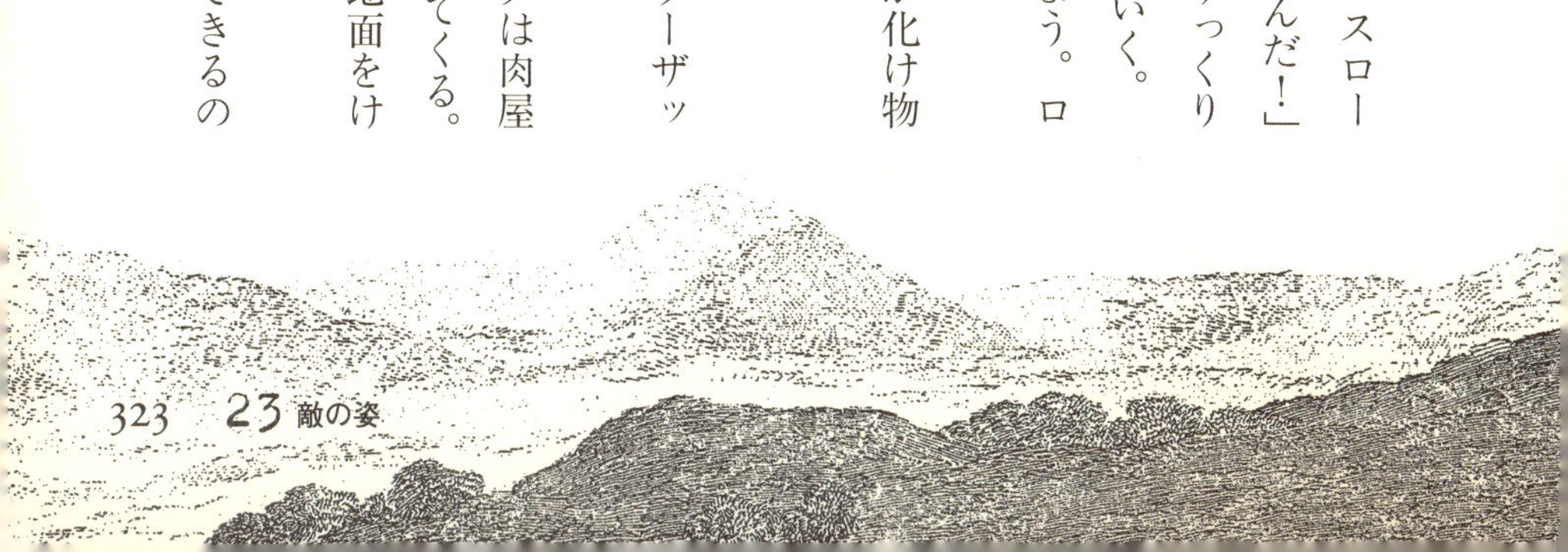

は兵士たちを殺すことだけだった。彼は立ちあがり、飛びかかろうと槌《つち》をふりあげた。が、前へふみだしたところで、激《はげ》しい頭痛《ずつう》と肩の痛《いた》みが同時におそってきた。まぶしい光のなかに地面が消え、彼は忘却《ぼうきゃく》のなかへたおれこんでいった。

24 心を射《い》ぬく矢

セリスを出てから、エルダー湖、ガエナ川へと舟《ふね》を進めていくあいだ、暖《あたた》かい午後のまどろみの、おぼろげな夢《ゆめ》のなかにいるような毎日だった。川はゴボゴボと音をたてながら、青々としたマツの木のトンネルをぬけ、ドゥ・ウェルデンヴァーデンの奥地《おくち》へうねうねと流れていく。

エラゴンにとって、エルフたちとの旅は楽しかった。ナーリとリフェインはつねに笑《え》みを絶《た》やさず、にぎやかに笑ったりうたったりしている。サフィラがまわりにいるときは、とくにそうだった。サフィラ以外のものに目をむけることも、サフィラ以外の話をすることもない。

しかし、どんなに姿《すがた》かたちが似《に》ていても、エルフは人間ではない。ナーリもリフェインも、単純《たんじゅん》に血と肉でできている生き物とは思えないほど、身のこなしが敏捷《びんしょう》で優美《ゆうび》だった。話すときは、まわりくどい表現《ひょうげん》や格言《かくげん》が多いので、エラゴンはしまいにはなんの話だったのか、わけがわからなくなる。また、さんざん陽気にはしゃいでいたかと思うと、何時間もおしだまったままでいることもある。満

ち足りたおだやかな表情《ひょうじょう》で、ただあたりの景色をうっとりとながめているだけなのだ。そうした黙考《もっこう》の時間には、エラゴンやオリクがいくら話しかけても、ひとことふたこと答えが返ってくるだけだった。

それにくらべると、アーリアの率直《そっちょく》さ、単刀直入さがエラゴンにはありがたかった。じつのところ、リフェインやナーリといるときのアーリアは、同じエルフの前でどうふるまえばいいのか忘《わす》れてしまったかのように、居心地《いごこち》悪そうに見えるのだった。

あるとき、カヌーのへさきから、リフェインが肩《かた》ごしにふり返っていった。「教えてくないか、エラゴン・フィニアレル（将来《しょうらい》有望な若者《わかもの》につけられる敬称《けいしょう》）……この暗黒の日々、きみたち人間はどんな歌をうたっているんだい？　イリレアで聞いた歌や叙事詩《じょじし》は覚えている――高慢《こうまん》な王や伯爵《はくしゃく》たちの英雄伝《えいゆうでん》だった。しかしそれは大昔のこと。わたしの頭のなかで、それらの記憶《きおく》は枯《か》れた花のようにしおれている。人間たちが創造《そうぞう》した新しい作品にはどんなものがあるんだい？」

エラゴンは眉《まゆ》をよせ、ブロムが暗誦《あんしょう》してくれた物語の名前を思い出した。

リフェインはそれを聞くと、悲しそうに首をふった。「それほど多くが失われてしまったのか。求愛の物語は残っていないらしい。きみの話が本当なら、歴史や芸術《げいじゅつ》の物語も多くが絶《た》えてしまったんだろう。栄えたのは、ガルバトリックスが好む空想話ばかりというわけだな」

「ブロムはライダー族の滅亡《めつぼう》の話を語っていたけど」エラゴンは弁護《べんご》するようにいった。ふとまぶたの裏《うら》に、一頭のシカが腐《くさ》った丸太を飛びこえて走る情景が浮《う》かびあがった。狩《か》りに出ているサフィラ

から送られてきたのだ。

「ああ、勇気ある男だ」リフェインはしばらくだまって舟《ふね》をこいでいた。「われわれも滅亡《めつぼう》の歌はうたう……しかし、まれなことなんだ。ヴレイルが虚空《こくう》に消えたとき、われわれの多くが生きていた。焼きはらわれた都市――赤ユリのイワエナ、水晶《すいしょう》のルシヴィラ――や、殺された家族のことを、今も嘆《なげ》き悲しんでいるよ。そうした傷《きず》は、時間も癒《いや》すことができないんだ。千万年たとうと、太陽が死に、世の中が永遠《えいえん》の闇《やみ》をただようことになっても」

オリクがうしろでうなった。「ドワーフも同じだ。忘れないでくれよ、エルフどの、わしらはガルバトリックスのせいで部族まるごとひとつ失ったんだ」

「ぼくたちは王、エヴァンダーを失った」

「そんな名前、初めて聞いたよ」エラゴンはおどろいていった。

リフェインはうなずくと、水中にひそむ岩を迂回《うかい》して舟を進めた。「知っている者は少ないんだ。てっきりブロムが話したかと思っていた。壊滅的打撃《かいめつてきだげき》を受けたとき、彼はその場にいたからね。ヴレイルが死ぬ前、エルフ族はイリレアの平原で、ガルバトリックスと戦ったんだ。やつをたおすための、最後のこころみだった。エヴァンダー王はそのときに――」

「イリレアというのはどこ?」エラゴンがたずねた。

「いまの帝国《ていこく》の首都ウルベーンのことさ」オリクがいった。「もとはエルフの都市だったんだ」

中断《ちゅうだん》されたことなどまったく気にしない様子で、リフェインは続けた。「そのとおり、イリレアは

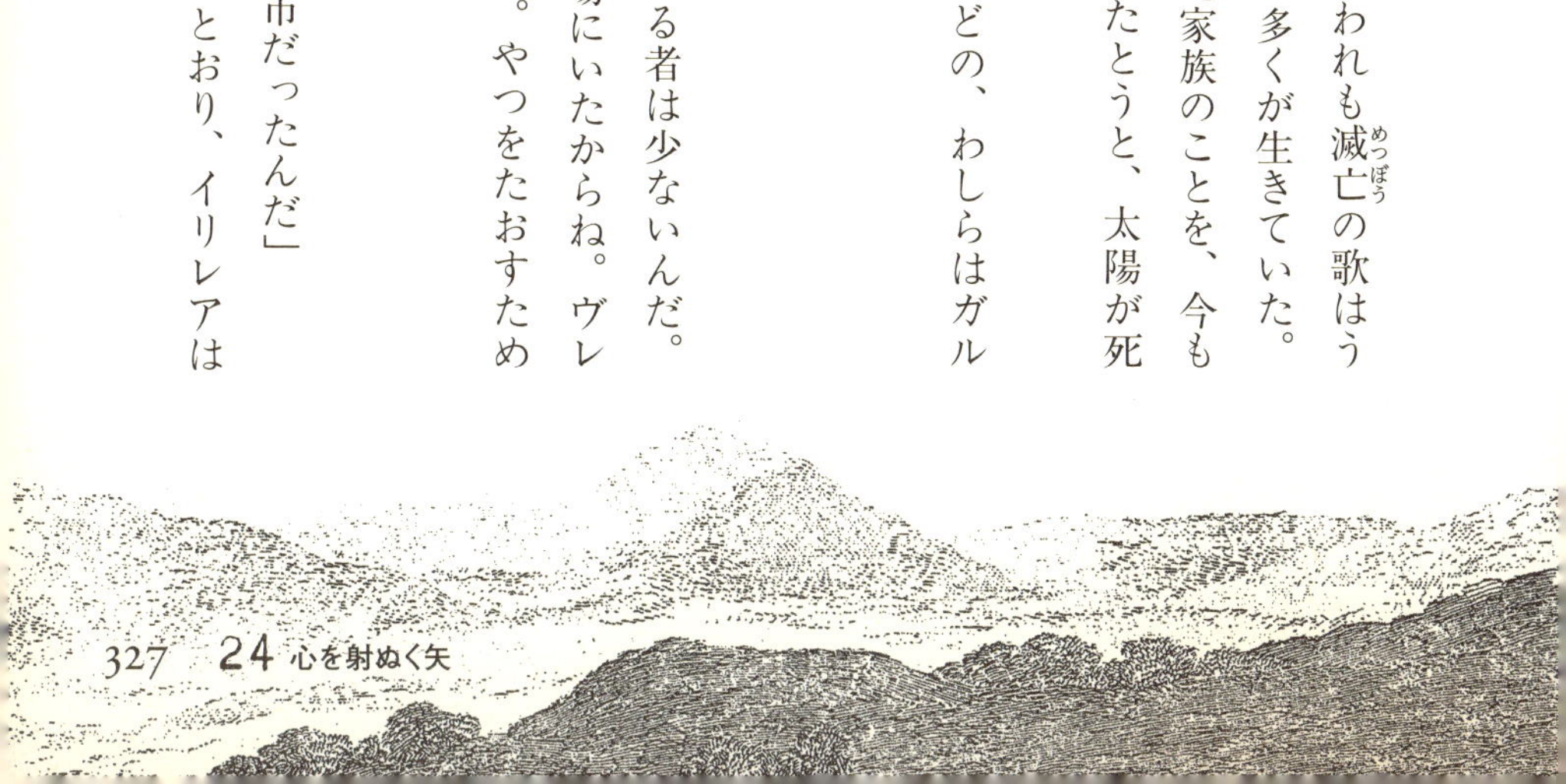

エルフの都市のひとつだった。ぼくらはドラゴンとの戦いでそこを手ばなした。それから何世紀もあとになって、人間たちがそこを自分たちの首都にしたんだ。パランカー王が追放されたあとのことだよ」

エラゴンはいった。「パランカー王? それはだれ? パランカー谷の名前はそこからついたの?」

こんどはエルフもさすがにふり返り、愉快《ゆかい》そうな顔でエラゴンを見た。「アージェトラム、きみは木々の葉の数ほど質問《しつもん》をする」

「ブロムにもそんなふうにいわれたよ」

リフェインはほほえむと、考えをまとめるかのように間をおいた。「八百年前、きみたちの祖先《そせん》がアラゲイジアにやってきたとき、彼らはふさわしい生活の場を求めて、延々《えんえん》とさまよい歩いた。そしてついに、パランカー谷に定住を決めたんだ——といっても、当時はそのような名では呼《よ》ばれていなかったけれどね。アラゲイジアではそれほど守りをかためやすい地形で、エルフもドワーフも住んでいない土地は、少なかったんだ。人間の王パランカーは、そこに強大な国家を建設《けんせつ》した。

その勢力《せいりょく》を広めようと、パランカー王はエルフ族に宣戦布告《せんせんふこく》した。ぼくらはなんの挑発《ちょうはつ》もしていないのにだ。彼は三度攻撃《こうげき》をしかけ、三度ともエルフが勝利した。パランカーの家臣たちはエルフの強大な力に恐《おそ》れをなし、君主に和平を懇願《こんがん》したが、パランカーはその忠言《ちゅうげん》をはねつけた。やがて家臣たちがエルフ族に和平を申し出てきた。ぼくらはパランカー王に知らせないまま、協定を結んだんだ。

エルフの助力を得て、パランカーは王座《おうざ》をうばわれ、追放された。けれど、パランカーもその一族も家臣たちも、谷を出ていくことだけは断固《だんこ》としてこばんだ。ぼくらは彼らの殺戮《さつりく》など望んでいなかったから、リストヴァクベーンの塔《とう》をきずき、そこにライダーたちを置いて、パランカーを監視《かんし》させたんだ。彼がふたたび権力《けんりょく》をもち、アラゲイジアのどこかを攻撃することがないように。

しかしほどなくして、パランカーはその自然な死を待てなかった息子《むすこ》により、殺害された。それからあと、一族のあいだには暗殺、裏切《うらぎ》り、悪行が絶《た》えず、パランカー家はかつての栄華《えいが》の影《かげ》もなく没《ぼっ》落《らく》していった。それでも、彼の子孫は谷を出ていかなかったんだ。そしてセリンスフォードとカーヴァホールには、今も王家の血筋《ちすじ》が残っている」

「よくわかったよ」エラゴンはいった。

リフェインは濃《こ》い眉《まゆ》を片方《かたほう》つりあげた。「本当かな? この話には、きみが思う以上に、重要な意味がふくまれているはずだよ。じつは、こうしたできごとがあったから、ヴレイルの前任《ぜんにん》のライダーの長《おさ》、アヌーリンが人間にライダーになることをゆるしたんだ。似《に》たような争いを二度と起こさないためにね」

オリクが太い笑い声をあげた。「さぞかし論議《ろんぎ》が巻《ま》きおこったにちがいない」

「たしかに、この決定は評判《ひょうばん》が悪かった」リフェインはみとめた。「それが賢明《けんめい》だったのか、いまだに疑問《ぎもん》をとなえる声があるくらいだからね。結局それが、アヌーリンとデラナー女王とのあいだに不和をまねき、アヌーリンはぼくたちの王制《おうせい》をぬけ、ヴローエンガード島でライダー族による独立《どくりつ》体制

をしくことになったんだ」

「でも、ライダー族があなたたちの体制《たいせい》から離脱《りだつ》したのに、どうしてその後、仲よくしていられたの？　ずっと平和だったんでしょう？」エラゴンはきいた。

「ずっと平和だったわけじゃないんだ」リフェインはいった。「平和になったのは、デラナー女王が、ライダー族は王や君主に束縛《そくばく》されるべきではないと気づき、彼らのドゥ・ウェルデンヴァーデンへの出入りを復活《ふっかつ》させてからなんだ。それでもデラナー女王は、ほかの権力《けんりょく》が自分の地位をうわまわることを、よろこんでいたわけではない」

エラゴンは眉《まゆ》をひそめた。「でも、話の核心《かくしん》はそれじゃないんでしょう？」

「うん……そうとも、ちがうともいえるな。ライダー族の役目は、ほかの体制や種族を監視《かんし》することだった。では、だれがその監視者を監視する？　そこが、破滅《はめつ》をまねくことになる最大の問題点だったんだ。ライダー族そのものの体制については、欠陥《けっかん》を見つける者がだれもいなかった。つまり、他の監視のおよばない組織《そしき》だったがゆえに、彼らは消滅《しょうめつ》したんだ」

エラゴンはかいで水をかいた。右、左、舟《ふね》をこぎながらリフェインの言葉を反芻《はんすう》する。川の流れにさからってつきさすと、手のなかでかいがパタパタふるえた。「デラナー女王のあと、王座《おうざ》を継《つ》いだのは？」

「エヴァンダー王。彼は五百年前、混乱《こんらん》のさなかに王座につき——デラナーが、魔法《まほう》の神秘《しんぴ》を研究するために、王位をしりぞいたのでね——死ぬまで王をつとめた。今は彼の正室の、イズランザディ女

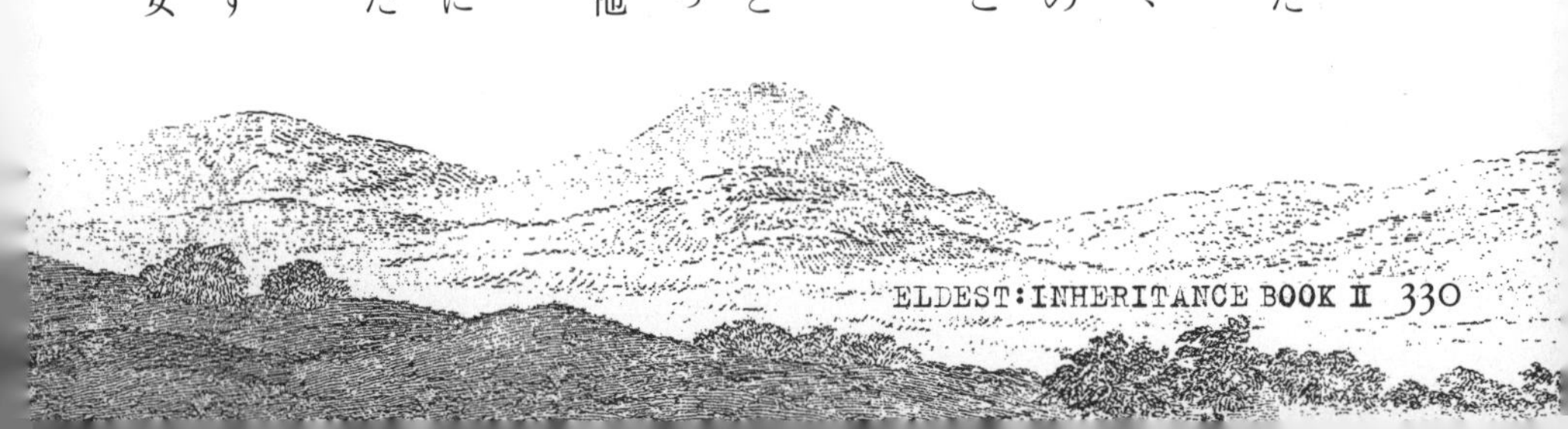

王がぼくたちを統治《とうち》している」

「そんなことは――」エラゴンは口をあけたまま絶句《ぜっく》した。不可能《ふかのう》だというつもりだったが、バカげた発言だと気づき、かわりにこうたずねた。「エルフは不死なの?」

リフェインが静かな声でこたえた。「かつてはぼくらも、きみたちと同じだった。一瞬《いっしゅん》のきらめきをもつ朝露《あさつゆ》のように、はかなく、短命だった。灰色《はいいろ》の時代を生き、今は永遠《えいえん》にまで命がのびてしまった。そう、ぼくたちは不死だ。肉体に傷《きず》を受ければ、そうはいかないけれどね」

「不死になった? どうやって?」エラゴンはくわしくききたかったが、エルフは言葉をにごした。そこでエラゴンは質問《しつもん》を変えた。「アーリアは何歳《なんさい》なのかな?」

リフェインはきらきらとした目をエラゴンにむけ、どぎまぎさせるほど鋭い目でのぞきこんだ。

「アーリア? 彼女にどんな興味《きょうみ》があるんだい?」

「ぼくは……」ふいに、自分でもなんのためにきいたのかわからなくなり、エラゴンは口ごもった。彼のアーリアへの関心がこみいっているのは、彼女がエルフであり、その年が何歳であれ、自分よりはるかに高齢《こうれい》であるという事実があるからなのだ。きっとぼくのことなど、こどもとしか見ていない。「わからないんだ」エラゴンは正直にこたえた。「でも、アーリアはぼくとサフィラの命を救ってくれた。だから、彼女のことをもっと知りたいと思って」

「こんなことをいうのは――」リフェインは言葉を選びながら慎重《しんちょう》に話しだした。「あつかましいこととわかってる。ぼくたちの種族のなかでは、他人のことを詮索《せんさく》するのは、礼を欠くこととされてい

るから……ただ、ひとついっておきたいことがあるんだ。おそらくオリクも同じ意見だと思う。アージェトラム、きみには自分の心をよく防護《ぼうご》することをすすめたい。今は心を失うべきときではないのに、この件《けん》にかんして、それが不安定になりかけている」

「そのとおり」オリクがうなる。

エラゴンの顔がかっと熱くなった。体のなかで血液《けつえき》がいっきに顔に駆《か》けのぼってくる。反論《はんろん》の言葉を見つける前に、サフィラが意識《いしき》に入りこんできた。〔そして、今はその舌《した》を防護するとき。彼らは正しい。彼らを侮辱《ぶじょく》するようなことをいってはいけない〕

エラゴンは深く息を吸《す》って、きまり悪さをおしもどそうとした。〔おまえも、彼らに賛成《さんせい》なのか？〕

〔エラゴン、あなたの心には愛が満ちているから、その愛情《あいじょう》を交換《こうかん》しあえる相手をさがしているのだと思う。それ自体は、恥《は》ずべきことではない〕

エラゴンはその言葉をなんとかのみこんでから、サフィラにたずねた。〔もうすぐもどってくる？〕

〔今もどっているところ〕

周囲に意識をもどしたエラゴンは、リフェインとオリクが、自分をじっと見つめていることに気づいた。「あなたがなにを心配しているのか、よくわかったよ……それでもやっぱり、さっきの質問《しつもん》にこたえてほしい」

リフェインはすこしためらってからいった。「アーリアはとても若《わか》い。ライダー族滅亡《めつぼう》の一年前に生まれたから」

百歳《さい》！　それぐらいの数字は予想していたものの、やはり衝撃的《しょうげきてき》だった。エラゴンは無表情《むひょうじょう》をよそおった。彼女から見たら、ぼくはひ孫ほども年がはなれているんだ！　しばらくその事実をくよくよと考えたあと、自分の気をそらすために話題を変えた。「人間がアラゲイジアにやってきたのは、八百年前だっていったね？　でもブロムの話だと、ライダーが結成されて三世紀たったころってことだった。ということは、何千年も前のことじゃないのかな？」

「わしらの計算によれば、二千七百と四年」オリクがいった。「ブロムがいったことはまちがいじゃない。二十人の戦士を乗せた一艘《そう》の舟《ふね》のことを、人間のアラゲイジアへの〝到来《とうらい》〟と呼《よ》ぶならな。彼らは南の、今のサーダの地に到着した。わしも、彼らがあちこちわたり歩き、土産物《みやげもの》を交換《こうかん》しているときに、会ったことがある。でも、じきに彼らは去っていった。それから二千年近く、パランカー王が艦隊《かんたい》をしたがえてやってくるまで、人間の姿《すがた》は見ていない。人間のほうも、わしらのことをすっかり忘《わす》れていたんだ。夜になると、毛むくじゃらの山人間がこどもを食いに来るなんて、いいかげんな話が残ってたぐらいだな。フン！」

「パランカーがどこから来たのか、知ってる？」エラゴンはたずねた。

　オリクは顔をしかめ、口ひげの先をかじって首をふった。「わしらの歴史が語っているのは、彼の母国がビオア山脈をこえた南の果てということと、大移動《だいいどう》の原因《げんいん》は、戦《いくさ》と飢饉《ききん》ということだけだ」

　エラゴンはその話に興奮《こうふん》して口走った。「じゃあ、ガルバトリックスと戦うとき力を貸《か》してくれる国が、どこかにあるかもしれないね」

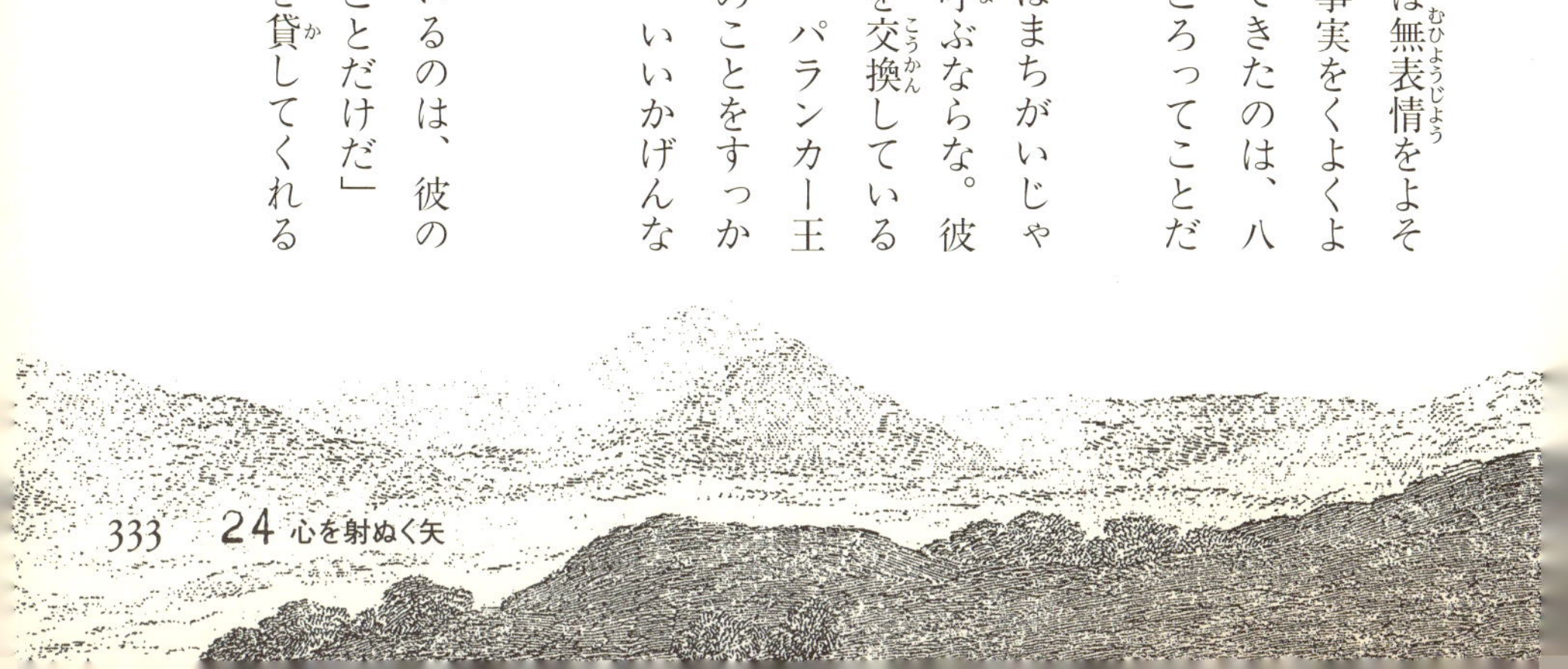

「かもしれない」と、オリク。「しかし、たとえドラゴンの背《せ》に乗ってでも、見つけるのはむずかしい。見つけたとしても、同じ言語を話せるとは思えない。だいたい、協力なんかえられると思うかい？　ヴァーデンのほうには、ほかの国にあたえられるものなどないんだよ。それに、ファーザン・ドゥアーからウルベーンまで兵を送るだけでも大変なのに、何千とはいわないが、何百キロもかなたからなんて――」

「いずれにしろ、きみがいなくてはとても無理だ」リフェインがエラゴンにいった。

「それでも――」エラゴンは言葉をとめた。

サフィラが川の上に姿《すがた》を現《あらわ》し、そのうしろからスズメとクロウタドリの大群《たいぐん》が、すさまじいいきおいで追ってくる。サフィラを自分たちの巣から遠ざけようとしているのだ。それと同時に、木々のあいだから大量のリスのキーキー鳴く声がいっせいにわきおこった。

リフェインがにっこり笑って声をあげた。「彼女はすばらしいねえ。見てごらん、鱗《うろこ》に光が反射《はんしゃ》している！　あんなみごとなながめに匹敵《ひってき》するものは、この世にほかにない」似《に》たような感嘆《かんたん》の声が、もう一艘《そう》の舟《ふね》のナーリからもあがっている。

「やれやれ、またはじまった……」オリクがひげのなかでもごもごつぶやいた。

エラゴンは笑いを噛《か》み殺《ころ》したが、彼の意見に賛成《さんせい》だった。エルフたちはよくあきもせずに、サフィラをほめるものだ。

〈ほめ言葉のひとつやふたつ、かまわないだろう？〉サフィラが大きな水しぶきをあげて着水し、水

中に顔を沈《しず》めて、追いかけてきたスズメから逃《に》げた。

〔もちろん、かまわないさ〕エラゴンはこたえる。

サフィラは水中からエラゴンを見た。〔それは、皮肉か？〕

エラゴンはクックッと笑って、聞き流した。

もう一艘の舟に目をやると、アーリアが舵《かじ》をとっていた。まっすぐ背中をのばし、とらえどころのない表情《ひょうじょう》を浮《う》かべ、古木の下で網《あみ》の目にゆれる光のなか、ゆっくり舟を進めている。その姿は、思わずなぐさめたくなるほど、暗く憂鬱《ゆううつ》そうに見える。

「リフェイン」エラゴンはオリクに聞こえないように、こっそりたずねた。「どうしてアーリアはあんなに……暗いの？　あなたと――」

リフェインは、あずき色のチュニックの下で肩《かた》をこわばらせ、かろうじて聞きとれるほどの声でささやいた。「ぼくたちはアーリア・ドロットニングに仕えることを、誇《ほこ》りに思っている。彼女は、ぼくらのためにきみの想像《そうぞう》よりはるかに大きな苦しみを経験《けいけん》してきたんだよ。サフィラのことを彼女がやりとげられたのは、うれしいし、心から祝っている。そして、彼女が犠牲《ぎせい》にしたもの……失ったものを思って、夢《ゆめ》のなかでは泣いている。けれど、アーリアの悲しみは彼女だけのものだ。本人の許可《きょか》なしに、ぼくが話すわけにはいかない」

夜、エラゴンが焚《た》き火《び》のそばにすわり、地面のウサギの毛皮のようなコケをさわっていると、ふい

に森の奥《おく》からザワザワと音が聞こえてきた。彼はサフィラとオリクと目をあわせ、ザーロックをぬきながら、音のするほうへそっと近づいていった。

小さな谷のふちで足をとめ、反対側を見ると、スノーベリーの茂みのなかでシロハヤブサが折れた翼《つばさ》をばたつかせている。猛禽《もうきん》はエラゴンに気がついて動きをとめ、くちばしをあけ、耳をつんざくような鳴き声をあげた。

〈飛べなくなるとは、なんと悲惨《ひさん》な運命〉サフィラはいった。

アーリアがやってきて、シロハヤブサを見るなり弓を引いた。矢は寸分《すんぶん》たがわず鳥の胸《むね》を射《い》ぬいた。エラゴンは食べるために射たのだと思ったが、アーリアは鳥も矢もとりに行こうとしない。

「どうしてです?」エラゴンはたずねた。

アーリアはかたい表情《ひょうじょう》のまま弦《つる》をゆるめた。「あそこまでケガがひどいと、わたくしには治せません。今夜か明朝には息絶《いきた》えるでしょう。自然の摂理《せつり》とはそういうもの。何時間も苦痛《くつう》を味わわせることはありません」

サフィラは頭をさげ、鼻先をアーリアの肩《かた》につけると、しっぽで木々の樹皮《じゅひ》を引っかきながら野営《やえい》地《ち》にもどっていった。

エラゴンももどりかけたが、オリクにそでを引っぱられ、身をかがめた。

ドワーフは低い声でいった。「エルフに助けを求めるもんじゃないぞ。死んだほうが身のためだと判断《はんだん》されかねんからな。だろ?」

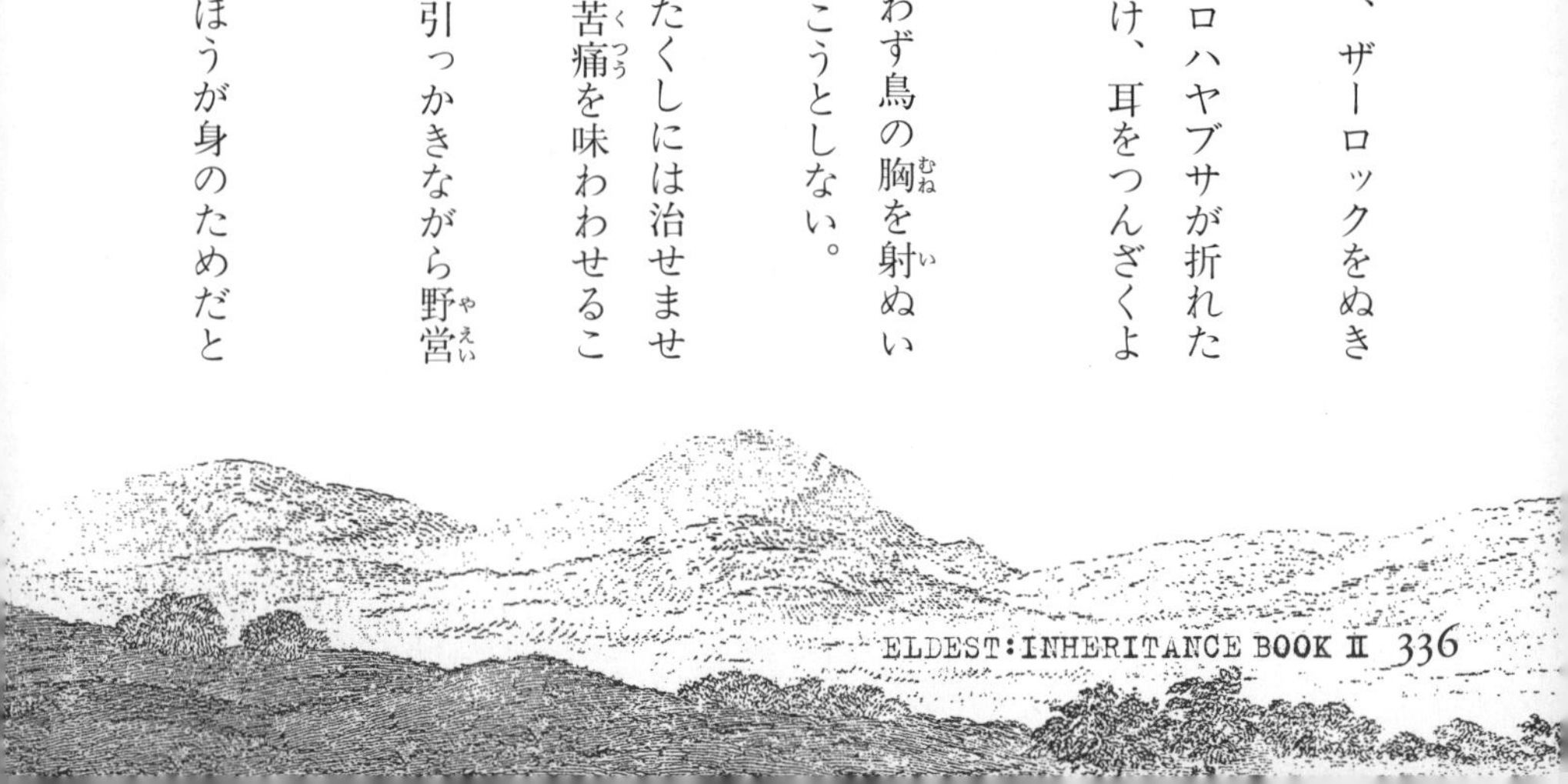

25

祈《いの》り

前日の疲《つか》れも残っていたが、エラゴンは無理やり夜明け前に起きだした。エルフのだれかが眠《ねむ》っているところを見るためだ。エルフが――もし眠ることがあるのだとして――目をちょうど覚ますところを目撃《もくげき》するというのが、エラゴンのなかでひとつのゲームになっていた。なぜなら、まだ一度も彼らが目を閉《と》じているところを見たことがないからだった。けさも例外ではなかった。

「おはよう」ナーリとリフェインの声が上から聞こえる。見あげると、ふたりは地面から十五メートルも上の、マツの大枝《おおえだ》に立っていた。枝から枝へ、ネコのように軽《かろ》やかに飛びうつりながら、エルフたちはエラゴンのそばまでおりてきた。

「見張《みは》りをしてたんだ」リフェインがいった。

「なんのために？」

アーリアが木のむこうから現《あらわ》れていった。「心配だからです。ドゥ・ウェルデンヴァーデンには多く

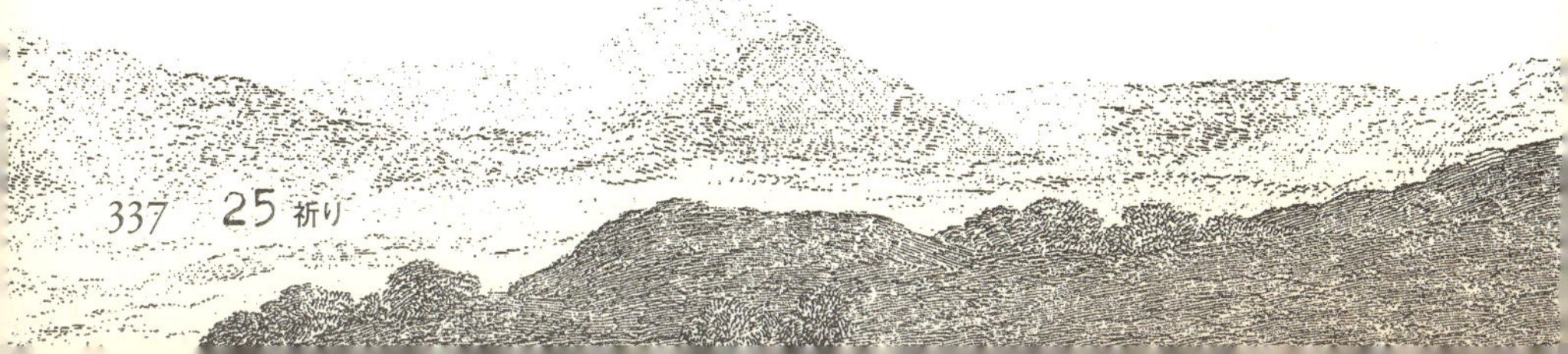

の謎《なぞ》や危険《きけん》があります。とくにライダーにとっては。わたくしたちは何千年もここに暮《く》らしていますが、予期せぬ場所に、いまだに古い呪文《じゅもん》が残っている。魔術《まじゅつ》は空気や水や土に浸透《しんとう》するのです。動物にも、いたるところで影響《えいきょう》をおよぼしています。ときどき、みょうな生き物が森を徘徊《はいかい》しているのを見かけます。すべてが友好的とはかぎりません」

「それは――」エラゴンは、光る掌《てのひら》ゲドウェイ・イグナジアがひりひりするのを感じて、言葉を切った。ガネルがくれたペンダントの銀の槌《つち》が、胸《むね》の上で熱くなっている。エラゴンは、魔よけの呪文に力をうばわれているのを感じた。

だれかが透視《とうし》をこころみているのだ。

〔ガルバトリックスか？〕エラゴンは恐怖《きょうふ》を覚えた。ペンダントをつかんでチュニックのなかから引きだした。いつまでも力がうばわれるようなら、はずさなければならない。

野営地《やえいち》のはしからサフィラが駆《か》けつけ、エラゴンをささえてくれる。

しばらくするとペンダントから熱が消え、肌《はだ》の上で冷たくなるのがわかった。エラゴンはそれを掌の上でポンとはずませ、チュニックのなかにもどした。

サフィラがいった。〔敵《てき》のだれかが、わたしたちをさぐっている〕

〔敵？　まさか、ドゥ・ヴラングル・ガータ（ヴァーデンの魔術師《まじゅつし》の会）のだれか？〕

〔そうではないと思う。ガネルがフロスガーの指示《しじ》でこのペンダントに呪文をかけたというなら、フロスガーは当然そのことをナスアダに話しているはず……そもそも、それを先に思いついたのはナス

アダかもしれないし」

　エラゴンが今のことを説明すると、アーリアはきびしい顔でいった。「それならなおのことエレズメーラへ急ぎ、あなたの修行《しゅぎょう》を一刻《いっこく》も早く再開《さいかい》しなければ。アラゲイジアの情勢《じょうせい》は切迫《せっぱく》しています。学ぶ時間がじゅうぶんとれるかどうか心配です」

　エラゴンはもうすこし話を続けたかったが、あわただしく野営地を引きはらうことになったせいで、その機会を失った。

　荷物を積みこみ、焚《た》き火《び》を消すと、一行はふたたびガエナ川へ舟《ふね》を進めた。

　一時間もしないうちに、川はしだいに広く、深くなりはじめた。やがて、前方に大きな滝《たき》が現《あらわ》れた。森に低い音をとどろかせている瀑布《ばくふ》は、高さ三十メートルほど。はりだした石の表面を流れ落ちていて、のぼることはできそうもない。

「あそこをどうやって通るの?」エラゴンはすでに、顔に冷たい水しぶきがかかるのを感じていた。

　リフェインが左岸の、滝からすこしはなれた場所を指さした。けわしい尾根《おね》に細い道がついている。「川がおだやかになるところまで、カヌーと荷物をもって、五キロほど歩かなくてはならないんだ」

　五人はカヌーの椅子《いす》のあいだにおしこんでいた荷物をほどき、人数分に分けて、それぞれの背囊《はいのう》につめこんだ。「うわっ」荷物をもちあげて、エラゴンはうなった。いつも背負《せお》って歩く荷物の重さの二倍はある。

〔わたしが上流へ……みんなを運んであげる〕サフィラがぬかるんだ土手へあがってきて、ぶるぶるっと体の水を飛ばしていった。

エラゴンがサフィラの申し出をみんなに伝えると、リフェインが血相を変えた。「ドラゴンを荷物運びに使うなど、めっそうもない。サフィラ、あなたを侮辱《ぶじょく》することになる——それに、シャートゥガル・エラゴンのことも。もてなす者として恥《は》ずべき行為《こうい》だ」

サフィラが鼻を鳴らした拍子《ひょうし》に、鼻孔《びこう》から炎《ほのお》がふきだし、川面《かわも》から湯気が立ちのぼった。〔バカらしい〕鱗《うろこ》におおわれた足を一本、エラゴンの背中《せなか》にのばすと、荷物のストラップに鉤爪《かぎづめ》を引っかけ、舞《ま》いあがった。〔つかまえられるものなら、つかまえてみなさい〕

静寂《せいじゃく》をやぶって、ツグミのふるえるような鳴き方に似《に》た笑い声が響《ひび》きわたった。エラゴンはおどろいて、アーリアをふり返った。彼女の笑い声を聞くのは初めてだった。それはとても心地《ここち》よい響きだった。アーリアは笑顔《えがお》でリフェインにいった。「ドラゴンにむかって、これをやるべきとか、これをやるべきではないというのでしたら、あなたはもっと学ぶ必要がありますね」

「でも、侮辱に——」

「サフィラが自分の意志《いし》ですることなら、侮辱にはあたりません」アーリアはきっぱりといった。「さあ、時間をムダにせずに早くまいりましょう」

エラゴンは背中の痛《いた》みがこないよう祈《いの》りながら、リフェインとふたりでカヌーを肩《かた》にかつぎあげた。地面は足もとしか見えないので、進む道はリフェインの誘導《ゆうどう》に頼《たよ》らざるをえなかった。

一時間後、彼らは白い水しぶきをあげる危険《きけん》な滝《たき》を迂回《うかい》して、尾根《おね》の頂《いただき》に到達《とうたつ》した。ガエナ川はまた鏡のようにおだやかに流れている。待っていたのはサフィラだった。三角の頭をアオサギさながらに浅瀬《あさせ》につっこんで、せっせと魚をつかまえている。

アーリアはサフィラとエラゴンにむかって呼《よ》びかけた。「あの先を曲がると、アードウェン湖が見えてきます。その西岸にあるのがシルスリム。エルフ族の大都市のひとつです。そこを過《す》ぎると、エレズメーラまでさらに延々《えんえん》と森が広がっています。シルスリムに近づくと、多くのエルフと行きあうでしょう。けれど、イズランザディ女王に到着を告げるまでは、あなたたちのどちらも、ほかのエルフと会わせたくありません」

〔なぜ?〕サフィラが、エラゴンの疑問《ぎもん》をそのまま口にした。

アーリアは音楽のような声を響かせてこたえた。「わたくしたちの国にとって、あなたたちの出現《しゅつげん》は重大な変化を意味します。そうした激変《げきへん》は、慎重《しんちょう》にとりあつかわなければ危険です。ゆえに、あなたたちと最初に会うのは、女王でなければ。この変化に対応《たいおう》する権限《けんげん》と知恵《ちえ》をもっているのは、女王ただひとりなのですから」

「女王のことをよほど尊敬《そんけい》しているんですね」エラゴンはいった。

この言葉に、ナーリとリフェインは足をとめ、おずおずとアーリアを見た。アーリアの顔は一瞬《いっしゅん》うつろになり、すぐに誇《ほこ》らしげに背をのばしていった。「女王はわたくしたちを正しくみちびいてくれますから……エラゴン、トロンジヒームからケープをもってきましたね。しばらくのあいだ、それを

着て、フードをかぶっていてもらえますか？　行きあうエルフに丸い耳を見られ、人間であると知られぬように」エラゴンはうなずいた。「それにサフィラ、あなたは日中は身をかくし、夜のあいだに追いつくようにしてください。帝国《ていこく》の旅ではそうしていたと、アジハドに聞きました」

〔そして、いつもそれが気に食わなかった〕サフィラはうなった。

「今日とあしただけです。それ以降《いこう》はシルスリムから遠ざかり、だれかに行きあう心配はなくなりますから」アーリアは約束した。

サフィラは淡青色《たんせいしょく》の目をエラゴンにむけた。〔帝国をぬけたとき、わたしはずっとあなたのそばで身を守ると誓《ちか》った。今まであなたからはなれると、悪いことばかり起きているから——ヤーズアック、ダレット、ドラス＝レオナ、それに奴隷《どれい》商人とあったとき〕

〔ティールムではだいじょうぶだった〕

〔わたしがなにをいいたいかわかるでしょう！　今はとくにあなたのそばをはなれたくない。そのケガをした背中《せなか》では、自分の身を守ることもできないのだから〕

〔アーリアとほかのふたりがぼくを守ってくれると信じてるよ。おまえもそうだろう？〕

サフィラはためらってからいった。〔アーリアは信じているが〕サフィラは体をひねり、川岸をどしどし歩いていくと、しばらく土手にすわってからもどってきた。〔承知《しょうち》した〕サフィラはアーリアにそう伝え、つけ加えた。〔しかし、明晩《みょうばん》以降は待てない。そのとき、あなたたちがシルスリムの町の真ん中にいたとしても、飛んでいく〕

「わかりました」アーリアはいった。「たとえ夜でも、飛ぶときはじゅうぶん気をつけて。完全な暗《くら》闇《やみ》でないかぎり、エルフは鮮明《せんめい》にものを見ることができますから。姿《すがた》を見られるようなことがあれば、魔法《まほう》の攻撃《こうげき》を受けるかもしれません」

〔すばらしい〕サフィラが感想をいった。

オリクとほかのエルフが舟《ふね》に荷物を積んでいるあいだ、エラゴンとサフィラは身をかくす場所を求めて、薄暗《うすぐら》い森に入った。ふたりが見つけたのは、くだけた石にかこまれた、乾《かわ》いたくぼみだった。松葉の毛布《もうふ》がしきつめられ、足もとがやわらかくて気持ちがいい。サフィラは松葉の散りしく地面に丸くなり、頭をこくりと縦《たて》にふった。〔行きなさい。わたしはだいじょうぶだから〕

エラゴンは――背中の鋭《するど》い突起《とっき》に気をつけつつ――サフィラの首を抱《だ》きしめ、何度もふり返りながら、しぶしぶそこをはなれた。川にもどると、ケープをつけ、ふたたび舟に乗った。

アードウェン湖が見えてくるころ、風がそよともふかなくなった。巨大《きょだい》な湖面は微動《びどう》だにせずまっ平らに広がり、完璧《かんぺき》な鏡となって木々や雲の姿を映《うつ》している。一点のキズもないその情景《じょうけい》を見て、エラゴンは、ガラス窓《まど》を通してあの世をのぞき見ているような気がした。さらに先へ進むと、鏡に反射《はんしゃ》した空のなかにカヌーが落ちていくような気までしてきて、身ぶるいがした。

遠くにシラカンバの樹皮《じゅひ》の大きな舟が、アメンボのように両岸を行き来しているのがかすんで見えた。どの舟もエルフの強靱《きょうじん》な力によって、信じられない速度で動いている。エラゴンは頭をさげ、フードのはしをつかんでしっかり顔をかくした。

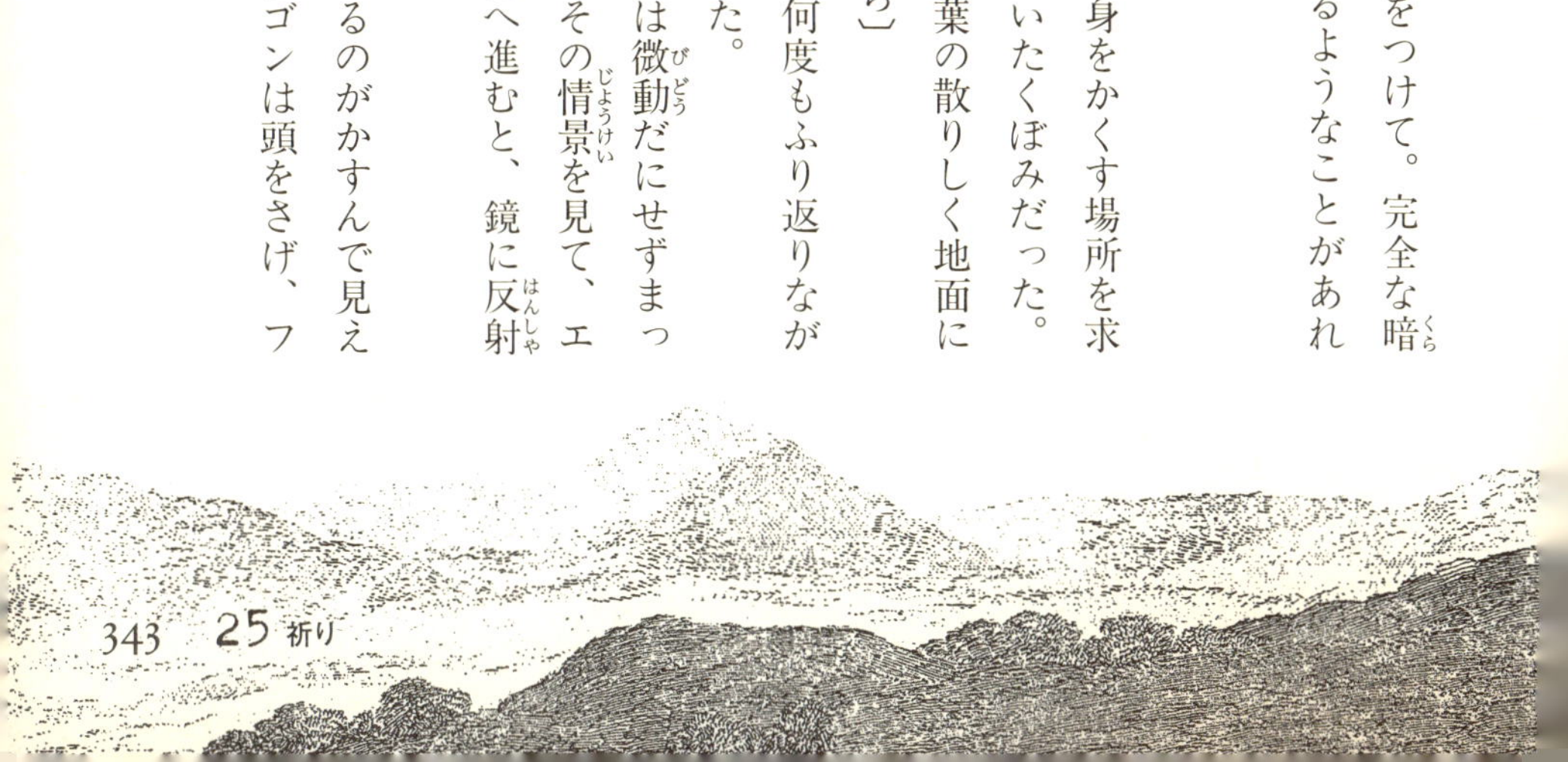

サフィラとの距離《きょり》が広がるにつれ、ほんのひと筋《すじ》の意識《いしき》でつながっているだけとなった。夜になるころには、意識を極限《きょくげん》まで緊張《きんちょう》させても、サフィラの存在《そんざい》を感じられなくなった。とつじょ、このドゥ・ウェルデンヴァーデンの森が荒涼《こうりょう》とした、寂《さび》しいものに思えてきた。

闇《やみ》が濃《こ》くなるころ、ふいに一キロ半ほど前方の高い木々のあいだに、白い光のかたまりが見えてきた。満月の銀色の光を浴びて、闇のなか、神秘的《しんぴてき》な光を放っている。

「あそこがシルスリムだよ」リフェインがいった。

かすかな水音をたて、黒くかげる舟《ふね》が反対側からやってきて、舵《かじ》をとるエルフがすれちがいざまに「クヴェッタ・フリケイ（こんにちは、友よ）」とつぶやいていく。

アーリアが自分の舟を、エラゴンの舟によせた。「今夜はここで泊まりましょう」

彼らはアードウェン湖からじゅうぶんはなれ、心地《ここち》よく眠《ねむ》れるよう乾《かわ》いた地面に野営《やえい》を張《は》った。あまりに大量の蚊《か》が群《む》れていたので、アーリアが防護《ぼうご》の呪文《じゅもん》をかけるはめになったが、おかげで、それなりに落ちついて夕食をとることができた。

夕食後、五人は金色に輝《かがや》く焚《た》き火《び》の炎《ほのお》をかこんですわった。

エラゴンは木にもたれ、空を横切る流れ星を見つめていた。まぶたがもうすこしで閉《と》じそうになったとき、シルスリムのほうから女性《じょせい》の声らしきものがただよってきた。かすかなささやきが、耳の奥《おく》を羽毛のようにこすってゆく。彼は眉《まゆ》をよせ、体をまっすぐに起こし、そのささやきに耳をすませた。

火が燃《も》えあがるとき太くなる煙《けむり》のように、そのささやきは力を増《ま》していった。やがては森じゅうが、しつこくまとわりつくような旋律《せんりつ》を、高く低く奏《かな》ではじめた。超自然的《ちょうしぜんてき》なその声に、さらにいくつもの声がかさなって、メロディが百もの和音でいろどられていく。嵐《あらし》のような音楽の織物《おりもの》で、まるで空気そのものがふるえているかのようだ。

この世のものとは思えないメロディが、エラゴンの背筋《せすじ》にとつじょ、高揚感《こうようかん》と恐怖《きょうふ》を走らせた。音が彼の感覚をくもらせ、ビロードの闇《やみ》に引きずりこんでゆく。まとわりつく歌声に誘《さそ》われ、エラゴンはふいに立ちあがった。駆《か》けだして、歌声の源《みなもと》をさがそうとする。木々やコケや森のあらゆるものにかこまれて踊《おど》りながら、エルフのお祭り騒《さわ》ぎに参加しようとした。しかし動こうとしたとき、アーリアが彼の腕《うで》をつかみ、自分の顔の前にぐいっと引きよせた。

「エラゴン！　しっかりしなさい！」エラゴンはエルフの手をふりほどこうしたが、ムダだった。

「エイダー・エイリヤ・オナ（耳を空《から》にせよ！）」

耳が聞こえなくなったかのように、森がしんと静まり返った。エラゴンはあらがうのをやめ、いったいなにが起きたのかとあたりを見まわした。

焚き火のむこう側では、リフェインとナーリが静かにオリクをおさえつけている。

アーリアの口が動くのを見ていると、世界にぱっと音がもどってきた。けれど歌声はもう聞こえない。

「なんなの……？」エラゴンはぼうっとしてたずねた。

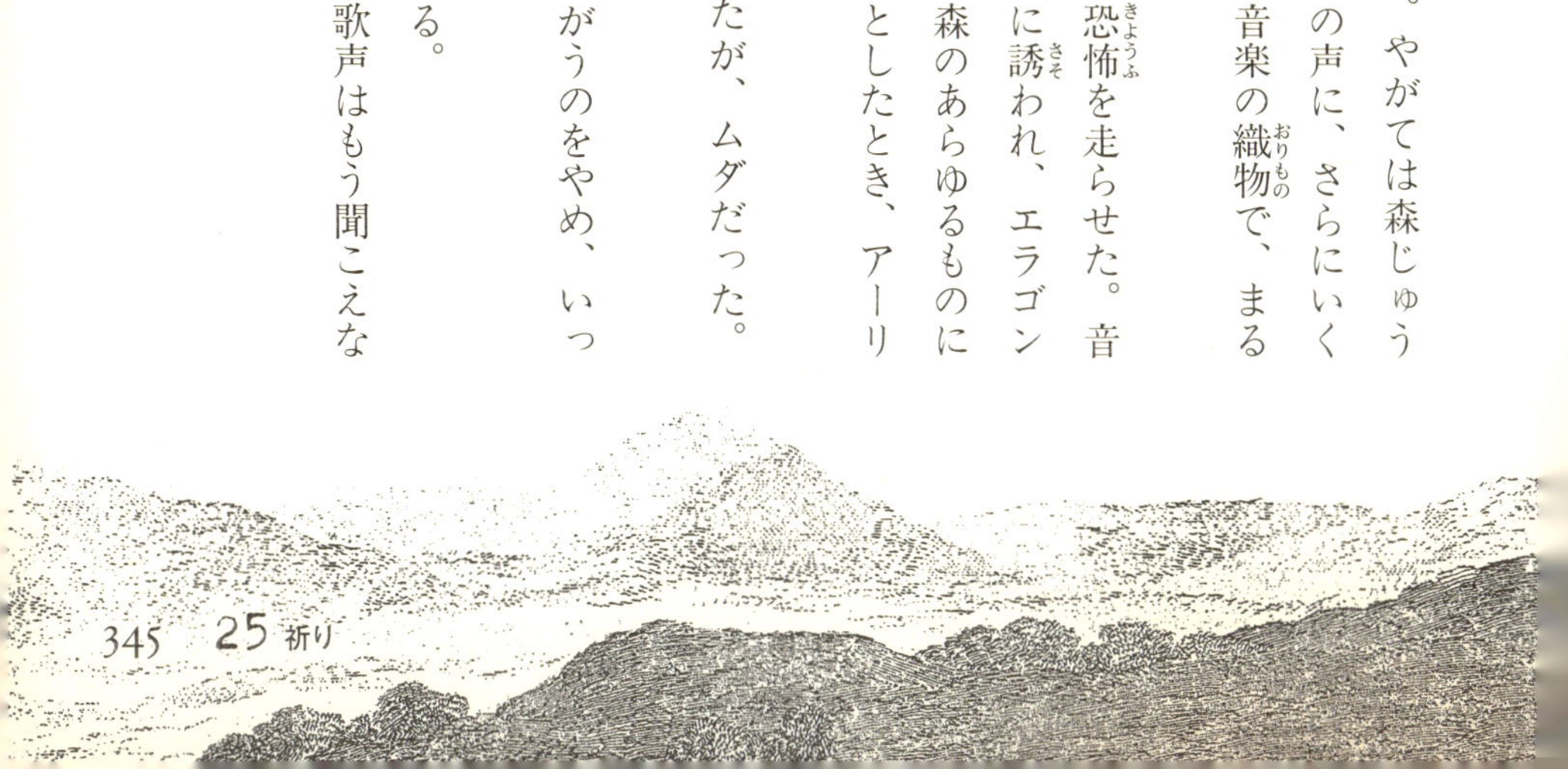

「放せ」オリクがうなる。

リフェインとナーリは手を放し、あとずさった。

「ご容赦《ようしゃ》を、オリク・ヴォーダー（オリクどの）」リフェインはいった。

アーリアはシルスリムに目をこらした。「日にちをかぞえまちがえました。ダグシェルガーのときは、町に近づきたくなかった。ダグシェルガーは、エルフの農神祭、祝賀《しゅくが》の儀式《ぎしき》、寿命《じゅみょう》ある者にとっては危険《きけん》な祭です。古代の言葉で歌をうたい、その詩が情熱《じょうねつ》と切望の呪文《じゅもん》をつくりだす。エルフにさえも抵抗《ていこう》しがたい呪文なのです」

ナーリがもぞもぞと体を動かした。「木立《こだち》から出ないほうがいいでしょう」

「ええ」アーリアがうなずいた。「でも、わたしたちにはやるべきことがあります」

エラゴンはふるえる体を火に近づけ、サフィラにいてほしいと心から願った。サフィラがいれば、歌声の影響《えいきょう》から自分を守ってくれたはずだ。「ダグシェルガーって、なんの目的でやるんですか？」

アーリアは長い足を組んで、エラゴンのそばにすわった。「森がゆたかに、実り多くなるように。毎年春になると、木々のため、植物のため、動物のために、歌をうたうのです。わたくしたちがいなければ、ドゥ・ウェルデンヴァーデンは半分ほどの大きさしかなくなるでしょう」

彼女の言葉を裏《うら》づけるかのように、鳥やシカ、ハイイロリス、アカリス、アナグマ、キツネ、オオカミ、カエル、カメ、あらゆる動物たちが次々と隠れ家《かくが》から姿《すがた》を現《あらわ》し、鳴いたり吠《ほ》えたりの不協和音を発しながら、くるったようにあたりを駆《か》けまわっている。

「彼らは、つがう相手をさがしているのです」アーリアが説明した。「ドゥ・ウェルデンヴァーデンじゅうすべての町で、エルフはこの歌をうたっている。うたう者がふえるほど、呪文が強くなり、その年の森により大きな豊饒《ほうじょう》をもたらすのです」

エラゴンはふいに手を引っこめた。太ももの横をハリネズミが三匹《びき》、ころころと駆けてゆく。森全体が、蜂《はち》の巣《す》をつついたような騒《さわ》ぎようだった。おとぎの国にまよいこんでしまったようだ。エラゴンは身をちぢめた。

オリクが火のそばに来て、騒ぎに負けない大声をはりあげた。「このひげと斧《おの》にかけていわせてもらうが、あんな呪文のもとで、意志《いし》をおさえることはできん。アーリア、またあれがはじまったら、ヘルツヴォグの石の腰帯《こしおび》に誓《ちか》って、わしはファーザン・ドゥアーにもどる。あんた方は、ダーグライムスト・インジータムの怒《いか》りを買うことになるぞ」

「ダグシェルガーにぶつかったのは、意図的ではないにしろ、わたくしのあやまちです。心からおわびいたします。けれど、わたくしが呪文を遮断《しゃだん》していても、ドゥ・ウェルデンヴァーデンにいるかぎり、あなたたちは魔法《まほう》からのがれられない。呪文はすべてのものを透過《とうか》するのです」

「わしの心まで汚《けが》させはせんさ」オリクはかぶりをふり、斧の柄《え》をいじりながら、焚《た》き火《び》の光のとどかない暗がりに目をやった。そこでは、黒っぽい獣《けもの》がいそがしく動きまわっている。

その夜は、だれもが一睡《いっすい》もできなかった。エラゴンとオリクが眠《ねむ》れなかったのは、恐《おそ》ろしげな騒音《そうおん》

と、ひっきりなしにテントをふみつけていく動物のせい。エルフたちが眠《ねむ》らなかったのは、彼らの耳にまだ歌声が聞こえていたからだ。

リフェインとナーリは同じ円のなかをぐるぐる歩きまわり、アーリアは切望のまなざしでシルスリムを見つめている。黄褐色《おうかつしょく》の肌《はだ》が引きしまり、頬骨《ほおぼね》のあたりがぴんと張《は》って見える。

喧騒《けんそう》がはじまって四時間ほどたったころ、サフィラが空から飛びおりてきた。目を異様《いよう》にきらきら光らせている。ぶるっと身をふるわせ、首を弓なりにして、荒《あら》い息を吐《は》きながらいった。〔森が――活気づいている。わたしも活気づいている。今までにないほど血が熱く燃《も》えている。あなたがアーリアを思うときと同じように、熱く燃えている。わたしにも……理解《りかい》できる！〕

サフィラの肩《かた》に手をのせると、その骨格《こっかく》をゆるがすようなふるえを感じた。わき腹《ばら》がブーンと振動《しんどう》し、音楽にあわせてハミングの音を響《ひび》かせている。象牙色《ぞうげいろ》の鉤爪《かぎづめ》で地面をつかみ、筋肉《きんにく》をかたく引きしめ、体が動きだそうとするのを必死でこらえている。尾《お》は今にもはねあがりそうにぴくぴくしている。

アーリアが立ちあがり、サフィラをはさんでエラゴンのとなりにやってきた。彼女もサフィラの肩に手をのせ、三人は一本の生きる鎖《くさり》となって闇《やみ》とむきあった。

夜が明けると、あらゆる木々の枝先《えださき》に明るい緑の若葉《わかば》が芽ぶいているのにエラゴンは気がついた。身をかがめ、足もとのスノーベリーを調べてみると、苗《なえ》の大小にかかわらず、どれもが夜のうちに成

長していた。森じゅうに成長の色がきらめいている。なにもかもが青々として、新鮮《しんせん》で、さわやかだ。空気は雨あがりのようなにおいがする。

サフィラがエラゴンの横で身をぶるっとふるわせる。〔熱はさめた。もとの自分にもどった。あのような経験《けいけん》……まるで世の中が生まれ変わるような……わたしはこの四肢《しし》にみなぎる熱で、新しい世界を創《つく》るのを手伝っているかのようだった〕

〔具合はどうだい？　つまりその、体の内側は？〕

〔ゆうべの経験を理解するには、すこし時間がかかりそうだ〕

音楽がやんだあと、アーリアはエラゴンとオリクの呪文《じゅもん》を解《と》いてから、ふたりのエルフにいった。

「リフェイン、ナーリ、シルスリムに行って、五人ぶんの馬を確保《かくほ》してきてください。エレズメーラまで徒歩で行くわけにはまいりませんから。それと、ダミーサ大尉《たいい》に、セリスに衛兵《えいへい》を補充《ほじゅう》するよう伝えてくるように」

ナーリは会釈《えしゃく》をしていった。「それで、自分たちがセリスの歩哨《ほしょう》をはなれた理由を問われたら、なんとこたえればいいでしょう？」

「大尉がかつて願っていたこと、そして恐《おそ》れていたことが起きた、彼女にはそう伝えなさい。竜《ウイルム》がおのれの尾を噛《か》んだと。それで通じるでしょう」

カヌーから荷物をおろすと、ふたりのエルフはシルスリムへむけてこぎだしていった。

三時間ほどたったころ、ムチを打つ音が聞こえ、エラゴンは目をあげた。森の奥《おく》から、高貴《こうき》な白馬

に乗ったふたりが、ほかに四頭の白馬を連れてもどってきた。堂々たる姿《すがた》の馬たちは、異様《いよう》なほどひそやかに、木々のあいだを駆《か》けぬけてくる。森のなかのエメラルド色の光に、毛並《けな》みが輝《かがや》いている。どの馬も鞍《くら》や引き具をつけていない。

「ブロザー、ブロザー（とまれ）」リフェインが小声で命じると、馬はとまり、黒い蹄《ひづめ》で地面をかいた。

「エルフの馬は、みんなこんなにりっぱなの？」エラゴンは慎重《しんちょう》に一頭に近づき、その美しさに見とれた。

　馬の背丈《せたけ》は、ポニーより数十センチ高い程度《ていど》なので、せまい木立をぬけていくのに都合がいい。どの馬も、サフィラにおびえている様子はない。

「そういうわけじゃないさ」ナーリが笑いながら銀色の髪《かみ》をはらった。「でも、たいていはこんな感じだよ。エルフは彼らを何世紀も前から育てているんだ」

「どうやって乗ればいいの？」

アーリアがいった。「エルフの馬は、古代語の命令に即座《そくざ》に反応《はんのう》します。行き先を告げれば、そこへ連れていってくれる。けれど、乱暴《らんぼう》にムチ打ったり、どなりつけたりしてはいけません。彼らは奴《ど》隷《れい》ではなく、友であり、仲間なのです。乗り手に同意した場合にのみ、乗せてくれる。ですから、その背に乗ることは、とても光栄なことなのです。わたくしがダーザからサフィラの卵《たまご》を守ることができたのも、馬たちが事前に不穏《ふおん》な空気を感じとってくれたから……乗り手がみずからの身を投げださ

ないかぎり、彼らが乗り手を落とすことはありません。どんなに足場の悪い道でも、安全で最短の距《きょ》離《り》を選ぶことができる。ドワーフのフェルドノストもそうでしたね」

「そのとおり」オリクがいった。「フェルドノストは、傷《きず》ひとつ負わずに、崖《がけ》を一目散にのぼりおりできる。ところで、鞍がないのに、食糧《しょくりょう》やもろもろの荷物はどうやって運ぶんだい？　背負《せお》ったまま乗るのはごめんだぞ」

リフェインが革袋《かわぶくろ》の束をオリクの足もとに放り、六頭めの馬をさした。「そんなことはしなくていいさ」

彼らは三十分ほどかけて、革袋に荷物をつめ、馬の背にひとかたまりに積みあげた。

それが終わると、ナーリがエラゴンとオリクに、馬を動かすときの言葉を教えた。「ガンガ・フラムが前進、ブロザーがとまれ、フラウパが走れ、ガンガ・アプトルは後退《こうたい》。古代語をもっと覚えれば、もっと精密《せいみつ》な指示《しじ》を出すことができる」彼はエラゴンを一頭の馬のもとへ連れていった。「名前はフォルクヴィル。手を出してごらん」

エラゴンが手をのばすと、フォルクヴィルは鼻を鳴らし、鼻孔《びこう》をふくらませた。掌《てのひら》のにおいを嗅《か》ぎ、鼻面《はなづら》をそこにぴたりとつけ、エラゴンに太い首をなでさせた。「よろしい」ナーリは満足そうにいった。エルフはオリクにも同じように次の馬を引きあわせた。

エラゴンがフォルクヴィルに乗ったところで、サフィラがそばによってきた。その顔を見あげると、ゆうべのことでまだ混乱《こんらん》しているのがわかる。〈もう一日だけがまんしてくれ〉

〔エラゴン……〕サフィラは口ごもった。〔エルフの呪文《じゅもん》にかかっているとき、あることを考えていた。これまでほとんど気にもとめなかったことなのに、今はそれがわたしのなかに、真っ黒な不安の山のようにのしかかっている。あらゆる生き物は――それが高潔《こうけつ》だろうと極悪非道《ひどう》だろうと――かならず同じ生き物どうし交尾《こうび》するもの。けれど、わたしにはその相手がいない〕サフィラは身をふるわせ、目を閉《と》じた。〔そういう意味で、わたしは孤独《こどく》だ〕

その言葉で、エラゴンはサフィラがまだ生後八か月足らずであることを思い出した。たいていの場合、サフィラは、遺伝的《いでんてき》に受け継《つ》いだ本能《ほんのう》と記憶《きおく》により、若さを見せることがない。だがこの領域《りょういき》にかんしては、カーヴァホールとトロンジヒームでわずかな恋愛感情《れんあいかんじょう》を経験《けいけん》しただけのエラゴンより、さらに経験が足りないのだ。エラゴンはあわれみの感情がこみあげるのを感じ、サフィラの意識《いしき》に伝わらないうちに、それをおさえこんだ。そうした感情は、サフィラに軽蔑《けいべつ》されるだけだ。あわれんだところで、サフィラの問題が解決《かいけつ》するわけでも、気持ちをらくにしてやれるわけでもない。エラゴンはかわりにこういった。〔ガルバトリックスはあとふたつ卵《たまご》をもっている。ふたりで初めてフロスガーに会ったとき、おまえはそのふたつの卵を救いたいといっただろう？　もし、それが可能なら――〕

サフィラが苦々しげに鼻を鳴らした。〔それには何年もかかる。たとえ卵をとりもどしたとしても、それが孵《かえ》る保証《ほしょう》もなければ、男《オス》である保証もない。わたしにふさわしい相手である保証もない。運命はわたしの種族を見すて、絶滅《ぜつめつ》させようとしている〕サフィラはいらだたしげに尾《お》を地面にたたきつけ、若木《わかぎ》をふたつに折った。涙《なみだ》があふれそうにも見える。
〔ぼくはなんていえばいいんだ？〕エラゴンはサフィラの苦悩《くのう》にうろたえていった。〔とにかく希望を捨《す》てちゃいけないよ。相手を見つけられる可能性《かのうせい》はあるんだ。それまでの辛抱《しんぼう》さ。ガルバトリックスの卵がだめでも、この世界のどこかに、きっとほかのドラゴンが存在《そんざい》する。人間やエルフや、それにアーガルみたいに。この任務《にんむ》がすべてかたづいたらすぐ、ふたりでドラゴンをさがしに行こう。いいだろう？〕
〔わかった〕サフィラは鼻をすすり、首をのばした。吐《は》きだした白い煙《けむり》が、頭上の枝《えだ》のあいだに消えていく。〔わたしは自分の感情に勝つことを学ばねば〕
〔バカな。なにも感じたくないなら、石にでもならなくちゃ。それは、ごくごくふつうの感情さ……でも、ひとりになったとき、くよくよ悩まないと約束してくれよ〕
サフィラはサファイア色の大きな目を、エラゴンにひたとすえた。〔約束する〕
相棒《あいぼう》としての自分のはげましに、サフィラは感謝《かんしゃ》しているのだ。そう思うと、エラゴンは体のなかが温かくなるのを感じた。フォルクヴィルから身を乗りだし、サフィラのざらっとした頬《ほお》に手をあて、しばらくそのままでいた。
〔行きなさい、小さき友よ〕サフィラはつぶやいた。〔あとで追いかけていく〕
このような状態《じょうたい》のサフィラを、ひとり残していくのは気が進まなかった。エラゴンはうしろ髪《がみ》を引かれながら、オリクやエルフたちとともに、ドゥ・ウェルデンヴァーデンの深部めざして西へ進みだ

した。一時間ほど悩《なや》んだあと、彼はアーリアにサフィラの苦境《くきょう》を打ち明けてみた。

アーリアは眉間《みけん》にかすかにしわをよせた。「それもガルバトリックスのおかした大きな罪《つみ》のひとつですね。解決《かいけつ》の道があるのかどうか、わたくしにはわかりません。でも、希望をもつことはできる。希望をもたなければ」

26
木の都

ドゥ・ウェルデンヴァーデンのなか、果てしなくつらなる樹幹《じゅかん》と乏《とぼ》しい下生えしかない小暗い森を進む日が長く続き、エラゴンは広々とした土地や草原、山の姿《すがた》さえも恋《こい》しくなりはじめていた。サフィラと空を飛んでまわりをながめても、とげとげした木におおわれた丘《おか》が緑の海さながらに延々《えんえん》と広がっているだけだ。

頭上の枝《えだ》が密集《みっしゅう》したところは、日の出や日の入りの方角すらわからなくなる。どこを見ても同じ景色のくり返しなので、アーリアやリフェインにいくら羅針盤《らしんばん》の見方を教わっても、方位がわからなくなる。エラゴンは、エルフたちがいなければ、すぐに迷子《まいご》になって、一生ドゥ・ウェルデンヴァーデンから出られなくなるだろうと思った。

雨が降《ふ》りだすと、雲と木々の天蓋《てんがい》で森は真の闇《やみ》におおわれ、地中深く埋《う》められたかのような状態《じょうたい》になる。降る雨は黒いマツの枝にたまって、ぽつぽつとしたたる程度《ていど》だが、とつじょ、千の小さな滝《たき》となって三十メートル下の頭をたたく。アーリアは洞穴《ほらあな》のような森に光明を灯《とも》すため、緑色に輝《かがや》く魔法《まほう》

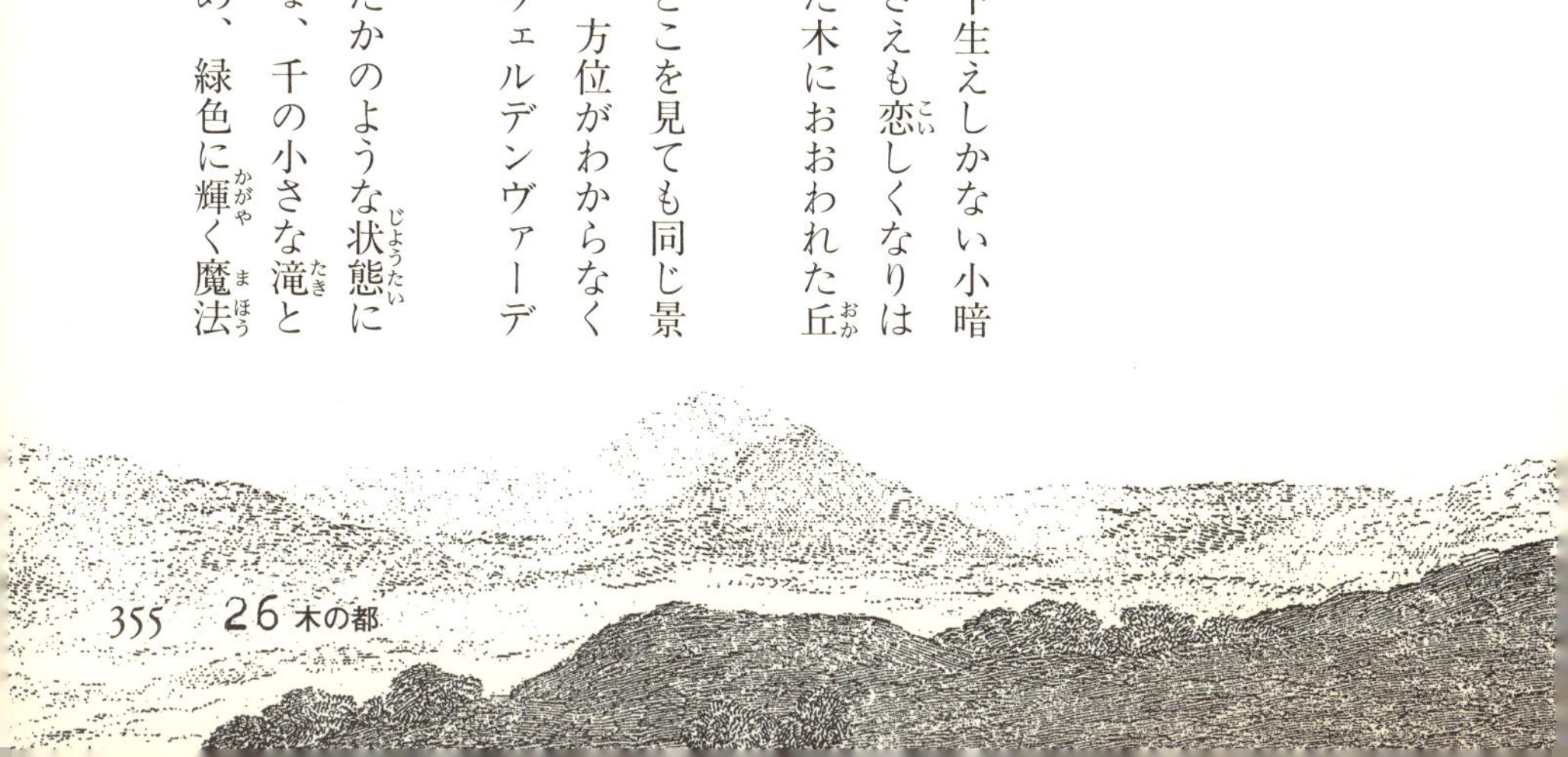

の球体を呼《よ》びだして、右手の上に浮《う》かべて歩いた。雨がひどくなると、彼らは木の下でかたまって雨宿りするしかなかった。嵐《あらし》のときでも、雨は無数の枝《えだ》にたまって落ちてこないのだが、ふとした衝撃《しょうげき》で、数時間ぶんの雨水がざっと降《ふ》りかかってくる。

ドゥ・ウェルデンヴァーデンの中心にむかうにつれ、木々は太く、高くなり、雨宿りにする枝《えだ》も長くなっていった。どの木も背丈《せたけ》は六十メートル以上あり、スパインやビオア山脈では見たこともないほど高い――そびえ立つむきだしの茶色の幹《みき》は、弓なりに枝分かれし、上空で網目模様《あみめもよう》の天井《てんじょう》をつくっているのが暗くぼんやりと見える。エラゴンは一本の周囲を歩測《ほそく》してみたが、幹まわりは二十メートルもあった。

それをアーリアに話すと、彼女はうなずいた。「エレズメーラに近づいてきたしるしです」アーリアはそばの節くれだった根に、そっと手をのせた。それは、まるで友か恋人《こいびと》の肩《かた》にでもふれるかのような、この上なくやさしい手つきだった。「ここの木々は、アラゲイジアのなかで、もっとも古い生物なのです。ドゥ・ウェルデンヴァーデンを見つけて以来、エルフ族はこの木々をこよなく愛し、もてる力をすべて使って、彼らを繁茂《はんも》させてきました」

頭上の淡《あわ》いエメラルド色の枝葉のすきまから、一条《いちじょう》の弱い光がさしこんできた。金色の光がアーリアの腕《うで》と顔を透明《とうめい》な額《がく》ぶちのようにふちどり、薄暗《うすぐら》い背景《はいけい》のなか、目もくらむほど明るく見える。

「エラゴン、わたくしたちは長い距離《きょり》をともに旅してきました。けれど今、あなたはわたくしの世界に入ろうとしている。どうかそっと足を運んでください。なぜなら、地面にも空気にも記憶《きおく》がたっぷ

りしみこんでいて、なにひとつ見かけと同じではないから……今日はサフィラと飛ぶのはやめたほうがいいでしょう。わたくしたちはすでに、エレズメーラの警戒網《けいかいもう》を刺激《しげき》しています。寄《よ》り道《みち》は賢明《けんめい》ではありません」

エラゴンは頭をさげ、コケのベッドで丸くなっているサフィラのもとへもどった。鼻孔《びこう》から吐《は》きだした煙《けむり》が、立ちのぼりながら消えていくのをながめて楽しんでいたサフィラは、エラゴンを見るなりいった。〔今は地面にわたしのための空間がたっぷりある。地上を行くのはむずかしくない〕

〔そうだね〕エラゴンはフォルクヴィルに乗り、オリクとエルフについて、がらんとした静かな森を進みだした。

サフィラもその横を歩いていく。白い馬たちもサフィラも、淡い光を浴びて輝《かがや》いて見えた。

エラゴンはふと、あたりの荘厳《そうごん》な美しさに圧倒《あっとう》され、足をとめた。すべてのものに、冬の時代のような雰囲気《ふんいき》を感じる。マツの枝の屋根の下、千年ものあいだなにも変わらず、これから先もずっと変わらず、まるで時そのものが眠《ねむ》りにつき、二度と目覚めることがないかのようだ。

たそがれせまる午後、薄暗《うすくら》がりのなか、天蓋《てんがい》から一条のまぶしい光がななめにさしこみ、前方にひとりのエルフの姿《すがた》が浮かびあがった。エルフはたっぷりとしたローブをまとい、額《ひたい》に銀の飾《かざ》り環《わ》をつけている。その顔は思慮《しりょ》深く、気高く、おだやかだ。

「エラゴン」アーリアがつぶやいた。「彼に掌《てのひら》と指輪を見せてください」

エラゴンは右手をあげ、まずブロムの指輪、それから光る掌ゲドウェイ・イグナジアを見せた。

エルフはほほえんで目を閉《と》じると、彼らをむかえいれるように両腕を広げ、その姿勢《しせい》のまま動かなくなった。

「道は開きました」アーリアがいった。

静かな命令を受け、アーリアの馬は歩みだした。

一行は――川の水が、風雨にさらされた石にあたって分かれるように――エルフをよけながら前へ進んだ。全員が通りすぎると、エルフは背中《せなか》をのばし、両手を組んで、自分を照らしだしていた光とともに消えていった。

〔あれはだれ？〕サフィラがたずねた。

アーリアがこたえる。「彼は賢者《けんじゃ》ギルデリエン、ミオランドラ家の当主、ヴァンディルの白い炎《ほのお》の支配者《しはいしゃ》、そして、ドゥ・フィールン・スクルブラカ、つまりエルフとドラゴンの戦争以来、エレズメーラの番人をつとめています。彼の許可《きょか》がなければ、エレズメーラに入ることはできません」

四キロほど進むと、木々はしだいにまばらになり、天蓋《てんがい》に切れ目が現《あらわ》れ、木もれ日が道に縞模様《しまもよう》をつけはじめた。やがて、たがいによりかかるようにそびえる二本の節くれだった木にたどりつき、その下をくぐると野原が広がっていた。一行はそこで立ちどまった。

地面のいたるところに、こぼれんばかりの花が咲《さ》きほこっている。ピンクのバラ、ブルーベル、ユリ、春のつかの間の花々は、ルビーやサファイアやオパールの宝石《ほうせき》の山のようだ。そのあまい香《かお》りに魅《み》せられて、マルハナバチが群《むら》がっている。右手の藪《やぶ》のかげからは小川のせせらぎが聞こえ、岩のま

わりで二匹《ひき》のリスが追いかけっこをしている。

最初エラゴンはそこを見て、夜にはシカが眠《ねむ》りに来そうな場所だと思った。だがじっと目をこらしていると、藪や木々のあいだに小道が見えてきた。ふつうなら日かげになっているはずの場所に、やわらかくおだやかな光がさしている。小枝《こえだ》や花の形をした奇妙《きみょう》な影《かげ》もある。あまりに巧妙《こうみょう》で、うっかりすると見すごしてしまいそうになるが、そこには、自分の見ているものが、じつは自然の風景ではないというしるしがあった。まばたきをすると、目にレンズをかぶせたように、目の前の情景《じょうけい》がくっきりとなった。たしかに小道だ。たしかに花だ。しかし、ごつごつとした木々の集まりだと思っていたものは、マツの木をそのまま使ってできあがった建物だった。

ある木は幹《みき》の下の部分が大きくふくらんで、二階建ての家を形づくり、土にしっかり根をうずめている。一階も二階も六角形になっているが、上の階は下の階の半分ほどの大きさで、建物そのものが階段状《かいだんじょう》になっている。がっしりした六角形の骨組《ほねぐ》みを、木を編《あ》んでつくった屋根と壁《かべ》がおおっている。ひさしをおおい、花で飾《かざ》られた窓《まど》にたれさがっているのは、コケや黄色い地衣類だ。紋章《もんしょう》のほどこされたアーチの下に、奥《おく》の玄関扉《げんかんとびら》の神秘的《しんぴてき》な黒い影が見える。

また、ある家は三本のマツの木のあいだに建っている。いくつもの弓なりの枝にささえられ、空気のように軽々と、五階建ての家が浮《う》かんでいるのだ。そばにはヤナギとハナミズキを編んでつくったあずまやがあり、木のこぶに見せかけた、炎《ほのお》のないランタンがつりさげられている。

そうした風変わりな家々は、周囲の森の景色とぴったり調和していた。どこまでが手を加えたもの

で、どこまでが自然の姿《すがた》なのか、その継《つ》ぎ目《め》がわからないほどで、両者は絶妙《ぜつみょう》なバランスをたもっている。エルフ族は、環境《かんきょう》を支配《しはい》するのではなく、もともとある世界を受けいれ、そこに順応《じゅんのう》することを選んだのだ。

エラゴンの視界《しかい》のふちに、エレズメーラの住民たちの動きが、ちらちらと見えはじめた。それは、微風《びふう》に松葉がゆれるほどのかすかな動きだった。やがて手が見え、青白い顔、ぞうりをはいた足、つきあげた腕《うで》が次々と見えてきた。ひとり、またひとりと、用心深いエルフたちが姿を現《あらわ》し、アーモンド型の目をサフィラとアーリアとエラゴンにすえた。

女たちはみな髪《かみ》を長くたらしている。背中《せなか》に流れる銀や黒の波に、あざやかな花が編《あ》みこまれた様子は庭園を流れる滝《たき》のようだ。どのエルフも神秘的《しんぴてき》で繊細《せんさい》な美しさにあふれ、そこに強靭《きょうじん》な力がかくされているとはとても思えない。エラゴンから見れば、彼女たちの姿は非《ひ》の打ちどころがなかった。男たちもまた高い頬骨《ほおぼね》に、ととのった鼻、けだるそうなまぶたと、印象的な顔立ちをしている。男女とも身につけているのは、くすんだオレンジとあずき色と金のふち飾《かざ》りのついた、緑と茶の質素《しっそ》なチュニックだ。

本当に美しい人たちだ。エラゴンはそう思いながら、唇《くちびる》に指をあててあいさつをした。

エルフたちがいっせいに、体をふたつに折って会釈《えしゃく》をした。そして笑顔《えがお》になり、心から幸せそうに声をあげて笑った。そのなかのひとりの女エルフがうたいだした。

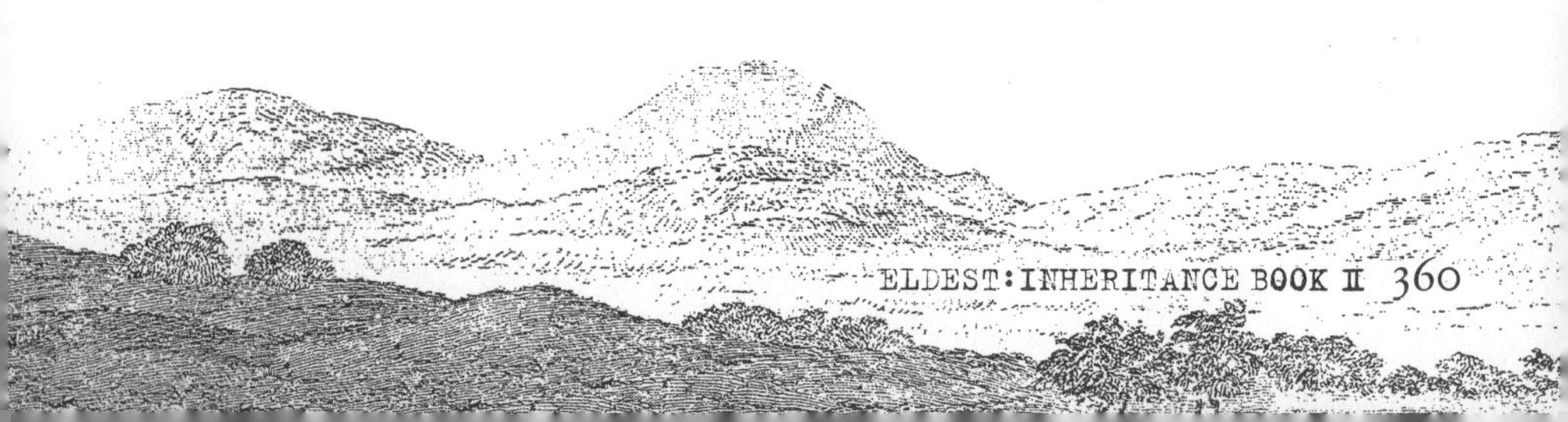

ガラ・オ・ウィアダ・ブルンヴィター
アバル・ベンダル・ヴァンダル・フドル
バルトロ・ラフスブラダー・エカル・ウンドル
イオム・コナ・ダウスリカル

おお、白き眉《まゆ》の方の運命をうたえ、
不幸のさだめもつベンダル
オークの葉の下で生まれ
人間の女に……

エラゴンはこの歌もシルスリムのときと同じ呪文《じゅもん》かと思い、あわてて耳を手でふさいだ。だが、アーリアは首をふって彼の手をはずした。「これは魔法《まほう》ではありません」アーリアは馬に命じた。「ガンガ」馬はいなないて、そこをはなれていった。

「あなたたちの馬も放してやってください。ここから先は必要ありませんから。馬屋で休ませてあげましょう」

高まる歌声をあとに、アーリアは玉石敷《じ》きの小道を進みだした。トルマリンの散りばめられたその小道は、タチアオイや家々や木々のあいだに弧《こ》を描《えが》き、小川を横切ってのびている。小道のまわりで

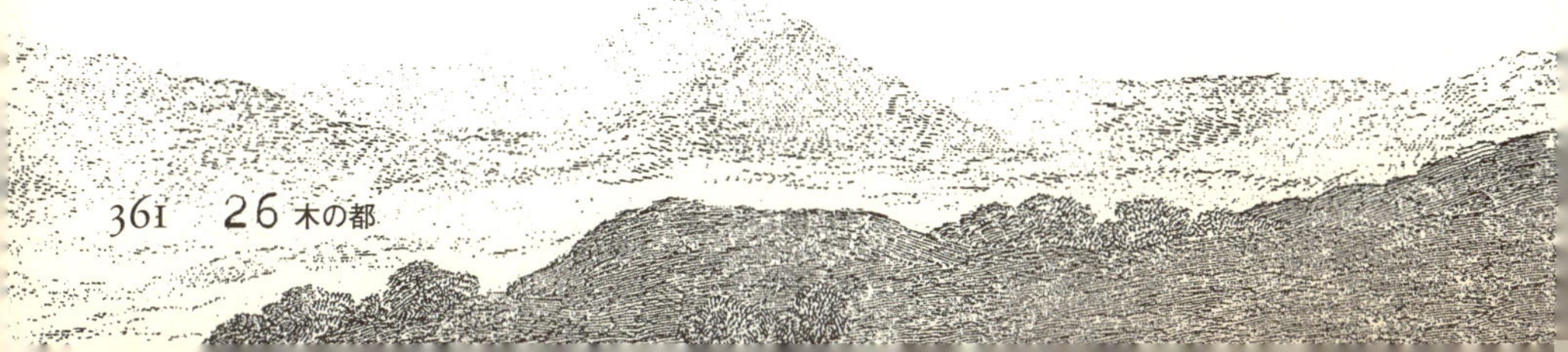

は、エルフたちがダンスを踊《おど》り、あちらこちらと気ままに行きかい、笑いあっている。ときには、一行の頭上をこえて、木の枝《えだ》に飛び乗る者もいる。みな口々にサフィラのことを、「長い鉤爪《かぎづめ》」とか「空気と炎《ほのお》の娘《むすめ》」とか「強き者」と呼《よ》んで、ほめたたえている。

エラゴンはすっかりうれしくなり、満面の笑《え》みをたたえた。心に平安を覚え、ここに住んでもいいとさえ思った。ほかの世界から隔離《かくり》され、戸外も屋内も同じぐらい安全なドゥ・ウェルデンヴァーデンに引きこもり……エラゴンはエレズメーラが心底気に入った。ドワーフのどんな町よりすばらしいと思った。

彼はマツの木の家をさし、アーリアにたずねた。「あれはどうやってつくるんですか？」

「古代の言葉で森にうたいかけ、力をそそぎこみ、望む形に木を育てるのです。エルフの建物や道具はすべて、そのようにつくります」

小道のつきあたりにたどりつくと、そこには地面そのもののように木の根が網目状《あみめじょう》に露出《ろしゅつ》して広がり、建物の階段《かいだん》を形づくっていた。

階段をのぼり、若木《わかぎ》の壁《かべ》に埋《う》まった扉《とびら》の前に立つと、エラゴンの鼓動《こどう》はおのずと速まった。扉がひとりでに開いたかのように見えたあと、木々の館《やかた》が姿《すがた》を現《あらわ》した。無数の枝《えだ》が蜂《はち》の巣状《すじょう》にからみあって天井《てんじょう》をつくり、床《ゆか》にはそれぞれの壁にそって十二脚《きゃく》ずつの椅子《いす》がならべられている。

椅子にはエルフの貴族《きぞく》の男女が、二十四人すわっていた。

エルフたちはみな見目うるわしく、知性《ちせい》にあふれ、なめらかな顔には年齢《ねんれい》を感じさせるものがなに

ひとつない。鋭《するど》い目は興奮《こうふん》に輝《かがや》いている。彼らはひじかけをにぎって身を乗りだし、あからさまな期待と感嘆《かんたん》をこめて、エラゴンたち一行を見つめていた。ほかのエルフたちとちがい、彼らは腰《こし》のベルトに剣《けん》をさし――その柄《つか》には緑柱石とざくろ石が埋《う》めこまれている――額《ひたい》に飾《かざ》り環《わ》をつけている。

そしていちばん奥《おく》には、王座《おうざ》を守る白い別棟《べつむね》がそびえていた。もつれあう根の王座にすわるのは、イズランザディ女王だ。女王は秋の夕日のように美しく、誇《ほこ》り高く、毅然《きぜん》としていた。黒い眉《まゆ》は飛ぶ鳥の翼《つばさ》のようにつりあがり、唇《くちびる》はヒイラギの実のように赤い。漆黒《しっこく》の髪《かみ》は、ダイヤモンドの王冠《おうかん》の下で束ねられている。チュニックの色は深紅《しんく》。腰《こし》には金糸で編《あ》んだ腰帯を巻《ま》いている。首のくぼみでとめたビロードのマントが、ゆるくひだをつくりながら床までたれている。堂々とした容貌《ようぼう》にもかかわらず、まるで大きな悲しみをかくしているかのように、女王はどこかはかなげに見えた。

女王の左手に、浮《う》き彫《ぼ》りのほどこされた、美しいカーブを描《えが》くとまり木が立っている。その上をせかせかと歩いているのは、純白《じゅんぱく》のワタリガラスだ。カラスは小首をかしげ、不気味なほど知的な目でエラゴンをにらみ、やがて長く低い鳴き声をあげ、しわがれた声で「ウィアダ！（運命）」とさけんだ。エラゴンはそのたったひと声の強さに、身ぶるいした。

六人が館に入り、女王の前に近づいていくと、うしろで扉がしまった。

アーリアはコケでおおわれた床にひざまずき、お辞儀《じぎ》をした。続いてエラゴン、オリク、リフェイン、ナーリが頭をさげた。

そしてアジハドやフロスガーの前でさえお辞儀をしたことのないサフィラまで、深く頭をさげた。

イズランザディ女王は立ちあがり、マントを引きずりながら王座《おうざ》をおりてきた。アーリアの前で足をとめ、ふるえる手を彼女の肩《かた》にのせ、朗々《ろうろう》と声を響《ひび》かせる。「お立ちなさい」

アーリアが立つと、女王は彼女の顔じっとのぞきこんだ。その眼光《がんこう》はどんどん強くなり、しまいには、不可解《ふかかい》な文を解読するかのような真剣《しんけん》さで見つめていた。

やがて女王は大声をあげてアーリアを抱《だ》きしめた。「ああ、娘《むすめ》よ！　わたしは誤解《ごかい》していました！」

27
イズランザディ女王

神話のような国の、木々の樹幹《じゅかん》でできた幻想的《げんそうてき》な館《やかた》のなかで、エルフ族の女王とその長老たちの前にひざまずき、エラゴンの心にあるのはただひとつ、深い衝撃《しょうげき》だった。アーリアが王女だったとは！　たしかに――彼女のかもしだす威圧的《いあってき》な雰囲気《ふんいき》など――いろいろなことに納得《なっとく》がいくが、それにしても、エラゴンはその事実が無念でたまらなかった。ふたりのあいだにまたあらたな壁《かべ》ができたのだ。そうでなくても、いずれ自分で彼女との距離《きょり》を大きく引きはなしてしまいそうなのに。エラゴンは口のなかに灰《はい》の味が広がるのを感じた。高貴《こうき》な生まれの人を愛するだろうという、アンジェラの予言がよみがえってくる……そして、結末が幸せかどうかわからないという警告《けいこく》が。

　エラゴンはサフィラからもおどろきの念を感じた。それと、おもしろがる気持ちも。

〔わたしたちは、そうと知らず、王家の者と旅をしてきたようだ〕

〔彼女はなぜいってくれなかったんだ？〕

〔身の危険《きけん》が増《ま》すと思ったのだろう〕

「イズランザディ・ドロットニング」アーリアは儀式《ぎしき》ばったあいさつをした。

女王は針《はり》でさされたように身を引き、古代語でくり返した。「ああ、わが娘《むすめ》よ、わたしは誤解《ごかい》していた」女王は顔をおおった。「あなたがいなくなってから、ほとんど眠《ねむ》ることも食べることもできなかった。あなたの悲運の予感が絶《た》えずつきまとい、二度とふたたび会うことができないのではと、こわくてたまりませんでした。ここに現《あらわ》れることを禁《きん》じたのは、わたしの大きなあやまちです……ゆるしてくれますか？」

集まっていたエルフたちが、おどろいてざわざわしはじめた。

アーリアはなかなかこたえようとしなかったが、やがて口を開いた。「この七十年、わたくしは——お母さま、あなたと一度も話すことなく生きてきました。生きて、愛して、戦い、殺すこともしてきた。エルフの命は長いけれど、それでも、七十年はけっして短い歳月《さいげつ》ではありません」

イズランザディは背筋《せすじ》をのばし、あごをあげた。全身にふるえが走る。「過去《かこ》をとりもどすことはできません。アーリア、いかにわたしが強くそう願っても」

「わたくしも、自分が耐《た》えてきたことは忘《わす》れません」

「忘れなくていいのです」イズランザディは娘の手をにぎった。「アーリア、愛しているわ。あなたはわたしのたったひとりの家族。そうすべきと思うなら、出てゆきなさい。けれど、この母と縁《えん》を切りたいのでなければ、わたしはあなたと和解《わかい》したい」

次の重苦しい瞬間《しゅんかん》、アーリアはこたえるつもりがないか、あるいは、申し出を拒絶《きょぜつ》するかに見えた。エラゴンの見守るなか、アーリアはすこしためらったあと、まわりの傍観者《ぼうかんしゃ》たちをすばやく見た。そして、目をふせていった。「いいえ、お母さま。わたくしは出てゆきません」

イズランザディは頼《たよ》りなげな笑《え》みを浮《う》かべ、もう一度娘を抱《だ》きしめた。

こんどはアーリアも抱擁《ほうよう》を返し、まわりのエルフたちがいっせいに顔をほころばせた。

白いワタリガラスが、とまり木の上ではねながらしゃべりだす。「そして永久《えいきゅう》に扉《とびら》にきざまれる、今はじまった家族の伝説が。さあ、あがめたてまつろう！」

「シーッ、静かになさい、ブラグデン！」イズランザディがカラスにいった。「へたな詩を披露《ひろう》するものではありません」女王はあらためて、エラゴンとサフィラにむき直った。「大切な主賓《しゅひん》をないがしろにした非礼《ひれい》を、どうかおゆるしください」

エラゴンは唇《くちびる》に指をあて、アーリアから教わったように右手をひねって胸《むね》の上にのせた。「イズランザディ・ドロットニング、アトラ・エステルニ・オノ・セルドゥイン（御身《おんみ》に幸運のあらんことを）」ここはあきらかに、彼が先にあいさつすべき場面だ。

イズランザディの黒い目が大きく見開かれた。「アトラ・ドゥ・エヴァリンニャ・オノ・ヴァルダ（御身に星の守りのあらんことを）」

「ウン・アトラ・モラノル・リーファ・ウニン・ヒャールタ・オーノル（そして御身の心の安らかならんことを）」エラゴンはこたえ、あいさつの儀式を無事やりとげた。彼がエルフ族のしきたりを知

っていたことが、エルフたちにとっては意外だったようだ。エラゴンは心のなかで、サフィラが同じように女王にあいさつするのを聞いていた。

サフィラのあいさつが終わると、イズランザディはたずねた。「ドラゴン、あなたの名前は?」

〔サフィラ〕

女王はその瞬間《しゅんかん》、納得《なっとく》の色を浮《う》かべたが、口には出さなかった。「サフィラ、ようこそエレズメーラへ。それとライダー、あなたの名は?」

「エラゴン・シェイドスレイヤーです、陛下《へいか》」

このときは、背後《はいご》のエルフたちのなかに、それとわかるざわめきがただよった。イズランザディさえも、はっとしているようだ。

「強い名前をもっていらっしゃるのね」女王は静かな声でいった。「わが子には、とてもつけられぬ名……ようこそエレズメーラへ、エラゴン・シェイドスレイヤー。長いあいだ、あなたが来るのを待っていました」女王は最後にオリクとあいさつをかわすと、王座《おうざ》にもどり、ビロードのマントで腕《うで》を優美《ゆうび》におおった。

「エラゴン、サフィラの卵《たまご》が消えてから、まだいくらもたたぬうちにあなたはここへやってきた。そして、その手の指輪と腰《こし》の剣《けん》——つまり、ブロムは亡《な》くなったということなのですね。あなたの修行《しゅぎょう》を終えることができぬままに。できれば、これまでの話をすべて聞かせてください。ブロムがどのような最期《さいご》をむかえたか、あなたが娘《むすめ》となぜ出会うことになったのか、その出会いはどんな様子だった

のか。それからドワーフどの、あなたはここでの任務《にんむ》をお聞かせください。アーリア、あなたはドゥ・ヴェルデンヴァーデンで伏兵《ふくへい》にあってからの冒険談《ぼうけんだん》を」

エラゴンはこれまでも何度か同じような機会があったので、女王にもすらすらと自分の体験を語ることができた。多少つまずくことがあっても、サフィラが正確《せいかく》な記憶《きおく》でおぎなってくれた。ところどころ、サフィラに直接《ちょくせつ》語らせることもあった。すべて話しおえると、エラゴンは荷物からナスアダの巻物《まきもの》をとりだし、イズランザディに手わたした。

女王は巻物の赤い封印《ふういん》を解《と》き、信書を読みおえると、ため息をついて軽く目を閉《と》じた。「今、自分の愚行《ぐこう》を痛《いた》いほど思い知らされました。これまで長く悲しみを引きずることになったのは、わたくしがわが軍を撤退《てったい》させ、アーリアがおそわれて以来、アジハドからの使者をこばみ続けたせいだったのです。たとえアーリアが命を落としたとしても、ヴァーデンを恨《うら》むべきではなかったのに。こんなにも長く生きていながら、わたくしはいまだにあまりにも愚《おろ》かです……」

長い沈黙《ちんもく》が続いた。だれも肯定《こうてい》も否定《ひてい》もしようとしない。

エラゴンは勇気を出してきいてみた。「アーリアが無事もどってきたのですから、以前のようにヴァーデンに協力していただけますか？　そうじゃなければ、ナスアダは目的を果たすことができません。ぼくも彼女に誓《ちか》いを立ててきたのです」

「ヴァーデンとのいさかいは、ちりとなって消えました」イズランザディはいった。「心配は無用です。わたくしたちは以前のように、いえそれ以上に、ヴァーデンを援助《えんじょ》します。あなたのため、そし

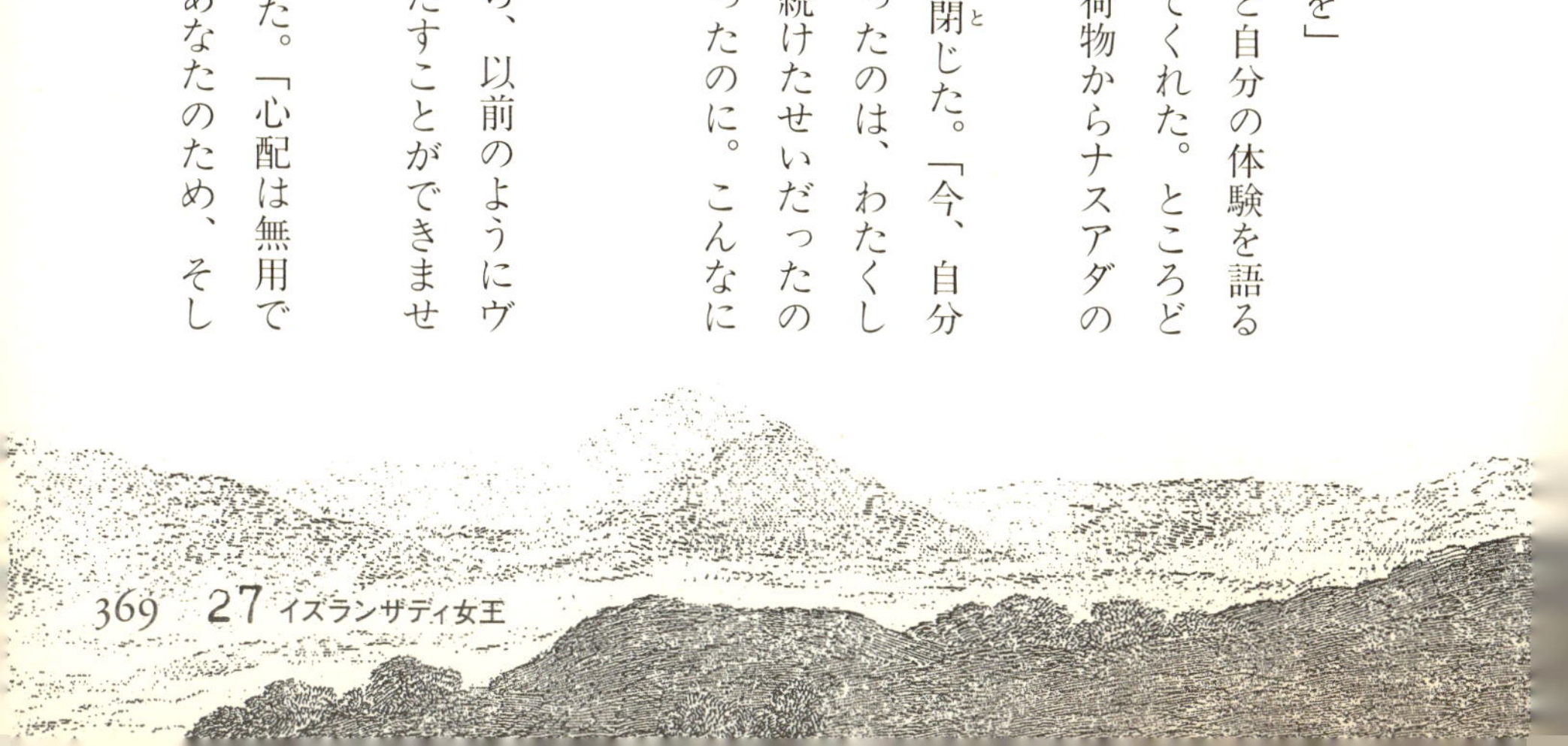

てアーガルに打ち勝った彼らのために」女王は片腕《かたうで》をついて身を乗りだした。「エラゴン、ブロムの指輪をこちらに」

エラゴンはためらうことなく、指輪をはずしてさしだした。

女王は細い指でエラゴンの掌《てのひら》からそれをつかみとった。「これはあなたがつけるべきものではありません。エラゴン、あなたにさずけたものではないのですから。しかしあなたが、ヴァーデンとわたくしの家族を救ってくれたことに感謝《かんしゃ》して、今あなたに〝エルフの友〟の名をさずけ、この指輪、アレンを進呈《しんてい》します。これをつけていれば、どこへ行こうと、あなたはエルフたちの信頼《しんらい》と助力をえることができるでしょう」

エラゴンは感謝の言葉を告げ、イズランザディの鋭《するど》い視線《しせん》を感じながら、指輪を指にもどした。女王に観察され、分析《ぶんせき》されているという感覚がいつまでも消えず、エラゴンは当惑《とうわく》した。自分がなにをいい、なにをしようとしているのか、すべて見すかされているような気がした。

「さきほどのような報告《ほうこく》は、ドゥ・ウェルデンヴァーデンのなかでは何年も聞いたことがありません。ここでは、アラゲイジアのどこよりもゆっくりとした時間が流れ、わたくしたちはそんな生活に慣《な》れてしまっていた。この耳になにひとつ聞こえぬまま、短いあいだにそれほど多くのことが起こっていたとはおどろきです」

「ぼくの修行《しゅぎょう》はどうなりますか？」エラゴンはひそかに、すわっているエルフたちに目をやった。あのなかにオシャト・チャトウェイはいないのだろうか？――〝ファーザン・ドゥアーの戦い〟のあと、

ぼくの意識《いしき》に入りこみ、ダーザの忌《い》まわしい重圧《じゅうあつ》から解放《かいほう》し、エレズメーラに来るようはげましてくれた〈嘆《なげ》きの賢者《けんじゃ》〉は？

「おりを見てはじめましょう。ただし、あなたに弱さが残っているうちは、残念ながら修行はムダになるのではないかと思います。シェイドの魔力《まりょく》を克服《こくふく》せぬかぎり、あなたは有名無実の人になってしまう。たしかに、あなたには今も力があるかもしれませんが、それは、わたくしたちが一世紀ものあいだ育《はぐく》んできた期待のほんの一部の力でしかありません」

イズランザディの言い方はけっして非難《ひなん》めいてはいなかったが、エラゴンにとってその言葉は、槌《つち》でなぐられたかのような衝撃《しょうげき》だった。女王が正しいことはわかっていた。

「こうした状況《じょうきょう》になったのは、あなたの落ち度ではありません。ですから、言葉にするのはつらいのですが、あなたはご自分の無力さを認識《にんしき》しなければならない……残念ですが」

イズランザディはオリクにむかっていった。「わたくしたちの館《やかた》に、あなたの種族がいらっしゃるのは本当にひさしぶりです、ドワーフどの。エラゴン・フィニアレルはあなたのことも説明してくれましたが、ほかになにかおっしゃりたいことは？」

「わが王フロスガーよりのごあいさつと――これはもう必要ないが――ヴァーデンとの友好関係復活《ふっかつ》の請願《せいがん》だけです。わしは、ブロムがエルフ族と人間とのあいだに結んだ協定が、守られることをこの目でたしかめに来たわけでして」

「この言語を使おうと、古代語を使おうと、エルフは約束をきちんと守ります。フロスガー王のごあ

いさつをつつしんで受け、こちらも心より返礼致《いた》します」

エラゴンには、イズランザディがなにを待ちこがれているか最初からわかっていた。

今ようやく女王は、アーリアのほうをむき、ずっとききたかったことをたずねた。「さて娘《むすめ》よ、あなたになにがあったのです?」

アーリアはゆっくりとした抑揚《よくよう》のない口調で話しはじめた。待ちぶせにあったこと、長く囚《とら》われの身であったこと、ギリエドでの拷問《ごうもん》のこと。サフィラもエラゴンも、彼女の受けた虐待《ぎゃくたい》については慎《しん》重《ちょう》にさけて話したのに、アーリア本人は、わが身に起きたことをなんの苦もなく淡々《たんたん》と説明している。

その感情《かんじょう》のこもらない言葉を聞いているだけで、エラゴンのなかには、初めて彼女の傷《きず》を見たときと同じ怒《いか》りがこみあげていた。

エルフたちは無言のまま話を聞いているが、彼らの手は剣《けん》をにぎりしめ、顔はこわばり、鋭《するど》い憤怒《ふんぬ》のしわがきざみこまれている。

イズランザディの頰《ほお》には、涙《なみだ》がひと筋《すじ》伝っていた。

すべて終わると、エルフの貴族《きぞく》のひとりが、しなやかな物腰《ものごし》で椅子《いす》のあいだの草地を歩いてきた。

「アーリア・ドロットニング、ここにいる者たちを代表して申しあげます。あなたの試練を思うと、悲しみで心が焼けつくようです。いかなる謝罪《しゃざい》やつぐないでも、軽減《けいげん》しようのない罪《つみ》だ。ガルバトリックスは、かならずやその科《とが》を受けるでしょう。しかしそのようななか、あなたはエルフの国の場所を

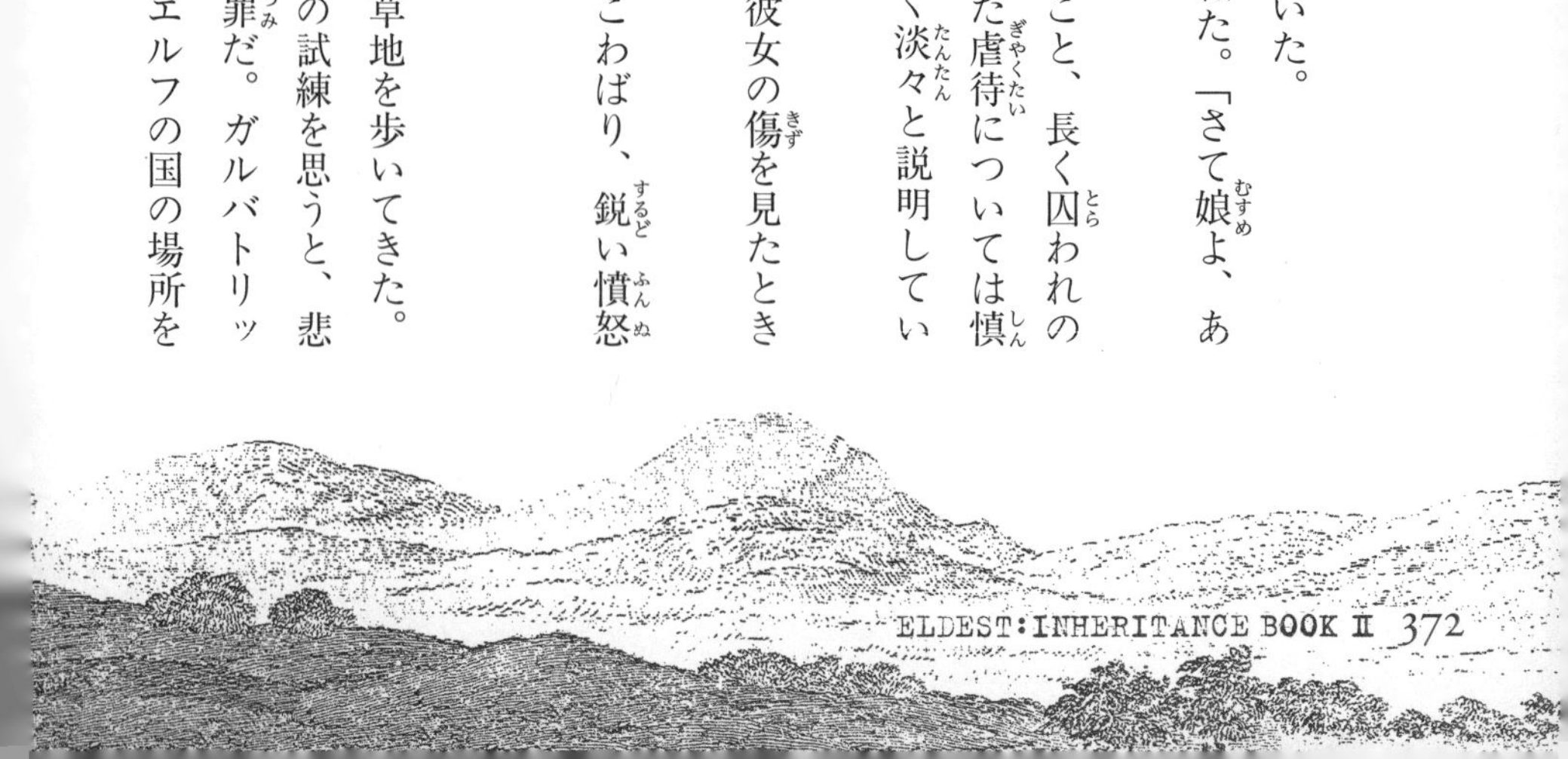

シェイドからかくしとおしてくださった。その恩義《おんぎ》に感謝いたします。わたしたちのだれも、そこまで耐《た》えぬくことはできなかったでしょう」

「ありがとう、デイサダ・ヴォー（デイサダどの）」

イズランザディがふたたび口を開き、木々のなかに鐘《かね》のような声が響《ひび》きわたった。「もうよろしい。客人は立ちっぱなしで疲《つか》れておられます。それに、忌《い》まわしい話はもうたくさんです。過去《かこ》の傷にいつまでもこだわって、せっかくの機会をそこないたくありません」女王の顔に輝《かがや》かしい笑《え》みが浮《う》かんだ。「わが娘が無事もどり、ドラゴンとライダーが訪《たず》ねてきてくれたのです。それにふさわしい祝いの儀《ぎ》をもよおしましょう！」

深紅《しんく》のチュニックを着た長身のイズランザディは、堂々とした姿《すがた》で立ちあがり、パンパンと手をたたいた。

音を合図に、五、六メートル上から、何百ものユリやバラの花びらが色あざやかな雪片《せっぺん》のように舞《ま》いおりてきた。王座《おうざ》や貴族たちの椅子《いす》は、花びらでおおわれ、あたりは馥郁《ふくいく》たる香《かお》りで満たされた。

〈女王は古代語を使わないのか〉

エラゴンがそう思ったのは、みんなが花びらの雨を浴びているときだった。

イズランザディはアーリアの肩《かた》にそっと手をのせ、ほとんど聞きとれないほどの声でささやいていた。「わたしの忠告《ちゅうこく》を聞いていれば、そんな苦しみを味わうことはなかったのに。ヤーウィ（信頼《しんらい》の証拠《しょうこ》）をつけるというあなたの決断《けつだん》に反対したことは、正しかったんだわ」

「わたしがくだすべき決断《けつだん》でした」

女王はおしだまり、うなずいて手をのばした。

「ブラグデン」ワタリガラスがとまり木から女王の左肩《ひだりかた》に、パタパタと飛んでくる。

貴族《きぞく》たちがいっせいに頭をさげ、女王はその前を館《やかた》のはしまで歩いていった。

扉《とびら》がぱっと開き、外に集まった何百というエルフの群衆《ぐんしゅう》が現《あらわ》れる。女王は彼らにむかって、エラゴンの知らない言葉で短くなにかを宣言《せんげん》した。群衆はどっと歓声《かんせい》をあげ、いそがしく駆《か》けまわりだした。

「女王はなんていったの？」エラゴンは声をひそめてナーリにきいた。

ナーリは笑った。「最上の樽《たる》をあけ、火をおこすようにと。今夜は祝宴《しゅくえん》と歌声の夜になるからさ。おいで！」ナーリはエラゴンの手をつかみ、女王のあとについていった。

イズランザディは生いしげるマツや、くすんだ色のシダをかきわけてどんどん歩いていく。屋内にいるあいだに、太陽は低くかたむき、森を琥珀《こはく》の光で染《そ》めている。そのつややかな光は、草木にからみつく油のようだ。

〔気がついているか？〕サフィラがいった。〔リフェインがいっていたエヴァンダー王が、アーリアの父親だと？〕

エラゴンは思わずつまずきそうになった。〔そういえばそうだ……ということは、アーリアの父親は、ガルバトリックスか〈裏切《うらぎ》り者《もの》たち〉に殺されたのか〕

「ありとあらゆる環《わ》がからみあっている」

彼らは小さな丘《おか》の上に着いた。そこには、エルフの一団《いちだん》によって長いテーブルと椅子《いす》が用意されていた。森じゅうがハミングをしているかのように、あたりには活気がみなぎっている。夜が近づくと、エレズメーラじゅうに明るい炎《ほのお》がともり、テーブルのそばにも火がたかれた。

だれかがエラゴンにゴブレットをわたしてくれた。セリスで見たのと同じ、風変わりな材質《ざいしつ》のものだ。なかの透明《とうめい》な液体《えきたい》を流しこむなり、のどが焼けるように熱くなり、エラゴンはハアハアと息をした。温めたリンゴ酒とハチミツ酒をまぜたような味だ。指先と耳たぶがチクチクして、おどろくほど感覚がとぎすまされる。「これはなに？」ナーリにきいた。

ナーリは笑った。「フェイルナーヴかい？　つぶしたニワトコの実を蒸留《じょうりゅう》して、月光の下でかきまぜるんだ。これを飲めば、強靭《きょうじん》な男なら、三日三晩《みっかみばん》飲まず食わずで旅することができる」

「サフィラ、おまえも飲んでみろよ」サフィラはゴブレットのにおいを嗅《か》いで口をあけ、エラゴンに残りのフェイルナーヴを全部流しこませた。目がかっと見開かれ、尾《お》がひくひく動く。

「なんとおいしい！　もうないのか？」

エラゴンがこたえようとすると、オリクがドカドカ歩いてきた。「女王の娘《むすめ》とはな」彼はぼやき、かぶりをふった。「フロスガーやナスアダに教えてやりたいもんだ。きっとおどろくぞ」

背《せ》もたれの高い椅子にすわったイズランザディが、またパンパンと手をたたいた。

森のなかから、楽器をもったエルフが四人現れた。ふたりがサクラ材のハープ、ひとりがアシ笛、

残りの女エルフの楽器は、自分の歌声だ。たちまち陽気な歌声が、みんなの耳のまわりで踊《おど》りだした。

エラゴンは歌詞《かし》の三語に一語ぐらいしか聞きとれなかったが、それでも意味がわかってにっこり笑った。カササギにいじめられ、池の水を飲めずにいる牡《お》ジカの話だった。

歌を聞きながら、視線《しせん》をさまよわすと、たまたま女王のうしろにいた小さな少女に目がとまった。よく見ると、少女のぼさぼさ髪《がみ》は、ほかのエルフたちのような銀色ではなく、年齢《ねんれい》をへて白くなった髪で、顔にはしなびたリンゴのようなしわがよっている。彼女はエルフでもドワーフでも——エラゴンの見たところ——人間でもない。少女が彼に笑いかけると、鋭《するど》くならんだ歯がちらりと見えた。

エルフの歌が終わり、アシ笛やハープの音が響《ひび》きはじめると、エラゴンとの面会を求めるエルフたちがおおぜい集まってきた。が、エラゴンは感じた。彼らが本当に面会したがっている相手はサフィラなのだ。

エルフたちはふたりの前に次々と現《あらわ》れ、軽く会釈《えしやく》をし、人さし指と中指を唇《くちびる》にあてる。エラゴンも同じことを返し、古代語のあいさつが延々《えんえん》と続く。彼らはエラゴンの手柄《てがら》について礼儀《れいぎ》正しくたずねてくるが、山のような質問《しつもん》はサフィラとの会話のために残されていた。

最初のうち、エラゴンはサフィラが話すのを満足げに聞いていた。まわりがこぞってサフィラと話したがる機会など、初めてだったからだ。ところがじきに、自分がないがしろにされることが、不愉《ふゆ》快《かい》に思えてきた——自分が話せば人々が耳をかたむけるという状態《じようたい》に、すっかり慣《な》れていたのだ。ヴ

アーデンと合流して以来、まわりの注目を浴びることをあたりまえに思っていた自分に幻滅《げんめつ》し、エラゴンは力なく笑った。こうなったら肩《かた》の力をぬいて、祝宴《しゅくえん》を楽しむしかない。

まもなく林間の空き地にいい香《かお》りが立ちこめ、ごちそうを上品に盛《も》りつけた皿がはこばれてきた。ほかほかのパンに、丸い小さなハチミツケーキの山。しかし料理のほとんどが、果物や野菜、ベリーでつくられている。ひときわ目立つのがベリー類だ。ブルーベリースープ、ラズベリーソース、ブラックベリーのジャム。器《うつわ》いっぱいのスライスリンゴにはシロップがかけられ、ホウレンソウとタイムと干《ほ》しブドウ入りのキノコパイのまわりには、野イチゴが散らされている。

やはり肉はなかった。魚や鶏肉《とりにく》でさえも。エラゴンはいまだにそれが不思議でならなかった。カーヴァホールでも帝国《ていこく》のどこの町でも、贅沢《ぜいたく》や高級感の象徴《しょうちょう》といえば肉である。金貨を多くもつ者ほど、肉料理をひんぱんに口にできる。下級貴族《きぞく》でさえ、食事のたびに肉を食べる。そうしなければ、金庫の中身の乏《とぼ》しさをしめすことになるからだ。ところがエルフは、あきらかに裕福《ゆうふく》で、獲物《えもの》も魔法《まほう》でかんたんにしとめられるのに、肉料理の哲学《てつがく》には同意できないのだ。

エルフたちがものすごいいきおいでテーブルに殺到《さっとう》するのを、エラゴンは圧倒《あっとう》されて見ていた。たちまち全員が席についた。テーブルの上座《かみざ》にはイズランザディとワタリガラスのブラグデン、家臣のデイサダがその左、アーリアとエラゴンは女王の右、オリクはそのむかい側。ナーリとリフェインもいる。テーブルのいちばんはしには椅子《いす》がなく、サフィラのために巨大《きょだい》な彫《ほ》り物《もの》の皿が用意されていた。

会食がはじまると、まわりのものがすべて、ぼんやりとした会話や浮《う》かれ騒《さわ》ぎとなって溶《と》けていった。

エラゴンは時がたつのも忘《わす》れ、祝宴《しゅくえん》の楽しさにひたった。覚えているのは、頭のまわりを笑い声や異国《いこく》の言葉がただよっていたこと、胃のなかにフェイルナーヴのほてりが残っていたことだけだ。ため息のようなハープの音色が聴覚《ちょうかく》のふちにささやきかけてくると、エラゴンのわき腹《ばら》は興奮《こうふん》でふるえた。たびたび気をとられたのは、さっきの〝おとな少女〟の気だるげな視線《しせん》だった。ものを食べているときでさえ、切れ長の目で一心にエラゴンを見つめている。

たまたま会話がとぎれたとき、エラゴンはアーリアに目をやった。テーブルについてから、彼女はかぞえるほどしか口をきいていない。エラゴンは無言のままアーリアを見つめ、その本当の身分のことを考えていた。

アーリアが口を開いた。「アジハドも知りませんでした」

「なにをです？」

「ドゥ・ウェルデンヴァーデンの外では、だれにも自分の素性《すじょう》を明かしていません。ブロムは知っていました。最初に会ったのがここだったので。でも、わたくしのたのみをきいて、秘密《ひみつ》にしていてくれたのです」

エラゴンは考えた。アーリアが今話しているのは、義務感《ぎむかん》からなのか、それとも自分とサフィラをあざむいていたという罪悪感《ざいあくかん》からなのか？「ブロムがいってました。エルフは話す言葉より、話さず

にいることのほうが、重要な場合が多いと」

「彼はわたくしたちの種族をよく理解《りかい》していました」

「でも、どうして？　だれかに知られたら、問題があることなんですか？」

アーリアは躊躇《ちゅうちょ》した。「エレズメーラを去った以上、自分の身分のことは考えたくなかった。それに、ヴァーデンとドワーフとつきあうのに、なんの意味もないことです。わたくしがなにになろうと……だれであろうと、まったく関係がない」彼女は女王をちらりと見た。

「サフィラとぼくには、いってくれてもよかったのに」

アーリアはエラゴンの非難《ひなん》めいた言い方に、あごをつんとあげたように見えた。「イズランザディの身内であることが、なにかを好転させるとは思えませんでした。あなたにそれを明かしても、事情《じじょう》はなにも変わらない。エラゴン、わたくしの考えは、わたくしだけのものです」

エラゴンはその言葉に言外の意味を感じ、顔を赤らめた。なぜアーリアが――外交官であり、王女であり、エルフであり、エラゴンの父親より祖父《そふ》より年上であろう彼女が――たった十六歳《さい》の人間である彼に、秘密を打ち明けるだろう？

「少なくとも」エラゴンはつぶやいた。「お母さんとは仲直りできましたね」

アーリアは奇妙《きみょう》な笑《え》みを浮《う》かべた。「ほかにどうすればいいと？」

そのとき、イズランザディの肩《かた》からブラグデンがテーブルの中央に飛びおりた。左右の者たちにお辞儀《じぎ》するかのように頭をふりふり歩いてくると、サフィラの前でぴたりととまり、しゃがれた咳《せき》ばらいをしてしゃべりだした。

ドラゴンにゃ、馬車《ワゴン》と同じで舌《した》がある
ドラゴンにゃ、だるま瓶《フラゴン》と同じで首がある
どっちもビール《ビアー》が入るけど
ドラゴンのほうはシカ《ディアー》を食う

エルフたちは凍《こお》りつき、恥《は》じ入るような顔でサフィラの反応《はんのう》を待っている。長い沈黙《ちんもく》のあと、サフィラはマルメロパイから顔をあげ、鼻から煙《けむり》をふきだした。ブラグデンが煙にまみれた。〔そして、小さい鳥も食う〕サフィラはだれもが聞きとれるように、意識《いしき》のなかではっきり声をあげた。エルフたちはどっと笑い、ブラグデンはおこったようにカーカー鳴き、翼《つばさ》で煙をはらいながらよろよろともどっていった。

「ブラグデンの無礼をおわびいたします」イズランザディはいった。「いくらしつけても、なまいきな口ばかり」

〔いいのです〕サフィラはおだやかにいって、パイにもどった。

「ブラグデンはどこから来たんですか?」エラゴンはアーリアにたずねた。本当はもっと親密《しんみつ》な会話にもどりたかったが、好奇心《こうきしん》はおさえられなかった。

「ブラグデンは」アーリアはいった。「かつて父の命を救ったのです。アーガルとの戦いのさなか、エヴァンダーはつまずいて剣《けん》をとり落としました。アーガルがとどめをさそうとしたとき、ワタリガラスが飛んできて、その目をつついたのです。なぜ鳥がそのようなことをしたのか、だれにもわかりません。でも、エヴァンダーはそのおかげで落ちつきをとりもどし、アーガルをたおすことができた。寛大《かんだい》な父は、感謝《かんしゃ》のしるしに、ワタリガラスに知性《ちせい》と長い命をさずけたのです。しかしその魔法《まほう》は、父も予測《よそく》できなかったふたつの効果《こうか》をもたらしました。ブラグデンは羽根の色を失い、ものごとを予言する力をえたのです」

「未来が見えるんですか？」エラゴンはおどろいてたずねた。

「見える？　いいえ。おそらく感じるのだと思います。いずれにしろ、つねになぞなぞ遊びのような言葉をしゃべっている。ほとんどが愚《ぐ》にもつかないことです。けれど覚えていてください。もしもブラグデンが飛んできて、冗談《じょうだん》やだじゃれ以外のことをいったなら、その言葉に注意するのが賢明《けんめい》だということを」

会食が終わり、イズランザディが立ちあがると、エルフたちもあわただしく立ちあがった。「もうこんな時間になりました。疲《つか》れたのでわたくしは部屋にもどります。サフィラとエラゴンはいっしょに来てください。寝所《しんじょ》に案内しましょう」女王はアーリアに手で合図をして、テーブルをはなれた。アーリアもあとに続いた。

テーブルをまわってサフィラのそばに行こうとしたとき、エラゴンは〝おとな少女〟の野生のよう

な目につかまり、足をとめた。その目つき、ぼさぼさの髪《かみ》、白くとがった歯、少女の風貌《ふうぼう》のひとつひとつが、彼の記憶《きおく》を呼《よ》びさました。「きみは魔法《まほう》ネコだね？」少女は目をぱちくりさせ、歯をむきだして凶暴《きょうぼう》な笑《え》みを浮《う》かべた。「きみの仲間に会ったことがあるんだ。ソレムバンさ。ティールムとファーザン・ドゥアーで会った」

少女の笑みが広がった。「ソレムバン。いいやつよ。あたしは人間なんて退屈《たいくつ》だけど、彼は魔女アンジェラと旅するのが気に入ったみたい」少女は次にサフィラに視線《しせん》をうつし、うなっているともあまえているともつかない音をのどから発しながら、サフィラを観賞した。

〔あなたの名前は？〕サフィラはきいた。

「いっておくけど、ドラゴン、ドゥ・ウェルデンヴァーデンの奥地《おくち》では、名前はものすごく影響力《えいきょうりょく》があるのよ。でも……エルフのなかでは、ウォッチャー（見張《みは》り番《ばん》）、クイックポー（すばやい足）、ドリームダンサー（夢《ゆめ》の踊《おど》り子《こ》）で通ってる。あんたたちはモードって呼べばいいわ」彼女は白くかたい前髪《まえがみ》をはらった。「お若《わか》いおふたりさん、早く女王についていかないと。彼女はバカとグズは、とくに嫌《きら》いなのよ」

「会えてよかったよ、モード」エラゴンはお辞儀《じぎ》をし、サフィラは軽く頭をかたむけた。オリクがどこへ案内されるのかちらっとたしかめてから、エラゴンはイズランザディのあとを追った。

ふたりが追いついたとき、女王は一本の木の下で立ちどまっていた。木の樹幹《じゅかん》には精巧《せいこう》な螺旋階段《らせんかいだん》がついている。頭上には球形の部屋がいくつか、おびただしい数の枝《えだ》で包まれ、ささえられている。

イズランザディは手を優雅《ゆうが》にあげて、樹上の家をさした。「サフィラ、あなたは上まで飛んでいかなければなりません。エルフの階段は、ドラゴンのことを考慮《こうりょ》して育ってはいないので」

女王はエラゴンにむかっていった。「ここは、ドラゴンライダーの長《おさ》がエレズメーラ滞在中《たいざいちゅう》に使った住居《じゅうきょ》。今これをあなたにさしあげます。あなたはその称号《しょうごう》を正当に受け継《つ》ぐライダーだから……これは、あなたへの遺産《いさん》です」エラゴンに礼をいう間もあたえず、女王はアーリアを連れてすうっとはなれていった。アーリアは彼の視線《しせん》をじっと受けとめ、やがて森のなかに消えていった。

〔エルフが用意してくれた宿を見せてもらおうか〕サフィラはそういって、宙《ちゅう》に舞《ま》いあがった。片方《かたほう》の翼《つばさ》でバランスをとり、体を地面と垂直《すいちょく》にして、梢《こずえ》のまわりを小さく旋回《せんかい》している。

階段の一段めに足をかけたとき、エラゴンはイズランザディの言葉の意味を察した。階段は木と一体化している。踏《ふ》み板《いた》の樹皮は、エルフたちが何度ものぼりおりしたせいで、平たくつるつるになっているが、それはあくまでも幹《みき》の一部だ。クモの巣のようにからみあう側面の柵《さく》も、右手の下の湾曲《わんきょく》する手すりも、やはり幹の一部だった。

エルフの意識《いしき》の力が設計《せっけい》した階段は、エラゴンが慣《な》れているものよりずいぶん急だった。のぼりはじめたとたん、ふくらはぎと太ももが熱くなり、階上までのぼりきるころには、すっかり息があがっていた。エラゴンは床《ゆか》のはねあげ戸をあけ、部屋のひとつによじのぼり、ひざに手をついてゼーゼーと息をした。呼吸《こきゅう》がととのうと、背中《せなか》をのばしてあたりを見まわした。

彼が立っていたのは、丸い〈入り口の間〉だった。中央に台座《だいざ》があり、そこから二本の青白い彫《ほ》り

物《もの》の腕《うで》がたがいに接触《せっしょく》することなく螺旋状《らせんじょう》にのびている。〈入り口の間〉には三枚《まい》の網《あみ》の扉《とびら》がある。一枚は、十人も入れば満員になりそうな簡素《かんそ》な食堂へ、もう一枚は、小さな衣裳《いしょう》部屋に続いている。床《ゆか》には使い道のわからない、からっぽの穴《あな》がある。最後の一枚は寝室《しんしつ》へと続き、そこからはドゥ・ウエルデンヴァーデンの広大な景色が一望できる。

エラゴンは天井《てんじょう》からランタンをとって寝室に入った。ランタンの光で、いくつもの影《かげ》がおてんばな踊《おど》り子《こ》のように飛びはねだす。寝室の壁《かべ》には、ドラゴンが通れる大きさの涙型《なみだがた》の窓《まど》があいていた。部屋のなかのベッドは、寝《ね》そべると空と月がながめられる位置に置かれている。暖炉《だんろ》は灰色《はいいろ》の木材でつくられている。さわってみると、鉄のようにかたく、冷たい。まるで木材が極限《きょくげん》まで圧縮《あっしゅく》されたかのようだ。床には浅く巨大《きょだい》な大杯《たいはい》が置かれ、なかにサフィラが眠《ねむ》れそうなやわらかい毛布《もうふ》が敷《し》かれていた。

サフィラが空から舞《ま》いおりてきて、エラゴンがのぞいているのもかまわず、大窓のふちに飛び乗った。鱗《うろこ》が青い星座《せいざ》のようにきらめいている。その背後《はいご》では、沈《しず》むまぎわの夕日が森を輝《かがや》かせ、木々のつくる畝《うね》や丘《おか》を淡《あわ》い琥珀《こはく》に染《そ》めている。松葉は熱い鉄のように輝き、さまざまなものの影《かげ》は紫《むらさき》の地平線のかなたへと追われてゆく。高みからながめるエレズメーラの町は、壮大《そうだい》な天蓋《てんがい》にできたいくつかの裂《さ》け目《め》、あるいは凪《な》ぐことのない大海に浮《う》くおだやかな諸島のようだった。エレズメーラの真の領《りょう》域《いき》が、今あきらかになった。北と西に十キロずつのびているのだ。

〔ヴレイルがここでふつうに暮《く》らしていたのだとすると、ますますライダー族を尊敬《そんけい》したくなるな〕

エラゴンはいった。〔こんなに質素《しっそ》だとは思わなかったよ〕

微風《びふう》がふいて、建物全体がかすかにゆれた。

サフィラが毛布のにおいを嗅《か》ぐ。〔ライダーの領地ヴローエンガードを見なくてはまだわからない〕

サフィラは慎重《しんちょう》にそういったが、どうやらエラゴンと同じ気持ちのようだ。

寝室の網戸を閉《し》めるとき、部屋のすみを見ると、さっきは気づかなかったものが目に入った。黒い木の煙突《えんとつ》のなかを螺旋階段《かいだん》が続いている。

エラゴンはランタンをかざし、注意深く一段ずつ、階段をのぼっていった。五、六メートルのぼると、そこには机《つくえ》の置かれた書斎《しょさい》がある。机の上には羽根ペン、インク、書類がある。ここにもドラゴンが眠《ねむ》るための、やわらかい寝床《ねどこ》があった。奥《おく》の壁には、やはりドラゴンが出入りできる開口部がある。

〔サフィラ、ここへ来てみてごらん〕

〔どうやって?〕

〔外からさ〕

サフィラが寝室から這《は》いでて、建物の側面から書斎にあがってくると、鉤爪《かぎづめ》で樹皮《じゅひ》がバリバリと飛びちり、エラゴンは顔をしかめた。

〔どうだい?〕

そうきかれたサフィラは、サファイア色の目でエラゴンをまじまじとながめてから、書斎の壁や家

具の吟味《ぎんみ》をはじめた。

〔こんな雨風にさらされるような場所で、どうやって暖《あたた》かく過《す》ごす？〕

〔さあね〕エラゴンは壁《かべ》にあけられた大窓《おおまど》の両側をのぞきこみ、エルフが歌でなだめすかしてつくったらしき抽象的《ちゅうしょうてき》な模様《もよう》に手をすべらせた。ふと、樹皮《じゅひ》のなかに埋《う》めこまれた取っ手のようなものに手が触《ふ》れた。引っぱってみると、壁の溝《みぞ》から半透明《はんとうめい》の布《ぬの》のような膜《まく》がするすると出てくる。

エラゴンは大窓をふさぐように膜を引いていった。すると、そのふちをとめるためのふたつめの溝を見つけた。膜を固定したとたん、部屋の空気はむっとして、みるみる暖かくなった。

〔これがおまえの質問の答えだ〕膜をはずすと、それはピシピシと前後にはねながら、ひとりでに巻《ま》きもどっていった。

寝室《しんしつ》にもどると、サフィラは台座《だいざ》の上で丸くなり、エラゴンは荷物をほどきはじめた。盾《たて》、腕甲《わんこう》、すね当て、頭巾《ずきん》、兜《かぶと》、それぞれをていねいにならべ、チュニックと、革《かわ》で裏打《うらう》ちされた鎖帷子《くさりかたびら》をぬぐ。裸《はだか》の胸《むね》でベッドにすわり、油で光る鎖帷子を見つめながら、それがサフィラの鱗《うろこ》と似《に》ていることに感動を覚えた。

〔ついにここまで来た……〕エラゴンは思いにふけっていった。

〔長い旅だった……でも、そう、ついに来た。道中なにごともなくてよかった〕

エラゴンはうなずいた。〔ここまで来る価値《かち》があったかどうかは、これからわかる。ときどき思うんだ。ひょっとしたらぼくらの時間は、ヴァーデンを助けるために使ったほうがよかったんじゃない

かって」

「エラゴン！　わたしたちにはまだまだ学ぶべきことがある。ブロムもきっとそうしてほしがっている。それにエレズメーラもイズランザディもまちがいなく、この目でたしかめに来る価値のあるものだった」

「まあね」エラゴンはずっとききたかったことをきいてみた。「このエルフの国をどう思う？」

サフィラはかすかに口を開き、歯を見せた。「わからない。エルフにはブロムよりさらに秘密《ひみつ》がある。彼らは思いもよらないことまで魔法《まほう》でやりとげてしまう。木々をこんな形に育てる方法など、わたしには想像《そうぞう》もつかない。イズランザディが花を呼《よ》びだしたことも。わたしの知識《ちしき》の範囲《はんい》をこえている」

エラゴンは圧倒《あっとう》されているのが自分だけではないと知り、いくらかほっとした。「アーリアのことは？」

「アーリアのなに？」

「だから、本当はだれだったかってこと」

「彼女が変わるわけではない。あなたの見方が変わるだけ」サフィラはのどの奥《おく》で、石をこすりあわせたような音を出して笑ってから、頭を二本の前足の上に休めた。

空の星は輝《かがや》き、フクロウのやさしい声がエレズメーラじゅうに響《ひび》いている。透明な夜、すべてのものがまどろんでいるかのように、世界はおだやかで静かだ。

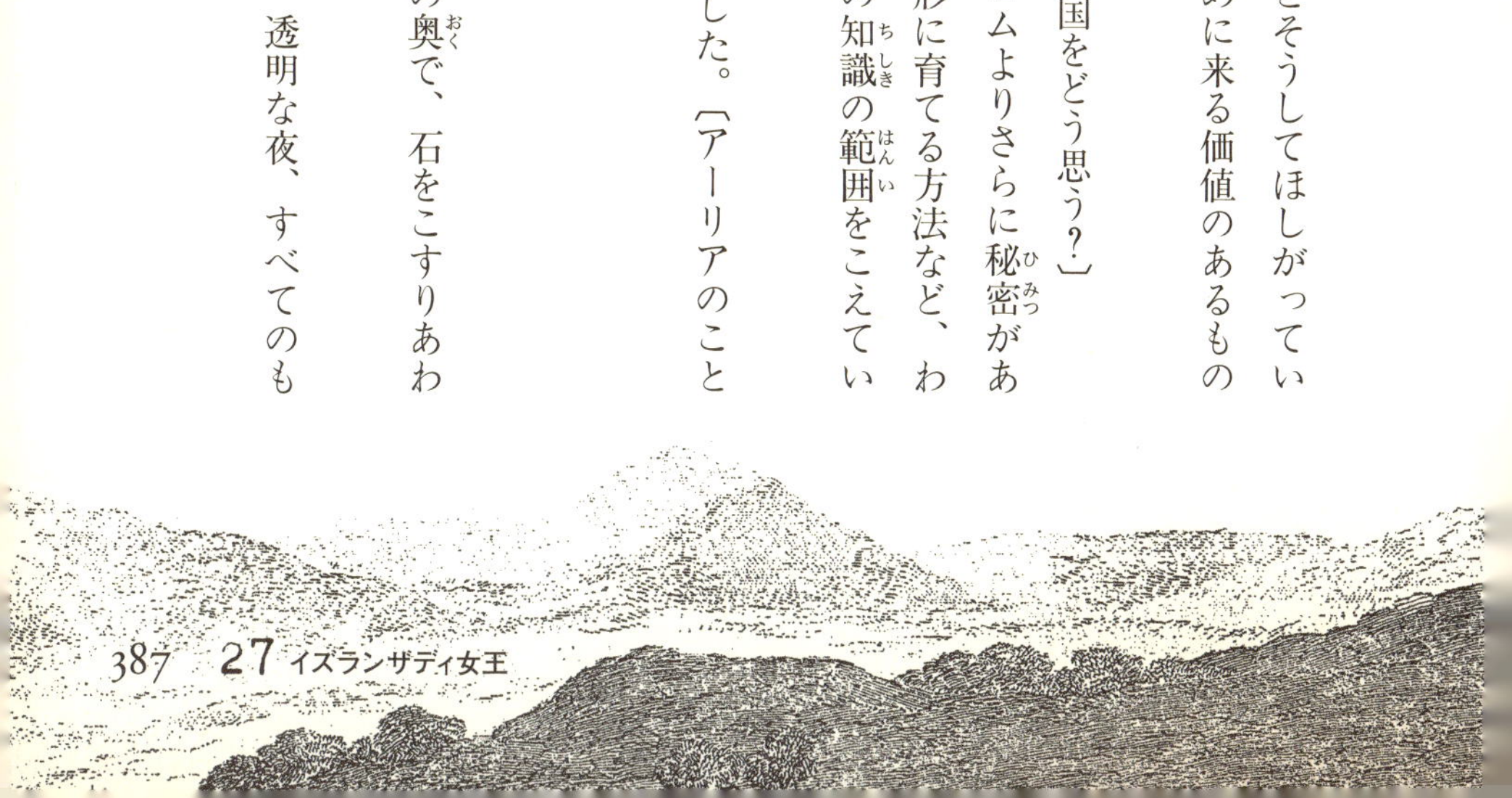

エラゴンは綿毛《わたげ》入りの上掛《うわが》けにもぐりこみ、ランタンのフタをしめようと手をのばし、掛《か》け金《がね》の手前でその手をとめた。今、自分はエルフの国の首都にいて、三十メートル上空の、かつてヴレイルが使っていたベッドに横たわっている。

その思いは、彼にはあまりにも重かった。

ベッドに起きあがり、片手《かたて》でランタンをつかみ、もう片方の手にザーロックをにぎりしめた。台座《だいざ》の上に這《は》ってゆき、おどろくサフィラのわき腹《ばら》に身をよせて横になる。サフィラはブーンと胸《むね》を鳴らし、彼をビロードの翼《つばさ》でおおった。エラゴンは明かりを消し、目を閉《と》じた。

エレズメーラの夜、ふたりはともに長く深い眠《ねむ》りに吸《す》いこまれていった。

28 過去《か》《こ》からの飛来

エラゴンはじゅうぶん体を休め、夜明けには目が覚めた。サフィラのあばらをたたくと、翼がもちあがった。手ぐしで髪《かみ》をとかし、部屋の壁《かべ》に歩みより、ざらついた樹皮《じゅひ》に肩《かた》をあて、大窓《おおまど》の片側《かたがわ》から身を乗りだしてみた。あたりをながめると、木々が宿した何億もの朝露《あさつゆ》が曙光《しょこう》を浴びて、森がダイヤモンドの畑のように輝《かがや》いて見える。

とつじょサフィラが大窓から飛びだして、エラゴンはぎょっとした。サフィラは螺旋《らせん》を描《えが》くように森の天蓋《てんがい》まで舞《ま》いあがると、歓喜《かんき》のうなりをあげて大空を旋回《せんかい》しはじめた。〈おはよう、小さき友〉

サフィラのうれしそうな様子に、エラゴンもうれしくなった。

寝室《しんしつ》の網戸《あみど》をあけると、夜のうちに置かれたのだろう、戸口のそばに――ほとんどが果物《くだもの》の――朝食の盆《ぼん》がふたつ置いてあった。盆のそばには包まれた衣類の束が置かれ、短い手紙がピンでとめられている。エラゴンは一か月も書物を目にしていないので、忘《わす》れている文字もあり、そのなめらかな書体の文を解読《かいどく》するのに苦労した。

なんとか読みとった手紙にはこう書かれていた。

おはようございます、サフィラ・ビヤーツクラー（輝《かがや》ける鱗《うろこ》）、エラゴン・シェイドスレイヤー。このようにふじゅうぶんな食事しかご用意できず、わたくし、ミオランドラ家のベレインより、サフィラどのにつつしんでおわび申しあげます。エルフは狩《か》りをいたしませぬゆえ、エレズメーラにも、ほかのどの町にも、獣肉《じゅうにく》はございません。お望みなら、古来ドラゴンがそうしていたように、ドゥ・ウェルデンヴァーデンの森でご自由に狩りをなさいませ。ただし、われわれの空気と水が血でけがれることのないように、どうか獲物《えもの》は森のなかに残してきてくださるようお願いいたします。
エラゴンどの、衣裳《いしょう》はあなたへのものです。イズランザディ家のニドゥエンにより織《お》られたもの。あなたへの贈《おく》り物《もの》です。

御身《おんみ》に幸運のあらんことを
御身の心の安らかならんことを
そして御身に星の守りのあらんことを

ベレイン・ドゥ・フリョードル

エラゴンはサフィラに手紙の内容《ないよう》を伝えた。（問題ない。きのうたっぷりいただいたから、しばら

くなにも食べなくていい」サフィラは種子入りのケーキをいくつか口に放りこんでいった。「無作法に見えぬよう、そういうことにしておこう」

朝食が終わると、衣類の束をベッドにもちあげ、ていねいに包みを開いてみた。緑色のふちどりがされた、あずき色のチュニックが二着。長さは足首まである。すねを包むクリーム色のレギンスが一足。やわらかい靴下《くつした》が三足——さわると液体《えきたい》のような感触《かんしょく》だ。その織物は、カーヴァホールの女たちが織ったものや、今着ているドワーフ製《せい》の服とはくらべものにならないほど上質《じょうしつ》の、すばらしいものだ。

エラゴンは新しい衣裳がありがたかった。ファーザン・ドゥアーを出てから数週間の旅で、チュニックもズボンも雨や日にさらされて、かわいそうなほどすり切れている。さっそくそれらをぬいで、上等のチュニックを身につけ、やわらかい風合いを楽しんだ。

長靴《ちょうか》のひもをしめているとき、だれかが寝室《しんしつ》の網戸《あみど》をノックした。

「どうぞ」ザーロックに手をのばしつつ、こたえる。

オリクがひょいと顔を出し、足で床《ゆか》の具合をためすようにしながら、おずおずとなかに入ってきた。オリクは天井《てんじょう》に目をやっていった。「こんな鳥の巣じゃなく、わしには洞穴《ほらあな》をあてがってほしいもんだ。エラゴン、サフィラ、ゆうべはよく眠《ねむ》れたかい?」

「ぐっすり。きみは?」

「石のように眠ったさ」オリクはこのドワーフらしい表現ににやりとしてから、ひげのなかにあごを

埋《う》め、斧《おの》の柄《え》を指でいじりながらいった。「飯は終わったようだから、いっしょに来てもらおうか。アーリアや女王やおおぜいのエルフたちが、下できみらを待ってるんだ」オリクは不機嫌《ふきげん》そうな目でエラゴンを見た。「わしらの聞かされていないことが、はじまろうとしてる。なんだか知らんが、きみに大事な用があるらしい。イズランザディは追いつめられたオオカミみたいにぴりぴりしてるぞ……前もって警告《けいこく》しておいたほうがいいと思ったんだ」

エラゴンはオリクに礼をいい、ふたりで階段《かいだん》をおりていった。

サフィラは外から舞《ま》いおりてくる。

彼らは地上で合流し、白鳥の羽根のマントで着飾《きかざ》ったイズランザディの前に立った。波打つ白いマントは、紅冠鳥《カーディナル》の胸《むね》に降《ふ》りつもる雪のようだ。女王はあいさつをしてからいった。「ついてきてください」

女王にみちびかれ、彼らはエレズメーラのはずれまで歩いていった。住居《じゅうきょ》はほとんどなく、道は使われることなく消えかけている。

イズランザディは木の生いしげる丘《おか》のふもとで足をとめ、きびしい声でいった。「この先へ進む前に、あなたがた三人に、古代の言葉で誓《ちか》ってもらわねばなりません。わたくし、あるいはアーリア、あるいは将来《しょうらい》、王座《おうざ》を継《つ》ぐ者の許可《きょか》なくして、これから目にするものを、外の者にはけっして口外しないと」

「猿《さる》ぐつわをしようってことですかね」オリクが強い口調でいった。

〔なぜそこまで？〕サフィラがいった。〔わたしたちが信用できないのか？〕
「信用ではなく、安全の問題です。いかなることがあっても、わたくしたちはこの情報《じょうほう》を守らねばならない――ガルバトリックスに対抗《たいこう》する、エルフ族の最大の切り札なのですから。古代語で拘束《こうそく》されれば、秘密《ひみつ》をもらすことはぜったいにありません。オリク・ヴォーダー、あなたはエラゴンの修行《しゅぎょう》を監督《かんとく》するためにいらっしゃった。誓っていただけぬなら、ファーザン・ドゥアーにもどっていただいたほうがいいでしょう」

オリクはいった。「それでドワーフやヴァーデンが害をこうむることはないんですな？　じゃなかったら、同意できませんぞ。あなたの館《やかた》と種族の名誉《めいよ》にかけて、これはわれわれをあざむく策略《さくりゃく》じゃないと信じましょう。誓いの言葉を教えてください」

女王がオリクに誓いの言葉の正しい発音を教えているあいだ、エラゴンはサフィラにたずねた。
〔誓っていいと思う？〕
〔ほかにどうすればいい？〕

エラゴンは、きのうアーリアが同じことをいったのを思い出し、今になって彼女のいおうとしていたことがうっすらとわかってきた。女王は選択《せんたく》の余地《よち》を残してくれないのだ。

オリクが終わると、イズランザディは期待をこめてエラゴンを見た。

エラゴンはすこしためらってから、誓いの言葉を告げ、サフィラもそれにならった。
「ありがとう」イズランザディはいった。「では、まいりましょう」

丘《おか》の上までのぼると木立がとぎれ、数メートル先の絶壁《ぜっぺき》まで赤いクローバーの絨毯《じゅうたん》が広がっていた。崖《がけ》は両方向におよそ五キロずつのび、高さは三百メートルはある。崖下の森は外へむかって広がり、はるか遠くで空と溶《と》けあっている。果てしなく続く森を見ていると、まるで自分が世界の果てに立っているような錯覚《さっかく》を起こす。

〔ぼくはここを知ってる〕エラゴンは、オシャト・チャトウェイ（嘆《なげ》きの賢者《けんじゃ》）の幻影《げんえい》を思い出した。

ザッ。大きな震動《しんどう》で空気がゆれた。ザッ。もう一度、鈍《にぶ》い衝撃《しょうげき》がエラゴンの歯をふるわせる。ザッ。エラゴンは鋭《するど》い釘《くぎ》のような圧力《あつりょく》から守ろうと、耳に指をつっこんだ。エルフたちは身動きもせず立っている。ザッ。ふきつける突風《とっぷう》で、クローバーが横だおしになる。

ザッ。断崖《だんがい》の真下から、巨大《きょだい》な黄金のドラゴンが、背《せ》にライダーを乗せて浮《う》かびあがってきた。

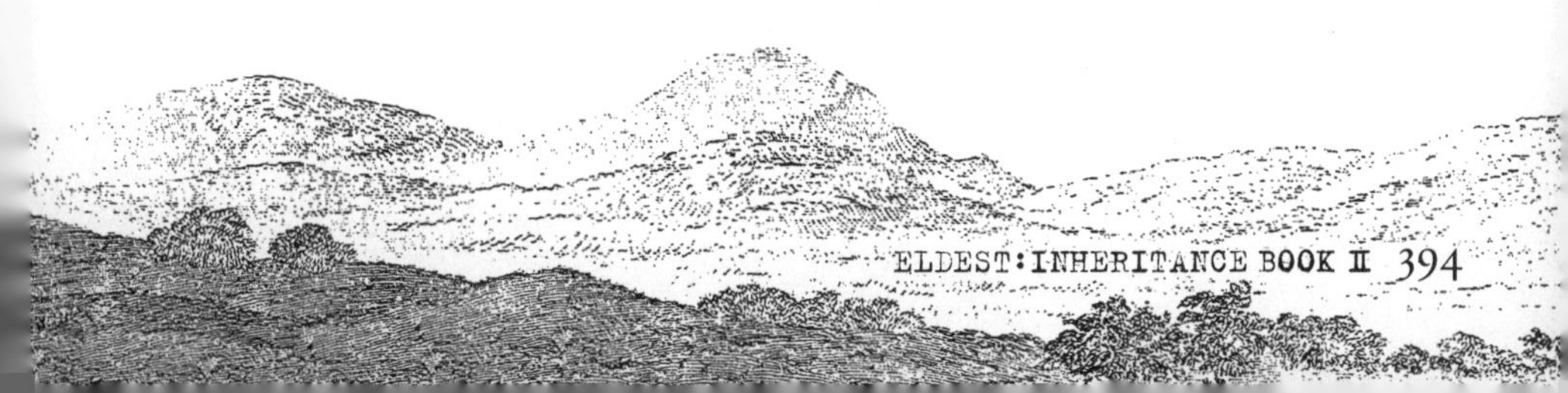

29
説得

ローランはホーストをにらんだ。

彼らはバルドルの部屋にいる。ローランはベッドで体を起こし、鍛冶屋《かじや》のホーストの話を聞いている。

「どうすればよかったというんだ？　おまえが気絶《きぜつ》したんじゃ、襲撃《しゅうげき》は無理だ。それにみんなも戦える状態《じょうたい》じゃなかった。彼らを責《せ》めるわけにはいかんぞ。おれだって、あの怪物《かいぶつ》を見たとき、舌《した》を嚙《か》み切りそうになった」ホーストはぼさぼさに乱《みだ》れた髪《かみ》をふった。「おれたちは、昔話の世界に引きずりこまれてしまったんだよ、ローラン。最悪の世界にな」

ローランは石のような表情《ひょうじょう》をくずさない。

「いいか、おまえがその気になりゃ、兵士たちをたおすことはできるだろう。だが、その前にまず体力を回復《かいふく》することだ。襲撃には多くの者が志願してくれるさ。みんな、戦いにおいては、おまえに一目置いてるんだ。とくに、ゆうべのここでの戦いぶりのあとだからな」ローランがだまったままなの

で、ホーストはため息をついた。無事なほうの肩《かた》をポンとたたくと、部屋を出ていった。

扉《とびら》がしまったあとも、ローランはまばたきすらせずにいた。彼にはこれまでの人生で、心から大切に思ってきたものが三つだけあった――家族、パランカー谷の家、そしてカトリーナ。家族は去年うばわれた。家と農場は破壊《はかい》され、焼かれたが、土地は残っている。それだけが重要なことだった。

しかし今、カトリーナがいなくなった。

鉄のかたまりでふさがれたようなのどの奥《おく》から、むせび泣きがもれる。ローランは、われとわが身を引《ひ》き裂《さ》くような苦境《くきょう》に立たされているのだ。カトリーナを救う唯一《ゆいいつ》の方法は、なんとかラーザックを追って、パランカー谷を出ることだが、カーヴァホールを兵士にあけわたして出ていくことはできない。しかし、カトリーナを忘《わす》れることもできない。

愛をとるか故郷《こきょう》をとるか。ローランは苦々しく考えた。どちらも、片方《かたほう》だけでは価値《かち》がない。兵士たちを殺せば、ラーザックは――おそらくカトリーナも――村にもどってこなくなるだろう。しかし帝国側《ていこくがわ》の援軍《えんぐん》がまぢかにせまっているなら、これ以上の殺戮《さつりく》は意味がない。援軍の到着《とうちゃく》はすなわち、カーヴァホールの終焉《しゅうえん》を意味する。

包帯を巻《ま》いた肩にあらたな激痛《げきつう》がおそってきて、ローランは歯を嚙《か》みしめた。彼は目を閉《と》じて思った。スローンもクインビーみたいに食われてしまえばいい。あんな裏切《うらぎ》り者《もの》は、どんな末路をむかえてもしかたがないんだ。彼はスローンにむけて、知っているかぎりの悪口雑言《あっこうぞうごん》を吐《は》いた。

かりにカーヴァホールを出てカトリーナとラーザックを追うにしても、どこをどうさがせばいいのか？　やつらの棲《す》みかなんて、だれが知ってる？　ガルバトリックスの手下のことを、だれがよろこんで密告《みっこく》してくれるだろう？　考えれば考えるほど、絶望感《ぜつぼうかん》にさいなまれる。ローランは思いうかべた。帝国の大都市のどこかで、よごれた建物のあいだや群《む》れなす人々のなかに、愛する人の形跡《けいせき》を、ほんのかすかな気配を求め、あてどなくさまよう自分の姿《すがた》を。

　とても見こみがない。

　涙《なみだ》が滝《たき》のように流れた。苦悩《くのう》と恐怖《きょうふ》のあまりの強さに、彼は体を折り曲げて泣いた。前へうしろへ体をゆらしてみても、見えるのは荒涼《こうりょう》とした未来だけだった。

　ローランの嗚咽《おえつ》は長いことかかって弱いあえぎにまでしずまった。彼は涙《なみだ》をふいて、ふるえながらゆっくりと息をした。ふと顔をしかめた。肺《はい》がまるで、ガラスの破片《はへん》でも吸《す》いこんだように感じられる。

　考えなくては……。ローランは自分にいい聞かせた。

　壁《かべ》によりかかり、純然《じゅんぜん》たる意志《いし》の力で、荒れくるう感情《かんじょう》を徐々《じょじょ》におさえつけ、自分を狂気《きょうき》から救ってくれる唯一のもの——理性《りせい》——にすべてをしたがわせようとこころみる。それは肩と首がふるえるほど、努力を要することだった。

　自制心《じせいしん》をとりもどすと、ローランは熟練《じゅくれん》の職人《しょくにん》が道具を正確《せいかく》にならべるように、慎重《しんちょう》に考えを整理していった。おれの知識《ちしき》のなかに、なにか解決法《かいけつほう》がかくされているはずだ。頭をやわらかくして考え

てみれば――。

ラーザックの所在《しょざい》を嗅《か》ぎつけることはできない。それははっきりしている。ということは、やつらの居場所《いばしょ》をだれかにたずねなくては。そして、もしだれかにたずねるとしたら、ヴァーデンだろう。彼らがもっとも情報《じょうほう》をもっているはずだ。しかし、ヴァーデンを見つけるのは、ラーザックを見つけるのと同じぐらい困難《こんなん》だ。彼らをさがしているひまはない。でも……頭のなかでかすかな声が聞こえた。たしか、罠猟師《わなりょうし》や旅商人たちが噂《うわさ》していた。最近は、サーダ国がひそかにヴァーデンを支援《しえん》しているのだと。

サーダ――その国は帝国《ていこく》のいちばん南にある。アラゲイジアの地図など見たこともないが、ローランはそう聞かされている。たとえ理想的な条件《じょうけん》で旅しても、馬で何週間もかかるといわれている。帝国兵をさけながらの旅なら、もっとかかるだろう。もちろん、船で岸伝いに南下するのがもっとも速いだろうが、そのためには、トーク川まで延々《えんえん》と歩き、さらに船を調達するためにティールムによることになる。あまりに長い道のりだ。それに、帝国の兵士に見つかる恐《おそ》れがある。

「もし、たとえ、しかし……」ローランはつぶやいた。さっきから何度も、左手の拳《こぶし》をにぎりしめている。ティールムより北で、港がある町といえば、ナーダしか知らない。だが、そこへ行くにはスパインを越《こ》えなければならない。罠猟師でさえやったことのない、前代未聞《みもん》の偉業《いぎょう》だ。

ローランは自分をののしった。あれこれ思いめぐらしても意味がない。おれはカーヴァホールを捨《す》てるんじゃなく、救う道を考えるべきなんだ。いちばんの問題は、彼が、村とそこに残っている者た

ちの運命をすでに確信《かくしん》していることだった。目のふちにまた涙《なみだ》があふれてくる。残っている者たちか……。

待て……ナーダに、そしてサーダに、カーヴァホールの村人全員を連れていったら？　それなら、ふたつの欲求《よっきゅう》——村人を救い、愛するカトリーナを追う——を同時に満たすことができる。

自分の考えの無謀《むぼう》さに、ローランはあぜんとした。

農夫たちに田畑を捨《す》て、商人たちに店を捨てろというなど、考えるのも罰《ばち》あたりなことだ。しかし……しかし、ほかに、奴隷《どれい》になるか死ぬしか選択肢《せんたくし》がないとしたら？　帝国からの逃亡者《とうぼうしゃ》をかくまってくれるのは、反乱軍であるヴァーデンだけ。それに、彼らなら、村人たちを新兵としてよろこんで受けいれてくれるはずだ。実戦を経験《けいけん》してきた者たちなのだから。また村人たちを引きつれていけば、ヴァーデンからの信頼《しんらい》を得て、ラーザックの棲《す》みかを教えてもらえるにちがいない。ローランは思った。おれをつかまえることに、ガルバトリックスがなぜこんなに躍起《やっき》になっているのか、ヴァーデンなら知っているかもしれない。

だが、もしこの計画を進めるなら、カーヴァホールに帝国の援軍《えんぐん》が到着《とうちゃく》する前に実行しなければならない。つまり、あと数日のうちに、三百人におよぶ人々に出発の準備《じゅんび》をさせなければならないのだ。考えただけで気が遠くなる仕事だ。

ローランは、ちょっとやそっとのことでは、だれも説得できないとわかっていた。人々の感情《かんじょう》を動かし、今の生活や身分などは捨てるしかないと、心の底から思えるようにするには、救世主的な熱意

が必要だ。ただ恐怖《きょうふ》を植えつけるだけではいけない——恐怖はしばしば、危機的状況《ききてきじょうきょう》にある人々をよけいにかたくなにする。植えつけるべきは目的意識《いしき》、宿命の意識だ。彼が信じたように、村人たちにも信じさせなければならない——ヴァーデンに加わり、ガルバトリックスの圧制《あっせい》に抵抗《ていこう》することこそ、なによりも崇高《すうこう》な行為《こうい》だと。

そのためには、どんなに過酷《かこく》な状況にもくじけず、苦難《くなん》にもひるまず、死をも恐《おそ》れぬだけの情熱《じょうねつ》が必要だ。

ローランの心に、琥珀色《こはくいろ》のひたむきな目をしたカトリーナが、青白い顔で亡霊《ぼうれい》のように立つ姿《すがた》が浮《う》かんで見えた。彼女の肌《はだ》のぬくもりや、髪《かみ》のあまい香《かお》り、夜の帳《とばり》に包まれてふたりで過《す》ごした時間を、ローランは思い出した。カトリーナのうしろには、自分の家族、友人、生きている者も死んだ者も、カーヴァホールのあらゆる村人たちの長い列が見える。もしエラゴンがいなければ……おれがいなければ……ラーザックはここには来なかった。カトリーナを化け物どもから救うのと同じように、おれは、村を帝国《ていこく》から救わなきゃならないんだ。

心に映《うつ》ったものに力づけられ、ローランはベッドから立ちあがった。と、肩《かた》の傷《きず》に焼けつくような痛《いた》みが走り、よろめいて壁《かべ》にもたれかかった。おれの右腕《みぎうで》は、二度と使いものにならないのか？　彼は痛みがおさまるのを待った。しかし、いつまでもおさまらないと見ると、歯を食いしばって背中《せなか》をのばし、部屋を出た。

廊下《ろうか》でホーストの妻《つま》エレインがタオルをたたんでいた。彼女はおどろいてさけんだ。「ローラン！

あなたなにを――」

「来てくれ！」ローランはうなり、そのままふらふらと歩いていく。

息子《むすこ》のバルドルが心配そうな顔で戸口に現《あらわ》れた。「ローラン、まだ歩きまわっちゃだめだ。ものすごく出血したんだ。おれにつかまって――」

「来てくれ！」

ローランは彼らがついてくる足音を聞きながら、曲がりくねった階段《かいだん》をおり、家の玄関《げんかん》へむかった。そこで立ち話をしていたホーストとアルブレックが、仰天《ぎょうてん》の表情で彼を見あげた。

「来てくれ！」なにをきかれようとこたえず、ローランは玄関扉《とびら》をあけて、暮《く》れ残る空の下へと足をふみだした。見あげると、羽根飾《はねかざ》りのような堂々たる雲に、黄金と紫《むらさき》の色が織《お》りまぜられている。

ローランは小さな集団《しゅうだん》をひきいたまま、出会う者たち全員に同じひとことを告げながら、カーヴァホールのはずれまで歩いた。そこで、かたい土にささったトーチを引きぬき、きびすを返して来た道をもどりだした。村の中心までやってくると、ローランはトーチを地面につきさし、左手をあげ、声をふりしぼってさけんだ。「みんな集まってくれ！」

村にローランの声がとどろいた。家々から、暗い路地から、徐々《じょじょ》に人が集まってくる。ローランは大声で呼《よ》び続けた。多くの顔から好奇心《こうきしん》がうかがえるが、同情《どうじょう》や畏怖《いふ》、怒《いか》りの表情を浮かべる者もいる。ローランの呼びかけは、谷間に何度も何度も響《ひび》きわたった。

ロリングが息子たちをしたがえて現れた。反対側からは、バージット、デルウィン、フィスクとそ

の妻《つま》、イソルドがやってくる。

モーンとタラは酒場から現《あらわ》れ、群衆《ぐんしゅう》に加わった。

カーヴァホールの住民の大半が集まったと見ると、ローランは沈黙《ちんもく》し、掌《てのひら》に爪《つめ》が食いこんで皮膚《ひふ》が切れるまで左手を強くにぎりしめた。カトリーナ……。その手をつきあげ、掌を開き、腕《うで》にしたたり落ちる赤い血の滴《しずく》を村人たちに見せた。

「これは――おれの痛《いた》みだ。よく見てくれ。なぜなら、今のこの呪《のろ》われた運命を打ちくだかないかぎり、これは、ここにいるみんなの痛みになるからだ。このままだと、あんたたちの家族や友だちは、鎖《くさり》につながれ、知らない土地で奴隷《どれい》として生きることになる。あるいは、自分たちの目の前で、兵士たちの冷酷《れいこく》な刃《やいば》にかかって死ぬことになる。ガルバトリックスはこの村に塩をまいて、永遠《えいえん》になにも実らない土地にするつもりだ。それが、これまでおれが見て知ったことだ」ローランは檻《おり》のなかのオオカミのように、頭をふり、あたりをにらみつけながら、同じ場所をゆっくりと歩きまわった。人々の関心を引くことはできた。あとは、彼らを自分と同じだけの激情《げきじょう》のなかに放りこんでやらねばならない。

「おれのおやじは化け物どもに殺された。従弟《いとこ》はどこかへ逃《に》げた。農場は破壊《はかい》された。そして、おれの花嫁《はなよめ》になるはずの娘《むすめ》はさらわれた。しかもそれは、バードを殺し、おれたちみんなを裏切《うらぎ》った、彼女のじつの父親のせいだ！ クインビーは食われ、干《ほ》し草《くさ》小屋も、フィスクとデルウィンの家も焼かれた。パー、ワイグリフ、ゲッド、バードリック、ファロルド、ヘイル、ガーナー、ケルビー、メル

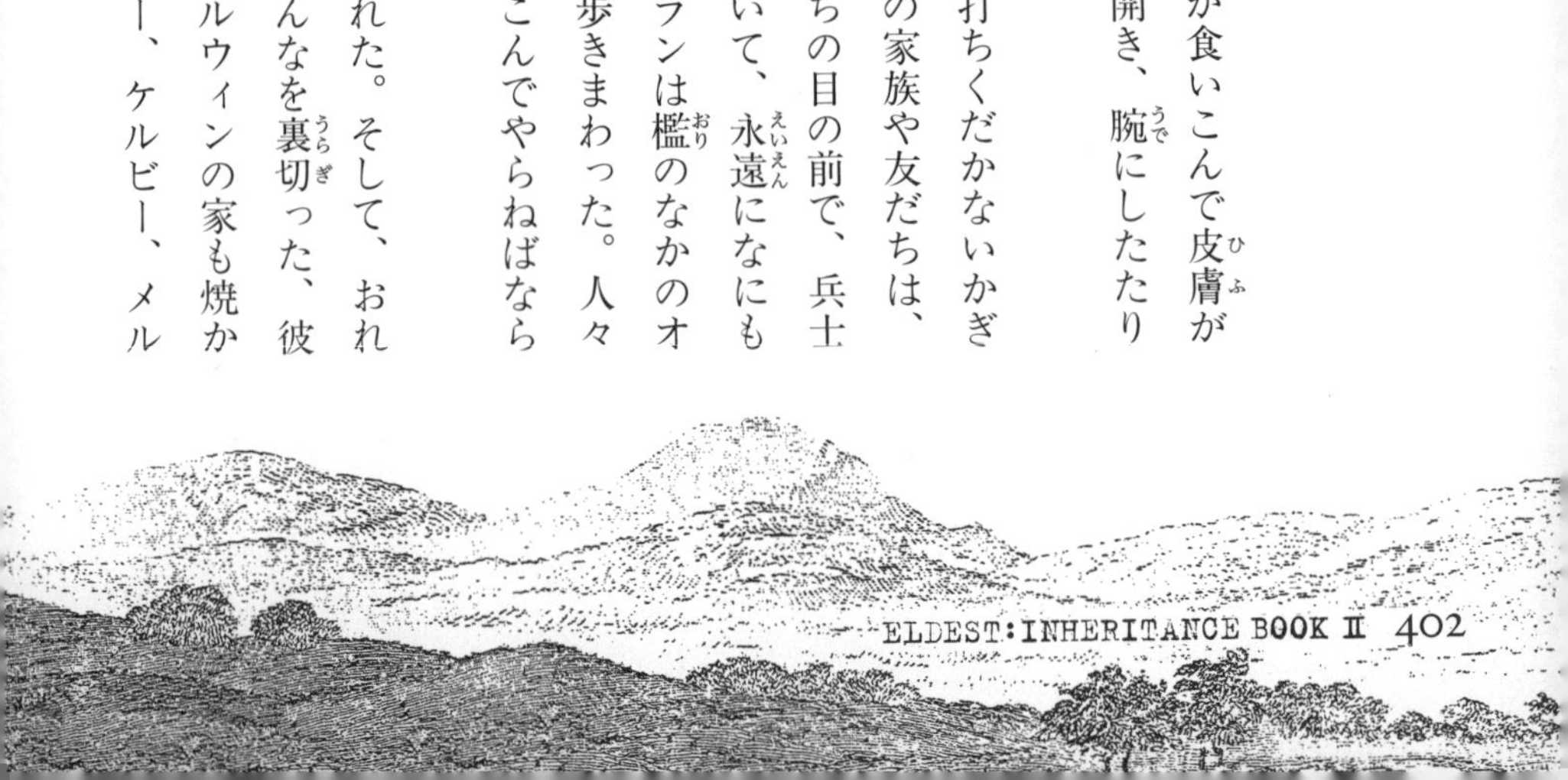

コルフ、アルベン、そしてエルムンド、みんな殺された。ここにいる多くの人たちも、おれみたいに負傷《ふしょう》して、今や家族をささえることもできない。

毎日あくせく働いて、自然の気まぐれに翻弄《ほんろう》されながら、土地からのわずかばかりの恵《めぐ》みで食いつないでいく生活は、もうたくさんなんじゃないか？　今のこの無意味な拷問《ごうもん》がなかったとしても、ガルバトリックスの苛酷《かこく》な税《ぜい》に苦しみながら生きるのは、もううんざりなんじゃないのか？」ローランは空にむかって遠吠《とおぼ》えするように笑い、自分のその声に狂気《きょうき》を感じとった。

群衆のなかに、動く者はだれもいない。

「おれは今、帝国《ていこく》とガルバトリックスの正体を知った。やつらは諸悪《しょあく》の根源《こんげん》だ。ガルバトリックスは、世界を破滅《はめつ》にみちびく疫病《えきびょう》だ。やつはライダー族と、史上最高の繁栄《はんえい》と平和の時代を滅《ほろ》ぼしたんだからな。そしてやつの手下どもは薄《うす》ぎたない悪魔《あくま》だ。どこかの古い穴蔵《あなぐら》ででも生まれたにちがいない。ガルバトリックスは、おれたちをふみつぶすだけで満足するのか？　ちがう！　やつはアラゲイジアじゅうに毒をまきちらし、この国の民《たみ》を苦悶《くもん》のマントでおおって窒息《ちっそく》させるつもりなんだ。おれたちのこどもも、そのまた子孫も、やつの邪悪《じゃあく》な影《かげ》のなかで生きなければならないんだ——そうして一生を送るか、あるいは奴隷になりさがるか、あるいは虫けら以下になって、やつの好きなように虐待《ぎゃくたい》されるか。もしおれたちに……」ローランは村人たちの見ひらいた目をのぞきこんだ。

だれもが金《かな》しばりにあったようになっているのに気づいた。ローランが次になにをいおうとしているのか、ひとりとして口にしようとしない。

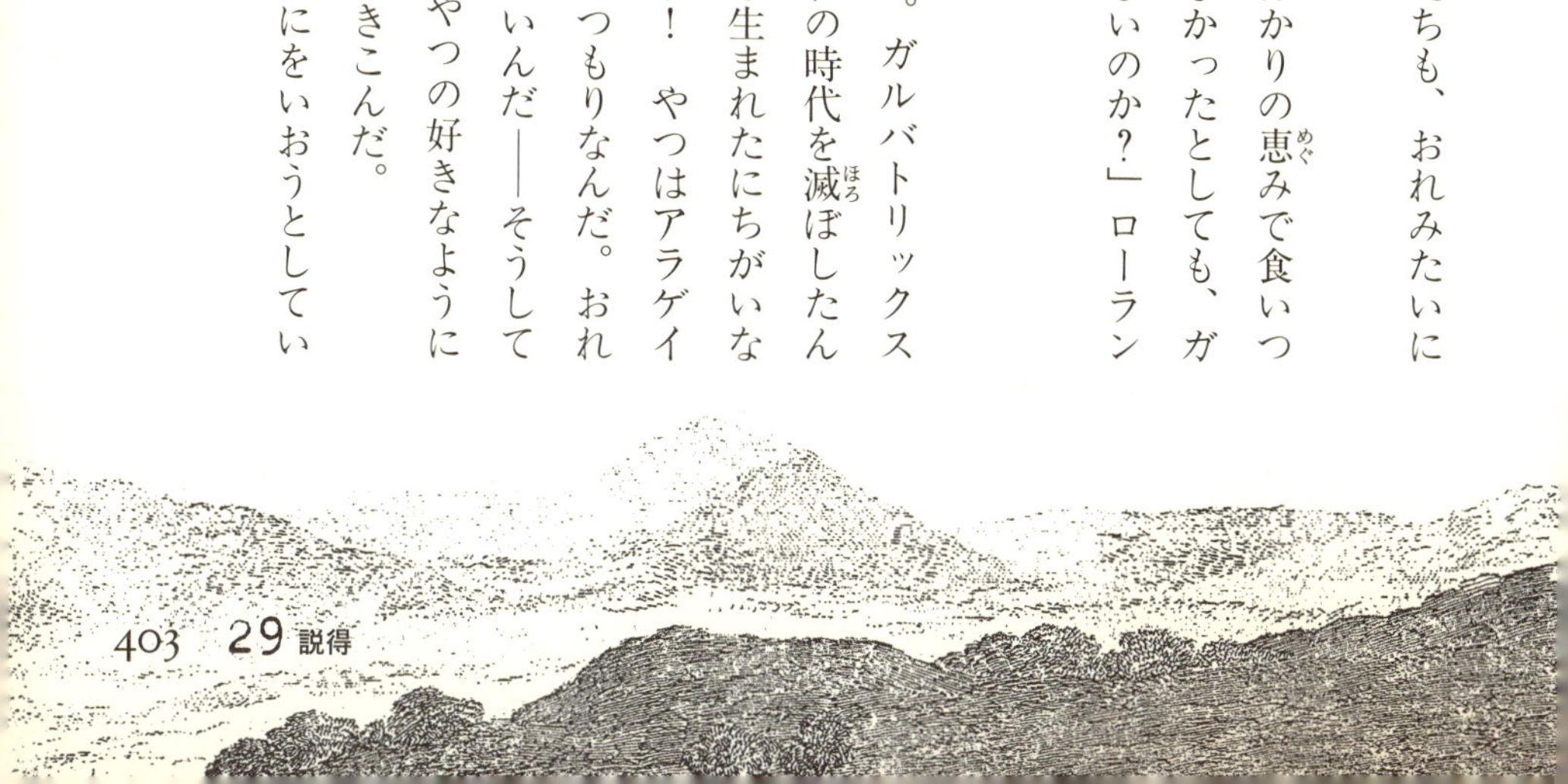

ローランは低くしゃがれた声で続けた。「もしおれたちに、悪魔《あくま》に抵抗《ていこう》する勇気がなかったら、そういう運命が待っているんだ。

おれたちは帝国兵《ていこくへい》やラーザックと戦った。でも、ここでひっそりと死んで忘《わす》れられたら、あるいは奴隷《どれい》として運ばれていったら、戦った意味がない。もうここにはいられない。おれは、人生で大切なものすべてを、ガルバトリックスにうばわれるなんてまっぴらなんだ。やつが勝利するのを見るくらいなら、この目玉をむしりとられ、両手をたたき切られたほうがましだ！　おれは戦うことを選ぶ！　墓場《はかば》をぬけだして、かわりに敵《てき》どもをそこに埋《う》めてやるんだ！

おれはカーヴァホールを出る。

スパインをこえて、ナーダで船を調達してサーダへむかう。そこでヴァーデンに加わるんだ。この圧制《あっせい》からの解放《かいほう》をめざし、何十年も戦ってきたヴァーデンに」

村人たちは衝撃《しょうげき》を受けている。

「だけど、ひとりで行く気はない。みんな、おれといっしょに行こう。いっしょに行って、今よりいい生活をきずくチャンスをつかむんだ。この村にしばりつけてる足枷《あしかせ》を、投げすててくれ」ローランは聴衆《ちょうしゅう》に指をむけ、ひとりずつ指さしていった。「今から百年後、吟遊《ぎんゆう》詩人はだれの名を語るだろう？　ホースト……バージット……キゼルト……セイン。おれたちの英雄伝《えいゆうでん》を詠《えい》じるのさ。叙事詩《じょじし》『カーヴァホール』、帝国に敢然《かんぜん》と立ちむかった唯一《ゆいいつ》の村……」ローランの目に自負の涙《なみだ》があふれてくる。

「アラゲイジアからガルバトリックスのしみを洗《あら》い流すこと以上に、崇高《すうこう》なことがあるだろうか？ 農場を破壊《はかい》されたり、殺されたり食われたり、そんな恐怖《きょうふ》におびえながら暮《く》らさずにすむようになるんだ。自分たちの収穫《しゅうかく》した穀物《こくもつ》は、自分たちだけのために使える。そして、まっとうな王に、進物としていくらか贈《おく》ればいいんだ。川は砂金《さきん》でいっぱいになる。安全で幸せでゆたかに暮らせるようになる！ それが、おれたちの運命なんだ！」

ローランは手を顔の前にあげ、傷《きず》のついた掌《てのひら》をゆっくり閉《と》じていった。そして、痛《いた》む肩《かた》を丸めて立ち、無数の視線《しせん》にさらされながら、村人たちの反応《はんのう》を待った。だが、いつまで待っても反応がない。やがてローランは、彼らがまだ続きを聞きたがっているのだと気づいた。彼のしめす大義《たいぎ》や、彼の描《えが》く未来像《みらいぞう》のことを、もっと聞きたがっているのだ。

カトリーナ……。

闇《やみ》が徐々《じょじょ》にトーチの光の輪を包みこんでいくなか、ローランは背中《せなか》をのばし、また語りはじめた。なにもかくさずに話した。ただ、自分の考えや気持ちを、村人たちに理解《りかい》してもらいたかった。自分をここまで駆《か》りたてた目的意識《いしき》を、みんなにももってほしかった。

「おれたちの時代は終わるんだ。みんなやこどもたちが自由に生きるには、ここから前へ進んで、ヴァーデンと同盟《どうめい》を組まなければならないんだ」ローランはときに声を荒《あら》げ、ときにやさしく語りかけた。信念に満ちた熱い口調だけは変わらなかった。

それが聴衆を釘《くぎ》づけにした。

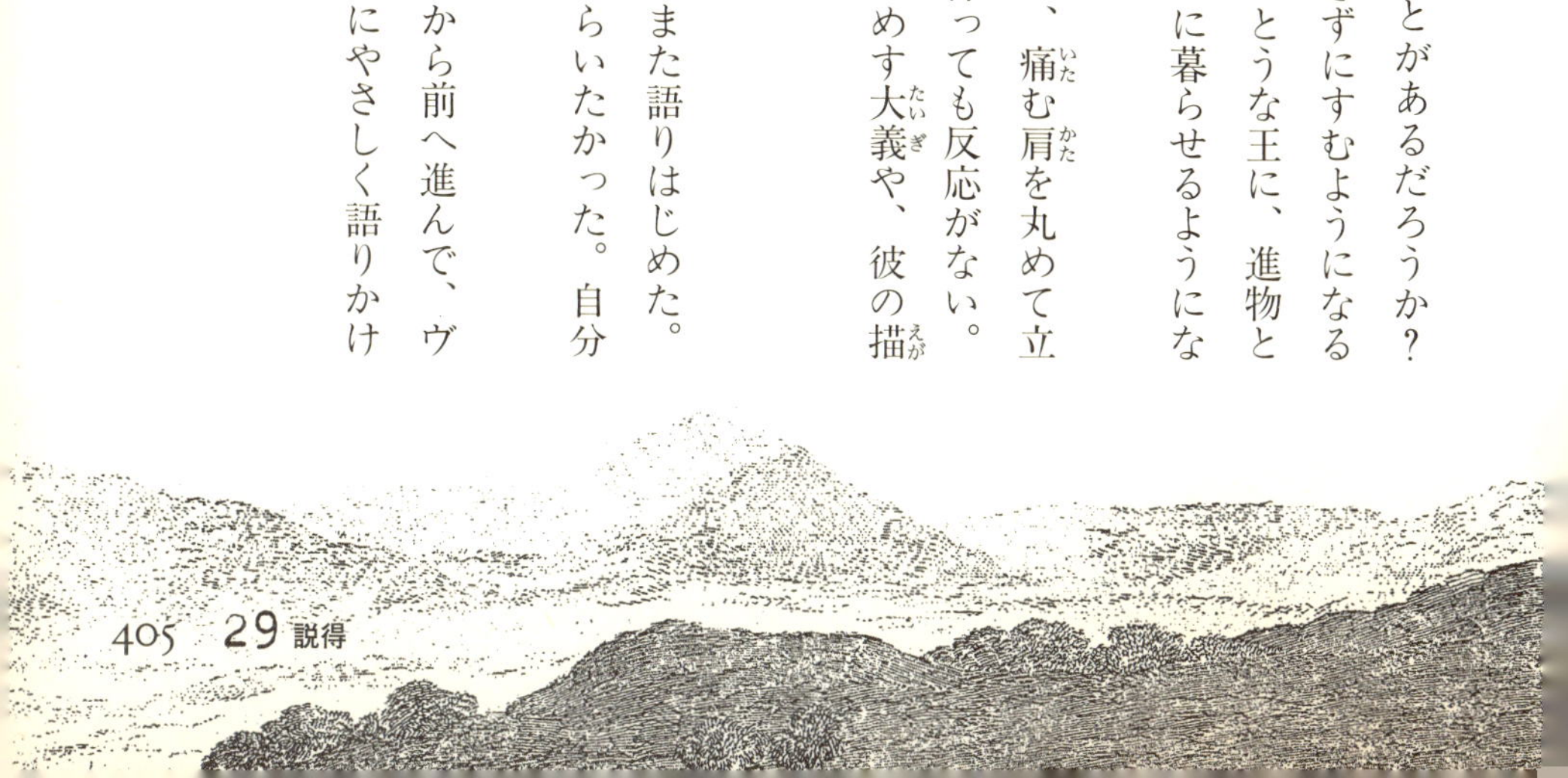

心にためていた思いを出しつくしたころ、ローランは友だちや知りあいの顔を見つめていった。「おれは二日後に出発する。よかったら、みんなもついてきてほしい。でも、たとえひとりでもおれは行く」みんなに頭をさげ、光のなかから消えた。

空には、薄《うす》い雲の幕《まく》のむこうに、下弦《かげん》の月が輝《かがや》いている。かすかな風がカーヴァホールをふきぬけていく。屋根の上で、鉄の風見鶏《かざみどり》が風にキーキーゆられている。

群衆《ぐんしゅう》のなかから、バージットが光の輪に進みでてきた。ころばないようにスカートのひだをがっちりつかんでいる。落ちついた表情《ひょうじょう》で、ショールを巻《ま》きなおした。「今日、あたしたちは……」口ごもり、首をふって、きまり悪そうに笑う。「ローランのあとじゃ、どうやってしゃべればいいかわかんないよ。彼の計画が気に入ったわけじゃないけど、そうしなければならないと思う。でも、あたしの場合、理由はちがう。ラーザックを追って、亭主《ていしゅ》の仇《あだ》を討《う》つんだ。あたしはローランについていく。こどもたちもいっしょに連れていく」バージットはそういって、トーチの光からしりぞいた。

しばしの静寂《せいじゃく》のあと、デルウィンと妻《つま》のレナが腕《うで》を組んで前に進みでた。レナはバージットを見ていった。「あなたの気持ちはよくわかるわ、バージット。わたしたちも仇を討ちたい。でも、それ以上にほかのこどもたちを守りたいと思う。だから、わたしたちも行くわ」

夫を殺された女たちが何人か前へ出て、彼女の意見に賛成《さんせい》した。

村人たちがざわざわしはじめたが、じきに静かになり、なんの動きもなくなった。だれも口を開こうとしない。これはきわめて重大な決断《けつだん》だ。ローランにはよくわかっていた。彼自身、自分の言葉が

もたらすものをはっきりつかもうとしている最中なのだ。

　やがてホーストがトーチの前に歩いてきて、げっそりした顔で炎《ほのお》を見すえた。「これ以上話しあってもしょうがない……考える時間が必要だ。それぞれが自分で決断《けつだん》しなければならない。あした……あしたまた日をあらためてということにしよう。そのころには、状況《じょうきょう》がもっとはっきり見えてくるだろう」ホーストはかぶりをふってトーチをつかみ、逆《さか》さにして地面で火を消した。村人たちは月明かりのもと、それぞれに家路をたどりだした。

　アルブレックとバルドルは、両親がふたりだけで話せるよう配慮《はいりょ》して、うしろから距離《きょり》をあけてついていく。ローランもそこに加わった。兄弟はふたりとも、ローランを見ようとしない。なんの言葉もないので、ローランは居心地《いごこち》が悪くなった。

「ほかにだれか行ってくれる人がいるかな？　おれはうまく話せてたか？」

　アルブレックが吠《ほ》えるように笑った。「うますぎさ！」

「ローラン」バルドルがみょうな声でいった。「今夜のおまえなら、アーガルに農夫になれと説得することだってできたよ」

「まさか！」

「おまえの話が終わったとき、すぐにでも槍《やり》をつかんで、おまえについてスパインに飛びこもうって気持ちになってた。そう思ったのは、おれだけじゃないはずだ。だれが行くかなんて問題じゃない。だれが、行かないかだよ。おまえの話は……あんなすばらしい話は、今まで聞いたことがない」

ローランは眉《まゆ》をひそめた。彼の目的は、人々を説得して計画に賛同《さんどう》してもらうことであって、彼個《こ》人《じん》につきしたがってほしいわけではなかったのだ。ま、背《せ》に腹《はら》はかえられないが。ローランは肩《かた》をすくめた。それでも、予期せぬ展開《てんかい》にはちがいなかった。以前なら当惑《とうわく》しただろうが、今はカトリーナと村を救うためなら、どんな状況《じょうきょう》であれ感謝《かんしゃ》したい気持ちだった。

バルドルが兄のほうへ身をよせていった。「おやじは道具のほとんどを、なくすことになるな」アルブレックは神妙《しんみょう》な顔でうなずいた。

ローランは、鍛冶職人《かじしょくにん》がどんな仕事に使う道具も、すべて自分でつくるということを知っていた。そうやってあつらえた道具は、父から息子《むすこ》へ、あるいは師匠《ししょう》から弟子《でし》へ、遺産《いさん》として受け継《つ》がれていく。鍛冶職人の富《とみ》や技術《ぎじゅつ》をはかるひとつの尺度《しゃくど》は、道具の数だとさえいわれている。ホーストにとって、その道具を手ばなすことはさぞつらいだろう……だが、なにかを手ばなさなければならないのは、ほかの人たちも同じだ。ただローランは、アルブレックとバルドルから、受け継ぐべき遺産をうばってしまうことが心苦しかった。

家にもどると、ローランはバルドルの部屋に入ってベッドにころがった。壁《かべ》のむこうから、ホーストとエレインの話し声がかすかに聞こえてきた。こうして今ごろカーヴァホールじゅうで――自分の、そして村人みんなの運命を決定づける――相談がされているのだと思いながら、ローランは眠《ねむ》りについた。

30
波紋《はもん》

説得から一夜明けた朝、ローランは窓《まど》の外を見て気づいた。村人たちが十二人ほど、カーヴァホールを出て〈イグアルダの滝《たき》〉方面へ歩いていく。彼はあくびをして、足を引きずりながらキッチンへおりていった。

「おはよう」ひとりでテーブルにむかって、両手でエールのマグをにぎりしめているホーストがいった。

ローランは低い声でこたえ、カウンターの上のパンをちぎってホーストのむかいにすわった。パンをかじりながら、ホーストの充血《じゅうけつ》した目とぼさぼさの髪《かみ》にちらりと目をやった。おそらく、ひと晩《ばん》じゅう眠《ねむ》っていないのだろう。「村を出ていく人たちを見かけたけど――」

「家族と話をしに行ったのさ」ホーストはすかさずいった。「明け方から、続々とスパインにむかっている」鍛冶屋はマグをガツンとテーブルに置いた。「ローラン、おまえ、自分がなにをしたかわかってるのか？　ここを捨《す》てろだなんて。村じゅう大混乱《だいこんらん》だ。おまえはおれたちを、逃《に》げ道《みち》がひとつし

かない状況《じょうきょう》に――おまえという逃《に》げ道《みち》しかないところへ追いこんだんだ。そのことでおまえを憎《にく》んでるやつもいる。もっとも、連中のほとんどが、これを村にもたらしたことで、最初からおまえを憎んでたがな」

こみあげる憤《いきどお》りで、ローランの口のなかのパンは味がなくなった。石をもち帰ったのはエラゴンだ。おれじゃない。「それ以外の人たちは？」

ホーストはエールをすすり、しぶい顔をした。「おまえを崇拝《すうはい》している。まさかギャロウの息子《むすこ》の言葉が、おれの心を動かす日が来るとは思ってもみなかった。だが、本当にやりやがった、おまえ、やりやがったんだ」ホーストは節くれだった手を頭の上にふりあげた。「これを全部だと？　エレインと息子たちのためにつくったこの家を？　完成まで七年もかかったんだぞ！　あそこの戸の上の梁《はり》が見えるか？　あの梁をわたすのに、おれはこの足の指を三本も折った。おまえわかってるのか？　ゆうべのおまえの演説《えんぜつ》のせいで、おれはこれを全部捨《す》てることになるんだぞ」

ローランは無言のままだった。それが彼の求めていることだからだ。カーヴァホールを捨てることは正しい選択《せんたく》であり、そうすると態度《たいど》を表明した以上、罪《つみ》の意識《いしき》や後悔《こうかい》で自分を責《せ》めるわけにはいかない。もう決断《けつだん》したんだ。どんなにつらくても、おれは泣き言をいわず結果を受けいれる。なぜなら、これが唯一《ゆいいつ》、帝国《ていこく》の手からのがれる道だから。

「しかし」ホーストは片《かた》ひじをついて身を乗りだした。眉《まゆ》の下で黒々とした目が熱を帯びている。

「もし現実《げんじつ》が、おまえのつくりだした幻想《げんそう》どおりにならなかったら、そのときは大きな借りを負うこ

とになるんだぞ。希望をあたえておいて、それをとりさったら、みんなはおまえを生かしておかんだろう」

ローランは、そんなことには関心がなかった。もしサーダにたどりつけたら、おれたちは反乱軍《はんらんぐん》に英雄《えいゆう》としてむかえられる。でも、たどりつけなかったら、おれたちは死に、借りはすべてちゃらになる。ホーストが心の内をすべていいきったと見て、ローランはたずねた。「エレインはどこ?」

話題を変えられて、ホーストは顔をしかめた。「裏《うら》だ」彼は立ちあがり、いかつい肩《かた》にはおったチュニックをまっすぐにのばした。「おれは作業場をかたづけて、もっていく道具を選ばねばならん。残りはどこかにかくすか、こわすかだ。おれが苦労してつくった道具を、帝国なんぞに使わせやしない」

「手伝うよ」ローランは椅子《いす》をおして立ちあがった。

「いや」ホーストはぶっきらぼうにいった。「この仕事を手伝えるのは、アルブレックとバルドルだけだ。鍛冶場《かじば》はおれの人生すべてだった。あの子たちにとっても……おまえのその腕《うで》じゃ、どうせたいした助けにはならんさ。ここにいて、エレインを手伝ってやってくれ」

ホーストが仕事場へ行くと、ローランは裏口をあけてみた。ホーストが一年を通してたくわえている薪《まき》の山の横で、エレインとガートルードが話をしていた。

治療師《ちりょうし》のガートルードはローランに歩みより、額《ひたい》に手をあてた。「おや、ゆうべの興奮《こうふん》で熱が出たんじゃないかって、心配してたんだけどね。あんたのとこは、驚異的《きょういてき》な速さで回復《かいふく》する家系らしい。

エラゴンが二日間寝《ね》こんだあといきなり歩きだしたときは、この目を疑《うたが》ったよ。太ももの皮がむけて、ひどいことになってたんだからね」従弟《いとこ》の名を聞いてローランは体をこわばらせたが、ガートルードは気づかないようだ。「どれ、肩《かた》を見せてごらん」

ローランは頭をさげ、ガートルードは背中《せなか》の三角巾《さんかくきん》の結び目に手をのばした。三角巾がほどけると、ローランは右腕《みぎうで》をそろそろと下におろし、まっすぐにのばしてみた。前腕《ぜんわん》は添《そ》え木《ぎ》で固定され、動かすことができない。ガートルードは傷《きず》にはりつけた湿布《しっぷ》を指ではがした。

「おやまあ」

きついにおいが鼻をついた、ローランは歯を食いしばって吐《は》き気《け》をこらえ、傷口を見おろした。湿布の下の皮膚《ひふ》は、白い海綿状《スポンジじょう》になり、まるで巨大《きょだい》なウジ虫がはりついたかのようだ。嚙《か》み傷《きず》は意識《いしき》のないあいだに縫《ぬ》われており、今は肩の前部に、血のこびりついたピンクのぎざぎざの線だけが見えている。傷が腫《は》れて炎症《えんしょう》を起こしているせいで、腸線の縫《ぬ》い糸《いと》が皮膚に深く食いこみ、透明《とうめい》な液体《えきたい》が玉になってしみでている。

ガートルードは舌《した》を鳴らしながら傷を調べ、包帯をしばり直してから、ローランをまっすぐ見つめた。「よくなってはいるよ。でも、組織《そしき》が腐《くさ》っているかもしれない。まだなんともいえないんだ。もしそうだったら、肩を焼かなきゃならないよ」

ローランはうなずいた。「治ったら、またちゃんと使えるようになるかな?」

「筋肉《きんにく》がきちんとくっついてくれればね。それに、使い方にもよるよ。おまえさんが――」

「戦えるようになる?」

「戦いたいなら」ガートルードはゆっくりいった。「左手を使うことを覚えたほうがいいね」治療師《ちりょうし》はローランの頬《ほお》をそっとたたき、自分の家にもどっていった。

おれの腕。ローランはもう自分の体に属《ぞく》していないかのような、包帯を巻《ま》かれた腕を見つめた。今の今まで、自分がこれほどまでに体を頼《たよ》りにしているとは気づかなかった。今は、心の傷が肉体に傷をもたらし、肉体の傷が心に傷をもたらしている。ローランは体には自信があった。しかしそれが不自由になってみると、ひどく動揺《どうよう》してしまう。その傷が永遠《えいえん》のものならなおさらだ。たとえ腕を使えるようになっても、痛《いた》みを負ったしるしとして、一生深い傷痕《きずあと》は残る。

エレインはローランの手をとって家のなかにもどると、やかんの水にハッカをもみいれ、火にかけた。「あなた、彼女のこと、心の底から愛してるのね」

「え?」ローランは不意をつかれたようにエレインを見た。

エレインは自分のおなかに手をあてた。「カトリーナのことよ」と笑《え》みを浮《う》かべる。「わたしの目は節穴《ふしあな》じゃない。あなたが彼女のためにやったってことぐらい、わかってるのよ。本当にえらいわ。だれもがまねできることじゃない」

「彼女を助けられなかったら意味がないよ」

やかんがヒューヒュー音をたてはじめた。「きっと助けられるわ。わたし、そんな気がするの――あなたならなんとかできるって」エレインはお茶をそそいだ。「旅の準備《じゅんび》をはじめないと。わたしは

まず、キッチンのものを選《よ》りわけるわ。あなたは衣類とか寝具《しんぐ》とか、使えそうなものをいろいろと二階からおろしてきてくれる？」

「どこに集める？」

「食堂がいいわ」

山脈に馬車を進めるには、山道はけわしく、木々も密集《みっしゅう》しすぎている。もっていく荷物は、自分で背負《せお》えるぶんと、あとはホーストの二頭の馬に積めるぶんにとどめなければならないな、とローランは思った。道はけわしい。身重《みおも》のエレインを乗せられるように、一頭の荷物は少なめに積んだほうがいい。

カーヴァホールには、年寄《としよ》り、こども、病人など、自分の足で歩けない家族をかかえながら、荷物と人を乗せるだけの馬がない家もある。村人どうしで、もっているものを分けあわなければならない。問題は、だれとだれで分けあうか。バージットとデルウィンの家族以外、だれが行くのか行かないのか、まだわかっていない。

必要不可欠《ふかけつ》なもの——おもに食糧《しょくりょう》と寒さをふせぐもの——をつめおえたところで、エレインはローランを使いに出した。荷物をつめる空間が足りない者はいないか、もしいなければ、ぎゃくにエレインにその空間を貸《か》してくれる者はいないか。なぜならエレインには、必要不可欠ではないが、もっていきたいものがたくさんあるからだ。もっていけなければ、捨《す》ててしまうしかない。

通りには人々がいそがしく行きかっているにもかかわらず、カーヴァホールには不自然な静けさがたれこめている。それぞれの家のなかにあわただしい動きがあることなど嘘《うそ》のようだ。だれもが無言でむずかしい顔をして、考えごとに没頭《ぼっとう》しながら歩いている。

オーヴァルの家に着いたローランは、一分近くもノッカーを鳴らして、ようやく扉《とびら》をあけてもらえた。

「ああ、ローラン、ストロングハンマー、きみだったのか」オーヴァルがポーチに出てきた。「待たせて悪かった。いそがしくてな。なんの用だい?」オーヴァルは長い黒のパイプを掌《てのひら》にたたき、指でいらだたしげにころがしはじめた。なかから、椅子《いす》をおす音や、つぼや鍋《なべ》のガチャガチャとぶつかる音が響《ひび》いてくる。

ローランはエレインの申し出と要求を手短に説明した。オーヴァルは目を細めて空を見あげた。

「たぶん、うちのものだけで荷物はいっぱいになりそうだけど。ほかをあたってみて、それでもなかったら、二匹《ひき》の牛に多少の荷物は積んでやれるかもしれない」

「じゃあ、行くことにしたのかい?」

オーヴァルは居心地《いごこち》悪そうに足をふみかえた。「いや、そういうわけじゃなくて……ただ……次の襲撃《しゅうげき》にそなえて、用意をしとこうと思ってね」

「ふうん」ローランは首をひねりながら、キゼルトの家にむかった。そしてまもなく気がついた。村人たちは、村を出る決意をしたことを――その準備《じゅんび》をしていることは、あきらかなのに――正直に明

かしたがらないのだ。

また、だれもがローランに対して、以前とはちがった態度《たいど》をとるようになった。それが彼を落ちつかなくさせた。そうした態度は、ふとした拍子《ひょうし》に表れた。たとえば、ローランの不幸についてなぐさめの言葉をかけてくれたり、彼の話に敬意《けいい》をはらうようにじっと耳をかたむけたり、なにかいうたびに同意の言葉をつぶやいたり。まるでローランのとった行動が、彼の体を大きくふくらませ、こども時代からよく知っている村人たちを威嚇《いかく》し、遠ざけてしまったように思えた。

おれは烙印《らくいん》をおされたんだ。ぬかるみのなか、足を引きずって歩きながらローランは思った。水たまりのふちで足をとめ、どこがそんなに変わったのかと、かがみこんで水に映《うつ》る姿《すがた》を見た。

そこにいたのは、すり切れて、血のしみついた服をまとい、背中《せなか》を丸め、曲がった腕《うで》を胸《むね》にしばりつけている男の姿だった。首と頬《ほお》をのびかけのひげがおおい、髪《かみ》はねじれた縄《なわ》のように頭の上でのたうっている。だが、もっとも異様《いよう》なのは深く落ちくぼんだ目だった。亡霊《ぼうれい》のような形相《ぎょうそう》だ。ふたつの不気味な眼窩《がんか》の奥《おく》にある目は、喪失感《そうしつかん》、怒《いか》り、異常《いじょう》なまでの渇望《かつぼう》で、溶《と》けた鉄のようにぎらぎら光っている。

顔に引きつった笑《え》みがよぎり、彼の容貌《ようぼう》をさらに恐《おそ》ろしくした。ローランはその顔が気に入った。今の心境《しんきょう》にふさわしい顔だ。村人たちがどうしてあんな態度をとるようになったのか、今ようやく理《り》解《かい》できた。彼は歯をむきだしてみた。この顔は使える。ラーザックをたおすのに、この顔を使える。

ローランは自分自身に満足し、頭をあげ、背中を丸めて通りを歩きだした。

そのとき、農夫のセインが近づいてきて、力強い手でローランの左腕をにぎりしめた。「ストロングハンマー！　会えてよかった。すごくうれしいよ」

「うれしい？」ローランは、一夜のうちに、世の中がひっくり返ってしまったのかと首をかしげた。

セインはいきおいよくうなずいた。「兵士を襲撃《しゅうげき》してから、なにもかも絶望的《ぜつぼうてき》に思えていた。みとめるのはつらいが、そうだったんだ。井戸《いど》に転落する寸前《すんぜん》みたいに、いつも心臓《しんぞう》がドキドキしてた。手もふるえて、ものすごく具合が悪かった。だれかに毒を盛《も》られたような気さえしてたんだ！　死ぬよりまだ悪かった。だけど、おまえがきのういってくれた言葉で、そういうのが一瞬《いっしゅん》のうちに治ったんだ。おまえの言葉が、この世に生きる意味と目的を、ふたたびしめしてくれたんだ！　どれほど……どれほどの恐怖《きょうふ》から救われたことか、口じゃ説明できないよ。おまえに借りができた。なにか必要なとき、手を貸《か》してほしいときは、かならず声をかけてくれ」

ローランは胸を打たれ、セインの腕をにぎり返した。「ありがとう、セイン。ありがとう」

セインは目に涙《なみだ》をためて頭をさげ、手を放して去っていった。

残されたローランは通りの真ん中に、ひとりぽつんと立ちつくしていた。

おれがいったいなにをしたというんだ？

31

自由への脱出《だっしゅつ》

モーンの酒場〈七つの滑車亭《セヴンシーヴス》〉に入ると、ローランはよどんだ煙《けむ》たい空気の壁《かべ》にのみこまれた。薄暗《うすぐら》い店内に目を慣らそうと、戸口に打ちつけられたアーガルの角の下で足をとめた。

「こんにちは」彼は呼《よ》びかけた。

奥《おく》の部屋の扉《とびら》がバタンと開き、最初にタラ、次にモーンがのろのろと出てきた。ふたりとも、むっつりとした顔でローランをにらみつける。タラは肉づきのいい手を腰《こし》にあて、問いただすようにいった。「なんの用だい?」

ローランは敵意《てきい》の源《みなもと》をつきとめようと、タラをじっと見つめた。「いっしょにスパインに行くかどうか、もう決めたのかい?」

「あんたにゃ、関係ないことだ」タラがぴしゃりという。

ああ、たしかにそうさ。それでも、ローランは自分をおさえていった。「どっちにしろ、もし行くんなら、エレインが知りたいそうだ。荷物にまだほかのものをつめる余裕《よゆう》があるか、あるいは、荷物

をつめる場所が不足しているか。エレインが――」

「余裕だって！」モーンが声をあげる。カウンターのうしろの、オーク材の樽《たる》がならんだ壁を手でさした。「うちには、冬に醸造《じょうぞう》した上等のエールが十二樽あるんだ。ワラでくるんで五か月間、完璧《かんぺき》な温度にたもってきた。クインビーの遺《のこ》した最後の樽だぜ！　それをどうしろって？　おれのしこんだラガーとスタウトの大樽は？　ここに置いていったら、兵士どもに一週間で飲みほされちまう。いや、樽に穴《あな》をあけられて、地面に流されるかもしれん。そうなったら、地虫やミミズの餌《えさ》になるだけじゃないか！」モーンはすわりこみ、手をかたくにぎって、かぶりをふった。「十二年だぞ！　おやじが死んで、あとを継《つ》いで以来、明けても暮《く》れてもこの店でがんばってきた。なのに、おまえとエラゴンのせいで、こんな災難《さいなん》がおそってきて、それで……」モーンは言葉を切り、やっとの思いで息をし、酔《よ》ってぐしゃぐしゃになった顔をそで口でぬぐった。

「よしよし」タラはモーンの肩《かた》を抱《だ》いて、ローランに指をつきつけた。「妄想話《もうそうばなし》でカーヴァホールをかきまわしていいって、だれがあんたに許可《きょか》したんだい？　もしあたしらが村を出たら、うちのかわいそうな亭主《ていしゅ》はどうやって暮らしを立てていけばいい？　ホーストやゲドリックみたいに腕《うで》一本で仕事ができるわけじゃない。あんたらみたいに、荒地《あれち》から畑を耕《たがや》したりすることもできないんだ！　無理なんだよ！　みんなが出ていったら、あたしらはここで飢《う》え死《じ》にするしかない。みんなといっしょに出ていっても、やっぱりあたしらは飢え死にするしかない。あんたがめちゃくちゃにしたんだ！」

ローランは怒《いか》りで紅潮《こうちょう》するタラの顔と、とりみだしたモーンの顔を順に見つめ、背《せ》をむけて戸口へ

むかった。敷居《しきい》の上で足をとめ、低い声でつぶやいた。「あんたたちのこと、ずっと友だちだと思ってた。帝国《ていこく》に殺されてなんかほしくないんだ」酒場から出ると、ベストの前をかきあわせ、いろいろなことを思いながら歩きだした。

フィスクの井戸《いど》に立ちよって水を飲んでいるとき、気がつくとそばにバージットが立っていた。片《かた》手《て》でクランクをまわすのに難儀《なんぎ》するローランを見て、バージットはそれをうばいとり、引きあげたバケツに自分では口をつけずに、彼にわたした。

ローランは冷たい水をひと口飲んでいった。「いっしょに行くといってくれて、うれしいよ」彼女にバケツを返す。

バージットは彼をにらんだ。「あんたをつき動かしている力がなんだか、よくわかるよ、ローラン。あたしを動かしてるのも、それだからね。あたしたちはふたりとも、ラーザックをつかまえたいと思ってる。だけどそれが果たせたら、あんたにはクインビーが死んだことの償《つぐな》いをしてもらうからね。それを忘《わす》れないで」バージットは満杯《まんぱい》のバケツを井戸に入れ、そのまま手を放した。クランクが荒々《あらあら》しくまわりだし、数秒後、井戸のなかからうつろな水音が響《ひび》いてきた。

ローランはほほえんで、バージットのうしろ姿《すがた》を見送った。彼女の言葉にうろたえるというより、むしろ彼はよろこんでいた。カーヴァホールの村人全員が目的をあきらめ、あるいは、死んでしまうようなことがあっても、バージットだけは自分とともにラーザックを追い続けてくれると思えたからだ。そしてそのあと——もしそのあとがあったとしたら——バージットに代償《だいしょう》をはらうか、殺すことになるかもしれない。そうやって決着をつけるしか方法がないこともあるのだ。

夕方ごろ、ホーストと息子《むすこ》たちが、油布《あぶらぬの》でくるんだ小さな包みふたつを手に家にもどってきた。

「これで全部?」エレインがたずねた。

ホーストはそっけなくうなずいて、キッチンのテーブルに包みを置き、槌《つち》四本、やっとこ三個《こ》、かすがい、中型のふいご、三ポンドの鉄床《かなとこ》を広げた。

五人で夕食のテーブルをかこんでいるとき、アルブレックとバルドルが話していた。彼らは村のあちこちで、ひそかに旅の準備《じゅんび》をしている人を見かけたらしい。だれがだれにロバを貸《か》したか、村を出る様子がないのはだれか、旅をするのに手助けを必要としているのはだれか、ローランはそれらを頭にとめておこうと、ふたりの話に真剣《しんけん》に耳をかたむけた。

「いちばんの問題は食糧《しょくりょう》だな」バルドルがいった。「もっていける量はかぎられてるし、スパインで狩《か》りをしたって、二、三百人もの腹《はら》を満たすのはむずかしい」

「ううむ」ホーストは豆をほおばっているんだと指でしめし、飲みこんでからいった。「いや、狩りは無理だろう。家畜《かちく》の群《む》れを連れていかないとならんな。村じゅう全部あわせれば、ひと月やそこら全員が食えるだけの羊やヤギがいるだろう」

ローランがナイフをかざしていった。「オオカミにやられないようにしないと」

「それより心配なのは、家畜《かちく》の群《む》れが森にまよいこむことだな。群れをまとめておくのは、ひと仕事

になりそうだ」

翌日《よくじつ》、ローランはものもいわず、可能《かのう》なかぎり人を手伝うことで一日を費《つい》やした。村人たちに見せるのは、ひたすら村のために働く姿《すがた》だった。夜遅《おそ》く、疲《つか》れ果て、しかし希望に満ちた心で彼はベッドにたおれこんだ。

夢《ゆめ》のなかに夜明けの光がさしこみ、ローランは期待を胸《むね》に目覚めた。足をしのばせて階段《かいだん》をおり、外へ出て、朝の静けさのなかにたたずんで、靄《もや》に包まれた山脈を見つめた。吐《は》く息は白くとも、不安と熱望で心臓《しんぞう》は激《はげ》しく打ち、体はぽかぽかしている。

静かに朝食をとると、ホーストが馬を家の前までひいてきた。

ローランはアルブレックとバルドルを手伝って、鞍袋《くらぶくろ》やそのほかの荷物を馬に積んだ。自分の背嚢《はいのう》を背負《せお》うとき、ストラップが傷《きず》に食いこみ、ローランは小さくうめいた。

ホーストが家の扉《とびら》に鍵《かぎ》をかけた。鉄のノブに名残おしそうに指をのせたあと、エレインの手をとっていった。「さあ行こう」

村のなかを歩いていくと、陰鬱《いんうつ》な表情《ひょうじょう》の村人たちが、荷物をかかえ、悲しげな声で鳴く家畜を連れて、それぞれの家から出てきた。背中《せなか》に荷物をくくられた羊や犬もいる。こどもたちはべそをかいてロバの背にまたがり、馬のうしろには即席《そくせき》のソリがつながれ、両わきのかごでニワトリが羽根をばたつかせている。ローランは自分の説得が実ったことを感じた。しかし、笑いたいのか泣きたいのかは

わからなかった。

一行はカーヴァホールの北のはしでとまり、合流する者たちをしばらく待つことにした。

すこしして、ノルファヴレルや幼《おさな》い兄弟たちを連れたバージットが、わき道から出てきた。バージットはホーストとエレインにあいさつして、近くにならんだ。

パランカー谷の東側に住むリドリーとその家族が、百頭の羊を引きつれて、村の木の砦《とりで》の外側にたどりついた。「こいつらも連れてったほうがいいと思ったんだ」リドリーが群れのむこうから声をはりあげる。

「名案だ！」ホーストがさけび返した。

デルウィン、妻《つま》のレナ、五人のこどもたちも到着《とうちゃく》した。

オーヴァルと家族、ロリングと息子《むすこ》たち、カリサと――ローランに満面の笑《え》みをむける――セイン。そしてキゼルトの一族。

ノラをはじめとする未亡人《みぼうじん》になったばかりの女たちは、バージットのまわりに集まってきた。

朝日が山頂《さんちょう》から顔を出す前に、木の砦の前に村人たちの大部分が集合した。が、全員ではなかった。

モーンとタラ、そしてあと数人がまだ姿を見せていない。

じきにやってきたアイヴァーは、荷物をかかえていなかった。

「残るのか？」ローランはそういって、横にひょいと飛び、ガートルードがおさえようとしている不《ふ》

機嫌《きげん》なヤギの一団《いちだん》をよけた。

「うん」アイヴァーは疲《つか》れ果てたように言葉をしぼりだした。寒さにぶるっとふるえ、骨《ほね》ばった腕《うで》を組む。朝日に顔をむけ、透明《とうめい》な陽光を浴びながらいった。「スヴァートがかんとして動かんというのさ。フン！　そもそもあのじいさんをスパインに連れてくのだって、米粒《こめつぶ》に彫《ほ》り物《もの》をするほど大変だった。だれかがめんどうみにゃならんだろ。それに、おれにはこどももいないしな……」アイヴァーは肩《かた》をすくめた。「どのみち、農場を手放すことはできそうにない」

「兵がやってきたらどうする？」

「連中の記憶《きおく》に残るよう戦ってやるさ」

ローランはしゃがれた声で笑い、アイヴァーの腕をポンとたたいた。村に残る者たちにおとずれる運命は、おたがい暗黙《あんもく》の了解《りょうかい》でわかっていても、ローランは極力それを顔に出さないようにした。

痩《や》せた中年の男、エスルバートが集団《しゅうだん》のはしにつかつかと歩いてきて、がなり立てた。「あんたらはどうかしてる！」

不吉《ふきつ》な衣《きぬ》ずれの音とともに、人々が告発者のほうをふり返った。

「この狂気《きょうき》の沙汰《さた》を、おれはずっとだまって見てきた。しかし、たわごとにはもうついていけない！　もしあんたらがやつの言葉で目くらましにあってないなら、自分たちが破滅《はめつ》の道にみちびかれてることぐらいわかるはずだ！　そうさ、おれは行かないぞ！　兵士たちの目からうまくのがれて、セリンスフォードでかくまってもらうつもりだ。彼らは少なくとも同じ国の民《たみ》だ。サーダにいるという野蛮《やばん》

人《じん》とちがってな！」彼は地面につばを吐《は》きすてて、きびすを返して去っていった。

エスルバートの言葉で離脱者《りだつしゃ》が出るのではないかと恐《おそ》れ、ローランは集団を見まわした。ざわめいてはいるが、とくに動きがないのでほっとした。それでも、いつまでもぐずぐずしていると、心変わりする者が現《あらわ》れかねない。

ローランは小声でホーストにたずねた。「いつまで待てばいいだろう？」

「アルブレック、バルドルといっしょにひとっ走りして、村のなかを見まわってきてくれ。ほかに行く者がなければ、出発しよう」

兄弟は別々の方向に走っていった。

三十分ほどたって、バルドルがフィスクと妻《つま》のイソルドと、借りものの馬を連れてもどってきた。

イソルドは夫を置いたまま、人をかきわけながら、必死の足取りでホーストのもとへ歩いてくる。結った髪《かみ》がほどけ、ぶかっこうにはねているのにも気づいていない。たどりつくと、ゼーゼー息をしながらいった。「おそくなってごめんよ。フィスクが店を閉《し》めるのに手間どっちゃってさ。かんなとかのみとか、どれをもって行くか、なかなか選べないんだ」イソルドはヒステリックなほど甲高《かんだか》い声で笑った。「まるでネズミにかこまれたネコだよ。どれを追いかけようか、いつまでも迷《まよ》ってるんだ。こっちにしようか、あっちにしようかってね」

ホーストは唇《くちびる》にゆがんだ笑《え》みを浮《う》かべた。「よくわかるよ」

ローランはアルブレックの姿《すがた》をさがして体をのばしたが、見つからず、歯ぎしりをした。「アルブ

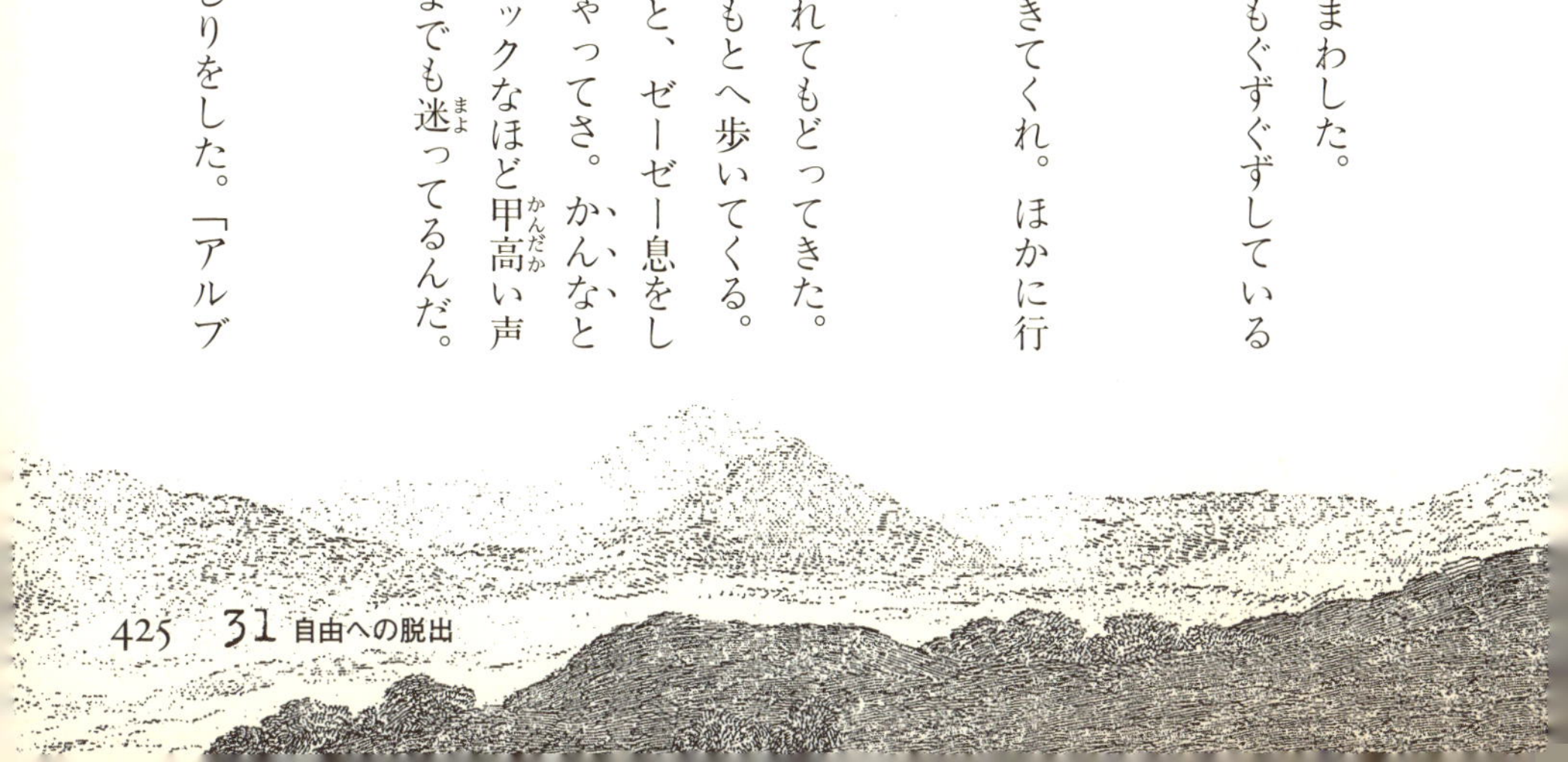

レックはどこ？」

ホーストは彼の肩《かた》をそっとたたいた。「ほら、あそこだ」

三個《こ》のビヤ樽《だる》を背中《せなか》にくくりつけたアルブレックが、民家のあいだから現《あらわ》れた。

その苦しげな顔がおかしくて、バルドルと数人がふきだした。

アルブレックの両側をよろよろと歩いてくるのは、巨大《きょだい》な荷物を背負《せお》ったモーンとタラだ。そのうしろから、ロバと二匹《ひき》のヤギが引かれてついてくる。ローランはさらに大量の樽をくくりつけられた動物たちを見て、仰天《ぎょうてん》した。

「あれじゃあ一キロも歩けない」ローランは夫婦《ふうふ》のバカさかげんに腹《はら》が立った。「おまけにあのふたり、たいした食糧《しょくりょう》をもってない。人に分けてもらう気でいるのか――」

ホーストがクックッと笑って、ローランをさえぎった。「食い物のことは心配せんでいい。モーンのビールがあれば、みんなの士気もあがる。見てればわかるさ。数食ぶんの食糧の価値《かち》はあるだろうよ」

アルブレックが樽の荷をおろしたところで、ローランは兄弟にたずねた。「これで全員か？」

ふたりがそうだとこたえると、ローランは毒づいて、太ももに握《にぎ》り拳《こぶし》を打ちつけた。アイヴァーのほかに、三家族がパランカー谷に残ることを決めたのだ。エスルバート、パー、ヌートの家族たちだ。彼らに強要することはできない。ローランはため息をついた。「わかった。これ以上待ってもしかたがない」

村人たちのあいだに興奮《こうふん》が駆《か》けぬけた。ついに、このときが来たのだ。

ホーストと五人の男たちが木の砦《とりで》を開き、人々や動物が通れるよう壕《ごう》に板をわたした。

ホーストが手をふった。「ローラン、おまえがいちばん先に行くべきだろう」

「待ってくれ！」フィスクが駆けより、いかにも誇《ほこ》らしげな態度《たいど》で、ローランに百八十センチほどの黒いサンザシの木の杖《つえ》を手わたした。握りはこぶ状《じょう》の根をみがきあげたもので、地面につく石づきは青い色を塗《ぬ》った鉄製《てっせい》で、先に太目の釘《くぎ》が打たれている。「ゆうべつくったんだ」大工はいった。「おまえにはこれが必要だと思ってな」

ローランは左手で木の杖をなで、そのなめらかさに舌《した》を巻《ま》いた。「これ以上のものは、だれにもつくれないよ。あんたの腕《うで》は最高だ……ありがとう」

フィスクはにんまり笑って、さがっていった。

人々の視線《しせん》を一身に集めているのを感じ、ローランはスパイン山脈と〈イグアルダの滝《たき》〉にむき直った。革《かわ》のストラップの下で肩がふるえていた。背中の荷物には、父親の遺骨《いこつ》と、ともに生きてきたさまざまなものがつまっている。

前を見ると、青白い空を背に、ぎざぎざの山々が重なり、彼の行く手と意志をはばむようにそびえている。

しかし、彼は引きさがるつもりも、うしろをふり返るつもりもなかった。

カトリーナ……。

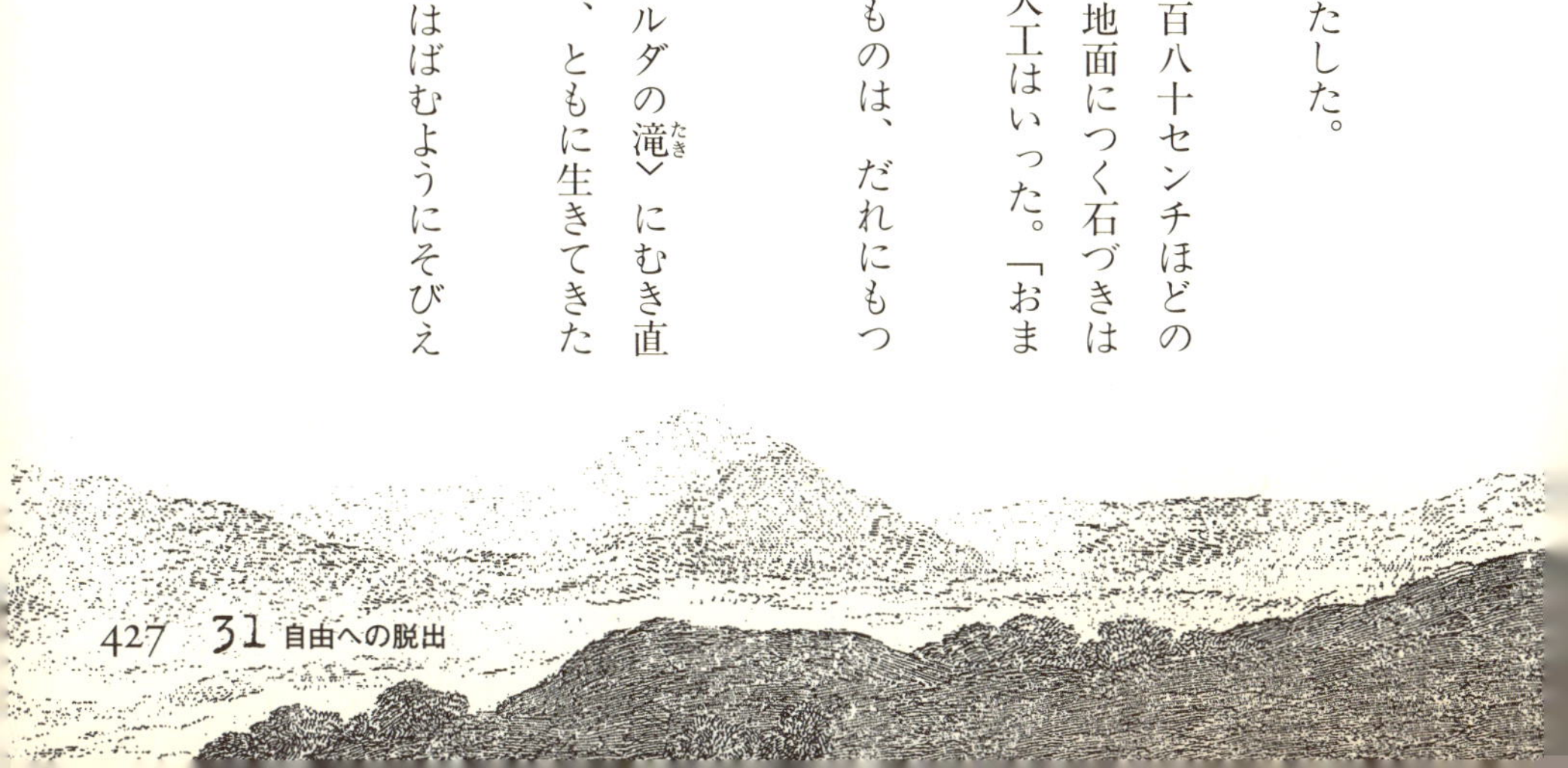

あごをあげ、ローランは足をふみだした。杖《つえ》で渡《わた》り板《いた》をたたきながら壕《ごう》をわたり、カーヴァホールをはなれ、荒涼《こうりょう》とした世界へ村人たちをみちびいていった。

32 テルネーアの崖《がけ》の上で

ザッ。

照り輝《かがや》く太陽のようにまばゆいドラゴンが、目の前に浮《う》かんでいた。テルネーアの岸壁《がんぺき》にかたまるエラゴンたちは、その壮大《そうだい》な翼《つばさ》の巻《ま》きおこす風に圧倒《あっとう》されていた。黄金の鱗《うろこ》が朝日に照らされ、ドラゴンの体は炎《ほのお》をあげているかのようだ。地面や木々にまで、まぶしい光のかけらがちらちらと映《うつ》っている。ドラゴンの体はサフィラよりはるかに大きい。数百歳《さい》ぶんといえるほど大きい。それに比例《ひれい》して、首も、足も、尾《お》も、はるかに太い。その背《せ》にすわるライダーのローブが、黄金の鱗に映《は》えておどろくほど白く見える。

エラゴンは顔を上にむけ、地面にひざまずいた。

〔ぼくはひとりじゃなかった……〕

畏怖《いふ》と安堵《あんど》がエラゴンの体を駆《か》けめぐった。これからは、ヴァーデンとガルバトリックスに対する責任《せきにん》を、ひとりきりで背負《せお》うことはない。ここにいるのは、彼をみちびくために時の奥底《おくそこ》からよみが

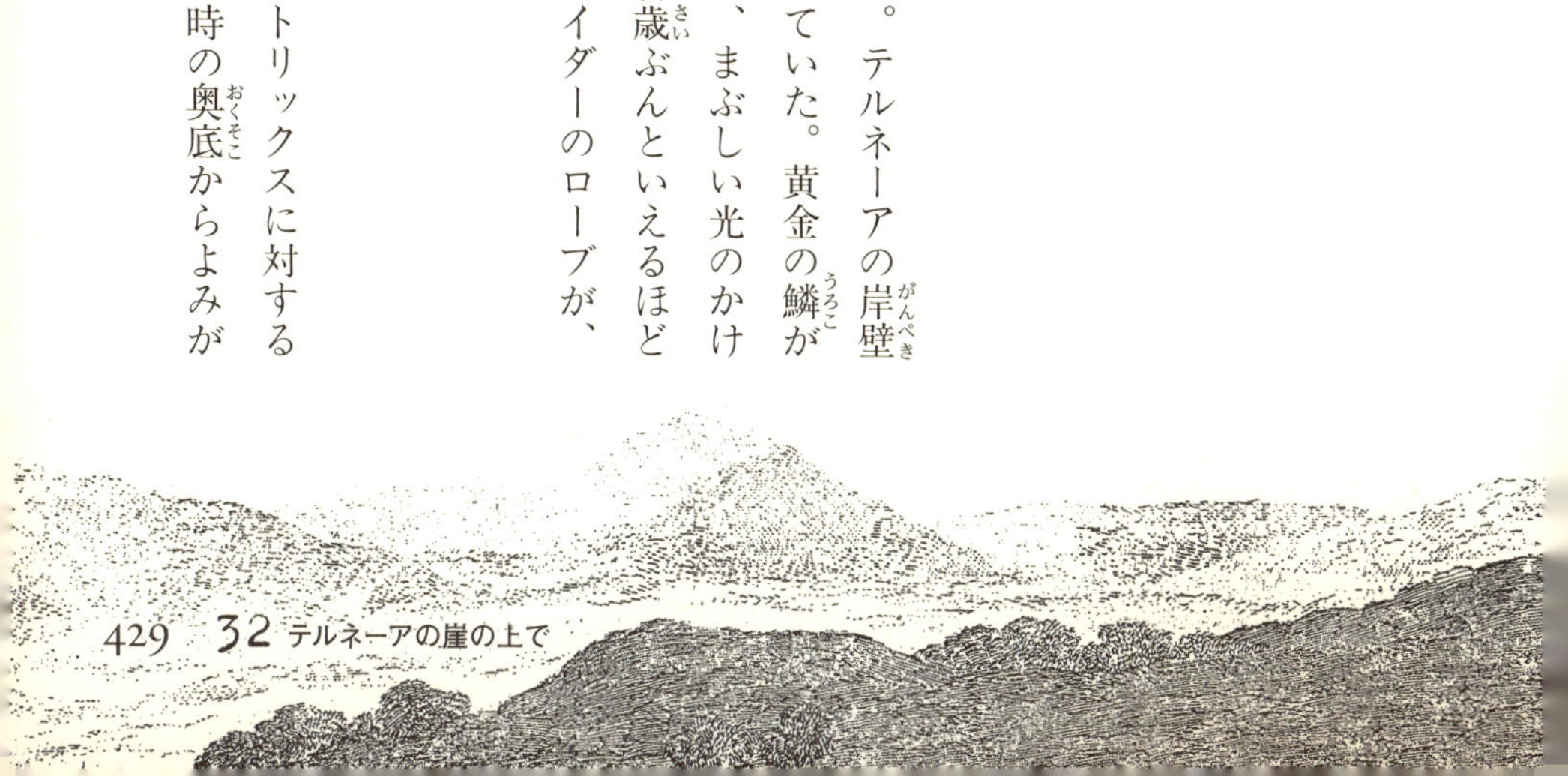

えった守護者《しゅごしゃ》、古くから聞かされてきた伝説の証《あかし》、生ける象徴《しょうちょう》なのだ。師匠《ししょう》がここにいた。伝説が、ここにいたのだ！

ドラゴンが地面に体をむけたとき、エラゴンははっと息をのんだ。左の前足が無惨《むざん》にも切断《せつだん》されている。かつて強靭《きょうじん》な足があった部分には、白い付け根が残っているだけだ。エラゴンの目に涙《なみだ》があふれ出た。

丘《おか》の頂上《ちょうじょう》に枯《か》れ枝《えだ》や枯れ葉の渦《うず》を巻《ま》きおこしながら、ドラゴンは美しいクローバーの上におりたち、翼《つばさ》をたたんだ。ライダーはドラゴンの無傷《むきず》な右足を伝ってゆっくりと地面におり、両手を前で組みあわせ、エラゴンに近づいてきた。ライダーは銀色の髪《かみ》をもつエルフだった。どれほどの年かはかり知れないが、唯一《ゆいいつ》それをしめすものは、彼の顔に浮《う》かぶ、深い思いやりと悲しみの表情《ひょうじょう》だった。

「オシャト・チャトウェイ」エラゴンはいった。「〈嘆《なげ》きの賢者《けんじゃ》〉……あなたにいわれたとおり、ここへ来ました」はっと作法を思い出し、あわてて唇《くちびる》に指をあてた。「アトラ・エステルニ・オノ・セルドゥイン」

ライダーはほほえんだ。肩《かた》をつかんでエラゴンを立たせ、おどろくほどやさしい表情で彼を見つめた。

エルフの目の無限《むげん》の深みに吸《す》いこまれ、エラゴンは目をそらすことができない。

「わたしの正式な名はオロミスだ、エラゴン・シェイドスレイヤー」

「知っていたのですか」イズランザディはつぶやいた。傷《きず》ついたような表情が、たちまち憤《いきどお》りの表情

に変わる。「エラゴンの存在《そんざい》を知っていながら、なぜわたくしに話してくれなかったのです!? シャートゥガル（ドラゴンライダー）、なぜそのような裏切《うらぎ》りを?」

エラゴンを見つめていたオロミスは視線《しせん》を女王にむけた。「わたしが沈黙《ちんもく》を守っていたのは、エラゴンやアーリアが生きてここにたどりつけるか、たしかではなかったからだ。いつやぶれるとも知れぬはかない望みを、そなたにいだかせたくはなかったのだ」

イズランザディは白鳥の羽根のマントを翼のようにひるがえした。「そのような情報《じょうほう》をかくす権利《けんり》は、あなたにはない！ ファーザン・ドゥアーに兵を送り、アーリアとエラゴン、サフィラをここまで無事に連れてこられたかもしれないのに」

オロミスは悲しげな笑《え》みを浮かべた。「イズランザディ、わたしはなにもかくしたりはしていない。そなたがすでに、目をそむけることを選んでいたのだ。みずからが水晶《すいしょう》を透視《とうし》する義務《ぎむ》を果たせば、アラゲイジアをとりまく混沌《こんとん》を察し、アーリアとエラゴンの事実も知ることができたはずだ。悲嘆《ひたん》のあまり、ヴァーデンやドワーフのことを頭からしめだしたのは、まあしかたないとしよう。しかし、ブロムは？ 最後のヴィヌル・エルファキン（エルフの友）のことは？ イズランザディ、そなたは世の中に目をむけようとせず、玉座《ぎょくざ》でのらりくらりしていた。あらたな喪失感《そうしつかん》をあたえて、さらにその状態《じょうたい》がひどくなってはいけないと思ったのだ」

イズランザディの怒《いか》りは引いていった。その顔は青白く、肩をがっくり落としている。「みじめな気持ちです」女王はつぶやいた。

エラゴンに熱い湿《しめ》った空気がおしよせてきた。黄金のドラゴンが身をかがめ、きらきら輝《かがや》く目でのぞきこんでいる。〔よく来た、エラゴン・シェイドスレイヤー。わしの名はグレイダー〕彼の声が――ドラゴンはまぎれもなく男だ――エラゴンの意識《いしき》のなかに、雪崩《なだれ》のようにゴロゴロとどろいた。

エラゴンは唇《くちびる》に指をあて、〔光栄です〕としかいえなかった。

グレイダーは次に意識をサフィラにむけた。

サフィラは完全にかたまったままだ。アーチ型の首をぴくりとも動かさず、グレイダーに頰《ほお》や翼《つばさ》のラインのにおいを嗅《か》がせている。サフィラのこわばった足の筋肉《きんにく》が、ぴくぴく痙攣《けいれん》している。

〔そなたは人間のにおいがする〕グレイダーがいった。〔おのれの種族のことは、本能《ほんのう》の教えに頼《たよ》るよりほかなかったであろうに、そなたは真のドラゴンの心をもっておる〕

この静かなやりとりのあいだ、オリクがオロミスに自己紹介《じこしょうかい》をした。「まったくもってこれは、わしの予想や期待をはるかにこえたことですぞ。ライダーどの、この暗黒の世で、こんなにうれしいおどろきはない」ドワーフは胸《むね》に拳《こぶし》をおしあてた。「ぶしつけながら、わが王と部族のため、またわれわれ双方《そうほう》の習慣《しゅうかん》として、ひとつたのみごとがあります」

オロミスはうなずいた。「わたしの力で足りることなら、聞きとどけよう」

「では、教えていただきたい。この長い歳月《さいげつ》、なぜあなたは身をかくしておられたのか？ドラゴンライダーどの、あなたがどれほど必要とされていたか」

「うむ」オロミスはいった。「この世には多くの悲しみがある。そのもっとも大いなる悲しみは、苦

しむ者たちに手をさしのべられぬことだ。わたしはこの聖域《せいいき》を出ることはできなかった。なぜなら、ガルバトリックスの卵《たまご》が孵《かえ》る前にわたしが絶命《ぜつめい》すれば、新たなるライダーにわれわれの極意を伝えられぬようになるからだ。そうなると、ガルバトリックスをたおすことがさらにむずかしくなろう」

「それが理由ですか？」オリクがぴしゃりといった。「それは臆病者《おくびょうもの》の言葉だ！　卵は孵るかどうかもわからなかったじゃないですか！」

だれもが死んだように沈黙《ちんもく》した。

グレイダーの歯のすきまから、かすかなうなりが聞こえるだけだ。

「あなたが客人でなければ」イズランザディがいった。「その暴言《ぼうげん》に対し、わたくしのこの手であなたを打ちのめすところです」

オロミスは両手を広げた。「いや、わたしは気にしておらぬ。それはもっともだ。わかっていただきたい、オリクどの。グレイダーとわたしは、戦えんのだ。グレイダーの体には癒《いや》せぬ傷《きず》があり、わたしにも」オロミスは頭の横に手をあてた。「やはり弱みがある。〈裏切《うらぎ》り者《もの》たち〉に囚《とら》われたとき、彼らはわたしのなかのなにかを破壊《はかい》した。今でも、教え、学ぶことはできる。しかし、もはや魔法《まほう》をあやつることはできんのだ。ほんのささやかな呪文《じゅもん》以外はな。必死にとなえても力がどこからか逃《に》げてしまうのだ。悲しいかな戦《いくさ》においては、無用の長物《ちょうぶつ》。力弱く、足手まといなわたしは、かんたんに敵に囚われ、囮《おとり》として利用されるだろう。ガルバトリックスとは戦いたくてならなかったが、大多数の民《たみ》のため、わたしは彼の影響《えいきょう》を受けぬ場所へ身をかくすことにした。トギラ・アイコノカ、すなわ

ち全《まった》き欠《か》けし者として」

「全き欠けし者……」エラゴンはつぶやいた。

「ゆるしていただきたい」オリクが打ちひしがれた様子でいった。

「とるに足らぬことよ」オロミスはエラゴンの肩《かた》に手をのせた。「イズランザディ・ドロットニング、よろしいか？」

「行ってください」女王は弱々しい声でいった。「行って、やりとげるのです」

グレイダーが地面に身を低くすると、オロミスはその足から背中《せなか》の鞍《くら》へすばやくよじのぼった。

「エラゴン、サフィラ、来なさい。話すことが山とある」

黄金のドラゴンは崖《がけ》を飛び立ち、頭上でひとまわりして、気流とともに上昇《じようしよう》していった。

エラゴンとオリクはおごそかに腕《うで》をからめあった。

「きみの部族に誉《ほま》れあれ」ドワーフはいった。

エラゴンはこれから長い旅に出るような思いで、サフィラの背に乗った。あとに残していく者たちに、別れの言葉を告げなければならないような気がした。だが、彼はただアーリアをふり返り、おどろきとよろこびの表情《ひようじよう》を浮《う》かべてほほえんだ。

アーリアは困惑《こんわく》したようにすこし眉《まゆ》をひそめただけだった。

エラゴンはサフィラが熱望するままに地面を飛び立ち、大空へ舞《ま》いあがった。

二頭のドラゴンは、その翼《つばさ》の音だけを聞きながら、白い断崖《だんがい》にそって北へ数キロ飛び続けた。

サフィラはグレイダーとならんで飛んだ。サフィラの熱狂がエラゴンの心にも伝わり、彼自身の感情もどんどん高ぶってくる。

彼らは断崖の上の開けた場所におり立った。その下のむきだしの絶壁《ぜっぺき》は、すこしずつくだけては土に返っている。

崖からは小道がのび、そのつきあたり、四本の樹幹《じゅかん》のあいだに、背の低い小屋が育っている。四本のうちの一本は、小暗《おぐら》い森の奥《おく》から流れる小川をまたいで立っている。小屋はグレイダーがなかに入れる大きさではない。そのあばら骨《ぼね》のあいだに、かんたんにおさまってしまいそうだ。

「わが家へようこそ！」オロミスは並《なみ》はずれた軽《かろ》やかさで、地面におりた。「わたしはここ、テルネーアの崖のふちに住んでいる。ここなら平穏《へいおん》に、考え、学ぶことができるからな。エレズメーラからはなれ、ほかの者たちに気を散らされぬほうが、わたしの頭はよく働く」

オロミスは小屋のなかへ消え、自分とエラゴンのために腰《こし》かけを二脚《きゃく》と、水の入っただるま瓶《びん》をもってもどってきた。

エラゴンは透明《とうめい》な冷たい水をのどに流しこむと、自分の畏怖《いふ》と緊張《きんちょう》をおしかくすため、ドゥ・ウェルデンヴァーデンの雄大《ゆうだい》な景色をほれぼれとながめながら、エルフが話すのを待った。〔ぼくは今、もうひとりのライダーの前にいるんだ！〕

エラゴンの横にはサフィラがすわっている。サフィラはグレイダーに目をすえたまま、鉤爪《かぎづめ》でゆっくりと地面の土をかいている。

会話がとぎれてから、十分がたち……三十分がたち……やがて一時間になった。太陽の動きから時間の流れをはかれるほどだ。最初のうち、エラゴンの心はさまざまな思いや疑問《ぎもん》でざわついていた。だが、いつしかそれらはしずまって、おだやかに状況《じょうきょう》を受けいれられるようになった。彼はただ今を楽しんで観察できる心持ちになった。

そのころ、ようやくオロミスが口を開いた。「忍耐《にんたい》の価値《かち》を知っているようだな。りっぱなことだ」

声を出すのに一瞬《いっしゅん》の間が必要だった。「あせっては、シカを追うことはできません」

オロミスはだるま瓶《びん》を下におろした。「たしかにそうだ。どれ、そなたの手を見せてみなさい。手を見れば、その人物のことがよくわかるようだ」エラゴンは手袋《てぶくろ》をはずし、エルフの細い乾《かわ》いた指に両手首をにぎらせた。オロミスはエラゴンの手のたこを見ていった。「わたしがまちがっていたら、正しなさい。そなたは、剣《けん》よりも、草刈《くさか》り鎌《がま》や鋤《すき》のほうをよく使っていた。しかし、弓のあつかいには慣《な》れている」

「はい」

「そして、書きものはあまりしていない。まったくしていないかもしれぬ」

「ブロムがティールムで読み書きを教えてくれました」

「うむ。道具の選択《せんたく》のまずさもさることながら、自分の身の安全を軽んじ、むこうみずに走る傾向《けいこう》がある」

「なぜそんなことがわかるのですか、オロミス・エルダ（オロミスさま）？」エラゴンは考えつくか

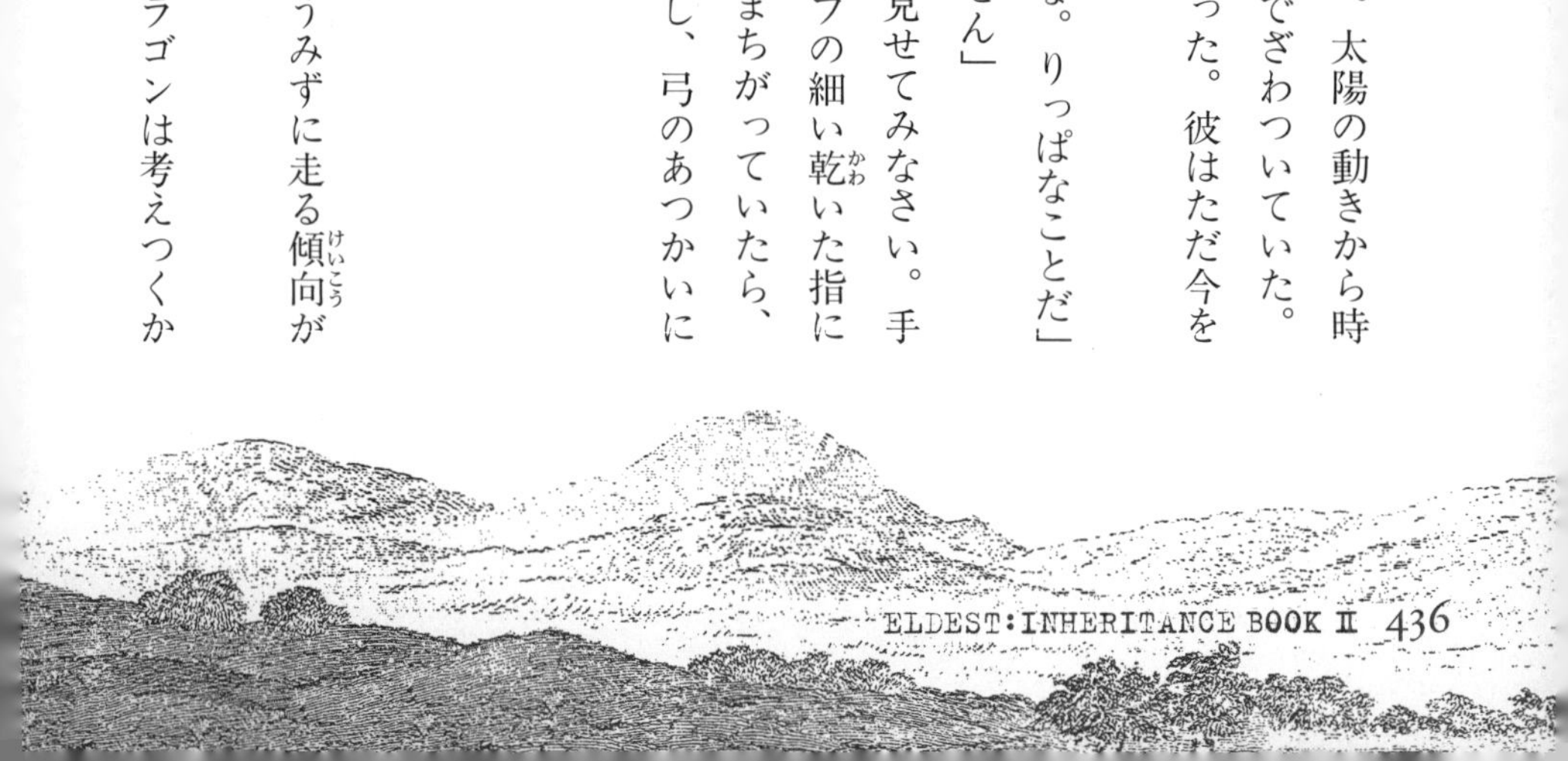

ぎり、最大の敬意《けいい》を表す敬称《けいしょう》を使ったつもりだった。

「エルダではない」オロミスが訂正《ていせい》した。「そなたの言語では師匠《マスター》、古代語ではエブリシル。それ以外はない。グレイダーに対しても、同様の礼をつくしなさい。われわれはそなたたちの師《し》、そなたたちはわれわれの弟子。それにふさわしい敬意と礼節をもって、ふるまうことだ」オロミスの口調はおだやかだが、絶対的服従《ぜったいてきふくじゅう》を求める者の威厳《いげん》がこめられている。

「はい、マスター・オロミス」

「そなたもだぞ、サフィラ」誇《ほこ》り高きサフィラも服従を求められた。

〈はい、師匠《マスター》〉

オロミスはうなずいた。「さて、そのようにいくつもの傷《きず》をもっているのは、救いようもなく不運な者か、猛戦士《ベルセルク》のように戦う者か、あるいは故意《こい》に危険《きけん》に飛びこむ者か、いずれかだな。そなたはベルセルクのように狂暴《きょうぼう》な戦士なのか？」

「いいえ」

「そして、不運にも見えぬ。まったくその逆《ぎゃく》だ。残る理由はひとつだな。そなたに異論《いろん》があれば聞くが？」

エラゴンは故郷《こきょう》や、旅の途中《とちゅう》での体験をふり返り、自分の行動がどの部類に入るか考えた。「たぶんぼくは、いったんなにかの計画や目標に身をささげたら、それを最後までやりぬこうとすると思います。どんな犠牲《ぎせい》をはらっても……とくに、自分の愛する者が危険にさらされたら」さっとサフィラ

のほうを見やる。

「それで、やりがいのある目標を引き受けている?」

「やりがいのあることは好きです」

「自分の能力《のうりょく》をためすには、逆境《ぎゃっきょう》に身を投じなければと思うかね?」

「難題《なんだい》を乗りこえるのは楽しいけど、事をよけいにむずかしくするのは愚《おろ》かなことです。それをいろいろな困難《こんなん》にぶつかって学びました。ぼくはそうやって生きのびるしかないんです」

「しかし、パランカー谷に残るほうがらくだったにもかかわらず、ラーザックを追うことを選んだ。そしてここへ来た」

「それが正しいことだったからです……師匠《マスター》」

数分間、だれも言葉を発しなかった。

エラゴンは、エルフの考えていることをおしはかろうとしたが、その仮面《かめん》のような顔からはなにも読みとることができなかった。

やがてオロミスが口を開いた。「もしかしたらそなた、ターナグでなにか装身具《そうしんぐ》を贈《おく》られなかったかね? 宝石《ほうせき》、武具《ぶぐ》、あるいはコインなど?」

「はい」エラゴンはチュニックのなかに手を入れ、小さな銀の槌《つち》がついたペンダントをとりだした。「サフィラとぼくを透視《とうし》から守るため、フロスガーの指示《しじ》でガネルがつくってくれたんです。ガルバトリックスに、ぼくの姿《すがた》かたちが知られることを心配して……なぜわかったんですか?」

「なぜかというと」オロミスはいった。「そなたの気配を感じられなくなったからだ」

「一週間ほど前、シルスリムでだれかがぼくを透視しようとしてた。あれは、あなただったんですか？」

オロミスは首をふった。「そなたがアーリアといっしょにいるのを透視してからは、そのような粗《そ》野《や》な手法を使う必要はなくなった。そなたをさがしたければ、意識《いしき》に触《ふ》れればよい。ファーザン・ドゥアーで、ケガをしたそなたに近づいたときのように」オロミスは魔《ま》よけのペンダントをかかげ、古代の言葉をしばらくつぶやいてから、エラゴンにそれを返した。「よけいな呪文《じゅもん》はなにもかけられていないようだ。つねに身につけておきなさい。貴重《きちょう》な贈り物だ」オロミスは両手の長い指先をあわせ、掌《てのひら》でつくったアーチのあいだから、白い地平線を見つめた。指先の爪《つめ》は、魚の鱗《うろこ》のように丸く、つやつやしている。「エラゴン、そなたはなぜここに来た？」

「修行《しゅぎょう》を終えるために」

「それにはどんなことが必要だと思う？」

エラゴンは居心地《いごこち》悪そうに体をもぞもぞさせた。「もっと魔法や戦う技術《ぎじゅつ》を学ぶことです。ブロムから、すべての知識《ちしき》を教わることができなかったから」

「魔法も剣術《けんじゅつ》もほかのいろいろな技術も、それをいつ、どのように使うかを知らねば、なんの役にも立たぬ。それを、わたしは教えるつもりだ。しかし、ガルバトリックスが実証《じっしょう》したように、道義的《どうぎてき》な目標をもたぬ力《パワー》は、世の中でもっとも危険《きけん》なものだ。エラゴン、サフィラ、そなたたちは、自分がど

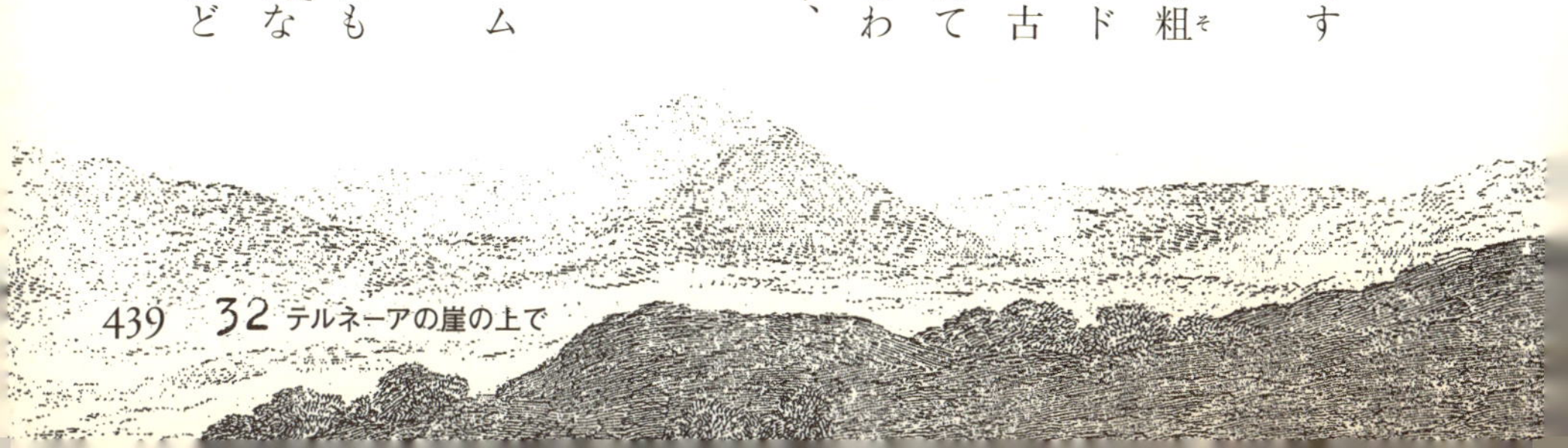

のような理念にみちびかれているかを、理解《りかい》しなければならない。それを教えるのも、わたしのおもな仕事となる。あやまった理念にみちびかれ、あやまった選択《せんたく》をしてはこまるからな。そなたは自分自身を学ばなければならぬ。自分がだれであるか、自分になにができるのか。そなたたちは、そのためにここに来たのだ」

〔いつからはじめるのですか?〕サフィラがたずねた。

こたえようとしたオロミスが、急に体をこわばらせ、だるま瓶《びん》をとり落とした。顔が真っ赤になり、鉤《かぎ》のように曲げた指がローブに深く食いこみ、ゴボウのようになっている。その変貌《へんぼう》は恐《おそ》ろしいが、瞬間的《しゅんかんてき》なものだった。エラゴンがなにもできずにいるうちに、ひどく疲《つか》れた様子を見せながらも、エルフの体の緊張《きんちょう》は解《と》けた。

「だいじょうぶですか?」エラゴンは心配でたずねずにいられなかった。

「だいじょうぶとまではいかぬが」オロミスは愉快《ゆかい》そうに口のはしをちらっとあげた。「われわれエルフは、自分たちのことを不死身と思っているが、このような重い病をまぬがれることはできない。それは、われわれの魔法《まほう》の知識《ちしき》のおよばぬこと。せいぜい進行を遅《おく》らせることしかできんのだよ。いや、心配せんでいい……これは感染病《かんせんびょう》ではない。しかし、この身からとりのぞくことはできんのだ」

エルフはため息をついた。「何十年ものあいだ、わたしは数百の魔法でわが身をしばりつけてきた。小さな弱い呪文《じゅもん》をいくつも重ねていくうち、その効果《こうか》はいや増《ま》し、今やわたしの手には負えない魔法になってしまった。そうやって自分をしばりつけてきたのも、最後のドラゴンたちの誕生《たんじょう》をこの目で見、われわれのあやまちで滅《ほろ》びてしまったライダー族を育て、復活《ふっかつ》させるまで、生きていたかったゆえ」

「あとどれぐらい……」

オロミスは鋭《するど》い眉《まゆ》を片方《かたほう》つりあげた。「わたしがあとどれくらいで死ぬか？　まだ間はあるが、わたしとそなたにとってじゅうぶんな時間とはいえない。ヴァーデンがいつそなたの助けをもとめてくるか、わからぬ。サフィラ、そなたの質問《しつもん》にこたえると、修行《しゅぎょう》はただちにはじめる。しかも、歴史上のどのライダーよりも短期間で修行をせねばならん。数十年ぶんの知識を、数か月、数週間に凝縮《ぎょうしゅく》するのだ」

「ごぞんじでしょうけど……」エラゴンは、頬《ほお》が赤らむほどの気まずさと恥《は》ずかしさを、こらえていった。「ぼくの、この……傷《きず》のことを」歯を食いしばって、なんとか最後の言葉を口に出す。「ぼくは、あなたと同じようになにかを破壊《はかい》されているのです」

あわれみでオロミスの視線《しせん》はやわらいだが、その声はきびしかった。「エラゴン、そのように思いつめる心が自分を弱くしているのだ。そなたの気持ちはよくわかる。しかし、楽観的でいなければならぬ。悲観的な考え方は、肉体の傷《きず》よりよほど大きな傷となる。わたしは自分の経験《けいけん》からいっている。自分をあわれむことは、そなたのためにもサフィラのためにもならぬ。ほかの魔術師《まじゅつし》とともに、そなたの疾患《しっかん》を調べ、それを緩和《かんわ》する手立てがないか考えよう。だがそれが見つかるまでは、なんの不都合もないものとして、修行を進めることになるぞ」

ときどきおそう激痛《げきつう》を思うと、胃がよじれ、吐《は》き気《け》がこみあげてきた。まさか、あの拷問《ごうもん》にまた耐《た》えろっていうのか！「耐えがたい痛《いた》みなんです」エラゴンはとりみだした。「ぼくは死んでしまう。あんな――」

「いや。エラゴン、そなたは死にはしない。そなたの災《わざわ》いのことはよくわかっている。しかし、われわれには、どちらも責任《せきにん》がある。そなたはヴァーデンに対して。わたしはそなたに対して。痛みのために、責任を回避《かいひ》するわけにはいかぬ。より大きな危機《きき》があるのだ。失敗はゆるされない」

エラゴンは、頭をふって恐怖《きょうふ》をふりはらった。オロミスの言葉を否定《ひてい》したくても、できなかった。それはさけようのない真実だ。

「エラゴン、この使命は、みずからの意志で受けいれねばならないのだ。たとえば、だれかのためにその身を犠牲《ぎせい》にできるような相手はいないか？」

エラゴンの頭に真っ先に浮《う》かんだのは、サフィラだった。しかしこれは、サフィラのためにしているわけではない。ナスアダのためでもない。アーリアのためでもない。

では、なにが自分を駆《か》りたてているのか？　ナスアダに忠誠《ちゅうせい》を誓《ちか》ったのは、ローランや、帝国《ていこく》に苦しめられているあらゆる民《たみ》のためだった。でも彼らは、これほどの苦痛に耐えるだけ、自分にとって重要な意味をもつのか？　そうだ。エラゴンは思った。そのとおりだ。彼らを助けられるのは、自分しかいない。彼らが自由にならないかぎり、自分もガルバトリックスの影《かげ》からのがれられない。これがぼくの人生の唯一《ゆいいつ》の目的だ。ほかに、すべきことがあるか？　エラゴンはふるえながら、その言葉

を口にした。「ぼくは……使命を、ガルバトリックスの横暴《おうぼう》に苦しむアラゲイジアの民のため、あらゆる種族のために、この使命を受けいれます。どんな痛みがあろうと、あなたが過去《かこ》に教えたどの弟子よりも、一生懸命《けんめい》に学ぶことを誓います」

オロミスはおごそかにうなずいた。「わたしが求めているのは、まさしくそれだ」それからグレイダーに目をやっていった。「立って、チュニックをぬいでみなさい。その体がどうなっているか、見せてもらおう」

〔待って〕サフィラがいった。〔ブロムはあなたの存在《そんざい》を知っていたのですか、師匠《マスター》?〕

エラゴンもそれがききたくて、はたと手をとめた。

「もちろん」オロミスはこたえる。「ブロムはわたしの弟子だった。イリレアで少年のころの彼を教えた。きちんと埋葬《まいそう》してくれたことを、うれしく思う。彼の人生は過酷《かこく》だった。ブロムは人の親切というものをほとんど受けることなく死んだ。心安らかに、あの世へ逝《い》ってくれたことを願うばかりだ」

エラゴンはゆっくりと眉《まゆ》をひそめた。「モーザンのことも知っていますか?」

「やつはブロムの前の教え子だ」

「ガルバトリックスは?」

「わたしは、ガルバトリックスが最初のドラゴンを失ったあと、新たなドラゴンをあたえないと決めたライダー長老会の一員だった。だが、やつを教えるという不運には、見舞《みま》われなかった。やつは自

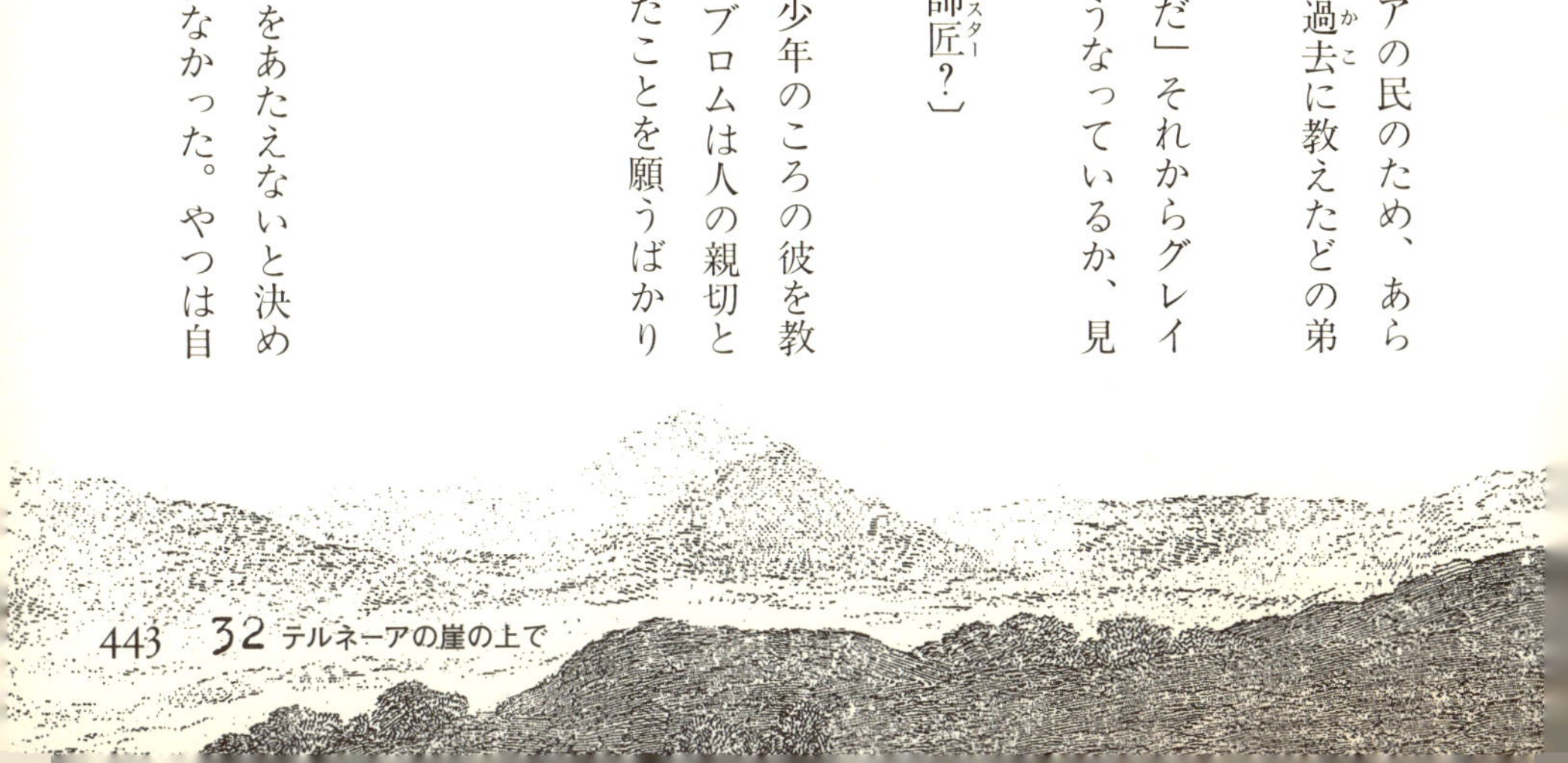

分の恩師《おんし》たちを追いつめ、みずからの手でひとりずつ殺していったのだ」

エラゴンはもっと聞きたかったが、いっぺんには無理だろうと感じ、立ちあがってチュニックのひもをほどきはじめた。

〈ひょっとしたら、ブロムの秘密《ひみつ》を全部知ることなんて、できないのかもしれないな〉エラゴンはサフィラにそういうと、冷たい空気のなか、ふるえながらチュニックをぬぎ、背筋《せすじ》をのばして胸《むね》を張《は》った。

オロミスはエラゴンのまわりをぐるりと歩き、背中に走る傷《きず》を見て、おどろきの声をあげた。「アーリアかヴァーデンの治療師《ちりょうし》は、この傷痕《きずあと》を治そうとしてくれなかったのかね？　こんなものを背負って歩く必要はないだろう」

「アーリアは治すといってくれました。でも……」エラゴンは自分の気持ちをうまく表現《ひょうげん》できず、しばらく口ごもってからいった。「今はぼくの一部になっているから。マータグの傷痕が彼の一部であるように」

「マータグの傷痕？」

「マータグにも、似たような傷痕があるんです。父親のモーザンにつけられた傷です。こどものころ、ザーロックを投げつけられて」

オロミスは真剣《しんけん》な目で長いことエラゴンを見つめ、やがてうなずいた。「筋肉《きんにく》がしっかりついておる。それに、ふつうの剣士のように、体が左右ふつりあいではない。そなた、両手利きか？」

「そういうわけでは。ただ、ティールムで手首を折ったとき、左手で戦う練習をせざるをえなかったので」

「なるほど。いくらか時間の節約になりそうだ。さて、両手をうしろで組んで、できるだけ高くもちあげてみなさい？」

エラゴンはいわれたとおりにしたが、肩《かた》が痛《いた》くて、かろうじて両手をあわせることしかできない。

「次は、ひざをのばしたまま、前に体をたおしなさい。地面に手をつくつもりで」

このほうがもっと苦しかった。腕《うで》を頭の横でぶらぶらさせ、背中を丸めてかがんだだけのかっこうになった。ひざの裏《うら》がぴりぴりと焼けるように痛い。指先から地面まで、まだ二、三十センチはある。

「その程度《ていど》は屈伸《くっしん》できるわけだな。期待以上だ。いろいろな柔軟《じゅうなん》運動をすこしずつしよう。よし」

オロミスは次にサフィラにむき直った。「ドラゴン、そなたの能力《のうりょく》も見せてもらおうか」

エルフにいくつもの複雑《ふくざつ》な姿勢《しせい》を要求され、サフィラは長いしなやかな四肢《しし》を奇怪《きかい》な形にねじ曲げながら、エラゴンが見たこともないような空中アクロバットを次々とこなしていった。サフィラにできなかったのは、うしろむきで輪を描《えが》きながら、空中を螺旋状《らせんじょう》に飛ぶことなど、二、三の技《わざ》だけだった。

サフィラがおりてくると、最初に言葉を発したのはグレイダーだった。〈もしかしたら、われわれはライダー族をあまやかしていたのかもしれぬ。当時、幼竜《ようりゅう》たちを――サフィラやわれわれの祖先《そせん》が

そうだったように——野生の状態《じょうたい》で育てていれば、彼らもサフィラのような技《わざ》を身につけていたかもしれない」

「いや」オロミスはいった。「サフィラなら、たとえヴローエンガードで正式に育てられたとしても、やはりすばらしい飛行の技を身につけていただろう。これほど空に自然に溶《と》けこんだドラゴンは、見たことがない」

サフィラは目をぱちくりさせ、それから翼《つばさ》をぎこちなく動かし、自分の頭をかくすようにしながら、せっせと鉤爪《かぎづめ》をみがいている。

「だれでもそうだが、サフィラにもまだ改善《かいぜん》しなければならない部分はある。しかしわずかだ。ほんのわずかだ」エルフは背中《せなか》をまっすぐにして、椅子《いす》にすわり直した。

オロミスは——エラゴンがかぞえたところ——続く五時間を、植物学から大工仕事、冶金学《やきんがく》、薬学など、エラゴンとサフィラの知識《ちしき》を調べることに費《つい》やした。もっとも時間をかけたのは、歴史と古代語の知識だった。

オロミスにいろいろな質問《しつもん》をされると、かつてティールムからドラス＝レオナにむかう長旅のあいだ、ブロムがそんなふうに問題を出してくれたことを思い出し、エラゴンの心はなごむのだった。

昼食の休憩《きゅうけい》のとき、オロミスはドラゴンたちを残し、エラゴンを自分の家にまねいた。そこは、質《しっ》素《そ》な生活を送るのに、必要不可欠《ふかけつ》なものがあるだけの、やや味気ない住まいだった。しかし、二面の壁《かべ》にいくつもの棚《たな》がならび、無数の巻物《まきもの》がおさまっている。テーブルの横には、グレイダーの鱗《うろこ》と同

じ黄金色《こがねいろ》の鞘《さや》と、玉虫色の光沢《こうたく》を放つ青銅色《せいどういろ》の刃《は》の剣《けん》がかけられていた。

扉《とびら》の内側の真ん中あたりに、縦《たて》二十センチ、横四十センチほどの羽目板がとりつけられていた。そこには、断崖《だんがい》を背に、のぼりかけた満月の赤い光を受けて、そびえ立つ都市の絵が描《えが》かれている。あばたのある月面は地平線に半分かくれ、小山に見えるほど巨大《きょだい》な月が、丸屋根《ドーム》のように地面から顔を出している。風景があまりにも鮮明《せんめい》なので、エラゴンは最初、魔法《まほう》の窓《まど》があいているのかと思った。景色がまったく動かないことに気づいたとき初めて、それが絵画だと悟《さと》った。

「ここはどこですか?」

オロミスのつりあがった目や眉《まゆ》が、一瞬《いっしゅん》こわばった。「エラゴン、この景色をよく覚えておくがいい。ここに、そなたの苦悩《くのう》のもとがあるのだから。ここはかつてのエルフの都市、イリレアだ。ドゥ・フィールン・スクルブラカ（ドラゴン戦争）で焼け野原になり、ブロッドリング王国の首都となり、今は暗黒の都市ウルベーンとなった。わたしはその夜フェアス（魔法で描いた絵）をつくり、ほかの者たちとともに、故郷《こきょう》の町を逃《に》げださねばならなかった。ガルバトリックスがやってくる前に」

「あなたがこの……フェアスを、描いたんですか?」

「いや、そうではない。フェアスは、あらかじめ絵の具を何層《なんそう》ものせた石板の上に、魔法でイメージをはりつけたものだ。あの扉の景色は、わたしが呪文《じゅもん》をとなえた、まさにその瞬間のイリレアを表しているのだ」

「それで」エラゴンはわきあがる質問をとめることができなかった。「ブロッドリング王国というの

は、なんですか？」

オロミスが愕然《がくぜん》としたように目を見開いた。「知らぬというのか？」

エラゴンはうなずいた。

「そのようなことすら知らぬとは……。そなたをとりまく環境《かんきょう》や、ガルバトリックスが人間の民《たみ》にもたらしてきた恐怖心《きょうふしん》を考えれば、そなたが自分の運命も知らず、無知のまま育ってきたことは理解《りかい》できる。しかし、ブロムが、年少のエルフやドワーフでも知っているようなことを、教えるのをおこたったとは信じられぬ。ヴァーデンのこどもですら、もっと歴史を知っているはずなのに」

「ブロムは、死んでしまった人たちのことを教えるより、ぼくを生かしておくことのほうに、心をくだいていたんです」エラゴンはいい返した。

オロミスはそれを聞いて、しばらくおしだまった。やがて彼はいった。「ゆるしてほしい。ブロムの判断《はんだん》を非難《ひなん》するつもりはなかった。ただ、わたしは途方《とほう》もなくせっかちになっている。われわれにはあまりにも時間がない。そして、新たに学ぶべきことがふえるたびに、そなたのここでの修行《しゅぎょう》の時間がちぢめられてしまう」

オロミスは、丸い壁《かべ》のなかにかくれた戸棚《とだな》のひとつをあけ、なかからパンと果物の器《うつわ》をとりだし、テーブルにならべた。彼は食べ物を前に、しばし目を閉《と》じてから食べはじめた。「ブロッドリング王国は、ライダー族が滅《ほろ》びる前、人間の国だった。ガルバトリックスはヴレイルを殺したあと、〈裏切《うらぎ》り者《もの》たち〉とともにイリレアへ飛び、アングレノスト王を退陣《たいじん》させ、その王位と称号《しょうごう》をわがものにし

た。以来、ブロッドリング王国はガルバトリックスの侵略《しんりゃく》の中心地となった。そして、ヴローエンガード島をはじめ、東から南にいたる土地を自分の領地《りょうち》とし、そなたも知る〝帝国《ていこく》〟をつくりあげた。厳密《げんみつ》にいえば、ブロッドリング王国はまだ存在《そんざい》している。だが今となっては、その名は王の勅令《ちょくれい》で形式的に残っているだけだろう」

よけいな質問《しつもん》でオロミスをこまらせてはいけないと思い、エラゴンは食べることに集中しようとした。

だが、その気持ちを察したのか、オロミスはいった。「そなたを見ているとブロムを思い出す。わたしの弟子《でし》になったとき、ブロムはそなたより若《わか》かった。まだ十歳《さい》だった。しかし好奇心《こうきしん》は並《なみ》はずれていた。いつ、だれが、どうやって……最初の一年は疑問《ぎもん》の言葉以外、聞いた覚えがない。とりわけ『なぜ?』が多かった。そなたも、心にあることは遠慮《えんりょ》なくたずねてよい」

「知りたいことはたくさんあります」エラゴンは小声でいった。「あなたはだれなのか? どこから来たのか? ブロムはどこで生まれたのか? モーザンはどんなやつだったのか? いつ、だれが、どうやって、なぜ? それにヴローエンガード島とライダー族のことをすべて知りたい。そうすれば、ぼくの行く道がもっと鮮明《せんめい》になると思うから」

ふたりはしばらくだまっていた。

オロミスはブラックベリーのふっくらとした粒《つぶ》をひとつずつほじくりだすという、こまかい作業に集中している。最後の粒が紅色《べにいろ》の唇《くちびる》のあいだに消えると、オロミスはエルフらしい両手をこすりあわ

せた——ギャロウがよく〝掌《てのひら》をみがく〟といっていた仕草だ。

「では、わたしのことを話そう。わたしは数世紀前、ルシヴィラというエルフの町で生まれた。トゥードステン湖のそばの森にあった町だ。二十歳《はたち》になり、ほかのエルフのこどもたち同様、わたしは卵《たまご》の前に連れていかれた。そう、ドラゴンたちがライダー族にあたえた卵だ。そして、グレイダーがわたしを選んで孵《かえ》った。われわれはライダー族として修行《しゅぎょう》を受け、ヴレイルの命ずるつとめを果たすため、ほぼ一世紀、世界じゅうを飛びまわった。やがてわれわれにも、引退《いんたい》して、次の世代に経験《けいけん》を引《ひ》き継《つ》ぐべき日が来た。われわれはイリレアに身を置き、新しいライダーたちの教育をはじめた。一度にひとりかふたりずつ。ガルバトリックスに滅《ほろ》ぼされる日まで、それは続いた」

「じゃあ、ブロムは？」

「ブロムはクアスタの啓蒙家《けいもうか》の家に生まれた。母親の名はネルダ、父親はホルコムといったな。クアスタはスパイン山脈のせいで、アラゲイジアのほかの町から孤立《こりつ》している。ゆえに、独特《どくとく》のめずらしい習慣《しゅうかん》や迷信《めいしん》であふれていた。イリレアに来たばかりのころ、ブロムは戸枠をかならず三度ノックしてから、居間《いま》を出入りしていたものだ。そのことで、人間の弟子《でし》たちにからかわれているうち、戸枠のノックも、ほかのいろいろな習慣もやめてしまったが。

　モーザンはわたしの最大の失敗だった。ブロムはやつを崇拝《すうはい》していた。けっしてやつのそばをはなれず、逆《さか》らわず、どのようなことにおいても、自分がモーザンに勝《まさ》ることなどありえないと思っていた。モーザンもそれに気づいており——これは、わたしの力でとめられることだったから、みとめる

のも恥《は》ずかしいのだが――ブロムの献身《けんしん》を、ありとあらゆることに利用した。しだいに尊大《そんだい》で残忍《ざんにん》になっていくモーザンを見て、わたしはやつをブロムから引きはなさねばと思った。しかしそうする前に、ガルバトリックスの失ったドラゴンの穴《あな》を埋《う》めるため、モーザンはやつを手伝って幼竜《ようりゅう》シュルーカンを盗《ぬす》み、幼竜のライダーだった者を殺したのだ。その後モーザンとガルバトリックスはともに逃《に》げ、われわれの破滅《はめつ》を確実《かくじつ》にした。

　ブロムのモーザンへの愛情《あいじょう》の深さを理解《りかい》せぬかぎり、モーザンの裏切《うらぎ》りがブロムにあたえた衝撃《しょうげき》をおしはかることはできまい。しかも、ガルバトリックスはやがてモーザンをふくむ〈十三人の裏切り者たち〉とともに姿《すがた》を現《あらわ》し、ブロムのドラゴンを殺した。ブロムは自分の世界を破壊《はかい》したのはモーザンだと考え、怒《いか》りと痛《いた》みのすべてをモーザンにそそぎこむことになったのだ」

　オロミスは厳粛《げんしゅく》な顔で言葉を切った。「ドラゴンを失ったライダーが――逆《ぎゃく》もまたそうだが――なぜ命を失うか知っているか？」

「なんとなくわかります」エラゴンはこたえたが、考えると心が暗くなった。

「その苦しみは、並《なみ》たいていのものではないが、かならずしも苦しみが要因《よういん》になるわけではない。本当の原因は、心のなかの意識《いしき》、自己認識《じこにんしき》の一部が死んでしまうことにある。ブロムのドラゴンが死んだあと、ブロムが正気を失うのではないかと心配した時期があった。囚《とら》われの身からのがれたあと、わたしは彼の身を案じ、エレズメーラへ連れてきた。しかしブロムは、ここにとどまることをこばみ、エルフの兵とともにイリレアの平原へ進軍した。エヴァンダー王が殺されたのはそのときだ。

混乱《こんらん》は言語に絶《ぜつ》するものだった。ガルバトリックスは力を強化することにいそがしく、ドワーフは撤退《てったい》し、南西部は人間たちが反乱《はんらん》を起こし、サーダを建国するため、いたるところで戦《いくさ》が巻《ま》きおこっていた。そして、われわれは王を失った。復讐心《ふくしゅうしん》に駆《か》られていたブロムは、その混乱を利用する道をさぐった。ガルバトリックスに追放された人々や、牢獄《ろうごく》からのがれてきた人々、そうした多くの人間をひとつにまとめ、ヴァーデンを結成したのだ。最初の数年は、ブロムが彼らをひきいていたが、すぐにべつの者にその座《ざ》をゆずった。身軽になり、真の目的を果たすため、つまりモーザンを失墜《しっつい》させるためだ。

ブロムは、モーザンをふくむ〈裏切《うらぎ》り者《もの》たち〉を三人殺し、ほかの五人の死にもなんらかの役割《やくわり》を果たしている。幸薄《さちうす》い人生だったが、ブロムは善《よ》きライダーであり、善き人間だった。わたしは彼を知っていたことを、誇《ほこ》りに思う」

「モーザン以外の〈裏切り者たち〉の死に、ブロムがかかわったなんて話、聞いたことがありません」

エラゴンは異議《いぎ》をとなえた。

「ガルバトリックスが、自分の従者《じゅうしゃ》たちをたおした者がいまだこの世に生きているという事実をおおやけにしたがらなかったのだ。やつの権力《けんりょく》の大部分は、けっしてたおせないと見せかけることで、成り立っているからな」

またしても、エラゴンはブロムに対する考えを、あらためなければならなかった。最初は村の語《かた》り部《べ》だと思っていたのが、旅するうちに戦士であり魔法使《まほうつか》いであることがわかり、ついにはライダーで

あることがあきらかになった。そして今、彼がガルバトリックスの帝国《ていこく》に対する革命《かくめい》の指導者《しどうしゃ》であり、暗殺者であることを知った。これらの役割すべてをブロムが果たしたと想像《そうぞう》するのはむずかしい。ブロムのことを、ほとんど知らなかったような気がする。一度でもいいから、こういうことを彼と語りあえればどんなによかったか。「ブロムはいい人でした」エラゴンはうなずいた。

エラゴンは丸い窓《まど》のひとつから外をながめた。窓は断崖《だんがい》に面していて、暖《あたた》かい午後の日ざしが部屋を満たしている。

サフィラはグレイダーに対して、はにかむような、こびるような態度《たいど》をとっている。今、体をねじって空き地の地形かなにかを見ていたかと思うと、次の瞬間《しゅんかん》には、翼《つばさ》をぎこちなく動かし、頭をジグザグにふり、尾《お》の先をぴくぴくさせ、シカに飛びかかるかのように、グレイダーに近づいていく。雄《おす》ネコを誘《さそ》って遊ぼうとする子ネコのようだ。グレイダーはといえば、どんなに誘惑《ゆうわく》されようが泰然《たいぜん》としている。

〔サフィラ〕エラゴンは呼《よ》びかけた。サフィラはまるでうわの空だ。〔サフィラ、こたえるんだ〕

〔なに？〕

〔わくわくしてるのはわかるけど、バカなまねをするなよ〕

〔自分はさんざんバカなまねをしてきたくせに〕ぴしゃりという。

サフィラの予想外の返事に、エラゴンはおどろいた。人間同士ならよくいいあう、こんなちょっとした憎《にく》まれ口《ぐち》を、サフィラの口から聞くことになるとは……。エラゴンはなんとかいい返した。〔ム

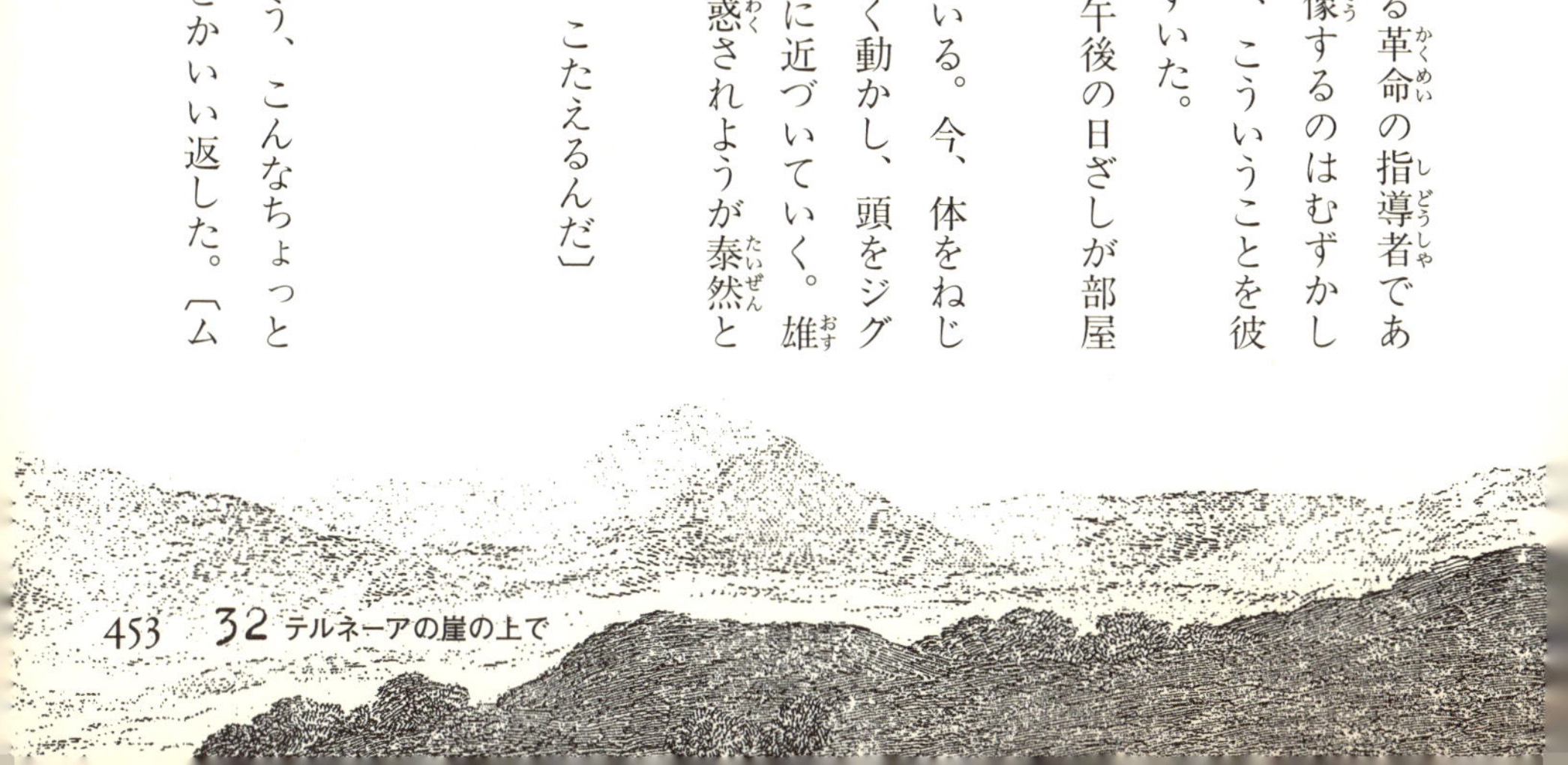

ダなことだ」

　サフィラはうなって意識《いしき》を閉《と》じてしまったが、その感情《かんじょう》の糸はまだつながっている。

　われに返ると、オロミスの灰色《はいいろ》の目がまっすぐ自分にすえられていた。その鋭敏《えいびん》な視線《しせん》を見れば、オロミスが今のやりとりに気づいているのがわかる。エラゴンは気まずそうに笑い、サフィラを手でしめした。「いくら意識でつながっていても、サフィラのやることはまったく予測《よそく》がつかないんです。彼女のことを知れば知るほど、ぼくたちがどんなにちがうか気づかされる」

　このときオロミスは、エラゴンが心からうなずける賢者《けんじゃ》の言葉を初めて口にした。「愛する者ほど遠い存在《そんざい》に思えるものだ」エルフは一拍《いっぱく》置いて続けた。「サフィラはとても若《わか》い。そなたもだ。わたしとグレイダーが完全に理解《りかい》しあうのに何十年もかかった。ライダーとドラゴンの絆《きずな》も、ほかのあらゆる結びつきと同様、徐々《じょじょ》にきずきあげていくもの。そなたはサフィラを信頼《しんらい》しているか？」

「はい。命をかけて」

「サフィラはそなたを信頼している？」

「はい」

「では、彼女の好きにさせてやることだ。そなたは両親を知らずに育った。サフィラは自分がドラゴン族最後のまっとうな生き残りと信じて育ってきた。それが今、まちがいだったとわかった。グレイダーをこまらせるのをやめ、そなたに注意をもどすようになるまで、数か月かかったとしても、無理はない」

エラゴンは親指と人さし指でブルーベリーをころがした。食欲《しょくよく》がすっかり失《う》せている。「エルフはどうして肉を食べないんですか？」

「どうして食べる必要がある？」オロミスはイチゴをもちあげて表皮に光をあて、一面をおおうこまかい毛を見つめた。「必要なもの、ほしいものがあれば、われわれは植物に歌を聞かせる。食べるものとて同じこと。テーブルにひと品ふやすため、動物に苦痛《くつう》をあたえるなど野蛮《やばん》なこと……そなたも遠からず理解《りかい》するようになろう」

エラゴンは眉《まゆ》をひそめた。これまでずっと肉を食べて生きてきたのに、エレズメーラにいるあいだじゅう果物《くだもの》と野菜だけでしのぐなど、考えただけで目の前が暗くなった。「肉が恋《こい》しくならないんですか？」

「一度も食したことのない味を、恋しがる者はいない」

「グレイダーは？　草だけでは生きられないでしょう？」

「そうだ。しかし、彼も不必要に動物を苦しめることはしない。われわれはそれぞれ、定められた範《はん》囲《い》で、できるかぎりのことをする。自分がなんであるか、だれであるかは、どうしようもないことだ」

「じゃあイズランザディ女王は？　彼女のマントは白鳥の羽根でできていました」

「何年もかけて、ぬけた羽根を集めたものだ。女王の衣服のために、鳥が殺されることはない」

食事を終えると、エラゴンはオロミスを手伝って皿を砂《すな》で洗《あら》った。

オロミスは棚《たな》に皿をもどしながらたずねた。「けさは沐浴《もくよく》したのかね？」

エラゴンはその質問《しつもん》にぎょっとしながらも、していないとこたえた。「では、あしたはしなさい。あさってからも毎日」

「毎日！　水はすごく冷たいんですよ。熱が出てしまいます」

オロミスはみょうな目でエラゴンを見た。「では、温めればよい」

こんどはエラゴンが横目でにらむ番だった。「小川の水をまるごと魔法《まほう》で温められるほど、ぼくの力は強くありません」

オロミスの笑い声が家のなかに響《ひび》きわたった。

外にいるグレイダーが窓《まど》からオロミスの様子をのぞいてまたもとの姿勢《しせい》にもどる。

「そなた、ゆうべは自分の住まいのなかを見てまわったはずだが？」

エラゴンはうなずいた。

「ならば、床《ゆか》にくぼみのある小部屋はなかったか？」

「衣服などを洗《あら》う場所かと思いました」

「あれは、そなたを洗う場所だ。部屋の壁《かべ》の上部に、ふきだし口《ノズル》がふたつかくれている。それをあければ、どんな温度の湯でも出る。それに」オロミスはエラゴンのあごをさしていった。「わたしの弟《で》子《し》でいるあいだは、その顔をきれいに剃《そ》っておいてもらいたい。しっかりひげがのびる――のばす気があればの話だが――年齢《ねんれい》になるまではな。葉を半分飛ばされた木のような顔でいてもらってはこま

るぞ。エルフは顔を剃らないが、かみそりと鏡をさがして、そなたに贈《おく》ろう」

誇《ほこ》りもなにもふきとばされ、エラゴンは顔をしかめながら承諾《しょうだく》した。

ふたりで外へもどり、オロミスがグレイダーに目で合図した。グレイダーはいった。〈サフィラとそなたの教育課程《かてい》を決めた〉

オロミスはいった。「はじめるのは——」

〈——あしたの日の出の一時間後。レッド・リリーの時間に、ここへもどってくること〉とグレイダーが話を引き継ぐ。

「ブロムがサフィラのためにつくった鞍《くら》をもってくるように」オロミスは続けた。「それまでは好きなように過ごしてよい。エレズメーラには異国《いこく》の者にとって不思議なものがたくさんある」

「覚えておきます」エラゴンはいって、頭をさげた。「帰る前に、師匠《マスター》、トロンジヒームでダーザをたおしたあと助けてくれたことで、お礼をいわせてください。あなたの助けがなければ、生きていられなかったかもしれない。ご恩《おん》は忘《わす》れません」

〈わたしたちふたりとも、恩を忘れない〉サフィラがいい足した。

オロミスはかすかにほほえみ、うなずいた。

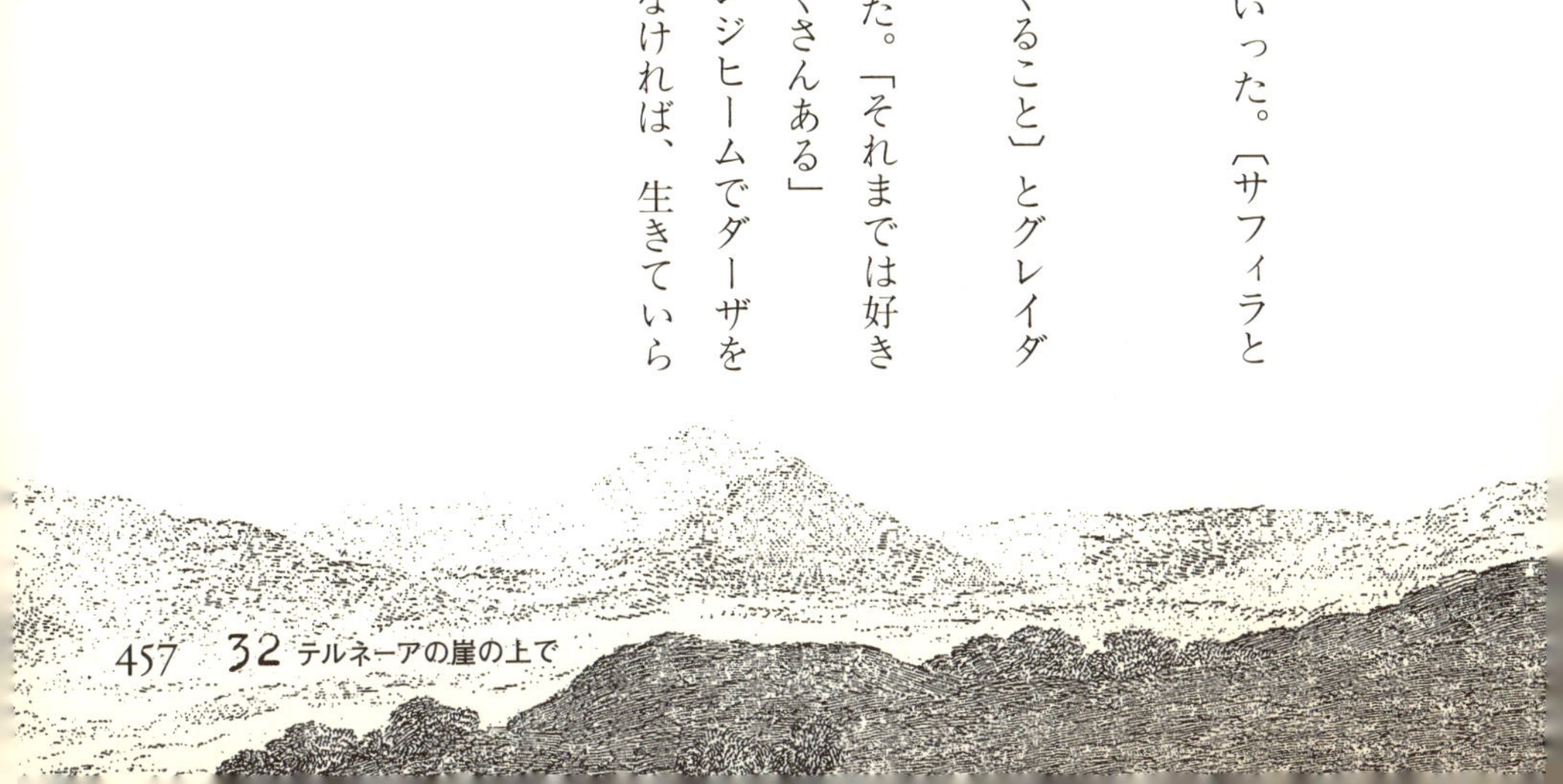

33

修行《しゅぎょう》

空に飛び立ち、オロミスとグレイダーの姿《すがた》が見えなくなったとたん、サフィラが声をあげた。〔エラゴン、べつのドラゴンがいた！　信じられるか？〕

〔本当によかったね〕エラゴンはサフィラの肩《かた》をたたいた。こうしてドゥ・ウェルデンヴァーデンのはるか上空からながめると、森にだれかが住んでいるという気配は、ときおり梢《こずえ》から立ちのぼるぼんやりとした煙《けむり》しかない。それさえも、すぐに澄《す》んだ空気のなかに消えてゆく。

〔シュルーカン以外のドラゴンに会えるなんて、夢《ゆめ》にも思わなかった。ガルバトリックスから卵《たまご》を救いだすことは希望の域《いき》を出ないことだった。それが今は……！〕エラゴンの下でサフィラは、よろこびに身もだえしている。〔グレイダーはすばらしい。ものすごく年上で、強くて、鱗《うろこ》がすごくきれい。わたしより二倍、いや三倍は大きい。あの鉤爪《かぎづめ》を見たか？　あれは……〕

　サフィラはグレイダーの姿かたちのことを何分も熱く語った。しかしエラゴンが強く感じたのは、サフィラの言葉より、サフィラのなかであばれまわる感情《かんじょう》だった。からみあう熱意と情熱。強いあこ

がれとしかいいようがない。

エラゴンは、オロミスから学んだことを伝えようとした——サフィラがこちらに注意をむけていなかったのはあきらかだ——が、話題を変えるのは無理だった。エメラルド色の海の上、サフィラの背《せ》に静かにすわり、エラゴンは自分がこの世でいちばん孤独な者のように感じていた。

住まいにもどったエラゴンは、もうなにかを見学するどころではなかった。何週間もの旅と今日一日のできごとで、疲《つか》れきっていた。サフィラが満足しきった様子で寝床《ねどこ》にすわり、グレイダーのことをしゃべり続けるあいだ、エラゴンはエルフの風呂場《ふろば》の謎《なぞ》を調べた。


朝のおとずれとともに、オロミスの約束どおり、半透明《はんとうめい》の紙に包まれたかみそりと鏡がとどいた。かみそりはエルフ製《せい》の、研《と》ぐ必要のないものだ。エラゴンは顔をしかめながら湯気の立つ熱い湯につかり、鏡をとりあげて自分の顔とむきあった。

その顔は大人びて見えた。そして疲れて見えた。輪郭《りんかく》が鋭《するど》くなっている。タカ、あるいは苦行者の面《おも》だちだ。彼はエルフではない。しかし、近くでよく見た人は、だれも純粋《じゅんすい》な人間とは思わないだろう。エラゴンは髪《かみ》をうしろにやり、耳を出してみた。先端《せんたん》にむかってかすかに細くなっている。サフィラとの結びつきが彼を変えたしるしだ。エラゴンは片方《かたほう》の耳に手をやり、そのなじみのない形を指でたどった。

肉体の変化は受けいれがたかった。わかっていたこととはいえ——自分がライダーであることの決

定的な証拠《しょうこ》として、こうなることを待ち望んだこともあった――現実《げんじつ》を目《ま》のあたりにすると、エラゴンはひどく混乱《こんらん》した。自分の体が変容《へんよう》していくのに、自分ではどうすることもできないというのは腹《はら》立《だ》たしいが、同時に、どう変わっていくのか興味《きょうみ》もある。さらに、エラゴンは気づいた。自分がまだ人間の思春期のまっただなかにいること、そして、それにともなう謎《なぞ》や問題が自分の顔のなかに存在《そんざい》していることに。

自分がだれなのか、なんなのか、いつになったらわかるんだろう?

エラゴンは頬《ほお》にかみそりをあて、ギャロウがやっていたように、刃《は》をすべらせていった。ひげは剃《そ》れたが、むらや剃り残しがある。刃のむきを変えてもう一度やってみると、多少はうまくいった。ところがあごを剃ろうとしたとき、手がすべって口のはしから下あごにかけて切ってしまった。わっと声をあげ、かみそりを落とし、傷口《きずぐち》をたたく。首に血がしたたり落ちてきた。エラゴンは歯をむいて言葉を吐《は》きだした。「ヴァイサ・ヘイル(傷よ、治れ)」魔法《まほう》が傷口を閉《と》じ、痛《いた》みはたちまち消えていく。だが、動揺《どうよう》で心臓《しんぞう》はまだドキドキしている。

〔エラゴン!〕サフィラがさけんだ。〈入り口の間〉に無理やり頭と首をつっこんで、小部屋の扉《とびら》を鼻でこじあけた。血のにおいに、鼻孔《びこう》で炎《ほのお》がゆれている。

〔生きてるよ〕エラゴンはいった。

サフィラは血のまじった湯を見た。〔気をつけなさい。ひげを剃りすぎて首を切り落としてしまうくらいなら、毛の生えかわり時期のシカのようにむさくるしい顔でいたほうがいい〕

〈はいはい。もう行っていいよ。だいじょうぶだから〉

サフィラはうなり、しぶしぶ頭を引いていった。

エラゴンはかみそりをにらんで、しばらくそこにすわっていたが、やがてつぶやいた。「やめた」

心を落ちつけ、知っている古代語に思いをめぐらす。必要なものを選びだし、自分でつくった呪文《じゅもん》をとなえる。顔の表面からうっすらと黒い粉が落ちてきた。のびかけたひげが粉末となって飛びちり、頬はみごとにつるつるになった。

エラゴンは満足げにサフィラのもとへもどり、鞍《くら》をつけ、そのまま空へ飛び立った。テルネーアの崖《がけ》に着くと、オロミスとグレイダーの待つ、小屋の前に着地した。

オロミスはまずサフィラの鞍を点検《てんけん》した。縫《ぬ》い目《め》や絞め金《バックル》を調べながら、すべてのストラップに指をすべらせたあと、つくったときの状況《じょうきょう》を考えると、まずまずのできばえだといった。「ブロムは手先が器用だった。高速で飛ぶときは、この鞍を使うがいい。しかし、心地《ここち》よく乗りたいときは――」

オロミスは小屋にもどり、しっかりと成型された厚《あつ》い鞍をもって出てきた。尻《しり》と足を乗せる部分に、金メッキの模様《もよう》がついている。「――これを使いなさい。ヴローエンガードでつくられたもので、いざというとき役に立つよう、さまざまな呪文がかけられている」

エラゴンは鞍を受けとり、その重さによろめいた。足を固定するバックルが両側からぶらさがっており、全体的な形はブロムの鞍と変わらない。ただ、なめし革《がわ》でつくられた深い座部《ざぶ》は、まっすぐな姿勢《しせい》でも、体をたおしてもサフィラの首につかまって乗れるようになっている。これなら長時間の飛

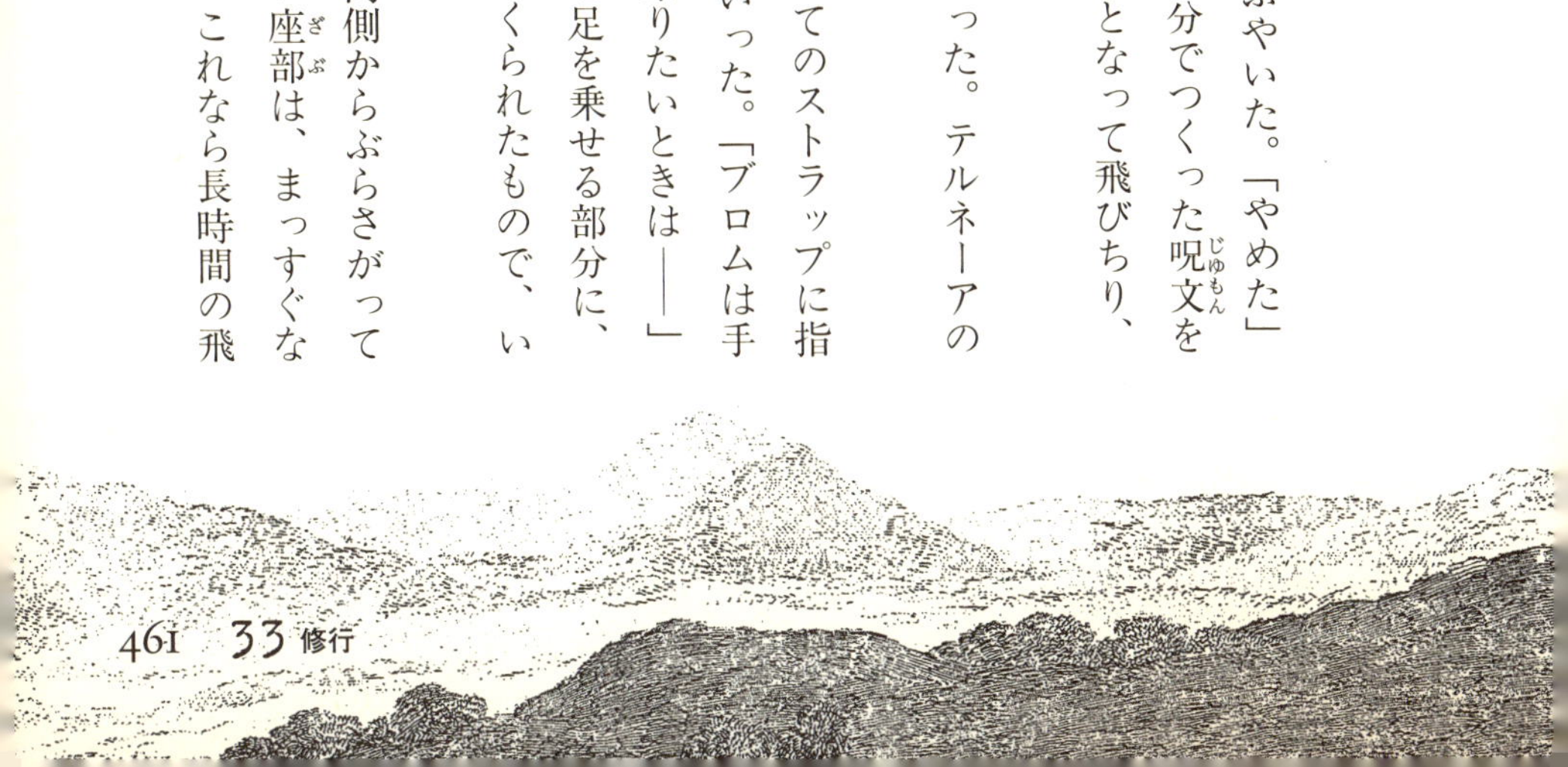

行に耐《た》えられる。さらに、サフィラの胸《むね》にまわすストラップは、その成長にあわせて長くできるように、いくつか結び目がつくってある。エラゴンは、座部の側面にならんだ幅広《はばびろ》のひもに目をとめ、その用途《ようと》をたずねてみた。

　グレイダーが低く響《ひび》く声でこたえた。〈サフィラが複雑《ふくざつ》な曲芸飛行を披露《ひろう》するとき、そなたの手首と腕《うで》をしばるものだ。ネズミのようにふりまわされて死んでしまわぬように〉

　オロミスはエラゴンを手伝って、サフィラの新しい鞍《くら》をはずしてからいった。「サフィラ、そなたは今日、グレイダーについていきなさい。わたしはここでエラゴンを訓練する」

〈おおせのままに〉サフィラはこたえ、歓喜《かんき》の声らしきものをあげた。グレイダーの黄金の巨大《きょだい》な体が地面からもちあがり、北へむかって飛び立つと、サフィラもすぐうしろをついてゆく。

　サフィラの門出にしみじみと思いをはせるひまもなく、オロミスはエラゴンを空き地のはずれのヤナギの木の下に連れていった。そこには、土壌《どじょう》のかたい正方形の一角があった。オロミスはエラゴンの真正面に立った。「これからそなたに教えるのは、リムガー、あるいはヘビとツルの踊《おど》りと呼《よ》ばれるものだ。そもそもは、戦いにおもむく兵士の準備《じゅんび》としてあみだされた運動だが、今エルフたちはみな、健康をたもつために利用している。リムガーのレベルは四段階《だんかい》。レベルがあがるごとにむずかしくなる。まずは第一段階からはじめよう」

　激痛《げきつう》の予感に、エラゴンは胃がかたくなり、体が動かせなくなった。足もとをにらみつけ、拳《こぶし》をにぎりしめ、背中《せなか》の傷《きず》が引きつるのを感じながら肩《かた》を丸めていく。

「体をらくにして」オロミスはいった。

エラゴンは掌《てのひら》をぱっと開き、こわばった腕の先で、手の力だけをぬいた。

「体をらくにといったのだ、エラゴン。かたくなっていては、リムガーはできぬ」

「はい、師匠《マスター》」エラゴンは顔をしかめ、しかたなく筋肉《きんにく》と関節の力をゆるめていった。だが胃は、依《い》然《ぜん》としてしこっている。

「両足をそろえ、腕をわきにおろしなさい。目はまっすぐ前を見て。深く息を吸《す》い、両腕を頭の上にあげ、掌をあわせる……そう、そうだ。息を吐《は》きながら、できるところまで体をまげていく。地面に掌がついたら、もう一度息を吸って……いきおいをつけて起きあがる。そうだ。息を吸って体をそらし、空を見あげ……そこで息を吐き、三角形をつくるように尻《しり》をつきあげていく。のどの奥《おく》で息を吸って……吐いて。吸って……吐いて。吸って……」

一連の動作はゆるやかで、背中の痛《いた》みに火をつけることはなかった。エラゴンは心からほっとした。けれど、ゆっくりした運動にもかかわらず、額《ひたい》には玉の汗《あせ》が浮《う》き、息があがってきた。エラゴンは、痛みにおそわれなかったうれしさで、にんまり笑っている自分に気づいた。やがて警戒心《けいかいしん》は消え――どの動作もエラゴンの柔軟性《じゅうなんせい》の限度《げんど》をこえるものだったが――〝ファーザン・ドゥアーの戦い〟以降《いこう》もてなかった力と自信を感じながら、エラゴンはなめらかに体を動かしていった。〈もう治ったんだ!〉

オロミスもいっしょにリムガーをおこなっていたが、その強靭《きょうじん》さと柔軟さにエラゴンは舌《した》を巻《ま》い

た。とてつもない年齢《ねんれい》のことを思うとなおさらだ。彼は額をつま先につけることができる。どの動作も、ただ庭の散歩でもしているかのように、このうえなく落ちついている。オロミスの指示《しじ》は、ブロムよりおだやかだが、ぜったいに妥協《だきょう》はしない。すこしの逸脱《いつだつ》もゆるさないのだ。

「汗《あせ》を洗《あら》い流してくるとしよう」運動が終わると、オロミスはいった。

ふたりは小屋のわきの小川に行き、着ているものをすばやくぬいだ。

エラゴンは服をぬいだときのエルフの体に興味《きょうみ》があり、こっそり観察した。オロミスはとてもやせているが、皮膚《ひふ》の下にかたい筋《すじ》が木目のように走っていて、みごとな筋肉《きんにく》がついている。胸《むね》にも足にも、股間《こかん》の周辺にも毛は生えていない。カーヴァホールで見慣《みな》れてきた男たちの体にくらべると、異《い》様《よう》にさえ見える。だがそこには、ヤマネコのような、ある種の洗練《せんれん》された優雅《ゆうが》さがあった。

さっぱりしたあと、オロミスはエラゴンをドゥ・ウェルデンヴァーデンの森の奥《おく》の窪地《くぼち》へ連れていった。そこには木々がよりかかりあうように生いしげっていた。枝やもつれあう地衣類のベールにかくれ、空がぼんやりとしか見えない。地面のコケに足首の上まで沈《しず》んでしまう。まわりのなにもかもが静寂《せいじゃく》に包まれている。

窪地の中央に、直径三メートルほどの白い切《き》り株《かぶ》があった。

オロミスはその平らでつやつやとした表面をさしていった。「そこにすわりなさい」

エラゴンはいわれるままにすわった。

「足を組んで、目を閉《と》じて」

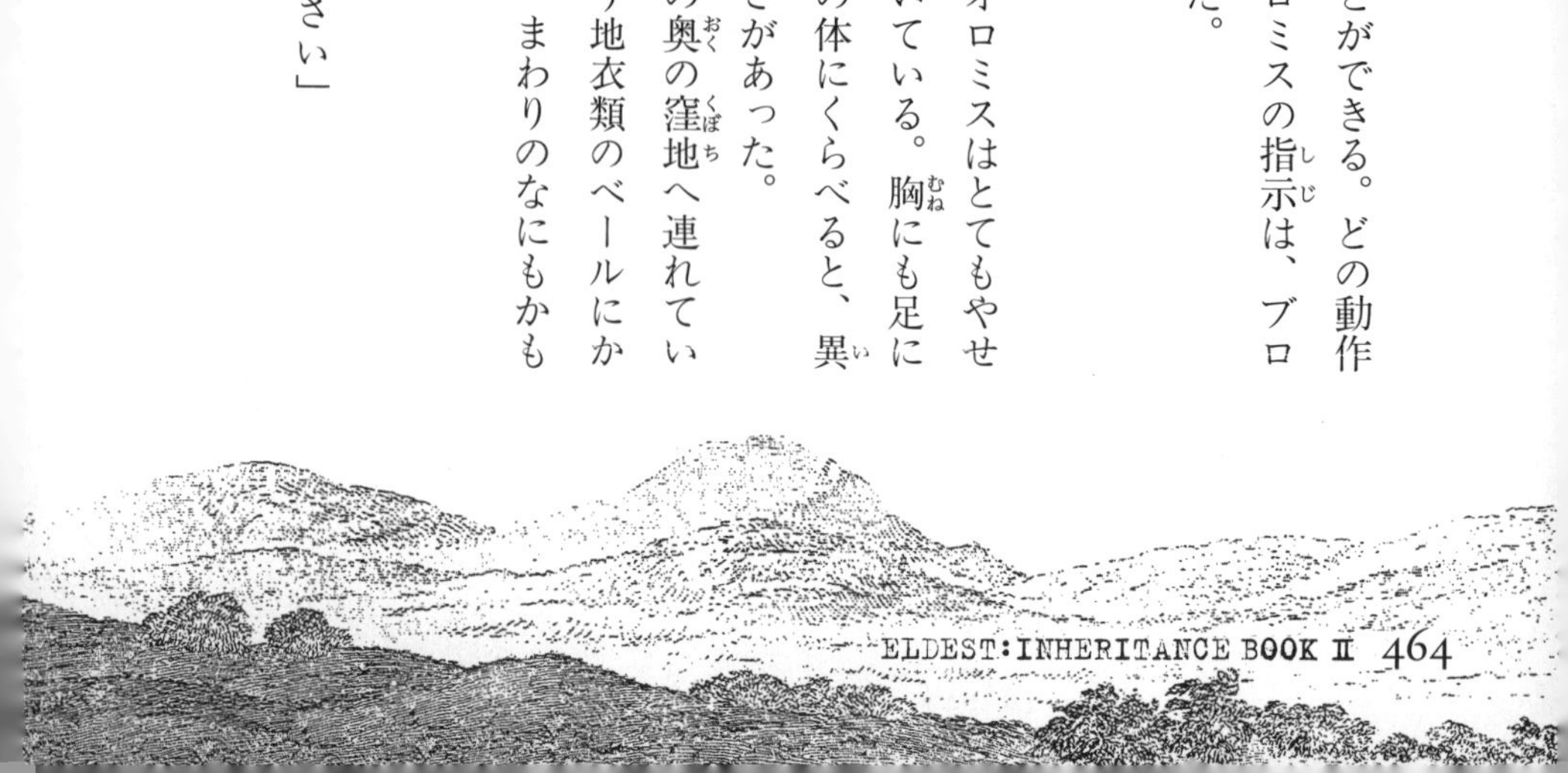

まわりの世界が暗くなった。

右手からオロミスのささやきが聞こえてくる。「心を開きなさい、エラゴン。心を開き、まわりの世界に耳をすます。木のなかのアリから地中のミミズまで、あらゆる生き物の思考に耳をすませるのだ。彼らの目的や本能《ほんのう》が理解《りかい》できるまで、耳をかたむけ続けるのだ。なにも聞こえなくなったら、彼らからどんなことを学んだか、わたしに知らせに来なさい」

そして森は静寂に包まれた。

オロミスがいるのかいないのかわからないまま、エラゴンは心の障壁《しょうへき》をおずおずとさげ、遠くのサフィラと交信するときと同じように、意識《いしき》の手をのばしていった。最初のうち、彼をとりかこむものはただの無だった。だがやがて、暗闇《くらやみ》のなかに、針《はり》の先ほどの光とぬくもりが現《あらわ》れてきた。それはどんどん強さを増し、エラゴンはいつしか、無数の星がうずまく銀河《ぎんが》にとりかこまれていた。その明るい星のひとつひとつが、命を表しているのだ。エラゴンはいつも、動物たち——カドック、スノーファイア、ソレムバンなど——に接触《せっしょく》するときは、一点に意識を集中させるようにしている。しかしこれはちがう。さっきまでなにも聞こえない状態《じょうたい》で群衆《ぐんしゅう》のなかに立っていたのに、今はまわりの会話がとめどなくおしよせてくる……そんな感じだ。

エラゴンはとつじょ、自分が無防備《むぼうび》に思えてきた。完全にむきだしの状態で、この世にさらされている。今にもだれかに、なにかに、意識のなかに飛びこまれ、支配《しはい》されそうな気がする。エラゴンは緊張《きんちょう》し、無意識のうちに自分の心のなかにしりぞいていった。窪地に感じていたものはなくなった。

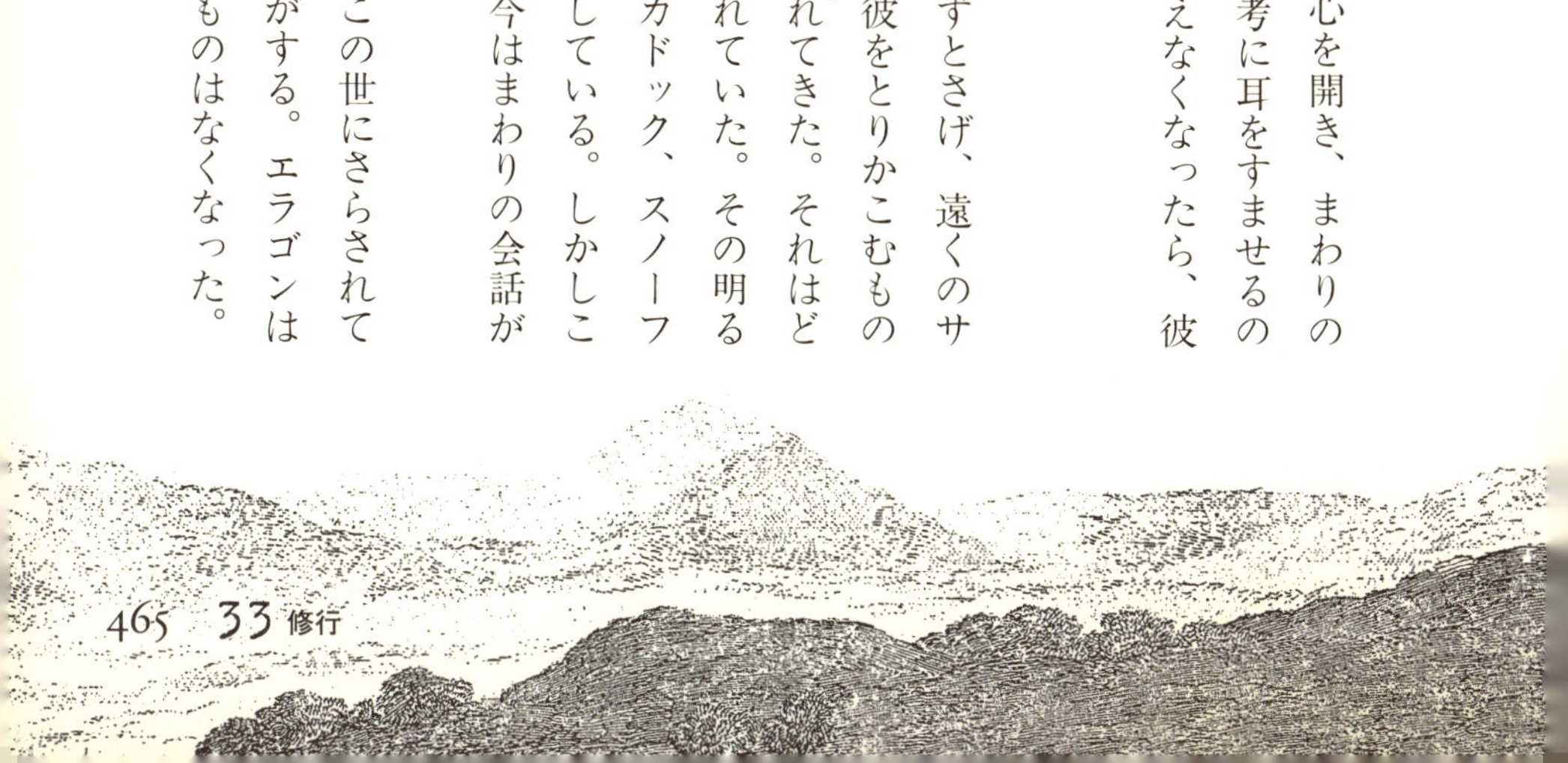

オロミスの教えを思い出し、ゆっくりと息をして、肺《はい》に空気が流れるのを感じとる。そして緊張を解《と》き、もう一度心を開いていった。

　これまでのところ、感知できる生き物のほとんどが昆虫《こんちゅう》だった。その数の多さにエラゴンは驚嘆《きょうたん》した。苔《こけ》むした地面のほんの一角に、何万もの虫が住んでいる。小さな窪地《くぼち》全体で数百万、もっと広くなると想像《そうぞう》もつかない。その膨大《ぼうだい》な数を思うと、恐《おそ》ろしくさえある。アラゲイジアでも、人間の数は少なく、さまざまな動物に包囲されているのはわかっていたが、カブト虫の数にすら負けているとは思いもよらなかった。

　エラゴンが意識《いしき》を集中させたのは、地面を横ぎって、野生のバラの茎《くき》をのぼっていく赤アリの隊列だった。なじみのある虫であり、オロミスの話にも出てきたからだ。アリの脳《のう》はごく原始的で、たいした思考はさぐりだせない。エラゴンはただ、アリの衝動《しょうどう》らしきものを感じた。食糧《しょくりょう》を見つけ、危険《きけん》をさける衝動、なわばりを守る衝動、交尾《こうび》の衝動。彼らの本能をさぐっているうち、アリの行動の謎《なぞ》が解けてきた。

　エラゴンはその発見に魅了《みりょう》された。アリたちは——隊列の外へ探険《たんけん》に出ている数匹《ひき》をのぞけば——自分たちがどこにむかっているか、つねに正確《せいかく》に把握《はあく》している。いったいどんなメカニズムにみちびかれているのか、アリの隊列はみごとに正確な道筋《みちすじ》をたどって食糧を手に入れ、巣にもどってくる。もうひとつのおどろきは、彼らの食糧源《しょくりょうげん》だった。予想していたように、ほかの虫を殺したり、死骸《しがい》をもち帰ったりもしている。しかし、アリたちがもっとも努力しているのは、バラの木に点在《てんざい》するなに

かを……育てることだった。その生物形態《けいたい》は、エラゴンがかろうじて感知できるほどの大きさだ。彼はどうしてもそれがなにか知りたくて、全精力《ぜんせいりょく》をかたむけて、その生き物の正体を見きわめようとした。

　答えは単純《たんじゅん》だった。気がついたとき、エラゴンは大声で笑った。アブラムシか！　アリはアブラムシを守り、誘導《ゆうどう》し、羊飼《ひつじか》いのようにふるまいながら、触覚《しょっかく》の先でアブラムシの腹《はら》をなで、栄養物をぬきとっている。最初は信じられなかったが、観察すればするほど、自分の結論《けつろん》に確信がもてた。

　アリの隊列を地中の入り組んだ迷路《めいろ》までたどっていくと、彼らはそこで、ふつうより数倍体の大きい一匹の世話をはじめた。その目的はさだかではない。ただエラゴンが感じるのは、大きい一匹のまわりに群《むら》がり、一定の間隔《かんかく》で産みだされる物質《ぶっしつ》を交代で運んでいく、僕《しもべ》たちの姿《すがた》だった。

　エラゴンはそこに一日じゅうでもすわっていたかったが、アリたちからすべての情報《じょうほう》を引きだせたと感じ、体のなかに意識をもどすことにした。

　と、そのとき、リスが一匹、窪地に飛びだしてきた。虫に波長をあわせていたエラゴンにとって、その存在《そんざい》は爆発《ばくはつ》する光のようだった。おしせよるリスの感覚や感情に圧倒《あっとう》され、彼は呆然《ぼうぜん》とした。リスの鼻で森のにおいを感じ、丸めた足の裏《うら》に樹皮《じゅひ》を感じ、つきあげたしっぽの先で風を感じる。アリにくらべると、リスにはみなぎる活力と、まぎれもない知性《ちせい》がある。

　じきにリスはべつの枝《えだ》に飛びうつり、エラゴンの意識から消えていった。

　目をあけると、森はさっきよりもずっと暗く、ひそやかに感じられた。深呼吸《しんこきゅう》をして、あたりを見

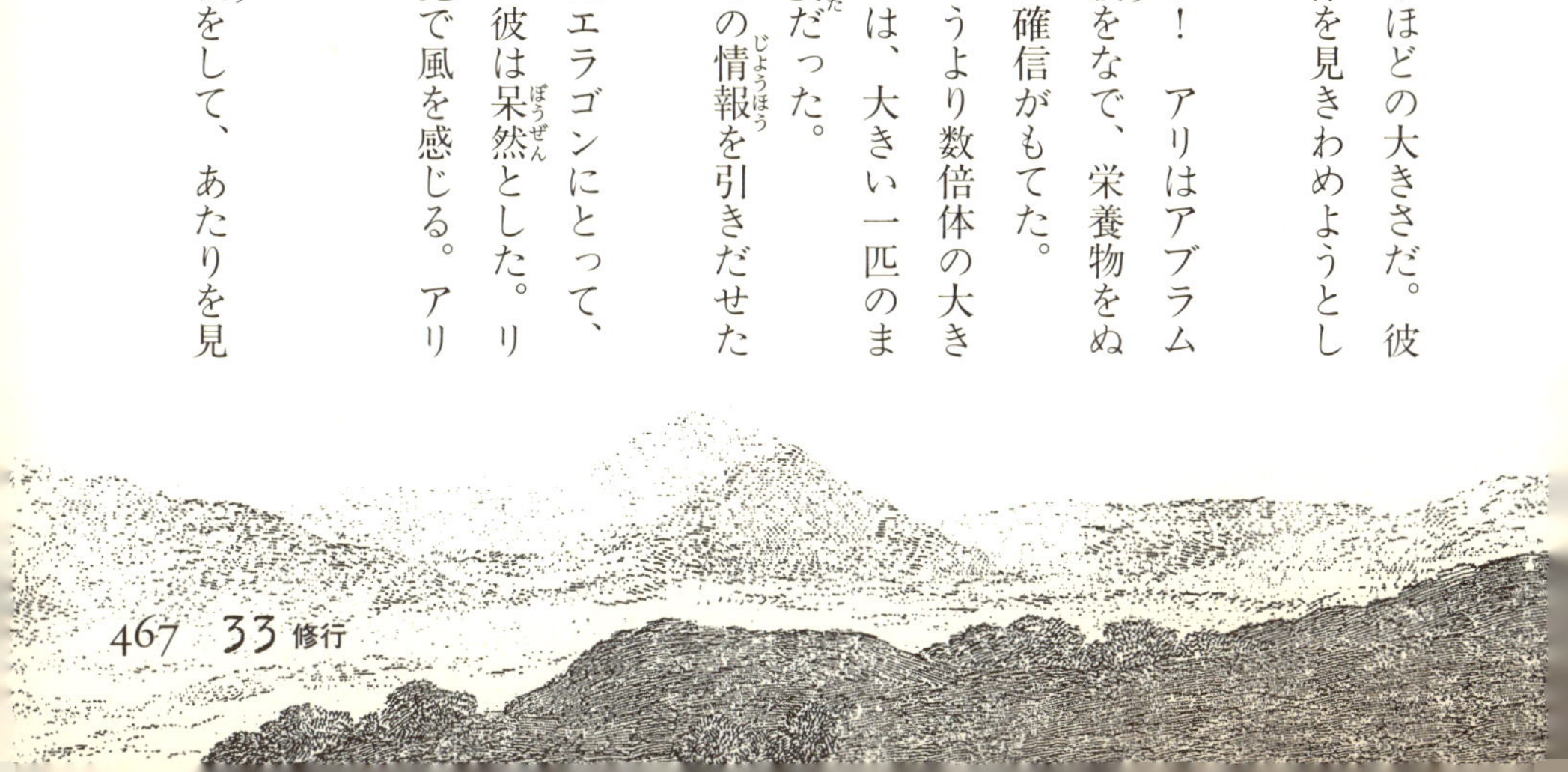

まわし、この世にこれほど多くの生命が存在《そんざい》していることに、生まれて初めて感謝《かんしゃ》の気持ちをもった。組んだ足をほどき、エラゴンはバラの茂《しげ》みへと歩いていった。

かがみこんで枝葉《えだは》を見てみると、やはりそこには、アブラムシとそこにくっつく緋色《ひいろ》の守護者《しゅごしゃ》、アリたちがいた。バラの根もとには、アリの根城《ねじろ》の入り口をしめす松葉の山がある。だがほかにはなにひとつ、今知ったばかりの情報《じょうほう》をしめすものはない。なんだか不思議な気がした。

エラゴンはすっかり心をうばわれ、歩くたびになにかをふみつけているにちがいないと思いながら足を進めた。樹木《じゅもく》のかげから出ると、日がすっかりかたむいていた。少なくとも三時間はすわっていたことになる。

小屋にもどったとき、オロミスはガチョウの羽根ペンで書きものをしていた。書きおえると、ペン先をふき、インクにフタをして、たずねた。「それで、なにが聞こえたかね、エラゴン?」

エラゴンは話したくてたまらなかった。アリ社会のしくみをくわしく説明しながら、自分の声が興《こう》奮《ふん》でうわずっていくのがわかる。エラゴンはつまらないことまで、観察してきたことすべてを得意になって話し続けた。

話が終わると、オロミスは眉《まゆ》をつりあげた。「それだけかね?」

「それだけ……」エラゴンは肝心《かんじん》なところを見のがしたのだと気づき、うろたえた。「はい、エブリシル(師匠《ししょう》)」

「地中や空気中に存在《そんざい》する、ほかの生命体は? そなたのアリが群《む》れなして歩いているあいだ、ほか

の生物たちはなにをやっていた？」

「わかりません、エブリシル」

「そこに、そなたのあやまちがある。特別な生物にだけ没頭《ぼっとう》せず、あらゆる生物にまんべんなく意識《いしき》をむけねばならぬ。これは必要不可欠《ふかけつ》な訓練だ。習得するまでは、毎日一時間ずつ、切《き》り株《かぶ》の上で黙《もく》想《そう》するように」

「どうなれば、習得できたとわかるんですか？」

「一を見て、すべてを理解《りかい》できるようになったら」オロミスはそういうと、手まねきでエラゴンを呼《よ》び、テーブルに新しい紙と羽根ペンとインクの瓶《びん》をならべた。「これまでそなたは、不完全な古代語の知識で、なんとかまにあわせてきた。われわれエルフも、古代語をすべて知っているわけではないが、そなたは文法や構造《こうぞう》をしっかり覚えねばならぬ。動詞《どうし》の使い方をまちがうなどのあやまちは命とりになる。エルフのように使いこなせるようになれとはいわん。それには一生涯《いっしょうがい》かかる。ただ、無意識の言語能力《のうりょく》は必要だ。頭で考えることなく、話せるようになるということだ。

さらに、読み書きも覚えねばならぬ。読み書きは単語を覚える助けになるばかりでなく、長い呪文《じゅもん》をつくるとき、記憶《きおく》だけに頼《たよ》らずにすむ。それに、記録された呪文を読めなければ使えない。これも不可欠な技能《ぎのう》だ。

古代語を書くために、各種族で独自《どくじ》の方法を考案してきた。ドワーフはルーン文字を使う。人間もそうだ。しかし、それらは当座《とうざ》しのぎの手法でしかない。われわれのリドゥエン・カヴェイディ（詩

的筆記体）のように、言語の機微《きび》まで表現《ひょうげん》することは不可能《ふかのう》なのだ。リドウェン・カヴェイディは可能なかぎり格調《かくちょう》高く、美しく、正確《せいかく》な言語となるようつくられている。四十二の異《こと》なる形の文字が、それぞれ異なる音を表す。それらの形を、無限《むげん》にあるともいえる象形文字と組み合わせれば、単語や文章をつくることができるわけだ。そなたの指輪の紋章《もんしょう》も、その象形文字だな。ザーロックの紋章もまたべつの……では、はじめよう。古代語の基本的《きほんてき》な母音の発音とはなにかね？」

「え……？」

エラゴンに古代語の基礎知識《きそちしき》がないことが、たちまちあきらかになってしまった。旅のあいだ、ブロムはエラゴンにただひたすら、生きのびるために必要な言葉を暗記させ、完璧《かんぺき》に発音させようとした。だから、エラゴンはそのふたつにおいてはすぐれているが、定冠詞《ていかんし》と不定冠詞のちがいすら説明できない。

オロミスは基礎知識の欠如《けつじょ》に内心いらだったのかもしれないが、言葉や仕草にはまったくそれを表さず、辛抱《しんぼう》強くその部分の修復《しゅうふく》につとめた。

授業中《じゅぎょうちゅう》、エラゴンがいった。「ぼくは魔法《まほう》を使うとき、そんなに多くの単語を必要としなかったんです。たとえばブリジンガー（炎《ほのお》）みたいに、ひとことであれだけのことができるのは、特別な能《のう》力《りょく》だってブロムがいってました。古代語でいちばん長くしゃべったのは、アーリアの心と会話したときと、ファーザン・ドゥアーで親のない子に祝福をささげたときぐらいかな」

「こどもに古代語で祝福をしたと？」オロミスは鋭《するど》く反応《はんのう》した。「その祝福の言葉を覚えているか？」

「はい」

「暗誦《あんしょう》してみよ」エラゴンがいわれたとおりにすると、オロミスの顔にまぎれもない恐怖《きょうふ》の表情《ひょうじょう》が浮《う》かんだ。エルフはさけんだ。「スコラーを使ったのか！　まちがいではないのか？　スコーリロではないのか？」

エラゴンは眉《まゆ》をひそめた。「いいえ、スコラーです。なぜ使ってはいけないのです？　スコラーは保護《ほご》されるという意味。『……災厄《さいやく》から身を守られんことを』だから、正しい祝福でしょう？」

「それは祝福ではない。呪《のろ》いだ」オロミスは、エラゴンが見たこともないほど動揺《どうよう》していた。「接尾辞《せつびじ》のoをつければ、rやiで終わる動詞の受け身の言葉になる。つまりskoliroは『保護される』だがskolirは『保護する』の意味。そなたがいったのは『この者に幸運と幸《さち》を恵《めぐ》みたまえ。そして、災厄から身を守る盾《たて》とならんことを』。すなわち、その子を数奇《すうき》な運命から守るどころか、まわりの者の犠牲になり、まわりの者が平穏《へいおん》に暮《く》らせるよう、災《わざわ》いや苦痛《くつう》をかわりに受けとめるよう運命づけたのだ」

嘘《うそ》だ、嘘だ！　そんなはずはない！　エラゴンはたじろいだ。「呪文《じゅもん》の効果《こうか》は、単語の意味だけじゃなく、その人の意志《いし》で決まるはずです。ぼくは悪意なんてまったく……」

「単語にそなわっている本質《ほんしつ》は否定《ひてい》できぬ。変形し、応用《おうよう》するのはよろしい。しかし、まったく逆《ぎゃく》の意味を表すことは……定義《ていぎ》を無視《むし》することはできない」オロミスは両手の指をあわせ、テーブルをじっと見つめた。唇《くちびる》が白く、一文字に結ばれている。「悪意がなかったのは信じよう。さもなくば、こ

れ以上そなたの修行《しゅぎょう》は続けられぬところだ。誠実《せいじつ》に、純粋《じゅんすい》な心でささげたのなら、その祝福は恐《おそ》れるほどの災《わざわ》いはもたらさぬかもしれぬ。だが、重大な痛《いた》みであることには変わりない」

赤《あか》ん坊《ぼう》の人生にしてしまったことに気づくと、エラゴンは猛烈《もうれつ》なふるえにおそわれた。「ぼくのあやまちは取り消せないかもしれないけど。でも、多少のなぐさめはあります。サフィラがその女の子の額《ひたい》に印をつけたから。ぼくの掌《てのひら》にゲドウェイ・イグナジアをつけたときと同じように」

エラゴンは生まれて初めて、仰天《ぎょうてん》するエルフを見た。オロミスは灰色《はいいろ》の目を大きく見開き、口をぽかんとあけ、椅子《いす》のひじかけを――その木がうなるほど強く――にぎりしめている。「その子はライダーの印をもちながら、ライダーではない……」彼はつぶやいた。「生まれてこのかた、そなたらのようなふたりを見たことがない。そなたらの決断《けつだん》はすべて、だれにも予想できぬような衝撃《しょうげき》をもたらす。気まぐれで世界を変えるとは……」

「それは、いいことですか、悪いことですか?」

「どちらともいえぬ。その赤ん坊は今どこに?」

エラゴンは頭を整理するのにすこし時間がかかった。「ヴァーデンといっしょにいます。ファーザン・ドゥアーかサーダに。サフィラの印は、なにかの助けになると思いますか?」

「わからぬ」オロミスはいった。「答えを引きだそうにも、前例がない」

「祝福を取り消す方法が、呪文《じゅもん》を解《と》く方法が、なにかあるのではないですか?」エラゴンの声はほとんど懇願《こんがん》するようになっていた。

「ある。しかし、かけた本人が解くのがもっとも効果的《こうかてき》だ。そしてそなたは今、ここをはなれることができぬ。たとえ最高の状態《じょうたい》で解けたとしても、魔法《まほう》の残骸《ざんがい》は永遠《えいえん》にその子につきまとう。古代語の力は、それほど強い」オロミスは間を置いてから続けた。「そなたも、事の重大さに気づいたであろう。もうひとついっておく。そなたはその女の子の運命に大きな責任《せきにん》がある。機会あるごとに、そなたはその子を助ける義務《ぎむ》がある。ライダーの掟《おきて》でいえば、その赤ん坊はそなたの不名誉《ふめいよ》の子ということになる」

「はい」エラゴンはかすれ声でいった。「わかってます」ぼくはあの無防備《むぼうび》な赤ん坊に、なにもわからないうちにひとつの運命を強《し》いてしまったんだ。悪いおこないをする機会が閉《と》ざされたとしたら、人は本当によい人間でいられるのだろうか？　ぼくはあの子を奴隷《どれい》にしてしまったんだ。エラゴンにはわかっていた。もし自分がそんな運命にとらわれたら、全身全霊《ぜんしんぜんれい》でその運命の番人を憎《にく》むだろうと。

「では、これ以上話すことはない」

「はい、エブリシル」

修行《しゅぎょう》が終わるころになっても、エラゴンは口数が少なく、ふさぎこんでいた。外に出て、サフィラとグレイダーをむかえるときは、ほとんど顔をあげもしなかった。

二匹《ひき》のドラゴンの翼《つばさ》が巻《ま》きおこす風で、木々が激《はげ》しくゆれた。サフィラは誇《ほこ》らしげな様子だった。

首を弓なりにそらし、オオカミのようににんまりと笑いながら、悠然《ゆうぜん》と歩いてくる。

グレイダーが大皿ほどもある大きな目をエラゴンにむけると、その体重で石がくだけた。〔その三、下降《かこう》気流を見つけたときの規則《きそく》は？　その五、そこから脱出《だっしゅつ》するときの規則は？〕

グレイダーの問いに、エラゴンはあっけにとられ、ただ目をぱちくりさせた。「わかりません」

オロミスがサフィラにむき直ってたずねた。「アリが育てているのはどんな生物かね？　そこからどうやって栄養を得ているのかね？」

〔そんなことは知りません〕サフィラはむっとしたようにこたえた。

オロミスは憤《いきどお》りの光がやどる目をして、腕《うで》を組んだ。しかし、全体の表情《ひょうじょう》はおだやかなままだ。

「これまでふたりで成しとげてきたことを考えれば、そなたらにはシャートゥガル（ドラゴンライダー）であることのもっとも基本的《きほんてき》な教えが身についていると思っていた。つまり、相棒《パートナー》とすべてを共有することだ。そなたは自分の腕を切り落としたいか？　片翼《かたよく》だけで空を飛びたいか？　そんなことはないだろう。では、なぜふたりを結びつけている絆《きずな》を無視《むし》する？　そうすることでそなたらは、すばらしい能力《のうりょく》と、決闘《けっとう》における優位性《ゆういせい》を失うことになるのだぞ。ドラゴンとライダーは、ただ意識《いしき》で会話するだけではなく、ひとりの者として行動し思考できるようになるまで、たがいの意識をよりあわせねばならない。これからは、いっぽうに教えたことは、もういっぽうの者も同様に把握《はあく》するように」

「プライバシーはどうなるんですか？」エラゴンはいいつのった。

〔プライバシー?〕グレイダーがこたえる。〔それが望みなら、ここを去るとき、心を閉《と》ざしておくがよい。しかし、われわれの弟子《でし》であるあいだは、そなたらにプライバシーはない〕
エラゴンは、さっきよりもっと沈《しず》んだ気持ちで、サフィラに目をやった。
サフィラはその視線をさけ、ドスンと足をふみ鳴らしてから、まっすぐに彼を見た。〔なにがいいたい?〕
〔彼らのいうとおりだ。ぼくたちが不注意だったんだ〕
〔わたしのせいではない〕
〔そうはいってないよ〕
けれどサフィラには、エラゴンの考えていることがわかっているようだ。
エラゴンは、サフィラがグレイダーにばかり気をとられ、自分に注意をむけなかったことに腹《はら》を立てているのだ。〔これからはうまくやれるだろ?〕
〔もちろん!〕サフィラがぴしゃりという。
しかし、サフィラはオロミスとグレイダーにわびることを拒否《きょひ》し、そのつとめをエラゴンひとりにまかせた。「二度とあなたたちを失望させません」
「そう願っている。明日、どちらかが学んだことについて、把握《はあく》しているかどうかためしてみよう」
オロミスは掌《てのひら》を開き、丸い木の玩具《がんぐ》のような物体をエラゴンに見せた。「このつまみを定期的にまわしておけば、毎朝起きたい時間に起こしてくれる。行水と食事が終わったら、すぐに飛んできなさ

い」

もってみると、その物体はおどろくほど重かった。大きさはクルミほどで、コケバラに似《に》た細工のつまみがついており、そのまわりに深い渦巻状《うずまきじょう》の線がきざまれている。ためしにつまみをまわしてみると、カチカチカチとぜんまいの歯車が進む音が三回聞こえた。「ありがとうございます」

34
告白

エラゴンとサフィラはオロミスたちと別れ、木の家にもどるため飛び立った。

サフィラは新しい鞍《くら》を前足のあいだにぶらさげている。

それと気づかないうちに、エラゴンもサフィラもそれぞれに心を開きはじめていた。どちらも意識的《いしきてき》に近づこうとしているわけではないが、その結びつきはしだいに太く、深くなっている。だがどのみち、エラゴンのざわざわとした感情《かんじょう》は、気づかずにいられないほど強いものだったにちがいない。

サフィラは問いかけてきた。〈それで、なにがあった?〉

エラゴンは目の奥《おく》がズキズキ痛《いた》みだすのを感じながら、ファーザン・ドゥアーでおかしてしまった恐《おそ》ろしい罪《つみ》のことを説明した。

サフィラも同じように愕然《がくぜん》とした。

〈おまえの贈《おく》ったものが、あの子の助けになるかもしれない。でも、ぼくはゆるされないことをして

しまった。あの子をただ傷《きず》つけただけだ〕
〔あなたひとりの責任《せきにん》ではない。わたしもあなたの古代語の知識《ちしき》を共有しているのに、あやまちに気づかなかった〕エラゴンがだまっていると、サフィラがつけ加えた。〔少なくとも、今日は背中《せなか》の痛《いた》みにわずらわされなかった。それだけでも、ありがたいと思わなければ〕
エラゴンはうなった。そうかんたんに憂鬱《ゆううつ》な気分からぬけだすことはできない。〔それで、おまえは今日一日、どんなことを教わったんだ？〕
〔どのようにして、危険《きけん》な天候を見きわめ、回避《かいひ》するか〕サフィラは言葉を切った。
新しい知識を分けようとしているのはわかるが、エラゴンはあやまった祝福をあたえたことで頭がいっぱいで、次をたずねる気にはなれなかった。それに今は、サフィラと密接《みっせつ》に通じあうことに耐《た》えられそうもない。エラゴンがなにもきかずにいるので、サフィラは沈黙《ちんもく》のなかへあとずさった。
寝室《しんしつ》にもどると、前夜と同じように、網戸《あみど》のそばに食事の盆《ぼん》が置いてあった。盆をベッドに運んで——新しい寝具にとりかえられている——食事をとろうとして、肉がないことに舌打《したう》ちした。リムガーで痛くなった体を枕《まくら》でささえ、最初のひと口を食べようとしたとき、部屋の戸をそっとたたく音がした。
「どうぞ」エラゴンはうなるようにこたえ、水をひと口飲んだ。
戸口から入ってきたアーリアを見て、エラゴンは咳《せ》きこみそうになった。
アーリアはいつもの革《かわ》の衣裳《いしょう》ではなく、やわらかい生地《きじ》の緑色のチュニックを着て、腰《こし》には月長石《ムーンストーン》のほどこされた帯をしめている。頭に巻《ま》いていた革ひもははずされ、髪《かみ》は顔のまわりから肩《かた》へとたらされている。しかし、いちばんの変化は、服装《ふくそう》ではなく、彼女の態度《たいど》だった。初めて会って以来、彼女の物腰にしみついていた、冷たく張《は》りつめた感じがない。

ようやく緊張《きんちょう》が解《と》けたようだった。

エラゴンはあわてて立ちあがり、アーリアが素足《すあし》であることに気づいた。「アーリア！　なぜここに？」

人さし指と中指を唇《くちびる》にあて、アーリアがいった。「今夜もまた屋内で過《す》ごすつもりですか？」

「ぼくは――」

「エレズメーラに来てもう三日になるのに、あなたはまだわたくしたちの町をなにも見ていない。見てまわりたい気持ちがあるのはわかっていますよ。疲《つか》れのことは忘《わす》れて、わたくしについてきてください」アーリアはすうっとそばに歩みより、エラゴンのかたわらからザーロックをとって手まねきした。

エラゴンはベッドをはなれ、彼女のあとについて〈入り口の間〉に出た。はねあげ戸をぬけ、ざらざらとした幹《みき》に巻きつくけわしい階段《かいだん》をおりていく。

空では、わいてきた雲が、森の果てに消えゆく夕日の光で輝《かがや》いている。

樹皮《じゅひ》のかけらが頭に落ちてきて、エラゴンは木の家を見あげた。

サフィラが足で戸枠《とわく》にしがみつき、寝室から身を乗りだしている。そのまま、翼《つばさ》を開きもせず宙《ちゅう》に

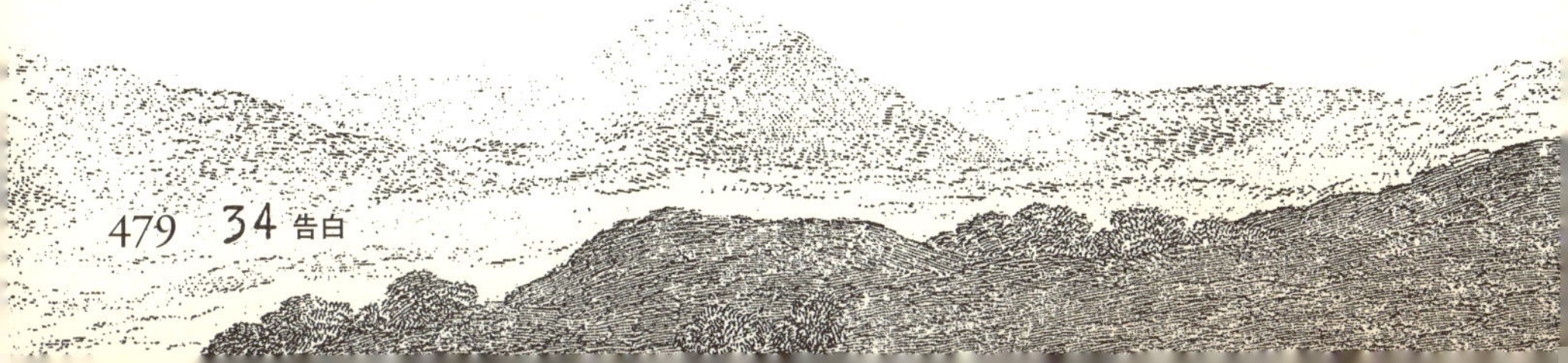

飛びだし、激《はげ》しい土埃《つちぼこり》を巻《ま》きおこしながら、三十メートルほど下の地面へおりてきた。〈わたしも行く！〉

「もちろんです」アーリアが、それ以外は考えていなかったという口調でこたえた。

エラゴンは顔をしかめた。本当はアーリアとふたりになりたかったが、文句《もんく》をいわないだけの分別はあった。

彼らは木立のなかを歩いていった。

すでに夕日が木々の空洞《くうどう》や、丸石の裂《さ》け目《め》や、節くれだったひさしを赤く染《そ》めている。そこここの木々の洞《うろ》の内壁《うちかべ》や、枝先《えださき》に、宝石《ほうせき》のようなランタンがともり、道の両側に暖《あたた》かな光を投げかけている。

ランタンのともる夕闇《ゆうやみ》のなか、エルフたちはさまざまな仕事にいそしんでいる。みな単独《たんどく》でなにかをしており、ふたりでいるエルフはめったにいない。木の高枝にすわるエルフが何人かいた。アシ笛で甘美《かんび》な音色を奏《かな》でている者もいれば、おだやかな——起きているとも眠《ねむ》っているともいえない——表情《ひょうじょう》で空をながめている者もいる。

ろくろの前であぐらをかいてすわっているエルフがいた。ろくろは一定のリズムでくるくるまわり、エルフの手の下に優美《ゆうび》なつぼができあがっていく。そのかげに魔法《まほう》ネコのモードがうずくまり、作業を見つめていた。ネコは銀色の目を光らせ、エラゴンとサフィラを見た。ろくろの男エルフはネコの視線《しせん》を追い、作業の手をとめぬまま、彼らに軽く会釈《えしゃく》をした。

木々のあいだを縫《ぬ》って、ひとりのエルフの姿《すがた》がちらっと見えた。男か女かはわからない。小川の中央の岩にすわり、両手でつかんだガラス球にむかって呪文《じゅもん》をとなえている。

エラゴンはよく見ようと首をのばしたが、その光景はたちまち暗がりに消えてしまった。

「エルフたちは」エラゴンは、まわりのじゃまにならないよう声をひそめてたずねた。「なにをして生活してるんですか？　仕事は？」

アーリアも静かな声でこたえた。「魔法の力のおかげで、わたくしたちは、望むままにのんびりしていられます。狩《か》りも農作業もしないので、そのかわり、それぞれに興味《きょうみ》ある技術《ぎじゅつ》などを習得することに時間を費やします。苦役《くえき》を強《し》いられるような仕事は、存在《そんざい》しません」

虫でおおわれたハナミズキのトンネルをぬけ、彼らが足をふみいれたのは、樹木《じゅもく》の柱廊《ちゅうろう》にかこまれた中庭《アトリウム》だった。アトリウムの中央には、あずまやがある。なかに見えるのは、ホーストもうらやみそうな鍛冶《かじ》の作業場と道具の数々だった。

女のエルフがぎらぎら燃《も》える石炭のなかに小さなやっとこを入れ、右手でふいごを動かしている。超人的《ちょうじんてき》な手ばやさでやっとこを炎《ほのお》からとりだすと、白く光る鉄の環《わ》が現《あらわ》れた。やっとこでつかんだその環を、鉄床《かなとこ》の上にぶらさげてあるつくりかけの鎖帷子《くさりかたびら》のすそに引っかける。エルフは金槌《かなづち》をつかみ、火花を散らしながらそこにたたきつけ、環を溶接《ようせつ》した。

見はからったように、アーリアが歩みよった。「アトラ・エステルニ・オノ・セルドゥイン」

エルフは彼らに顔をむけた。首と頬《ほお》の下のほうに、赤々と燃える石炭の光があたっている。針金《はりがね》を

ぴんとはって埋《う》めこんだかのように、女エルフの顔には細いしわがきざみこまれている。エラゴンがエルフの顔にこれほどはっきり年齢《ねんれい》をしめすものを見たのは、初めてだった。エルフはアーリアになんのあいさつも返さない。エラゴンはそれが無作法でけしからぬ態度《たいど》だと知っていた。とくに女王の娘《むすめ》のほうが、先にあいさつをして礼をつくしたのだから。

「ルーノン・エルダ（ルーノンさま）、新しいライダー、エラゴン・シェイドスレイヤーをお連れしました」

「そなたは亡《な》くなったと聞いていたが」ルーノンがアーリアにいった。ほかのエルフたちとちがって、しゃがれて耳ざわりな声だ。エラゴンは、カーヴァホールで外のポーチにすわり、パイプをくゆらせながら世間話をしていた老人の声を思い出した。

アーリアはほほえんだ。「最後に家を出られたのはいつですの、ルーノンさま？」

「知っているはず。あれは、そなたに無理やり出席させられた真夏の宴《うたげ》の日だった」

「三年も前になります」

「そうだったかね？」ルーノンは顔をしかめながら、石炭に灰《はい》をかぶせ、格子《こうし》になったフタをしめた。「それで、なんの用だね？　来客は疲《つか》れる。無意味な話ばかりペチャクチャと……」エルフはアーリアをぎろりとにらんだ。「なぜこのような醜悪《しゅうあく》な言語で会話する？　おそらくそなたは、彼に剣《けん》をつくってほしくて来たのだろう？　知ってのとおり、わたしは誓《ちか》ったのだ。あの裏切《うらぎ》り者《もの》ライダーが現《あらわ》れ、わたしの鍛《きた》えた剣で破滅《はめつ》をもたらして以来、殺しの道具はつくらぬとな」

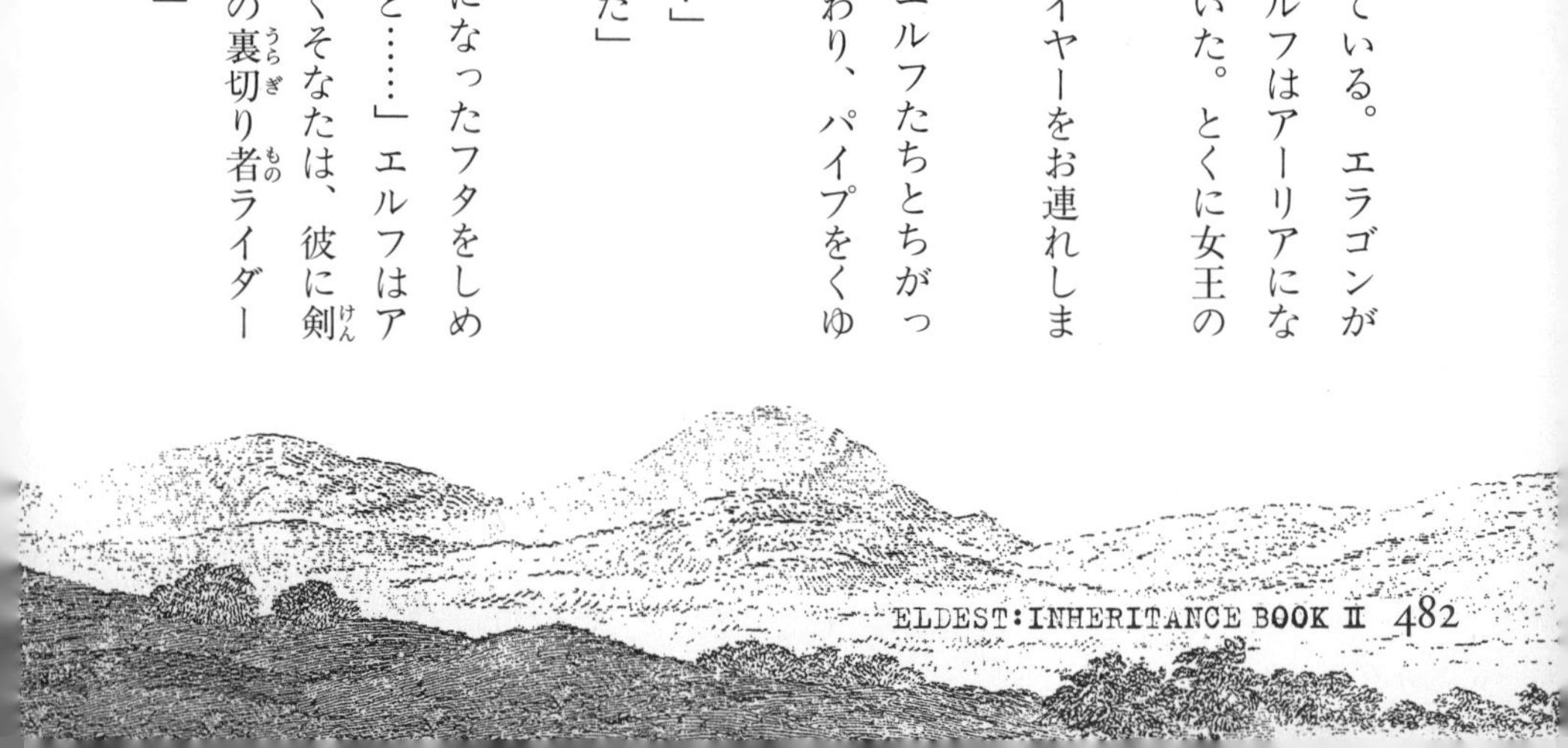

「エラゴンはもう剣をもっています」アーリアはそういって、鍛冶《かじ》のエルフにザーロックをかかげて見せた。

ルーノンは驚嘆《きょうたん》の顔でザーロックをつかんだ。赤ブドウ酒色の鞘《さや》とそこにきざまれた黒い紋章《もんしょう》をいとおしげになで、柄《つか》のかすかな土くれをこすりとると、その柄をにぎり、戦士のようにいかめしい顔で鞘をはらった。それぞれの角度からザーロックの切っ先をじっと観察したあと、両手ではさんで、エラゴンが折れるのではないかと心配するほど、ぐいぐい曲げはじめた。やがて、一瞬《いっしゅん》の動作で、ルーノンはザーロックをふりかぶり、鉄床の上のやっとこにふりおろした。キーンと音を響《ひび》かせて、やっとこはまっぷたつに割《わ》れてしまった。

「ザーロック、汝《なんじ》のことはよく覚えている」ルーノンは初めての子を抱《だ》く母親のように、剣をやさしくゆすっていった。「しあげたときと変わらず完璧《かんぺき》な姿《すがた》よ」エルフは背《せ》をむけて、目はもつれあう枝々《えだえだ》を見あげ、手では柄頭《つかがしら》の曲線をなでている。「鉱石をこうした剣に鍛えあげることに、わたしは生涯《しょうがい》をかけてきた。しかしあの男が現れ、それをぶちこわしにした。何世紀もの努力が、一瞬にしてあとかたもなく消えてしまった。わたしの作品は四振《よふ》りしか残っていないと思っていた。あの男の剣、オロミスの剣。残るふた振りは、ウィアードフェルからそれらを救いだした一族により、守られている」

〈ウィアードフェル?〉エラゴンは心のなかでアーリアにたずねてみた。

〈〈裏切り者たち〉の別名です〉

ルーノンがエラゴンにむき直った。「今、ザーロックがわたしのもとにもどってきた。わたしの作品のなかで——あの男の剣《けん》をのぞけば——この剣にだけは、二度とふたたび会うことはないと思っていた。なぜそなたが、モーザンの剣を？」

「ブロムにもらったんです」

「ブロム？」ルーノンはザーロックをもちあげた。「ブロム……よく覚えている。自分の剣を失い、かわりになるものを鍛《きた》えてくれと懇願《こんがん》された。本当は彼を助けてやりたかったが、わたしはすでに誓《ちか》いを立てていた。わたしの拒絶は、彼を途方《とほう》もなくおこらせた。オロミスに意識《いしき》をなくすほど打ちのめされ、ようやく帰ったほどだ」

エラゴンはその話に興味《きょうみ》をもった。「ルーノン・エルダ、あなたの作品はぼくのために、とてもよく働いてくれています。ザーロックがなかったら、ぼくはとっくに死んでいたはずだ。これでシェイド・ダーザを殺したんです」

「そうなのか？　では、多少はよいこともできたというわけだ」ルーノンはザーロックをさやにおさめ、ためらいを見せながらも、それをエラゴンに返した。そして、彼のうしろのサフィラに目をやった。「おや、よくいらした、スクルブラカ（ドラゴン）」

〔はじめまして、ルーノン・エルダ〕

ルーノンは了解《りょうかい》を得ることもなくサフィラの肩《かた》に近づくと、丸い爪《つめ》で鱗《うろこ》をつつき、頭を左右にかたむけながら、半透明《はんとうめい》の切片《せっぺん》のなかを透《す》かし見ようとしている。「いい色だ。よくいる茶のドラゴンの、

にごった暗い色とはちがう。正確《せいかく》にいえば、ライダーの剣とドラゴンの色はそろっていたほうがいい。この青なら、さぞやみごとな剣ができただろうが……」そう考えたところで、彼女から力がぬけていくように見えた。鉄床《かなとこ》にもどり、まっぷたつに割《わ》れたやっとこに目を落とす。それをつくり直す意欲《いよく》が、消えてしまったかのようだ。

エラゴンは、こんな暗い雰囲気《ふんいき》で会話を終わらせてはいけないと思ったが、ほかの話題を思いつかなかった。じっと見つめていると、ちらちら光る鎖帷子《くさりかたびら》の胴鎧《どうよろい》に目がとまった。おどろいたのは、そのすべての環《わ》が溶接《ようせつ》で閉《と》じられていることだった。小さな環はすぐに冷えてしまうから、エラゴンの長い鎖帷子《ホーバーク》のような最高級のものでも、本体にとりつけるには、冷えてからそれをリベットを打ちつけて留《と》めるのだ。エルフの速度と精密《せいみつ》さがあれば、リベットでつなぐ必要はないのだろう。

エラゴンはいった。「このような鎖帷子は見たことがありません。ドワーフの国でも。どうしてそんなに根気よく、ひとつひとつの環を溶接していけるんですか？　魔法《まほう》でいっぺんに仕事をかたづけてしまったほうがいいのに？」

ルーノンは、短い髪《かみ》を逆立《さかだ》てて、予想外のいきおいで反論《はんろん》してきた。短く切った髪をふっていった。「それで、わたしの仕事から楽しみをうばうのか？　そう、ほかのエルフもわたしも、欲望《よくぼう》を満たすために魔法を使うことができる。そして、使う者もいる。しかし、それでは生きることになんの意味がある？　ありあまる時間をどのようにして過《す》ごす？　教えておくれ」

「わかりません」エラゴンは正直にこたえた。

「自分がもっとも好きなことを追求するのだ。ふたことみことつぶやいただけで、ほしいものが手に入る身には、目的地ではなく、そこへたどりつくまでの行程《こうてい》こそ重要なのだ。これがそなたへの助言だ。いつか長く生きるようになれば、そなたも同じ苦境《くきょう》におちいるだろう……さあ、もう帰りなさい！　こういう話はうんざりだ」ルーノンは炉《ろ》のフタをあけ、新しいやっとこをとりだし、環《わ》を石炭に埋《う》めて、一心不乱《ふらん》にふいごを動かしはじめた。

「ルーノン・エルダ」アーリアが声をかけた。「覚えていてください。アゲイティ・ブロドレンの前夜、またここへうかがいます」

　鍛冶《かじ》のエルフはただうなったただけだった。

　ハナミズキのトンネルから小道へもどるあいだも、鉄と鉄のぶつかるリズミカルな音が、死にかけた夜の鳥の鳴き声のように、物悲しく彼らのあとをついてきた。背後《はいご》のルーノンの姿《すがた》はもう、鍛冶場のおぼろな光のなかで身をかがめる黒い影《かげ》でしかない。

「彼女がライダーの剣《けん》をすべてつくったのですか？」エラゴンがたずねた。「最後の最後まで？」

「ほかにもいろいろと。彼女は歴史上最高の鍛冶職人《しょくにん》です。あなたをルーノンに会わせたほうがいいと思ったのです。あなたのため、そして彼女のためにも」

「ありがとう」

〔いつもあのように無愛想なのか？〕サフィラがたずねる。

アーリアは笑った。「いつもです。ルーノンにとって、作品をつくること以上に大事なことはない。

なにかに――だれかに――仕事をじゃまされるのを嫌《きら》うことで有名なのです。変わり者ですが、あれだけのすばらしい技術《ぎじゅつ》や功績《こうせき》がある。だれも文句《もんく》などいいません」

アーリアが話しているあいだ、エラゴンは「アゲイティ・ブロドレン」の意味を解《と》き明かそうとしていた。たしか「ブロード」は〝血〟を表す言葉だったはずだ。つまり「ブロドレン」は〝血の誓《ちか》い〟ということになる。けれど、「アゲイティ」という言葉は聞いたことがない。

「〝祝いの儀《ぎ》〟です」エラゴンがたずねると、アーリアはこたえた。「一世紀に一度、エルフとドラゴンの協定をたたえ、〈血の誓いの祝賀《しゅくが》〉をおこなうのです。ふたりとも、今ここにいられて幸運でした。祝賀はもうすぐですから……」アーリアはつりあがった眉《まゆ》をひそめた。「運命は、じつに幸先《さいさき》のよい偶然《ぐうぜん》を用意してくれたものです」

エラゴンはあっけにとられるままに、アーリアにみちびかれ、イラクサやスグリのもつれあうドゥ・ウェルデンヴァーデンの森の奥《おく》へ進んでいった。いつのまにかあたりの光は消え、不穏《ふおん》な未開の景色にかこまれていた。暗がりのなか、エラゴンは道にまよわないよう、サフィラの鋭《するど》い暗視能力《あんしのうりょく》に頼《たよ》らなければならなかった。ごつごつした木々はどんどん太くなり、木と木のあいだをせまくして、行く手をふさいでいる。もはや前へ進めないと思ったとき、森はとうとつに終わり、彼らは開けた林間地に出た。東の空低く三日月が輝《かがや》き、そこを照らしている。

林間地の中央にぽつんとマツの木がそびえていた。ほかのマツとくらべてとくに高いわけではないが、太さはふつうの木を百本たばねたぐらいずんぐりしている。ところが見た目は、風にふかれる苗《なえ》

木《ぎ》と変わらないほどか弱い感じがする。太い樹幹《じゅかん》から放射状《ほうしゃじょう》に根がのび、地面は一面、根の静脈でおおわれている。森全体の血液《けつえき》がその木から流れでているかのような、その木がドゥ・ウェルデンヴァーデンそのものの心臓部《しんぞう》であるかのような印象だ。慈愛《じあい》あふれる女家長として木々を統轄《とうかつ》し、そこに住む生物たちを自分の枝《えだ》で守っているかのような——。

「〈メノアの木〉を見てください」アーリアがささやいた。「〈アゲイティ・ブロドレン〉は彼女の下で祝うのです」

木の名を聞いて、エラゴンはわき腹《ばら》にちくちくと冷たいものが這《は》うのを感じた。ティールムでアンジェラが未来を予言したあと、ソレムバンがいったのだ。〔いつの日か武器《ぶき》が必要になるときが来たら、〈メノアの木〉の下をさがすこと。なにもかも失い、おまえの力が足りないと感じたときは、〈クチアンの岩〉へ行って、自分の名をとなえ、〈魂《たましい》の部屋〉をあけること〕木の下にどんな武器が埋《う》められているのか、またそれをどうやってさがせばいいのか、想像《そうぞう》もつかない。

〔なにか見えるか？〕サフィラがたずねる。

〔見えない。でもきっと、ぼくらの欲求《よっきゅう》がはっきりするまでは、ソレムバンの言葉の意味はわからないんだと思う〕

エラゴンは魔法《まほう》ネコのふたつの忠告《ちゅうこく》をアーリアに伝えた。ただし——アジハドやイズランザディにだまっていたのと同様——アンジェラの予言については話さなかった。ごく個人的《こじんてき》な内容《ないよう》だし、アーリアに心ひかれていることを知られたくなかったからだ。

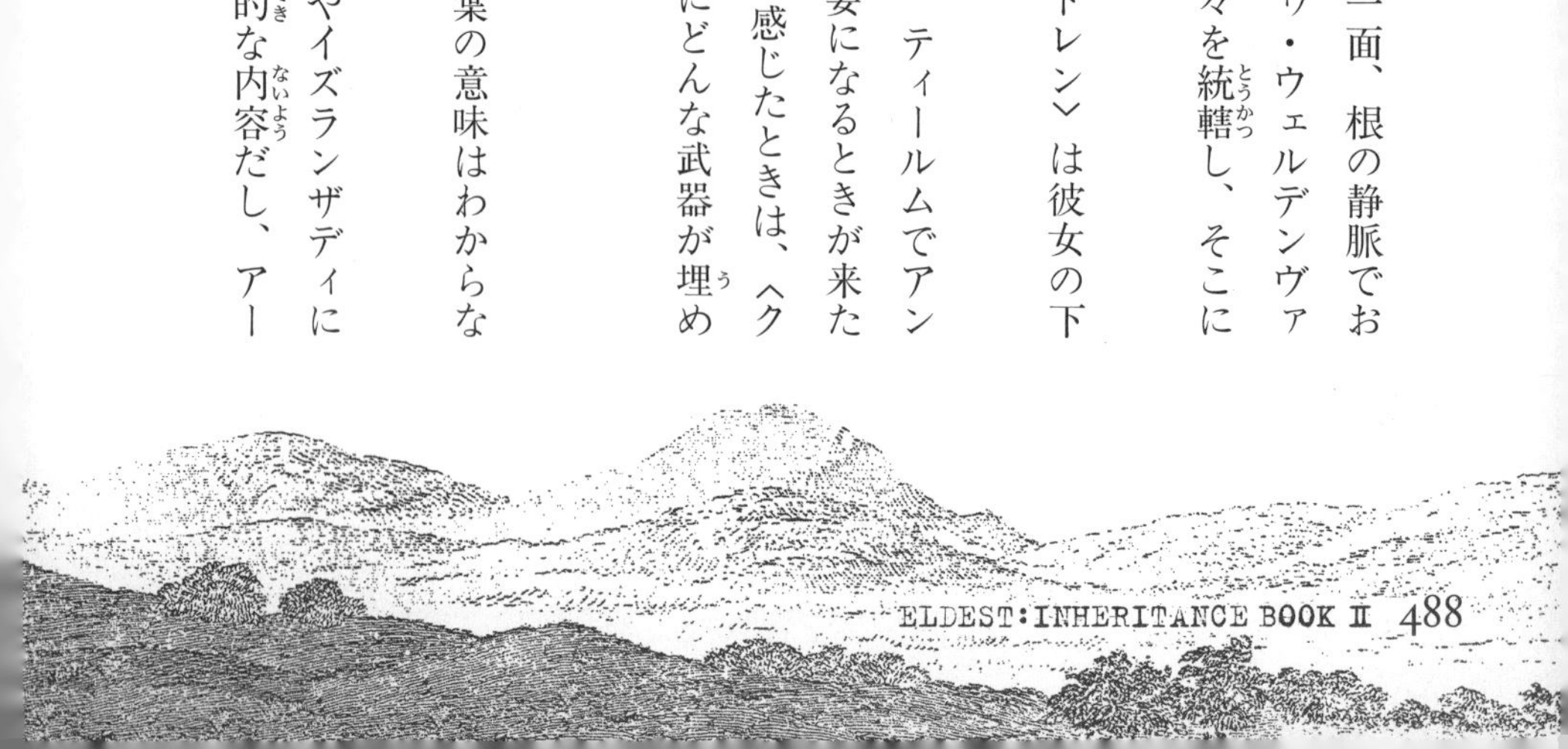

エラゴンの話を聞いて、アーリアはいった。「魔法ネコが助言することなどめったにないのです。軽《かろ》んじることはできません。けれどわたくしの知るかぎり、ここに武器などかくされてはいないし、歌や伝説でも聞いたことがない。〈クチアンの岩〉にかんしては……忘《わす》れかけた夢《ゆめ》の声のように、その名が頭のなかで響《ひび》くのです。なじみがあるのに、未知であるような……以前に聞いたことはある。でも、どこで聞いたのか思い出せないのです」

〈メノアの木〉に近づいてみると、エラゴンは根の上にたくさんのアリが歩いているのに気づいた。かすかな黒いしみにしか見えないアリだが、オロミスの課題のおかげで、エラゴンは自分をとりまく生命の流れに敏感《びんかん》になっている。アリの原始的な意識《いしき》も感じることができる。エラゴンは自分の意識を外へ流しはじめた。サフィラとアーリアに軽く触《ふ》れ、林間地に住むほかの命を見つけるため、その先へ意識をどんどん広げていく。

ふと、思いがけず、とてつもなく大きな存在《そんざい》にぶつかった。巨大《きょだい》でありながら、繊細《せんさい》な感覚がある。魂《たましい》がどれほど広いのか、その限界をつかむことができない。ファーザン・ドゥアーで接触《せっしょく》したオロミスの広い知性《ちせい》でさえ、この存在とくらべるとちっぽけに感じられる。空気そのものが、そこから発せられる力やいきおいをかき鳴らしているかのような……そことは、木なのか？

その源《みなもと》は、まぎれもなく木だ。

慎重《しんちょう》に、しかも容赦《ようしゃ》なく、木の思考は、花崗岩《かこうがん》を這う氷のようにゆっくりと一定の速さで動いている。エラゴンにも、ほかのどの生命体にも、注目する様子はない。木が関心をよせているのは、キョ

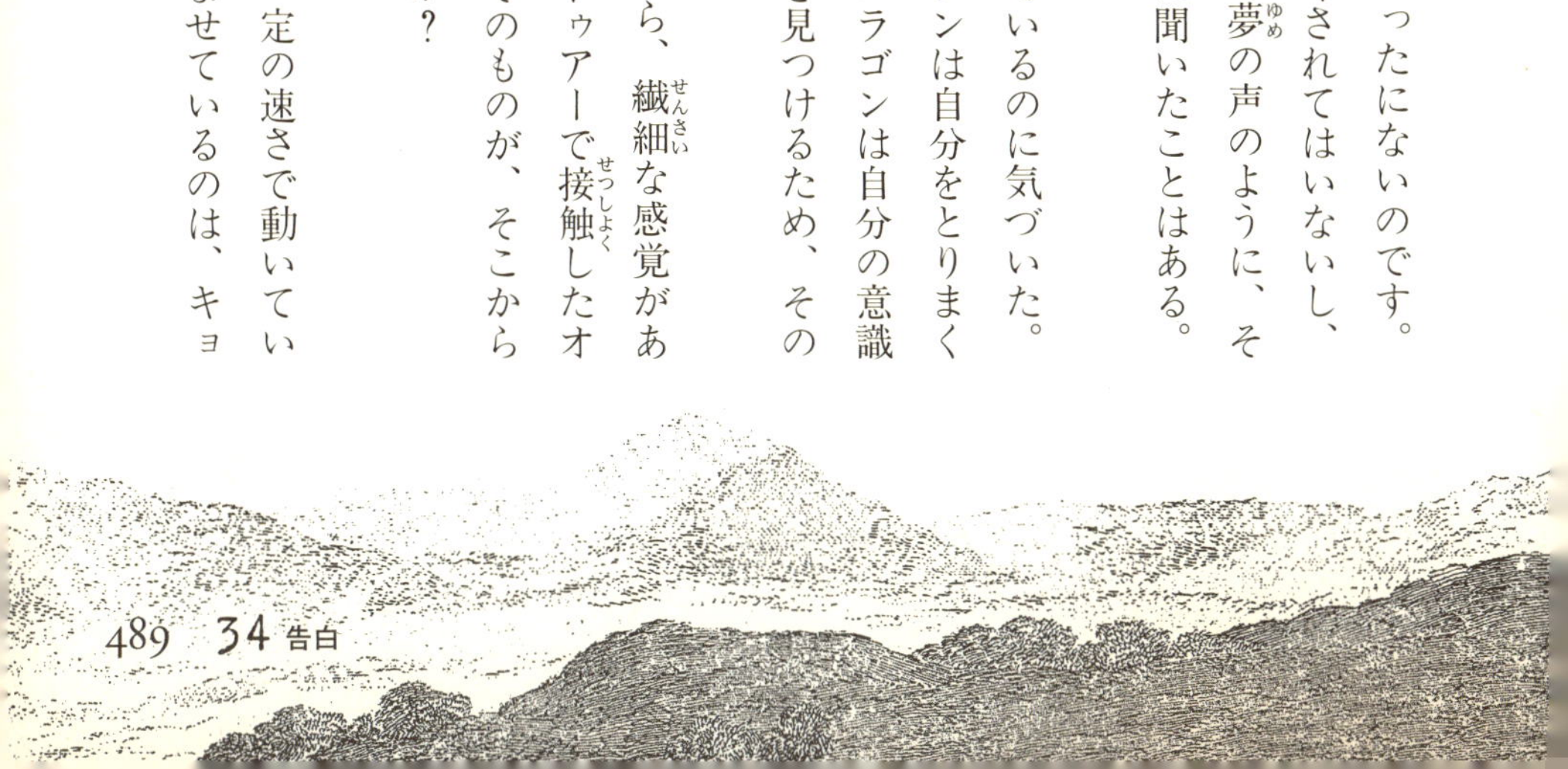

ウチクトウ、ユリ、マツヨイグサ、絹《きぬ》のようなキツネノテブクロ、紫《むらさき》の花をつけた野生リンゴ、そのとなりで黄色く高くのびるカラシナ――明るい太陽のもと、成長し、繁茂《はんも》するものすべてなのだ。

「生きてるんだ！」エラゴンは声をあげた。「そして……知性《ちせい》がある」

サフィラも同じことを感じているらしく、耳をすませるように、〈メノアの木〉に頭をかたむけている。やがて枝《えだ》の一本に飛びついた。どの枝も、カーヴァホールとセリンスフォードをつなぐ道幅《みちはば》ほど太い。サフィラはそこにとまって尾《お》をたらし、ゆらゆらと優雅《ゆうが》にゆらしている。木にとまったドラゴンとは奇妙《きみょう》な光景だ。エラゴンはふきだしそうになった。

「もちろん、生きています」アーリアはこたえた。夜気のなか、その声は低く、やわらかい。「〈メノアの木〉の話をしましょうか？」

「ぜひ」

ふと、追われる亡霊《ぼうれい》のような白い線が空をよぎり、サフィラのとなりにとまると、それはブラグデンの形になった。ワタリガラスのなで肩《がた》と、折れ曲がった首は、輝《かがや》く金貨の山によろこぶ守銭奴《しゅせんど》を思わせる。ブラグデンは青白い頭をあげ、不吉《ふきつ》な鳴き声をあげた。「ウィアダ！」

「話はこうです。そのむかし、ドラゴンとの戦争が起きる前のゆたかな時代、リネアという女がいました。エルフが不死となる前のことです。リネアは夫やこどもという安らぎを得ることなく、年をかさねてゆきました。とくに伴侶《はんりょ》をさがす必要も感じなかったので、植物に歌を聞かせる技術《ぎじゅつ》の達人だった彼女は、そのことに専念《せんねん》して生きていました。そのような日々は、あるとき終わりました。ひと

りの若者《わかもの》が現《あらわ》れ、愛の言葉で彼女をまどわせたのです。男の愛情《あいじょう》は、リネアが自分にはあると思っていなかった部分を目覚めさせました。これまでずっと、知らぬ間に犠牲《ぎせい》にしてきたものを、どうしても経験《けいけん》したくなったのです。二度めの機会がおとずれたとき、彼女はもうそれを無視《むし》できませんでした。仕事を捨《す》て、この若者に身をささげたのです。しばらくのあいだは、ふたりとも幸せに暮《く》らしました。

けれど、若者はまだ若く、自分と年の近い妻《つま》がほしくなったのです。そして、ある若い娘《むすめ》に目をつけ、くどき、手に入れた。しばらくのあいだは、彼らも幸せでした。

ところがやがて、リネアは自分が拒絶《きょぜつ》され、冷笑され、捨てられたことを知り、悲嘆《ひたん》のあまり正気を失ってしまったのです。若者のしたことは最悪の行為《こうい》だった——リネアに満ち足りた人生の味を教え、次にはそれをうばいとってしまった。オンドリが次のメンドリに乗りかえるのと変わりなく。リネアは若者が女といるところを見つけ、憤怒《ふんぬ》に駆《か》られて彼を刺《さ》し殺してしまったのです。

リネアは自分が邪悪《じゃあく》なことをしたのだとわかっていました。たとえ殺戮《さつりく》の罪《つみ》をまぬがれても、もとの自分にはもどることができないこともわかっていました。生きることのよろこびをすべて失ったのです。彼女はドゥ・ウェルデンヴァーデンでいちばんの古木のもとへ行き、わが種族へのあらゆる忠《ちゅう》誠《せい》を捨て、木を抱《だ》きしめ、歌をうたった。三日三晩《ばん》うたい続け、うたいおわったとき、リネアは愛する木と一体になっていました。それから千年、彼女はずっと森を見守り続けている……こうして、〈メノアの木〉ができたのです」

話が終わると、アーリアとエラゴンは、地面から三、四メートルもはなれた太い根にならんですわった。

エラゴンはかかとで根を打ちながら考えた。アーリアはこの話を、自分への警告《けいこく》のためにしたのか、それとも純粋《じゅんすい》に歴史のひとつとしてしたのだろうか?

アーリアの次の言葉で、エラゴンの疑問《ぎもん》は確信《かくしん》へとかたまった。「若者《わかもの》にこの悲劇《ひげき》の責任《せきにん》があると思いますか?」

「ぼくは」まずい答えで、アーリアに嫌《きら》われたくない。「彼のしたことはひどいけど……リネアは過《か》剰《じょう》に反応《はんのう》しすぎだと思う。責任は両方にあると思います」

アーリアにじっと見つめられ、エラゴンは視線《しせん》をそらさずにいられなくなった。

「彼らは、おたがいにふさわしい相手ではなかったのです」アーリアはいった。

エラゴンは反論《はんろん》しかけてやめた。アーリアのいうとおりだ。彼女は、エラゴンがこうこたえるようしむけたのだ。彼女にむかってこうこたえざるをえないように。「そうかもしれません」エラゴンはみとめた。

砂《すな》が積もって壁《かべ》となり、どちらもそれをこわせずにいるかのように、ふたりのあいだに沈黙《ちんもく》が積もっていった。

林間地のはずれからセミの甲高《かんだか》い声が響《ひび》いてくる。

やがてようやくエラゴンが口を開いた。「わが家にいることが、あなたにあってるようですね」

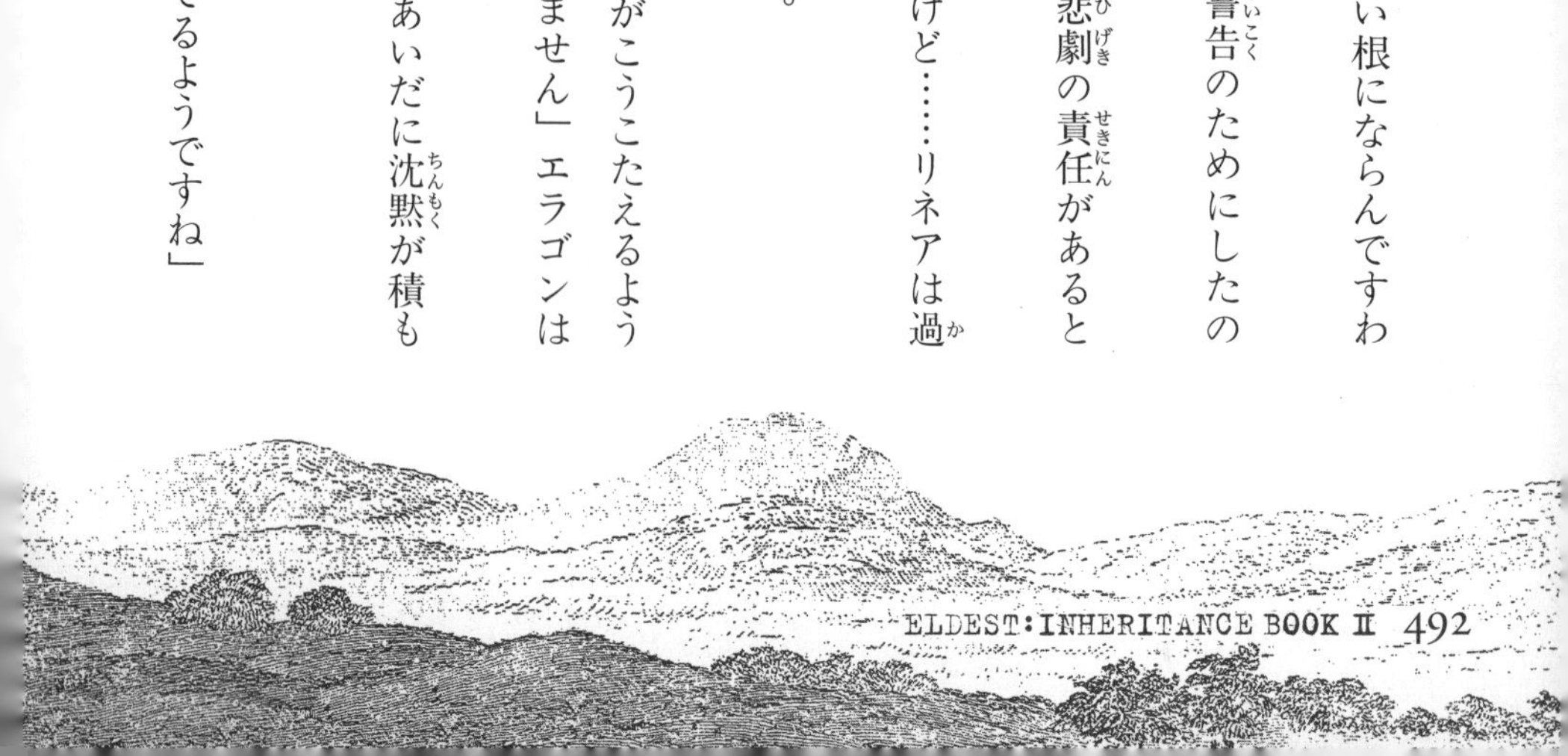

「そうですね」アーリアは身を乗りだし、〈メノアの木〉から落ちた小枝《こえだ》をさりげなく拾い、小さなかごを編《あ》みはじめた。

その姿《すがた》を見つめながら、エラゴンは顔がかっと熱くなるのを感じた。月明かりに、赤くなった頬《ほお》が照らしだされないようにと祈《いの》った。「どこに……どこに住んでるんですか？　あなたと女王は、宮殿《きゅうでん》かお城《しろ》に……？」

「ティアルダリの館《やかた》にいます。エレズメーラの西にある、先祖《せんぞ》伝来の家です。いつでもよろこんでご案内しますよ」

「なるほど」エラゴンのぼんやりとした頭に、味もそっけもない質問《しつもん》が飛びこんできて、きまり悪さをおしのけてしまった。「アーリア、兄弟は？」

　彼女が首をふる。

「じゃあ、エルフのただひとりの王位継承者《けいしょうしゃ》なんですね？」

「そうです。なぜそのようなことを？」エラゴンの好奇心《こうきしん》に困惑《こんわく》しているようだ。

「わからないんです。なぜあなたが、使者として、ヴァーデンとドワーフのもとへ行ったり、サフィラの卵《たまご》を運んだりすることがゆるされたのか。王女には危険《きけん》すぎる仕事だ。まして、王位を継《つ》ぐ身なのに」

「それは、人間の女性《じょせい》には危険すぎる仕事という意味でしょう。前にもいったとおり、わたくしは人間の女のように弱くはありません。それに、あなたが気づいていないのは、君主の座《ざ》に対するわたく

したちの考え方が、人間やドワーフとはちがっているということ。エルフにとって、王や女王の最大の責務《せきむ》とは、ありとあらゆる手をつくして、民《たみ》のために働くことです。そのさなかに命を失うことになっても、わたくしたちはよろこんで——ドワーフのいうところの——家庭と館《やかた》と名誉《めいよ》に身をささげます。任務《にんむ》の途中《とちゅう》でわたくしが死んだとしても、継承者《けいしょうしゃ》の代わりはほかの館から選ばれていたはず。今でもわたくしが王位を嫌《きら》えば、女王になることは求められないでしょう。その責務に全身全霊《ぜんれい》であたれない者が、指導者《しどうしゃ》として選ばれることはありません」アーリアはそこで口ごもり、かかえこんだひざにあごをのせた。「長い歳月《さいげつ》、母とこの議論《ぎろん》をくり返してきました」

つかのま、セミのミーンミーンという声が林間から消える。

アーリアはたずねた。「オロミスとの修行《しゅぎょう》はどうですか？」

エラゴンはうなった。せっかくアーリアと過《す》ごす時間を楽しんでいたのに、いやなことを思い出し、ふさいだ気分がもどってきた。すぐにでもベッドにもぐりこんで眠《ねむ》り、今日のことを忘《わす》れてしまいたい。「オロミス・エルダは」それぞれの言葉をやっとの思いで口から吐《は》きだす。「完璧《かんぺき》主義者です」

アーリアにあざが残るほどの力で上腕《じょうわん》をつかまれ、エラゴンは顔をしかめた。「なにがあったのです？」

エラゴンは身をくねらせて彼女の手からのがれようとした。「べつに」

「わたくしはあなたと長く旅をして、あなたのよろこびや怒《いか》り……苦しみを読みとれるようになりました。オロミスとのあいだになにかあったのですか？　もしそうなら、わたくしにいってください。

すみやかに正すことができます。それとも、背中《せなか》の痛《いた》みですか？　それなら——」

「修行のことじゃない！」エラゴンは癇癪《かんしゃく》を起こしながらも、アーリアが本当に心配してくれていることに気づき、うれしく思った。「サフィラにきいてください。彼女が話してくれます」

「あなたの口から聞きたいのです」アーリアは静かにいった。

　歯を食いしばると、あごの筋肉《きんにく》が痙攣《けいれん》した。エラゴンはささやくほどの低い声で、まず窪地《くぼち》での瞑《めい》想《そう》に失敗したことを話し、それから、胸《むね》のなかで毒ヘビがとぐろを巻《ま》いているような、にがいできごと——赤《あか》ん坊《ぼう》への祝福のことを話した。

　アーリアは彼の腕《うで》を放し、自分を落ちつかせるかのように、〈メノアの木〉の根をにぎりしめた。

「バーズル（忌《い》まわしい）」

　ドワーフ語が飛びだしたので、エラゴンはぎょっとした。彼女の口からののしりの言葉を聞くのは初めてだった。それにこれはとくに、不幸な運命を意味する言葉なのだ。

「ファーザン・ドゥアーであなたが祝福をしたことは知っています。でもまさか……そのようなことが起きるとは……。どうかゆるしてください、エラゴン、今夜あなたを無理やり連れだしたことを。あなたの苦痛《くつう》に気づかなかった。ひとりでいたかったのでしょう」

「いいえ。あなたに連れだしてもらえて、いろいろなものを見せてもらえたこと、感謝《かんしゃ》してるんです」エラゴンは笑いかけた。

　一瞬《いっしゅん》の間のあと、アーリアのほほえみが返ってきた。

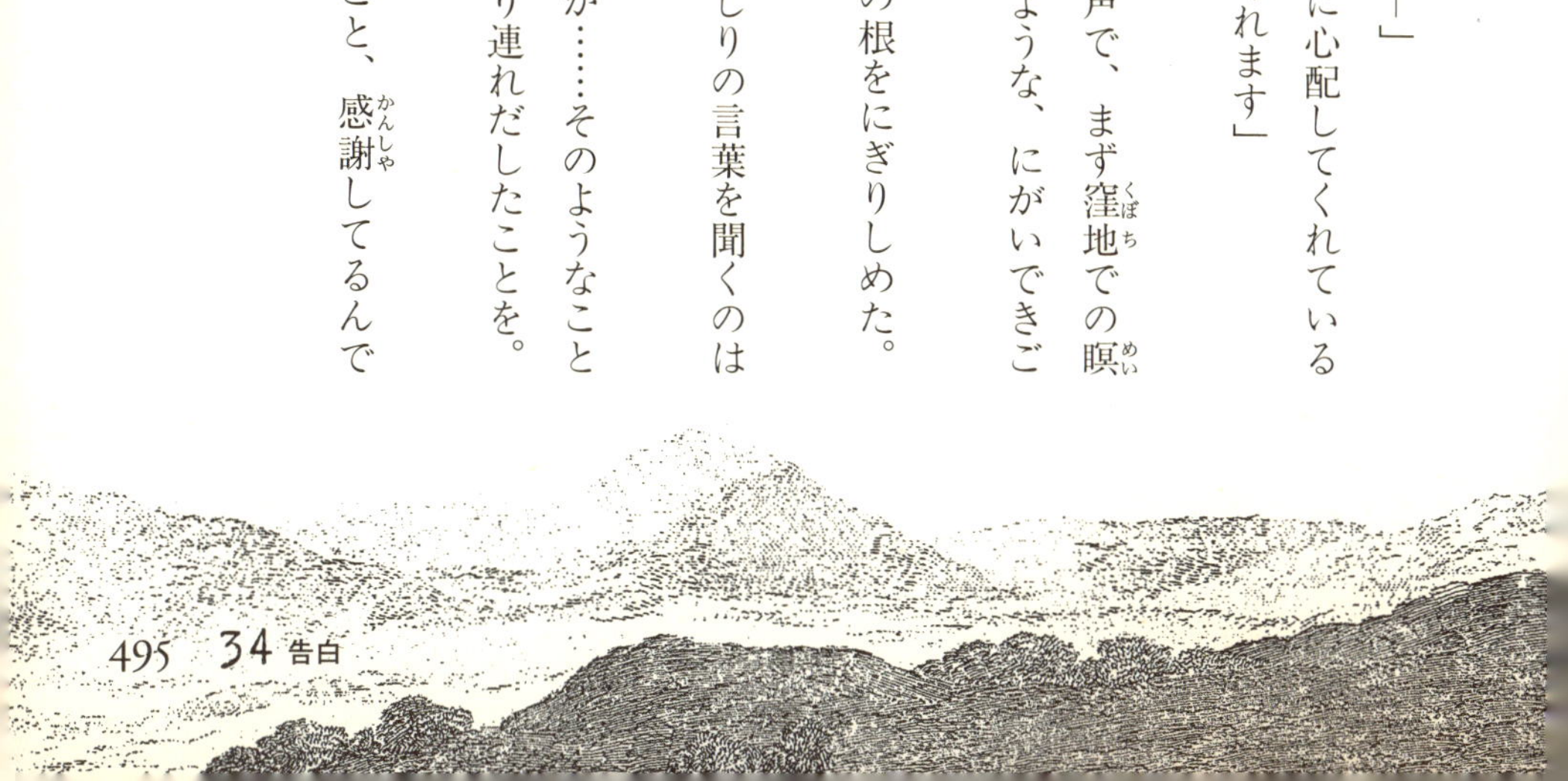

ふたりは太古の木の根もとにすわり、おだやかな森の上の三日月が、雲のかげにかくれるのを静かにながめていた。

「ただ、あの子の身になにが降《ふ》りかかるか心配です」

はるか頭上で、ブラグデンが真っ白な羽根をバタバタさせ、甲高《かんだか》くさけんだ。「ウィアダ！」

35

膠着状態《こうちゃくじょうたい》

ナスアダは腕《うで》を組み、いらだちをかくそうともせず、目の前のふたりの男を尋問《じんもん》していた。右の男は首がやけに太く、肩《かた》をいからせ、頭をつきだしているせいで、いかにも強情《ごうじょう》で鈍《にぶ》そうに見える。眉《まゆ》は太くぼさぼさにもつれ、目にかかりそうだし、唇《くちびる》は赤いキノコのようにすぼめられている。話すときも、それは丸くすぼまったままだ。しかしナスアダは男を見た目だけで受けとめるほど無分別ではなかった。見かけは粗野《そや》でも、彼の言葉は、道化師《どうけし》のそれのように機知に富《と》んでいる。

もうひとりの男の唯一《ゆいいつ》の特徴《とくちょう》は、青白い肌《はだ》だ。ヴァーデンがサーダの首都アベロンに着いて数週間、容赦《ようしゃ》なく照りつけるサーダの太陽のもとでも、男の皮膚《ひふ》は黒くなることをこばんだようだ。その肌の色から、ナスアダは彼が帝国《ていこく》の北部出身なのだろうと推測《すいそく》している。男は毛糸の帽子《ぼうし》を両手で縄《なわ》のようにしぼっている。

「それで」ナスアダはふたりめの青白い男を指さしていった。「彼はあなたのニワトリを、今回は何

羽殺したのです？」

「十三羽です、ナスアダさま」

ナスアダは不細工な男のほうに目をむけた。「だれもが不吉《ふきつ》とする数ですね、マスター・ギャンブル。このたびもそれが証明《しょうめい》されたでしょう。あなたのおかした罪《つみ》は、窃盗《せっとう》と、他人の所有物を破壊《はかい》しながら、適切《てきせつ》な償《つぐな》いをしなかったこと」

「否定《ひてい》しません」

「不思議なのは、たった四日で、どうやって十三羽ものニワトリを食べたかです。あなたは満腹《まんぷく》になるということがないのですか、マスター・ギャンブル？」

男がおどけた笑《え》みを浮《う》かべ、あごをさすった。のびた爪《つめ》が無精《ぶしょう》ひげをこする音が、ナスアダをいらだたせた。やめろといわなかったのは、意志《いし》の力のたまものだ。

「失礼ながら、ナスアダさま、おれたちが働いたぶん、あなたがちゃんと食わせてくれたら、腹《はら》をすかすなんて問題は出てこねえんです。おれは図体《ずうたい》がでかいから、つるはしで岩をくずす作業を半日も続けりゃ、ちっとは肉を食いたくなる。おれだって、ずいぶんがまんしたんです。だけど三週間も食《しょく》糧《りょう》の配給が足りなくて、農夫たちが丸々太った家畜《かちく》を歩かせてるのを見たら……そして、この身がどんなに飢《う》えていようと、なんの分け前もくれねえとしたら……ええ、みとめますよ。誘惑《ゆうわく》に負けちまったんです。食い物のこととなると、おれは強い男じゃない。あつあつのやつを腹いっぱい食べてえんです。それに、そう思ってるやつは、おれだけじゃねえと思います」

そして、それが今いちばん大きな問題なのだ、とナスアダは思った。ヴァーデンには、サーダ王オーリンの力を借りてさえ、同胞《どうほう》にじゅうぶん食べさせる余裕《よゆう》がない。オーリンは食糧庫や国庫をヴァーデンのために開放してはくれたが、ガルバトリックスが帝国内《ていこくない》に進軍させるときのように、民《たみ》の食糧物資《ぶっし》を不当にとりあげるようなまねはしない。高潔《こうけつ》な心のもち主だ。でもそのせいで、わたしの仕事はやりづらくなる。だがナスアダにはわかっていた。そうした高潔な行動こそが、自分やオーリン、フロスガー、イズランザディと、ガルバトリックスとをへだてる壁《かべ》となっているのだ。気づかぬうちにこえてしまうこともありうる壁だけれど。

「マスター・ギャンブル、事情《じじょう》はわかりました。しかし、いくらヴァーデンが自由な民の集まりで、だれの支配《しはい》も受けないとはいえ、わたしの前任者《ぜんにんしゃ》たちが決めた掟《おきて》、あるいはサーダで守るべき規則《きそく》を、無視《むし》していいことにはなりません。したがって、あなたは盗《ぬす》んだニワトリ一羽につき、銅貨《どうか》を一枚《まい》ずつ払《はら》いなさい」

おどろいたことに、ギャンブルは反論《はんろん》もせずにうなずいた。「おおせのままに、ナスアダさま」

「たったそれだけですか？」青白い男が声をあげた。帽子《ぼうし》をさらに強くにぎりしめている。「そんなんじゃ少なすぎます。市場で売れれば値段《ねだん》は——」

ナスアダはもうがまんできなくなった。「そのとおり！　もっと高い値で売れるでしょう。でも、マスター・ギャンブルは、それだけのものを払う余裕がないことを、今知りました。そして、彼に給金を払っているのもこのわたしです。あなたの給金も同様です。もしわたしが、あなたのニワトリを

ヴァーデンの食糧《しょくりょう》とすることを決めれば、あなたは銅貨《どうか》一枚《まい》すらもらえなくなります。だから幸運だったと思ってください。わかりましたか？」

「だからといって彼が——」

「わかりましたか？」

一瞬《いっしゅん》の間のあと、青白い肌《はだ》の男は観念し、もごもごといった。「はい、ナスアダさま」

「よろしい。ふたりともさがってよい」

ギャンブルは感嘆《かんたん》と冷笑のまじった表情《ひょうじょう》で眉《まゆ》をこすり、ナスアダに会釈《えしゃく》をして、むっつり顔の敵対《てきたい》者とともに石の部屋を出ていった。

「あなたたちも、さがっていいわ」ナスアダは扉《とびら》の両側に立つ警護兵《けいごへい》にいった。

だれもいなくなると、ナスアダは椅子《いす》に沈《しず》みこみため息をついた。扇《おうぎ》をつかんで顔をあおぎ、額《ひたい》にたまった汗《あせ》の粒《つぶ》を散らそうとむなしい努力をする。絶《た》え間《ま》ない暑さに力をうばわれ、ほんのささいな仕事をこなすのも骨《ほね》が折れる。

今が冬でも体はだるかったのではないかと思う。ヴァーデンのことはすべて把握《はあく》していたつもりでも、ファーザン・ドゥアーからビオア山脈をぬけてサーダのアベロンまで、組織《そしき》を丸ごと運んでくるのは、予想以上に大変なことだった。ナスアダは、鞍《くら》にまたがって旅した長い不快《ふかい》な日々を思い出し、身ぶるいをした。大移動《だいいどう》の計画を立て、実行にうつすのも、また、人々を新しい環境《かんきょう》に慣《な》れさせながら、帝国《ていこく》の攻撃《こうげき》にそなえるのも、並《なみ》たいていのことではない。すべての問題を解決《かいけつ》するには、時

間が足りない。ナスアダは心のなかで嘆《なげ》いた。

やがてナスアダは扇を置き、呼《よ》び鈴《りん》のひもを引いて、侍女《じじょ》のファリカを呼《よ》んだ。

サクラ材の机《つくえ》の右手にかかった旗がゆれ、そのかげのかくし扉からファリカがすべりでてきて、ナスアダのひじのそばに伏《ふ》し目《め》がちに立った。

「まだなにかある?」ナスアダは侍女にきいた。

「いいえ、ナスアダさま」

ナスアダは安堵《あんど》をけどられないようにした。週に一度、ヴァーデンのさまざまなもめごとを解決するために、法廷《ほうてい》を開いている。不当なあつかいを受けたと感じた者はだれでも、ナスアダと謁見《えっけん》し、裁断《さいだん》をあおぐことができる。彼女はそれがこれほどむずかしく、むくわれない仕事とは予想していなかった。父のアジハドがフロスガーと会談したあとよくいっていた言葉を思い出す。「よい妥協案《だきょうあん》は、みんなに嫌《きら》われるものだ」そのとおりらしい。

身近な問題に注意をもどし、彼女はファリカにいった。「あのギャンブルという男を、部署《ぶしょ》がえしたいの。あの口のうまさが多少は生かせるような仕事につかせて。兵舎長《へいしゃちょう》あたりがいいわ。おなかいっぱい食べられるようになるまで、それが彼の仕事よ。泥棒《どろぼう》をやったといって、またここに連れてこられないようにして!」

ファリカはうなずいて机につき、ナスアダの指示《しじ》を羊皮紙の巻物《まきもの》に書きとめた。この才能だけでも、彼女をそばに置く価値《かち》がある。ファリカがたずねる。「彼はどこにいるんですか?」

「石切り場のどこかよ」

「承知《しょうち》しました、ナスアダさま。あ、さきほど、オーリン王が研究室に来てほしいといってよこされました」

「今ごろあんなところでなにをやってるのかしら？　引きこもり？」ナスアダはラベンダー水で手と首を洗《あら》い、オーリンにもらった銀色の鏡の前で髪《かみ》をととのえ、ガウンをぐいっと引いた。

身だしなみに満足すると、ナスアダはファリカをしたがえて部屋を出た。外は日ざしが強く、ボロメオ城《じょう》のなかを照らすトーチは必要ない。炎《ほのお》でこれ以上暑くなるなど耐《た》えられない。弓兵用の十文字の穴《あな》からさしこむ光が廊下《ろうか》の壁《かべ》を照らし、金色の埃《ほこり》の帯が空気に等間隔《とうかんかく》のすじをつけている。ナスアダは挟間《はざま》のひとつから城楼《じょうろう》のほうをのぞき見た。橙色《だいだいいろ》の軍服を着た三十人ほどのオーリンの騎兵隊《きへいたい》が、アベロン周辺のいつもの巡回《じゅんかい》に出かけようとしている。

もしガルバトリックスがみずから攻撃《こうげき》してきたら、彼らはなんの足しにもならないだろうけど。ナスアダは苦々しく思った。防衛《ぼうえい》のたのみとなるのは、ガルバトリックスの自尊心《じそんしん》と、願わくば、エラゴンへの恐怖心《きょうふしん》だ。どんな君主も王位をうばわれるという危機感《ききかん》をつねに抱《いだ》いているものだ。かつてみずからそれをうばったガルバトリックスこそが、だれよりもうばわれることを恐《おそ》れている。ナスアダは、自分がアラゲイジアでいちばん力をもつ狂人《きょうじん》と、きわめて危険《きけん》なゲームをしていることを自覚している。ガルバトリックスをどこまで刺激《しげき》していいものか、その判断《はんだん》をまちがえると、ナスアダもヴァーデンも、ガルバトリックスの支配《しはい》を終わらせるという希望も、なにもかもついえてしまう。

城《しろ》のさわやかなにおいが、こどものころ、ここに来たときのことを思い出させる。まだオーリンの父親、ラーキン王が国をおさめていたころだ。当時は、あまりオーリンを見かけたことがなかった。彼はナスアダより五歳《さい》年上で、すでに王子としての責務《せきむ》でいそがしくしていた。けれど今は、自分のほうが年上のように感じることがままある。

オーリンの研究室に着くと、衛兵《えいへい》が王にナスアダの来訪《らいほう》を知らせに行くあいだ、扉《とびら》の前で待たされた。まもなくオーリン王の声が階段《かいだん》のふきぬけに響《ひび》いた。「レディ・ナスアダ！　来てくれてうれしいよ。見せたいものがあるんだ」

ナスアダは気を引きしめて、ファリカとともに研究室に入った。蒸留器《じょうりゅうき》やビーカー、首のねじれたフラスコなど異様《いよう》な器具がならぶ迷宮《めいきゅう》が目の前に現《あらわ》れた。ガラスの茂《しげ》みが、彼女たちの衣裳《いしょう》を引っかけようと、無数のもろい枝《えだ》をのばしている。金臭《かなくさ》い蒸気《じょうき》に、涙《なみだ》が出てくる。ナスアダとファリカは洋服のすそをつまみあげ、そろそろと部屋の奥《おく》へ進んだ。砂時計《すなどけい》、はかり、黒い鉄の留《と》め金《がね》の秘密《ひみつ》めいた書物、ドワーフ製《せい》の天体観測儀《かんそくぎ》がならび、燐光性《りんこうせい》の水晶《すいしょう》のプリズムがパッパッと青い光を発している。

オーリンは上部が大理石でできたベンチにすわり、ガラス管で水銀のるつぼをかきまぜていた。ガラスの管は片方《かたほう》が閉《と》じて、もう片方が口をあけており、長さは六十センチはありそうだが、太さは五、六ミリしかない。

「陛下《へいか》」ナスアダが声をかけた。王と位を等しくする者として、ナスアダは背筋《せすじ》をのばしたままでい

た。

　ファリカはひざをかがめてお辞儀《じぎ》する。

「先週の爆発《ばくはつ》から立ち直られたようですね」

　オーリンはいたずらっぽく顔をしかめてみせた。「ひとつ学んだよ。燐《りん》と水をまぜて密封《みっぷう》してはいけないとね。きわめて激《はげ》しい反応《はんのう》を起こす」

「聴力《ちょうりょく》はすっかりもどりましたか？」

「完全じゃないがね……」オーリンは初めて短剣《たんけん》をもたされた少年のように笑い、火鉢《ひばち》の石炭でローソクに火をつけ、その火でアザミの葉をつめたパイプをくゆらせはじめた。こんなにむし暑いのに、よく火などたいていられるものだとナスアダは思った。

「タバコを吸《す》われるとは知りませんでした」

「本当は吸わないんだ」彼はこたえた。「でも、鼓膜《こまく》がまだ完全にふさがってないから、こんなふうに……」パイプを吸い、頰《ほお》をふくらませると、左耳からすうっと煙《けむり》がのぼった。巣から現《あらわ》れたヘビのような煙は、オーリンの頭の横でとぐろを巻《ま》いている。

　思いがけない光景に、ナスアダは笑いだした。

　オーリンも煙を吐《は》いて笑っている。「ものすごく奇妙《きみょう》な感覚さ」彼はいった。「煙が出るとき、たまらなくくすぐったいんだ」

　ナスアダはまじめな顔にもどってたずねた。「陛下《へいか》、ほかに議論《ぎろん》なさりたいことは？」

オーリンは指を鳴らした。「あるとも」長い管に水銀を満たし、口を指でふさいでナスアダに見せた。「この管に入ってるのは、水銀だけだと思うかい？」

「思います」わたしに見せたかったのはこれなの？

「じゃあ、今度はどうだい？」すばやく管を逆《さか》さにして、指をはずし、口の開いたほうをるつぼに入れた。ナスアダの予想に反し、水銀は半分しか流れでず、途中《とちゅう》でとまっている。オーリンはとまった水銀の上の、空《から》の部分を指さした。「ここにはなにが入ってると思う？」

「空気でしょう」ナスアダが自信をもってこたえる。

オーリンはにやりと笑って首をふった。「もしそうなら、空気はどうやって水銀の奥《おく》へ入ったのか？　あるいはガラスを通ってなかに入ったのか？　空気が通れる道は、どこにもないんだよ」彼はファリカさした。「侍女《じじょ》よ、きみはどう思う？」

ファリカは管をじっとにらんでから、肩《かた》をすくめてこたえた。「陛下、なにもないということは、ありえませんが」

「うん、でもね、わたしが考えているのはまさにそれなんだ。無だよ。真空をつくりだし、その存在《そんざい》を証明《しょうめい》したことにより、わたしは、大昔からある自然哲学《てつがく》の難問《なんもん》をひとつ解《と》き明かしたんだ！　ラディンが天才だというヴァチャーの論理《ろんり》も手段《しゅだん》も、無効《むこう》にしたんだ。いつもエルフが正しいという考えを、ふきとばしてやったのさ」

ナスアダはつとめてなごやかな口調でたずねた。「でも、その目的は？」

「目的？」オーリンは心からおどろいたようにナスアダを見た。「もちろん、そんなものはないさ。少なくとも、わたしは思いつかない。だけど、世のしくみを解明《かいめい》する一助にはなるだろう。なぜ、どうして、こんな現象《げんしょう》が起きるか。おどろくべき発見だよ。将来《しょうらい》どんなことの役に立つか、わからないじゃないか？」オーリンは話しながら管の中身をあけてから、ビロード張《ば》りの箱にていねいにおさめた。

箱には、ほかにも似《に》たような精巧《せいこう》な器具がならんでいる。

「考えるともっとわくわくするのは、自然界の秘密《ひみつ》を魔法《まほう》でさぐりだすことなんだ。ちょうどきのうも、トリアンナのたった一個《こ》の呪文《じゅもん》のおかげで、二種類の新しい気体を発見することができた。想像《そうぞう》してごらん。もし自然哲学《てつがく》の分野に、魔法を体系的《たいけいてき》に応用《おうよう》できたら、どんなことがわかってくるか？わたし自身も、魔法を学びたいと考えてるんだ。わたしにその能力《のうりょく》があって、だれか魔法の使い手が知識《ちしき》をさずけてくれたらの話だけどね。ドラゴンライダー・エラゴンが、きみたちといっしょに来なかったのは、じつに残念だよ。彼ならきっとわたしに力を貸《か》してくれたはずだ」

ナスアダはファリカを見ていった。「外で待っていなさい」

侍女《じじょ》はお辞儀《じぎ》をして、そこをはなれていった。研究室の扉《とびら》がしまる音がすると、ナスアダはいった。「オーリン。どうかなさったんですか？」

「どういう意味だい？」

「あなたがここに閉《と》じこもって、わけのわからない危険《きけん》な実験に時間を費《つい》やしているあいだ、あなたの国は開戦の危機《きき》にひんしてるんですよ。無数の問題があなたの決断《けつだん》を待っている。なのに、あなたはここで煙《けむり》を吐《は》いて、水銀で遊んでいらっしゃる」

オーリンの顔がこわばった。「ナスアダ、わたしは自分の義務《ぎむ》をじゅうぶん承知《しょうち》しているよ。きみはヴァーデンの長《ちょう》かもしれないが、わたしは今もサーダの王だ。そんな無礼な口をきく前に、よくそれを肝《きも》に銘《めい》じておいたほうがいい。きみたちがこの聖地《せいち》にいられるかどうかは、わたしの好意いかんにかかわるということを、念《ねん》おししたほうがいいかな？」

ナスアダは、無意味な脅《おど》しだとわかっていた。サーダ国とヴァーデンには、親戚縁者《しんせきえんじゃ》が多い。両者は密接《みっせつ》に結びついており、たがいを見放すことなどできないはずだ。そうではなく、オーリンが気分を害した本当の理由は、威信《いしん》の問題なのだ。今、ヴァーデンの人々は畑を耕《たがや》したり、その他もろもろの仕事をはじめ、受け入れ国に同化しようとしている。武装《ぶそう》兵士たちの大集団《だいしゅうだん》を長期間待機させておくのは不可能《ふかのう》に近いからだ——無活動状態《じょうたい》の兵士たちにタダ飯《めし》を食べさせるのは、軍を維持《いじ》するうえで悪夢《あくむ》だということは、ナスアダも知っている。では、わたしの存在《そんざい》はなんなのだろう？　ありもしない軍の指揮官《しきかん》？　オーリン王のために働く将軍《しょうぐん》？　顧問《こもん》？　ナスアダの地位はじつに不安定なものだ。あまり先走りすぎたり、主導権《しゅどうけん》をにぎったりすれば、オーリンはそれを脅威《きょうい》ととり、ナスアダに敵愾心《てきがいしん》を抱《いだ》くかもしれない。とくに今の彼女は、ファーザン・ドゥアーでのヴァーデンの勝利という栄誉《えいよ》に浴している状態《じょうたい》なのだから。だがいつまでもオーリンに遠慮《えんりょ》していると、ガルバトリックスのすきをつくことができなくなる。こうした膠着《こうちゃく》状態にあって、ナスアダの唯一《ゆいいつ》の強みは、この勝負を

扇動《せんどう》した小隊――エラゴンとサフィラの指揮官《しきかん》であることだった。

　ナスアダはいった。「オーリン、あなたの指揮を批判《ひはん》しているのではありません。そんなふうに聞こえたのならあやまります」

　オーリンはぎこちなく首をふった。

　どう続ければいいのかわからず、ナスアダはベンチのへりに指先をついて身を乗りだした。「ただ……やるべきことがあまりにも多すぎて。わたしは昼夜を問わず働いてる。ベッドのわきに書字板まで置いて。それでも、まったく追いつかない。いつも災厄《さいやく》の瀬戸際《せとぎわ》にいるような気がしてならないんです」

　オーリンは使いこんで黒くなった乳棒《にゅうぼう》をつかみ、掌《てのひら》のあいだで、眠気《ねむけ》を誘《さそ》うような規則《きそく》正しいリズムでころがしはじめた。「きみがここに来る前……いや、モラテンシスが泉《いずみ》から現《あらわ》れたように、きみのライダーが天空に満ちる精気《せいき》から生まれる前までは、わたしは、父や祖父《そふ》をふくむ先人たちと同じ人生を送るつもりだった。つまり、ガルバトリックスにひそかに敵対《てきたい》する人生だ。だから、新しい現《げん》実《じつ》に慣《な》れるのに時間がかかったとしても、大目に見てもらわなければ」

　ナスアダは、それがオーリンの精《せい》いっぱいの悔恨《かいこん》の言葉ととった。「わかります」

　オーリンは手をとめていった。「きみは権力《けんりょく》の座《ざ》について日は浅いが、わたしはもう何年にもなる。そのぶんだけ、えらそうなことをいわせてもらうとね、正気をたもつには、趣味《しゅみ》に費《つい》やす時間がある程度《ていど》は必要だと気づいたんだ」

「わたしにはできない」ナスアダは反論《はんろん》した。「ガルバトリックスをたおす努力に必要な時間は、一分一秒もムダにはできません」

乳棒がまたとまった。「きみがあまり自分を酷使《こくし》しすぎたら、ヴァーデンに害がおよぶことになるんだよ。たまの息ぬきもせずに、働き続けられる者はいない。長く休む必要はない。ほんの五分、十分でいいんだ。弓術《きゅうじゅつ》の練習をするのもいいさ。それでも、きみの目的にはかなうはずだ。たとえ、やることはちがっていても。わたしがこの研究室をつくったのは、そもそもそういう理由からなんだ。だからきみがいったように、煙《けむり》を吐《は》いたり水銀で遊んだりしてる。一日じゅう欲求《よっきゅう》不満でさけび続けずにすむように」

無責任《むせきにん》な怠《なま》け者《もの》というオーリン像《ぞう》をすっかり捨《す》てる気にはなれないまでも、ナスアダは彼の主張《しゅちょう》が正しいことをみとめざるをえなかった。「ご助言、心にとめておきます」

オーリンが笑うと、さっきまでの軽薄《けいはく》そうな顔が多少もどってきた。「話はそれだけさ」

ナスアダは窓《まど》に近づき、鎧戸《よろいど》を大きくおしあけて、アベロンの町を見おろした。行商人たちがお人よしの客たちをつかまえて、ものを売りつけようとする声が響《ひび》いている。西方の道にぬらぬらとした黄色の埃《ほこり》が立ちのぼり、町の門に馬車隊が近づいてくる。かわらぶきの屋根の上で空気がちらちらとゆれ、アザミの葉タバコや大理石の聖堂《せいどう》から流れだす香《こう》のにおいを運んでくる。アベロンのまわりには、大きな花びらのように野原が広がっている。

ナスアダは背《せ》をむけたまま問いかけた。「帝国《ていこく》の最新情報《じょうほう》の文書を受けとられましたか?」

「受けとったよ」オーリンも窓辺《まどべ》にやってきた。

「それで、どう思われました？」

「意味のある結論《けつろん》を出すには、不完全で乏《とぼ》しすぎる情報《じょうほう》だ」

「でも、あれで精《せい》いっぱいなんです。あなたのお考えや直感を聞かせてください。あの実験のように、わかっている事実から推理《すいり》していただきたいのです」ナスアダは無意識《むいしき》のうちにほほえんでいた。「あまり深刻《しんこく》にはとりませんから」

しばらく待って発せられたオーリンの答えは、この世の終わりの予言のように、重みをもって響《ひび》いた。「ふえ続ける税《ぜい》、駐屯地《ちゅうとんち》が空《から》になっていること、帝国《ていこく》じゅうで馬や牛が没収《ぼっしゅう》されていることから考えて……ガルバトリックスはここにむかうために軍を集結させているように思う。それが攻撃《こうげき》のためか、守りのためかはわからないが」

太陽の下、ムクドリの群《む》れが横ぎり、ふたりの顔の上を冷たい影《かげ》がくるくる踊《おど》っている。

「わたしの心にのしかかっている疑問《ぎもん》は、やつが軍を出動させるのにどれくらいかかるかということ。それによって、こっちの戦略《せんりゃく》も変わってくる」

「数週間、数か月、数年。やつの動きは予想もつきません」とナスアダ。

オーリンはうなずいた。「きみの諜報員《ちょうほういん》たちは、エラゴンの消息を広め続けてるの？」

「かなり危険《きけん》な状況《じょうきょう》になってきたけれど、ええ、今もやっています。わたしのねらいは、ドラス＝レオナあたりの町を、エラゴンの武勇伝《ぶゆうでん》でもちきりにすること。じっさいにそうした町まで行って、エ

ラゴンを見てもらえたら、町の人たちは自発的にこっちについてくれる。そうなれば、このサーダ国が包囲されずにすみます」

「戦《いくさ》はそうかんたんなものじゃないよ」

ナスアダはあえて反論《はんろん》しなかった。「では、あなたの軍の動員はどうなさるおつもりです？ ヴァーデンはいつでも戦う準備《じゅんび》ができております」

オーリンはなだめるように両手を広げた。「ナスアダ、一国を目覚めさせるのは容易《ようい》なことじゃないんだよ。貴族《きぞく》連中の支援《しえん》も必要だし、武器《ぶき》や鎧兜《よろいかぶと》もつくらなきゃならない。兵糧《ひょうろう》だって調達しなきゃ……」

「それまでのあいだ、わたしはどうやって同胞《どうほう》たちを食べさせればいいんです？ 割《わ》りあててくださった土地じゃ足りなくて――」

「それはわかってるよ」

「――それをえるには、帝国《ていこく》を侵略《しんりゃく》するしかないんです。ヴァーデンを永遠《えいえん》にサーダに置いてくださるわけではないかぎり。ここに定住するとしたら、ファーザン・ドゥアーから連れてきた何千人ぶんもの家が必要になる。でもそれじゃ、あなたの国の民がよろこばないでしょう。とにかく、どうするにせよ、早く決めてください。このままぐずぐずしていたら、ヴァーデンは分裂《ぶんれつ》して、おさえの利《き》かないただの群衆《ぐんしゅう》になってしまいます」ナスアダは脅《おど》しに聞こえないよう気をつけていった。

それでも、オーリンは、そのあてこすりが気に食わなかったようだ。唇《くちびる》を丸めていった。「きみの

父上は、民《たみ》をまとめられなくなるなんてことはなかった。ヴァーデンの指揮官《しきかん》であり続けたいなら、きみもそうだと信じたいね。わたしたちの準備《じゅんび》は、そんなに短い期間でやれるものじゃない。もうしばらく待ってもらいたい」

ナスアダは手首の血管がふくらみ、石の割《わ》れ目《め》に爪《つめ》がささるほど、窓枠《まどわく》を強くにぎりしめたが、声にはなんの怒《いか》りも表さずにいった。「でしたら、食糧補給《しょくりょうほきゅう》のための金貨を、ヴァーデンにもっと貸《か》していただけますか？」

「無理だ。まわせる金はすべてまわしたんだ」

「では、わたしたちにどうやって食べろと？」

「自分で資金《しきん》を集めることをすすめるね」

ナスアダは頭に血がのぼった。にもかかわらず満面の笑《え》みを浮《う》かべ、オーリンが居心地《いごこち》悪くなるまでずっとその笑みをたもち、召使《めしつか》いのように深くお辞儀《じぎ》をした。けっして理性《りせい》を失って顔をゆがめたりしなかった。「ではごきげんよう、陛下《へいか》。あなたの今日一日が、この会話のように楽しくありますように」

オーリンがもごもご返事をつぶやくのを聞きながら、ナスアダは出口へ歩きだした。腹《はら》が立って、翡翠《ひすい》の瓶《びん》を右そでで引っかけてしまった。鋭《するど》い音をたてて瓶がたおれ、黄色の液体《えきたい》がこぼれでて、そでとスカートを濡《ぬ》らした。いらだたしさのあまり、手首をふるのをやめられなかった。

階段《かいだん》のふきぬけで待っていたファリカをともなって、ナスアダは廊下《ろうか》をぬけ、自室へもどった。

36 レースの呪文《じゅもん》

部屋の扉《とびら》を乱暴《らんぼう》にあけると、ナスアダはまわりのものも目に入らぬまま、つかつかと机《つくえ》に歩みより、椅子《いす》にすわりこんだ。背骨《せぼね》がこわばっていて、背もたれに肩《かた》をつけることができなかった。ヴァーデンがとり返しのつかない苦境《くきょう》に立たされていることを思うと、体が凍《こお》りつくようだ。呼吸《こきゅう》が落ちつくのを待つ。わたしは失敗したんだ。考えられるのは、それだけだった。

「ナスアダさま、そでが！」ファリカが彼女の右腕《みぎうで》を雑巾《ぞうきん》でたたいている。

ふいに瞑想《めいそう》から覚め、下を見ると、刺繍飾《ししゅうかざ》りのそでから、煙《けむり》がひと筋《すじ》立っている。ナスアダはぎょっとして立ちあがり、腕をねじって煙の源《みなもと》をさがした。そでとスカートは黒こげのクモの巣になり、きついにおいを放っている。

「ぬがせてちょうだい！」

ナスアダは腕をあげて、ファリカがガウンのひもを解《と》くのを待った。

侍女《じじょ》の指はナスアダの背中《せなか》をあたふたと動きまわり、毛織《けおり》の上着の結び目をぎこちなくほどいていく。

ナスアダはひもがゆるむなり、そでをぬき、ガウンを体から引きはがした。

ゼーゼー息をしながら、机《つくえ》のわきにスリッパと亜麻布《あまぬの》のシュミーズだけで立ちつくした。さいわい、高価《こうか》な亜麻布だけは被害《ひがい》を受けずにすんだが、それでもひどいにおいがついている。

「火傷《やけど》はしませんでしたか?」ファリカがたずねる。

ナスアダは言葉が出せず、ただ首をふった。

ファリカが靴《くつ》の先でガウンをつついていった。「なんです? この悪臭《あくしゅう》は」

「オーリンの不気味な調合薬のひとつ」ナスアダはしゃがれ声でこたえた。「研究室でこぼしてしまったの」大きく深呼吸《しんこきゅう》して気を落ちつけ、焦《こ》げたガウンを見て愕然《がくぜん》とした。ガウンは去年の誕生日《たんじょうび》の贈《おく》り物《もの》として、ドワーフのインジータム族の女性《じょせい》に織《お》ってもらったものだ。ナスアダの衣裳《いしょう》だんすのなかでも、もっとも上等な部類に入る。これにかわるガウンはないし、ヴァーデンの財政難《ざいせいなん》を考えると、新しいものをつくらせるわけにはいかない。このガウンなしでなんとかしのぐしかないんだわ。ナスアダは思った。

ファリカがかぶりをふった。「こんなすてきな衣裳をだめにするなんて、残念でなりません」侍女は机をまわって、裁縫《さいほう》かごのなかから模様《もよう》の入ったハサミをとってきた。「できるだけ多くの部分を残しておきましょう。だめになった部分は切りとって燃《も》やしてしまいます」

ナスアダは顔をしかめ、部屋のはしからはしまで行ったり来たりしはじめた。自分のそそっかしさと、ただでさえ山のようにある懸念事項《けねんじこう》にさらに問題を加えてしまったことに、腹《はら》が立ってしかたがない。「これからは謁見《えっけん》のとき、なにを着ればいいの？」ナスアダはうなった。

ファリカのハサミはやわらかい毛織の生地《きじ》を、小気味よく切っていく。「亜麻布の衣裳はいかがです？」

「そんな軽装《けいそう》では、オーリンやサーダの貴族《きぞく》の前には出られない」

「わたしにまかせてみてください、ナスアダさま。なんとか使えるようにできると思うんです。できあがるころには、以前の倍豪華《ごうか》にしてみせますわ」

「いいえ、だめよ。笑いものになる。きちんとした身なりをしていないと、敬意《けいい》をはらってもらうのはむずかしいのよ。まして継《つ》ぎはぎのガウンなんか着ていたら、わたしたちの貧《まず》しさを宣伝《せんでん》するようなものだわ」

年長の侍女はきびしい目つきでナスアダを見た。「あなたがご自分の身なりについて、弁解《べんかい》したりしなければ、かならずうまくいきます。それどころか、ほかのご婦人《ふじん》たちがあなたの新しい衣裳にあこがれて、まねするにちがいありません。まあ、見ててごらんなさい」ファリカは歩いていって扉《とびら》をあけ、だめになった生地を外の衛兵《えいへい》にわたした。「ご主人さまがこれを燃やしておくようにと。くれぐれも内密《ないみつ》にお願いしますよ。他言したら、ただじゃおきませんからね！」

衛兵は敬礼《けいれい》した。

ナスアダはほほえまずにいられなかった。「ファリカ、あなたなしじゃ、わたしはなんにもできないわ」

「そのとおり。そう思います」

緑のスモックドレスを身につけると、暑さがいくらかやわらいだ。オーリンにはあまり好感をもてないにしろ、今日は彼の忠告《ちゅうこく》を聞いて、通常《つうじょう》の予定をとりやめよう。とくになにもせず、ファリカといっしょにガウンの縫《ぬ》い目《め》をほどいて過《す》ごすのだ。はじめてみると、同じことをくり返すだけの作業は、考えごとをするのにうってつけだった。ナスアダは縫い糸を引きぬきながら、ヴァーデンの苦境《くきょう》のことをファリカに話してみた。自分の忘《わす》れているなにかに、侍女《じじょ》が気づいてくれるかもしれないと期待をこめて。

その結果、ファリカの唯一《ゆいいつ》の助言はこうだった。「どうやら世の中の問題のほとんどが、お金からはじまってるようですね。お金さえたっぷりあれば、ガルバトリックスの黒い王座《おうざ》だって、すぐに買いとることができるのに……兵を戦わせる必要もないし」

わたしったら、だれかが、仕事をかわってくれると期待していたのかしら？　ナスアダは自分にいった。この闇《やみ》にみんなを連れこんだのはわたし。だから、わたしが連れださなければ。

ナスアダは腕《うで》を広げて縫い目を開き、手編《ボビン》みレースのふち飾《かざ》りをナイフで半分に裂《さ》いていった。ぼろぼろになったレースに目をこらすと、羊皮紙色になった繊維《せんい》が、ガウンの上を虫のようにのたうっている。それを見ると、病的な笑い声がのどを引っかき、目に涙《なみだ》があふれてきた。わたしはなんて運

が悪いんだろう？

ボビンレースは、このガウンドレスのいちばん大切な部分だった。もちろんレースをつくる技術《ぎじゅつ》も必要だが、その希少性《きしょうせい》や価値《かち》は、ある要因《よういん》――はてしなく延々《えんえん》と続く、気の遠くなるような時間――による。ひとりでレースのベールをつくるには、とてつもなく長い時間がかかるのだ。仕事の進み具合は週単位でなく月単位ではかられる。そう、すこしずつじわじわと。レースは金や銀よりも価値があるのだ。

ナスアダはそのより糸の帯をなぞり、自分がつくってしまった裂け目で手をとめた。これをつくるのに必要なのは、力ではなく時間だ。自分でそんなことをやる気にはとてもなれない。力……力……そのとき、頭のなかを映像《えいぞう》が次々とよぎった――オーリンが研究に魔法《まほう》を使うといっていたこと、双子《ふたご》が死んで以来、ドゥ・ヴラングル・ガータの指揮《しき》をとる女、トリアンナ、ヴァーデンの治療師《ちりょうし》が魔法の原理を説明するあいだ、彼の顔を見あげていた五、六歳《さい》のころのナスアダ――ばらばらな記憶《きおく》が、一本の論理《ろんり》の鎖《くさり》をつくってゆく。あまりにとっぴで常軌《じょうき》をいっした論理なので、ナスアダはのどにおしこめていた笑いをついに吐《は》きだしてしまった。

ファリカがみょうな目で彼女をながめ、説明を待っている。

ナスアダは立ちあがった。ガウンが半分ひざから床《ゆか》へすべり落ちる。「今すぐトリアンナを連れてきて！」彼女はいった。「なにをしていようとかまわない。とにかく連れてきて！」

ファリカは目を引きつらせながらも、お辞儀《じぎ》をして「おおせのままに、ナスアダさま」といって、

召使《めしつか》い用のかくし扉《とびら》から消えていった。

「ありがとう」ナスアダはからっぽの部屋でつぶやいた。

ファリカが乗り気でないのはわかっていた。ナスアダ自身も、魔法《まほう》の使い手とかかわるときは、ひどく不安になる。本当に信じられるのはエラゴンだけだ。彼はライダーであり——とはいえ、ガルバトリックスの例もあるが——自分に忠誠《ちゅうせい》を誓《ちか》ってくれた。ナスアダは、エラゴンが誓いをやぶることはないと信じている。彼女が脅威《きょうい》に思うのは、魔法使いや魔術師《まじゅつし》の力だった。見た目はふつうと変わらない人が、たったひとことで人を殺してしまう。その気になれば他人の心に侵入《しんにゅう》し、人をあざむくことも、気づかれずにものを盗《ぬす》むこともできる。あるいは、なんの罰《ばつ》も受けず体制《たいせい》にそむくことも……。

ナスアダは鼓動《こどう》が速くなるのを感じた。

おおぜいの民《たみ》の一部が特殊《とくしゅ》な力をもっていたら、どうやって法を守らせることができるだろう？帝国《ていこく》とヴァーデンとの戦いも、もとはといえば、魔術の能力《のうりょく》を悪用した男を法のもとに裁《さば》き、さらなる罪《つみ》をおかさせないようにするこころみにすぎない。こうした苦しみや破壊《はかい》が生まれたのは、ガルバトリックスをたおす力をもつ者がいなかったせいだ。あいつは、ふつうの人間の寿命《じゅみょう》で死ぬこともない！

ナスアダは魔法を憎《にく》んではいるが、ガルバトリックスを排除《はいじょ》するには、魔法こそが重大な役割《やくわり》を果たすこともわかっていた。勝利が確実《かくじつ》になるまでは、魔術師たちを疎外《そがい》するわけにはいかない。もし

も勝利をつかむことができたら、問題はそれから解決《かいけつ》するつもりだった。

部屋の扉が騒々《そうぞう》しくノックされ、ナスアダの思考はさえぎられた。愛想《あいそ》のいい笑顔《えがお》をつくり、これまで訓練してきたとおり、本心をかくして明るい声をあげた。「どうぞ!」こんなふうに失礼なやり方でトリアンナを呼《よ》びつけたときは、礼儀《れいぎ》正しくふるまわなければ。

扉がおしあけられ、栗色《くりいろ》の髪《かみ》の魔女がつかつかと入ってきた。あわてて出てきたらしく、髪は頭の上にくしゃっと盛《も》りあがっている。まるで起きぬけのようだ。トリアンナは、ドワーフ式の会釈《えしゃく》をしていった。「なにかご用ですか、レディ・ナスアダ?」

「ええ」ナスアダは椅子《いす》にくつろいですわり、トリアンナを上から下までゆっくりながめた。

ナスアダに見られるあいだ、魔女はあごを高くあげて待っている。

「知りたいことがあるの。魔法のいちばん大切な規則《きそく》はなに?」

トリアンナは眉《まゆ》をひそめた。「どんなことであれ、魔法を使うときは、使わないでそれをするときと同じ力を消耗《しょうもう》します」

「なにができるかは、その人の技量《ぎりょう》と、古代語の知識《ちしき》いかんによるのですか?」

「ほかの要素《ようそ》もありますが、まあ大ざっぱにいえばそうですよ。レディ、なぜそんなことを? そんなことは魔法の基本《きほん》原則じゃありませんか。まあ、まわりにいいふらすようなことじゃありませんけどね。あなたなら、とっくにごぞんじだと思ってましたよ」

「知ってるわ。まちがってないかどうか、確認《かくにん》したかったの」ナスアダは椅子にすわったまま手をの

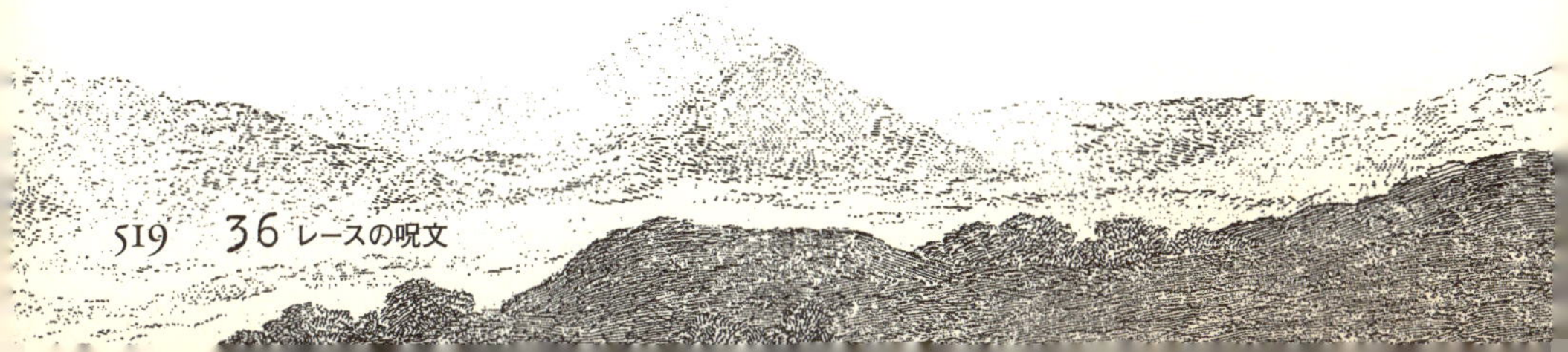

ばし、ガウンを拾いあげ、ぼろぼろになったレースをトリアンナに見せた。「じゃあ、あなたの力をもってすれば、レースをつくる呪文《じゅもん》を編《あ》みだすことはできるわよね」

魔女《まじょ》の黒ずんだ唇《くちびる》がゆがみ、恩着《おんき》せがましい笑《え》みが浮《う》かんだ。「レディ、ドゥ・ヴラングル・ガータには、あなたのお洋服を修繕《しゅうぜん》するより、もっと大事な任務《にんむ》がありますのよ。わたしたちの能力《のうりょく》は、そんな気まぐれで使われるほど俗《ぞく》っぽいものじゃない。お針子《はりこ》とか仕立て屋とか、もっとその仕事にふさわしい者をお呼《よ》びください。もう用がないなら、わたしは――」

「おだまり」ナスアダは抑揚《よくよう》のない声でいった。

トリアンナはあっけにとられ、途中《とちゅう》でおしだまった。

「どうやらドゥ・ヴラングル・ガータにも、長老会議に教えたのと同じことを、いって聞かせなきゃならないようね。わたしは若《わか》いけれど、そんなこともわからないようなこどもじゃないわ。あなたにレースのことをたのんだのは、魔法でかんたんにレースをつくれたら、ヴァーデンは帝国《ていこく》じゅうに、手編《ボビン》みレースや針編《ニードル》みレースを安く売ることができるからよ。わたしたちが生きのびるための資金《しきん》を、ガルバトリックスの民《たみ》が払《はら》ってくれることになる」

「バカげてますわ」トリアンナは反論《はんろん》した。

ファリカでさえいぶかしげな顔をしている。

「レースで戦《いくさ》の資金はまかなえません」

ナスアダは片眉《かたまゆ》をつりあげた。「そうかしら？　ふつうならレースなど買う余裕《よゆう》のない女性《じょせい》たちが

飛びつくと思うわ。農家の女たちは、たまには贅沢《ぜいたく》なかっこうをしてみたいとあこがれている。そういう人たちはきっとほしがるはずよ。裕福《ゆうふく》な商人や貴族《きぞく》だって、金貨をつぎこんでくれるでしょう。なぜならわたしたちのレースはシルクよりも、いえ、人間が編《あ》んだどんなものよりも上等だからよ。ドワーフに対抗《たいこう》して、わたしたちはそれでひと財産《ざいさん》をつくるの。とはいってもそれは、あなたにわたしが求めるだけの魔力があればの話だけど」

トリアンナは髪《かみ》をはらった。「わたしの能力《のうりょく》をお疑《うたが》いですの?」

「やってくれるのね!」

トリアンナはためらってから、ナスアダのガウンを手にとり、レースの部分をしばらくのあいだじっと見つめていた。やがて魔女はいった。「おそらくできるでしょう。でも、いくつか実験をしてからでないと、断言《だんげん》はできません」

「じゃあすぐにやってちょうだい。今からこれがあなたのもっとも重要な任務よ。模様《もよう》については、熟練《じゅくれん》したレース職人《しょくにん》に相談しなさい」

「承知《しょうち》しました、レディ・ナスアダ」

ナスアダはようやく口調をやわらげた。「よろしい。それと、ドゥ・ヴラングル・ガータの優秀《ゆうしゅう》な使い手たちを集めてちょうだい。ヴァーデンを救うためにべつの魔術《まじゅつ》を編みだしてもらいたいの。指揮《しき》をとるのは、あなたよ」

「承知しました、レディ・ナスアダ」

「じゃあ、もう行っていいわ。あしたの朝、報告《ほうこく》に来てちょうだい」

「承知《しょうち》しました、レディ・ナスアダ」

ナスアダはトリアンナが出ていくのを満足げに見送った。自分の成しとげたことを誇《ほこ》らしく思い、目を閉《と》じてこの瞬間《しゅんかん》の心地《ここち》よさにひたった。どんな男でも、父でさえも、このような解決法《かいけつほう》は思いつかなかっただろう。これでわたしもヴァーデンに貢献《こうけん》できる。アジハドに見てほしかったと思いながら、ナスアダは心のなかでつぶやいた。そして声に出してたずねた。「ファリカ、おどろいた?」

「あなたにはいつもおどろかされます、ナスアダさま」

37 エルヴァ

「ナスアダさま……? 急用があります。ナスアダさま」

「なんなの?」ナスアダはしぶしぶ体を動かした。

目をあけると、ジョーマンダーが部屋に入ってくるのが見えた。引きしまった体の歴戦の兵士は、兜《かぶと》を右にかかえ、左手を剣《けん》の柄《つか》にかけて、こちらへ近づいてくる。会釈《えしゃく》すると、長い鎖帷子《くさりかたびら》がカチャカチャ音をたてた。「レディ・ナスアダ」

「いらっしゃい、ジョーマンダー。息子《むすこ》さんの具合はどう?」ジョーマンダーが来てくれたことはうれしかった。長老会議のなかで、彼女がアジハドの後継《こうけい》となることをいちばんあっさり受けいれてくれたのが彼だった。以来、アジハド時代と同様、不屈《ふくつ》の忠誠心《ちゅうせいしん》と信念で仕えてくれている。兵がみんな彼のようだったら、むかうところ敵《てき》なしなのに、とナスアダは思っている。

「咳《せき》はおさまってきています」

「それはよかったわ。それで、なんの用事かしら?」

ジョーマンダーの額《ひたい》にしわがきざまれた。あいた手でポニーテールに結んだ髪《かみ》をなで、ふいに気がついたように手をわきにおろした。「奇妙《きみょう》な——魔法《まほう》です」

「え？」

「エラゴンが祝福した赤《あか》ん坊《ぼう》を覚えておいでで？」

「ええ」赤ん坊には一度だけ会ったことがある。ヴァーデンのなかで、その子についておおげさな噂《うわさ》が飛びかっているのは知っている。その子が成長して、なにか成しとげてくれるのではないかと人々が希望をもっていることも。ナスアダはもっと現実的《げんじつてき》に考えている。赤ん坊がどう成長しようと、まだ何年もかかる。そのころまでには、ガルバトリックスとの勝負はついているにちがいないと考えていた。

「その子のところへ、あなたを連れていくよういわれたんです」

「いわれた？　だれに？　どうして？」

「訓練場で会った少年です。あなたをその子に会わせるべきだというんです。きっと興味《きょうみ》をもつだろうと。名前はいわなかったけれど、あの魔女の魔法ネコが変身した姿《すがた》に似《に》てるような気がして、それで……ええ、あなたにお知らせしたほうがいいと思ったんです」ジョーマンダーはとまどっているようだ。「部下にその少女のことをきいてまわらせたんですよ。それで、どうもその子は……変わっているようで」

「どんなふうに？」

ジョーマンダーは肩《かた》をすくめた。「魔法ネコのいうとおり、あなたが会ったほうがいいと思うぐらいに」

ナスアダは眉《まゆ》をひそめた。魔法ネコの言葉を無視《むし》するのは愚《おろ》かな行為《こうい》で、悲運をまねきかねないといい伝えられている。しかし、あのネコの相棒《あいぼう》、アンジェラという薬草師《やくそうし》もまた、ナスアダが完全には信用できない魔女のひとりだった。あまりに独立独歩《どくりつどっぽ》で予測《よそく》がつかない。「魔法……」ナスアダは呪《のろ》いの言葉のようにつぶやいた。

「魔法です」ジョーマンダーもくり返したが、その声には畏怖《いふ》がこめられていた。

「いいわ。その子に会いに行きましょう。城内《じょうない》にいるの？」

「その子と保護者《ほごしゃ》は、オーリン王から本丸の西に部屋をあたえられています」

「案内して」

ナスアダはスカートのすそをかき集め、今日のほかの予定の時間をずらすようファリカに指示《しじ》して部屋を出た。

背後《はいご》でジョーマンダーが四人の衛兵《えいへい》に指を鳴らし、ナスアダをかこんで歩くよう命じている。ジョーマンダーは彼女の横につき、ともに目的の場所へむかって歩きだした。

ボロメオ城内は、巨大《きょだい》なパン焼き窯《がま》のなかのようだった。窓枠《まどわく》にそって、空気が溶《と》けたガラスのようにゆれて見える。

暑さに閉口《へいこう》しながらも、ナスアダは浅黒い肌《はだ》のおかげで、自分がほかの人たちより暑さに強いこと

を知っていた。この高温にいちばんまいっているのは、ジョーマンダーやここにいる衛兵《えいへい》たちのように、一日じゅう――たとえ炎天下《えんてんか》の配置につくときでも――鎧兜《よろいかぶと》に身を包んでいる兵士たちだ。ナスアダは五人の男たちの汗《あせ》が肌《はだ》を伝い、息が荒《あら》くなるのに注意をはらっていた。アベロンに来てから、ヴァーデンの多くの人が熱射病《ねっしゃびょう》になり、そのうちふたりが一、二時間で命を落としている。体力の限界《げんかい》をこえる状態《じょうたい》にいたらせて、これ以上の臣下を失うわけにはいかない。

ナスアダは休憩《きゅうけい》したほうがいいと感じ、本人たちの異論《いろん》には耳を貸さず、水分を補給《ほきゅう》させた。「あなたたちにバタバタたおれられたらこまるのよ」

二回立ちどまって休みをとり、彼らは目的の部屋に着いた。廊下《ろうか》の壁《かべ》に、これといって特徴《とくちょう》のない扉《とびら》があった。まわりの床《ゆか》は贈《おく》り物《もの》で埋めつくされている。

ジョーマンダーがノックすると、なかでふるえる声が響《ひび》いた。「だれ?」

「レディ・ナスアダがこどもに会いに来た」

「誠実《せいじつ》な心と強い決意はおありですか?」

今度はナスアダがこたえた。「わたしの心は純粋《じゅんすい》で、決意は鉄のようにかたいわ」

「では、お入りなさい」

扉が開き、ドワーフ製《せい》の赤いランタン一個《こ》に照らされた通路が現《あらわ》れた。扉のそばにはだれもいない。なかに進んでいくと、壁や天井《てんじょう》が暗い色の布《ぬの》でおおわれていた。まるでなにかの巣か洞穴《ほらあな》のようだ。おどろいたのは、部屋の涼《すず》しさだ。秋の夜のように空気がぴりっと冷たく感じる。と、ナスアダ

は胃の奥《おく》に、鉤爪《かぎづめ》で引っかかれたような不快感《ふかいかん》を覚えた。魔法《まほう》だ……。

黒い網目《あみめ》のカーテンが通路をふさいでいる。カーテンをよけてなかに入ると、そこは以前は居間《いま》だったようだ。幕《まく》のおりた壁ぞいに、椅子《いす》がずらりとならんでいるだけで、家具はすべてとりのぞかれている。ドワーフ製の弱い光のランタンがいくつか、天井のたるんだ布にぶらさげられ、部屋じゅうにさまざまな色の奇妙《きみょう》な影《かげ》を投げかけている。

部屋のすみから腰《こし》の曲がった老婆《ろうば》がナスアダを見ていた。

老婆をはさんで立っているのは、薬草師《やくそうし》のアンジェラと、毛を逆立《さかだ》てた魔法ネコだ。

部屋の中央では、青白い顔をした少女が床《ゆか》にすわっている。見たところ、三、四歳《さい》ぐらいだろう。

少女は料理の皿をひざの上にのせている。だれも口をきく者はいない。

ナスアダは当惑《とうわく》してたずねた。「赤《あか》ん坊《ぼう》はどこ？」

少女が顔をあげた。

ナスアダは、少女の額《ひたい》についたあざやかなドラゴンの印を見て息をのみ、その紫《むらさき》の目をじっとのぞきこんだ。少女の唇《くちびる》がよじれ、人を見すかすような不快な笑《え》みが浮《う》かぶ。「わたしがエルヴァです」

ナスアダは思わずあとずさり、左の前腕《ぜんわん》につけた短剣《たんけん》に手をやった。それは、大人びた経験《けいけん》や皮肉がたっぷりこめられた、成人女性《じょせい》の声だった。こどもの口から聞くと、神聖《しんせい》を汚《けが》す言葉のように響く。

「逃《に》げないで！」エルヴァはいった。「わたしは友だちです」少女は空《から》になった皿をわきへよけ、し

わくちゃ顔の老婆《ろうば》に「おかわり」といった。

老婆はあたふたと部屋を出ていった。

エルヴァはかたわらの床《ゆか》をたたき、ナスアダにいった。「どうぞすわって。言葉を話せるようになってから、ずっとあなたを待っていました」

ナスアダは短剣《たんけん》をにぎったまま、石の床に腰《こし》をおろした。「それはいつのこと？」

「先週です」エルヴァは両手を行儀《ぎょうぎ》よくひざにのせ、ぞっとするような目をナスアダにすえた。

その目の異様《いよう》な力に、ナスアダは身動きできなくなった。紫色《むらさきいろ》の槍《やり》に脳《のう》をつらぬかれ、頭のなかをかきまわされ、思考や記憶《きおく》がバラバラにされるかのようだ。ナスアダはさけびだしたい気持ちを必死にこらえた。

エルヴァは身を乗りだし、手をのばしてナスアダの頬《ほお》をさわった。「いいですか、アジハドでも、あなたほど賢明《けんめい》にヴァーデンをみちびけなかったでしょう。あなたは正しい道を選んだ。だれもが狂《きょう》気《き》の沙汰《さた》と思ったにもかかわらず、あなたはヴァーデンをサーダに移動《いどう》させ、帝国《ていこく》と戦うことを決断《けつだん》した。その勇気と洞察力《どうさつりょく》は、今後何世紀も称賛《しょうさん》され続けるでしょう」

ナスアダはぽかんと口をあけて少女を見た。エルヴァの言葉は、鍵《かぎ》が鍵穴《かぎあな》にぴたりとはまるように、ナスアダの根本的な恐怖《きょうふ》をいいあてていた。夜も眠《ねむ》れず、暗闇《くらやみ》のなか汗《あせ》をかいて悩《なや》んでいた疑問《ぎもん》に、みごとにこたえている。ナスアダのなかに、無意識《むいしき》のうちに、大きな感情《かんじょう》の波がおしよせた。アジハドの死以来感じたことのない、自信と安らぎがあふれてくる。安堵《あんど》の涙《なみだ》が頬をこぼれ落ちた。エ

ルヴァはナスアダをなぐさめる言葉を、ちゃんと心得ていたかのようだ。

　ナスアダはしゃくにさわった。

　自分が刹那《せつな》に見せた弱さと、それを引きだした者への嫌悪感《けんおかん》は、たった今感じた幸福感とは相容《あいい》れないものだった。それに、エルヴァの動機も疑わしい。

「あなたは何者？」ナスアダは強い調子でたずねた。

「エラゴンがつくった者です」

「彼はあなたを祝福したわ」

　エルヴァがまばたきをすると、不気味な古代の目が一瞬《いっしゅん》、暗くなった。「彼は自分のおこないを理《り》解《かい》していなかったのです。彼に魔法《まほう》をかけられてから、わたしはだれかに会うたびに、その人が受けている痛《いた》みと、これからふりかかろうとする痛みを感知してしまう。でも体が小さければ、なにもできません。それで、わたしは大きくなったのです」

「どうして——」

「わたしの血にとりついた魔法が、他人を痛みから守るようしむけるのです……それでどんなにわたしが傷《きず》つこうと、自分の意志《いし》に関係なくいつでも助けに行ってしまう」少女は口をゆがめ、苦々しい笑《え》みを浮《う》かべた。「その衝動《しょうどう》に逆《さか》らうたびに、わたしはひどい仕打ちを受けるのです」

　その言葉の意味をのみこんだとき、ナスアダは気づいた。エルヴァの落ちつかなげな様子は、ナスアダが受けてきた苦悩《くのう》の副産物なのだ。少女が耐《た》えているものの苛酷《かこく》さを思い、ナスアダは戦慄《せんりつ》し

た。おさえがたい衝動《しょうどう》で引《ひ》き裂《さ》かれそうになりながらも、それを行動にうつすことができないのだ。

不本意ながら、ナスアダはエルヴァに深いあわれみを覚えはじめていた。

「どうしてわたしに話してくれたの？」

「わたしがだれで、なんであるか、あなたが知っておくべきだと思ったから」エルヴァは言葉を切った。目の光が力を増《ま》す。「それと、全力をつくしてあなたのために戦うということも。わたしを暗殺者として使ってください――人知れず、暗がりに置いてください。あわれみなどいりませんから」エルヴァは甲高《かんだか》く、冷たい声を立てて笑った。「あなたは、わたしがなぜこんなことをいうのかと考えていますね。それは、この戦いが終わらなければ、遅《おそ》かれ早かれわたしは気がくるってしまうから。自分で苛酷《かこく》な戦いに立ちむかうことなく、日々の苦悩《くのう》と折りあいをつけるのは困難《こんなん》だと気づいたのです。戦いを終わらせるため、わたしを使ってください。そうすれば、あなたはほかのどの人間とも変わりなく、幸せな人生を送ることができるでしょう」

老婆《ろうば》がちょこちょこと部屋にもどってきて、エルヴァに頭をさげ、新しい食べ物の皿をわたした。エルヴァが目を落とし、羊肉の足を両手でつかんでかぶりついたとき、ナスアダは心底ほっとした。少女は上品さのかけらもなく、飢《う》えたオオカミのように、がつがつと肉をむさぼっている。紫《むらさき》の目をふせ、額《ひたい》の印を黒い前髪《まえがみ》でかくしていれば、ただの無邪気《むじゃき》なこどもに見える。

ナスアダはしばらくそこにいて、エルヴァがいうべきことをすべていったのをたしかめた。やがてアンジェラに手まねきされ、ナスアダはわきの扉《とびら》へついていった。暗い布張《ぬのば》りの部屋の真ん中には、

青白い顔の少女が、子宮のなかで生まれる瞬間《しゅんかん》を待つ胎児《たいじ》のように、ぽつんととり残された。

アンジェラは扉が閉《し》まったのを確認《かくにん》すると、小声で話しだした。「あの子、ひたすら食べてばかり。今の配給じゃ、彼女に腹《はら》いっぱい食べさせてやれない。できれば――」

「食べられるようにするわ。心配しないで」ナスアダは腕《うで》をさすりながら、あの不気味な目の記憶《きおく》を頭からかき消そうとした。

「ありがとう」

「こういうことは、今までだれかに起きたことがあるの?」

アンジェラがかぶりをふると、巻《ま》き毛《げ》が肩《かた》の上ではねた。「魔法《まほう》の歴史上、一度も。あの子の未来を見ようとしても、絶望的《ぜつぼうてき》な泥沼《どろぬま》が見えるだけ――泥沼ってすてきな言葉でしょ。だってあの子の人生は、あまりに多くの人の痛《いた》み、苦しみにかかわっているから」

「彼女の身に危険《きけん》は?」

「あたしたち、みんな危険だわ」

「そういう意味じゃなくて」

アンジェラは肩をすくめた。「あの子の身は、ほかのどんな人より危険よ。だって、あの子がもっとも殺すおそれのあるのは、あの子自身だもの。危険がせまっている人に会ったら、知らぬ間にエラゴンの呪文《じゅもん》が予知して、その人の悲運をかわりに引き受けてしまう。だから、一日じゅうああやって閉《と》じこもっているのよ」

「どれぐらい前に、危険《きけん》を予知できるの?」

「せいぜい二、三時間前ね」

ナスアダは壁《かべ》にもたれ、自分の人生に新たに生じた難問《なんもん》に思いをめぐらせた。使い方さえまちがえなければ、エルヴァは強力な武器《ぶき》となるにちがいない。彼女を通して敵《てき》の弱みや苦境《くきょう》を察知し、同時に、敵が求《もと》めていることを知り、それと引きかえにこちらの要求をのませることもできる。またエラゴンやサフィラなど、ヴァーデンのだれかの身を守る必要があるときは、ぜったい確実《かくじつ》な護衛《ごえい》となるだろう。

ナスアダは、エルヴァをひとりにしておくわけにはいかないと思った。だれかにあの子を見張《みは》らせなければ。魔法《まほう》を理解《りかい》し、エルヴァに影響《えいきょう》されずに自分をたもち続けられる人……そして、正直で信《しん》頼《らい》のおける人。トリアンナにこの役をまかせることはできない。

ナスアダはアンジェラに目をやった。彼女はこの薬草師《やくそうし》に警戒心《けいかいしん》を抱《いだ》いていた。けれど同時に、ヴァーデンが微妙《びみょう》かつ重大な危地《きち》に立たされるたびに、手をさしのべてくれたのが――エラゴンを治療《ちりょう》したのも――アンジェラだ。しかもアンジェラは、なにも見返りを求めない。ナスアダは、エルヴァを世話する時間と意欲《いよく》と知識《ちしき》をもちあわせた者は、彼女をおいてほかにいないと思った。

「図々《ずうずう》しいとは思うのだけど」ナスアダはいった。「あなたはわたしの指揮下《しきか》にないし、どんな生活や仕事をしてるかほとんど知らない……でも、どうしてもお願いしたいことがあるの」

「いってごらん」アンジェラはどうぞというように手をふった。

ナスアダはどぎまぎし、口ごもってから切りだした。「わたしのかわりに、エルヴァを見張っててほしいの。つまり――」

「もちろん！　ふたつの目でしっかり見張ってるわよ――両目とも使えるときは。よろこんであの子を観察するわ」

「わたしに逐一《ちくいち》報告《ほうこく》してもらわなきゃならないわよ」

「レーズンタルト《レーズン・タート》を見たら、毒矢《ポイズン・ダート》が入ってると思え。ええ、そうね、やれると思うわ」

「信用していいのね？」

「信用していいわよ」

ナスアダはほっと息をついて、そばの椅子《いす》にすわりこんだ。「ああ、大変なことになったわ。まさに泥沼《どろぬま》ね。わたしは君主として、エラゴンの行為《こうい》には責任《せきにん》がある。でも、まさか彼がこんな恐《おそ》ろしいことをしたなんて。これはエラゴンだけじゃなく、わたしの名誉《めいよ》にかかわる問題だわ」

アンジェラがポキポキ関節を鳴らす音が部屋のなかに響《ひび》いた。「そうね。エレズメーラからもどったら、彼をこってりしぼってやらなくちゃ」

アンジェラがあまりにすごい剣幕《けんまく》なので、ナスアダは心配になった。「あの……彼を傷《きず》つけないでね。わたしたちに必要な人だから」

「傷つけたりしないわよ……未来永劫《みらいえいごう》」

（下巻に続く）

ELDEST:INHERITANCE BOOK Ⅱ

エルデスト

宿命の赤き翼✧上

2005年11月20日 初版第1刷発行
2005年12月16日 第2刷発行

著者
クリストファー・パオリーニ

訳者
大嶌双恵《おおしまふたえ》

発行人
三浦圭一

発行所
株式会社ソニー・マガジンズ
〒102-8679 東京都千代田区五番町5-1
電話03-3234-5811(営業)
03-3234-7375(お客様相談係)

印刷所
中央精版印刷株式会社

http://www.sonymagazines.jp
ISBN4-7897-2708-4 Printed in Japan

ローナ湖
エレスメーラ
ドゥ・ウェルデンヴァーデンの森
ナーディンデル
シルスリム
カータン
ガエナ川
エルダー湖
ハダラク砂漠
セリス
イリア・フェオン
エッダ川
ヘダース
アズ・ラグニ川
バーラフ
ターナグ
ファーザン・ドゥアー
オシアド
ベアトゥース川
ビオア山脈
ダルゴン
ガルフニ